De observaties

Jane Harris

DE OBSERVATIES

UIT HET ENGELS VERTAALD

DOOR JOS DEN BEKKER

DE GEUS

Tweede druk

De vertaler ontving voor deze vertaling een werkbeurs van
de Stichting Fonds voor de Letteren

Oorspronkelijke titel *The Observations*, verschenen bij Faber and Faber
Oorspronkelijke tekst © Jane Harris, 2006
Nederlandse vertaling © Jos den Bekker en De Geus BV, Breda 2006
Omslagontwerp Robert Nix
Omslagillustratie © Jeff Cottenden
Foto auteur © Jerry Bauer
Druk Koninklijke Wöhrmann BV, Zutphen
ISBN 90 445 0534 3
NUR 302

Voor Tom, zonder wiens commentaar, aanmoediging
en liefde dit boek misschien nooit geschreven zou zijn

Mevrouw zei vaak tegen mij: 'Toe, Bessy, noem me geen mevrouw.' Dat zei ze speciaal als de dominee op de thee kwam. Mevrouw wilde dat ik haar 'madam' noemde, maar dat vergat ik altijd. Eerst vergat ik het per ongeluk en toen vergat ik het expres, gewoon om te zien hoe ze keek.

Mevrouw spoorde me altijd aan om dingen op te schrijven in een klein boekje. Ze gaf me het boekje en pen en inkt op de dag dat ik aankwam. 'Vooruit, Bessy', zei ze. 'Ik wil dat je je dagelijkse bezigheden in dit boekje opschrijft, en dan kijk ik er van tijd tot tijd in.' Dat was toen ze erachter was gekomen dat ik kon lezen en schrijven. Toen ze dat had ontdekt, klaarde haar gezicht op alsof ze een dubbeltje had verloren en een kwartje teruggevonden. 'O!' zei ze. 'En wie heeft je dat geleerd?' En ik vertelde haar dat het mijn arme overleden moeder was, wat een leugen was, want mijn moeder leefde en was hoogstwaarschijnlijk stomdronken ergens op Gallowgate, zoals gewoonlijk, en zelfs als ze nuchter was kon ze nauwelijks haar naam zetten op een dagvaarding. Maar mijn moeder was nooit nuchter als ze niet sliep. En als ze sliep was ze bewusteloos.

Maar wacht even. Ik loop op de zaken vooruit. Laat me dichter bij het begin beginnen.

DEEL EEN

I

Ik vind een nieuwe plek

Ik had redenen om Glasgow te verlaten, dat zal ongeveer drie, vier jaar geleden zijn, en ik was laten we zeggen een uur of vijf op de Grote Weg toen ik een pad naar links zag en een bord waar 'Kasteel Haivers' op stond. Goh, da's ook toevallig, dacht ik bij m'n eigen, want ik was op weg naar Schotland om een kijkje te nemen bij het kasteel van Edinburgh en daar misschien een baantje te bemachtigen en wie weet een jonge edelman of prins aan de haak te slaan. Ik was pas vijftien met een hoofd vol roze dromen en ik wilde in een sjieke huishouding werken.

Maar er was een gozer van de Hooglanden die al een uur lang met me opliep, hij zal van mijn leeftijd geweest zijn, en hij had een tand laten trekken. Hij bleef zijn lip maar naar beneden trekken om me het gat te laten zien. Ik werd ziek van die gozer en zijn grijns en zijn vragen, van Waar ga je naartoe? Waar woon je? Hoe heet je? Wil je met me gaan liggen? – dat soort dingen. Ik had hem een zak leugens verteld, in de hoop dat hij weg zou gaan, maar hij bleef maar aan me plakken, als een paardendrol aan de schoen van een straatveger. Als ik langzamer liep, ging hij langzamer lopen, als ik vlugger liep, ging hij vlugger lopen, als ik stilstond om mijn sjaal goed te doen of mijn bundeltje te verschikken, dan stond ie daar maar met zijn handen in zijn zakken naar me te kijken. Eén of twee keer had ie een stijve waar de honden geen brood van lusten, zijn broek leek wel een circustent, en hij had vuile voeten.

Ik moet toegeven dat er nog iets anders was waarom ik zo

graag van de Grote Weg af wilde, en dat waren de twee polities die te paard op ons af kwamen. Grote pummels zo te zien. Ik had ze al vijf minuten eerder aan zien komen, met hun hoge hoeden en grote knopen, en vanaf dat moment zocht ik naar een gelegenheid om van de weg af te gaan zonder door het land te hoeven rennen en tot aan mijn oksels onder de modder te komen zitten.

Dus ik bleef stilstaan en zei tegen die Schot: 'Hier sla ik af', terwijl ik naar het bord met de naam van het kasteel wees.

'Ik ga met je mee', zei hij. 'Dan kun je eten voor me koken en dan maken we na afloop een kindje.'

'Wat een goed idee', zei ik, en toen hij naar me toe kwam alsof ie me wilde kussen greep ik hem bij zijn klokkenspel en gaf er een draai aan. 'Maak zelf je kindjes maar,' zei ik. 'En nou opgerot.'

En daar ging ik het paadje op, en toen hij me volgde gaf ik hem een douw en zei nog een paar keer dat ie op moest rotten, en ik stampte op zijn blote voeten en toen was ik hem kwijt, voorlopig tenminste.

Het pad naar het kasteel kronkelde een helling op tussen twee haagbeuken door. Het was september, maar uitzonderlijk warm, en dat was maar goed ook, want ik had geen jas. Toen ik een minuutje of wat gelopen had, hoorde ik het doffe gebonk van hoeven in het zand en ik keek achterom naar de Grote Weg. De twee bromsnorren draafden voorbij op weg naar Glasgow. Ze keken niet op of om, nee meneer. Hoera! zei ik bij m'n eigen, opgeruimd staat netjes. Ik zeg maar zo, je kunt maar beter niks met de politie te maken hebben.

Nu die uit de weg waren, dacht ik vlug even naar dat kasteel te gaan kijken en dan een plek te vinden om te gaan pitten voor het donker werd. Zes snoepjes met viooltjessmaak en twee shilling was alles wat ik bezat in de wereld, en God mocht weten wanneer ik er ooit wat bij zou krijgen, dus een kamer kon ik me nauwelijks veroorloven. Maar ik hoopte wel een schuur of een boerenstulp te vinden waar ik mijn hoofd een paar uur te ruste kon leggen, om zodra het licht was verder te gaan naar Edinburgh.

Ik had nog maar twee stappen gezet toen ik tot mijn verbazing een roodharig boerenmeisje van ongeveer mijn leeftijd de bocht om zag stuiven. Ze droeg een jurk van donkere stof en een geruite sjaal en ze sleepte een grote koffer over de grond voort aan een leren riem. Hoewel ze een teringhaast had lachte ze in zichzelf als een bezetene. Wat het meeste aan haar opviel was haar huid die heel rauw en rood was alsof ze haar gezicht met een rasp had bewerkt. Ik deed een stap opzij om haar door te laten en groette haar in het voorbijgaan. Maar ze lachte me gewoon recht in mijn gezicht uit, zo'n kakelende lach, en strompelde verder naar de Grote Weg, die koffer achter zich aan slepend, ik stond toen al nergens meer van te kijken, maar je zou toch betere manieren verwachten van de mensen op het platteland.

Het pad liep verder naar beneden, eerst rechts en daarna links door de velden, daarna weer omhoog, en na ongeveer tien minuten lopen ging ik de poort door van een groot landhuis midden tussen een groepje bomen. Ik zag geen kasteel maar ik zag wel een vrouw over het grind van de oprijlaan en het gras rennen. Ze holde van links naar rechts terwijl ze met haar handen in de lucht wapperde en af en toe klapte. Eerst dacht ik dat ze mesjogge was maar toen keek ik over de muur en zag dat ze een varken achterna zat. Het zag er vreselijk geinig uit.

'Wacht effe mevrouw', zei ik. 'Ik help wel.'

Ooit geprobeerd een varken te vangen? Dat is minder makkelijk dan je denkt. Dat loeder liet ons maar rondjes rennen. Hij schoot achterom het erf op en wij erachteraan. Ik kreeg hem een keer bijna te pakken maar het was een gladjanus en hij glipte uit mijn handen of ie beboterd was. Ik had wel achter hem aan willen duiken maar ik wilde mijn goeie jurk niet bederven. Die vrouw riep alsmaar aanwijzingen tegen me. 'Vlug!' zei ze dan. En: 'Kijk uit!' Ze was een Engelse, hoorde ik. Ik had wel eerder Engelsen ontmoet, maar nog nooit een Engelse vrouw. Eindelijk dreven we met z'n tweeën dat varken in een hoek bij de kippenren. We joegen hem langs een schutting en dirigeerden hem terug het varkens-hok in, waarna die vrouw de deur dichtsmeet.

Ik bekeek haar toen ze daar even bleef staan uithijgen. Ze zal toen ongeveer zevenentwintig geweest zijn. Haar boven-lijf was slank, maar zo te zien droeg ze geen korset. En ze had een hoogrode kleur op haar wangen van al dat rennen maar aan haar voorhoofd kon je zien dat haar huid roomblank was, ze had nergens een sproetje, ze was als albast. De jurk die ze droeg was van zijde, een waterige tint, meer blauw dan groen, en ik vond haar wel heel erg goed gekleed voor ie-mand die achter varkens aanrent.

Ze kwam algauw weer op adem. 'Verraderlijk loeder', zei ze knarsetandend. Even dacht ik dat ze het over het varken had maar toen voegde ze eraan toe: 'Als ik haar ooit weer zie dan zal ik haar pakken en...' Ze balde haar vuist maar maakte haar zin niet af.

Voor mijn geestesoog zag ik het roodharige meisje die koffer voortslepen. 'Heb iemand u iets gedaan, mevrouw?' vroeg ik.

Die vrouw keek me verschrikt aan, ik denk dat ze me vergeten was. 'Nee', zei ze. 'De deur van de stal stond open. Waarschijnlijk per ongeluk opengelaten.' Toen keek ze me fronsend aan en vroeg: 'Wat ben jij eigenlijk?'

Daar werd ik effe onzeker van. 'Wat ik ben?' zei ik. 'Ja, ik was – ik denk dat je zou kunnen zeggen dat ik huishoudster was voor...'

'Nee, nee', zei ze. 'Wat ik bedoel is: ben je een Hooglander?'

'O nee', zei ik hoogst verontwaardigd. 'Ik ben nog geeneens ooit in de buurt van de Hooglanden geweest.' Ze bleef me maar aankijken, dus ik zei: 'Ik ben in Ierland geboren, maar nu ben ik meer een Schotse.'

Dat scheen haar wel aan te staan. 'Ierland', zei ze. Toen we achter het varken aanjoegen waren twee of drie haarstrengen losgeraakt en nu keek ze me aandachtig aan terwijl ze die weer vastspeldde. Je kon in haar ogen zwemmen, zo groot waren ze, en lichtgroen als zeewater boven een zandbodem. Na een poosje zei ze: 'Huishoudster?'

'Ja, mevrouw. Bij een meneer Levy in Hyndland, in de buurt van Glasgow.'

'Ik geloof niet dat ik ooit een huishoudster heb gezien in zulke fleurige kleren,' zei ze. Haar mond trilde even, alsof ze ging lachen, misschien dat mijn jurk haar opvrolijkte. Het was ook een mooitje, eerlijk waar, helgeel met kleine blauwe knoopjes en witsatijnen strikjes aan de voorkant hoewel niet meer zo schoon als toen ik hem die ochtend aantrok. Op de zoom zat een vlek en het kant was gescheurd omdat die jongen van de Hooglanden me op een gegeven moment op de grond drukte, ik moest bijna zijn oor eraf wringen voor ie me losliet.

'Ik heb nu effe geen betrekking', zei ik. 'Mijn meneer Levy is doodgegaan en ik ben op weg naar Edinburgh voor een nieuwe werkkring.'

'Juist ja', zei de vrouw. Ze vouwde haar armen en liep keurend om me heen om me van verschillende kanten te bekijken. Toen ze weer voor me kwam staan keek ze weifelend. 'Je zult wel nooit werk buitenshuis hebben gedaan, hè?' vroeg ze.

'Nou ja, dat heb ik wel', zei ik, en daar was geen woord

gelogen bij, want het meeste werk dat ik had gedaan was buitenshuis voordat ik in dienst genomen werd door meneer Levy.

Die vrouw knikte. 'En koeien?' vroeg ze.

'Wat is er met koeien?'

'Kun je koeien melken?'

'O, jazeker', zei ik zonder aarzelen. 'Koeien, ja, ik kan koeien melken, da's helemaal geen probleem, ik kan al sinds mijn geboorte koeien melken.'

'Goed zo.' Ze wees naar een paar gebouwen in de verte. 'We hebben daar een boerderij, de Mains. Daar kun je iets eten en drinken, en laat dan maar eens zien of je koeien kunt melken.'

'O, nou ja', zei ik gauw. 'Het is wel een hele tijd geleden dat ik het gedaan heb.'

Maar ik denk dat ze me niet hoorde, want ze gaf geen antwoord en ging me over het erf voor naar de pomp, waar ze me een blikken beker gaf die aan een spijker hing. 'Ga je gang', zei ze.

Ik dronk twee bekers water. Al die tijd stond ze me aan te kijken met die ogen van haar. Ik zei: 'Misschien dat ik het een beetje verleerd ben, het melken. Misschien heb ik het niet meer in mijn vingers, ik weet het niet.'

'Heb je honger?' vroeg ze.

God ja, en dat zei ik ook tegen haar. Ze wees naar een deur in het huis. 'Daar ligt brood op tafel', zei ze. 'Pak maar een snee.'

'Da's erg aardig van u, mevrouw', zei ik en deed wat me gezegd was.

De keuken was aardig groot, maar Jezus Mina wat was het er een troep. Een melkkan was omgevallen en er lagen strepen meel overal op de vloer en tegen de plint lag een kapotte theepot. Toen ik naar binnen ging stond een zwarte kat van de gemorste melk te likken, maar zodra hij me zag rende hij krijsend door een andere deur weg. Ik keek om me heen. Het vuur was uit, maar er hing een vreselijke brandlucht. Eerst dacht ik dat het losgebroken varken die troep misschien gemaakt had, maar toen ik wat beter keek, zag ik dat het meel expres op de grond was gestrooid, het was zelfs zo dat de strepen drie letters van het alfabet vormden, een vulgair woord voor het intieme lichaamsdeel van een vrouw, wat ik hier niet zal opschrijven, maar ik dacht bij m'n eigen dat het wel een heel slim varken moest zijn als ie dat voor mekaar had gekregen.

Er was geen teken van een kokkin of keukenmeid te bespeuren, dus ik sneed voor m'n eigen een snee brood af en at het op en sneed er toen nog een af en die begon ik ook op te eten terwijl ik een derde afsneed en onder mijn jurk tussen mijn tietjes stopte. Er zat geen zout in het brood, maar ik had de hengsels wel van de ramen af kunnen eten, zo'n honger had ik. Terwijl ik het brood naar binnen werkte vroeg ik me af hoe moeilijk koeien melken kon zijn. Je pakt die hangdingetjes beet en je trekt, God, ik had het zo vaak gezien als ik op marktdag rondbanjerde, alleen niet van dichtbij. Ik was een stadsmeisje, melk kwam uit een kan en je deed het in de thee, ik hield geeneens van melk en nu moest ik het vanwege mijn eigen stomme trots uit een koe knijpen.

Ik sneed nog een snee brood af en stopte hem onder mijn jurk, voor het geval, en ging toen weer naar buiten, die vrouw stond nog steeds bij de pomp.

'O, daar ben je', zei ze. 'Ik dacht dat je ervandoor was.'

'O, nee, mevrouw, alleen het was zulk heerlijk brood, dat ik er lang over wilde doen.'

Daar zei ze niks op, ze snoof alleen maar, draaide zich om en liep weg. Ik stoof haar achterna. 'Wat is het geweldig hier', riep ik. 'Ik meen het.' Maar ze hoorde me niet, ze keek geeneens om, en ik moest haar volgen, ik had geen andere keus.

We lieten het landhuis achter ons en gingen een paadje op dat naar de boerderij leidde, en vandaar over het erf naar een grote schuur. Het stikte er van de koeien, er stonden er een stuk of twintig, wat een hele hoop koeien is als je er goed over nadenkt en ook als je er niet goed over nadenkt. Van de stank, daar sloeg je zowat van achterover. Aan het eind stonden twee melkmeisjes te praten, zussen zo te zien, van top tot teen opgetuigd in boerenplunje, met laarzen aan en gestreepte schorten voor. Ik schoot bijna in de lach. Ik vond het echt van die boerentrienen, maar ik was nog jong en vond dat je op alles van het platteland kon neerkijken en ermee spotten. Die vrouw ging met ze praten, waarna de twee meisjes zich omdraaiden en door de hele lengte van de stal naar me keken, de mutsen die ze ophadden waren komisch maar je kon niet bepaald zeggen dat ze vriendelijk keken. Ik glimlachte tegen ze en zwaaide, maar geen van tweeën zwaaiden ze terug. Zo zuur als die twee keken, het was een wonder dat de melk niet elke dag bedierf.

Al die tijd stond een van die koeien met zijn grote achterwerk tegen me aan te schurken, tot ik zowat klem zat tegen de muur. Ik moest me erachter vandaan wurmen om niet platgedrukt te worden. Die vrouw kwam weer naar me toe met een emmer.

'Wat hebt u geweldige koeien, mevrouw', zei ik tegen haar. Ze antwoordde niet en overhandigde me de emmer. Ik keek ernaar. Toen keek ik naar de koeien. Toen keek ik naar die vrouw.

'Hoe heet je?' vroeg ze.

'Ik heet Bessy', zei ik. 'Bessy Buckley.'

'Goed, Bessy, pak aan', zei ze en gaf me een krukje en wees op de koe die me had staan platdrukken. 'Ga je gang.'

Tot mijn grote opluchting bleef ze niet staan kijken, maar ging terug naar de Zure Zussen die waren gaan zitten en aan het werk togen. Je hoorde de melk in hun emmers spuiten dat het een lust was. Ik keek naar ze en dacht bij m'n eigen, nou, dat ziet er makkelijk zat uit, en dus na een momentje ging ik ook op mijn krukje zitten.

Maar kreeg ik er een drop melk uit? Mooi niet! Ik zat daar wel een eeuw voor mijn gevoel, met een emmer in de ene hand en een grote roze tiet in de andere. Het was niet mijn eigen tiet, maar die van die koe, en hij was zo vol dat ie de grond raakte. Ik zweer dat ik kneep tot mijn vingers er haast afvielen, en het enige wat er uit die koe kwam spoot z'n gat uit en had bijna mijn goeie jurk bedorven als ik niet vlug uit de weg was gegaan. Na ongeveer twintig minuten was die emmer nog steeds leeg.

Deze keer kwam de vrouw terug met de Zure Zussen achter d'r aan. Ze wierp een blik in de emmer en zei tegen me: 'Nou, Bessy, ik dacht dat je zei dat je koeien kon melken?'

'Ik heb gelogen', zei ik en wou maar dat ik nooit was gebleven om haar met dat klerevarken te helpen. De Zure Zussen wisselden op de achtergrond met een superieur air blikken van verstandhouding uit, zo van: godallemachtig, ze zei dat ze koeien kon melken, maar dat kan ze niet, God wat een leugenaar, heb je nou ooit, enzovoort. Ik voelde mijn wangen branden. Ik sprong overeind. Ik was van plan om 'Ik kan maar beter gaan' te zeggen en met opgeheven hoofd weg te lopen, maar ik moet te vlug zijn opgestaan, want in plaats daarvan zei ik 'Gunst' en viel hartstikke flauw. Ik zou in de koeienstront terecht zijn gekomen als die vrouw niet was toegeschoten en me had opgevangen.

Hoe lang ik bewusteloos ben gebleven, ik heb geen flauw idee, maar toen ik bijkwam hadden ze me de stal uit gedragen. Ze zetten me op een krukje, met mijn hoofd tussen mijn benen, en die vrouw stak haar hand in de rug van mijn jurk om mijn korset los te maken. Ik kon tot diep in het lijfje van mijn jurk kijken en zag een hoop broodkruimels in de spleet tussen mijn tieten. Ik moest mijn armen voor mijn borst vouwen om te voorkomen dat ze eruit vielen.

'Blijf stilzitten', zei die vrouw niet onvriendelijk. 'Je bent flauwgevallen. En geen wonder als je korset zo strak zit aangeregen.'

Na een poosje mocht ik van haar rechtop zitten en ze bracht me een blikken beker met melk uit een emmer. Ze stond met haar handen in haar zij naar me te kijken. Ik schaamde me dood, ik dronk van de melk om haar een plezier te doen en zodra ik me niet meer duizelig voelde stond ik op. 'Ik moest maar eens gaan', zei ik. 'Sorry, mevrouw.'

Ze knikte alleen maar en maakte een wegwuivend gebaar. Ik kon gaan.

Ik verliet het erf en liep over het pad naar de achterkant van het grote huis. Mijn bundeltje lag nog waar ik het had laten vallen, vlak bij de kippenren. Ik wilde het net oprapen toen ik die vrouw terug zag komen. Ik bedacht inenen iets en riep tegen haar: 'Mevrouw, welke kant moet ik op voor het kasteel?'

'Kasteel?' vroeg ze. 'Welk kasteel?'

'Op het bord aan de weg stond dat hier een kasteel was en ik wilde er een kijkje gaan nemen.'

'O', zei ze hoofdschuddend. 'Er is geen kasteel. "Kasteel Haivers" is de naam van het landgoed.'

'O', zei ik en bukte om mijn bundeltje op te pakken. 'Geeft niks, hoor.'

'Wacht even!' riep die vrouw plotseling.

'O, God, dacht ik, ze heb het brood in mijn boezem gezien en nou ben ik erbij. Ik ging rechtop staan. Ze staarde me aan, haar hoofd een beetje scheef. 'Je hebt me niet verteld dat je kon lezen', zei ze.

'U hebt het ook nooit gevraagd', zei ik.

'Ik nam gewoon aan... ik dacht... want...'

Ze zei niet waarom, maar ik wist het wel, ik was maar een Iers meisje, iedereen dacht hetzelfde. Haar ogen glansden. 'Kun je ook schrijven?'

'Jazeker kan ik dat', zei ik. 'Ik kan erg goed schrijven.'

'Engels?'

Ik keek haar aan. 'Wat anders?'

'O?' zei ze. 'En wie heeft je dat geleerd?'

Ik dacht even na en zei toen: 'Mijn moeder, God hebbe haar ziel', en ik sloeg een kruisteken.

Die vrouw deinsde een beetje beledigd terug. Ik denk dat het kruisteken haar niet aanstond, zelfs de Engelsen houden daar niet van.

'Wacht hier', zei ze en liep naar het grote huis.

Ik bleef staan en keek om me heen. Wat nu? vroeg ik me af. Misschien wil ze dat ik haar iets voorlees of een brief voor haar schrijf. Na een poosje kwam ze terug met een vloeiblad in de ene hand en een pen in de andere.

'Hier', zei ze. 'Laat eens zien of je kunt schrijven.' Ze geloofde me niet op mijn woord, niet na het incident met die koe, wie nam het haar kwalijk?

Ik pakte de pen aan, hij was al in de inkt gedoopt. De pomp stond op een stenen voetstuk en ik legde er het vloeiblad op, waarna ik vlug een paar woorden schreef, volgens mij was het *dank u voor het brood mevrouw het spijt me van de dubbelhartigheid*, of zoiets. Ik herinner me nog dat ik 'dubbelhartigheid' schreef want dat was een woord dat meneer Levy me geleerd had. Ik kon dan misschien geen koeien melken, maar ik kon wel spellen en daar was ik trots op.

De vrouw keek over mijn schouder mee. Ik zou nog meer geschreven hebben als de inkt niet op was geweest. Toen ik klaar was, gaf ik haar de pen en het vloeiblad terug. 'Goh', zei ze en lachte vrolijk. 'En hoe oud ben je, Bessy?'

'Achttien, mevrouw.' Dat telde niet echt als een leugen, want ik loog altijd over mijn leeftijd. Er was in mijn geval enige twijfel over wanneer ik geboren was, mijn moeder had geen goed geheugen voor data.

'Achttien?' vroeg de vrouw met opgetrokken wenkbrauwen. Waarna ze zei: 'Nou, doet er ook niet toe. Ik kan je vier shilling in de week betalen en daarvoor krijg je kost en inwoning. Wil je voor me werken?'

'O, jeetje', zei ik. 'O nee. Ik ga werk zoeken in Edinburgh, mevrouw.'

Ze lachte. 'Maar nu hoef je niet meer naar Edinburgh', zei ze. 'Je kunt hier blijven en ik zal voor je zorgen en vierenhalve shilling per week betalen.'

'Maar... ik kan niet echt koeien melken, mevrouw.'

'Je hebt andere vaardigheden', zei ze. 'Vijf shilling dan, en ik zal voor je zorgen en je een moestuintje geven waar je kunt laten groeien wat je wilt.'

Ik zei tegen haar dat ze die moestuin maar moest vergeten, het enige wat ik wilde laten groeien was geld op mijn rug. Natuurlijk was daar geen kans op. Vijf shilling was een schijntje, zelfs in die tijd, maar ik wist dat mijn vooruitzichten overal hetzelfde waren en hier was ik tenminste onder dak, het enige wat je hier verder had waren boerenkoeien en een paar kolenmijnen. En er was nog iets wat haar aanbod aantrekkelijk maakte: *Ik zal voor je zorgen.*

Ik keek naar de boerderij. 'Hebt u daar boeken, mevrouw? Ik bedoel boeken met een verhaal?'

'O ja', zei ze. 'Heel veel.'

'Ik lees graag', zei ik. 'Als ik zo nu en dan boeken mag lezen...'

'Hmm.' Ze zuchtte en liep wat heen en weer en scheen uiteindelijk *met grote tegenzin* tot een beslissing te komen. 'Nou, goed dan', zei ze. 'Je mag boeken lezen. En vijf shilling in de week.'

'Akkoord', zei ik, en eerlijk gezegd vond ik het een koopje.

Ze nam me mee naar de keuken en zonder iets over de brandlucht of de troep te zeggen schopte ze een deel van het meel weg zodat je het woord dat er stond niet meer kon lezen. Daarna liet ze me plaatsnemen aan de tafel om uit te leggen wat ik allemaal moest doen. Nou, als je dat had opgeschreven, dan zou je een lijst hebben gehad zo lang als je arm, maar het leek allemaal doodeenvoudig, er was niks vreemds of raars bij wat ze zei. Het meeste vee werd op de boerderij gehouden en dat werd verzorgd door de boeren-knechten en -meiden, maar die vrouw zei dat ze graag een paar kippen en een varken bij het huis wilde houden, een beetje als huisdieren, en die moest ik voeren. Ik moest het huis schoon en aan kant houden, wassen koken schrobben vegen stoffen matten kloppen en thee zetten. Elke dag alle haarden aansteken en de roosters schoonmaken en het vuur brandende houden. Schoenen poetsen kamerpotten van haar en de heer des huizes legen. Daarnaast, als ze handen te kort kwamen, moest ik ook mest kruien en stenen op het land rapen, waarna ik moest helpen diezelfde stenen in gaten in een ander land te stoppen, voor de drainage, zoals ze het noemde. Ik moest meehelpen in de moestuin, en als ik tijd overhad kon ik die altijd vullen met stoppen en ver-stellen. In het algemeen moest ik alle karweitjes doen die je maar kunt verzinnen, want ik was wat ze noemden een binnen- en een buitenmeid, de helft van de tijd zou ik binnen zijn en de helft van de tijd buiten. Er waren boeren-knechten en -meiden die op de boerderij woonden en in stulpjes aan de andere kant van het bos, maar ik was de enige huismeid. Waar ze het niet meer over had was koeien melken. Ik vroeg ernaar.

'O', zei ze. 'Maak je daar voorlopig maar geen zorgen over. Jessie en Muriel zorgen wel voor de koeien. Je hoeft alleen maar in geval van nood bij te springen.'

Dat prikkelde mijn nieuwsgierigheid. Wat zou een geval van nood zijn? vroeg ik me af. Ik zag al voor me dat iedereen in paniek rondrende en over elkaars benen struikelde om de koeien te melken. Spoel de kamerpotten uit, Bessy! Maak een drainage! Ik kan niet mevrouw, ik moet de koeien mel-ken, het is een noodgeval!

De vrouw keek me aan. 'Vertel me nou niet dat je een dagdromer bent', zei ze.

'O nee, mevrouw.'

'Ben je dan misschien lui? Slecht gehumeurd?'

Ik schudde mijn hoofd. 'Helemaal niet.'

Ze zei: 'Ben je, laten we zeggen... oneerlijk?'

Daar had ze me te pakken, vanwege die koeien. Maar ik ging niet toegeven. 'Nee, mevrouw, dat ben ik niet', zei ik. 'Tenminste, normaal niet.'

De vrouw leek niet overtuigd. 'Nou, Bessy,' zei ze, 'ik raad je aan de verleiding om te liegen te weerstaan.'

Mijn moeder zei altijd tegen me dat ik de waarheid nog niet zou kennen als ie onder mijn rokken schoot en zei: 'Hoe istie?'

Ik zei: 'Eerlijk waar, mevrouw, ik ben geen leugenaar.' En ik zou op de grond gespuugd hebben om te zweren dat ik de waarheid sprak, maar we waren binnen, dus ik deed net of ik drie keer kort over mijn schouder spuugde. De vrouw keek onthutst, ik weet niet waar ze zich zorgen om maakte, want het was er een zwijnenstal.

'Bessy,' zei ze, 'ik weet niet wat je geleerd hebt, maar doe dat in dit huis nóóit meer.'

'Neem me niet kwalijk, mevrouw. Maar mevrouw, ik zei dat van die koeien alleen om een goeie indruk op u te maken.'

Ze zuchtte en zei heel geduldig: 'Bessy, kind, hoe sprak je de dame voor wie je het laatst werkte aan?'

'Ik sprak 'r helemaal niet aan.'

Ze keek naar me.

'De reden is dat er geen mevrouw was, het was alleen maar meneer Levy. Hij was een oude vrijgezel, en we waren met z'n tweeën, ik en nog een jongen, die voor hem zorgden, mevrouw.'

'O', zei ze en fronste even. 'Maar je zult ongetwijfeld meneer Levy Meester of Meneer hebben genoemd, niet?'

'Ja, dat denk ik wel', zei ik, want dat wilde ze horen. 'Meester, zo wilde hij genoemd worden. Meester dit en meester dat.'

'Bessy', zei ze nu erg plechtig. 'Ik wil dat je mij "madam" noemt.'

'Doe ik. Wat u wilt, madam.'

Ze glimlachte tegen me en knikte. 'Dat is al beter', zei ze. Ze haalde diep adem. 'Welnu, Bessy', zei ze. 'Er is nog één andere taak die ik wil dat je uitvoert.' En aan de manier waarop haar ogen uitpuilden toen ze het zei kon ik zien dat dit het belangrijkste was.

Ze liep naar een hoge ladekast en nam er een kasboek uit. Jezus Mina, dacht ik, ze wil dat ik alle uitgaven bijhoud, maar dan heb ze het verkeerde meisje voor, want ik kon dan wel schrijven, maar in rekenen was ik nooit zo goed. Maar ik had het mis.

'Dit is van jou', zei ze en drukte het in mijn hand. 'Luister nu goed, Bessy. Ik zal ervoor zorgen dat je alles leert wat je moet weten over het werk in en rondom het huis. Maar in ruil daarvoor wil ik dat je elke avond de tijd neemt om wat je hebt gedaan in dit boek op te schrijven, vanaf het moment dat je opstaat, tot het moment dat je naar bed gaat, zonder iets over te slaan.'

Ik keek haar alleen maar aan. 'Maar waarvoor, mevrouw?' vroeg ik een beetje uit het veld geslagen. 'Madam.'

Ze knipperde niet eens met haar ogen. 'Omdat ik het wil', zei ze. 'En denk eraan dat het de belangrijkste reden is waarom je hier mag werken. Denk niet dat ik je in dienst zou hebben genomen als je niet had kunnen schrijven. Het zou anders voor mij niet de moeite waard zijn geweest om je in de leer te nemen, want het is duidelijk dat je van dit werk geen verstand hebt.'

Vanaf het moment dat ik die paar woorden op dat vloeiblad had geschreven was ze zichtbaar opgewonden. Ook nu glom er nog iets in haar ogen en ze haalde zwaar adem. Ik huiverde, want het begon te schemeren en het werd koud.

Ze zei: 'Ik zal af en toe lezen wat je geschreven hebt, en als het boekje vol is, geef ik je een nieuw. Heb je dat begrepen?'

'Ja, mevrouw – ik bedoel: madam.'

Ik keek naar het boekje. Het had een bruine kartonnen kaft en er zaten een hoop bladzijden in met lijntjes waar je de totalen van je uitgaven kon optellen. Ik weet niet hoeveel bladzijden, misschien alles bij elkaar wel honderd. Ik kon me niet voorstellen dat ik het vol zou krijgen, nog niet in een miljoen jaar. Ze gaf me de pen die ik buiten had gebruikt en zei: 'Je hebt inkt nodig, wacht even', en ze haastte zich het vertrek uit waarbij ze met de zoom van haar rok meel de gang op sleepte.

Toen ze weg was keek ik naar het haardrooster en vroeg me af of ze in Jezusnaam ooit het vuur aanstak. Op dat moment zag ik ook waar die brandlucht vandaan kwam. Ik weet niet waarom, maar ik moest weer huiveren. Want in de as van het vuur lag precies zo'n zelfde kasboek als ze mij gegeven had. Het enige verschil was dat het boek op het rooster zo erg verbrand was dat alleen de rug en een paar stukken verschroeide kaft nog over waren. Ik pakte een kaars en keek in de haard om beter te zien. Van dichtbij zag ik dat alle bladzijden eruit waren gescheurd en nu alleen nog asvlokken op het haardrooster waren. De kaft was vochtig, alsof iemand er water op had gegooid om de vlammen te doven. Ik sloeg het open. Aan de binnenkant stond een inscriptie in een kinderlijk handschrift, de tekst was half verschroeid, maar je kon nog steeds 'eigendom van Morag Sutherland' lezen, plus een datum in juli, maar er stond geen jaartal bij. Wie was die Morag, vroeg ik me af, en waarom was haar boek verbrand? Ik wilde het net van het haardrooster pakken toen ik de vrouw op de gang terug hoorde komen. Dus ik stond op.

'Zo, daar zijn we', zei ze toen ze binnenkwam. 'Hou nu je handen op, Bessy', zei ze en ik deed wat me gevraagd was. Daarop gaf ze me een potje inkt en een extra pen en de manier waarop ze het deed was zo ceremonieel, dat je zomaar zou denken dat ze je een prijs gaf.

En vervolgens, beloofd is beloofd, gaf ze me iets te lezen, het boek heette *Het grauwe huis*, ik hoopte maar dat het geen slecht voorteken was. Ze liet me een label zien dat ze erin geplakt had, een label met een plaatje in zwart-wit van twee dames die onder een boom in een opengeslagen boek lazen. Rondom aan de rand stonden de woorden EX ~ BIBLIOTHE-CA ~ KASTEEL ~ HAIVERS. In elk boek van haar zat dat label, het leek wel of ze dacht dat ze daardoor niet gestolen werden.

Daarna liet ze me zien waar ik sliep. Ze gaf me een kaars en nam er zelf ook een en leidde me vervolgens de keuken uit naar de gang. Het was een tochtig oud huis en het flakkerende licht wierp grote dansende schaduwen op de muren.

Ik ving een glimp op van een staande kapstok en een staande klok, waarna de trapleuningen opdoemden en we naar boven gingen.

We liepen boven de overloop af, waar alle deuren dicht waren, zodat je niet in de kamers kon kijken. Dat vond ik jammer, want ik had graag effe rondgeneusd. Aan het eind van een smaller gangetje gingen we een klein trappetje op naar een zolderkamertje met een schuin dak en een dakkapel. Er was net genoeg ruimte voor een bed, een stoel en een klein kastje, meer niet, en zeker niet voor twee mensen, reden waarom mevrouw buiten bleef, haar kaars hoog houdend zodat ik mijn nieuwe onderkomen kon bekijken. Je had alles met één oog dicht kunnen zien.

'Hier slaap je', zei ze.

'Tof', zei ik.

Het bed was geeneens opgemaakt en er hing geen gordijn of doek voor het raam. Ik probeerde maar niet te denken aan mijn eigen heerlijke kamer bij meneer Levy in Crown House, met de witmarmeren schoorsteenmantel, fluwelen gordijnen en al. Dat was voorbij, ik zou hem nooit meer terugzien.

'Voorlopig zal ik de maaltijden samen met jou in de keuken gebruiken', zei de vrouw, alsof dat voor ons allebei een geweldige traktatie was. 'Maar als mijn man thuiskomt,' zei ze, 'dan dineren hij en ik natuurlijk samen en moet jij ons bedienen.'

'O, natuurlijk', zei ik. 'Wanneer komt hij thuis, mevrouw?'

Maar daar gaf ze geen antwoord op, ze glimlachte alleen maar en zei: 'Hoe laat begon je 's morgens in je vorige werkhuis?'

Ik raadde maar wat. 'Acht uur?'

'Aha', zei ze. 'Ik vrees dat wij hier op het platteland heel vroeg opstaan. Morgen zul je om zes uur alle vuren moeten hebben aangestoken en het ontbijt hebben klaargemaakt.'

Dus daar zat ik met mijn twee pennen, mijn twee tietjes, Charles Dickens, twee sneeën brood en een boek met blanco pagina's aan het eind van mijn eerste dag in een uithoek van het land. Maar het bleek dat de dag nog niet helemaal voorbij was.

Voordat ik naar bed ging moest ik de keuken schoonmaken, met uitzondering van de haard, waar ik van die vrouw met mijn poten van af moest blijven. Ze ging naar boven naar haar kamer en liet me mijn gang gaan. Het schoonmaken duurde eeuwen, want ik was het niet gewend, en pas na elven kon ik naar boven. Ik was te moe om mijn spullen uit te pakken, dus trok ik gewoon mijn nachtjapon uit mijn bundeltje en liet de rest zitten voor wanneer ik effe tijd had. Ik wikkelde de twee sneeën brood die ik uit de keuken had gepakt in een schone onderjurk en verstopte ze in de kast, en ik at de zes snoepjes op die ik in mijn zak had zitten. Vervolgens maakte ik het bed op en ging erin liggen. Het matras was hard, maar er zaten geen bulten in, en de dekens waren zo te zien schoon. Het moet erg bewolkt zijn geweest die nacht, want er was geen ster aan de hemel te bekennen. Ik lag daar uren klaarwakker, omdat ik om vijf uur met mijn karweitjes moest beginnen en ik doodsbang was niet op tijd wakker te worden. Maar ten slotte moet ik zijn weggedoezeld. Ik sliep nog maar een paar minuten, leek het, toen ik ergens van wakker schrok. Mijn ogen schoten open. Die vrouw stond in haar nachtkleding over me heen gebogen met een kaars. Ze was ziedend, vol woede, haar gezicht stond zo strak dat het leek of het elk moment kon knappen.

'Sta op!' siste ze. 'Sta onmiddellijk op!' Ze trok de deken terug en sloeg een paar keer met haar vuist op het matras. 'Ik wil dat je naar beneden komt, meisje', zei ze. 'Twee minuten. Kleed je niet aan, kom meteen naar beneden.'

En toen was ze weg.

Jezus Mina, mijn hart bonsde als voorhamers toen ik mijn kaars aanstak zag ik het onder het lijfje van mijn nachtjapon kloppen. Mijn eerste reactie was: ik heb me verslapen. Ik keek uit het raam, maar het was nog pikkedonker buiten, geen spoortje van de dageraad, het kon evengoed halfzes of zes uur of acht uur zijn, wist ik veel, ik stond nooit zo vroeg op. Mijn handen trilden toen ik mijn sjaal omdeed, van de kou of van de schrik, ik wist het niet. Op mijn blote voeten toog ik naar beneden naar de gang. Nou, de staande klok zei dat het tien over twee was, dus ik had me niet verslapen. En toen drong het tot me door waarom die vrouw kwaad was. Ze had het brood bekeken en gezien dat ik meer dan één snee had genomen. Ik dacht bij m'n eigen: nou ben je d'rbij en sta je morgenochtend weer op straat, zonder werk en niet eens een referentie en twee draaien om je oren omdat je een leugenaar en een dief bent en nog nooit in je leven een koe hebt gemolken.

Het was met een bezwaard gemoed dat ik de keukendeur openduwde en naar binnen stapte. De vrouw zat aan de tafel in het licht van een lamp en twee kandelaars. Ze keek niet meer boos, ze had iets afstandelijks, ze keek me geeneens aan, ze hield haar ogen gewoon op de muur gericht. 'Kom binnen, alsjeblieft', zei ze een beetje vlak.

Ik schuifelde een paar passen naar voren. 'Het spijt me, madam.'

Ze draaide met een ruk haar hoofd om. 'Waarvoor?'

'Voor de...' Ik aarzelde, misschien had ze het toch niet gemerkt van het brood en zat haar iets anders dwars. Dus ik zei: 'Voor wat ik gedaan heb om u boos te maken.'

'Boos?' vroeg ze. 'Ik ben niet boos.' Ze schonk me een brede glimlach en keerde haar gezicht vervolgens naar de muur en begon opnieuw met vlakke stem te praten. 'Er staat cacao op de plank', zei ze. 'In die kan zit melk. Ik wil dat je een kop chocola maakt, alsjeblieft.'

'Choco... chocola, madam?'

'Ja, graag', zei ze. 'Ik wil dat je een kop chocolademelk voor me maakt.'

Die wisselende stemming en dat alsjeblieft en ja graag en die vlakke stem, ik wist echt niet hoe ik het had. Ik vroeg me af of alle mevrouwen zo waren, want ik had niemand om haar mee te vergelijken, behalve misschien mijn moeder. Mijn moeder had inderdaad veranderlijke stemmingen en ze aarzelde niet om je midden in de nacht uit bed te sleuren, maar dan niet om een kop chocola klaar te maken, dat was een ding dat zeker was, ik schrijf er misschien later meer over.

'Goed, madam', zei ik tegen die vrouw en ik maakte een kniebuiging voor haar, ik weet niet waarom, want het was mijn gewoonte niet om voor iemand kniebuigingen te maken, maar het gebeurde gewoon, het leek me iets wat een dienstmeisje deed. Ik pakte de kan van de tafel en begon de melk op te warmen. Natuurlijk wist ik toen nog niet wat ik de weken daarna zou ontdekken en vond het daarom vreemd dat ze me bekeek terwijl ze me geen aanwijzingen gaf. Er kwam geen commentaar over haar lippen, ze volgde alleen maar elke beweging die ik maakte, haar ogen glommen in het lamplicht als die van een kat. Ik kon niet veel doen terwijl de melk kookte, maar ik kreeg de indruk dat ze niet wilde dat ik ging zitten, dus pakte ik een doek en deed net of ik de schappen afstofte.

Na een poosje haalde ze diep adem en vroeg: 'Wat deed je zonet? Zo-even?'

'Hoe bedoelt u mevrouw... madam.'

Ze wees naar waar ik had gestaan toen ik het vertrek binnenkwam. 'Je deed iets toen je daar stond.'

'Een kniebuiging', zei ik. 'Ja, madam.' O, Jezus, dacht ik bij m'n eigen, misschien had je geen kniebuiging moeten maken, verdomme, kun je dan ook niks goed doen.

'Waarom deed je dat?' vroeg ze.

'Ik weet het niet, madam. Het kwam gewoon in me op.'

'Juist, ja', zei ze en knipperde een paar keer met haar ogen, ik dacht echt dat ze ging huilen, tot ik me realiseerde dat ze juist hartstikke blij was. 'Ga door, alsjeblieft', zei ze uiteindelijk en gebaarde naar de cacaopot.

Dus ik draaide me om en pakte een beker van de plank en mengde de cacao met een beetje koude melk, waarna ik er de warme melk bovenop goot en goed roerde. Toen ik klaar was bracht ik de beker naar de tafel en zette hem voor haar neer met de suiker. Inenen leunde ze naar voren en nam mijn handen in de hare, godallemachtig, de grijns die ze op haar gezicht had, het was een wonder dat haar gezicht niet knapte.

'Dank je, Bessy', zei ze. 'Je bent een heel braaf meisje. Goed gedaan. Góéd gedaan.'

'Het was niks', zei ik.

Haar huid voelde koel aan tegen mijn vingers, ik wilde mijn handen terugtrekken, maar ze hield me vast en wierp opgetogen blikken op mij en op de beker chocola.

'Dit ziet er heerlijk uit', zei ze. 'Absuult héérlijk. Het is volmaakt, in alle opzichten, en je hebt het zo vlug en zo efficiënt gedaan. Ik ben trots op je, Bessy, erg trots. Wat ben jij een goed meisje! Dank je, dank je, dánk je.'

Jezus Mina, het was maar een kop chocola.

'Fijn, madam', zei ik. Ik wist niet waar ik kijken moest. 'Is er verder nog iets van uw dienst?'

'Ja', zei ze, plotseling ernstig. 'Ja, er is iets.'

Wat nu weer? dacht ik. Ze is zo gek als een deur. En toen liet ze mijn handen los, wat een opluchting was, en sprong overeind.

'Ga op mijn plaats zitten, lieverd', zei ze tegen me, en ik deed wat ze me opdroeg. Toen schoof ze de beker chocola naar me toe.

'Je hebt het zo goed gedaan', zei ze, 'dat ik wil dat jij het opdrinkt.'

Ik keek naar de beker. En van de beker keek ik naar haar.

'Ik, madam?'

'Ja', zei ze. En vervolgens een beetje bezorgd: 'Je houdt toch wel van chocolademelk?'

'Tja', zei ik. 'Ik ben niet zo dol op melk, maar tegen chocola heb ik geen bezwaar.'

'Uitstekend', zei ze. 'Drink het nu maar braaf op en ga naar bed, morgen wil je goed uitgeslapen zijn.'

Ze stak snel haar hand uit naar mijn gezicht en ik kromp in elkaar, maar ze glimlachte alleen maar en aaide even met de rug van haar hand over mijn wang. Toen deed ze de lamp uit, pakte een van de kaarsen en verliet zonder nog een woord te zeggen het vertrek. Ik had helemaal geen slaap. Als ik me goed herinner duurde het een tijdje voor ik naar bed ging. Volgens mij zat ik daar een hele tijd met die chocola voor mijn neus te kijken naar de damp die er vanaf walmde en die naar de kaarsvlam werd gezogen.

2

Nieuwe kleren en nieuwe mensen

De volgende ochtend werd ik wakker en lag een poosje dom uit het raam te staren, waarna ik met een kreet uit bed sprong, want de zon stond al hoog aan de hemel, er was geen twijfel aan, zelfs ik wist dat het veel later was dan vijf uur. Gauw trok ik mijn kleren aan en kachelde naar beneden, zonder me te wassen of zo, mijn haar kamde ik onderweg. Volgens de klok in de hal was het al na negenen. Vier uur te laat, Jezus Mina, dat zal wel een record geweest zijn. Ik had me wel kunnen slaan. De avond tevoren, toen ik aan de keukentafel moest gaan zitten, had ik al half en half besloten verder te trekken en mijn geluk elders te beproeven, want ik wist niet zeker of ik wel geschikt was voor dit werk. Maar nu ik misschien ontslagen werd voor ik goed en wel begonnen was, veranderde ik van gedachten. Dat doe ik niet vaak.

Mevrouw was in de keuken, ze deed melk op een schoteltje voor de kat. Ze droeg een eenvoudige grijze jurk en had een schort voor. Toen ik binnen kwam stuiven keek ze op. 'Ah, Bessy', zei ze. 'Ik neem aan dat je goed geslapen hebt?'

Ik dacht dat ze sarcastisch deed, maar ik had mijn excuses al klaar. 'Mevrouw', zei ik, 'het spijt me. Ik...'

Ze stak haar hand op om me tot zwijgen te brengen. 'Ja, ja', zei ze. 'Het is gisteravond laat geworden. Het is geheel en al mijn fout.'

Of ze de draak met me stak was niet te zeggen. Ik zei: 'Sorry, madam, ik zou niet zo lang geslapen hebben, alleen...'

'Stil maar, kind', zei ze. 'Ik heb besloten om je vanochtend uit te laten slapen.'

'O.'

'Per slot van rekening heb je een lange reis achter de rug', zei ze. 'Je zult wel moe zijn. En ook van streek dat je meester... overleden is en zo.'

Ik knikte, volkomen het spoor bijster.

'Ja, Bessy', zei ze. 'Er zijn een paar dingen die ik wil dat je vandaag doet. We kunnen morgen echt beginnen als je bent uitgerust. Dat wil zeggen' – en daarbij keek ze me aandachtig aan – 'als je van plan bent hier te blijven.'

Ze glimlachte lief, als een moeder in een sprookje, haar ogen schitterden, maar je zag er ook een sprankje ongerustheid in. Ik aarzelde maar een seconde. Ik zei: 'Ja, madam, dat ben ik zeker.'

'Goed', zei ze, duidelijk heel erg opgelucht. 'Nu kun je zo meteen ontbijten', zei ze. 'Maar eerst een paar belangrijke dingen. Heb je je korset aan?'

Ik knipperde met mijn ogen. 'Nee, mevrouw – madam', zei ik. 'Ik heb geen tijd gehad om het aan te trekken.'

'Uitstekend', zei ze. 'Dan hoef je het ook niet uit te trekken.' En toen haalde ze een lint uit haar zak en begon al mijn maten te nemen, waarbij ze aantekeningen maakte op een velletje papier. Ik dacht eerst dat ze me de maat nam voor een dienstersuniform. Ik kan me nog als de dag van gisteren de maten van mijn boezem en de rest herinneren, maar uit bescheidenheid schrijf ik ze hier niet op, laat ik het zo zeggen: in die tijd was ik érg welgevormd. Van dichtbij kon ik het geurtje ruiken dat ze had opgedaan, rozenolie, en daaronder haar eigen geur, meer aards en warm. Toen ze klaar was met de gebruikelijke maten: boezem, taille, enzovoort, mat ze ook de omtrek van mijn hals en bovenarm, ik wist niet goed wat ik daarvan moest denken, ik dacht alleen maar dat ze iets had met kragen en mouwen. Daarna mat ze de palm van mijn hand en de lengte van al mijn vingers en mijn duimen. Ook nog handschoenen, dacht ik, goeie God, dat is bij de wilde spinnen af. Vervolgens wikkelde ze het lint rond mijn hoofd en schreef op: 'schedel 54,5 cm', waaruit ik afleidde dat ik ook nog een hoed kreeg, ik hoopte maar dat het een sjieke was en niet zo'n gewoon strohoedje. Daarna mat ze mijn mond en de afstand van mijn voorhoofd tot mijn kin en toen de afstand tussen mijn ogen, waarna ze de lengte van mijn neus mat. Ten slotte mat ze de afstand van mijn linkerneusvleugel tot het gat van mijn linkeroor en van mijn rechterneusvleugel tot het gat van mijn rechteroor. Om je de waarheid te zeggen vond ik het raar en akelig tegelijk, maar ik was jong en ijdel, en toen ik met een schuin oog naar haar papiertje keek, zag ik tot mijn opluchting dat beide kanten van mijn gezicht 12,7 cm in doorsnede maten, want als die getallen verschillend waren geweest, dan had ik net zo goed meteen de kermis op kunnen gaan als gedrocht.

'Klaar', zei ze en maakte een laatste aantekening op haar velletje papier.

'Alstublieft, madam,' vroeg ik, 'wat...'

Ze gebaarde naar een pot met pap. 'Daar', zei ze. 'En als je ontbeten hebt, moet je eieren gaan rapen. In de hoek staat een mandje. Tussen haakjes, waar zei je precies dat je meester woonde?'

'Hyndland, madam, Crown House', zei ik, en toen had ik mijn tong wel kunnen afbijten, want ik had haar helemaal nog niet verteld waar hij woonde, en ik flapte het er alleen maar uit omdat ik nog steeds verbaasd was over het feit dat ze mijn gezicht mat.

'Crown House', zei ze terwijl ze een aantekening maakte.

'Maar,' zei ik vlug, 'u kunt natuurlijk geen brief schrijven en om referenties vragen, want hij is dood en het huis is gesloten.' Waarna ik eraan toevoegde: 'Erg genoeg.'

Ze keek me strak aan. 'Is het erg dat hij dood is? Of dat ik hem geen brief kan schrijven voor referenties?'

'Eh... allebei, madam', zei ik. 'Maar, madam, neem me alstublieft niet kwalijk, maar waarvoor zijn al die metingen?'

Ze glimlachte tegen me. 'Van welke stof is je jurk gemaakt?' vroeg ze.

'Zijde, madam.'

'Ja, en welke kleur heeft hij?'

Ik keek ernaar. Toen zei ik: 'Hij is rood, madam.'

'En zeg eens, heb je nog andere jurken behalve deze en dat... ding dat je gisteren droeg?'

Ik schudde mijn hoofd.

'Dat dacht ik wel', zei ze. 'Dan heb je kleren nodig, niet? De kleren die je hebt zijn geen van alle geschikt.'

'Jawel, madam, natuurlijk', zei ik. 'Maar wat ik bedoel is... die andere metingen.'

Ze keek me uitdrukkingsloos aan. 'Welke andere metingen?' vroeg ze, waarna ze me de rug toekeerde en haastig het vertrek uit liep met haar velletje papier.

Misschien was ze van plan mijn portret te tekenen en wilde ze de proporties goed hebben of zo. Terwijl ik zo stond te piekeren ging mevrouw de trap op naar haar kamer. Ik vroeg me af wat ze daar ging doen in haar eentje. Vaag klonk het geluid van een deur die werd dichtgedaan en daarna stilte, met in de verte het klaaglijke gefluit van een trein en dichterbij het knorren van mijn maag.

Ik pakte de pot met pap en daarbij viel mijn blik op het haardrooster. Ik zag meteen dat de haard was schoongeveegd en afgespoeld, en het half verbrande boek was helemaal verdwenen.

Voordat ik eieren ging rapen verkende ik vlug de omgeving van het huis. Aan één kant stonden de stallen en aan de andere kant lag de moestuin. Verderop aan het pad stonden de boerderij en de koeienstal waar ik gisteren geweest was. Het landhuis zelf moest er wel eeuwen gestaan hebben, want de zandstenen muren waren vuilgrijs geworden van de ouderdom. Het huis zelf had twee verdiepingen, en er waren een paar vleugels van één verdieping aangebouwd. De schoorstenen waren hoog en aan de vorm van het dak te zien waren er nog meer zolders dan die ene waar mijn kleine kamertje was. Hier en daar zaten uitsteeksels aan de gevels om ze het aanzien van kantelen te geven. Het zal er ooit wel voornaam hebben uitgezien, maar nu leek alles vervallen. Het glas in de ruiten was op verschillende plaatsen gebarsten, de verf bladderde af en alle paden waren overwoekerd met onkruid. Niet dat ik er veel van af wist, maar er was ofwel weinig geld om het zaakje te onderhouden, of ze hadden niet genoeg personeel.

Gedeeltelijk was ik blij om de extra slaap die ik had gekregen, maar gek genoeg had ik de aandrang me ergens op te storten, hoe smeriger en moeilijker de opdracht die ze me gaf, hoe beter. Dus ik pakte een mandje en ging naar de kippenren. Jezus Mina je zou toch niet zeggen dat een paar hennen zo konden stinken. Het enige wat erop zat was je adem inhouden daarbinnen. Sommige eieren zaten ook nog onder de kippenstront, ik moest er zowat van kokhalzen. Maar ik raapte er negen zonder er een te breken en krabbelde toen achterwaarts het hok uit, happend naar adem. En raad eens wie me daar met een brede grijns op zijn smoel en zijn handen in zijn zakken stond aan te kijken toen ik me omdraaide? Die Hooglander van gisteren. Ik sprong zowat uit mijn vel.

'Wat doe jij hier in vredesnaam?' schreeuwde ik tegen hem. 'Ben je me verdomme gevolgd?'

Ik moet effe uitleggen dat ik zulke ruwe taal gebruikte omdat hij me de schrik op het lijf had gejaagd door uit het niets op te duiken, en bovendien vond ik het helemaal niet leuk hem te zien, hij was een plaag, nog geen zestien, maar geiler dan de duvel.

'Kul', zei hij, wat een vies woord was waar hij vandaan kwam. 'Ik zou jou hetzelfde kunnen vragen.'

'Sterf de moord', zei ik. 'Lummel.'

'Hier hè je een lummel', zei hij met een grijns, waarna hij zijn handen in zijn zij zette en met zijn vingers naar zijn jongeheer wees die tegen zijn broek drukte en parmantig overeind stond. Toen zei hij: 'Zullen we daar samen in die schuur gaan leggen als man en vrouw?'

Hij deed een stap voorwaarts, waarop ik een ei naar hem toe gooide, ik raakte hem op zijn kin, zodat er een dooierige baard op zijn sjaal en vest droop. Het was zo komisch, dat ik onwillekeurig moest grinniken. Hij streek met zijn hand over zijn kin en veegde hem aan zijn broek af. Vervolgens grijnsde hij als een idioot en deed weer een stap in mijn richting. Ik stond op het punt weer met een ei te gooien, toen ik mevrouw haastig op ons toe zag komen lopen, en ik zei tegen die gozer: 'Je bent erbij als mevrouw ziet dat je ongevraagd op haar land komt.'

Hij keek over zijn schouder om te zien wie eraan kwam, en stak vervolgens zijn handen in zijn zakken, om fluitend om zich heen te gaan staan kijken, zo onschuldig als een lam, verdomme.

'Mevrouw', zei ik. 'Ik bedoel, madam, deze jongen hier valt me lastig. Hij is me gevolgd en hij is een echte plaaggeest.'

Mevrouw keek de jongen aan. 'Is dat waar, Hector?' vroeg ze.

Hector?

Hij gaf me een leep knipoogje, erg met zichzelf ingenomen was ie, de schoft. Vervolgens wendde hij zich tot mevrouw. 'Ach, welnee, mevrouw Reid', zei hij. 'Helemaal niet. Ik vroeg gewoon aan dit brutale wicht wat ze wel niet dacht uw eieren te stelen, en toen gooide ze er een naar me toe!'

Hij trok zo'n onschuldig gezicht dat je gezworen zou hebben dat ie een heilige was. Nou, ik was des duivels. 'Leugenaar!' zei ik en zou zijn doorgegaan als mevrouw me niet had onderbroken.

'Hector, dit is Bessy', zei ze. 'De nieuwe meid.'

'O ja, is dat zo?' Zijn ogen werden groot, maar hij was niet echt verbaasd, ik kon van een kilometer afstand zien of iemand veinsde. 'De nieuwe meid?' zei hij. 'Wel, wel.' En hij nam me van top tot teen op, alsof ik een stuk vee was dat te koop werd aangeboden.

'Dit is Hector', zei mevrouw tegen me. 'Hij helpt op het landgoed. Hij is altijd hier om allerlei karweitjes te doen.'

Onnodig te zeggen dat ik niet zo blij was met dit nieuws. Nu bekeek ik hém van top tot teen, alsof hij een lange veeg was van wat je 's morgens in de po kunt aantreffen.

'Hoe gaat het met je tand, Hector?' vroeg mevrouw aan hem.

'Kijk maar eens naar het gat', zei hij en stak zijn vuile wijsvinger in zijn mond om zijn lip naar beneden te trekken, net zoals hij de dag tevoren had gedaan. Mevrouw hield haar hand voor haar ogen, je kon het haar niet kwalijk nemen.

'Ik wil het niet zien', zei ze. 'Het enige wat ik wil weten is of alles goed is gegaan.'

De jongen haalde zijn vinger uit zijn mond en veegde hem aan zijn mouw af.

'Alles ging goed, madam', zei hij. 'De tand kwam er in één ruk uit, hij maakte een geluid als van een aardappel die uit de grond wordt getrokken.'

'O jeetje', zei ze en trok een gezicht. 'Nou, ga maar weer aan het werk.'

De jongen maakte een kleine buiging voor haar, maakte

een nog diepere, maar spottende buiging voor mij, weer met een vet knipoogje, en weg was ie, rennend over het erf, ik weet niet hoe het zit met aardappels uit de grond trekken, maar tussen zijn tenen kon je ze laten groeien.

Mevrouw richtte het woord tot mij. 'Viel hij je écht lastig?' vroeg ze.

'Een beetje maar, madam', zei ik. 'Maar dat kan ik wel aan.'

'Heel goed van je', zei ze. 'Maar probeer het de volgende keer te doen zonder met eieren te gooien.' Ze glimlachte tegen me. 'Dat was een mooi liedje dat je daar zong. Ik denk niet dat ik het eerder heb gehoord.'

'Klopt, madam', zei ik. 'Dat heb ik zelf verzonnen.'

'O ja?' zei ze. 'Wat ben jij slim.' En toen streek ze me vluchtig over mijn wang. 'Waar denk je aan, Bessy?' vroeg ze.

'Hoezo, madam? Aan niks, madam. Ik dacht nergens aan.'

In werkelijkheid liep ik te denken dat ik die Hector een kopje kleiner zou maken als ik de kans kreeg. Maar dat wou ik niet zeggen, omdat ik niet wilde dat ze slecht over me dacht.

'Dat kan haast niet', zei mevrouw. 'We denken altijd wel ergens aan, wij allemaal. Maar het geeft niet. Hoeveel eieren heb je geraapt?'

'Negen... eh, acht', zei ik.

'Prima.' Ze glimlachte heel vriendelijk tegen me en ging toen terug naar het huis. Ik keek haar na.

Waar denk je aan? Wat een vraag! Van mijn hele leven had nog nooit iemand me dat gevraagd.

De rest van de ochtend liet ze me een aantal dingen zien die ik moest doen in en rondom het huis, en na de lunch stuurde ze me naar Snatter om scones te kopen. Snatter was het dichtstbijzijnde dorp, en om die naam moest ik elke keer als ik hem hoorde lachen, want het klonk als iets wat uit je neus komt. Toen het tijd was om te vertrekken, nam mevrouw me mee naar de andere kant van de moestuin om me de kortste weg te wijzen, langs een pad dat over een heuvel liep, de Cowburnhill, en dan verder een laan door naar de kruising met de Grote Weg waar het dorp lag.

'Niet lang wegblijven', zei ze tegen me. 'Ik heb die scones vanmiddag nodig. Ga ze maar halen en kom meteen terug.'

'Ja, ja', zei ik. 'Jezus, mens, maak je niet zo druk, je lijkt wel een kloek met kuikens.'

Maar dat zei ik niet echt. Ik zei gewoon: 'Zeker, madam', en nam de penny's aan die ze me gaf. Vervolgens maakte ik een mooie kniebuiging voor haar en ging ervandoor. Ze was zo aardig tegen me geweest de hele ochtend dat ik haast vergat hoe vreemd ze zich de avond tevoren had gedragen.

Cowburnhill, ik was totaal niet gelukkig met Cowburnhill, er lagen koeienvlaaien waar je tot je oksels in wegzakte, maar gelukkig waren de koeien zelf die dag in een andere wei. De hemel had de kleur van de pap die ik 's morgens bij het ontbijt had gegeten, maar er stond geen wind en het was niet al te koud. Onder het lopen zong ik uit volle borst een lied dat ik aan het componeren was, het was nog niet af, ik had nog maar twee coupletten en het refrein.

Na een poosje liep het pad langs een klein veldje waar een man voorovergebogen naar de grond stond te kijken. Ik hield op met zingen zodra ik hem zag, want ik wilde geen aandacht trekken. Maar toen ik hem voorbijliep, ging hij rechtop staan en keek me aan. Hij was klein en mager en hij spuugde voortdurend. Later hoorde ik dat dit Biscuit Meek was, een van de boerenknechten. Aan de verontwaardigde uitdrukking op zijn gezicht te zien, en de manier waarop hij zijn handen tot vuisten balde, zou je zeggen dat hij dacht dat ik de duvel zijn ouwe moer zelf was die daar over het paadje liep te banjeren. Ik zwaaide naar hem en wenste hem goeiemiddag, want hij was immers mijn nieuwe buur. Als antwoord rochelde hij een dikke fluim op de grond, maar aan de manier waarop hij daarbij keek kon je zien dat het maar een van de paar duizend fluimen was die hij dagelijks oprochelde, dus het zou niet eerlijk zijn om te zeggen dat het kwaadaardig bedoeld was jegens mij.

Goddank maakte het pad een bocht en liep achter een haag de heuvel af. Het was een opluchting uit zijn gezicht te verdwijnen. Niet lang daarna kwam ik in het dorp. In die tijd, voordat de nieuwe kolenmijnen werden geopend, was het kleiner dan nu en werd voornamelijk bewoond door mijnwerkers en wevers, wier huisjes rondom de Kruising stonden en over enige afstand aan weerszijden van de Grote Weg. Ik keek of ik een koffiehuis kon vinden, of een andere uitgaansgelegenheid, maar tot mijn grote teleurstelling was er niets. Er was wel een taveerne aan één kant van het dorp die Het Hoekhuis heette en een klein hotelletje langs de weg voorbij de Kruising – Herberg de Zwaan heette die. Maar behalve dat waren de enige bezienswaardigheden een oude smidse en een winkel, de enige van het dorp, die bakker, kruidenier en postkantoor tegelijk was. Er liepen een stuk of vijf zes ongewassen kinderen op straat, twee schurftige honden en hier en daar stonden een paard en wagen en wat ponykarretjes. Er was geeneens een schouwburg of een balzaal om te dansen en feest te vieren, boven de enige zaal die er was hing een groot bord waarop stond dat die gereserveerd was voor de vrijmetselaars, de Vrije Tuinders. De moed zonk me in de schoenen. Ik had voor het raam van de winkel een aankondiging gezien van een *Soiree*, maar bij nader inzien bleek die de vorige maand te zijn gehouden in een ander dorp, dat Smoller heette. Hoewel ik er wel een paar had gelust, liep ik zowel de taveerne als het hotel voorbij zonder naar binnen te gaan. Op mijn eerste werkdag zou het een ramp zijn als ik in de lorum kwam opdagen. Bovendien wilde ik mevrouw niet ontrieven, ze had me goed onthaald.

In de winkel rook het naar snoepjes en tabak en zure melk, en hij was leeg, op een kale man achter de toonbank na, en dat was AP Henderson, de kruidenier. Toen ik hem groette, vouwde hij zijn armen voor zijn horlogeketting en keek geeuwend naar de zolderbalken. Ik had wel eerder met dit type te maken gehad, en als iemand me een kat gaf, negeerde ik die gewoon. Ik kwam meteen ter zake.

'Hebt u scones, meneer?' vroeg ik, en net op dat moment zag ik ze in een vitrine op de toonbank liggen, maar voordat ik ze kon bestellen schudde meneer Henderson zijn hoofd.

'Nee', zei hij. 'Geen scones.'

Ik keek hem perplex aan en wees toen naar de vitrine. 'En die daar dan?'

'Die zijn gereserveerd', zei hij.

'Gereserveerd?' vroeg ik. 'Gereserveerd voor wie?'

'Voor de inwoners van Snatter en omstreken.'

'Nou, in dat geval,' zei ik, 'kunt u me er wel zes geven, want ik moest ze kopen voor mijn meesteres op Kasteel Haivers, dat volgens mij in deze omstreken ligt, want het is nog geen twee kilometer hiervandaan.'

Daar moest hij even over nadenken. Hij keek me vanuit de hoogte aan. 'En wie ben jij dan wel?' vroeg hij uiteindelijk.

'Ik ben de nieuwe huismeid van Kasteel Haivers', zei ik. 'Gisteren in dienst gekomen.'

Daarop stiet hij een schamper lachje uit. 'De nieuwe huismeid', zei hij. 'O ja. En wat is er met de vorige gebeurd?'

Ik wilde niet laten merken dat ik het niet wist, dus ik zei: 'Die is vertrokken.'

'O, die is vertrokken, hè?' zei hij, en toen zei hij (dat vond ik erg vreemd): 'Is ze met de trein gegaan?', waarop hij in een schaterlach uitbarstte, echt waar. Ik zei maar niks terwijl hij dubbelsloeg. Het was geeneens leuk, ik dacht, hij zal het wel een hoop tekortkomen. Na een paar minuutjes kalmeerde hij en veegde de tranen uit zijn ogen. 'O, jee', zei hij. 'Is ze met de trein gegaan, tjonge-jonge.' Daarna leunde hij over de toonbank en zei vertrouwelijk: 'En hoe gaat het met de knappe Arabella?'

'Wie?' vroeg ik uit de hoogte.

'Mevrouw Reid, je meesteres', zei hij. 'Of weet je niet eens hoe ze heet?'

'O, jawel', zei ik. 'Arabella, ik had u niet goed gehoord. Het gaat heel goed met haar, dank u.'

'En met hemzelf?'

Ik nam aan dat hij daarmee de heer des huizes bedoelde, dus ik zei: 'Hijzelf is op dit moment niet thuis.'

'Zo, zo', zei Henderson. 'Stemmen winnen, ongetwijfeld?'

'Ongetwijfeld', zei ik, zonder natuurlijk ook maar enig idee te hebben waar hij het over had.

'Zo, zo?' zei hij weer en trok een wenkbrauw op. 'Dus ze zit daar nu helemaal alleen, hè? Rondspoken door dat grote huis. Ze zal waarschijnlijk wel wat gezelschap willen hebben, niet?'

Hij likte over de punten van zijn snor, het was wel duidelijk wie hij wilde dat haar gezelschap hield. Het idee alleen al dat hij bij mevrouw in de búúrt kwam maakte me misselijk.

'Helemaal niet', zei ik. 'Ze heb haar huis vol gasten.'

'O ja?'

'Ja, we hebben verschillende logés. Familie van mevrouw, uit Engeland. Daarom hebben we meer levensmiddelen nodig, ze hebben ons de oren van het hoofd gegeten. Dus als u het niet erg vindt, wil ik graag zes scones hebben en ervandoor gaan. Ze wachten op me.'

Nou, iets lastigers had je hem niet kunnen vragen, aan de manier te zien waarop hij zuchtte en zich hoofdschuddend

43

van zijn kruk liet zakken alsof hij maar niet kon begrijpen waarom iemand scones zou willen kopen, het was een hopeloze onderneming. Eindelijk kreeg hij zes scones in een papieren zak gepropt en ik telde het geld voor hem neer. Hij veegde het van de toonbank en ving het op in zijn schort, waarna hij het in de geldla gooide. Hij raakte de muntjes nauwelijks aan met zijn lelieblanke handjes, vergis je niet, zo'n Iers meisje, da's besmettelijk.

Arabella.

Arabella, Arabella, dat was een mooie naam. Onderweg bleef ik de hele tijd maar denken aan een aanplakbiljet dat ik bij de Koninklijke Schouwburg had gezien, met een schilderij van een ballerina erop, ze had een geweldig lichtroze rokje aan dat rondom aan alle kanten uitstak en haar huid was melkwit, ik weet niet waarom, maar daar deed de naam Arabella me aan denken, iets moois en fijnzinnigs en delicaats.

Heel iets anders dan Biscuit Meek. Ik was blij dat hij niet meer op het koolraapveld stond, hij was ongetwijfeld op iemand anders zijn land gaan spugen.

Toen ik op Kasteel Haivers terugkwam was mevrouw in de keuken.

'Je bent terug!' zei ze opgetogen, misschien had ze wel gedacht dat ik er met haar twee penny's vandoor zou gaan. Ik gaf haar de scones en ze wees meteen op een stapel kleren die ze voor me op tafel had gelegd: schorten, onderrokken, mutsen en twee katoenen jurken, de ene gestreept en de andere donkergrijs, allebei een beetje verschoten. Ik wist meteen dat ze niet nieuw waren, want zo snel had ze geen nieuwe kleren kunnen kopen. En omdat ik jong was en erg lette op mijn uiterlijk, was ik een beetje teleurgesteld dat ik afgedragen kleren moest aantrekken. Mevrouw moet hebben gezien hoe ik keek.

'Ze zijn wel de goeie maat, toch?' vroeg ze. 'Het is maar tijdelijk, tot we nieuwe kunnen laten maken.'

Ik pakte de gestreepte jurk en bekeek hem. Hij zag er gelukkig schoon uit en rook alsof hij pas gestreken was.

'Doe hem aan', zei mevrouw.

'Moet ik me hier omkleden, madam?'

'Ja, waarom niet?' vroeg ze.

Ik trok mijn jurk uit en deed de gestreepte aan. Hij ging van voren vanaf het middel dicht. Om de een of andere reden trilden mijn vingers, dus mevrouw kwam naar me toe en deed hem voor me dicht, knoopje voor knoopje. Toen hij tot bovenaan dicht was, aaide ze over mijn hoofd, glimlachte en deed een stap terug.

'Precies goed', zei ze.

'Zijn die jurken van u, mevrouw?'

'Nee, nee', zei ze. Ik keek haar aan en ze ging verder. 'Ze zijn van een meisje geweest dat hier een tijdje was. Ze... ze heeft een paar spullen achtergelaten toen ze vertrok. Ik heb ze op zolder gelegd, voor het geval... voor het geval ze terugkomt.'

Nou ja, er was daar iets raars mee, zoals ze hakkelde en mijn blik ontweek, het was van een kilometer afstand te merken, met een blinddoek voor, een prop in je neus en je oren en een kurk in je gat. Maar voordat ik meer kon vragen klapte ze in haar handen en lachte heel vrolijk.

'Goed, laten we beginnen', zei ze, alsof ze me uitnodigde voor een gezellig spelletje. 'Zet een muts op en doe een schort voor. Dominee Pollock komt op bezoek en ik wil heel graag dat je ons bedient in de salon.'

'Goed, madam', zei ik.

Ik had dominee Pollock nog niet ontmoet, maar ik had er

wat om durven verwedden dat ie U.P. was, dat wil zeggen *United Presbyterian*. Ik moet toegeven dat ik het een beetje spannend vond om een Man van God te bedienen, ook al was hij lid van wat mijn moeder altijd De Tegenpartij noemde. Niet dat ze godsdienstig of vroom was, bij mijn weten was ze dronken de laatste keer dat ze naar de kerk ging en viel ze giechelend van haar stoel, waarna ze haar handtas vol braakte, maar *Blueskins* of *You Pees*, zoals ze genoemd werden, de twee of drie die ik kende, daar zou een heilige van gaan vloeken.

Tegen drieën was de gedaanteverwisseling compleet en was ik een keurige huismeid. Ik had de gestreepte jurk aan, een wit schort voor en een kanten muts op, mijn haar strak over mijn oren gekamd en in een knotje achter op mijn hoofd gedaan, erg degelijk. Ik had zelfs tijd gehad om me te wassen. Wie dat weggelopen meisje ook was, ze had geen figuur, want mijn tietjes werden zo plat gedrukt als pannenkoeken in die jurk, maar verder knelde hij niet. Mevrouw bekeek me en zei dat het goed was, en dat was het.

Ik moest van haar de open haard aanmaken in de salon, waarna ze me terugstuurde naar de keuken om boter op de scones te smeren terwijl zij met haar naaiwerk ging zitten. Om halfvier werd er op de voordeur geklopt. Ik haastte me de gang in en deed open, en daar stond dominee Pollock op de stoep, een goedgebouwde man van ongeveer vijftig met bakkebaarden en een knap, oud gezicht. Hij knipperde met zijn ogen van verrassing toen hij me zag en hij schudde verbijsterd zijn krullen, ik denk dat hij iemand anders verwachtte.

'Wel – goeie genade – ha!' zei hij op een toon die jolig bedoeld was, maar die mij akelig geforceerd in de oren klonk. Ik maakte een kniebuiging voor hem en zei: 'Goedemiddag, meneer', waarna ik hem binnenliet, heel chic.

'Zo, zo', zei hij. 'Nou, ik heb jóú nog niet eerder gezien.'
Zoals hij het zei leek het wel een verwijt, en daarna maakte
hij een geluid, niet helemaal een lachje en niet helemaal een
zucht, maar een weeïg geluid dat een beetje leek op 'ah-haa!'
'Klopt, meneer', zei ik. 'Ik ben nieuw.'
'Ah-haa!' deed ie weer, waarna hij veelbetekenend knikte
en me uit zijn ooghoeken observeerde, terwijl ik zijn hoed en
jas aannam. Dominee Pollock, zo realiseerde ik me later, zag
zichzelf graag als een slimmerik, hij dacht dat niets hem
ontging. Ik merkte dat er een vreemde geur om hem hing,
paraffine of zo, en zijn laarzen kraakten als oude galjoenen.
Ik hing zijn jas op en draaide me om. Hij stond nog steeds
veelbetekenend te knikken.
'Ah-haa', deed ie nog een keer. 'Een nieuw meisje, hè?'
Over dat idee dacht hij even vergenoegd na. Na een poosje zei
hij: 'Ik neem aan dat je wel een charmante naam zult hebben.'
'Ik heet Bessy, meneer.'
'O', zei hij. 'Nou, geeft ook niet. Namen zijn niet belangrijk... het gaat erom hoe iemand zich laat leiden door God,
dat telt. En ook inachtneming van de zondagsrust... dat
spreekt vanzelf.'
'Jawel, meneer.'
'Ach, ja', zei hij. 'Je zult het hier vast héél erg naar je zin
hebben... Ja, je hebt een gewéldige meesteres... Jazeker... Zij
en ik... wij zijn erg goede vrienden...'
Hij nam de houding aan van een man die op het punt staat
aan een ellenlange toespraak te beginnen, onderbroken door
lange stiltes, dus ik onderbrak hem. 'Wilt u mij volgen,
meneer?' zei ik en haastte me naar de salon. Maar hij bleef
staan waar hij stond, zelfgenoegzaam glimlachend met zijn
armen langs zijn zij en zijn schouders opgetrokken tot aan
zijn oren. Hij was duidelijk nog niet met me klaar en ik zou

er wat om durven verwedden dat we daar nu nog zouden staan als ik hem niet gewoon genegeerd had en op de deur van de salon had geklopt.

'Binnen!' riep mevrouw.

Toen ik naar binnen ging keek ze op van haar plaats bij het haardvuur waar ze zat te naaien. Ze had zich weer omgekleed en haar haar was mooi gedaan, God, ze zag eruit als een schilderij. Ik zag het al hangen in een galerie, met als titel 'De Schone Vrouw des Huizes'.

Ik wilde net de dominee aankondigen toen hij zich met een zelfvoldaan lachje langs me heen wurmde, maar er schitterde iets in zijn ogen nu hij wist dat ik me door hem niet liet ringeloren.

'Dominee Bulldog, madam', zei ik.

Mevrouw wierp een blik op me toen ze opstond om hem te begroeten, volgens mij wist ze niet zeker of ze me goed gehoord had, of was het mijn accent? Maar hij had alleen aandacht voor haar en liep met uitgestoken hand op haar toe.

'Dominee Pollock', zei ze. 'Wat leuk dat u op visite komt.'

'Ah-haa!' deed ie.

Dat was voor mij het teken om water op te zetten.

Even later kwam ik terug met het dienblad en ik hoorde ze in de salon praten, maar toen ik aanklopte en naar binnen ging vielen ze stil, het leek wel of ze iets bespraken wat ik niet mocht horen.

Ze zaten ieder aan een kant van het haardvuur, de dominee had bezit genomen van de grote leren leunstoel, zijn benen voor de haard uitgestrekt. Hij leek zich helemaal thuis te voelen.

'O, uitstekend', zei mevrouw tegen mij. Ze gebaarde naar de tafel tussen hen in, waar ik de theespullen moest opdienen. Ik begon erg langzaam, in de hoop dat ze hun gesprek

48

zouden hervatten. Ik zette eerst het ene schoteltje neer en daarna het volgende. Toen een kopje – en het volgende. Eén lepeltje... De dominee schraapte zijn keel.

'Ik weet niet of ik het je al heb verteld, Arabella', zei hij. 'Maar ik heb, eh, nogal flatterend nieuws.'

Ik was een beetje in mijn wiek geschoten, want het was duidelijk dat ze van onderwerp waren veranderd.

'O ja?' zei mevrouw. 'Wat is het?'

'Nou', zei hij, erg met zichzelf ingenomen. 'Men heeft mij verzocht in Glasgow een Maandagavond Toespraak te houden.'

'Echt waar?' zei mevrouw. 'Dat is goed nieuws.'

'Jazeker', zei hij. 'In de Corporation Galleries, of misschien de Queens Rooms... dat staat nog niet vast. In ieder geval is het pas volgend jaar. Maar omdat dit zulke... belangrijke evenementen zijn, duurt het een hele tijd om de publiciteit en dat soort zaken te regelen. Men heeft mij verzekerd dat die lezingencyclus heel druk bezocht wordt.'

'Wat geweldig!' zei mevrouw. God weet dat ze klónk alsof ze onder de indruk was. Ik vroeg me onwillekeurig af hoe ze het met die ouwe bok uithield.

'Nou, ik hoop dat ik het vertrouwen van de commissie niet beschaam', zei hij. 'Ze zeiden er wel bij dat ik hun ten zeerste was aanbevolen. De mensen vertellen me dat ik een van de beste sprekers ben die ze ooit hebben gehoord, hoewel ik dat zelf niet vind. En nu moet ik natuurlijk gaan nadenken over het onderwerp van mijn lezing – misschien wil je me daarbij helpen, Arabella. Je weet natuurlijk wat mijn stokpaardje is...'

Hier zweeg hij even om mevrouw aan het woord te laten.

'Willem van Oranje', zei ze met een knikje.

'Ja', zei de dominee. 'De oude koning, dat is mijn sterkste troef als het ware. Maar ik vraag me af of ik niet een geheel nieuw onderwerp bij de kop moet vatten.'

Het was duidelijk dat dit gesprek geen interessante kant meer opging, dus ik zette vlug de rest van de spullen van het dienblad en maakte me op om te vertrekken.

De dominee leunde achterover en keek me stralend vergenoegd aan. 'Ah-haa', deed ie. 'Ik kan wel zien dat jij een grote aanwinst voor dit huis wordt, Betty.'

'Ik heet Bessy, meneer', zei ik.

'O?' zei hij. 'Je hebt mij verteld dat je Betty heette.'

'Is dat zo meneer? Ik denk het niet.'

'O jawel. Ik herinner me duidelijk dat je zei dat je Betty heette toen ik aankwam.' Hij glimlachte tegen mevrouw en schudde zijn hoofd alsof hij wilde beduiden dat ik gek was.

'Nou, meneer,' zei ik, 'in dat geval heb ik me vergist in mijn *eigen naam.*'

'Je kunt wel gaan, Bessy', zei mevrouw kortaf. 'De rest kunnen we zelf wel af.'

Ik maakte een kniebuiging voor haar en ging weg, ik liet de deur op een kiertje en bleef even op de gang staan om te zien of ze hun vorige conversatie weer zouden hervatten, of over mij praten, maar dat deden ze niet – tenminste niet meteen. Die Geitenbok bleef maar opscheppen over zijn lezing en mevrouw beloofde hem te helpen met het vinden van een geschikt onderwerp. Vervolgens deed ze een paar suggesties: de elektrische telegraaf was een idee, maar hij zei 'Ah-haa', dáár was ie geen expert in, en toen stelde ze voor om over boerenknechten en -meiden te praten, hun godsdienstige en morele ontwikkeling en zo, en hij was het met haar eens dat dat een interessant onderwerp was, maar misschien een beetje te bepérkt naar zijn smaak.

Toen viel er een stilte en zei hij: 'Misschien heb je wel gelijk wat haar betreft.'

En zij zei: 'Ja, we zullen zien.'

Op dat punt hielden ze inenen op met praten. Ik hield me muisstil en luisterde aandachtig, maar de stilte was zo intens dat ik bang werd dat ze mijn aanwezigheid achter de deur opmerkten. Ik wachtte niet tot ze me ontdekten en liep als de wiedeweerga op mijn teentjes door de gang, gelukkig was mijn nieuwe jurk van katoen en ruiste daarom niet. In een wip was ik weer in de keuken, en daar pakte ik een bezem en begon de vloer aan te vegen, hoewel dat nauwelijks nodig was. Uit niets bleek dat iemand me gehoord had of gevolgd was, maar mijn hart bleef nog verscheidene minuten in mijn borst nabonken.

Dus ze hadden het inderdaad over mij gehad toen ik met het dienblad binnenkwam! Natuurlijk hadden ze waarschijnlijk alleen maar onschuldige opmerkingen gemaakt over mijn geschiktheid als dienstmeid of zo. Maar het was wel duidelijk dat mevrouw over mijn persoontje had gespeculeerd. O, ik had al mijn hebben en houwen ervoor willen geven om te weten wat ze van me dacht of wat ze vermoedde dat de waarheid was.

Ik bleef in de keuken met de kat zitten spelen tot mevrouw me schelde en me vroeg de theespullen op te ruimen en die Ouwe Geitenbok in zijn stinkjas te helpen. Maar als je nou dacht dat ik van die ouwe zak afkwam! Zelfs toen hij die rotjas van hem aanhad bleef hij nog met zijn hoed op in de hal breed staan grijnzen en van 'Ah-haa' doen en nieuwsgierige vragen stellen. Hij was wel heel erg anders dan de gebruikelijke You Pees, moet ik zeggen, de meesten waren zielige stakkers, maar mij hield hij geen moment voor de gek. Ik gaf hem het standaard antwoord van 'Ja, meneer, nee meneer, drie zakken vol, meneer', en eindelijk, na een eeuwigheid leek het wel, kreeg ik hem de deur uit, die ik stevig achter hem dichtdeed.

Ik was zo opgelucht over zijn vertrek dat ik een vreugde-dansje door de hal maakte. Jammer genoeg werd dat onder-broken toen ik na een pirouette zag dat mevrouw me in de deuropening van de salon stond op te nemen.

'Je lijkt heel gelukkig, Bessy', zei ze op vlakke toon.

'Ja, madam', hijgde ik, een beetje buiten adem, en na even snel nadenken voegde ik eraan toe: 'Ik ben zo blij met deze betrekking.'

Ze bekeek me een ogenblik, het is moeilijk te zeggen wat ze dacht. Toen zei ze: 'Kom binnen', en draaide zich om.

Daar gaan we, dacht ik. Ik ben erbij, vanwege het dansen of omdat ik onaardig ben geweest tegen de Ouwe Geitenbok, of misschien zelfs omdat ze doorheb dat ik expres zijn naam verhaspelde toen ik hem aankondigde, ik had een hele was-lijst van zonden, dus ik ging een beetje met angst in het hart en lood in de schoenen achter haar aan, want misschien ontsloeg ze me wel op staande voet.

Tegen de tijd dat ik in de salon kwam was ze weer in haar stoel bij het haardvuur gaan zitten. Ik maakte een diepe kniebuiging voor haar en staarde naar het Turks tapijt. 'Ma-dam', zei ik, misselijk van de spanning.

Er viel een stilte. Toen vroeg ze: 'Hoe vond je je eerste dag op Kasteel Haivers?'

Die vraag, dacht ik, was bedoeld om me het schaamrood naar de kaken te jagen, omdat ik zo brutaal was geweest tegen de dominee. Ik trok een gepast deemoedig gezicht.

'Nou, mevrouw,' zei ik, 'het is me deels heel goed bevallen.'

'O ja?' vroeg ze.

'Maar het is misschien beter als ik op bepaalde punten meer mijn best doe.'

'Zo?' zei ze. Er was iets in haar stem wat me deed opkijken. Ik meende een twinkeling in haar ogen te zien, maar toen deed ze ze even dicht en het verdween, of misschien verbeeldde ik het me alleen maar.

Ze keek me ernstig aan. Daar gaan we dan, dacht ik.

'Door de bank genomen,' zei ze, haar woorden zorgvuldig wegend, 'ben ik van mening dat je het vandaag redelijk gedaan hebt.'

Daar zei ik niks op, ik wachtte tot ze me de les zou gaan lezen.

'Een paar dingen maar wil ik opmerken', zei ze. 'Ik denk dat het bijvoorbeeld het beste is dat je, wanneer je tegen iemand praat, vooral als het een dame of een heer is, ervoor zorgt dat je ze recht aankijkt.'

'Goed, madam', zei ik. 'Recht aankijken.'

'En misschien, als je wordt aangesproken, is het aan te bevelen om rechtop te staan en niet ál te veel met je been te wiebelen.'

'Jawel, madam', zei ik. 'Rechtop.'

'Nog een punt', zei ze. 'Denk eraan dat je, als je tegen een dame of een heer praat, dat je dan beter niet je vinger in je mond kunt steken.'

'O!' zei ik, een beetje van mijn stuk gebracht. Ik realiseerde me niet eens dat ik dat deed. 'Goed, madam.'

'Maar door de bank genomen vind ik dat je het heel goed hebt gedaan', zei ze. 'Maar nu – heb je al iets in je boekje geschreven?'

'God, nee, mevrouw', zei ik, want ze overviel me. 'Ik bedoel, nee madam.'

'In dat geval,' zei ze, 'mag je nu een uurtje naar je kamer gaan. Ik stel voor dat je de gelegenheid te baat neemt om wat aan je dagboek te werken.'

Ik had liever wat aan een stevig dutje gewerkt, maar ik was zo dankbaar dat ze me niet de mantel had uitgeveegd, dat ik haast voor haar op mijn knieën viel.

'Goed, madam', zei ik en maakte weer een kniebuiginkje

voor haar. 'Ik doe het meteen, nu direct.'

O, wat is het makkelijk om in de gewoonte van buigen en jaknikken te vervallen. God weet, als je me toen had gezien, dan had je waarschijnlijk gedacht dat ik helemaal uit het goede hout voor dienstmeisje gesneden was.

'Ik verheug me erop te lezen wat je vanavond hebt gedaan', zei mevrouw. 'En misschien dat je later weer dat mooie liedje voor me kunt zingen.' Ik dacht dat ze daarmee klaar was, en ik stond op het punt te vertrekken toen ze inenen doorging. 'Weet je, Bessy, dat dominee Pollock een van de drukst bezette mannen in het land is?'

Alsof het me een rooie biet kon schelen wat ie was. Maar ik zei: 'O ja? Is dat waar?'

'Ik vind het altijd jammer dat hij maar eens per maand hier op bezoek kan komen.'

'O jeetje', zei ik.

'Soms maar eens in de twee maanden. Is dat niet vréselijk jammer?'

Ik denk wel dat ik kan zeggen dat dit mijn eerste ervaring was met het vermogen dat een dame met de komaf van mevrouw van nature bezit om het ene te zeggen terwijl ze iets heel anders bedoelt. Ze was helemaal niet op die Ouwe Geitenbok gesteld, net zomin als ik! Ze keek me recht aan en ze vertrok geen spiertje, maar op de een of andere manier wist ik dat ze exáct het tegenovergestelde bedoelde van wat ze zei. Hij was verschrikkelijk gezelschap en hoe mínder hij kwam, des te beter. Ik had zin om hardop te lachen en haar te omhelzen, het was net een vrolijk geheimpje dat we hadden, zij en ik saampjes.

Maar dat zou niet gepast zijn geweest, dus zei ik maar: 'Ja, madam, da's vreselijk jammer', waarna ik nog een kniebuiging voor haar maakte en besmuikt lachend vertrok.

Wat dat kleine boekje betreft, daarvan bestierf me het lachen algauw. Goeie genade, wat zweette ik peentjes toen ik eraan begon, ik moet er niet meer aan denken (hoewel ik er nu met enige trots op terugkijk, het ligt hier naast me op tafel). Het probleem was, ik wist hoe je woorden moest spellen, maar hoe je ze tot volzinnen moest samenvoegen, dat was me een raadsel. Of misschien was het probleem niet eens volzinnen, maar zinnen waarvan ik vond dat ze waardig waren om door mevrouw gelezen te worden. Ik heb misschien wel één of twee traantjes bij die eerste aantekeningen geschreid, want ik zie dat de inkt hier en daar is doorgelopen, en ook dat er vlekken op zitten, want ik zat steeds met de pen in de aanslag boven het papier de woorden eruit te persen. Na een uur had ik nog maar één prul van een zin, hoewel dat voor mij al een heleboel was, en ik was blij dat ik weer naar beneden kon en me op het eenvoudige karwei van het avondeten kon storten.

Die avond verkoos mevrouw in de keuken te gaan zitten om haar *Bathgate Monthly Visitor* te lezen, maar ze keek er nauwelijks in, ze leek meer geïnteresseerd in hoe ik de boel opruimde. Ik begon net te denken dat ze het boekje helemaal vergeten was, toen ze haar *Monthly Visitor* neerlegde en me vroeg haar te laten zien wat ik geschreven had. Ik deed het met een bezwaard gemoed, en zelfs nu nog schaam ik me als ik mijn eerste wanhopige probeersel overschrijf.

donderdag
opgestaan paar kleine karweitjes gedaan voor mevrouw verder niks vreemds of raars

Mevrouw wierp er een blik op en keek me aan. 'Waarom ben je daar opgehouden?' vroeg ze en ik zei tegen haar dat ik het niet zeker wist, maar dat het misschien kwam omdat mijn vingers moe werden. 'Na één regel al?' vroeg ze, en ik zei tegen haar dat het kwam omdat ik niet gewend was een dagboek te schrijven.

'Nou, Bessy,' zei ze, 'een dagboek behoort specifieker te zijn. Je moet opschrijven wat die paar karweitjes waren en nog iets meer zeggen om je verhaal tot leven te laten komen. Bijvoorbeeld, wat is er vanochtend gebeurd?'

Ik keek haar aan. Ik kon niets bedenken.

'Het eerste wat er vanmorgen gebeurde?' vroeg ze.

Ik haalde mijn schouders op. 'Ik was laat opgestaan?' zei ik.

'Eh... ja', zei ze. 'Maar dat is niet waaraan ik dacht, hoewel dat ook goed is. Waarom ook niet. Probeer het opnieuw.' En ik moest van haar aan de keukentafel gaan zitten en opnieuw een poging wagen. Wat een gesukkel, het duurde geloof ik een uur om dit te schrijven.

donderdag
laat opgestaan pap voor ontbijt gegeten mond gebrand eie-
ren geraapt po geleegd voor mevrouw lamsragout voor mid-
dageten scones gaan kopen thee opgediend voor mevrouw
en dominee verder niks vreemds of raars

'Nou', zei mevrouw toen ze het las. 'Dat is al beter. Maar je moet het nog verder uitwerken en meer details toevoegen.'

Dus toen zei ik voor de grap: 'O, had ik verder moeten uitwerken wat er in de pispot zat, madam?' (Waarna ik m'n eigen wel kon slaan, verdomme, want dat was niet bepaald het soort lolligheid voor een dáme.) Mevrouw keek me alleen maar aan en zei: 'Nee, maar dit verslag lééft niet voor me.' Ik zei tegen haar dat het me echt speet, maar ik wist niet wat ik anders moest schrijven. En ze zuchtte en zei dat ze het erg op prijs zou stellen als ik de volgende dag niet alleen schreef wat ik dééd, de huishoudelijke karweitjes en zo, maar ook hoe ik me erover vóélde en wat ik dácht als ik die karweitjes deed.

Jezus Mina, dacht ik bij m'n eigen, wat heb iemand dáár nou aan? En misschien heb ik dat ook wel gezegd, maar niet met die woorden, en toen zei mevrouw, als je het doet geef ik je een shilling extra, dus ik dacht God, laat ik het mens gelukkig maken.

Maar nu doe ik te stoer. Om de waarheid te zeggen kon me die extra shilling geen moer schelen, ik wilde alleen maar mevrouw een plezier doen.

3

Vrijdag

op tijd opgestaan ik was blij dat ik niet te laat was de
haard wilde niet aangaan ik was blij dat ie eindelijk
brandde pap te zout ik was teleurgesteld kippen gevoerd
met mevrouw varken gevoerd in mijn eentje ik hou wel van
de kippen maar van het varken denk ik niet mijn schort
gescheurd aan de omheining dat beviel me helemaal niks
kamers geveegd en gestoft en aardappelen voor middageten
laten aanbranden maar ik had honger en at alles op mevrouw liet me zien hoe ik zilver moest poetsen dat vond ik
leuk toen liet ze me de moestuin zien dat interesseerde me
en waar de schapen vorig jaar naar binnen waren gekomen
om de groenten op te eten daar schrok ik van en toen heb
ik ongeveer een ton mest over het erf gekruid ik was heel blij
toen dat achter de rug was onder het werken dacht ik aan
mijn moeder leefde ze nog maar om haar goede werken te
doen vooral voor de aan lagerwal geraakte mannen een
glimlach van haar en een vriendelijk woord in het voorbijgaan op weg naar de kerk maakte hun dag goed ze was
echt een door god gezonden engel

4

Wat ik niet opschreef

Dat was wat ik in dat boekje schreef. Maar dat was niet alles wat er gebeurde op die vrijdag, bij lange na niet. Bijvoorbeeld, toen ik die ochtend naar de keuken ging, was mevrouw al op, het leek wel of ze op me zat te wachten, want toen ik binnenkwam, sprong ze overeind.

'Zo, daar ben je dan', zei ze erg opgewonden.

Ze zag bleek en ze had wallen onder haar ogen, ze keek als iemand die niet erg lang geslapen had. Ik wenste haar goedemorgen en ging het vuur aansteken, maar toen ik langs haar liep pakte ze mijn arm.

'Die haard kan wel even wachten', zei ze. 'Ik wil eerst iets anders doen.'

Ze liet mijn arm los, ging opzij staan en gebaarde naar een keukenstoel midden in het vertrek, die ze daar moest hebben neergezet voordat ik beneden kwam.

'Ga zitten', zei ze.

Toen ik deed wat me gezegd werd begon ze met haar handen op haar rug voor me heen en weer te lopen. Ze had een mooie antracietkleurige zijden jurk aan, die ruiste onder het lopen, de snit liet haar slanke figuur goed uitkomen. Een echte Venus was ze, maar dan met armen. Na een ogenblik stopte ze en keek me recht aan.

'Welnu, Bessy', zei ze erg streng. 'Vertrouw je me?'

'Wablief, madam?' vroeg ik. 'Hoezo?'

Ze aarzelde en zei toen vriendelijker: 'Ik bedoel... denk je dat ik je kwaad zou kunnen doen?'

'Nee, madam', zei ik, en tot mijn verbazing merkte ik dat ik het meende.

'Dus je vertrouwt me', zei ze.

'Eh... ja', zei ik.

'Goed', zei ze. 'Welnu... wees een brave meid en doe je ogen dicht.'

'Waar... waarvoor, madam?'

'Vertrouw je me, Bessy?'

'Jawel, madam.'

'Doe dan je ogen dicht.'

Ik deed ze dicht.

Ze liep nog even om me heen, één groot geruis, en toen stopte ze vlak bij me, ergens aan mijn linkerkant. Ik wachtte af, ik wist niet wat er ging gebeuren. Ik stelde me al half en half voor dat ze me inenen ergens zou aanraken, over mijn wang aaien misschien, haar adem op mijn gezicht of haar vingers in mijn haar, maar ze hield afstand en na een ogenblik stilte zei ze heel luid en met vlakke stem: 'Sta op!'

Ik kwam overeind en wachtte weer af tot ze me zou zeggen waar ik naartoe moest gaan, maar het enige wat ze zei, wederom met die vlakke stem, was: 'Ga zitten!' Dus ik ging zitten en in de veronderstelling dat ik haar op een of andere manier teleurgesteld had, maakte ik aanstalten mijn ogen open te doen.

'Hou je ogen dicht!' zei ze snel. En toen weer: 'Sta op!', met die vlakke stem. Dus ik deed het. En toen weer: 'Ga zitten!'

Ik had geen flauw vermoeden waar ze heen wilde. Ze ging maar door met die vlakke stem, van Sta op! Ga zitten! Sta op! Ga zitten! Ik ging op en neer als de zwengel van een pomp, tot ik het na ongeveer de vijfde keer niet langer kon verdragen om te worden gecommandeerd en mijn ogen opendeed en een beetje bits zei: 'Alstublieft, mevrouw, ik doe dit niet meer, dus dwing me alstublieft niet.'

Ze keek me met glazige ogen aan, het leek verdorie wel of ze in trance was, maar toen ik mijn zegje gedaan had, knikte ze en mompelde iets bij zichzelf, het klonk als: 'Natuurlijk. Natuurlijk zegt ze dat.' Vervolgens knipperde ze met haar ogen en zei hardop: 'Goed zo, Bessy. Nu mag je de haard aanmaken.'

Weg ging ze, ze keek één keer om en zeilde de keuken uit.

Ongeveer halverwege de ochtend kwam er een brief voor haar. Ik had mijn oren gespitst voor de postbode, deels omdat het leuk zou zijn voor de verandering eens een ander gezicht te zien, maar ook om wat hij zou kunnen brengen, als mevrouw inderdaad naar Crown House had geschreven voor mijn referenties, ik maakte me zorgen over een mogelijk antwoord.

Deze postbode moet het menselijk equivalent van een das zijn geweest, want je hoorde of zag hem niet, je vond alleen zijn souvenirs op de deurmat, en die dag was geen uitzondering. Hij moest eigenlijk op zijn hoorn blazen om je te laten weten dat hij onderweg was, maar ondanks het feit dat ik mijn oren gespitst hield en goed uitkeek, zou ik gezworen hebben dat er niemand het terrein was opgekomen, terwijl inenen, als bij toverslag, die brief op de mat lag toen ik een keer door de hal liep. Mijn hart sloeg een slag over, want ik dacht dat ie misschien uit Glasgow kwam, maar bij nader inzien zag ik dat ie in Londen was afgestempeld, dus alles was in orde. Ik dacht dat ie misschien van mevrouw haar echtgenoot was.

Ze had zich de hele ochtend in haar kamer opgesloten en ik was blij een excuus te hebben om haar te bezoeken, dus ik ging meteen met de brief naar boven. Ik klopte op haar deur en toen ik binnenkwam zat ze aan haar bureau, ze had een pen in haar hand, maar gek genoeg zag ik nergens schrijfpapier.

'Dit is voor u gekomen, madam', zei ik en gaf haar de envelop.

Ze keek naar het handschrift op de envelop.

'Hij komt uit Londen', zei ik.

Ze glimlachte. 'Ja, dat zie ik.'

Ik wachtte tot ze hem open zou doen, maar ze legde hem op haar bureau en keek me afwachtend aan. Tot op dat moment wist ik niet dat ik haar iets ging zeggen, maar ik flapte er inenen uit: 'Madam, over vanmorgen', zei ik. 'Ik wilde mijn verontschuldigingen aanbieden.'

'Verontschuldigingen aanbieden? Waarvoor?'

'Madam, omdat ik niet deed wat u me vroeg. Opstaan en zitten gaan en zo. Ik weet niet waarom. Ik wilde het gewoon niet doen. En het spijt me.'

Ze schudde haar hoofd. 'Geeft niet, Bessy', zei ze. 'Je hebt het heel goed gedaan.'

'Echt waar, madam? Heb ik dat echt?'

'Ja, hoor.'

'Wilt u het opnieuw proberen, mevrouw... madam? Ik bedoel... ik vind het niet erg, we kunnen het opnieuw doen, nu, als u wilt. Beneden... of hier?'

'Misschien niet nu meteen, Bessy', zei ze. 'Misschien een andere keer.'

'Weet u het zeker, madam?'

'Ja, ik denk dat ik nu mijn brief ga lezen.'

'O, natuurlijk, ga uw gang.' Ik wachtte tot ze hem open zou doen, maar ze zat daar maar poeslief tegen me te glimlachen, tot ik me realiseerde dat ze natuurlijk wachtte tot ik wegging.

Ik liet haar alleen en deed de deur zachtjes achter me dicht. Ik weet niet waarom ik daar op de overloop bleef talmen. Ik verwachtte te horen dat ze de envelop opensneed, maar wat ik in plaats daarvan hoorde was een sleutel die in een slot werd omgedraaid en een la die open en dicht werd geschoven. Daarna hoorde je een zacht 'ting' dat ik niet kon thuisbrengen en toen was het weer stil, zodat ik op mijn teentjes moest weglopen en tegen de muur steun zoeken om mijn evenwicht niet te verliezen.

Een uur later, toen ik haar beneden riep voor het eten, zag ik meteen dat ze gehuild had. Haar neus was rood en haar ogen waren helemaal dik en waterig. Ze hield zich flink, waar het ook over ging, en ik wilde me er niet tegenaan bemoeien, dus ik hield mijn mond maar tot na het eten. En toen zei ik heel lief: 'Vergeef me dat ik het u vraag, madam, maar... hebt u slecht nieuws ontvangen?'

Meteen begonnen haar ogen weer te tranen. Ik vrees dat mijn fantasie nogal met me op de loop ging en ik trok meteen de meest romantische conclusie.

'Wat is er aan de hand, madam?' vroeg ik. 'Wordt u gechanteerd?'

Dat soort dingen las je altijd in het *Volksdagblad.*

Mevrouw keek me schuins aan. 'Doe niet zo mal', zei ze. En toen stond ze op. 'Het is niets. Er is niets met me aan de hand. Het is tijd dat je doorgaat met je werk.'

En met die woorden marcheerde ze naar haar kamer. Ik dacht toen dat het iets was met die brief wat haar van streek had gemaakt, maar nu ben ik daar niet meer zo zeker van.

Tegen de avond scheen mevrouw weer te zijn gekalmeerd. Nadat ik de tafel had afgeruimd, zei ze tegen me dat ik de aantekeningen voor vrijdag in mijn boekje moest schrijven en daarna dat ze het meteen wilde lezen. Ik stond daar heel zenuwachtig terwijl ze het las, maar ze glimlachte toen ze klaar was en zei dat het véél beter was. Het meest scheen ze ingenomen met het deel over mijn moeder en haar goede werken, en dat had ik nou juist verzonnen! Dat kwam omdat ik vergeten was te onthouden wat ik allemaal dacht onder het werken, en daarom had ik maar het eerste het beste opgeschreven wat in me opkwam.

'Dat over je moeder', zei mevrouw. 'Zoiets moet je vaker schrijven.'

'Zal ik doen, madam', zei ik, terwijl ik dacht, goh, als ze dan toch het verschil niet kan zien, dan is het makkelijk zat, dan verzin ik gewoon de hele tijd maar wat.

Toen ging ze een stuk papier halen waar ze zelf wat op had geschreven. Ze legde het op tafel naast mijn open boekje en zei: 'Ja, Bessy, je spelt erg goed, maar laten we even hier kijken.' Dus met z'n tweeën keken we naar wat zij geschreven had en wat ik geschreven had. Ik wist niet goed waar ik naar moest zoeken, maar ik keek toch. Haar papier was de eerste bladzijde van een brief aan haar vader in het dorpje Wimbledon in Engeland. Hoera! dacht ik bij m'n eigen, stiekem opgetogen dat ik iets persoonlijks van haar te lezen kreeg, maar de eerste alinea ging over het weer en daarna begon ze over een boek dat ze gelezen had, goeie genade, het leek me een heel saaie brief met helemaal niks onthullends, maar misschien had ze hem daarom uitgekozen.

Na een poosje keek ze me glimlachend aan.

'Zie je?' zei ze.

Ik dacht eraan maar te liegen, maar ik had het gevoel dat het me niet veel goeds zou doen. Dus ik zei, nee, ik zie het niet. Mevrouw bleef glimlachen.

Ze vroeg: 'Wat is het verschil tussen wat hier geschreven staat en wat daar geschreven staat?'

Ik zei: 'Dit is een brief aan uw vader en dit is het boekje dat u me gegeven hebt.' Stom antwoord, weet ik, maar ik was in de war en misschien een beetje boos, want ik haatte het voor schut te worden gezet en voor dom te worden versleten.

'Nog een ander verschil?' vroeg mevrouw, nog steeds glimlachend.

Ik keek weer. Ze boog zich naar me toe en zei: 'Kijk naar de ruimtes tussen de woorden.'

Het was een aanwijzing. Nou, ik keek ingespannen naar haar 'Beste Vader'. Daar zat inderdaad ruimte tussen die twee woorden. Toen keek ik naar mijn 'op tijd'. Daar zat ook een ruimte. Maar die twee ruimtes zagen er voor mij hetzelfde uit en één ruimte plus nog een ruimte is gewoon een grotere ruimte hoe lang je er ook naar kijkt.

Mevrouw zuchtte en wees naar haar papier. Ze zette haar vinger op alle punten achter de zinnen. Toen wees ze naar de mijne. Geen punt te bekennen. Toen liet ze me alle komma's in haar brief zien. En toen zette ze haar vinger in mijn boekje. Geen spoor van een komma.

'Het doet me echt veel plezier dat je uitgebreider schrijft, Bessy', zei ze. 'Maar zie je dat wat jij geschreven hebt één lange zin is, van boven tot onder aan de bladzijde? Je schrijft zoals je praat, zonder adempauzes in te lassen. Heb je nooit van punten en komma's gehoord?'

Nou, ik zei tegen haar dat ik alles van punten en komma's af wist, ik wist alleen nooit precies waar ik die rotdingen moest zetten.

Toen besloot mevrouw mij onderwijs te geven. Dat idee wond haar danig op, ik moest van haar gaan zitten, en ze vertelde me dat ze toen ze jong was het plan had gehad om alle straatjochies in Londen die niet konden lezen of schrijven mee naar huis in Wimbledon te nemen om ze het abc te leren. Ik denk niet dat haar vader daarmee ingenomen zou zijn, van die stinkbedelaartjes die op zijn traptreden kwamen zitten en zijn Turkse tapijten smerig maakten, maar het bleek dat het meubilair niet te lijden had gehad.

'Uiteindelijk, Bessy,' zei ze, 'deed ik het niet.'

Ze glimlachte nog steeds tegen me, maar nu fronste ze een beetje haar wenkbrauwen en je kon duidelijk aan haar ogen zien dat ze bedroefd was, ze was weer melancholiek geworden.

'Waarom, madam?' vroeg ik zacht. 'Wat gebeurde er?'

Ik probeerde maar wat, ik dacht dat ze wel van onderwerp zou veranderen, of weglopen, zoals ze eerder had gedaan. Dus je begrijpt mijn stomme verbazing toen ze zich naar me toe boog, mijn hand in de hare nam en me diep in de ogen keek.

'Niet veel mensen weten dit, Bessy', zei ze bloedserieus. 'Kan ik erop vertrouwen dat je het aan niemand doorvertelt?'

God, ik had wel kunnen juichen. Dat ze me in vertrouwen nam! Maar ik tuitte mijn lippen, hield mijn hoofd een beetje scheef en trok een betrouwbaar gezicht. Je had geen betrouwbaarder iemand in heel Schotland kunnen vinden. Ik was de betrouwbaarheid in hoogsteigen persoon.

'Natuurlijk, madam', zei ik. 'Ik neem alles wat u me vertelt mee in het graf.'

Ze knikte. 'Ja,' zei ze, 'dat geloof ik.'

En toen vertelde ze haar verhaal.

Natuurlijk schreef ik het niet op, want ze vertelde het me in vertrouwen. En hoewel zij en ik de enigen waren die in mijn kleine boekje lazen, voorzover ik wist, besefte ik heel goed wat er zou gebeuren als het *in verkeerde handen* viel. Mevrouw wilde niet dat haar persoonlijke verhalen werden rondgebazuind door lui als Biscuit Meek of AP Henderson, die zakken, en dat wilde ik ook niet, daarom keek ik altijd goed uit wat ik opschreef.

Maar.

Er zijn sindsdien heel wat jaren verstreken. Ik heb er lang en diep over nagedacht en besloten hier een korte versie te schrijven van wat ze me vertelde, omdat het misschien van nut kan zijn en ze me hebben verzekerd dat dit document alleen PRIVÉ gelezen mag worden door één of twee heren.

Dit is wat mevrouw me vertelde. Zeker weten, zijzelf wist ook helemaal niks van koeien af toen ze voor het eerst naar Schotland kwam als jong meisje, een paar jaar ouder dan ik toen was, helemaal uit Londen met haar nieuwe echtgenoot, dat is mijn toenmalige heer James. Hij was naar de Grote Engelse Stad gegaan om een paar weken de tegels van de stoepen onder zijn voeten te voelen en naar concerten, Promenades, Conversaziones en dergelijke te gaan. Maar tussen de regels (niet de tegels) door was ie op zoek naar een vrouw. En hij vond er een, in de bevallige persoon van mevrouw, die toen negentien was. Hij zei dat ie rechten had gestudeerd, maar dat ie zijn beroep niet meer uitoefende, wat ie in plaats daarvan deed was liefhebberen in een paar zaken die hij had geërfd. Na een paar weken van hofmakerij ging ie in Wimbledon op de knieën. 'Kasteel Haivers is van jou, mijn liefje', zei hij, en dat zei hij ook tegen haar vader, hoewel ik niet denk dat ie hem liefje noemde, en daar gingen ze na de bruiloft, de nieuwe bruid aan de zijde van haar rijke echtgenoot, hoogrode wangen en rozenolie in het haar, klaar om het personeel van haar nieuwe kasteel te begroeten.

Wat meneer James natuurlijk niet had verteld was dat Kasteel Haivers gewoon de naam was van het landgoed. Hij had wel een paar honderd hectare grond en wat keuterboertjes die land van hem pachtten, en hij zat er voor het overige ook warmpjes bij, maar er was geen kasteel te bekennen, alleen akkers die helemaal niet zo mooi waren en een bouwvallig oud landhuis en de Mains. Mevrouw vertelde me dat ze de eerste nacht in Kasteel Haivers bijna haar ogen uit haar kop huilde.

Op dat punt huilden we samen een potje om haar pech. Vervolgens droogde ze haar en mijn tranen. Ik vroeg waarom ze niet was weggelopen en ze zei, o, dat was ze wel, meteen

de dag na aankomst. Terwijl meneer James met zijn voorman praatte had zij een tas ingepakt, was de weg op gerend
waar ze kon meerijden op een kar, en had de eerste de beste
trein naar Londen genomen en zich aan de genade van haar
vader in Wimbledon overgegeven, wat heel erg dapper van
haar was, als ik er nu goed over nadenk.

'Wat gebeurde er toen?' vroeg ik.

Ze zei dat in het begin alles geweldig was, haar vader zei
'kom maar, kom maar', en natuurlijk hoefde ze niet terug.
Maar toen vroeg hij naar de huwelijksnacht.

'Wat was daarmee?' vroeg ik.

'Of het huwelijk geconsummeerd was', zei ze verslagen.
Waaruit ik concludeerde dat dat zo was en dat ze stom genoeg was geweest om dat aan haar vader te vertellen. Nou,
mevrouw was al weer op weg naar het noorden voordat ze op
adem had kunnen komen, met tuitende oren, en haar arme
kleine tietjes hielden pas op met schudden toen ze weer in
Kasteel Haivers zat, dat laatste zei mevrouw niet, dat zei ik.

'Dus zodoende kwam ik er nooit aan toe om de straatjochies te helpen', zei ze.

'O jeetje', zei ik. 'Dat is echt verschrikkelijk zonde.'

Ik leefde helemaal met haar mee. Ik dacht er ondertussen
ook aan dat je overal bedelaartjes hebt, niet alleen in Londen,
en dat ze altijd nog de bedelaartjes van Glasgow had kunnen
helpen, of zelfs de kinderen die door Snatter trokken, maar
ik wilde de sfeer niet bederven nu we zo gezellig samen zaten
te keuvelen en zij me haar geheimen verklapte en zo. Godsamme, ik had haar hand wel de hele nacht vast kunnen
houden, het was heerlijk, we waren meer als moeder en
dochter, of hele dikke vriendinnen, dan als meesteres en
meid. Ik moest aan iets denken nu we zo vriendelijk met
elkaar waren, aan dat verbrande kasboek dat ik op de dag van
aankomst had gezien.

'Madam', vroeg ik. 'Wie is Morag?'

Nou, je zou denken dat ik haar een klap in haar gezicht gegeven had. Ze trok haar hand terug.

'Hè?' zei ze uiterst achterdochtig. 'Met wie heb je gesproken?'

'Met niemand, madam.'

'Maar waar heb je die naam gehoord? Nora? Waar heb je die gehoord?'

'Nee, madam, het was Morag', zei ik. 'Morag, niet Nora.'

'O.'

Destijds schonk ik niet veel aandacht aan haar vergissing. Pas later realiseerde ik me hoe belangrijk die was. Ze scheen weer een beetje te ontspannen, maar toen keek ze me met samengeknepen ogen aan.

'In dat geval: waar heb je de naam Morag gehoord?'

'Ik weet het niet meer', zei ik en had spijt dat ik er ooit over begonnen was. 'Ik... ik denk dat ik hem ergens gelezen heb.'

Ze sprong overeind, haar vuisten gebald. 'Waar gelezen?'

'Op... op een stuk papier, madam.'

'Waar?' vroeg ze terwijl ze naar de zoldering keek alsof het daar tegenaan geplakt zat. 'Waar is dat papier?'

'Ik weet het niet, madam. Het... het lag op mijn kamer. Ik... ik heb het weggegooid.'

'Wat stond erop?'

'Alleen... alleen die naam, madam. Morag. Alleen dat. Ik... ik verzeker u.'

Ze hield de lamp hoog en begon door het vertrek rond te turen, fronsend en geërgerd snuivend.

'Ik dacht dat je zei dat je hier de vloer had schoongemaakt', zei ze tegen me, maar toen ik opsprong om het te gaan doen zei ze: 'O, doe het morgen maar. Maar kijk hier eens... het vuur is bijna uit.'

'Ik zal ervoor zorgen, madam', zei ik.

'Ja, maar schiet op.'

Tegen de tijd dat ik een aardig vuurtje had gestookt zat ze weer aan tafel in mijn boekje te lezen. Ik ging naar haar toe, zonder te dichtbij te komen, en maakte een kleine kniebuiging voor haar. Ze knikte zonder me aan te kijken. Geen dikke vriendinnen meer, we waren weer meesteres en meid.

'Ga zitten, Bessy', zei ze. 'We moeten aan het werk. Ik vind dat we elke avond na het eten een poosje moeten besteden aan de verbetering van je werk.'

En daarop pakte ze een pen en doopte hem in de inkt. 'Ting' deed de pen tegen de zijkant van de pot en ik realiseerde me dat het hetzelfde geluid was als ik eerder die dag had gehoord. Vervolgens begon mevrouw me het gebruik van punten en komma's te leren.

Om de waarheid te zeggen gaf ik geen mallemoer om punten en komma's en de hele bubs. Ik vond mijn bladzijde er prima uitzien, terwijl die van haar eruitzag of ie vol geitenkeutels zat met haar puntjes en zo. Maar zoals mijn meneer Levy altijd zei: keuzes, keuzes, het leven bestaat uit keuzes. Ik dacht bij m'n eigen: wil je nou liever boven op je kamer zitten, waar geen vuur brandt en waar het tocht, of zit je liever hier waar je je tietjes kunt warmen bij de haard en naar de schone Arabella kijken terwijl ze je lesgeeft over komma's en hoofdletters en misschien af en toe je hand vasthoudt en je in vertrouwen neemt?

Ik leerde een hoop over punten en komma's.

5

De meester komt terug

Woensdag

Gisteravond ging ik slapen met mijn vingers in mijn wangen gedrukt om net zulke mooie kuiltjes te maken als mevrouw heb maar jammer genoeg lukte het niet en mijn wangen zijn nog precies hetzelfde en nu heb ik een zere vinger omdat ik erop gelegen heb . Vandaag was de thee op . mevrouw houdt van een lekker kopje thee dus ik ging bijkopen . onderweg naar Snatter begon het te regenen , dat vond ik niet leuk . Ik keek glimlachend om me heen om te zien of ik een van de dorpelingen zag maar er was nauwelijks een levende ziel te bekennen omdat het zo regende . Ik was teleurgesteld . De man van de winkel die heet Henderson, meneer Henderson voor mij, hij probeerde me een half ons thee minder te verkopen maar toen ik hem daarop wees deed hij net of hij een foutje had gemaakt en keek me vuil aan . Ik vroeg hem of hij het leuk vond om in een winkel te werken maar toen zei hij dat hij er niet werkte maar de eigenaar was , dat is een groot verschil zei hij , dus ik vertelde hem dat ik vroeger voor meneer Levy in Glasgow werkte , een zeer geslaagd zakenman die eigenaar was van verschillende winkels , zeer welgesteld de winkels groeiden hem uit zijn oren en zo'n aardige plezierige man ook , zijn succes was hem geen sikkepit naar het hoofd gestegen maar natuurlijk stond hij nooit achter de toonbank daar had hij zijn mensen voor . Henderson keek me zonder iets te zeggen aan . Toen zei hij iets over veenbewoners . Ik zei niks ik keek alleen maar terug . Ik denk dat hij niet zo van Ierse meisjes houdt . Mevrouw zei dat er bijna een groot gevecht was uitgebroken een paar jaar geleden toen een groep Ierse jongens die terugkwamen van het oogsten door een aantal dorpelingen werden bedreigd, uiteindelijk raakte niemand gewond maar in deze contreien houden ze niet zo van Ieren. Na een tijdje over de weg gelopen te hebben hield het op met regenen . Een grote plattelander met krulhaar die zijn broek ophield met een stuk touw en die een kort zwart pijpje in zijn mond had kwam uit een hutje en liep met me op . hij had een groot grauw gezicht en hij bleef maar dingen op zijn vingers aftellen . Je kunt het zo gek niet noemen of hij telde het , kippen , schoorstenen , ramen , stappen , wasgoed aan de lijn , poten aan een paard , spaken in een karrenwiel , weipalen , de strepen op mijn schort . al die tijd bloedserieus , alsof dat tellen van hem het belangrijkste in de wereld was . Ik vroeg hem een paar dingen , zoals wat doe je? Maar hij negeerde me gewoon en ging door met tellen , het is duidelijk dat hij gek is. toen ik thuiskwam vertelde mevrouw me dat het waarschijnlijk Sammy Sommen was die al als kind niet goed bij zijn hoofd was . in het begin maakte hij me bang maar mevrouw zegt dat er geen kwaad bij zit dus dat stelde me gerust . de mensen noemen hem Sammy Sommen omdat hij altijd telt, hij telt alles . Mevrouw zegt dat hij het in de zomer het drukst heb vanwege de kabouters , die zijn zijn levenswerk. Daar moest ik wel om lachen . Ik zei tegen mevrouw dat ik haar aanbod van een moestuin om dingen te laten groeien toch maar aannam , ik weet nog niet wat . Volgens mij zijn bloemen leuk mooie rozen of lathyrus en dan kan ik mevrouw er een bosje van geven maar ze zei dat het beter was om kolen en bonen te planten . Ik wilde al meteen dingen de grond in gaan jassen maar ze zei dat ik de aarde eerst moest omspitten , niks gaat vanzelf op het

platteland . Ik begon toch maar meteen in mijn vrije uurtje
en groef een hele berg stenen uit de grond en maakte ver-
volgens mevrouw haar laarzen schoon en die van mijn en
ik deed wat andere karweitjes niks vreemds of raars. Ik heb
het Grauwe Huis uit en vond het leuk dus gaf ze me een
ander boek te lezen, het gaat over een jongetje dat Pip heet .
Vanavond las ik hardop voor eerst uit de bijbel en toen uit
een oude Monthly Visitor een verhaal over twee Franse
landarbeiders dat 'Duisternis en Licht' heette . Mevrouw
was de hele avond lief en aardig , ik zong een liedje voor
haar en ze vond het leuk en ze zei dat ik nu erg goed in
mijn boekje schreef dus ik was blij.

Maar de waarheid was dat je sommige dagen niet wist wat je
aan mevrouw had. Dat realiseerde ik me na een paar weken.
Het ene moment was ze poeslief, dan had je je geen betere
bazin kunnen voorstellen, en het volgende moment begon
ze tegen je te razen en te tieren. Net als je er dan aan gewend
was dat ze de Mogol uithing, draaide ze als een blad aan de
boom om en werd weer helemaal afstandelijk. Dan praatte
ze tegen je met vlakke stem en vroeg je dingen te doen die
niet helemáál nodig leken, zoals de pitten uit een appel
halen waarna je hem zelf mocht opeten, of water pompen
en het dan in het zand weggieten. Als je haar vroeg wat je
verkeerd had gedaan en waarom ze kwaad was, glimlachte
ze heel vriendelijk tegen je en zei ze dat ze niet kwaad was.
En de hele tijd keek en keek en keek ze maar naar je en na
afloop stoof ze naar haar kamer en hoorde je een hele tijd
niks meer van haar. Ongeveer een uur later kwam ze dan
weer tevoorschijn, erg verkwikt, ik dacht altijd dat ze effe
was gaan liggen voor een dutje.

Ik deed steeds mijn best het haar naar de zin te maken. Nog
één of twee keer die eerste maand vroeg ze me op die keuken-

stoel te gaan zitten en op te staan en te gaan zitten en op te staan, al sloeg je me dood, ik zag er de zin niet van in, maar ik speelde het spelletje mee zo goed ik kon. De tweede keer dat ze het me vroeg ging ik tien keer op en neer, maar meer wilde ik niet. Bij de derde keer kwam ik tot zesentwintig, maar de zevenentwintigste keer kwam er iets in me in opstand, en net als dat lamme paard ging ik neer maar wilde niet meer opstaan. Maar ze was altijd tevreden over me en zei bemoedigende dingen als: 'Goed zo, Bessy, je bent een brave meid', waarna ze zei dat ik weer aan het werk moest.

Ondanks die stemmingswisselingen genoot ik van mijn nieuwe leven, want het was voor mij even avontuurlijk en exotisch als wanneer ik naar de jungle van Zuid-Amerika was gereisd. Wij konden het goed met elkaar vinden, mevrouw en ik, lekker samen bezig met het werk overdag en 's avonds punten en komma's zetten, en ik ging als een trein door de leesboeken die ze me gaf, boeken van Charles Dickens en klassieken uit de Engelse literatuur, ik las ze allemaal en nog meer. Mevrouw ging gewoonlijk op zondag naar de kerk en soms op woensdag, in werkelijkheid was ze anglicaans, maar de enige kerk in die contreien was You Pee en ze ging alleen voor de vorm. Onnodig te zeggen dat ik niet welkom was, ik was rooms-katholiek en niet een van de Uitverkorenen, als ik of een andere 'paap' in Snatter de kerk binnenwandelde, GOD WEET wat er dan zou zijn gebeurd. Ik denk dat het dak er afgevallen zou zijn, het zaakje zou zijn ontploft en de ouwe Duvel zelf zou uit de puinhopen naar boven klimmen en iedereen zijn klokkenspel laten zien en aan zijn gat laten ruiken. (Dat dachten de plaatselijke bewoners toch al.)

De zeldzame keren dat ik niks anders te doen had gebruikte ik om mevrouw gezelschap te houden op weg naar de kerk. Dan bleef ik buiten wachten tot de dienst voorbij was, waarna ik weer met haar naar huis wandelde. Dat was allemaal heel leuk en aardig, behalve als Biscuit Meek aan het eind van de dienst naar buiten kwam en me vuil aankeek. Ik wist inmiddels dat ie ploeger was op het landgoed Haivers en de voerman van het rijtuig en ook heel godsdienstig was ie. Schande dat de Heer nooit over zijn hart gestreken had en Biscuit een kin had gegeven, terwijl ie toch een van zijn standvastigste dienaren was. Zijn mond was rechtstreeks in zijn nek gebouwd en hij had altijd schuim op zijn natte lippen die bij zijn mondhoeken naar beneden trokken alsof ie net een slok karnemelk had genomen, maar echt, al dat schuim en die nattigheid waren alleen maar een teken van *godsdienstige ijver.*

Buiten hem waren er niet veel boerenknechten. Het kostte weinig tijd om erachter te komen dat meneer James niet genoeg personeel had. Ze hadden eigenlijk een kokkin in huis moeten hebben en waarschijnlijk een butler, een kamermeisje en een huishoudster en zo, maar ik was alleen, ik had zoveel te doen, ik zag de andere bedienden nauwelijks. Van mevrouw hoorde ik dat Alasdair, de voorman, het landgoed voor meneer James beheerde. Die Alasdair was getrouwd met Jessie, het melkmeisje, en ze woonden in de boerderij aan het achterpad, samen met haar zus Muriel. Biscuit en Hector en dagloners verbleven in de stulpjes achter het bos. De enige die ik met enige regelmaat zag was Hector, als hij naar het huis kwam om boodschappen te doen. Eén of twee keer zag ik de Zure Zussen over het pad lopen of het erf oversteken, maar buiten dat was ik op m'n eigen. Of als ik geluk had, was ik samen met mevrouw.

De meeste tijd werkte ik als een man met zes handen. Mijn moeder zei altijd dat hard werken voor de dommen was, maar met hulp van mevrouw begon ik in te zien dat dat niet zo hoefde te zijn. Ten eerste had elke dag op die manier zijn doel, en ik ontdekte dat ik dat leuk vond. Ik genoot ervan om te werken tot ik honger kreeg, vooral als ik de buitenlucht in kon en rondkijken, want mevrouw zei dat ik daardoor een frisse blos op mijn wangen kreeg. Het duurde niet lang of ik kreeg gespierde armen van al dat tillen en sjouwen, ik zal je vertellen dat ik een paard stil zou kunnen houden in een sneeuwstorm. *Parte pas les mains vides* was een favoriet gezegde van mevrouw en ze leerde me hoe je het moest uitspreken en spellen in het Frans. Het betekent 'Nooit met lege handen gaan' en het is een goed levensmotto, want je zal zien dat er altijd wel iets van de ene plek naar de andere te verplaatsen is, en als je op het land bent is dat meestal mest. Maar dat vond ik niet erg. Mevrouw bewonderde mijn spierkracht want, zei ze, een dienstmeisje móét sterke armen hebben, het was niets om je voor te schamen en ze vroeg me vaak ze te meten om te zien hoe stevig ze al geworden waren.

Ik denk echt dat er tijden waren, zelfs als ik in de stront zat (neem me niet kwalijk, maar dat is het juiste woord), dat ik van een soort Glorie vervuld was, was het God zelf die in me gevaren was of was het mevrouw? Of was het in werkelijkheid gewoon frisse lucht en lichaamsbeweging, wie zal het zeggen?

Maar meest van al begon ik te denken dat als je iemand gelukkig kunt maken met je werk goed doen, vooral als het zo'n speciaal iemand is als *mijn Arabella* (zo noemde ik haar in gedachten al – maar nooit hardop!), dan is dat wel iets waard.

Op een keer vond ik een paardenkastanje op het erf, het was een mooie, ongeveer zo groot als een babyknuistje, dus ik wreef hem op met boter en een doek en gaf hem aan mevrouw, en ze zei dat ze hem heel mooi vond en zelfs op haar kaptafel zou leggen.

Aangemoedigd en opgetogen door die reactie sneed ik de

volgende twee avonden stiekem haar naam uit in een doormidden gesneden rauwe aardappel, het zag er heel goed uit
toen het klaar was, alleen de laatste 'L' en 'A' waren in elkaar
gedrukt, omdat ik me te laat realiseerde dat ik niet genoeg
pieper meer overhad. Mevrouw vond dat ook een leuk cadeautje, ze zei dat ik slim was en dat je nauwelijks zag dat die
letters in elkaar gedrukt waren. Alleen vond ze het niet zo
gezond een aardappel op haar kamer te bewaren, dus legde
ze hem op de keukenplank waar we hem allebei onder het
eten konden bewonderen.

Op een middag schelde mevrouw me op haar kamer. Ze zat
uit het raam in de verte te kijken waar het al donker werd,
een tikje droef leek het. Maar ze vrolijkte op toen ik binnenkwam.
   'Kijk!' zei ze en wees naar de kaptafel. En ja hoor, daar lag
trots de kastanje die ik haar gegeven had. Dat deed me veel
plezier.
   'Goed, Bessy', zei ze. 'Wil je mijn linnenkast eens openmaken?'
   Ik dacht dat ik wat kleren van haar moest afborstelen, dus
ik deed wat me gevraagd was, zonder erbij na te denken. Ik
had al eerder in haar linnenkast gekeken, ze had daar een
stuk of zes jurken op de planken liggen, allemaal in zachte
tinten blauw, grijs, lila en groen.
   'Welke vind je het mooist?' vroeg mevrouw me.
   'Och, ik weet het niet', zei ik. Het waren aardige kleren,
maar misschien niet helemáál mijn smaak – ik was jong
destijds en gaf de voorkeur aan fellere kleuren en satijn en
meer frutsels.
   'Wat vind je van die aquamarijne?' vroeg ze. 'Ik heb je
eerder horen zeggen dat je die heel mooi vond.'
   Ik keek ernaar – het was de jurk die ze droeg op de dag dat

ik aankwam en om die reden vond ik hem speciaal.

'Dat zóú wel eens mijn favoriet kunnen zijn, madam.'

'Pas hem eens aan.'

Ik keek naar haar. 'Madam?'

Ze glimlachte, en de kuiltjes die in haar wangen verschenen, je kreeg zin om erin te bijten (hoewel ik dat natuurlijk nooit gedaan zou hebben!)

'Mijn beste Bessy', zei ze. 'Je bent echt een hele goede vriendin voor me geweest en kijk eens wat je hebt gedaan, je hebt me een prachtige kastanje gegeven, dus nu moet ik je iets teruggeven.'

'En uw aardappel', zei ik.

'Ja, natuurlijk, mijn aardappel', zei ze. 'Nog een extra reden. Dus trek je jurk uit en pas de mijne aan.'

Ja, wat kon ik anders doen dan gehoorzamen? Haar jurk zat een beetje strak, want ze was slanker dan ik en ze had kleinere tietjes, maar het gíng.

Mevrouw stond op en keek me met haar hoofd een tikje schuin aan. 'Goeie genade, Bessy, je zou haast denken dat jij de vrouw des huizes was!'

Ze bekeek me terwijl ik voor de spiegel heen en weer liep en m'n eigen bewonderde. Toen zei ze: 'Bessy, er is iets wat ik je wilde vragen.'

'Ja, madam?'

'Je zult toch wel... discreet zijn, lieverd?'

'Waarover, madam?'

'Over... bepaalde dingen die... bepaalde dingen die ik je gevraagd heb te doen.'

Ik dacht effe na. 'U bedoelt zoals mijn kleine boekje, madam?'

Ze zei: 'Ja, dat is één voorbeeld. En ook... andere dingen.'

'U bedoelt dat ik de hele tijd moest opstaan en gaan zitten? En dat ik een jurk van u mocht passen?'

Ze knipperde met haar ogen, misschien was het ook een zenuwtrek. 'Ja', zei ze. 'Het is volgens mij maar het beste dat je daar met niemand over praat – helemaal niemand.'

'O, ik zal zeker discreet zijn, madam', zei ik. 'Dat hoeft u niet eens te vragen, dat zou ik zo ook wel hebben gedaan.'

Ze haalde diep adem en glimlachte. Ze was duidelijk heel erg opgelucht.

'Je bent een brave meid', zei ze.

'Voor mij is het geen moeite, madam.' En toen flapte ik eruit, ik kan me de woorden niet precies herinneren, maar het was iets als: 'Ik zou álles voor u doen, madam, werkelijk álles, u hoeft het me maar te vragen. U bent verschrikkelijk goed voor me geweest en het is alleen maar eerlijk als ik ook goed voor u ben.'

Mevrouw scheen een beetje van haar stuk gebracht, je zou haast zeggen dat ze schrok.

'Nou, dat is... dat is fijn om te horen', zei ze en toen tikte ze op het lege schap in de linnenkast en dat vatte ik op als een teken dat de verkleedpartij voorbij was.

Ik realiseerde me destijds niet dat ze zich waarschijnlijk zorgen maakte over de terugkeer van haar echtgenoot. Ik was haast vergeten dat hij bestond. Er waren wel een paar brieven uit Londen gekomen waar hij (kennelijk) voor zaken was, maar mevrouw had nergens een beeltenis van hem en ze praatte nauwelijks over hem. Hij maakte geen deel uit van ons leven. Af en toe fantaseerde ik dat ze hem van kant had gemaakt. Soms, als ik 's nachts op bed lag, probeerde ik te raden waar ze het lijk verstopt had. Zou ze hem in de moestuin hebben begraven? Of op zolder verborgen? En zou zijn bloed door het plafond gaan sijpelen en een vlek maken? En hoe lang zou het duren voor hij begon te stinken?

Maar ik kwam er algauw achter dat de meester springlevend was en helemaal niet stonk. De dag nadat ze me haar jurk had laten passen, verloor mevrouw haar vingerhoed en stuurde me naar het dorp om een nieuwe te kopen. Dominee Pollock kwam net uit de winkel toen ik arriveerde. Er was geen ontsnappen aan, want hij stond voor de deur mijn weg te blokkeren, moge hij branden in de hel.

'Ah-haa', deed ie. Vervolgens viste hij een pamflet uit zijn zak en drukte het in mijn hand. 'Dit heb ik voor je bewaard, meisje', zei hij.

Ik keek ernaar en zag dat het een traktaat was, getiteld *Beste Rooms-Katholieke Vriend*. Voordat ik me daarover had kunnen ergeren begon hij weer te praten, één hand wuivend in de lucht.

'Lees het maar op je gemak door', zei hij. 'Ik beantwoord graag al je vragen. Natuurlijk zul je het wel heel druk hebben nu je meester is thuisgekomen.'

'U vergist zich, meneer', zei ik. 'Meneer James is niet thuis.'

'O nee?' Hij trok een wenkbrauw op en keek me aan. 'Ik dacht dat je alles wist van het komen en gaan op Kasteel Haivers. Maar misschien neemt je meesteres je niet erg in vertrouwen. Je zult er wel achter komen dat James vandaag is gearriveerd.'

Hij slenterde weg, erg met zichzelf ingenomen. Ik frommelde het traktaat op en had de prop wel naar zijn kop kunnen smijten, maar ik moest wachten tot hij uit het gezicht verdwenen was voor ik het over een heg kon gooien.

Natuurlijk kon hij nog steeds ongelijk hebben, maar zodra ik thuiskwam zag ik een valies in de hal staan. En mevrouw zat in de salon zachtjes met een man te praten. Het was hem, de meester. Teruggekeerd! Die Ouwe Geitenbok had gelijk. Ik moet toegeven dat ik een beetje gepikeerd was dat Arabella het geeneens tegen me gezégd had dat haar man thuis werd verwacht, want ik had de indruk dat ze me alles vertelde. Het was een beetje naar. Ik bedacht zelfs dat ze me naar de winkel had gestuurd om me uit de buurt te hebben als ze hem thuis verwelkomde. Maar ik overtuigde m'n eigen ervan dat ze het gewoon vergeten was en probeerde het van me af te zetten. Bovendien was ik niet zo'n klein beetje nieuwsgierig naar die echtgenoot. Dus na een moment aarzelen klopte ik op de deur van de salon en wachtte op haar gebruikelijke 'Binnen!'

Maar in plaats daarvan viel er een stilte, waarna ze de deur op een kier opende en naar buiten gluurde. Ik maakte een mooie diepe kniebuiging voor haar. Ze keek me fronsend aan. 'Wat is er, Bessy?'

'Ik heb uw vingerhoed, madam.' Het was moeilijk om langs haar heen te kijken, want ze had de deur maar een paar centimeter opengedaan en ze stond recht voor de kier.

Ze hield haar vinger voor mijn neus. 'Nou?' zei ze na een poosje.

'Wat?' vroeg ik.

'Mijn vingerhoed, Bessy.'

Ik stak hem aan haar vinger.

'Dank je', zei ze en wilde de deur dichtdoen.

'Kan ik u nog ergens mee van dienst zijn, madam?'

'Nee, dank je', zei ze ferm. 'We zullen zo wel schellen en dan kun je ons thee brengen.'

We.

En toen deed ze de deur in mijn gezicht dicht.

Ik hoefde niet lang te wachten, want ongeveer een halfuur later ging de bel. Toen de thee klaar was zette ik alles op het dienblad en droeg het naar de salon. Deze keer zei mevrouw 'Binnen!' toen ik aanklopte en dus ging ik heel voorzichtig naar binnen om het dienblad niet te laten vallen of te morsen of te struikelen. Dat zou een fraaie kennismaking geweest zijn, ik die over de drempel struikelde, het theeservies hupsakee over de vloer en ik erachteraan met mijn rokken opgestroopt en de meester die mijn onderbroek zag! Dat zou niet gaan, ik wilde dat mevrouw trots op me kon zijn, dus ik haastte me niet en hield het dienblad stevig vast.

De meester zat in de leunstoel tegenover mijn Arabella. Hij wierp een blik op me toen ik binnenkwam en keek vervolgens bijna meteen weer weg. God, wat was het een bonenstaak! Hij was zo lang en mager dat hij nauwelijks in de stoel paste. Je zou hem ouder schatten dan mevrouw, maar niet meer dan vijfenveertig, en een klein beetje knap, omdat zijn gezicht aan de lange kant was, en hij was niet echt kaal, maar laten we zeggen dat hij een hóóg voorhoofd had. Het haar dat hij nog had was donker en kroezig en groeide in tochtlatten helemaal over zijn wangen. Hij had zijn jas nog aan, maar zijn hoed lag naast hem op de vloer, en nu keek hij er langs zijn knieën naar terwijl hij verwoed op zijn nagels beet. Meteen toen ik hem zag moest ik aan een jachthond denken, hij had iets gespannens en levendigs, alsof hij elk moment energiek kon wegspringen.

'Bessy!' zei mevrouw een beetje scherp.

Ik keek geschrokken op, ik zal wel hebben staan dagdromen. 'Ja, mevrouw?' zei ik.

Ze wierp me een waarschuwende blik toe, dus ik wist dat ik had staan staren. Ik maakte een diepe kniebuiging voor hen allebei, wat een hele prestatie is als je een dienblad van een halve ton in je handen hebt.

'Dit is meneer James', zei mevrouw.

'Aangenaam kennis met u te maken, meneer', zei ik en maakte nog een kniebuiging voor hem. Omdat hij het druk had met zijn 'manicure' knikte hij alleen maar. Ik zette het dienblad op tafel en begon de kopjes en schoteltjes neer te zetten, je kon elke tik van het porselein horen en af en toe het geluid van de meester die zijn tanden op elkaar klapte. Intussen bleef mevrouw doodstil in haar stoel zitten, met haar handen gevouwen. Het was moeilijk de stemming te peilen, het kon zijn dat ze gewoon zaten te wachten tot ik vertrok, of misschien hadden ze net een woordenwisseling gehad, ik kon het niet zeggen. De hele tijd terwijl hij zijn nagels weg zat te knagen wierp de meester schuinse blikken in mijn richting, dus ik zorgde ervoor dat ik alles precies deed zoals het hoorde. Ik begon al te denken dat ik het vertrek zou verlaten zonder dat er nauwelijks een woord gesproken was toen hij inenen achteroverleunde, één hand in zijn zak stak en de lange, benige vingers van de andere hand voor op zijn vest legde. Toen begon hij me te ondervragen.

Het was een beetje een vriendelijke versie van de Spaanse Inquisitie, met dit verschil dat hij je het vuur na aan de schenen legde zonder je ooit één vraag te stellen, wat hij deed was, hij bombardeerde je met bewéringen die jij vervolgens moest bevestigen of ontkennen. Misschien kwam het omdat hij rechten had gestudeerd, maar ik kreeg de indruk dat meneer James vragen beneden zijn waardigheid vond, dat hij erg graag een ware *Bron van Wijsheid* wilde zijn en dat voor hem elke conversatie een manier was om te bewijzen dat hij altijd – net als Salomon – *op de hoogte was van alle feiten.* Hij dacht misschien zelfs dat hij een gezellig praatje hield, maar het was een ongelukkige manier om met mensen om te gaan. Samen met de doordringende blik in zijn ogen en zijn afgemeten zinnen drong hij je onherroepelijk in het defensief.

Het eerste wat hij tegen me zei was: 'Ik neem aan dat je uitstekende referenties hebt.'

Allemachtig! Ik hoef niet te zeggen dat ik danig schrok. Ik wierp een blik op mevrouw, maar die had de theepot gepakt en keek er strak naar terwijl ze inschonk, een hoge blos op haar wangen. Wat had ze hem in vredesnaam verteld? Ik moest koortsachtig nadenken.

'Meneer', zei ik met nog een kniebuiging. 'Ik heb in het verleden mijn dienst altijd goed gedaan.' En daar was geen woord gelogen bij, ik zweer het je.

Hij knikte ernstig. 'Je hebt ervaring met dit werk.'

'Ja, meneer', zei ik. (Zonder eraan toe te voegen: een paar weken.)

Hij scheen tevreden en knikte weer. 'Ik heb gehoord dat je kunt lezen.'

'Ja, meneer.'

'Ik weet dat je ook kunt schrijven, heel goed – behalve dat je van interpunctie niet zoveel af weet. Maar je leert ongetwijfeld snel.'

'Ik hoop het, meneer.'

Het was interessant zo'n uitgebreide beschrijving van je kwaliteiten te horen te krijgen, vooral van iemand die je nog nooit eerder ontmoet hebt! Ik vroeg me af wat ik nog meer over mezelf te weten zou komen.

De meester leunde achterover in zijn stoel en strekte zijn benen voor de haard. 'Nou', zei hij. 'Aan lezen en schrijven heb je hier niet veel.'

God, ik durfde mevrouw niet áán te kijken.

'Behalve misschien dat je af en toe 's avonds de krant aan me kunt voorlezen. Ik neem aan dat je dat wel wilt.'

Ik knikte beleefd.

Hij zei: 'Tot dusver heb je naar ik hoor bewezen onmisbaar te zijn. Harde werker. Opgewekt.'

'Ik doe mijn best, meneer.'

Op dat moment boog hij naar voren en keek me met een onderzoekende blik aan. 'Aan het eind van de ochtend', zei hij, 'zit je met een grote berg schillen.'

Ik keek hem zonder iets te zeggen aan, helemaal van mijn stuk gebracht door de plotselinge verandering van onderwerp.

'Een kilo of wat', ging hij verder. 'Aardappelschillen en wortelschillen en dergelijke.'

'Wat, meneer?'

'Die schillen zijn wel een beetje smerig, maar niet rot. Vertel eens wat je dan doet.'

'Hoe bedoelt u, meneer?' vroeg ik.

Mevrouw schraapte haar keel. 'Wat zou je met de schillen doen, Bessy?' vroeg ze zacht zonder me aan te kijken.

'O!' zei ik toen het tot me doordrong dat ik op de proef werd gesteld. Ik wilde haar niet teleurstellen, dus ik dacht koortsachtig na. 'Nou, ik zou ze in... in de emmer voor de varkens doen...?'

'Ha!' Hij sloeg op zijn knie en keek triomfantelijk naar mevrouw. 'Verkeerd antwoord!'

Ze keek met nietszeggende blik terug. 'Wat zou je willen dat ze ermee deed, James?'

'Nou... afspoelen en er soep van koken!' zei hij.

'O, James, ik heb haar opdracht gegeven ze in de varkensemmer te doen.'

Hij mompelde wat en keek me weer met zijn donkere, doordringende ogen aan. 'Ik hoop oprecht', zei hij, 'dat je niet verkwistend bent.'

'O nee, meneer.'

'Niets ergers dan een verkwistende bediende. Dáár hebben we er in het verleden genoeg van gehad.'

Hij glimlachte tegen mevrouw, maar ze ontweek zijn blik, dus wendde hij zich weer tot mij en veranderde zonder omwegen opnieuw van onderwerp.

'Vertel eens over je ouders. Ik heb begrepen dat je moeder... heengegaan is.'

'Ja, meneer.'

'Ik neem aan dat je vader nog leeft, ergens.'

Ik trok een gepast rouwgezicht en zei dat hij ook was 'heengegaan'.

'Juist, ja.' Hij tuitte zijn lippen en fronste zijn wenkbrauwen, waarna hij met zijn vingers op zijn borst begon te trommelen, de nagels tot stompjes afgekloven. 'Het spijt me dat te horen. Ik neem aan dat je van tijd tot tijd hun graf wilt bezoeken.'

'Wat, meneer? O, nee, meneer, ik...'

'Een overleden ouder is iets verschrikkelijks, ik neem aan dat je het niet erg vindt om ons te vertellen waaraan ze zijn overleden.'

'Meneer, het was... de tyfus, meneer.'

'Ah. O jee.' Hij knikte droef en keek vervolgens naar mevrouw. 'Wij hebben er geen bezwaar tegen om haar af en toe naar het graf van haar ouders te laten gaan, Arabella.'

'O?' zei mevrouw. 'Nee, inderdaad.' Volgens mij was ze net zo in de war als ik door de wending die de conversatie inenen genomen had. De meester keerde zich weer tot mij.

'Tenzij ze natuurlijk in Ierland begraven liggen', zei hij.

'Nee, meneer, in Glasgow, maar ik...'

'Goed dan. Je hebt onze toestemming.'

Vervolgens keek hij me verwachtingsvol aan. Wat hij wilde was dankbaarheid. Die gaf ik hem met een kniebuiging, ook al waren er geen graven, en zelfs als ze er wel waren geweest, dan weet ik nog niet of ik ze wel bezocht zou hebben.

'Dank u, meneer. Dat is erg aardig van u.'

Hij fronste. 'Je zult je vaderland wel missen', zei hij.

'Niet echt', zei ik. 'Het bevalt me hier veel beter. Dit is een fijn land. Het ziet er erg mooi uit – sommige delen tenminste. En Glasgow is een geweldige stad – sommige delen tenminste – de hangbrug en al die lichten.'

Hij luisterde niet eens. Hij hoorde alleen wat hij wilde horen.

'Ja', zei hij. 'Het is vreselijk om ver van huis te zijn. Je hebt me nog niet verteld hoe lang je al hier in Schotland bent.'

Hij had gelijk, dat had ik nog niet verteld. God, het was niet te geloven hoe hij je de kleren van het lijf vroeg zonder ooit de indruk te wekken dat hij iets niet wist! Ik vroeg me af of hij dat geoefend had.

'Ik ben hier nu twee jaar, meneer.'

In feite waren het er vier, dus dat was maar een halve leugen. Ik weet niet waarom ik de waarheid niet vertelde, het had geen enkele zin om te liegen. Misschien kwam het omdat die man er zo op gebrand was achter je Essentie te komen, tenminste zoals hij die zag, je kreeg het gevoel dat hij die van je jatte, en door hem de verkeerde informatie te geven, voelde ik me beter.

'Twee jaar, ja, ja', zei hij knikkend, alsof hij dat al wist, maar het gewoon even controleerde. 'Welnu, Bessy,' zei hij, 'we zullen zien hoe lang je het hier volhoudt. Je kunt nu gaan.'

Ik maakte voor beiden een kniebuiging en wilde het vertrek verlaten toen hij me nariep: 'Zeg het nog even. De naam van het Registratiebureau.'

'Registratiebureau, meneer?'

'Het bureau waar je je hebt laten inschrijven voor werk.'

'O', zei ik. 'Ja, meneer, natuurlijk, dat was... dat was...'

'Lauders', zei mevrouw. 'In Hope Street.'

'Dat klopt, meneer. Het was Lauders, meneer.'

'Dat zal wel een hoop geld gekost hebben', zei de meester, maar hij had het niet tegen mij, hij had het tegen mijn Arabella. Ze boog haar hoofd en glimlachte lief tegen hem.

'Maar ik denk dat we het uiteindelijk dubbel en dwars waard zullen vinden, liefje', zei ze.

Ze keken elkaar diep in de ogen, en het was net of er iets

onzichtbaars tussen hen werd uitgewisseld, want na een ogenblik scheen de meester zich te ontspannen en lachte gul.

'Heel goed, liefje', zei hij. 'Als jij het zegt.'

Opeens voelde ik me een indringer en wilde de kamer uit sluipen toen mijn oog op de naaidoos van mevrouw viel. Tot mijn verbazing zag ik de oude vingerhoed bovenop liggen. Ze moet hem gevonden hebben, dacht ik, misschien in de tijd dat ik naar de winkel ging. Of had ze me inderdaad uit de weg willen hebben? Ik wilde er net iets over gaan zeggen toen ze het woord tot me richtte.

'O, voor ik het vergeet, Bessy', zei ze. 'We zijn gevraagd om vanavond ergens te gaan eten, dus je hoeft geen diner klaar te maken.'

'Ergens gaan eten?' vroeg ik.

'Ja', zei ze en glimlachte gelijkmoedig tegen haar man. 'Is dat zo ongebruikelijk?'

'O... eh... nee, madam.'

Maar ik voelde me in de war. Ik was zo gewend aan onze avonden saampjes dat ik er op de een of andere manier nooit aan had gedacht dat mevrouw ooit buiten de deur zou gaan eten.

'Doe je mond dicht, meisje,' zei de meester, 'voordat je een vlieg inslikt.'

Ik keek hem aan. En toen keek ik weer naar mevrouw. 'Ik vroeg me alleen af, madam,' zei ik, 'hoe het dan moet met onze schrijfles?'

'Die slaan we over vanavond', zei mevrouw. 'Morgen gaan we weer verder.'

De meester schoot in een luide lach. 'O jee!' zei hij. 'Dat bevalt haar niet!'

Ik deed een poging tot glimlachen en maakte een knie-buiging voor hem om te laten zien dat hij ongelijk had. Hij stak me uitdagend zijn kin toe.

'Nog een laatste vraag, Bessy', zei hij. 'Over je vader.'

Ik wachtte belangstellend af om te zien of hij écht een vraag zou stellen, maar hij zei: 'Ik wil graag weten wat zijn beroep was.'

'Hij was zeeman, meneer.'

En dat was hoogstwaarschijnlijk de waarheid.

Maar ik wilde niet nog meer over dat onderwerp doorgezaagd worden, door middel van vragen, of anderszins, dus ik maakte vlug een kniebuiging en ging weg.

O, er was wel het een en ander dat ik hem over mijn ouders had kunnen vertellen. En ik zou graag de uitdrukking op zijn gezicht hebben gezien als ik dat gedaan had. Bij nader inzien had ik het hem misschien ook moeten vertellen. Hij zou me ter plekke ontslagen hebben wegens ongeschiktheid.

En dan zou niets van wat volgde gebeurd zijn.

6

Ik doe een ontdekking

Ik schaam me een beetje om te vertellen wat er daarna gebeurde. Maar aangezien de rest van mijn verhaal hiervan afhangt – het is zelfs de kern van mijn verhaal – moet ik het wel vertellen. Achteraf gezien heb ik maar één excuus, en dat is de natuurlijke nieuwsgierigheid van de jeugd.

Meneer en mevrouw brachten enige tijd op hun afzonderlijke kamers door voordat ze die avond uitgingen. Hector werd erop uitgestuurd om tegen Biscuit te zeggen dat hij het zevenpersoons rijtuig om ongeveer halfzeven moest voorrijden. Ik ging kijken of mevrouw hulp nodig had met haar kleren. Maar ze had me niet nodig, ze had zichzelf al aangekleed. Ze scheen erg opgetogen over het uitje, want ze gingen eten bij een man die liederen en gedichten schreef.

'Ik bedenk ook liedjes', zei ik tegen haar.

'Dat weet ik', zei ze. Maar ze luisterde niet echt, ze bekeek haar spiegelbeeld bij het licht van een kaars. 'Is deze halsketting te opzichtig?'

'Nee, mevrouw, hij is mooi', zei ik. 'Ik wou dat ik er zo een had. Wilt u mijn liedjes horen, madam?'

'O, jazeker', zei ze. 'Waar zijn toch mijn handschoenen?'

'Hier, madam. Wilt u dat ik iets doe in de tijd dat u weg bent?'

'Niet echt.'

'Ik zal u vertellen – ik zou opstaan en gaan zitten kunnen doen terwijl u weg bent.'

Ze hield op met het rekken van haar handschoenen en keek me aan. 'Hè?' vroeg ze.

'Opstaan en gaan zitten – ik zal het doen en u vertellen hoeveel keer als u terugkomt.'

Ze fronste. 'Nee, Bessy', zei ze. 'Zo werkt het níét. En je weet wat we afgesproken hebben, hè?'

Ik keek haar aan.

'Over discreet zijn?' zei ze.

'O, jazeker, madam.'

'Goed', zei ze. En toen gaf ze me een kusje.

Ik denk dat ik bloosde van plezier, en in mijn verwarring stapte ik naar haar toe om haar terug te kussen, maar ze was al weggelopen en trok haar handschoenen aan. Waar haar wang de mijne had geraakt hing de geur van rozen, ik rook het nog steeds toen zij en de meester in het rijtuig waren geklommen en samen waren weggereden in de nacht. Ik wou maar dat ik het was die ging.

Dat wil zeggen, ik en mevrouw, twee dames in hun beste kleren op weg naar een kaartavondje. Dát zou pas een mooi gezicht geweest zijn. Dat zou helemaal het einde geweest zijn.

Nu mevrouw en meneer weg waren voelde het huis inenen erg groot en leeg aan. Ik zwierf een poosje met een kaars door de kamers van de benedenverdieping en realiseerde me dat ik nog nooit eerder echt alleen was geweest. Het voelde erg koud en eenzaam, en mijn voetstappen echoden over de planken en de plavuizen. Tot nog toe was mevrouw altijd op roepafstand geweest, niet dat ik haar ooit riep, daar hield ze niet van, ze zei dat dat iets was voor in een kroeg, je moest haar altijd zacht en beleefd aanspreken als je iets wilde vragen en het niet uit het raam of over het erf schreeuwen als een wasvrouw of zo. In ieder geval, na een poosje werd ik rusteloos en besloot naar boven te gaan om naar mevrouw haar jurken te kijken terwijl ze weg was. Ik denk dat ik, op mijn meisjesachtige manier, misschien wel het idee had er nog één of twee meer aan te passen, ik weet het niet. Ik opende haar linnenkast, maar ik keek alleen naar de jurken, ik paste ze niet en ik rook er niet aan of zo. En toen dacht ik, ik kijk even in haar bureau. Nou, de la zat op slot, zoals altijd. Maar ik bedacht wel dat ik nu ze weg was voldoende tijd had om de sleutel te zoeken. Het duurde een hele poos en ik wilde het net opgeven toen ik bedacht dat ze hem misschien in de zak van de jurk had laten zitten die ze eerder droeg. En ja hoor, toen ik mijn hand in de zak liet glijden sloten mijn vingers zich rond een klein sleuteltje. Ik stak het in het slot van het bureau en opende de la.

Er lag een dode baby in! En jam! En een blikken fluitje!

Nee, niet echt.

Het was gewoon een hele stapel oude notitieboekjes en een groot oud kasboek met een roodleren kaft. Ik pakte het rode boek eruit en sloeg het zonder veel belangstelling open. Aan de binnenkant van de kaft zat een van die zwart-witte labels van haar, EX ~ BIBLIOTHECA ~ KASTEEL ~ HAIVERS. Nu ik het plaatje op het label in alle boeken die ze me gaf had gezien, wist ik dat het helemaal niet twee dámes waren die onder een boom zaten, maar een dame en haar meid, met een schort voor en een stofmuts op. Dit label zat niet goed vastgeplakt, het bolde als een blaar en ze had zoveel plaksel gebruikt dat het bobbelig was geworden. Ik sloeg de eerste bladzijde van het boek op en zag tot mijn verrassing dat die helemaal volgeschreven stond in het handschrift van mevrouw, in paarse inkt, en ik zal een deel van wat daar stond hier overschrijven.

Opmerkingen over aard en gewoonten van
de huisbedienden in mijn tijd

*Indien wij een relaas hadden over de aard, de gewoonten
en de vorming van de klasse der huisbedienden in mijn
tijd, alsmede details over specifieke gevallen dienaangaande,
dan zou dat een hoogst waardevolle geschiedschrijving zijn,
maar het valt mij op dat aan dergelijke zaken zelden aandacht wordt geschonken en dat de weinige kennis die wij
hebben beperkt blijft tot het domein van persoonlijke ervaring. Men zou willen dat een kundig schrijver zijn observaties over dit onderwerp tijdens zijn leven op schrift stelde,
zodat die kennis kon worden doorgegeven, maar het vergt
iemand met een zeer scherp inzicht om dat met enig succes
te doen.*

*Bij ontstentenis van zo'n schrijver bied ik nederig de hierna
volgende theoretische uiteenzetting en beschrijving van specifieke gevallen aan. De bedienden die ik zelf in mijn leven
heb meegemaakt wil ik in dit geschrift vereeuwigen en her-
denken, zowel voor eigen gebruik als voor verlichting van
anderen. Ik besef dat mijn ervaring, daar ik nog onder de
dertig ben, niet erg groot is. Niettemin zal ik in de loop
van de tijd details over individuele bedienden die hier komen werken toevoegen.*

*Opgemerkt dient te worden dat ik mij tot huisbedienden
zal dienen te beperken, daar ik niet in staat ben boerenknechten en -meiden in enig detail of met enige regelmaat
te observeren, aangezien zij elders zijn gehuisvest, en in elk
geval vind ik ze over het algemeen een achterlijk volkje dat
zich te buiten gaat aan boertigheid en obscene praat, drinken met vrienden in hun 'stulpjes' en 'de nacht afgrijselijk
maken met hun jolijt'. Wil ik nu beweren dat een bediende
onophoudelijk moet zwoegen zonder na gedane arbeid te*

rusten? Niets kan minder mijn bedoeling zijn. De mens is
geen machine, en als zodanig gebruikt is hij hoogst onvol-
maakt. Ik waag het echter te stellen dat het ontbreken van
voedsel voor de geest, na gedane arbeid, een betreurens-
waardige oorzaak van lusteloosheid in het leven van de
huisbediende is. Wij moeten onze bedienden leren lezen en
schrijven of, beter nog, trachten diegenen in dienst te ne-
men die in dezen reeds over basisvaardigheden beschikken,
die met regelmatige lichte instructie verbeterd kunnen wor-
den. Vooral dient zorg te worden besteed aan het lezen,
bovenal dat de meisjes vlot kunnen lezen. Een meesteres
dient bepaalde teksten vrijelijk ter beschikking te stellen,
zoals de bijbel, de boeken van Walter Scott, Charles Dic-
kens, Richardson, enzovoort.
Mijn bedoeling is echter niet louter te pleiten voor de opvoe-
ding van de huisbedienden, maar ook om te onderzoeken
op welke andere manieren wij het beste uit hen kunnen
halen. Ik dien wederom mijn onvermogen te erkennen om
de vele belangrijke aspecten te behandelen die verband hou-
den met de klasse der huisbedienden, maar het verheugt
mij ten zeerste, dat ik door het schrijven van dit boek mijn
steentje kan bijdragen, en indien een observatie of suggestie
van mij licht kan werpen op een moeilijkheid, of tot enig
praktisch resultaat leidt, dan is dat de grootste beloning
waarop ik kan hopen. Met al zijn tekortkomingen – en ik
ben mij ervan bewust dat ze talrijk zijn – bied ik dit boek
aan een welwillend publiek aan...

Enzovoort. Dus dat was het. Daarom zaten haar vingers
soms onder de inkt. Mevrouw schreef haar eigen boek! Ze
werkte er al jaren aan, ja, ze was er al kort na aankomst op
Kasteel Haivers mee begonnen. *De observaties.*

Ik stond werkelijk paf.

Ik bladerde nog een paar pagina's door, die een verdere inleiding bevatten in dezelfde trant, over genieën en dat mevrouw zelf maar nauwelijks naar een pen mocht kijken, laat staan er een oppakken, wat ik destijds schandalig vond, want volgens mij schreef ze heel erg goed, met soms prachtige zinnen en geweldige punten en komma's. Er waren zelfs een paar zinnen bij die ik de fraaiste vond die ik óóit in een boek had gelezen.

In het volgende deel, getiteld 'Bedienden met wie ik tot dusver ervaring heb', begon mevrouw over haar observaties van iemand die Frieda heette. Die Frieda schijnt voor de vader van mevrouw in Wimbledon te hebben gewerkt. Het was een buitenlands meisje, maar ze haalde slechts twee bladzijden met observaties voordat ze terug naar Duitsland werd gestuurd. Kennelijk had ze zich vrijpostig gedragen tegenover een heer die op de thee kwam en die later, nadat hij weg was gegaan en het donker was, in het souterrain vlak bij Frieda's kamer werd aangetroffen. De heer zelf verontschuldigde zich na ondervraging uitvoerig, en hij gedroeg zich zo charmant in de affaire dat het hem al snel vergeven werd. Maar dat gold niet voor de brutale Frieda, die maakte een hoop stampei en sloeg ruwe taal uit, waarna ze op straat werd geschopt.

Mevrouw had het allemaal keurig samengevat.

Dit ene voorbeeld betekent echter niet dat de buitenlandse huisbediende niet te vertrouwen is. Er zijn veel gevallen die het tegendeel bewijzen. Zo hoorde ik van een zekere Frenchie, die zijn taak als lijfknecht van een aanzienlijk heer, een kennis van mijn vader, stipt uitvoerde, en in de beau monde is het welbekend dat mevrouw B. uit M. haar pikzwarte negerin altijd overal mee naartoe neemt...

Vervolgens weidde mevrouw uitvoerig uit over Nanny P., een modelvrouw die tot mijn verbazing niet heilig verklaard is, wat zou moeten als je de deugden die mevrouw haar toeschrijft mag geloven. De dood van Nanny P. was een gevoelige slag voor mevrouw, en hier en daar waren er een paar regels waarvan de inkt was doorgelopen, alsof er tranen op waren geplengd.

Daarna volgden een heleboel aantekeningen, geen van alle lang, allemaal met als kopje de naam van een meisje. Ik kreeg de indruk dat ik in het verre verleden voorgangers had gehad op Kasteel Haivers, en ik zal hier een paar fragmenten overschrijven om een indruk te geven waar het over ging.

Margaret... brutaaltje... weigert aantekeningen te maken... onbeschaamd... blij toe dat ze weg is... Vhari... meisje uit de Hooglanden... slechts vijf dagen... midden in de nacht... lepels verdwenen... Shona... wederom een meisje van de Hooglanden... de volle drie weken... nogal verkwistend... James geërgerd... hooglopende ruzie... ontslag aangezegd... Peggy... nogal vrijpostig... zet overal grote ogen bij op... kookt vreselijk slecht... teruggegaan naar waar ze vandaan kwam...

En zo ging het door, de ene bladzijde na de andere over meisjes en misdragingen. Vervolgens kwamen er een paar blanco pagina's en toen een nieuw hoofdstuk.

Enkele aantekeningen over fysionomie en andere zaken

De afgelopen jaren ben ik gaan geloven dat er mogelijk een verband is tussen de fysionomie van een dienstmeid en haar karakter. Het is niet aan mijn aandacht ontsnapt dat een mager meisje met een humeurig uiterlijk ook vaak pre-

cies zo blijkt te zijn, terwijl een dik iemand met een gemoedelijk gezicht je niet voor verrassingen zal stellen door zich anders te gedragen dan haar uiterlijk suggereert. Een voorbeeld uit persoonlijke ervaring: mijn eigen Nanny P. was werkelijk een schat en haar goede humeur was duidelijk te zien aan haar rode appelwangen en gezellig mollige figuur. Iets wat me ook intrigeert en wat niet helemaal losstaat van het voorgaande, is dat er naast van nature opstandige en ongehoorzame 'types' ook mensen bestaan met een aangeboren verlangen om te dienen – de inherent gehoorzamen. Als blijkt dat dergelijke inherent gehoorzame mensen ongeveer dezelfde fysieke attributen hebben – dezelfde vorm van gezicht, bijvoorbeeld, of oren die laag aan het hoofd staan – dan zou onze taak om die mensen in dienst te nemen heel wat gemakkelijker zijn, want dan zouden we in één oogopslag kunnen zien wie een goede dienst levert en wie niet!

Als voorlopige maatregel zal ik voortaan beschrijvingen opstellen van de fysieke attributen van alle meisjes, met inbegrip van hun lichaamsmaten. Ik zal ook het algemene temperament van het meisje observeren en – vooral – haar geneigdheid te gehoorzamen. Die informatie kan dan, na vergelijking, gebruikt worden om een analyse op te baseren. Verder dient onderzocht te worden of een bediende niet alleen op grond van omstandigheden en achtergrond reageert, maar ook al naar gelang de behandeling die hij of zij van haar meester of meesteres krijgt. Ik vermoed dat alles duidelijk zou worden als wij direct in het hoofd van de huisbedienden konden kijken, als we wisten hoe en wat ze denken – dan zouden we zeker begrijpen hoe we het beste uit hen konden halen...

...Natuurlijk zullen de lezers hun wenkbrauwen optrekken bij het feit dat wij slechts één meisje in huis hebben, naast

onze boerenknechten en -meiden. Mijn echtgenoot meent
echter dat het beter is één bediende te hebben die de hele
dag werk heeft, dan geld uit te geven om verscheidene niets
te laten doen. Hij vindt het ook heel nuttig dat ik actief
deelneem aan de bestiering van het huishouden en daar
ben ik het volledig mee eens – hoe saai zou het leven zijn
als we niets te doen hadden!...

Daarna werden de aantekeningen gedetailleerder, met de leeftijden van de meisjes en een korte fysieke beschrijving. Vervolgens kwam er een lijst met de maten van hun lichaam en gezicht, net zoals mevrouw met mij gedaan had. Gevolgd door een beschrijving van hoe ze zich gedroegen in dienstverband, of ze konden lezen, welke boeken ze van haar hadden gekregen, als ze al boeken hadden gekregen, of ze zich hadden misdragen en wanneer, enzovoort. Ik vond het allemaal niet bijster interessant, dus ik bladerde verder tot ik bij een interessantere passage kwam.

Tragisch verlies van een bediende

Als alles goed gaat, blijft een bediende in het huishouden
totdat beide partijen overeenkomen het dienstverband te
beëindigen. Ongelukkig genoeg komt het Lot bij tijd en wijle
tussenbeide om een meisje uit de wereld weg te rukken voor-
dat wij bereid zijn haar te laten gaan – en hoe moeten wij
dat verlies vervolgens verwerken? Natuurlijk wil ik geens-
zins suggereren dat het verlies van een bediende een even
grote tragedie is als het verlies van een familielid of een
vriend of zelfs een kennis van dezelfde klasse. Een bediende
is een bediende en in sommige gevallen is men al een paar
dagen nadat zij zijn vertrokken om elders te gaan werken
hun namen vergeten (tenzij men aantekeningen maakt,

zoals ik doe). Er zijn er echter – omdat zij hun werk bij-
zonder goed doen, of een prettig gezicht hebben, of gehoor-
zaam zijn – die een speciaal plekje in ons hart veroveren.
Als een van die bedienden iets overkomt, kan het verlies
moeilijker te dragen zijn.

Zo gebeurde het dat een van onze meisjes – Nora, het Ierse
meisje dat ik eerder in dit geschrift heb genoemd – onlangs
verdween. Men nam in de eerste dagen van haar afwezig-
heid algemeen aan dat ze was weggelopen. Iedereen die
haar kende wist natuurlijk dat dit meisje zoiets nooit zou
doen. Ze was betrouwbaar, eerlijk, loyaal en vriendelijk. Ik
ben tot de ontdekking gekomen dat Ierse meisjes een veel
betere inborst hebben dan meisjes uit de Hooglanden, en
men heeft met hen niet altijd dezelfde taalmoeilijkheden.
Nora was een van de besten van haar soort, een uiterst
plezierig meisje, en al haar karaktertrekken spraken uit
haar bekoorlijke uiterlijk.

Treurig genoeg heeft zij een dodelijk ongeluk gehad. Een
groep rondtrekkende handwerkslieden vond klaarblijkelijk
enkele stoffelijke overblijfselen naast de spoorweg en heeft de
ontdekking gemeld aan de eerste de beste persoon die ze
zagen, die toevallig onze voorman was. Hij herkende Nora
onmiddellijk (ondanks zware verminkingen was er geen
twijfel aan haar identiteit). In het naburige dorp is geen
politieman, maar na de komst van de veldwachter van
Smoller werden de rondtrekkende handwerkslieden korte
tijd in hechtenis genomen, om weer te worden vrijgelaten
toen onze dokter McGregor-Robinson ter plekke onderzoek
had gedaan en verklaarde dat de dood van Nora (natuur-
lijk!) niet was veroorzaakt door haar landgenoten, maar
zonder twijfel door een snel rijdende trein. Dit werd enkele
dagen later bevestigd toen de rest van haar lichaam verder-
op langs de lijn werd ontdekt, ergens tussen hier en de stad
Bathgate.

Onze dokter heeft me verteld dat niet exact bekend is waar de botsing plaatsvond, omdat haar lichaam over een wille-keurige afstand kon zijn voortgesleept. Geen machinist heeft iets op het spoor gezien. Het schijnt echter duidelijk te zijn dat het arme kind op zeker moment op het spoor is geraakt en om de een of andere reden de naderende trein niet heeft gezien...

De begrafenis vond gisteren plaats. Ik ben er niet geweest, omdat ik te zeer van streek was en mijn echtgenoot vond het niet verstandig. Natuurlijk is iedereen diep geschokt, vooral ikzelf, daar ik erg op het meisje gesteld was. Ik had het gevoel dat ik in Nora (eindelijk!) de ideale huisbe-diende had gevonden, altijd bereid om te behagen en door eenieder met wie ze in aanraking kwam geliefd. Helaas is ze slechts zes maanden bij me geweest...

Arme lieve Nora! Ik vrees dat ik nooit meer iemand zoals zij zal vinden. In zulke gevallen hebben degenen die niet zo dicht bij de overledene staan hun eigen reacties op de dood. Mijn man schijnt zich bijvoorbeeld voornamelijk zor-gen te maken over een mogelijk schandaal. Hij vindt het afgrijselijk dat een dergelijke tragedie op ons land heeft plaatsgevonden. Ikzelf moest de droeve taak op mij nemen de weinige spullen van Nora in te pakken en ze op zolder op te bergen. Voorzover wij weten heeft ze geen familie, maar ik zal haar schaarse spullen en haar schamele, dun-ne, verschoten jurken bewaren voor het geval iemand erom komt. Ik heb tot dusver mijn emoties in bedwang weten te houden, maar ik moet bekennen dat ik, toen ik Nora's kle-ren opvouwde, een paar tranen schreide.

Op dit punt aangekomen stopte ik even met lezen in *De observaties* omdat er een afschuwelijke gedachte in me op-kwam. Ik keek naar de jurk die ik aanhad. Ik moet toegeven dat ik half en half verwachtte dat hij in rottende flarden van mijn lijf zou vallen en op de vloer tot geel stof vergaan, maar hij was gewoon zoals altijd, grijs en een beetje verschoten en te strak om de tieten. Zou mevrouw me kleren gegeven hebben die van een dood meisje waren? Want dat was waar de 'Grote Tragedie' op doelde. Ik kon me niet voorstellen dat mevrouw zoiets engs zou doen, maar het bleef me toch dwarszitten.

En toen herinnerde ik me de woorden van AP Henderson en zijn schallende lach toen hij vroeg naar mijn voorgangster: *Is ze met de trein vertrokken?*

Dus dat was zijn mop – een heel erg akelige.

Ik bladerde een aantal bladzijden terug.

Nora

Leeftijd 22 jaar
Kleiner dan gemiddeld
Boezem 81 cm
Taille 71 cm
Heupen 91 cm
Armen 27 cm
Hals 31 cm
Schedel 54 cm
Mond 6 cm
Mond tot oor 13 cm
Neus 4,5 cm
Tussen de ogen 5 cm

Visuele indruk: bruin haar, innemend gezicht, sprankelende ogen, gladde huid, mist een tand (snijtand), klein gebouwd, levendig – dartel – als een vogeltje.

Nora is nu vijf dagen bij ons en blijkt haar taak uiterst
efficiënt en naar genoegen te vervullen. Ze is van oorsprong
Ierse en is al zes jaar in dit land. Aangezien haar moeder
een melkmeid was, kan ze overweg met de melkerij en is
derhalve Godzijdank in staat geweest – naast haar andere
taken – met de koeien te helpen toen een van onze meisjes,
die haar zieke moeder ging verplegen, afwezig was. Nora's
vader was een ploeger en daardoor weet zij alles van het
landleven. Men kan zich geen betere ouders wensen voor
een plattelandsmeisje! Ze is ook heel knap, en er is een
duidelijke overeenkomst tussen haar innemende uiterlijk en
haar gedrag, dat altijd beminnelijk is. Weliswaar ben ik
niet langer van mening dat er een directe, inherente corres-
pondentie is tussen uiterlijk en temperament, maar de teke-
nen in dit geval zijn zeer overtuigend.

Het doet me veel genoegen te zeggen dat Nora, naast de
andere talenten die ze heeft, ook een goede kokkin is. Het
beste van al is dat ze aan elk verzoek van mij heel gehoor-
zaam voldoet. Sommige meisjes verzetten zich ertegen dat
hun maten worden genomen, of ze stribbelen minstens te-
gen wanneer een poging wordt gedaan hun gezicht op te
meten, maar bij Nora kwam er geen klacht over haar lip-
pen. Ja, na afloop vroeg ze niet eens naar de reden, of-
schoon ze licht verbaasd was toen ik de centimeter tegen
haar neus drukte. Haar neus is erg klein, het is een beetje
een wipneusje (met, waag ik eraan toe te voegen, een char-
mant strooisel van lichte sproetjes!). Ik had altijd gedacht
dat een wipneus een teken van leugenachtigheid was, maar
nu vraag ik me af of dit kenmerk wellicht een indicator is
voor een hoog niveau van gehoorzaamheid?...

Op dat punt begon ik ongeduldig door het boek te bladeren
om te zien of mijn naam ook genoemd werd en of ik (ho-

pelijk!) ook zo geprezen werd. Maar toen viel mijn oog op iets anders en bladerde ik een paar pagina's terug. Dit is wat ik las.

Morag

Leeftijd ongeveer 15 (maar weet haar geboortedatum niet precies). Geen maten want ze weigerde de centimeter resoluut. Visuele indruk: tanden geel en gekarteld maar sterk. Haar rood (wijst op drift?). Huid erg ruw en rood (wijst op drank?).

Deze meid is nu twee dagen bij ons, we moesten haar op stel en sprong aannemen van de personeelsbeurs, omdat het meisje dat in de plaats van Nora zou komen nooit arriveerde. (Mevrouw Lauder zegt dat ze is weggelopen met een lakei!)

Morag schijnt niet vies te zijn van hard werken, maar mijn eerste indruk was dat ze misschien koppig was (zie bovenstaande opmerkingen over de centimeter). Ze heeft ook de schrikbarende gewoonte om kakelend recht in je gezicht te lachen, wat mij, vrees ik, op den duur te veel zal worden...

Toen ik dit las bedacht ik dat Morag wel het roodharige meisje moest zijn dat op het pad kakelend tegen me had gelachen toen ik de eerste dag naar Kasteel Haivers kwam. De beschrijving paste helemaal bij haar. En dan was het zeker haar boek dat ik verbrand in het haardvuur had aangetroffen? Ik herinnerde me de avond dat ik naar haar vroeg, toen mevrouw me verkeerd verstond en dacht dat ik iets wilde weten over dat andere meisje, Nora.

Ik las gretig verder om meer te weten te komen over Morag.

Ik begon ermee dit meisje naar haar levensgeschiedenis te vragen, maar ze is zwijgzaam en zelfs de kleinste details moest je uit haar trekken. Maar ondanks haar schijnbare gebrek aan esprit kan ze lezen en schrijven, ontdekte ik, omdat ze een paar jaar lager onderwijs heeft genoten van een verlichte ziel in haar geboortedorp. Haar handschrift is kinderlijk maar leesbaar, zodat ik haar gelukkig een dagboek kan laten bijhouden, in de hoop dat het iets zal onthullen over haar gedachteleven. Ik ben me ervan bewust dat ze misschien niets verhelderends schrijft, en het is zelfs mogelijk dat ze het boek zal gebruiken om me te misleiden – maar dat is op zichzelf al interessant om te observeren.

Ik bladerde een paar bladzijden verder en las willekeurig een paar stukken.

Morag is nu veertien dagen bij ons. Ze doet haar 'normale' werk heel goed (zij het nogal nors), maar weigert deel te nemen aan iets wat niet bij haar taak hoort, zoals zij die opvat – met andere woorden aan mijn onderzoek! Ik heb het idee om met haar te experimenteren min of meer opgegeven, omdat ze hoogst oncoöperatief is...
...Ik heb in een brief aan mijn echtgenoot geklaagd over het gemelijke gedrag van Morag, maar hij antwoordt dat het sowieso dom van me was om haar in dienst te nemen. Zijn theorie is dat het enige doel van personeelsbeurzen is om slechte meesters een betere kans te geven bedienden te krijgen, en slechte bedienden een betere kans om meesters te krijgen. Tot mijn verdediging mag ik wel stellen dat het enige andere beschikbare meisje die dag zo in vodden gekleed ging en zo smerig was en zo stonk, dat Morag in vergelijking daarmee haast presentabel leek...
...De relatie met Morag staat op springen. We praten nau-

welijks nog met elkaar. Gisteren leunde ze over tafel en
spuugde een mondvol gedeeltelijk fijngekauwde worst uit
omdat, zei ze, het vlees ranzig was. Ik heb nu besloten alle
maaltijden apart te nuttigen, daar ik van dit gruwzame
tafereel bijna zelf moest overgeven...
...Mijn maag draait nu om als ik Morag alleen maar zie.
Ik weet dat het arme kind het ook niet kan helpen dat ze
zo lelijk is, maar ik wou dat ze verdween, zodat ik nooit
meer een blik op haar hoef te werpen. Het is werkelijk een
stakker. Ik zal blij zijn als ze vertrokken is.

Op dat punt legde ik het boek neer en ging uit het raam
zitten kijken. Buiten was alleen de nachtelijke hemel te zien,
een paar blauwige wolken die voor de maan langs schoten.

Wat een vreselijke dingen had mevrouw over dat meisje
gezegd. Ik kreeg een voorgevoel. En mijn voorgevoel was dit.
Dat ik niet meer in dit boek, *De observaties*, moest lezen
omdat ik anders misschien dingen te weten zou komen
die me van streek maakten. Ik denk dat ik zelfs hardop tegen
mezelf zei: 'Lees niet verder, schat, lees niet verder.' Op een
bepaald moment deed ik het boek zelfs dicht om het terug in
de la te leggen. Maar toen dacht ik, ja, kom nou, je krijgt
misschien nooit meer de kans om te zien wat ze over jou
geschreven heb.

En dus opende ik *De observaties* weer en sloeg met trillende
vingers de bladzijden om, tot ik bij het kopje *Bessy* kwam.

En toen zag ik dat het nog erger was dan ik gevreesd had
want daaronder – in een andere kleur inkt die later was
toegevoegd – stonden deze woorden: *Het zeer bijzondere geval*
van een ordinaire prostituee.

Maar hier moet ik stoppen, want ik heb vandaag al uren
geschreven, mijn hand valt er zowat af en weldra zal de bel
luiden voor het diner.

DEEL TWEE

7

Een zeer bijzonder geval

Inleiding. Ik wil graag dat goed begrepen wordt dat wat ik hier overschrijf uit Arabella's *Observaties* alleen bestemd is voor de heren die mij hebben gevraagd een verslag te schrijven, en dat deze uittreksels *niet op enigerlei wijze* mogen worden vermenigvuldigd zonder voorafgaande toestemming van mij.

Ik schrijf alleen op wat ik relevant vind, en laat de delen weg die weinig met deze geschiedenis te maken hebben, zoals aantekeningen over mijn maten en dat soort dingen, en de talloze gedetailleerde verslagen van experimenten waarin ze noteerde hoe vaak ik opstond en ging zitten, of hoe ik reageerde op haar stemmingen en vreemde verzoeken enzovoort. Ik vraag de lezer alleen zich de koude rillingen van angst voor te stellen die door mijn botten gingen toen ik daar in mevrouw haar slaapkamer stond en las wat ze over me geschreven had.

Uittreksels uit *De observaties* door Arabella R.

Bessy
(Het zeer bijzondere geval van een ordinaire prostituee)

Deze meid kwam per toeval bij ons, na het plotselinge vertrek van haar voorgangster. Ik nam Bessy in dienst, wetende dat ze niet veel ervaring had in huishoudelijk werk, met de bedoeling haar te 'trainen'. Ik wist toen nog niet welke duistere geheimen ze achter zich had gelaten in Glasgow.

Leeftijd tussen de 14 en 16 jaar (hoewel ze zegt dat ze 18 is!). Kleiner dan gemiddeld. Haar bruin en een beetje wild en ongekamd. Ze heeft een tamelijk breed gezicht met een korte neus, opvallend blauwe ogen en af en toe heeft ze een stiekeme uitdrukking op haar gezicht. Van tijd tot tijd krijgt ze starende ogen alsof ze verdoofd is, maar het kan ook zijn dat ze alleen maar dagdroomt. Het aangenaamst in haar gezicht is de mond, die je haast mooi zou kunnen noemen, hoewel ze vaak pruilt en op haar vingers sabbelt, wat haar een onaangenaam zwoel uiterlijk verleent. Ze zingt liedjes onder het werk, liedjes die ze zelf verzint schijnt het, maar ik vermoed dat er een driftig tempera-ment schuilt achter haar 'zonnige' humeur. Er is iets met haar, ik kan er niet goed de vinger op leggen, maar ze lijkt nogal 'doods' en er schijnt iets in haar te ontbreken – emo-tie, wellicht?

Ze beweert tot voor kort een betrekking als huishoudster te hebben gehad, maar dat vind ik, gezien haar uiterlijk en jeugd, onwaarschijnlijk. Aanvankelijk nam ik aan dat ze was weggelopen van een vaudeville of circus, want toen ze hier kwam (op weg naar Edinburgh), was ze gekleed in een felgekleurde satijnen jurk die druk was afgezet met strikken en kant. Ik ben echter sindsdien tot de conclusie gekomen dat ze geen acrobaat of toneelspeelster is: ze heeft gewoon geen idee hoe ze zich moet kleden. Ik heb haar de afgelopen week geobserveerd en ben er nu van overtuigd dat ze gewoon een fabrieksmeisje is en haar ordinaire uitdos-sing slechts is wat doorgaat voor 'zondagse kleren'.

Ik betwijfel of ze ooit in een huishouden heeft gewerkt, want ze lijkt weinig idee te hebben van de meest simpele huishoudelijke taken. Gisteren was ze bijvoorbeeld bezig het lichtgele tapijt in de salon met een prop krantenpapier

schoon te maken, waardoor ze in feite inkt in de stof wreef
die grauwgrijs werd! Toen ik vroeg waarom ze dat deed,
vertelde ze dat ze een paar kolen op de vloer had laten
vallen toen ze de haard uitschepte en ze maakte de boel
gewoon weer 'proper'. Met andere woorden: niet alleen
wreef ze inkt in het tapijt, ze wreef er ook nog eens kolengruis in!

Ziedaar het armzalige materiaal dat ik in handen heb gekregen: een onbehouwen meisje zonder enige ervaring in
het huishouden en met weinig gezond verstand. Zelfs Morag, met al haar tekortkomingen, kende huishoudelijk werk.
Ik hoor de lezer al uitroepen: dan zal dit nieuwe meisje
zelfs mijn vermogen om haar te temmen wel te boven
gaan! Moet ik niet, geconfronteerd met zo'n uitdaging, eindelijk bij zinnen komen en toegeven dat ik verslagen ben?
Ik ben bereid deze tegenwerpingen te overwegen, en dat gedaan hebbende zie ik mij gedwongen resoluut te antwoorden: neen, integendeel, ik ben van plan het meisje in een
periode van niet langer dan drie maanden te domesticeren
en op een niveau te brengen dat aanvaardbaar is voor elk
huishouden!

Ik heb een brief geschreven aan het adres waar ze naar
beweerd heeft gewerkt, en daarin legde ik de situatie uit en
verzocht om referenties van degene die de brief ontvangt,
alsmede alle andere inlichtingen die ze over haar mochten
hebben. Natuurlijk kan ze het adres eenvoudig hebben verzonnen, in welk geval er geen antwoord zal komen.

Aanvankelijke desoriëntatie

Met dit meisje begon ik meteen de eerste avond dat ze
kwam te experimenteren door naar haar toe te gaan terwijl
ze sliep. De lucht in haar kamer was onverwacht warm en

doortrokken van een aardse, zwoele geur. Ik had die geur
wel eerder geroken in de kamers van andere meiden. Het is
hun persoonlijke aroma dat uitgewasemd wordt tijdens de
slaap en dat heel anders is dan de geur van hooggeboren
personen. Ik merkte op dat de geur van dit meisje ook een
aangenaam zoet element bevatte, als van viooltjes (ik weet
niet wat dit betekent, als het al iets betekent; wijst het op
een zoete natuur, of is dat een te voor de hand liggende
interpretatie?)

Bij het licht van mijn kaars zag ik dat ze diep in slaap
was, ze ademde zwaar, haar donkere haar lag uitgespreid
op het kussen. Ik sloop naar haar toe om beter te kijken.
Ze zag er zo vredig uit dat ik bijna besloot haar niet te
wekken. Maar ik vermande me en besloot mijn experiment
zoals gepland uit te voeren. Ik wilde zien hoe ze op verschillende humeuren reageerde als ze gedesoriënteerd was
omdat ze uit haar slaap werd gehaald. Ik had bij deze gelegenheid voor verschillende humeuren gekozen: 'kwaad-
heid' (de 'strenge' meesteres), 'onverschillig-afstandelijk' (de
'faire maar afstandelijke' meesteres) en vervolgens 'toegeeflijkheid' (de 'aardige' meesteres). Op die manier, naar ik
meen te kunnen bewijzen, komt het meisje open te staan
voor nieuwe invloeden en instructies.

Boosheid veinzend wekte ik haar abrupt en gaf haar bevel
me naar beneden te volgen. Het meisje was heel schuldbe-
wust toen ze eindelijk in de keuken verscheen. Op grond
van de bezorgde blikken die ze op het brood op tafel wierp
concludeerde ik dat ze meende dat ik boos op haar was
omdat ze eerder die dag meer dan één snee brood had
genomen, iets wat ik wel had opgemerkt, maar waar ik
niets over had gezegd. Ik wilde graag de verschillende humeuren testen en stelde haar snel gerust, waarna ik haar
op welbewust neutrale toon een bevel gaf.

Op dat moment gebeurde er iets merkwaardigs. Sinds haar komst had ze geen enkele neiging getoond de eerbiediging van een dienstmeid jegens haar meesteres aan de dag te leggen. Er was zelfs iets in de manier waarop ze het woord 'mevrouw' (haar favoriete manier om mij aan te spreken) uitsprak wat het haast meer tot een belediging dan een beleefdheidsvorm maakte, en ze moet er vaak en met zachte hand aan herinnerd worden de term 'madam' te gebruiken. Van kniebuigingen of andere tekenen van respect was geen sprake. Dat was misschien ook te verwachten. Ik betwijfel of men in een fabriek ooit iemand met enige opvoeding tegenkomt. Maar... nu maakte ze een kniebuiging voor mij! Ik was zo blij met deze wending in de gebeurtenissen dat het weinig moeite kostte me het volgende humeur aan te meten: extreme toegeeflijkheid. Zoals te voorspellen valt raakt het meisje – net als de meesten van haar soort – van slag wanneer een hogergeplaatst persoon zich op deze wijze jegens haar gedraagt. Het was duidelijk dat ze zich niet op haar gemak voelde en haar opluchting, toen ik aankondigde dat ik naar bed ging, was voelbaar.

Het was duidelijk dat de desoriëntatie in haar een (zij het diep verborgen) serviel trekje wekte – maar ik begon me wel af te vragen of dit louter kwam door het feit dat ze uit haar slaap was gehaald, of dat het was opgewekt door een van de stemmingen die ik aan de dag had gelegd, en indien dit juist was, was het dan woede of onverschilligheid? Ik kwam zelfs in de verleiding haar een tweede keer te wekken en het experiment te herhalen, en ik moest me met grote moeite in bedwang houden om het niet te doen.

Ik heb gehoord van gedistingeerde en geleerde heren die hele nachten in hun laboratorium doorbrengen, waar ze stoffen in retorten mengen en nauwgezet de resultaten van hun experimenten noteren. Natuurlijk kon ik mezelf niet vergelijken met een echte Wetenschapper, ik ben slechts een Amateur, maar ook ik ben slaap tekortgekomen, zo gepreoccupeerd ben ik geraakt met mijn kleine 'stokpaardje'.

Hoe groot echter de aandrang ook is om mijn onderzoekingen voort te zetten, ik moet voorzichtig zijn en de nachtrust van het meisje niet te veel verstoren. Zij is per slot van rekening geen retort met Zwavelzuur die je tegen het licht kunt houden en schudden op welk uur van de dag of nacht ook. Zwavelzuur heeft geen slaap nodig en neemt geen ontslag, terwijl dienstmeiden dat wel kunnen en ook doen.

KLEREN MAKEN DE MEID

Ik ben nog steeds de uitgesproken mening toegedaan dat een dienstmeid op de juiste wijze gekleed moet worden voordat ze werkelijk tot gehoorzaamheid kan worden gebracht. Geen van de jurken die Bessy bij zich had paste ook maar in het minst bij een dienstmeid. Wellicht valt een dergelijke uitdossing niet op tussen de fabrieksmassa's van Glasgow, maar hier, in de provincie, kleden de gewone mensen zich eenvoudiger, en ik vermoed dat (vooral gezien het aanstootgevende gedrag van onze melkmeisjes tegen haar) menige wenkbrauw omhoog zou gaan bij het zien van satijn en vuurrode zijde.

Niet alleen moet de persoon zich voelen als een meid, maar ook moeten allen die haar zien in staat zijn haar onmiddellijk te herkennen voor wat ze is om adequaat op haar te kunnen reageren. Zo kan een faux pas vermeden worden. Ik heb gehoord van een kamermeisje dat, in haar beste kleren op haar vrije dag, de kortste weg door de salon nam en daar werd aangesproken door een heer die haar had aangezien voor een gast. Het meisje was onervaren genoeg (of misschien zouden de cynici onder ons zeggen: sluw genoeg) om als gelijke het woord tot hem te richten, en het scheen dat er zowaar een romance opbloeide toen de vrouw des huizes, net op tijd, verscheen. Men kan zich de ontsteltenis van deze dame onder de omstandigheden wel voorstellen. Ik weet niet wat er met de meid in kwestie is gebeurd, maar het lijdt geen twijfel dat ze een ernstige reprimande kreeg. Natuurlijk hoeft een bediende geen uniform te hebben – ja, dat kan zelfs vulgair en parvenuachtig zijn, behalve in de beste huishoudens. Om echter ongemakkelijke situaties te vermijden, dient een meid altijd eenvoudig en onopvallend gekleed te gaan, in nette kleren.

Met dit doel stuurde ik ons nieuwe meisje gisteren weg met een boodschap, terwijl ik intussen in mijn eigen garderobe zocht naar dagelijkse kleren die ze zou kunnen dragen. Ik vond niets geschikts, maar vervolgens schoot me te binnen dat ik op zolder de bezittingen had opgeslagen van Nora, dat uitstekende, toegewijde dienstmeisje wier dood ik elders op deze pagina's beschreven heb. Het zou uiterst praktisch zijn om haar spullen te gebruiken, bedacht ik. Weggestopt in een koffer zijn ze voor niemand iets waard, en het lijkt nu niet meer waarschijnlijk dat iemand ze komt halen. Ja, hoe meer ik erover nadacht, hoe meer ik het pure verspilling vond ze daar te laten verschimmelen, als ik een meisje onder dak had dat nodig fatsoenlijke kleren moest hebben! De kleren hoefden alleen maar een beetje gestreken te worden, een karwei dat ik in een ommezien klaarde. Kort daarop keerde het meisje van haar boodschap terug (tot mijn grote opluchting, want ik begon me zorgen te maken dat de roep van de straat, haar natuurlijke zigeunerinstinct en het geld in haar zak, haar misschien uiteindelijk toch zouden verleiden verder naar Edinburgh te trekken). Ik wilde dolgraag kijken hoe ze eruitzag in die kleren – of ze met andere woorden pasten en of ze er dienstmeidachtig genoeg in zou uitzien – dus verzocht ik haar ze aan te trekken. Hier en daar knellen ze een beetje, maar ze passen goed genoeg. Ik moet zeggen dat ze er heel anders uitzag. Natuurlijk wilde ik beslist niet dat ze zou gaan tobben over de herkomst van de kleren. Meisjes van haar soort, vooral de rooms-katholieke, worden beheerst door een complex geheel van bijgeloof, zodat ik haar een plausibele verklaring gaf voor de plotselinge verschijning van de kleren.

Die middag kwam er een heer op bezoek. Het meisje serveerde ons thee, en hoewel ze door de kleren van Nora en een weinig instructie meer de indruk maakte van een dienstmeid, was haar optreden, toen ze geconfronteerd werd met een echte gast, in sommige opzichten ontmoedigend. Het scheen dat ze deze gast niet goed kon lijden (wat maar al te evident was in de manier waarop ze hem behandelde), en in het algemeen ontbeerde haar gedrag een juiste mate van beleefdheid. Een meid mag nooit haar gevoelens verraden, hoe sterk ze ook zijn, of hoezeer ze een bepaald persoon ook veracht of verafschuwt. Jammer genoeg hebben wij het niet altijd voor het zeggen wie in onze huizen op bezoek komen en wie we moeten ontvangen en van versnaperingen voorzien. Maar we moeten niettemin beleefd blijven.

Na zijn vertrek betrapte ik het meisje op de uitvoering van een dansje in de gang, en ineens ving ik een glimp van haar op als 'persoon'. Een ogenblik lang benijdde ik haar welhaast om de vrijheid die ze heeft – het gebrek aan verantwoordelijkheid en zorg, alleen eenvoudige karweitjes verrichten, geen noodzaak om vervelende sociale contacten te onderhouden, haar geest vrij van het soort angsten en zorgen die haar superieuren plagen, enzovoort. Natuurlijk kan men zich niet voorstellen van plaats te verwisselen met zo'n schepsel – en dat wil men vanzelfsprekend ook niet! Niettemin zag ik haar ineens in een iets ander licht.

Ik voelde ook een nogal berouwvolle spijt om Nora. Was zij het maar die daar in de gang danste en niet dit nieuwe meisje! Ik heb het misschien niet eerder vermeld, omdat het geen belang heeft, maar er is een lichte gelijkenis tussen dit meisje en Nora. Deze Bessy is een beetje molliger en ze is jonger, en als je haar goed bekijkt is het natuurlijk duidelijk dat het niet de lieve Nora is (met haar charmante gewoonte om mij 'genadige vrouwe' te noemen!). Niettemin, Bessy komt uit Ierland, is ongeveer net zo groot, en hun kleur haar komt overeen – hoewel Nora haar haren altijd netjes gekamd had. Zelfs de vorm van het gezicht en de lengte van de neus komen overeen. Natuurlijk was Nora's schoonheid opvallend voor iedereen, terwijl dit meisje niet zozeer mooi is als – zou men kunnen zeggen – voluptueus, maar nu ze Nora's kleren aanhad was de gelijkenis sprekender. Ik merk dit slechts terloops op, daar het niet van absoluut belang is. Alle wensen in de wereld kunnen Nora niet terugbrengen en niemand kan haar vervangen omdat ze in veel opzichten de ideale dienstmeid was.

GEHOORZAAMHEIDSTEST

Ik heb reeds het gebruik van de 'opstaan/zitten'-test gedocumenteerd, die bedoeld is om de neiging tot gehoorzaamheid van het meisje te testen (een minder risicovolle en makkelijker te controleren versie van de 'looptest'). Ik heb ondubbelzinnig aangetoond dat de opstaan/zitten-test aanvankelijk een uitstekende indicatie is voor de natuurlijke geneigdheid van het meisje om te gehoorzamen. Maar wat de lezer wellicht niet beseft is dat deze test vervolgens kan worden gebruikt om te meten in hoeverre het meisje geschikter is geworden voor dienstbaarheid. Ik had gehoopt dit met Morag, Bessy's voorgangster, te illustreren, maar haar weigering om mee te werken met elke activiteit die

naar haar mening buiten haar 'gewone' verplichtingen viel
zorgde regelmatig voor conflicten. Ze weigerde zonder meer
de opstaan/zitten-test, hoe vaak ik haar ook probeerde over
te halen. Ik moet toegeven dat ik niet meer wist hoe het
verder moest. Uiteindelijk (met een bang vermoeden) sloot
ik haar op een ochtend in de voorraadkamer op, na er eerst
voor te hebben gezorgd dat er wat te eten was, dat er een
kan water stond, dat er een kamerpot was en een kussen
om op te zitten en dat ze haar lievelingslectuur had. Ik zei
tegen haar (door de kier van de deur) dat ik haar er alleen
uit zou laten als ze toestemde mee te werken met de test.
Morag bleef vierenhalf uur in de voorraadkamer (de tijd
die ze volgens mij nodig had om 'De Courant' te lezen en
een dutje te doen), waarna ze scheen te beseffen dat mijn
wil sterker was dan de hare en ze toestemde in samenwerking als ik haar maar vrij zou laten. Na vrijlating weigerde
ze tegen me te spreken en keek ze nogal vervaarlijk, en toen
ik haar de eerste keer verzocht de opstaan/zitten-test te
doen, haalde ze slechts een schamele zes keer. Ik feliciteerde
haar niettemin en gaf haar een shilling en de rest van de
dag vrijaf. Het schijnt echter dat ze slechts samenwerking
had geveinsd om haar vrijheid te winnen, want binnen het
uur was ze voorgoed vertrokken uit dit huis. Ik zal verder
zwijgen over de exacte wijze van haar vertrek. Het volstaat
te zeggen dat ze duidelijk zeer tegen me gekant was en niet
van zins terug te keren. (Gelukkig raakte diezelfde dag het
nieuwe meisje toevallig op ons land verzeild.)
Bessy mist de natuurlijke gehoorzaamheid van de lieve Nora, maar zij werkt tenminste beter mee dan Morag. Haar
aanvankelijke resultaten met de opstaan/zitten-test waren
echter eveneens een beetje teleurstellend. We moeten natuurlijk niet vergeten dat ze niet gewend is om te dienen en er
daarom wellicht niet aan gewoon dagelijks en zonder erbij

na te denken te doen wat haar meesteres haar opdraagt. Ik heb nog niet zoveel van de wereld gezien en weet derhalve niet echt hoe het er in een fabriek aan toegaat, maar ik stel me voor dat wanneer een arbeider eenmaal zijn geringe taak onder de knie heeft – hier een hefboom overhalen of daar aan een wiel draaien – hij zijn werk zonder verder toezicht kan verrichten, en indien dit (zoals ik sterk vermoed) de ervaring van dit meisje is, zal ze niet gewend zijn aan herhaalde bevelen.

Toen ik haar later vroeg waarom ze niet meewerkte met het experiment, stelde Bessy dat ze de 'bedoening' van wat ik haar vroeg niet begreep. Natuurlijk, een werkelijk gehoorzame geest zou zich niet afvragen wat de bedoeling was, maar de bevelen uitvoeren, zonder er verder bij stil te staan. Deze en andere eigenaardigheden van het meisje versterken mijn vermoeden dat ze niet van nature gehoorzaam is.

In een poging meer gegevens uit het meisje los te krijgen vroeg ik haar bij gelegenheid naar haar zogenaamde voormalige werkgever. Het is duidelijk dat het meisje deze persoon – ene 'meneer Levy' – verzonnen heeft om haar verhaal kloppend te maken dat ze eerder als huishoudster gediend heeft. Daarna leek het er echter op dat ze door haar eigen verzinsel werd meegesleept. Ze praat voortdurend – en in opgetogen bewoordingen – over haar 'meneer Levy'. Men zou denken dat de man een heilige was. Ik merkte dat ik een grote hekel aan hem kreeg – terwijl ik ook besefte dat hij uitsluitend een product is van haar verbeelding! (Onnodig te zeggen dat ik geen antwoord heb gekregen op de brief die ik naar het door haar opgegeven adres heb gestuurd.)

Ik speelde mee met haar fantasie en vroeg haar of ze altijd de bedoeling had begrepen van wat 'meneer Levy' – deze

voorbeeldige man! – haar had opgedragen. Ze dacht een
ogenblik na en zei toen dat ze de 'bedoening' had begrepen
van de meeste dingen die hij wilde, zonder dat hij het haar
zelfs maar hoefde te vragen, maar dat sommige dingen die
hij haar liet doen haar een beetje vreemd voorkwamen.
Daar ze echter niet in staat (of niet bereid) was hierom-
trent in details te treden, of om precies te beschrijven wat
die taken inhielden, moesten we het onderwerp laten rus-
ten. (Meneer Levy vond het kennelijk niet erg dat ze een
krant gebruikte om kolengruis van het tapijt te vegen.)

Moge ze branden in de hel, dacht ik, meneer Levy een
product van mijn verbeelding! Het scheen dat ze geen antwoord had gekregen op haar brief, dus dat stemde me een
beetje hoopvol. Maar ik maakte me nog steeds zorgen over
wat ze in de aanhef een 'zeer bijzonder geval' noemde, dus
ik las verder.

OVERREDINGSFASE

Naast het element van desoriëntatie introduceerde ik in fa-
sen een 'overredings'- of 'bindings'-proces, waarbij het ge-
desoriënteerde meisje aangemoedigd wordt een hechte, ver-
trouwelijke relatie aan te gaan met de meesteres. Als een
middel om meer tijd met het meisje door te brengen wan-
neer de dagelijkse werkzaamheden waren beëindigd, voerde
ik interpunctielessen in. (De lieve Nora had dan misschien
niet het vocabulaire van dit meisje, maar ze wist heel goed
waar ze een punt moest zetten!) De avondlessen geven ons
een kans naast elkaar te zitten in een stille en intieme sfeer,
en ik geloof dat Bessy nu al liever wil (stiekem) dat we
vriendinnen zijn dan meesteres en meid. Ze heeft de nei-
ging, tenzij anderszins geïnstrueerd, om mijn gezelschap te
zoeken wanneer ze de kans heeft, bijvoorbeeld door met me

*mee naar en van de kerk te lopen. Als ik me op mijn kamer
terugtrek is het altijd maar een kwestie van tijd eer ze op
mijn deur komt kloppen, vaak met een smoesje. Ze wil ook
graag allerlei dingen van mij en mijn echtgenoot weten, en
stelt dikwijls vragen die een beetje ongepast zijn. Ik heb
haar hierin niet ontmoedigd, maar juist (subtiel) aangemoedigd, om haar vertrouwen te winnen. Van tijd tot tijd
vertel ik haar een beetje over mezelf, ik vertel haar dingen
over mijn leven die ik een tikje mooier maak dan ze zijn.
Wees gerust, ik onthul niets wat te persoonlijk is, maar vertel haar alleen genoeg om haar het gevoel te geven dat ik
haar in vertrouwen neem. Ik geloof wel dat ze in mijn ban
is. (Tussen haakjes: ze doet nu zonder vragen te stellen of
te klagen veertig keer opstaan en zitten. Daarmee schijnen
we echter de limiet bereikt te hebben – als ik haar maar tot
vijftig kon krijgen, dan zou ik het gevoel hebben dat ik echt
vooruitgang boekte!)*

Inmiddels voelde ik me misselijk en zat ik te zweten. Maar
dat was nog niks vergeleken bij hoe ik me voelde toen ik de
aanhef zag van haar volgende aantekening, die me echt
grote schrik aanjoeg.

EEN INTRIGERENDE BRIEF VAN EEN JOODSE HEER
*Vanochtend ontving ik tot mijn verrassing een kort schrij-
ven van een meneer Samuel Levy uit Candleriggs, Glasgow.
Hij schijnt de broer te zijn van 'meneer Benjamin Levy'
uit Hyndland, de heer (inderdaad inmiddels overleden) die
naar Bessy's zeggen haar voormalige werkgever was. Meneer Samuel Levy zegt dat hij mijn brief in Crown House
vond toen hij ter plaatse toezicht ging houden op de ontrui-
ming van het huis, dat verscheidene weken gesloten is geweest, sinds de dag van zijn broers begrafenis.*

Volgens meneer Samuel Levy heeft een Iers meisje inder-
daad een paar maanden in het huis van zijn broer door-
gebracht. Hij zegt echter dat de naam van dat meisje niet
Bessy Buckley was en hij verzoekt mij een beschrijving van
het meisje te sturen dat ik in dienst heb genomen, zodat hij
(vóór alles) kan bepalen of we het over dezelfde persoon
hebben.

Ik moet toegeven dat ik nu nogal nieuwsgierig ben gewor-
den en ik heb per kerende post geantwoord. Ik heb het ster-
ke vermoeden dat mijn beschrijving niet zal overeenkomen
met die van de voormalige bediende. Ik denk dat Bessy me
in een aanval van paniek het adres heeft opgegeven van
een van haar vrouwelijke kennissen, wellicht een dienst-
meid die ze een keer op een wandeling in het park heeft
ontmoet. Bessy heeft dat meisje misschien wel in haar werk-
huis bezocht en daarbij een glimp van haar meester opge-
vangen (dat is ongetwijfeld waar ze de indruk van haar
beroemde 'meneer Levy' vandaan heeft). Misschien heeft
die meid ook over de dood van haar meester gesproken,
vandaar het verhaal dat Bessy me vertelde.

We zullen zien of ik haar met haar leugens moet confron-
teren of niet, en welke maatregelen ik dien te nemen. Intus-
sen echter, en tot ik bericht ontvang van meneer Levy
(broer), ben ik van plan door te gaan met mijn onderzoek.

VERRASSEND NIEUWS OVER BESSY

Ik heb zojuist deze ochtend antwoord gehad van meneer
Samuel Levy. Tot mijn grote verrassing lijkt het erop dat
mijn beschrijving van Bessy precies overeenkomt met die
van het meisje dat vroeger in Crown House verbleef. Me-
neer Levy zegt dat er geen twijfel is aan haar identiteit,
ondanks het verschil van naam. Hij beweert dat het meisje
weliswaar in naam in dienst was als de huishoudster van

zijn oudere broer, maar dat ze daar in feite verbleef onder
IMMORELE OMSTANDIGHEDEN *waarover hij niet in details*
treedt, maar die, zelfs door iemand zoals ik, die niet veel
van de wereld gezien heeft, te raden zijn.
De naam van het meisje, zo schrijft hij, is niet Bessy
maar DAISY *(!). Achternaam onbekend. De gebroeders Le-*
vy leefden kennelijk vele jaren in onmin: na een familie-
ruzie werden ze elkaars concurrenten in de bonthandel, en
ofschoon meneer Benjamin gepensioneerd was, duurde de
vete voort tot zijn dood (op tweeënzestigjarige leeftijd). Ver-
volgens kwam Samuel te weten wat er in het huis van zijn
broer omging, en na volledig door de buren te zijn inge-
licht, sloot hij het pand en gaf het meisje opdracht te ver-
trekken.
Zou het kunnen dat hij zich vergist? Het meisje is jong –
ik vind het moeilijk te geloven dat ze bij iets dergelijks be-
trokken was. Niettemin vermeldt hij felgekleurde kleren en
de gewoonte om op haar vingers te zuigen – en naar ver-
luidt waren haar afscheidswoorden toen hij haar op straat
zette dat het haar toch 'geen moer' kon schelen omdat haar
inmiddels al een betrekking wachtte op het kasteel van
Edinburgh (wat heel erg zoals Bessy klinkt!).
In weerwil daarvan ben ik sterk geneigd te geloven dat wat
hij over het meisje heeft gehoord gewoon kwaadsprekerij is
van een andere dienstmeid die haar redenen wel zal heb-
ben om de naam van haar rivaal door het slijk te halen.
Dat is niet ongebruikelijk, denk ik, vooral niet in de stad,
waar de bedienden dicht op elkaar wonen en waar derhalve
jaloezie kan ontstaan en bondgenootschappen gevormd
kunnen worden.
Ik heb per kerende post op de brief van Samuel Levy geant-
woord en hem een aantal vragen gesteld.
Voorlopig is het zeer verkeerd om overhaaste conclusies te

trekken. Ik moet toegeven dat ik me na lezing van meneer Levy's brief een beetje ongerust maakte dat ik wellicht onderdak verleende aan een dégénérée. Ik was plotseling bang dat ze misschien iets zou uithalen en zocht het meisje op in de keuken. Van achter de gesloten deur kwam een hard raspend geluid dat gepaard ging met zware ademhaling. Nu er twijfel was gezaaid over haar geschiedenis, was ik er volkomen op voorbereid na binnenkomst iets aanstootgevends of losbandigs onder ogen te krijgen, en ik stormde meteen naar binnen – om tot de ontdekking te komen dat ze de tafel stond te schuren, een activiteit die zowel onschuldig als nuttig was. Het zij mij vergund te zeggen dat men voorzichtig moet zijn met het vellen van oordelen, zelfs als men te maken heeft met het laagste volk.

DE MEID MET EEN DUISTER VERLEDEN

Ik meen dat ik zonder vrees voor tegenspraak kan stellen dat wij te weinig weten van onze bedienden. Het enige wat we van ze weten staat geschreven op een vel papier van een voormalige werkgever die, wellicht en voorzover we weten, al lang blij is van ze af te zijn en daarom een klinkende referentie voor hen schrijft in plaats van ons de treurige waarheid te vertellen. Soms, afhankelijk van de omstandigheden, hebben we niet eens een geschreven referentie van hen. Waarom zouden wij ons daarom iets verwijten indien een zaak over het verleden van de bediende aan het licht komt die ons verrast? Het zou duidelijk verkeerd zijn dat ons te verwijten indien een dergelijk geval zich voordoet. Zelfs als een bediende uitstekende getuigschriften heeft, nemen we hem of haar in dienst op basis van vertrouwen. Hoe moeten we weten wat er werkelijk gebeurd is in hun leven voordat ze bij ons kwamen? En (zouden sommigen

zeggen) gaat het ons echt iets aan, mits zij hun taak goed
en punctueel uitvoeren?

Mijn eigen ervaringen van de afgelopen dagen onderschrij-
ven dit. Ik heb weer een brief gekregen van meneer Samuel
Levy. In antwoord op mijn vragen verzekert hij mij dat er
geen twijfel is aan wat er in het huis van zijn broer gebeurde. Het is wel een opluchting te vernemen dat Crown
House geen publiek bordeel was, maar een 'respectabele'
woning, en dat meneer Benjamin Levy, die kennelijk verkikkerd was op het meisje, haar daar exclusief als zijn enige concubine hield. Dat is een schrale troost, maar we kunnen er tenminste van verzekerd zijn dat het meisje niet als
een beest over straat zwierf om haar beroep uit te oefenen
en dat ze slechts bevlekt is door één 'sater'. Samuel Levy
zegt dat hij me niet kan vertellen waar het meisje vandaan
kwam (want dat weet hij niet), maar hij zegt dat ze naar
verluidt aan zijn broer verkocht was door een oudere zus
van haar, die wekelijks een bedrag van Benjamin Levy's
zaakgelastigde opstreek (die betaling is inmiddels op last
van Samuel gestopt).

Men kan zich afvragen wat voor iemand een jongere broer
of zus voor immorele doeleinden zou willen verkopen. Zo
iemand is niet minder dan een monster. Natuurlijk, het
gezin zal wel in financiële moeilijkheden zijn geraakt na
de dood van beide ouders, maar er zijn toch wel andere
manieren om de kost te verdienen dan zulke verdorvenhe-
den?

Men dient echter ook in overweging te nemen dat het meisje, indien de toestand haar niet beviel, altijd nog van deze
man had kunnen weglopen. Kennelijk beviel het haar wel,
want ze is daar bijna een jaar gebleven. Volgens Samuel
Levy beweren de bedienden van de buren dat ze nauwelijks
ooit gekleed was en de meeste tijd (als ze niet geëngageerd

was door meneer Levy) op een chaise-longue onder een flu-
welen kleed lolly's lag te eten en romannetjes te lezen.
Natuurlijk komen veel eigenschappen die het meisje aan de
dag legt – eigenschappen die ik eerder in dit geschrift heb
becommentarieerd – goed overeen met deze nieuwe gegevens
van haar. Bijvoorbeeld haar zwoele blik en haar verontrus-
tende mengeling van onschuld en wereldwijsheid: die eigen-
schappen zijn, daar ben ik van overtuigd, overal ter wereld
in meisjes van haar soort te vinden. Nu valt haar overwel-
digende aanhankelijkheid ten opzichte van haar 'lieve' me-
neer Levy gemakkelijk te begrijpen en ook waarom ze zo
gloedvol over hem praat: ze was niet minder dan zijn min-
nares!
Wat moet een vrouw des huizes in hemelsnaam doen wan-
neer ze op de hoogte komt van zulke onrustbarende toe-
standen? Ik moet toegeven dat ik enigszins ontmoedigd
ben geraakt sinds ik die brief heb ontvangen, en zelfs even
heb getwijfeld of ik dit meisje wel volledig kan domesticeren.
Hoe zou dat kunnen, in aanmerking genomen wat ik nu
weet? Ondanks enige vooruitgang op andere gebieden zijn
we nog steeds blijven steken bij veertig keer opstaan/zitten,
en ik begin te wanhopen dat ik nog meer uit haar kan
halen.
Ik begin zelfs haar aanwezigheid een beetje onaangenaam
te vinden, hoewel ik tracht dat te verbergen. Gisteren, toen
we aan het werk waren, stond ik op zeker moment vlak bij
haar – geheel toevallig – en de mouw van mijn jurk streek
langs de hare. De shock van haar nabijheid was overweldi-
gend. Het leek wel of er een vonk op mijn arm oversprong
en rechtstreeks naar mijn hart schoot. Ik begrijp nog steeds
niet dat ik het niet heb uitgegild. Ik hapte slechts naar
adem en sloeg de hand voor de borst, en slaagde erin voor
te wenden dat deze toestand van agitatie slechts een milde

*indigestie was. Het meisje toonde zich bezorgd over mijn
welbevinden en smeekte me te gaan liggen terwijl zij een
drankje voor me klaarmaakte. Ze ging in de weer met de
theepot, kennelijk was ze heel blij dat ik bij haar in de keuken was en zij voor me kon zorgen. Ja, ze leek zelfs opgetogen dat ze me kon bedienen. Ik moet zeggen dat ze, ondanks alles, een sympathieke ziel lijkt, maar ik zou echt
willen dat ze zich niet zo druk maakte over mensen en
wat minder familiair deed. Het is enerverend haar zo
dichtbij te hebben, dat ze over je rug strijkt en een plaid
over je knieën legt.*

*Natuurlijk, er zijn mensen – die houden van schandalen
en dergelijke – die genoegen of een primitieve opwinding
ontlenen aan de nabijheid van iemand van haar soort,
maar ik zal niet hoeven uit te leggen dat ik niet een van
hen ben. Weliswaar heb ik altijd belang gesteld in degenen
die minder gelukkig zijn dan ik (zoals aangetoond door
mijn jeugdige preoccupatie met de armen), maar mijn
nieuwsgierigheid is altijd wetenschappelijk van oorsprong
en heeft niets te maken met emoties.*

EEN MOMENT VAN TRIOMF

*Met groot genoegen boekstaaf ik hier het weergaloze aantal
van vijfenvijftig keer opstaan/zitten dat Bessy deze ochtend
heeft gehaald. Zoals in het voorafgaande te lezen valt, was
ik de laatste tijd zeer ontmoedigd met betrekking tot haar
vooruitgang en had zelfs bijna besloten haar weg te doen,
uit vrees dat ik haar niet aankon. In die geest sloot ik een
kleine, nogal wanhopige weddenschap met mijzelf: als ik
haar verder kreeg dan haar gebruikelijke veertig keer, zou
ik haar in dienst houden, zo niet, dan zou ik haar ontslaan.*

De waarheid is dat ik niet verwachtte dat ze het zou halen, dus het was met grote spanning dat ik haar een ogenblik zag aarzelen toen ze voor de veertigste keer ging zitten, om daarna gezwind voor een ongehoorde eenenveertigste keer weer op te staan! Ik hield mijn adem in, en ik denk dat ik pas na de vijfenvijftigste keer weer ademhaalde, toen ze er eindelijk mee ophield en toestemming vroeg verder te gaan met haar werk. Ik viel haast flauw! Toen ik haar vroeg waarom ze zoveel vooruitgang had geboekt, haalde ze eenvoudig haar schouders op en zei dat ze het niet zeker wist, maar dacht dat het me 'plesier' zou doen. Ja, plesier inderdaad!

Gezien deze opmerkelijke doorbraak heb ik besloten haar hier te houden. De arme ziel verdient een tweede kans in haar leven! Anders eindigt ze wellicht wederom in handen van een uitbuiter of zedenschender. Het is ook niet verstandig zoveel tijd en moeite te verspillen door haar te ontslaan op het moment dat ze weet hoe de zaken werken. Ze is duidelijk in staat de details van haar geschiedenis te verbergen voor eenieder die ze ontmoet. Ik heb dat vermogen (onder andere) bij haar beproefd door haar zogenaamd 'onschuldige' vragen te stellen over haar betrekking in het huis van meneer Levy, en ze verried zichzelf nog niet met een blosje. Ja, ze kan heel wel om de zaak heen draaien, op een manier die haar gespreksgenoten doet vergeten wat ze ook weer vroegen. Natuurlijk is er ook het geringe bezwaar dat mijn onderzoek gehinderd wordt als ze vertrekt, maar dat is van minder belang. Wat echt telt is dit meisje een kans geven opnieuw te beginnen en haar te helpen het beste te maken van een fatsoenlijk leven als huismeid. Ze zal nooit zo volmaakt worden als Nora, maar ik zal haar gebruiken om aan te tonen dat zelfs van de ordinairste prostituee (en ik heb de aanhef van dit gedeelte dienovereenkomstig gewijzigd) een fatsoenlijke dienstmeid valt te

maken. Ik heb nu geen bezwaar meer om haar te houden
en ben zeer geïnteresseerd in wat we kunnen bereiken.
Deze bekentenis heeft wellicht bij de lezer gevoelens van af-
grijzen en verontwaardiging opgeroepen, omdat van mij
verwacht zal worden dat ik het meisje terstond ontsla na
kennis te hebben genomen van haar duistere verleden, en
daarom ben ik bereid die stellingname aan een nader on-
derzoek te onderwerpen om te zien of ze gerechtvaardigd is.
Ik denk dat er geen reden is voor afgrijzen. Het is mogelijk
voor het hoofd van een huishouden om de ogen te sluiten
voor het verleden van een bediende, zolang genoemd hoofd
waakzaam blijft en geen misbruik maakt van de situatie.

EEN ADEMPAUZE

De afgelopen week, zo ongeveer, heb ik me zorgen gemaakt
dat het meisje wellicht te zeer aan mij gehecht raakt, en tot
mijn spijt moet ik melden dat mijn vrees niet geheel onge-
grond was. De laatste dagen is dit duidelijk geworden. Gis-
teren, toen we mijn linnenkast opruimden ter voorbereiding
op de terugkeer van mijn echtgenoot, flapte het meisje er
iets uit wat de grenzen der betamelijkheid leek te overschrij-
den – ze zei dat ze van me hield en beweerde alles voor me
over te hebben, inclusief haar eigen leven, ter verzekering
van mijn geluk. Onnodig te zeggen dat ik ons kleine ren-
dez-vous abrupt beëindigde en dat ik sindsdien getracht
heb haar gezelschap te mijden.
Vervolgens moest ik haar vandaag met een boodschap naar
het dorp sturen. Terwijl ik haar vertelde wat ze daar moest
kopen, merkte ik dat ze naar me toe neigde en daadwerke-
lijk mijn geur, in de halsstreek, opsnoof. Ik geloof niet dat
ik me vergis. Ik was daardoor zo van slag dat ik terug-
deinsde, ik wilde uit alle macht van haar wegkomen, en ik
mompelde iets waarna ik naar mijn kamer vluchtte. Enkele

ogenblikken later herinnerde ik me dat ik in mijn haast
om te ontkomen vergeten was haar over de komst van mijn
echtgenoot te vertellen. (Ik was van plan haar iets na te
roepen terwijl ze het huis verliet. Op die manier hoefde ik
niet te veel uit te leggen, of met haar nukken geconfronteerd
te worden, die ze zeker aan de dag zou leggen als ze
hoorde dat onze kleine idylle verstoord werd.)

De lezer zij de gedachte vergeven dat ik (wellicht) haar af-
fectie ten onrechte te veel gecultiveerd heb. Ik denk echter
niet dat zulks het geval is. Een dergelijke wijze van overre-
den is volkomen aanvaardbaar als middel om een jong
meisje in de hand te houden. Als een bediende te amicaal
wordt, is dat nauwelijks de fout van de meesteres. Het meis-
je had zich beter moeten beheersen.

Ik ben tot de slotsom gekomen dat ik me nu van haar moet
verwijderen. Dat is gemakkelijk genoeg: van nu af aan zal
ik proberen haar zoveel mogelijk, met welke middelen dan
ook, te mijden. Dat dient omzichtig te gebeuren, om te
voorkomen dat ze zich afgewezen voelt. Ik stel me voor dat
ze het me zeer moeilijk kan maken als ze beledigd is.

Daarmee hielden de aantekeningen in *De observaties* op. Wat
volgde waren blanco pagina's die nog volgeschreven moesten worden.

Ik moet toegeven dat ik, ondanks alle bewijzen van het
tegendeel – en helemaal tot het eind aan toe – bleef hopen dat
Arabella alles wat ze schreef verzonnen had. Dat die Nora
helemaal niet bestond en dat mevrouw de rottige dingen die
ze over me zei niet echt meende. Of misschien schreef ze
niet over mij, maar over een ander meisje dat Bessy heette.

Natuurlijk wist ik in mijn hart de waarheid wel. Het was
een verschrikkelijk klap dat ze bepaalde dingen over mijn
verleden te weten was gekomen, laten we maar zeggen dat ik

liever had gehad dat ze die niet wist. Maar erger was hoe ze over mij dacht. Allemachtig, hoe moet ik de verschrikkelijke wanhoop beschrijven die ik voelde, ik kan alleen maar zeggen dat mijn hart gebroken was. Ik was louter een 'ding' voor Arabella, een ding waarmee je kon experimenteren, waarmee je kon spelen en dat je in een opwelling kon weggooien als je het niet meer nodig had.

Moge de duivel haar halen.

Ik sloot het boek en legde het terug in de la, precies zoals ik het gevonden had. Daarna deed ik de la op slot en stopte de sleutel terug in haar zak, waarna ik naar boven naar de kamer ging die ze me gegeven had. Ik ging in elkaar gedoken op het matras liggen en trok de dekens over mijn hoofd. Ik wilde dood. Ik voelde me rot tot in mijn tenen. Natuurlijk raak je mettertijd over die dingen heen, maar het punt was dat ik nog een kind was en gemakkelijk te kwetsen, en alle dekens in de wereld hadden mijn schaamte en vernedering niet kunnen verbergen.

8

Depressie

Is het niet altijd zo dat als je een schok krijgt je lichaam zich terugtrekt in ziekte? Zo was het ook met mij destijds in Kasteel Haivers. Diezelfde nacht werd ik getroffen door een verschrikkelijke ingewandspijn en een koorts, en de volgende paar dagen bleef ik in bed, niet in staat om zelfs maar mijn hoofd op te tillen, behalve om te kotsen. Dat was heel erg storend voor mevrouw, kun je wel zeggen. Niet zozeer het kotsen als wel dat ik op bed lag, vooral nu haar man thuis was, maar daar was geen mallemoer aan te doen, al had ik willen werken, dan had ik het nog niet gekund. Er is geen woord gelogen bij, ik zweette zo erg dat mijn haar ervan krulde! En door de koorts kreeg ik me toch een stelletje afschuwelijke nachtmerries! In een daarvan was ik een heks met kromme vingers, en toen ik wakker werd, nog helemaal in die droom, sloeg ik ziedend het laken terug omdat het wit was en omdat ik er nu van overtuigd was dat ik een heks was en dus alleen van zwarte dingen hield. In een andere droom kreeg ik een levensgrote puist op mijn dij, en toen ik die uitkneep gutste er allemaal van dat stinkspul uit en het bleef maar gutsen, want het scheen dat mijn lichaam vol zat met een vieze klei. En in een derde nachtmerrie ging ik stiekem naar mevrouw d'r kamer en vond daar een boek waarin ze schreef en waaruit zonneklaar bleek dat ze mijn vriendin niet wilde zijn en me niet mocht, behalve als een ding om mee te experimenteren. Bovendien was ze gaan neuzen in mijn verleden en het toppunt was dat ik erachter kwam dat ik me nooit zou kunnen meten met haar volmaakte lieveling Nora, nog in geen honderd jaar. O nee, neem me niet kwalijk, ik vergis me, dat was helemaal geen droom, dat waren *doodgewoon de feiten.*

Mevrouw kwam de eerste ochtend naar mijn kamer, want ze wilde weten waarom ik niet aan het werk was gegaan. Ik wist dat ze er was, ze stond in de deuropening en vroeg wat er aan de hand was, maar ik kon niet antwoorden of haar zelfs maar aankijken, ik draaide gewoon mijn gezicht naar de muur en bleef daar liggen bibberen. Later doemden andere mensen bij mijn bed op als visioenen. Een van hen was Jessie, de melkmeid, die door mevrouw gestuurd was (want Jessie maakte heel erg duidelijk dat ze niet uit zichzelf ge-komen zou zijn). Ze gaf me water te drinken en legde een koud kompres op mijn hoofd, vriendelijke gebaren waaraan enigszins afbreuk werd gedaan door de wrokkige uitdruk-king op haar smoel. Ik viel weer in slaap, tot ik gewekt werd door een geluid en mijn ogen opende, Jezus Mina, daar stond een man met een puntneus in een donker pak onder mijn bed te loeren. Vervolgens pakte hij mijn pols, die hij vasthield, wat wel lekker was, maar het scheen dat hij te laat was voor een afspraak, want hij bleef maar op zijn horloge kijken en ja hoor, na een minuutje ging hij niet meer weg, dat alles zonder me ooit recht aan te kijken of tegen me te praten. Ik viel in slaap, hopende dat hij niet een of andere mafketel was die van de weg af was gedwaald. (Zoals later bleek was dat de dokter, McGregor-Robertson, door me-vrouw geroepen.)

In de dagen daarna kwam mevrouw zelf naar mijn kamer, ze haalde bouillon voor me, ze knipte mijn haar, ze legde koele kompressen op mijn hoofd, maar ik vertikte het om tegen haar te praten. Ik hield mijn klep dicht en mijn ogen gesloten, ik wilde haar geeneens zien. Een paar keer hoorde ik haar beneden op het erf tegen iemand praten, Hector of een van de Zure Zussen. En 's nachts was er het gekraak van de traptreden als zij en haar man naar hun aparte slaapkamers gingen. Elke keer als ik dacht aan wat ze in dat klereboek had geschreven kromp mijn hartje samen en werd ik duizelig en hapte naar adem.

De derde dag 's middags voelde ik me een beetje beter (hoewel ik nu denk dat ik alleen maar ijlde). Ik bedacht dat ik Kasteel Haivers moest verlaten, mijn loon en wat ze me verschuldigd waren vergeten, gewoon weglopen, laat haar maar doormodderen, ik zou het haar wel eens inpeperen. Ik begon zelfs al mijn spullen te pakken, maar werd onderbroken door het geluid van iemand die de trap op kwam. Ik dacht dat zij het was en stopte mijn bundeltje in de kast, waarna ik weer het bed indook. Maar het was Jessie maar die nog meer bouillon bracht en ze was helemaal niet blij, want ze had opdracht gekregen mijn po te legen. (Er zat niks vasts in, maar natuurlijk maakte ze er een Koninklijke Vertoning van, ze hield hem op armslengte van zich af toen ze hem buiten de deur zette.) Daarna keek ze me aan, de handen in de zij.

'Hare majesteit wil weten of je verder nog iets nodig heb.'

'Waar is ze?' vroeg ik. 'Wat doet ze?'

Jessie keek me met lege ogen aan en zei hooghartig: 'Ze zit beneje met d'r rokken omhoog op een krent.'

Nou waren er een heleboel gekke dingen gebeurd sinds ik op Kasteel Haivers was aangekomen, maar ik dacht geen seconde dat dit waar was, dat deed mevrouw niet, dat was alleen maar Jessie d'r manier om me te laten weten dat ze mevrouw noch mij zag zitten en dat ze ook geen zin had op mijn stomme vragen te antwoorden.

Toen Jessie weg stiefelde had ik de kracht niet meer om de rest van mijn spullen te pakken. Dus ik liet mijn bundeltje in de kast en kroop bibberend tussen de lakens.

Steeds maar weer zag ik mevrouw voor me die op een krent zat. Alleen, in mijn hoofd deed ze het niet expres (zoals Jessie min of meer beweerde), maar per ongeluk, waarbij er op de jurk die mevrouw droeg – een mooie witte – een grote rode vlek kwam te zitten van die krent, en er stond een menigte kerels uit de buurt naar te kijken, tot groot afgrijzen van mevrouw. Het spijt me te moeten zeggen dat ik troost vond in die dagdroom.

Nu ga ik niet net doen of ik in de tijd dat ik daar op bed lag niet over mijn verleden nadacht. Sinds ik op Kasteel Haivers was had ik grotendeels geprobeerd mijn verleden te vergeten. Maar toen ik las wat mevrouw allemaal over mij in haar boek geschreven had, kwam het weer terug en verlangde ik naar de goeie ouwe tijd met meneer Levy. Ik sta niet bepaald te popelen om erover te vertellen, maar ik denk dat het nu de geschikte gelegenheid ervoor is, want als ik het niet doe, is wat ik verder schrijf moeilijk te volgen.

Dus daar gaan we.

O, Jezus, mens, schiet toch op.

Mijn meneer Levy was een bescheiden man en ik weet dat het hem niet zou bevallen als ik een heel document dat door anderen gelezen kan worden volschreef met 'meneer Levy dit' en 'meneer Levy dat', maar als hij naar beneden kijkt van waar hij ook zit en ziet wat ik schrijf, dan hoop ik dat hij stiekem blij is. Wat kan ik anders zeggen over de maanden die ik bij hem heb doorgebracht in Crown House, Hyndland, dan dat het voor mij een tijd van vertroosting was, en naar ik hoop ook voor de arme meneer Levy? Ik zeg arme meneer Levy omdat hij (ik weet zeker dat hij het niet erg vindt dat ik het zeg) oud was en vóór zijn dood heel erg leed aan een darmvernauwing, de meeste dagen moest ik over zijn buik wrijven tot mijn hand er zowat afviel, maar het hielp hem af te gaan. Het was licht werk en ik deed het graag. Ik ben zelfs nog nooit zo gelukkig geweest! Crown House was een heel voorname villa met vijf verdiepingen. Ik had mijn eigen kamer met een witmarmeren schouw en een haardvuur dat elke dag brandde, en ik waste me met warm water en kon pakken wat ik wou uit de voorraadkast, zonder permissie te vragen: koekjes, kip, wijn, taart, peperkoek, noem maar op, ik had nog nooit een kast met zoveel eten gezien. Meneer Levy gaf me zelfs een horloge zodat ik kon zien hoe laat het was. Hij was heel erg op z'n eigen, hij hield niet van gezelschap en wilde niet dat iedereen zich met zijn zaken bemoeide. En hoewel hij rijk was, wilde hij geen huis vol bedienden, die hij in de loop van de jaren allemaal had laten gaan, op één jongen na, Jim, die daar een paar maanden was toen ik arriveerde.

Die Jim was ongeveer van mijn leeftijd, met donkerrood haar en waakzame ogen onder blonde wenkbrauwen, en ik had algauw in de gaten dat hij niet wilde dat ik me erg met het huishouden bemoeide. Om de waarheid te zeggen zag meneer Levy niet al te best, en als gevolg daarvan nam hij het niet zo nauw met het huishouden. Jim wist wel waar zijn belangen lagen. Hij had een makkie aan Crown House en maakte zich zorgen dat ik zijn plek zou overnemen als hij ook ontslagen werd. Maar de tijd verstreek en het bleek dat Jim nodig was en niet ontslagen zou worden, we werden zelfs vrienden. En zoals ik tegen hem zei op een middag (we zaten te knikkeren bij de tuinmuur, wat we altijd deden als meneer Levy zijn dutje deed): ieder heb zijn eigen taak in het leven. Ik deed dingen voor meneer Levy die Jim niet kon, Jim zorgde voor alles wat wij nodig hadden, en meneer Levy betaalde. Simpel.

Nu was mijn meneer Levy een beetje zoals mevrouw, hij

onderwees graag mensen en wilde dat ik mijn abc kende. Elke doordeweekse dag kreeg ik les van hem. Eerst leerde hij me het alfabet aan de hand van de eerste letters van alle vieze woorden die hij kon bedenken, en hij leerde me er zelfs een paar waar ik nog nooit van gehoord had. (Ik denk dat hij er een paar verzon, maar hij beweerde altijd dat het echte vieze woorden waren in een of andere taal.) Vervolgens voegden we die letters samen tot woorden, en daarna was ik niet meer te houden, meneer Levy zei dat ik hartstikke pienter was. Algauw waren we opgeklommen tot lange, moeilijke woorden zoals 'dubbelhartigheid', 'voile' en 'sententieus' (nu ik erover nadenk, weet ik niet echt wat dat laatste woord betekent, maar ik geloof wel dat ik het goed kan spéllen).

En als mijn lessen voorbij waren, gingen we naar meneer Levy z'n werkkamer om naar zijn fossielen te kijken – hij had een grote collectie – en 's avonds zaten we bij de haard en zongen liedjes en soms, als we een droef liedje zongen, kreeg meneer Levy tranen in zijn ogen. Ik denk dat hij eenzaam was, ik weet het niet. Hij had geen vrouw of kinderen, ook nooit gehad, en geen andere familie, voorzover ik wist. Ik was zijn hartsvriendin.

'O, Snuffeltje', zei hij dan.

Dat vergat ik te vertellen, dat was zijn koosnaampje voor me, en als hij het deed, dan wilde hij dat ik hem klapjes gaf en tegen hem zei dat hij een ouwe stomkop was. 'Stomkop, je bent weer stout geweest', moest ik dan zeggen. 'Maar Snuffeltje houdt toch van je.' Er was geen kwaad bij, want ik sloeg hem nooit hard.

(Neem me niet kwalijk dat ik dit zo onomwonden zeg. Het leek me beter er maar korte metten mee te maken.)

Waar was ik gebleven?

'O, Snuffeltje', zei hij dan. 'Wat zal er van ons worden?' En dan moest ik hem beloven niet te vaak van huis te gaan vanwege de roddeltantes, zijn buren. Wat ik met plezier deed. In acht maanden ben ik maar een keer of vijf van huis gegaan, en altijd discreet door de achterdeur. En ik bleef ook ver uit de buurt van Gallowgate, waar ik vroeger woonde, het dichtst bij de binnenstad kwam ik toen ik naar Miss Doigs, *Modiste*, in West George Street ging, waar ik me op kosten van meneer Levy een nieuwe jurk liet aanmeten (de satijnen met blauwe strikken en kant). Ik ben verder bij niemand op bezoek geweest en heb ook geen bezoek ontvangen. Elke keer als ik uitging gaf ik mijn ogen goed de kost, maar ik heb nooit iemand gezien die ik kende.

Maar aan alle goeie dingen komt een eind.

Ik probeer een nette manier te vinden om het te zeggen, maar misschien is de directe de beste. Mijn meneer Levy is op de pispot gestorven. Ik denk dat het door het persen kwam, zijn hart begaf het van te veel drukken. God zegene hem, het enige wat hij eruit perste was een leerachtig propje zo groot als een hazelnoot. Het was het eerste wat ik die ochtend zag toen ik hem omgevallen in zijn kamer vond. Daar lag het, op de bodem van de po. Ik stond al eeuwen op zijn deur te kloppen, maar er kwam geen geluid uit hem, dus ging ik naar binnen. De arme ouwe ziel lag op het Turks tapijt, helemaal in elkaar gekromd, en spiernaakt was ie, de twee beenderen van zijn kont wezen naar me.

'Meneer Levy', zei ik, maar er kwam geen antwoord.

Ik liep om hem heen om te kijken. Zijn ogen waren open en hij had zo'n half verbaasde uitdrukking op zijn gezicht, net of ie zich inenen iets herinnerde. Niet iets belangrijks als 'GOD BEWARE ME! IK BEN VERGETEN TE TROUWEN EN KINDEREN TE KRIJGEN!' maar zoiets kleins als 'Aha, dus daar heb ik mijn tabak gelaten.' Wie zal zeggen wat echt de laatste gedachte was die door zijn hoofd ging. Ik hoop dat het een goeie was.

Ik hield mijn hand voor zijn mond om te zien of hij nog ademde, maar dat was niet zo. Toen voelde ik aan zijn gezicht met de rug van twee vingers. Hij was nog warm. Ik probeerde hem te wekken, ik dacht dat hij misschien weer tot leven zou komen, maar het hielp niks. Dus zette ik mijn blote voet naast de zijne om het verschil in grootte te zien. Toen tilde ik zijn arm op en keek naar zijn oksel. De haren daar waren geeneens grijs. Als je alleen zijn oksel zag, zou je hem bijna voor een jonge man verslijten. Ik ging liggen en stak mijn gezicht in zijn oksel. Hij rook naar soep, met een vleugje azijn. Ik bleef zo ik weet niet hoe lang liggen. Ik huilde niet, maar ik denk dat ik in een soort trance raakte, want ik had het voorgevoel dat mijn tijd in Crown House, Hyndland, voorbij was. En toen stond ik op en bedekte hem met een laken, want ik wilde niet dat ze hem naakt vonden.

Ten slotte voordat de dokter kwam zorgde ik ervoor dat meneer Levy z'n laatste daad behouden bleef. In een la vond ik een klein fluwelen zakje en ging daarmee naar de pispot. Ik nam het propje tussen duim en wijsvinger en stopte het in het zakje. Daarna stak ik het zakje bij me en schoof de po terug onder het bed.

Ik weet niet waarom ik het deed, behalve dat ik niet wilde dat iemand naar zijn laatste daad keek, want dat was zijn zaak en ging niemand wat aan.

Daarna riep ik naar beneden dat Jim de dokter moest gaan halen.

Ik was zo'n oen dat ik het mogelijk achtte om in dat huis te blijven wonen, maar het bleek dat meneer Levy toch familie had, een broer die in Candleriggs woonde, degene die aan mevrouw had geschreven. Die broer Samuel had geen hartsvriendin nodig. Hij had een vrouw en kinderen en z'n eigen huisbedienden. Hij en meneer Levy hadden elkaar al jaren niet gesproken, maar hij erfde het hele vermogen van meneer Levy omdat er geen testament was. De broer kwam de dag na de begrafenis 's morgens vroeg naar Crown House en praatte de hele dag met de buren en hun huisbedienden. Jim had hoog van me opgegeven als de huishoudster, maar toen eenmaal vast kwam te staan dat ik als zodanig niet echt een huishoudster was (meneer Levy had gelijk: het waren roddeltantes) werden Jim en ik op straat gezet, met geen van beiden een cent loon of referenties. De arme Jim was gedwongen terug te gaan naar zijn moeder in Govan, en nadat we afscheid hadden genomen op Byres Road, pakte ik mijn bundeltje (die stinkbroer van hem wilde geeneens geloven dat de mooie nieuwe koffer die meneer Levy voor me gekocht had van mij was) en ging in het West End Park voor me uit zitten kijken. Mijn enige bezittingen waren mijn kleren, mijn horloge, twee shilling die ik in een ouwe jas onder de trap gevonden had, zes snoepjes met viooltjessmaak en een bolletje menselijk excrement in een fluwelen zakje. Maar ik verweet meneer Levy mijn toestand nooit en doe dat nog steeds niet. Het was zijn schuld niet. Hij kon niet weten dat hij dood zou gaan en me zonder een cent achterlaten.

Met het verstrijken van de dag realiseerde ik me dat ik nergens heen kon, alleen terug naar Gallowgate. Ik verliet het park en liep helemaal door Dumbarton Road en Argyle Street. Nog nooit zijn zo weinig kilometers zo schoorvoetend afgelegd. Ik sleepte me voort en halverwege de ochtend bereikte ik de Kruising. Het was woensdag, het was er een drukte van belang want het was markt. Dit was de plek waar meneer Levy me al die maanden tevoren had gevonden.

U moet weten dat hij begonnen was net als iedereen – dat wil zeggen als betalende klant. En vóór onze eerste keer had hij me eerst gevraagd te gaan zitten en verteld dat hij een joodse man was en vond ik dat erg? Ik zei dat het niet uitmaakte of hij hindoe was of eskimo, zolang hij maar betaalde wat hij me schuldig was. Toen vertelde ik hem dat ik Ierse was en vond hij dat erg? Daar schoot hij van in de lach. En zo kwam het dat hij me een paar nachten per week van straat oppikte en meenam naar een kamer boven een kroeg en deed wat gedaan moest worden. Na afloop nam hij me graag op zijn knie terwijl ik sjekkies voor hem draaide en soms gaf hij me chocolaatjes te eten en één keer bracht hij zelfs een ananas mee, die ik nog nooit eerder geproefd had, maar die ik erg lekker vond. O, hij had zijn zwakheden, maar welke man heb ze niet? Alles bij elkaar was hij een nette heer met een goed hart.

Op een avond, nadat dit al een paar weken aan de gang was, vertelde meneer Levy me dat hij een huishoudster nodig had. Maar meer nog, zei hij, wat hij echt wilde was een 'hartsvriendin' op zijn oude dag. En daarvoor had hij mij uitgekozen!

Ik wil nu wel bekennen dat ik toen schoon genoeg had van het leven, wat iets verschrikkelijks is om te zeggen voor een meisje van dertien of daaromtrent. Altijd maar met Jan en alleman meegaan, hoe smerig of dronken of gek ze ook waren, en maar een paar shilling hier en daar verdienen, waarvan je vervolgens het leeuwendeel moest afstaan. Ik hoefde niet lang na te denken. Ik zei direct tegen meneer Levy dat ik heel graag zijn hartsvriendin wilde zijn.

Maar dat was natuurlijk niet aan mij om te beslissen.

'Ik praat wel met je zus', zei meneer Levy. En daar ging ie naar waar ze meestal zat, een luizenkroeg die Dobbies heette.

Nou, toen Bridget thuiskwam was ze in alle staten.

'Maak het nou helemaal!' zei ze tegen me. 'Wat moet ik dan terwijl jij in de villa van die ouwe bok zit? Zeker maar zien hoe ik me red? Ik nagel je nog aan het KRUIS!'

Ik was helemaal terneergeslagen, om het zacht uit te drukken. De rest van de nacht bleef ik liggen mokken. Maar uiteindelijk liet ze me gaan, want mijn meneer Levy kwam de volgende dag terug en overreedde haar. Hij gaf haar een beurs met geld en zei dat zijn zaakgelastigde een wekelijkse som zou uitbetalen (ik weet niet hoeveel, maar het zal wel heel wat meer geweest zijn dan wat ik normaal verdiende).

Nadat hij weg was ging Bridget uit het raam zitten staren terwijl ze de beurs streelde. Ze had een vette grijns op haar gezicht en haar ogen stonden glazig. Ik denk dat ze probeerde uit te rekenen hoeveel kruikjes Hollandse jenever ze nu kon kopen.

Wat een zus, zul je denken. En je hebt gelijk. Maar dat is het ergste nog niet. Want je moet weten dat Bridget niet echt mijn zus was. Helemaal niet. Toevallig *was ze mijn moeder.*

Maar nu ik het er toch over heb moet ik misschien iets meer zeggen over mijn vroegere leven, wat ik me ervan herinner. Tot op de dag van vandaag blijft de identiteit van mijn vader een beetje een mysterie. Volgens mijn moeder, en een paar mensen die haar in de ouwe tijd aan de andere oever van de zee hebben gekend, was hij een zeeman uit het noorden die Kanjer McPartland heette. 'Kanjer' was niet zijn echte naam, natuurlijk, hij heette Dan, maar kennelijk wilde hij líéver Kanjer worden genoemd.

Volgens mijn moeder is er nooit een trouwer stel geweest dan zij samen, Bridget O'Toole en Kanjer, ze waren de 'liefdesdroom van de jeugd'. Kanjer was knap als de zonneschijn en nog een goede danser bovendien, de jig was zijn favoriet en hij had alleen oog voor mijn moeder, dus hij waakte angstvallig over haar. Ja, een keer, mijn moeder vertelde het vaak vol trots, had Kanjer te veel gedronken in een balzaal en werd onder het dansen misselijk, maar hij wilde de zaal niet verlaten om te gaan kotsen, want dan zou hij haar hebben overgelaten aan RIVALEN, dus wat ie in plaats daarvan deed was gauw zijn eigen mouw volkotsen, het manchetknoopje dichtdoen en doorgaan met de jig, alleen wel met één arm losjes in de hoogte.

Als je mijn moeder hoorde dan wilde die man, mijn vader, maar twee dingen in het leven. Eén, gaan dansen, en twee, haar tegen de muur nagelen met zijn jongeheer waar je volgens haar zeggen een pakzadel over kon hangen. Maar gek genoeg, zodra die goeie ouwe Kanjer ontdekte dat de 'liefde van zijn leven' in verwachting was, danste hij samen met zijn jongeheer de stad uit, waarna niemand ooit nog iets van hem heb gehoord, nou ja, zijn jongeheer zal wel geen geluid hebben gemaakt. Maar pas op, misschien hinnikte hij wel.

Wat mijn moeder betreft, vanwege haar liefde voor gin en verschillende klappen op haar kop was haar geheugen nergens meer, en destijds beweerde ze nu eens dat ik op een dinsdag, of misschien een donderdag, in april geboren was, of waarschijnlijker in mei. Het was midden in de nacht of vlak voor het eten, het was in het jaar '47 of '48 of '49, en de geboorte was óf in Dundalk, óf in Drogheda, of misschien heel ergens anders. 'Hoe moet ík dat allemaal onthouden!' riep mijn moeder telkens als ik ernaar vroeg. 'Ik had PIJN! Ik moest BEVALLEN!! Het begon met een D! D nog iets. Donaghadee misschien?'

Maar waar we ook waren en wanneer het ook was, van één ding was ze ABSOLUUT ZEKER en dat was dat ze midden in een vechtpartij zat toen ik eruit kwam. Toen ik nog klein was keek ze me in haar sentimentele dronken buien met waterige ogen aan en verklaarde: 'Moet je dat nou zien! Je bent geboren met de poppen aan het dansen!', iets wat ik destijds niet zo heel goed begreep.

Iets anders wat ze zich wel herinnert is dat toen ze nog van me in verwachting was ontzettend zin kreeg om pijp te gaan roken. Elke keer als ik haar vroeg naar mijn geboorte begon mijn moeder over de allereerste pijp die ze bezat en dat het alleen het állerlaatste trekje van het állerlaatste gloeiende plukje tabak was dat haar énig genot verschafte. Jezus Mina, alle tabak die ze met ezelachtige volharding had moeten roken om elke keer bij dat allerlaatste kooltje te geraken! 'Het was een wonder', zei ze altijd, 'dat er uiteindelijk een kind uitkwam en geen roetprop.'

Mijn vroegste herinnering is van licht, mooie lichtvlekjes die over de stoffige vloerplanken spelen van een onbekend huis waar mijn moeder me mee naartoe genomen had, dat was nog in Ierland. Er woonde een man in dat huis, hij had een strokleurige snor en blauwe ogen als scherven lucht. Mijn moeder was met hem naar een andere kamer gegaan en ze hadden de deur dichtgedaan en tegen me gezegd dat ik stil moest blijven en met een houten klerenhanger spelen. Ik verveelde me algauw en dronk het bodempje in het glas van de onbekende man op (mijn moeder had niks laten staan) en ging aan de deur luisteren. Het leek of mijn moeder en hij daar aan het dansen waren, in ieder geval waren ze buiten adem en ik kon het kraken van de planken horen, wat ophield toen de man een verschrikkelijk geluid maakte, alsof hij stikte, waarna mijn moeder haastig de kamer uit- kwam terwijl ze het geld in haar hand telde en me oppakte om weer de straat op te gaan. Ze heb hem vermoord en toen zijn geld gepikt! dacht ik, tot we de volgende dag diezelfde man weer zagen, hij mankeerde niks! Hij liep over straat, gearmd met een chique dame. Ik was erg blij dat hij nog leefde en dat mijn moeder geen moordenaar was (hoewel ik niet betwijfelde dat ze ertoe in staat was, want ze dreigde altijd míj te vermoorden).

Ik zwaaide naar die man en wenste hem goedemiddag, want hij was aardig voor me geweest en had me een kneepje in mijn wang gegeven en me de klerenhanger cadeau gedaan, maar hij fronste alleen maar en ging met zijn dame naar de overkant van het plein, waarna mijn moeder haast mijn arm uit de kom trok en me een steegje in sleurde. Christenzielen, ik had haar loeikwaad gemaakt, dat kon je zien aan haar schitterende ogen en aan haar wijd uitstaande neusvleugels. Als je haar driftig maakte, dan wist je nooit wanneer ze naar je zou uithalen. Deze keer siste ze tussen haar tanden: 'DOE DAT NOOIT MEER!', elk woord voorzien van een klap tegen mijn kop of mijn achterwerk. 'Anders WURG IK JE!'

Vanaf die dag liet ik nooit meer in het openbaar merken dat ik een man herkende, tenzij hij me eerst groette, en ik deed dat zelfs als een man regelmatig bij ons op bezoek kwam en zelfs als mijn moeder de laatste keer dat ik hem zag – ik geef maar een voorbeeld – op zijn knie had gezeten en hem als een grote baby aan haar tietjes had laten zuigen, neem me niet kwalijk, maar dat is een voorbeeld van hoe ik aankeek tegen de onbegrijpelijke, nare taferelen waar ik vanaf mijn vroegste jeugd getuige van ben geweest.

Mijn moeder beweerde altijd dat ze in een winkel werkte waar ze paraplu's verkochten, iets waar ik nooit aan twijfelde tot ik een beetje ouder werd en maar niet kon begrijpen waarom die parapluwinkel alleen 's nachts open was in plaats van overdag, zoals alle andere winkels. Toen ik mijn moeder daarnaar vroeg zei ze dat ik niet zo stom moest doen, zij verkocht die paraplu's niet, helemaal niet, wat ze deed was, zij moest de hele nacht opblijven om ze te fabriceren zodat ze de volgende ochtend verkocht konden worden. Fabriceren. Zo zei ze dat. Het duurde een hele tijd voor ik me realiseerde dat wat ze ook fabriceerde, het geen paraplu's waren.

Tegen dat ik acht of negen was (of tien, ze wist het niet), woonden we in Dublin naast een taartenwinkel, in een kamer boven aan een smalle donkere trap. Meestal als ik 's morgens wakker werd was mijn moeder terug van haar 'werk' en lag er een man in het alkoof op bed, of gewoon op een hoopje midden op de vloer, alsof hij 's nachts uit het plafond was gevallen. Alle vormen en maten en soorten mannen waren er 's morgens te ontdekken, soms lagen er twee of drie op een rijtje op de grond te snurken. Het stonk er zo naar drank dat je haast flauwviel en als mijn moeder wakker werd keek ze naar wie het ook waren met een blik alsof ze ze haatte en gedroeg ze zich shockerend onbeschoft, tot ze haar het geld voor het logies hadden gegeven en vertrokken. Waarna ze haar zere hoofd meteen weer op het kussen te ruste legde.

Tenzij het natuurlijk een knappe jongeman was en ze verliefd op hem was, want dat was het een heel ander verhaal, Jezus Mina, dan klampte ze zich aan hem vast en probeerde hem terug tussen de lakens te trekken als hij ook maar naar de deur kéék. Er was er altijd wel een bij tegenover wie ze zich als een idioot gedroeg, de belangrijkste die ik me herinner was een stuk vreten dat Joe Dimpsey heette, en een grotere gladakker heb je nooit met kleren aan gezien. Ze zeiden dat Joe Dimpsey eigenlijk van goede komaf was en rijke familie in Schotland had, en dat hij zelfs een tijdje op de universiteit had gezeten voordat ie zijn studieboeken moest verkopen om zijn schulden af te betalen. Daarna gingen de zaken niet zo best voor Joe, en tegen de tijd dat ie mijn moeder leerde kennen werkte hij als losse kracht op de renbaan, maar dat beroep gaf ie gauw op om half ontkleed bij ons voor de kachel te gaan liggen, het zwaarste werk wat ie deed was tijdschriften over paardenrennen doorbladeren tot diep in de nacht wanneer mijn moeder van haar zogenaamde parapluwinkel terugkwam met meer geld of een nieuwe fles.

Het is waar, Joe Dimpsey was een knappe vent, hij had donkere krullen en een brutale grijns, en als ie dacht dat niemand het hoorde ging ie voor de spiegel staan en zei tegen z'n eigen: 'Man, wat ben je toch een knappe lul.'

Mijn moeder wilde geen kwaad woord horen over Joe Dimpsey, wat haar betreft was ie de Engel Gabriël en hij had een grootse toekomst voor zich als Man van de Wetenschap, zodra hij maar zou besluiten zijn studie voort te zetten. Na een paar maanden, toen hij geen aanstalten maakte iets anders in zijn hoofd te pompen dan drank (hij kreeg er een kick van gin door zijn neus te snuiven), kocht mijn moeder zelf de studieboeken voor hem die hij nodig had, maar hij sloeg ze nauwelijks open en gaf er de voorkeur aan de tijd dat mijn moeder niet thuis was door te brengen met scheten in zijn hand te vangen, waarna hij ze je probeerde te laten ruiken, dat kwam het dichtst bij Wetenschap in de tijd dat Joe Dimpsey bij ons woonde.

Op een middag kwam Joe met een sip gezicht terug van de renbaan en vertrok de volgende ochtend vroeg met de studieboeken onder zijn arm. Een uur later kwam ie met lege handen terug en een schichtige blik in zijn ogen. Zelfs ik kon raden dat ie die boeken verkocht had. Ik keek naar hem vanaf mijn matrasje op de grond toen hij probeerde mijn moeder wakker te maken, wat nooit makkelijk was, je kon net zo goed een lantaarnpaal proberen wakker te maken. Eindelijk gaf ie haar een douw. Ze opende één oog op een kiertje en keek hem boos aan.

'Ik ga,' zei hij en wees met zijn duim naar de muur waarachter alleen maar de zolder van de taartenwinkel lag, ik wist niet veel, maar ik denk niet dat ie daar naartoe ging.

'Hè?' vroeg mijn moeder een beetje slaapdronken en waarschijnlijk ook half echt dronken, ze had haar jurk nog aan, als ik me goed herinner. 'Waar naartoe?'

Joe keek over zijn schouder, uit het kleine raampje, en na een poosje zei hij: 'Overzee. Ik heb een passage gekocht. Ik vertrek vandaag.'

Mijn moeder sprong uit bed en greep zijn arm. 'Wat?' jammerde ze. 'Dat kun je niet doen! Je kunt me hier niet alleen laten! Alléééén!!!'

Het leek erop, niet voor het eerst, dat ze vergeten was dat ze een kind had, terwijl ik toch recht voor haar neus op de grond aan mijn ontbijt zat te sabbelen, een lolly. Joe schudde haar van zich af. 'Ik moet gaan', zei hij. 'Het is óf gaan, óf hier blijven en kiezen welke arm van me gebroken wordt, de rechter of de linker, en ik kan niet kiezen, dus ik ga maar voordat ze komen.'

Mijn moeder huilde en smeekte en stak stiekem haar hand in zijn zak om het kaartje voor de boot weg te snaaien en kapot te scheuren, maar Dimpsey kende ons lang genoeg om te weten wat ie aan haar had en ik vermoed dat ie het kaartje goed verstopt had in zijn laars, of ergens in een ander intiem gaatje, in ieder geval vond ze het niet. Ze zei dat ze zijn schuld zou afbetalen, maar hoe ze hem ook smeekte, hij wilde niet van gedachten veranderen en ook niet zeggen waar hij naartoe ging – dat was, beweerde hij, 'voor haar eigen veiligheid', in het geval, neem me niet kwalijk dat ik het zeg, die 'klootzakken' achter haar aan kwamen. Daarop wierp mijn moeder zich languit op bed en schold hem uit, en toen hij haar probeerde te sussen, gilde ze tegen hem: 'Rot op LUL!' en ze schopte een paar keer venijnig naar zijn ballen.

Ik denk dat Joe dat wel voldoende reden vond om te vertrekken. Mijn moeder klampte zich aan zijn benen vast en gilde tegen me dat ik haar moest helpen hem tegen te houden, maar ik was wel zo wijs me niet in te laten met ruzies tussen Bridget en haar mannen, dat had ik al eens eerder gedaan en een blauwe plek op mijn kont zo groot als

Canada gekregen voor de moeite. Dus ik bleef zitten waar ik zat en nam alleen twee voorzorgsmaatregelen: ik haalde de lolly uit mijn mond (want in die tijd hoorde je voortdurend van gruwelijke ongelukken met lolly's) en zette een glas bier opzij dat ik gevonden had en van plan was later op te drinken. Net op tijd, want Joe sleurde mijn moeder aan haar haren precies over de plek waar het glas had gestaan, waarna hij haar als een zak aardappelen op bed smeet. Voor ze overeind had kunnen komen was hij de kamer uit geglipt en had de deur van de buitenkant op slot gedaan.

Het duurde een uur voordat er iemand reageerde op onze hulpkreten, maar eindelijk trokken we de aandacht van de taartenman, die door de achterdeur van zijn winkel naar buiten was gegaan om zijn behoefte te doen in een afvoer-buis, zoals zijn gewoonte was. Hij moest het slot openbre-ken, want Joe had de sleutel meegenomen. Toen de deur werd ingetrapt zei mijn moeder tegen me: 'Jij blijft hier tot ik terugkom of ik vil je levend.' En met die woorden stormde ze de trap af de straat op. Ik had mijn huid lief en wilde er geen afstand van doen, dus ik bleef op mijn plaats.

Mijn moeder kwam laat die middag terug, sip kijkend en alleen. Ik was erg blij dat Joe er niet bij was, maar liet dat maar beter niet merken, dus ik bleef maar glimlachen en mijn mond houden. Die avond voor ze naar haar werk ging leek ze in gedachten verzonken, ze kauwde op de steel van haar pijp terwijl ze in het haardvuur staarde en zo nu en dan vuil naar me keek. Ik had geen flauw idee wat ik verkeerd gedaan had. Het was geen ongebruikelijke situatie, maar achteraf gezien denk ik precies te weten wat er in haar om-ging. Na talloze keren fronsen en zuchten en het hoofd schudden leek ze op te klaren en tot een of ander besluit te komen.

'Je redt het wel, hè?' zei ze.

Dat beviel me niks, helemaal nul-komma-nul, en dus was ik voorzichtig met mijn antwoord.

'...Wanneer?' vroeg ik ten slotte.

'Als ik wegga met Joe', zei ze. 'Dan red je je hier wel een paar jaar in je eentje, tot je groot bent, niet?'

Ik sprong in paniek overeind. 'DAT DOE JE NIET, HÈ?' riep ik uit.

Mijn moeder grinnikte, waarbij je de spleet tussen haar voortanden zag, een spleet zo breed dat je er een shilling door kon douwen. Ze was duidelijk blij dat ze me bang had gemaakt door te zeggen dat ze me in de steek zou laten, ik kon m'n eigen wel slaan. Ik ging gauw weer zitten.

'Je liegt', zei ik tegen haar. 'Joe is weg. Hij is vertrokken.'

Ze glimlachte nog steeds, met één opgetrokken wenkbrauw. Ze leek vol zelfvertrouwen. Wat wist ze wat ik niet wist?

'Nou, dat is dan gek', zei ze. 'Heel erg gek.'

Ik zei niks, ik nam niet eens de moeite naar haar te kijken, alleen maar vanuit mijn ooghoeken. 'O ja, erg raar', zei ze, maar ik hapte niet. 'Ik vind het wel vermakelijk', zei ze en toen ik nog steeds niet antwoordde ging ze verder: 'En ik zal je zeggen waarom. Want wie heb ik in de haven gezien?'

Mijn adem stokte en ik keek haar met een ruk aan. 'Nee, hè?'

'Ik ga met jou niet steggelen. Ik heb Joe gezien en we hebben het goedgemaakt. Hij was erg lief voor me, hij bood zijn excuses aan. Hij viel weer helemaal voor me, zal ik je vertellen.'

De moed zonk me in de schoenen. Het kon heel goed waar zijn. Mijn moeder en Joe maakten altijd ruzie, waarna ze het weer goedmaakten.

'Om kort te gaan,' zei mijn moeder, 'hij wil dat ik met hem meega.'

En aangezien ik niet in dit plan inbegrepen was keek ze me met groot medelijden aan.

'Waar... waar naartoe?' vroeg ik.

'De zee over, naar Schotland. Maar die passage kost een hoop poen en Joe zegt dat we geen geld hebben om jou mee te nemen. Maar je redt het wel in je eentje, als we je hier achterlaten, hè?'

Ik keek haar zwijgend aan.

Ze schoof haar pijp naar haar andere mondhoek en staarde in het vuur. 'Je zult wel om eten moeten bedelen,' zei ze, 'maar als je het vriendelijk vraagt, krijg je misschien de kruimels van de taartenman.'

Het spijt me te moeten zeggen dat ik op dat punt begon te huilen.

Mijn moeder lachte. 'Och,' zei ze, 'wees niet zo'n klein kind. Je kunt toch wel voor de verandering eens voor jezelf zorgen? En als je er hier wordt uitgezet, kun je altijd nog bij meneer McSweens op de stoep slapen.'

Bij dat vooruitzicht viel ik jammerend voor haar voeten. Ze liet me menige hete, bittere traan in haar schoot schreien terwijl ze over mijn hoofd aaide en 'zoet maar' zei.

'Laat me niet alleen, mammie!' snikte ik. 'Alsjeblieft... ga niet weg!'

'Nou, nou', zei ze. 'Misschien...' Ze suste en zuchtte en ging verzitten in haar stoel en toen ik even later opkeek naar haar gezicht krabde ze zich op haar kop en keek bedachtzaam. 'Misschien dat er een manier is dat je wel met ons mee kunt.'

Ik pakte haar hand met allebei mijn handen. 'O, mammie, alsjeblieft, laat me met jullie meegaan.'

'Och, ik weet het niet', zei ze. 'Dan zou je alles moeten doen wat ik je vraag.'

'Dat doe ik, dat doe ik, ik zal braaf zijn.'

Ze stak haar vinger tegen me op. 'Je krijgt maar één kans, hoor', zei ze. 'En als je het verknoeit, dan komt er geen tweede meer. Dan zullen we je achter moeten laten.'

'Ik zal het niet verknoeien, ik beloof het, mammie. Alsjeblieft?'

'Nou, we zullen wel zien.'

En toen liet ze me bij een kaars plaatsnemen en begon mijn gezicht op te schilderen. O, dat was een geweldig leuk spelletje in het begin. Ik was erg blij dat ik voor de verandering eens haar volle aandacht had, ik wou dat ze altijd zo bij me zat en over mijn hoofd aaide en tegen me zei dat ik een braaf meisje was en zo mooi als een plaatje. Maar hoe leuk ik het ook vond om eindelijk oud genoeg te zijn voor verf op mijn gezicht, ik begon algauw een hekel te krijgen aan het gevoel ervan op mijn huid. Maar toen ik het eraf probeerde te wrijven, gaf mijn moeder me een tik op mijn hand.

'Hou op!' zei ze.

'Ik wil het eraf halen', zei ik.

Ze snoof. 'Nee!' zei ze. 'Wat heb je aan een winkel zonder uithangbord!'

Ik denk niet dat ik destijds wist wat ze bedoelde. Ik denk dat ik dacht dat ze het over de parapluwinkel had, want zelf deed ze altijd verf op haar gezicht als ze daar ging werken. En zo kwam ik tot de conclusie dat ik – eindelijk! – naar de plaats zou gaan waar ze werkte en dat ik haar zelfs zou mogen helpen. Zo zouden we het geld verdienen voor mijn passage, ik zou een fabriceerder van paraplu's worden!

Natuurlijk hoef ik je niet te vertellen dat mijn moeder iets heel anders van plan was.

Maar misschien is dit wel genoeg over mijn verleden. Voor veel dingen die in die tijd gebeurden schaam ik me. Het is moeilijk om erover te schrijven en ik weet niet of het wel prettige lectuur is! Ik word zelf eigenlijk een beetje onpasselijk als ik terugdenk aan de verschrikkelijke dingen die volgden en ik durf er niet goed over te schrijven. Voorlopig heb ik alles gezegd wat ik kon zeggen, maar ik kom hier later nog op terug, want ze hebben mij gezegd dat ik niets weg moet laten en ik wil behulpzaam zijn. De gebeurtenissen die ik hier boekstaaf zijn geen Producten van de Verbeelding maar de Waarheid. Ik schrijf ze op zoals ze gebeurd zijn. Ik heb er vertrouwen in dat als mijn geschrift in privéhanden blijft, het serieus gelezen zal worden, want de vooraanstaande heren die mij in mijn pogingen tot het schrijverschap hebben aangemoedigd, zijn door en door fatsoenlijk, heren tot in het merg van hun gebeente, tot in hun TEEN-NAGELS.

Maar nu terug naar Kasteel Haivers, waar ik nog steeds ziek te bed lag.

Drie volle dagen kwam ik niet uit mijn kleine zolderkamertje. Toen, op de vierde dag, werd ik wakker en voelde me goed genoeg om weer aan het werk te gaan. Ik overwoog nog wel ziekte te veinzen en in bed te blijven, maar de nieuwsgierigheid won het en dus stond ik op en trok een van Nora's klerejurken aan. Ik had de mogelijkheid om ervandoor te gaan nog steeds niet opgegeven, het leek me nog steeds aantrekkelijk om op hoge poten weg te struinen als mevrouw één voet verkeerd zette, dus ik liet mijn bundeltje in de kast liggen zodat ik het elk moment kon pakken. Maar meteen weggaan kon ik niet over mijn hart verkrijgen. Want diep vanbinnen kon ik niet geloven dat ze me echt zou laten vallen.

Ik besteedde aardig wat tijd om mijn haar op orde te brengen en maakte vervolgens beneden mijn opwachting. Mevrouw was in de keuken, ze stond met haar rug naar me toe en legde eieren uit een mandje in een schaal. Ze hoorde me niet binnenkomen. Ik had haar van achteren kunnen besluipen en alles met haar kunnen doen, haar de schrik op het lijf jagen door keihard 'boe!' te roepen, of ik had haar een dreun op haar kop kunnen geven met de deegrol, of ik had mijn armen om haar heen kunnen slaan en haar hals kussen of wat ik ook wilde. Maar het punt was dat ik geen flauw idee had wat ik wilde, dus ik bleef daar maar in de deuropening staan kijken hoe ze de laatste eieren in de schaal legde en zich vervolgens omdraaide.

'O!' zei ze geschrokken toen ze me zag. De schaal viel bijna uit haar handen, maar ze hield hem vast. Wat ik toen doodzonde vond.

'Bessy!' zei ze. 'Je maakt me aan het schrikken!'

'Jemineetje!' zei ik. 'Dacht u dan dat ik iemand anders was?'

'Hè?' zei ze en fronste vervolgens haar wenkbrauwen. 'Nee, ik heb je gewoon niet binnen horen komen. Je ziet er veel beter uit. Voel je je ook beter?'

'Ja, hoor', zei ik.

'O, nou, dat is goed nieuws', zei ze en zette de schaal met eieren neer. 'In dat geval zal ik je niet langer ophouden. Wil je zo goed zijn om als Hector komt tegen hem te zeggen dat hij tegen Jessie moet zeggen dat ik haar vandaag niet nodig heb?'

En met die woorden verliet ze de keuken. Ik bleef daar even met mijn ogen staan knipperen en ging haar vervolgens achterna. Ze liep de trap op, ongetwijfeld om iets in dat klereboek van haar te schrijven. De achterkant van haar rok was schoon, geen teken van een krent te zien.

'Wilt u geen ontbijt, mevrouw?' riep ik haar na. 'En de meester? Wil hij geen ontbijt?'

Ze draaide zich halverwege de trap om. 'Bessy, lieverd,

denk eens na', zei ze. 'Wilt u geen ontbijt...?' En daar stokte ze en keek me met opgetrokken wenkbrauwen aan.

'Ik ga zo ontbijten', zei ik, expres net doend of ik haar niet begreep.

Ze zuchtte. 'Madam', zei ze. 'Wilt u ontbijt, madam? Weet je zeker dat je zoveel beter bent dat je aan het werk kunt, Bessy? Ik wil niet dat je oververmoeid raakt.'

'Ja, madam', zei ik.

Wat een huichelaarster! Zij, bedoel ik, niet ik.

En toch, toen ze zich weer omdraaide en verder de trap op liep, bleef ik staan en keek haar na, naar het bevallige wiegen van haar bovenlijf.

De meester was al op en vertrokken, hij was het landgoed aan het verkennen met zijn voorman. Hij bleef de hele ochtend weg en mevrouw had net zo goed ook weg kunnen zijn, want ik zag haar helemaal niet. Om de een of andere reden leek de keuken somberder dan ik me herinnerde. Ik zag overal vuil, in de kieren van de tafel en aan de zijkant van dingen en in alle hoeken waar je moeilijk bij kunt komen. Was het in niet meer dan drie dagen zo vuil geworden? Of was het altijd zo geweest? En als dat zo was, waarom had niemand het dan ooit gezien?

Niets scheen goed te gaan die ochtend. Ik trapte op het schoteltje en gooide de kat zijn melk over de grond. De bezemsteel brak in tweeën toen ik er maar naar kéék en dus moest ik bukkend vegen als een knipmes. Vervolgens weigerden de kruimels en het vuil zich te laten opvegen, ze bleven maar aan de haren van de bezem ontsnappen. En toen ik er eindelijk in slaagde het blik vol te krijgen, ging ik er bovenop staan zodat alle rotzooi weer over de vloer keilde. Soep maken ging al niet beter. De wortels waren wormstekig en de rapen leken wel oude sponzen, het duurde eeuwen om ze aan plakjes te snijden. Ik mocht graag uit het raam kijken als ik eten klaarmaakte, maar die dag bood het uitzicht me geen soelaas, zo slecht en somber was het weer. In de verte broeide een storm en de lucht was zo donker en dreigend dat de meeuwen er helwit tegen afstaken, ze zwierden boven de zwarte wolken als spookgewaden.

Ik was nog maar een paar uur wakker en nu was ik verdorie al afgepeigerd. Natuurlijk was het echte probleem dat er te veel werk was voor één persoon. Dat had ik eerder nooit erg gevonden. Maar nu vond ik het vreselijk onrechtvaardig, en nu voelde ik me ook verraden door mevrouw, ik zag alles inenen heel duidelijk voor me, ik zag het zaakje zoals het werkelijk was, meer zoals ik het in het begin had gezien: een tochtige ouwe gribus in een troosteloos landschap vol kuilen en gaten en koeienstank onder een loden hemel.

O, wat verlangde ik naar Crown House! Onder een dekentje voor de haard liggen, warme, beboterde beschuitbollen eten en Cassino spelen met meneer Levy!

Hoewel ik mevrouw niet meer zo hoog had zitten, verlangde ik er met het verstrijken van de dag onwillekeurig toch naar haar te zien. Maar ze scheen vast van plan me te ontlopen, zoals ze in haar boek had geschreven. Ik ving maar een paar glimpen van haar op, één keer toen ze zich naar buiten haastte om met Muriel te praten, en een andere keer toen ze op de trap langs me heen schoot, op weg om de linnenkast op te ruimen. Ze groette me beide keren glimlachend, maar ik kon zien dat ze me in werkelijkheid vermeed.

Die middag keerde de meester om ongeveer vier uur naar huis terug en een halfuur later schelde hij me in zijn werkkamer. Toen ik naar binnen ging stond hij voor het raam naar de regen te kijken die langs de ruit droop.

'Uitstekend', zei hij toen hij me zag, hoewel ik in die

stemming niet het gevoel had dat ik iets uitstekend deed, in wat voor vorm dan ook. Ik maakte een kniebuiging voor hem en hij gebaarde naar een oude fauteuil waar een dichtgevouwen krant op lag.

'Ga zitten', zei hij, 'en lees alsjeblieft de annonces voor in de linkerkolom op de voorpagina.'

'Alleen de linkerkolom, meneer?' vroeg ik en hij antwoordde dat de linkerkolom voor nu voldoende was.

Ik ging zitten, vouwde de krant open en begon hardop te lezen. Normaal zou ik het in mijn broek doen van zo'n vertoning, maar ik was zo somber dat niks me leek te kunnen schelen. Het was een krant uit Glasgow, ik herinner me niet de exacte bewoordingen, maar de strekking van het eerste bericht was als volgt: *De heer die de verkeerde* HOED *meenam uit de U.P. Kerk in North Portland Street, zaterdagmiddag j.l., zal de eigenaar zeer verplichten door deze te retourneren aan mw. Grahams, South Portland Street 57.*

Meneer James scheen dat heel vermakelijk te vinden. 'Haha-ha!' lachte hij vrolijk. 'Die vent was zijn hoed kwijt! Maar voor we verder gaan, ik geloof dat er iets niet goed met je is, meisje. Je trekt zo'n lang gezicht dat je moet oppassen niet over je kin te struikelen. Ik denk dat je nog niet helemaal beter bent.'

'Jawel, meneer, ik ben helemaal beter, dank u.'

'Ja, ja', zei hij. 'Nou... doe dan je best niet zo als een grafredenaar te klinken. Volgende bericht. Luid en duidelijk.'

Het kostte me grote moeite, maar ik verhief mijn stem. GESTOLEN *of* WEGGELOPEN, *op woensdag of donderdag, een Engelse* RAM, *eigendom van Robert Kerr, Milngavie. Een gepaste beloning zal worden verstrekt aan eenieder die inlichtingen verschaft, leidende tot terugbezorging.*

Meneer James grinnikte. 'Schitterend', zei hij. 'Stel je de kerel voor die zijn ram kwijtraakt. Het beest was ongetwijfeld slimmer dan zijn eigenaar. Het had geen zin in Milngavie of in Robert Kerr. Ja, het is verhuisd naar Dumbarton en is procuratiehouder geworden. Maar jij schijnt het niet vermakelijk te vinden, meisje.'

'O, jawel, meneer', zei ik triest.

'Nou dan', zei hij. 'Vooruit, ga door, maar luchtiger.'

Ik probeerde echt het volgende bericht op een opgewekter toon voor te lezen, maar de inhoud was zo treurig dat ik onder het lezen steeds meer in de put raakte en aan het eind bijna in tranen was. MEVROUW AGNES FAULDS of CRAWFORD *heeft haar huis verleden zaterdag* VERLATEN *en sindsdien is niets meer van haar vernomen. Ze is van gemiddelde lengte, mager, bleke gelaatskleur, bruin haar. Droeg een grijze sjaal, gestippelde wol, donkere rok. Ze is ongeveer zevenentwintig jaar en niet goed bij haar hoofd. Elke inlichting is welkom bij haar echtgenoot, T. Crawford, King Street 42, Calton.*

'O, goede hemel!' zei meneer James terwijl hij door de kamer liep. 'Deze keer heb je tenminste gelijk dat je er treurig bij kijkt. Ja, het is werkelijk een tragedie. Maar let op', zei hij met opgestoken vinger terwijl hij tegen me praatte of ik lid van een jury was, 'er wordt geen beloning uitgeloofd. Zo zie je dat de ene man een beloning uitlooft voor het terugvinden van zijn schaap, terwijl een andere slechts dankbaarheid overheeft voor het opsporen van zijn vrouw. Ik zeg je dat het helemaal niet nodig is het nieuws in de krant te lezen, want hier, in deze kleine annonces, laat de hele mensheid zich kennen. Jazeker. Volgende.'

En zo ging het door. Ik las de annonces, hij leverde commentaar. De hele tijd spitste ik mijn oren voor elk geluid in huis, ik maakte me zorgen dat mevrouw tijdens mijn afwezigheid naar de keuken zou gaan. Hoe langer ik in de werkkamer van meneer bleef, hoe groter de kans dat ik haar misliep. Dus het was een grote opluchting, toen ik de bladzijde van de krant omsloeg, dat meneer James zijn keel schraapte en in zijn papieren begon te rommelen. Hij had een catalogus van zijn bureau gepakt. Op de kaft stond een tekening van een sierlijke metalen constructie.

'Zo is het wel goed, Bessy', zei hij. 'Je kunt doorgaan met je werk. Goed gedaan.'

'Dank u, meneer.'

Hij kneep zijn ogen samen en keek me leep aan.

'Ik neem aan dat er een jongeman achter al die melancholieke zuchten en blikken zit', zei hij. 'Maar denk eraan, Bessy, die dingen zijn nooit zo erg als ze lijken. Ik garandeer je dat je op een ochtend wakker wordt en bij jezelf denkt: Wat een dwaas ben ik geweest!'

'O, zeker, meneer', zei ik. 'U schijnt me beter te kennen dan ik mezelf.'

En ik verliet gauw het vertrek, op mijn tong bijtend om geen ergere dingen te zeggen.

Ik had voor vertrek de keukendeur achter me dichtgedaan, maar die stond nu open, en ik kon er niks aan doen, maar ik voelde mijn borst zwellen. Ik vertraagde mijn pas en slenterde de keuken in, ontspannen en op een natuurlijke manier links en rechts om me heen kijkend, klaar om verrassing te veinzen als ik mevrouw daar zag. Misschien zou ik haar tot een praatje kunnen verleiden. Misschien kwam ze zelfs bij me zitten terwijl ik het avondeten klaarmaakte. Ik zou vlug iets kunnen schrijven in mijn boekje om het haar te laten lezen. Maar de keuken was leeg. In plaats daarvan lag er een briefje op tafel. Het was niet ondertekend, maar het handschrift was onmiskenbaar.

Beste Bessy, Diner voor twee om zes uur opdienen in de eetkamer s.v.p. Soep, dan lamsvlees (volg het recept van Acton – NIET zelf verzinnen). Opdienen met aardappelen.

Geen dessert. Borden en bestek klaarzetten in de keuken en
naar boven brengen. Als de tafel gedekt is, weggaan en pas
weer komen als je gescheld wordt. Dank je. Excuses voor
dit briefje, maar ik heb hoofdpijn en moet gaan liggen.

Dus zover waren we gekomen, dat we communiceerden
door middel van briefjes (ik geloofde niks van die hoofdpijn). Ik verfrommelde het briefje en gooide het driftig in de
prullenbak, en ik moet eraan toevoegen dat mijn stemming
niet verbeterde toen ik het er later uit moest vissen omdat ik
vergeten was hoe laat ze het eten opgediend wilde hebben.

Die avond bracht ik, zoals gevraagd, het eten naar de eetkamer. Dit was de eerste keer dat ik mevrouw en haar echtgenoot samen bediende, en ik had op z'n minst nieuwsgierig moeten zijn. Maar het nieuwe van de situatie was aan
mij niet besteed, want de hele handel door voelde ik me even
treurig en bruin en klonterig als de jus op hun vlees (ik hád
het recept wel gevolgd, maar het resultaat was jammer
genoeg niet zoals verwacht). Meneer James knikte tegen
me toen ik de borden voor hem neerzette, maar mevrouw
keek niet één keer naar me, ja, ze leek zelfs angstvallig mijn
blik te mijden. Elke keer als ik in de kamer was deed ze
krampachtig haar best de conversatie met haar echtgenoot
voort te zetten door hem de ene na de andere vraag te
stellen, zoals je tegen een bal slaat om hem in de lucht te
houden, en het kwam me voor dat dat alleen maar was om te
voorkomen dat ik iets uit mezelf zei (alsof ik dat zou doen!).
Niemand schelde me nog die avond en om tien uur ging ik
naar bed, moe en terneergeslagen. Toen ik de volgende dag
wakker werd was ik beter uitgerust en voelde ik een sprankje
hoop in mijn hart, maar dat werd uitgedoofd toen mevrouw
me vertelde dat zij en haar echtgenoot die dag uitgingen, en

later weer, toen ze bij terugkomst zei dat ze te moe was voor een spellingles. Ze was beleefd en een en al glimlach en ze noemde me 'lieverd', maar ik voelde heel goed dat ze zo gauw mogelijk bij me uit de buurt wilde komen.

Die hele week had ik het gevoel dat we om elkaar heen walsten, de regel van de dans was dat we nooit samen op hetzelfde tijdstip op dezelfde plek waren, want als ik een kamer binnenkwam, duurde het maar even of mevrouw maakte dat ze wegkwam.

Door de aanwezigheid van de meester veranderde de sfeer ook op Kasteel Haivers. Hij had vaste gewoontes. 's Morgens had hij altijd een afspraak met zijn voorman en dan zag je die tochtlatten van hem pas weer laat in de middag terug. Om ongeveer vier uur, als hij een krant uit Glasgow of Edinburgh te pakken had gekregen, moest ik de annonces daarin voorlezen, en daarna ging hij zijn papierwerk doen.

Hij was een drukbezet man, want naast het landgoed had hij ook nog een zaak in Glasgow, en het scheen dat meneer James ook nog politieke ambities had, dat was een van de redenen waarom hij in Londen was geweest. Meneer Weir-Paterson, het plaatselijke parlementslid, was niet alleen al op hoge leeftijd, maar sukkelde ook nog met zijn gezondheid en lustte op zijn tijd wel een glaasje port. En hoewel het nooit hardop gezegd werd, nam iedereen aan dat zijn zetel elk moment beschikbaar kon komen. James Reid had zijn zinnen op die zetel gezet, hij schreed voort met gezwinde pas, met soepele ledematen, als hij de kans kreeg en de gunst van het publiek won, dan zat ie met zijn kont op die zetel voordat je 'poep' kon zeggen. Weir-Paterson was dan nog wel niet dood, maar meneer James was al serieus aan het stemmen winnen, goede werken doen en contacten leggen. Een van zijn goede werken was de installatie van een drinkfontein in Snatter, die zijn water kreeg van een nieuwe bron (want de watervoorziening in die streek was van berucht slechte kwaliteit). Wat contacten leggen betreft ging hij altijd uit dineren met deze en gene uit de buurt, alleen met mensen die stemrecht hadden, natuurlijk. Soms ging mevrouw met hem mee en soms ging hij met zijn vriend McGregor-Robertson. Als de meester thuis dineerde, at mevrouw met hem mee, maar als hij uitging en haar thuisliet, meed ze me en bleef op haar kamer.

Ik weet niet veel van politiek. Maar één ding weet ik wel.

Nee, ik weet het niet. Ik wist zonet nog één ding, maar het is me ontschoten. Ik zal in plaats daarvan iets anders vertellen. Ik observeerde ze. Als die twee samen waren, observeerde ik ze wanneer mogelijk en nauwgezet als een kiekendief zijn prooi. Ik was niet bekend met de manieren van gehuwde dames en heren. Ik observeerde ze en het kwam me voor dat er iets ontbrak bij dat paar, mevrouw en haar echtgenoot, en niet alleen het feit dat ze het bed niet deelden. Ten eerste was de manier waarop hij haar behandelde raar. Meestal was hij in- en ingalant tegen haar, maar op een te beleefde en gedienstige manier, zoals je doet met iemand die je pas ontmoet hebt, of met een invalide, maar niet met je jonge vrouw. Andere keren echter leek hij zonder enige geldige reden zomaar zijn geduld met haar te verliezen. Dan werd hij bruusk tegen haar, hij onderbrak of negeerde haar, of sprak haar tegen. En hoe hij zich ook gedroeg, mevrouw bleef aardig tegen hem en plichtsgetrouw en deed alles wat een vrouw behoort te doen. Met één kleine uitzondering.

Ze loog de hele tijd tegen hem dat het gedrukt stond.

Ik had al vermoed dat haar man niet wist dat ze een boek schreef, en ik kwam er algauw achter dat hij ook niet op de hoogte was van wat ze met het personeel uitspookte. Het bewijs hiervoor was dat de experimenten ophielden vanaf het

moment dat hij op het landgoed terugkeerde. Geen wisselende stemmingen meer, geen exotische verzoeken meer,
geen zitten/opstaan/zitten. Het leek wel of dat allemaal niet
gebeurd was. Ik realiseerde me dat ze, toen ze het tegen mij
had over discreet zijn, één persoon in het bijzonder in gedachten had, en dat was haar man. Nou, ik had erg veel zin
hem te vertellen wat ze uitvrat als hij er niet was, reken maar.
Eens zien of het lachen haar dan niet verging.

Maar het duurde niet lang of ik ontdekte een andere, veel
leukere manier om wraak te nemen.

9

Een belangrijk diner

Er gebeurden twee dingen in die tijd. Meneer James besloot een Belangrijk Diner te geven. En even later kreeg ik een idee hoe ik wraak kon nemen op mevrouw. Laten we het diner eerst afhandelen. Op de dag dat de uitnodigingen werden verstuurd waren meneer en mevrouw zó opgewonden, Jezus Mina, het was doodzonde dat er maar een handvol gasten was uitgenodigd, want met al dat zenuwachtige gedoe stonden die twee te gloeien als aangestoken kandelabers (da's pas een woord, hè?) en hadden wel een balzaal kunnen verlichten! In vergelijking daarmee was het met mijn stemming maar treurig gesteld, laag bij de gronds, mijn vijandigheid jegens mevrouw was op z'n sterkst. Dominee Pollock was ook een van de gasten (ik hoef je niet te vertellen dat ik een vreugdedansje maakte bij het horen van dát nieuws), evenals McGregor-Robertson, de dokter. Meneer Davy Flemyng was ook uitgenodigd. Hij was maar een pachter van meneer James, maar een graadje beter dan de rest vanwege zijn groeiende reputatie als dichter. (Bij hem dineerden ze op de avond dat meneer terugkwam.) De andere gasten kende ik niet, maar volgens mevrouw waren het 'invloedrijke mensen'. Er was een zekere meneer Mungo Rankin bij, die naburig land bezat, maar nu zijn akkers overdeed aan de kolenmijnen. Hij werd vergezeld door zijn weledele vrouw. En de belangrijkste gast van allen was meneer Duncan Pollock, *parlementslid*, zowaar. Die pief was de jongere broer van dominee Pollock en kennelijk 'een prominent liberaal'.

Het diner werd eigenlijk ter ere van hem gegeven, de

anderen hadden wat meneer James betreft in de soep kunnen verzuipen. Hij wilde alleen indruk maken op Duncan Pollock, *parlementslid*, omdat die veel in de melk te brokkelen had bij de plaatselijke afdeling van de partij en dus kon hij (als hij daartoe genegen was) meneer James steunen bij de eventuele verkiezingen. Daarnaast was het zo dat Duncan Pollock van tijd tot tijd een *Soiree* hield in Edinburgh, waar, naar men zei, de oude Lord Pummystone zelf een keer aanwezig was geweest! God beware ons allen!

Natuurlijk moesten die vooraanstaande gasten bediend worden. Mijn enige eerdere ervaring met het zilverservies was niet erg gelukkig geweest, ik zal niet in details treden, maar het ging om jus en de hals van meneer en ondanks het feit dat ik oprécht mijn best deed, kwamen die twee toevallig samen op een manier die niet gebruikelijk is in deftig gezelschap. Sindsdien schepte ik het eten steeds in de keuken op. Maar nu moest er een diner geserveerd worden, mevrouw zei hoe ik het bestek moest hanteren en oefende net zo lang met me tot ik de paus zelf een enkele erwt van een schaal had kunnen serveren. Het zag ernaar uit dat ik het niet allemaal alleen hoefde te doen op de Grote Dag, want Hector en een van de Zure Zussen werden erbij gehaald om aan tafel te bedienen en achter de schermen mee te werken. Bij afwezigheid van een kokkin ontfermde mevrouw zelf zich over het menu en zag toe op de bereiding van het diner.

Toen de dag van het diner naderde bereikte mevrouw een piek van lichtgevendheid. Voor die tijd was ze een kandelaber geweest, maar nu was ze een kroonluchter op volle sterkte. Vanaf het middaguur zinderde de keuken van bedrijvigheid, aangestoken door hare majesteit die vurig de scepter zwaaide en ik een klein, smeulend, wrokkig pitje naast haar. Voor één keer, leek het, werd op geld niet gekeken. We maakten soep en pastei, we roosterden fazanten en een lamsbout, we kookten bieten en wortels.

Op een bepaald moment kwam Hector met dode kippen die hij moest plukken, wat hij algauw deed, na eerst een afschuwelijk onderzoek aan hun intieme delen te hebben verricht. Toen het plukken klaar was, zou hij er vervolgens het liefst vandoor gegaan zijn, maar mevrouw zette hem aan het werk, hij moest het zilver poetsen en de aardappelen wassen, het ene na het andere karweitje gaf ze hem, en in al die verwarring was het een wonder dat hij aan het eind niet het zilver waste en de aardappelen poetste. Normaal voelde ik me niet zo verbonden met Hector, maar die dag nam hij me meer voor zich in, want telkens als mevrouw een nieuwe order uitvaardigde, wachtte hij tot ze hem de rug toekeerde en dan streek hij over zijn kin als een wijs man en lurkte met een uitgestreken gezicht aan een denkbeeldige pijp, en om die spotternij moest ik stiekem lachen.

Muriel, ofwel Zure Zus de Tweede, zoals ik haar noemde, kwam aan het eind van de middag, toen het melken gedaan was. Haar taak was de keuken schoon te houden en mij later te helpen met aan tafel bedienen. Ze was helemaal opgedoft, haar muts had ze afgedaan en ze had linten in haar haar, maar je had net zo goed rozen in een koeienvla kunnen steken. Als mevrouw in de buurt was, deed ze net of ze hard werkte, dan was ze aan het redderen in de keuken en deed net of ze buiten adem was en ging in de weer met een schoteldoek. Maar als mevrouw weg was, dan hield Z.Z. gauw op met redderen. Ze was zo lui dat ik wed dat ze erbij ging liggen als ze een scheet moest laten. Niet één keer deed ze haar bek open tegen me, behalve die keer dat ze achter me kwam staan en haar mond aan mijn oor zette. Ik dacht dat ze me een geheimpje ging influisteren, maar het enige wat ze zei was: 'Mijn talje is half zo groot als die van jou', en toen stoof ze er giechelend vandoor. Daar won ze mijn sympathie wel mee, dat kun je begrijpen, maar behalve dat was het geeneens waar.

Ik denk echt dat mevrouw op het laatste moment een paniekaanval kreeg, want ze besloot dat alleen de soep aan tafel opgeschept moest worden. De overige gangen moesten in de keuken worden opgeschept, om ongelukken te voorkomen.

Om halfacht werd Hector aan de keukentafel gezet, met de opdracht borden te wassen en te blijven wassen. Z.Z. en ik hadden een schoon schort voorgedaan en waren klaar voor onze eerste gang naar de eetkamer. We konden echter maar niet besluiten wie de soep zou dragen en wie hem zou opscheppen, want allebei wilden we opscheppen, aangezien dat het makkelijkst was, niet in de laatste plaats omdat de terrien gloeiend heet was. Er ontstond een hele oorlog om de pollepel en alleen door tussenkomst van mevrouw werd voorkomen dat die helemaal werd kromgebogen. Ze besliste de ruzie in mijn voordeel en keerde weer naar haar gasten terug. Enkele ogenblikken later volgden Muriel en ik, en er zal wel nooit eerder zo'n sloffende en humeurige processie de eetkamer zijn binnengekomen.

Voor de verandering zaten er kaarsen in alle blakers en kandelaars op tafel en het vertrek was verlicht als de binnenstad. Nog nooit eerder voorzover ik wist waren er zoveel mensen in huis geweest. Er werden verscheidene beleefde conversaties tegelijk gevoerd, met mevrouw aan het ene eind van de tafel naast een blonde jongeman met een bril die volgens mij meneer Flemyng was. Mevrouw Rankin (omdat ze de enige andere dame was, nam ik aan dat zij het was) zat aan het andere eind, rechts naast meneer James, en zij moest op aanwijzing van mevrouw het eerst bediend worden, dus ik porde Z.Z. in haar richting met de pollepel, die ik tevens gebruikte om haar rond de tafel te dirigeren. Ze nam hele kleine stapjes om niet te knoeien en als gevolg daarvan gingen we tergend langzaam vooruit. Maar dat vond ik niet erg, want nu kon ik op mijn gemak luistervinkje spelen.

'Dat is toch niet van belang?' hoorde ik meneer Flemyng mompelen als antwoord op een vraag van mevrouw.

'Jawel, hoor', zei ze. 'Het zou hoogst interessant zijn om te weten.'

'Goed dan', zei hij. 'Ik doe het 's avonds. Als het werk erop zit. En ik stop als mijn hand moe wordt, of als de kaars uitgaat, een van de twee.'

Mevrouw gaf de indruk dat ze aan zijn lippen hing, maar ik wist zeker dat ze uit haar ooghoeken naar ons keek en enigszins gealarmeerd onze voortgang (of gebrek daaraan) in de gaten hield. Ze maakte een wuivend gebaar onder de tafel, maar dat was niet omdat ze een gastrische *faux pas* had gemaakt, ze wilde alleen maar dat we opschoten. Ik porde Muriel harder met de pollepel en mevrouw wijdde zich opnieuw aan meneer Flemyng.

'En geeft u de voorkeur aan een bepaalde kleur inkt?'

'Welke ik ook te pakken kan krijgen. Ik ben niet bijgelovig – en inkt is duur. Maar hoe staat het met uzelf, mevrouw Reid? U had het over een gedicht schrijven.'

'O, God, nee', zei mevrouw. 'Zoals ik al zei, ik schrijf niet. Maar alstublieft', en hier legde ze haar hand op de zijne, 'noem me Arabella.'

Wij kropen voort achter dominee Pollock langs, die ingeklemd zat tussen mevrouw Rankin en Flemyng, zo ver van mevrouw en meneer James vandaan als maar mogelijk was (maar dat kon natuurlijk ook toeval zijn geweest en geen strategie). Mevrouw Rankin was een magere vrouw met een hoofd als een doodskop en een gezicht waar de paarden van zouden gaan steigeren. Ze grijnsde tegen de dominee met al haar vooruitstekende tanden.

'Mag ik u vragen, mevrouw Rankin,' zei Pollock, 'kent u misschien de Queens Rooms? De Queens Rooms in Glasgow?'

'Ik geloof het niet, dominee', zei ze, helemaal buiten adem en met een meisjesstemmetje dat vloekte met haar ouwelijke uiterlijk. 'Zijn die de moeite van het bezichtigen waard?'

'Ah-haa', zei de Ouwe Geitenbok. 'Hemeltje, nee, ze vormen geen attractie als zodanig. Het gaat erom dat ik daar volgend jaar een lezing geef en ik ken het gebouw niet. Naar ik meen is het een belangrijk trefpunt. Kennelijk heeft een aantal vooraanstaande sprekers hetzelfde podium met een bezoek vereerd waar ik mijn bescheiden oratie ga uitspreken.'

Daarvan ging mevrouw Rankin bijna van haar stokje. Ze piepte en hijgde. 'O, goede hemel', zei ze. 'Wat vreselijk knap van u.'

Eindelijk was Z.Z. bij het hoofd van de tafel aangekomen. Ik porde haar met de lepel om haar stil te zetten en vervolgens porde ik haar voorwaarts in een betere positie, het is maar goed dat we in gezelschap waren, want de blik die ze me toewierp, ik weet niet wat ze anders tegen me gezegd of gedaan zou hebben. Maar weet je hoeveel me dat kon schelen? Juist, geen moer. Ik negeerde haar en haalde de deksel van de terrien die ik, op aanwijzing van mevrouw, op het buffet zette (en níét op de grónd zoals ik zo stom was geweest te doen voordat ik van haar beter had geleerd). Toen begon ik soep op te scheppen.

Aan de andere kant van de tafel zaten drie heren. Ik nam aan dat meneer Duncan Pollock, de eregast, die gladakker was met zijn keurig geknipte peper-en-zoutkleurige snor die rechts naast mevrouw zat. Hij praatte met McGregor-Robertson, terwijl meneer James in gesprek was met Rankin, een gezette man met een drankgezicht. Hij droeg een pruik en een hoge halsdoek en leek weinig controle te hebben over zijn vlezige lippen, die driftig slobberden als hij sprak en een wolk van spuug voor zich uitzonden, mijn God, hij zou een goede vernisser zijn geweest.

'Ik heb er geen moment spijt van gehad, hoor', zei hij. 'Integendeel, ik ben van plan de rest van mijn bezittingen voor hetzelfde doel te bestemmen.'

'Ah, ja', zei meneer James gelijkmoedig. Hij leunde ver achterover in zijn stoel, waardoor hij de indruk gaf liever buiten het gesprek te blijven, of misschien wilde hij gewoon buiten het spuug blijven, wie zal het zeggen.

'Jazeker', zei Rankin. 'In het voorjaar doen we verder onderzoek. Ik ben ook van plan een steen- en tegelfabriek ginder op Tuppethill te bouwen, en ik ken een kerel die een chemische fabriek in Mossburn wil bouwen als ik het toelaat. Maar de mijnen, daar zit geld in. Landbouw behoort tot het verleden, geloof mij maar.'

Deze laatste woorden waren tot het hele gezelschap gericht, want gaandeweg zijn toespraak was hij steeds harder gaan praten, tot hij alle andere conversaties overstemde, en een voor een draaiden alle hoofden zijn richting op. Zelfs mevrouw en meneer Flemyng hadden zich losgerukt van hun gebabbel en keken toe, mevrouw met een engelachtige glimlach op haar gezicht, moge ze branden in de hel.

Nu hij aller aandacht had wendde Rankin zich opnieuw tot meneer James.

'Ik heb een vraag voor u. Welke mijn denkt u dat me het meeste oplevert?'

Meneer James uitte (erg droog) zijn spijt dat hij nooit de noodzaak had ingezien om een expert op het gebied van kolenmijnen te worden – ha-ha-ha, hij was me de grappenmaker wel. Na een kort stilzwijgen om het beleefde gelach aan te horen dat zijn opmerking had ontlokt, gaf hij te kennen dat hij – helaas! – niet wist welke kolenmijn het meeste opbracht.

'Dan zal ik je dat vertellen', zei meneer Rankin. 'De hoogste opbrengst komt uit de mijn die grenst aan jouw land. En je weet wat dat betekent.'

Meneer James bekende dat hij niet wist wat dat betekende, maar hij was ervan overtuigd dat meneer Rankin zo goed zou zijn het hem te vertellen.

'Dat betekent dat je waarschijnlijk heel veel geluk hebt gehad', zei Rankin. 'Je zou mijn advies moeten opvolgen en de landbouw opgeven en beginnen met mijnbouw. Of anders kun je het land verpachten aan mensen die dat voor je willen doen.'

Duncan Pollock, *parlementslid*, hield zijn glas tegen het licht, waardoor hij de indruk maakte niet te luisteren. Maar hij had het air van een man die zich niks laat wijsmaken. Meneer James wierp een snelle blik op hem. Vervolgens knikte hij tegen Rankin en trok een beetje een vermoeid gezicht.

'Ik snap wat je bedoelt, Mungo', zei hij. 'Maar mijn ambities liggen elders.'

Rankin snoof spottend. 'Politiek! Ah, daar krijg je gauw genoeg van.'

Meneer James grinnikte. 'Nou, dat valt nog te...'

'Tut-tut-tut! Stil, man, stil! Als je niet de mijnbouw ingaat, James, dan laat je een gouden kans lopen. Wat heb je hier? Een paar pachters, wat koeien, een lapje grond? Niks waard, dat boerenbedrijf, en je bent kortzichtig als je dat niet beseft.'

Meneer James was duidelijk geïrriteerd, maar scheen niet in staat op een antwoord te komen. Hij haalde adem, maar voordat hij iets had kunnen zeggen richtte mevrouw het woord tot Rankin, zo te horen met grote genegenheid.

'Beste Mungo,' zei ze, 'wanneer nu alle landerijen in kolenmijnen zijn veranderd, zoals jij wilt, dan neem ik aan dat wij kolen en ijzererts zullen moeten eten in plaats van brood en vlees.'

Daarop snoof Flemyng zo hard dat hij de kaars die voor hem stond uitblies. Meneer James zag in dat er een punt was gescoord (al was het door zijn vrouw). Hij lachte met de anderen mee en keek triomfantelijk om zich heen. Dominee P. merkte op dat het bewonderenswaardig goed gezegd was. Mevrouw Rankin piepte. Er klonk instemmend gemompel, ja, ja, ze heeft wel gelijk, ze heeft geen ongelijk, goed gedaan en zo.

Mevrouw glimlachte bevallig tegen Rankin, om hem te laten zien dat ze alleen maar plaagde. Ik zag dat Duncan Pollock haar lang en bewonderend aankeek, dat was zo'n pluimstrijker, die was gladder dan een aal.

Inmiddels hadden Muriel en ik een rondje om de tafel gemaakt en alle gasten soep gegeven. Aangezien Z.Z. niet meer nodig was, elleboogde ik haar de kamer uit en deed de deur in haar gezicht dicht. Daarna pakte ik de fles bordeaux uit het buffet en begon de tafel rond te lopen om de kleine glaasjes te vullen. Zoals me opgedragen was bediende ik mevrouw Rankin eerst, maar vergat dat mevrouw daarna aan de beurt was, en ik had meneer James al ingeschonken voor ik mijn fout besefte. Maar niemand scheen het te hebben gemerkt en dus vervolgde ik mijn rondje om de tafel met de wijzers van de klok mee.

Nu hij beet had wilde Rankin niet loslaten. Hij vroeg zich hardop af of zijn gastheer misschien wilde raden hoevéél geld hij precies had verdiend door zijn land te bestemmen voor de mijnbouw. Meneer James zei galant dat hij zich daar niet aan waagde. En toen Rankin hem trachtte te verleiden

een gokje te doen, deed meneer James een poging van onderwerp te veranderen. Maar Rankin onderbrak hem en
noemde twee bedragen, één groot en het andere astrono-
misch, en hij vroeg aan meneer James of hij het bedrag wilde
kiezen dat het dichtst kwam bij de som geld die de kolenmijnen opbrachten.

Hoewel het veel geld was, leek het niet waarschijnlijk dat
Rankin zou gaan zitten opscheppen met het kleinere bedrag.
Je kon zien dat meneer James voelde dat hij zich gewonnen
moest geven. Met alle ogen op zich gericht en met grote
tegenzin noemde hij het grootste bedrag. Rankin lachte
schallend en sloeg vervolgens zo hard met zijn vuist op tafel
dat de glazen ervan rinkelden.

'Niet slecht voor een jongetje uit Linlithgow, hè?' vroeg hij
aan het gezelschap terwijl hij op zijn borst klopte, voor het
geval iemand zou twijfelen aan de identiteit van het jongetje.
'Hè? Wat vind je daarvan, hè?'

En toen deed iedereen wat van hem of haar verwacht werd,
en dat was vrolijk lachen en felicitaties mompelen. Met
uitzondering van twee mensen dan toch, en dat waren Duncan Pollock, die stil de zaak van zijn kant van de tafel bekeek,
en meneer James, die zich uiterst ongemakkelijk scheen te
voelen, alsof hij het idee had dat hij als een marionet aan de
touwtjes van Rankin had gedanst. Hij keek benauwd het
gezelschap rond, maar niemand beantwoordde zijn blik,
behalve mevrouw. Zonder aarzelen richtte ze over de hele
lengte van de tafel het woord tot mevrouw Rankin.

'U moet wel heel erg trots zijn op uw Mungo', zei ze zonder
enige scherpte in haar stem. 'Hij is heel succesvol, nietwaar?'
En toen verlegde ze in één vloeiende beweging haar aandacht
naar Flemyng. 'Je moet een gedicht over hem schrijven,
Davy', zei ze. 'Een lofdicht.'

Flemyng keek een beetje geschrokken op van zijn soep, ik

denk dat lofdichten schrijven op meneer Rankin niet tot zijn grootste ambities behoorde. Maar mevrouw had zich alweer tot meneer Pollock gewend.

'Wist u, meneer, dat onze heer Flemyng hier een aardige reputatie geniet in literaire kringen? Zijn gedichten zijn werkelijk heel goed. Onze eigen Robert Burns.'

'Och, poeh! Dat is te veel eer, hoor, nee, nee!' protesteerde Flemyng. Maar niemand schonk enige aandacht aan hem, hij was per slot van rekening maar een pachter. Mevrouw zat nog steeds met haar gezicht naar Duncan Pollock, die niet in staat leek zijn ogen van haar af te houden.

'Ik heb begrepen dat u een poëzieliefhebber bent', zei ze.

'Dat ben ik zeker', antwoordde hij. 'Maar ik moet toegeven dat mijn echte liefde het Lied is. Mooie woorden, dat is allemaal goed en wel, maar ik geef de voorkeur aan een begeleidende wijs om het hart te verblijden.'

Deze man sprak op de trage, afgemeten toon van iemand die gewend is dat men naar hem luistert, en hoewel wat hij zei niet al te diepzinnig was, had het net zo goed Hoge Filosofie kunnen zijn, zo groot was de bewondering die hij oogstte. Er werd geknikt, instemmend gemompeld, en een paar gasten grinnikten zelfs, hoewel wat hij zei niet bepaald grappig was. McGregor-Robertson, de dokter, veerde op.

'Is Haydn uw lievelingscomponist, meneer? Of Mozart? Of Boyce?'

Duncan Pollock draaide aan zijn snorharen. 'Om u de waarheid te zeggen,' zei hij, 'gaat mijn smaak uit naar nederiger muziek. Gewone liedjes, de balladen van het gewone volk.'

'Ah-haa!' zei de dominee, zijn broer, met een knipoog naar niemand in het bijzonder. 'De goede Duncan is geobsedeerd door traditionele melodieën, hoe simpeler hoe beter, het soort dat je in Glasgow wel op straat hoort, gezongen door straatschoffies, ik begrijp niet goed waarom.'

Ik stond toen net op het punt mevrouw in te schenken, maar ze pakte mijn pols op het moment dat ik haar glas wilde verzetten. 'In dat geval', zei ze tegen Pollock, 'denk ik dat we hier iemand hebben die je zal interesseren.'

Mijn linkerhand zat vast in de hare, ik zat in de val. Ik raakte in paniek, want het zag ernaar uit dat ze iets over me ging verklappen wat ik niet leuk vond.

'Alstublieft, madam?' mompelde ik. Jezus Mina, ze had geluk dat ik haar niet met de wijnfles op haar hersens sloeg, maar ze scheen me niet te horen, ze praatte tegen Pollock.

'Bessy hier verzint zelf liedjes en loopt de hele dag te zingen. Ik ben niet muzikaal, maar u, meneer, zou er iets van kunnen maken. Ze kan heel mooi zingen.' Ze wendde zich tot mij en schonk me een van haar meest onweerstaanbare glimlachen. 'Bessy, mijn beste', zei ze. 'Gun meneer Pollock en de rest van ons gezelschap de eer een van je prachtige liedjes ten gehore te brengen.'

Ze keek de andere gasten vragend aan. Ze keken nu allemaal naar mij, hun soepborden leeg en hun gezichten glanzend in het kaarslicht.

'Ah-haa, jazeker, Bessy!' deed de Ouwe Geitenbok trots. Alsof hij al mijn liedjes kende en van ze hield, terwijl hij er nooit eentje gehoord had!

Mevrouw voelde dat ik aarzelde en verstevigde haar greep om mijn pols. 'Alsjeblieft, zing een liedje, Bessy', zei ze lief. 'Meneer Flemyng is een bekend verzamelaar van liedjes. Misschien dat hij een van de jouwe aan zijn verzameling wil toevoegen. Ik ben ervan overtuigd dat ze uitstekend geschikt voor hem zijn. We móéten er gewoon een horen. Al was het maar één couplet en het refrein.'

Meneer James riep van de andere kant van de tafel met een blozend gezicht: 'Kom op, Bessy! Zing een liedje voor ons!'

Hij begon te klappen en moedigde de anderen aan zijn voorbeeld te volgen, tot iedereen klapte en me aankeek. En ik had nog geeneens wat gezongen! Soms is het leuk als de mensen je vragen te zingen. Maar niemand wil behandeld worden als een kermisaapje. Mevrouw gaf geen cent om me, ze wilde alleen indruk maken op haar geëerde gasten. Ze glimlachte bemoedigend tegen me, moest je haar zien. Later zou ze het ongetwijfeld neerpennen in dat kloteboek van haar, hoe 'het meisje' reageerde op het verzoek om op te treden. Nou, ik zou haar een optreden geven, reken maar.

Ik zette de fles neer en deed een stap terug van de tafel. Ik keek mijn publiek aan.

'Dit heet "Er waait een wind door Barrack Street"', zei ik en begon te zingen. De titel klinkt romantisch, maar het is een van mijn schunnigste liedjes, over een man die lijdt aan ernstige winderigheid en op de meest ongelegen plekken een scheet laat. Ik zal er hier een proefje van geven.

Er woont een man in Barrack Street
Die doet daar taarten bakken
Er woont een man in Barrack Street
Die heb zo'n last met kakken.

Z'n darm verdraagt geen peer of pruim
Geen appel, boon of sterke drank
De erwt die is taboe en ook de spruit
Een sneetje brood is nog riskant.

Er waait een wind door Barrack Street
Een wind om van te schrikken
Een pittige storm in Barrack Street
Het is om van te stikken

Op marktdag bakt ie vol van lust
Z'n handel loopt gesmee-heerd
Je ruikt zijn baksels aan de kust
Met de wind mee onvervee-heerd

En als ie voor een uitvaart bakt
Voor alle nabestaanden
Dan zijn de neuzen afgeplakt
Voor 't geval ie 'n scheet zal laten

Er waait een wind door Barrack Street
Een wind om van te schrikken
Een pittige storm in Barrack Street
Het is om van te stikken

(En zo gaat het nog een paar coupletten door, waarbij die man een bruiloft verstoort en een gat in zijn broek blaast enz.)

Toen ze de titel hoorde keek mevrouw heel opgetogen, maar aan het eind van het eerste couplet werden haar ogen een beetje glazig, en tijdens het refrein trokken zij en haar man krijtwit weg. Ze wierpen alarmerende blikken in de richting van hun vooraanstaande gast. Niemand gaf in het begin een kik, maar aan het eind van het eerste refrein begon meneer Duncan Pollock te grinniken en dat grinniken werd steeds luider tot hij schaterde van het lachen. Mevrouw en meneer James, die zagen dat hij zich amuseerde, begonnen ook te lachen, en meneer James werd zelfs bijna hysterisch. De andere gasten volgden hun voorbeeld en deden mee met de jolijt. Behalve dominee Pollock, die een verbaasde uitdrukking op zijn gezicht had, waaruit ik afleidde dat *presbyterianen geen scheten laten*. Toen ik klaar was, klapte zijn broer Duncan zijn handen rauw. Hij klapte voor mij en toen klapte hij voor mevrouw, ik weet niet precies waarom hij voor háár klapte, misschien omdat ze zo slim was geweest mij als haar meid in dienst te hebben genomen.

Ik maakte voor iedereen een kniebuiging en keek toen naar mevrouw. 'Zal ik er nog een zingen, madam?'

Ze lachte heel vrolijk en wuifde zich koelte toe met haar servet, ze zag er ook verhit uit. 'Het was een heel onderhoudend liedje, Bessy,' zei ze, 'maar het is misschien wel genoeg voor vanavond. Bovendien moeten we onze gasten nog wat te eten geven.' Ze wendde zich tot Flemyng. 'Wat denk je, Davy? Zou je, nu je er een gehoord hebt, geïnteresseerd zijn in de liedjes van Bessy?'

Flemyng, die net schielijk van zijn bordeaux had gedronken, verslikte zich.

'Jazeker', zei hij toen hij ophield met hoesten. 'Ik vind het altijd interessant om liedjes op schrift te stellen die ik nog niet eerder heb gehoord. Wat goed van je om dat voor te stellen.'

Mevrouw knikte. 'Dat is dan afgesproken', zei ze. 'Ik zal haar naar je toe sturen en dan kun je op schrift stellen wat je wilt.' Vervolgens wendde ze zich met een beslist air tot meneer Pollock, *parlementslid*.

'James en ik zijn grote voorstanders van het bewaren van traditionele verhalen en liederen en dergelijke', zei ze. (De leugenaar!) 'We moeten meegaan met de tijd, natuurlijk, maar we moeten ons verleden niet vergeten' – dat laatste met een knikje naar meneer Rankin – 'in onze haast de toekomst tegemoet te treden.'

Meneer Duncan Pollock glimlachte, zoals hij naar haar keek zou je denken dat hij haar wilde opsmikkelen (of op z'n minst een keer aan haar sabbelen). 'Ik ben het roerend met je eens, Arabella', zei hij en hief zijn glas. 'Op onze wijze en hoogst geëerde gastvrouw. En natuurlijk op haar echtgenoot.'

En in verschillende toonaarden van enthousiasme toastte het gezelschap op mevrouw en meneer James. Het ijverigst waren McGregor-Robertson en Flemyng, die hun glazen hoog hieven en 'op onze gastvrouw' echoden. Dominee Pollock keek haar stralend aan zonder te glimlachen, terwijl Rankin behendig zijn wijnglas rechtstreeks aan zijn mond zette, niks te toasten, en mevrouw Rankin haar glas hief met een bevroren glimlach op haar gezicht, maar ook zij dronk niet en er kwam geen geluid over haar lippen, want ze was duidelijk achtergebleven bij mevrouw.

Terwijl zij aten ontkurkte ik een fles bordeaux en dronk die in de loop van de avond in de voorraadkamer op, zodat ik, tegen de tijd dat de gasten weg waren en de keuken aan kant was, in hoger sferen verkeerde. Ik had echt zin in een stevige neut en dacht erover weg te glippen en een van de plaatselijke tapperijen te bezoeken. Dus toen Hector en Z.Z. weg waren en mevrouw en meneer naar bed waren gegaan, sloop ik het huis uit.

De kortste route naar Snatter was door de velden, maar ik dacht niet dat ik de weg zou vinden in het donker en daarom nam ik voor de zekerheid de langere route over de Grote Weg. Gelukkig voor mij scheen er een halve maan en was het niet erg bewolkt, anders had ik geen hand voor ogen kunnen zien. Na ongeveer anderhalve kilometer op de Grote Weg tekenden de eerste huisjes van Snatter zich tegen de nachtelijke hemel af. Het dorp was verlaten, ongetwijfeld omdat het laat was. Ik ging recht naar taveerne Het Hoekhuis, dat was een van de eerste gebouwen aan de linkerkant. Hoewel de deur naar de gaanderij bijna helemaal dicht was getrokken kon ik toch gelach binnen horen. Op de drempel aarzelde ik. Het was een hele tijd geleden dat ik zo'n etablissement had bezocht en ik was nog steeds een vreemde in deze contreien. Ook bedacht ik inenen dat mevrouw het helemaal niet goed zou vinden dat ik naar een bierhuis ging.

Maar wat maalde ik toch? Moest ik soms in alles haar zin doen? Ik gaf m'n eigen een flinke opdoffer. Doe normaal, dacht ik. Ik gooide de deur open en stapte naar binnen, maar toen kwam ik in een lange gaanderij, het slijterijgedeelte van het etablissement. Het luik was dicht, maar precies op dat moment klonk er binnen een nieuw lachsalvo. Ik klopte op het luik. Onmiddellijk stopte het gelach. Er volgde een korte stilte en wat opgewonden gefluister, daarna een schrapend geluid van stoelpoten op plavuizen. Ik hoorde nog meer ge-fluister en wat onbestemd geruis. Dan weer stilte. Na een korte pauze werd het luik opengeschoven en tuurde een vrouw met een hondengezicht en donker haar naar buiten. Dat moest Janet Murray zijn, de eigenares. Ik had mevrouw over haar horen praten.

'Ja?' zei ze. 'Wat kan ik voor je doen?'

Zo te zien was ze alleen, maar er waren tekenen dat dat niet het geval was. Er brandden verscheidene kaarsen in de kleine gelagkamer achter haar en ik zag een tafel waar een aantal krukken omheen stonden die achteruit waren geschoven alsof ze zojuist nog bezet waren geweest. Er hing tabaksrook in de lucht. Op de tafel zaten natte kringen van overvolle glazen en hier en daar lagen speelkaarten in wanordelijke stapels. Maar er was geen levende ziel te bespeuren.

Janet tuurde in de duisternis achter me. Ze praatte door haar neus.

'Wat mot je?'

'Alleen iets drinken', zei ik. 'Ik weet dat het laat is, maar ik zal hier buiten blijven.' En ik legde een muntje op de klep van het luik.

De vrouw pakte het op en bekeek het aandachtig. Vervolgens stak ze het in haar zak en ging een glas bier voor me halen. Ze keek toe hoe ik de eerste slok nam en leunde naar voren terwijl ze zacht tegen me sprak.

'Ik hoop niet dat je het erg vindt dat ik het zeg', zei ze. 'Maar ik heb hier op dit moment een paar vrienden.' Ze wees met haar duim naar een gordijn in de hoek van het vertrek. 'We vieren alleen maar wat goed nieuws. Allemaal op mijn kosten, natuurlijk! Ze hebben niet één keer in hun buidel hoeven te tasten! Maar je vindt het toch niet erg dat ze gewoon doorgaan met feesten, hè?'

Ze gebaarde met een zwaaibeweging van haar hand naar de lege tafel achter haar.

'Nee', zei ik. 'Helemaal niet. Ga gerust je gang.'

Na die woorden richtte Janet zich op van het luik en stiet een lage fluittoon uit, waarna het gordijn in de hoek door een ongeziene hand opzij werd getrokken en verscheidene onverlaten het vertrek vulden, elk met een glas of pul in de hand. Sammy Sommen was er ook bij. Het scheen dat ze met z'n allen in een heel klein alkoofje hadden gestaan en blij toe waren eruit te kunnen, want toen ze tevoorschijn kwamen schudden ze zich en strekten hun benen. Daarna namen ze de een na de ander plaats aan tafel terwijl ze mij met een knikje begroetten. Sammy Sommen ging in de hoek zitten en begon de ogen op dominostenen te tellen. De laatste die tevoorschijn kwam was Biscuit Meek. Hij grijnsde honend toen hij me zag en trok een lelijk gezicht, een meisje in een kroeg, moet je die grote tieten van d'r zien, een schande, wat je zegt. Hypocriet! En toen hij aan tafel plaatsnam, koos hij expres een kruk die hem de gelegenheid gaf met zijn rug naar me toe te gaan zitten. Er werden pijpen opgestoken en het kaartspel werd hervat.

'Je moet wel weten', zei Janet, 'dat ze niet voor hun drankjes hebben betááld, hoor, geen cent, maar ik snap heel goed hoe het er voor een buitenstaander uitziet, hè?'

Ik wist precies wat ze uitspookte. Het was na middernacht, het was zondagochtend vroeg, en ze mocht waarschijnlijk helemaal geen drank slijten. Maar het kon me geen moer schelen wat ze deed.

'En jij?' vroeg ze. 'Waar ga je heen op dit uur van de nacht?'

'Nergens', zei ik. 'Ik werk hier vlak in de buurt en ik had zin in een glas.'

'Is dat zo?' Ze bekeek me belangstellend van top tot teen. 'En waar werk je dan precies? Ik heb je nog niet eerder gezien.'

'Kasteel Haivers', zei ik. 'Ik ben het meisje voor dag en nacht daar.'

Nou, zoals ze naar me keek zou je denken dat ik gezegd had dat ik de duvel zijn eigen blaasbalg bediende. 'Kasteel Haivers?' zei ze. 'Zo, dus jij bent de vervangster.'

'De wat?'

'Weet je wel? Jij vervangt het meisje dat vóór jou was.'

Ik gaf haar mijn lege glas en een muntje. Het bier haalde het niet bij het sterke spul dat we meestal in Glasgow dronken, maar het was niet slecht. Ze schonk er nog een voor me in, en deze keer bekeek ze me of ik een zeldzame diersoort was. Er hing een bordje KAMERS TE HUUR, en direct daaronder stond geschreven VOL. Ik snapte het niet. Waren er nou kamers te huur of niet?

Janet zei: 'Het meisje dat daar vóór jou werkte – dat was hier vaste klant. Ze kwam bijna elke avond. We hebben samen heel wat afgelachen, kan ik je wel vertellen.' Ze pakte haar eigen glas en hief het voor me. 'Niet dat ik wil roddelen,' zei ze, 'maar ik hoop dat je het niet erg vindt als ik vraag hoe mevrouw Reid je behandelt.'

'Goed', zei ik.

'Ze sluit je niet op in een muurkast en laat je dagen achtereen honger lijden?'

'Nee.'

Janet keek weifelend. 'Heb je al loon gehad?'

Dat was waar, ze hadden me nog niet betaald. Mevrouw gaf me wel wat geld zo nu en dan, maar met mijn volle loon was ze nog niet op de proppen gekomen. Dat ging echter niemand wat aan, dus ik zei alleen maar: 'Ik heb loon gehad, ja.'

'Nou dan heb je geluk gehad', zei Janet. 'Die James Reid zit op de centen. Eén meisje maar om al het werk in huis te doen – wil je dat wel geloven? Meisje voor dag en nacht, zeg dat wel! In zo'n groot huis? Het is gekkenwerk, dat is het. Ze zouden een huishoudster moeten hebben en twee meiden, minstens, en die mevrouw van je zou een kamermeisje helemaal voor d'r eigen moeten hebben. Maar, o nee! Niet voor hemmes – daar is ie veels te vrekkig voor. Zal ik je eens wat vertellen?'

'Ja, doe maar', zei ik. (Inmiddels had ik wel door dat het een oude roddeldoos was.)

Ze trok haar sjaal strakker om haar hals. 'Nou,' zei ze, 'die James Reid van jou heb geen fatsoenlijk huispersoneel, maar hij heb wel negen kamerpotten onder zijn bed staan, allemaal tot de rand toe gevuld met baar goud.'

Ik keek haar aan. Ik zei dat er maar één pot onder het bed van de meester stond, dat ik die elke ochtend leegde en dat ze gerust kon zijn dat wat erin zat geen goud was.

Janet zette grote ogen op. 'Negen potten', zei ze. 'Tot de rand toe gevuld. Hoe smaakt je bier?'

'Over het bier ben ik niet ontevreden', zei ik. 'Maar ik ben minder gelukkig met die mier.' Want er verzoop inderdaad een mier in mijn glas, hij zonk naar de diepte terwijl ik keek, verwoed wriemelend met zijn pootjes. Janet bekeek hem.

'Hij zat waarschijnlijk in het glas', zei ze. 'Niet in het bier.'

Nou, dat was een hele opluchting. Ik goot wat er nog van

het bier over was weg en gaf haar het glas terug. 'Dank je', zei ik. 'Ik moet ervandoor.'

Ze keek me inenen met groot medelijden aan. 'Ach, je bent nog maar een jong ding. Het bevalt me niks dat je in je eentje terug moet naar dat vreselijke huis. Weet je wel dat daar meisjes zijn doodgegaan?'

Ze kon haar roddelpraatjes wel voor zich houden, wat mij betreft – maar bij dat laatste stond ik even stil. 'Meisjes?' zei ik. 'Hoe bedoel je? Hoeveel meisjes?'

'Nou', zei Janet. 'Er is er maar één waarvan we zéker weten dat ze dood is. Maar er zijn er zat verdwenen.'

Ik keek haar aan.

'O ja', zei ze. 'Het ene moment zijn ze er nog, en de volgende ochtend zijn ze spoorloos verdwenen.'

Ik lachte. 'Dat zullen wel meisjes zijn geweest die niet van hard werken hielden en die er 's nachts vandoor gingen, denk je niet?'

Janet wierp een blik op Sammy Sommen alsof ze hem om raad ging vragen, maar hij legde net een dominosteen aan en maakte niet bepaald de indruk dat hij een autoriteit was op wat voor gebied dan ook. De andere mannen (Biscuit Meek incluis) hadden het druk met drinken en spelen en pijp-roken, en toonden geen belangstelling voor het gekakel van twee vrouwen. Janet keerde zich weer tot mij.

'Wat heb mevrouw Reid gezegd over dat meisje Nora, die doodging?'

'Ze praat nooit over haar', zei ik, wat waar was (maar dan tel ik de verhalen niet mee die mevrouw over Nora had verteld in *De observaties*).

Janet keek me met grote ogen aan en knikte een paar keer, alsof ik iets keihard bewezen had.

'Wat?' vroeg ik.

'Ze wíl niet over haar praten, hè?' zei Janet. 'Nora was

184

dronken en kwam onder een trein, dat is de officiële versie. Maar zal ik je eens wat vertellen?'

'Ja.'

'Ik wil er wat om verwedden dat Nora niet *per ongeluk* onder die trein gekomen is.'

Ik keek haar uitdrukkingsloos aan. 'Waar wil je naartoe?'

Janet vouwde haar armen voor haar borst en tuitte haar lippen. 'Vraag maar eens aan die mevrouw Reid van jou hoe Nora gestorven is', zei ze. 'Moet je eens zien wat voor antwoord je krijgt.'

'Nou, dat doe ik misschien wel', zei ik.

Destijds hechtte ik weinig geloof aan haar woorden. Ik was dronken en dacht dat ze maar een eind weg roddelde, met haar negen pispotten vol goud en al die onzin over Nora en mevrouw, en mij een beetje wilde uithoren. Dus ik hield mijn klep dicht. Ik wilde naar bed, dus ik groette haar en vertrok.

Pas veel later ging ik nadenken over wat Janet had gezegd en veranderde ik van mening. En zoals ik al eerder heb gezegd, dat doe ik niet vaak.

10

Ik krijg een idee

De dag na zijn Belangrijk Diner was meneer James weer helemaal in vorm zoals ie daar boven zijn pap zat te mompelen, mompel-de-mompel. Het diner was een groot succes geweest, want Duncan Pollock had vóór zijn vertrek de Reids voor zijn volgende *Soiree* in Edinburgh uitgenodigd (met het speciale verzoek dat mevrouw aanwezig zou zijn). Je had meneer James moeten zien, trots als een pauw was ie. Godallemachtig! Hij zou nooit ook maar in de búúrt van die *Soiree* zijn gekomen zonder zijn vrouw.

Die hele dag regende het dat het goot. 's Middags schelde mevrouw me, en toen ik in de salon verscheen was ze een en al glimlach en gefleem over hoe geweldig ik de avond tevoren gezongen had. Schitterend, Bessy, draafde ze door. Geweldig, schitterend, enzovoort. Ik was iets heel bijzonders, een echte ontdekking, een zeldzaam wezen, en zo ging het maar door.

Nou, ik zal je vertellen, ik was wel zo verdomde zeldzaam en bijzonder dat ze me in de stromende regen naar buiten stuurde! Helemaal te voet moest ik naar Thrashburn Farm om voor meneer Flemyng te zingen. Ongetwijfeld wilden ze de volgende keer dat ze Duncan Pollock zagen tegen hem opscheppen dat ze 'traditionele liederen' voor de vergetelheid hadden behoed en zo. M'n neus! Ze gebruikte me gewoon om indruk te maken op die snertvrienden van haar. Het zou net goed voor haar geweest zijn als ik gewoon was weggelopen en nooit meer was teruggekomen. Dat had ik misschien ook gedaan als het niet zo regende.

Thrashburn lag ongeveer twintig minuten lopen ten noorden van Kasteel Haivers, het pad langs en over het spoorwegviaduct. Mevrouw had Hector al vooruitgestuurd met een briefje om Flemyng te waarschuwen dat hij me kon verwachten. Ik liep flink door, maar tegen de tijd dat ik aankwam was ik drijfnat, het water liep over mijn rug. Ik moet zeggen dat Thrashburn een echte gribus was. Eén paal van het hek viel bijna om en alles was overwoekerd met zwart geworden onkruid en gras. De boerderij zelf was een huisje van één verdieping met een klein schuurtje ernaast. Een paar schamele kippen stoven weg toen ik over het erf liep.

Flemyng deed zelf open toen ik aanklopte, en zonder een woord te zeggen liet hij me binnen. De haard brandde en hij had al een lamp aangestoken tegen het schemerduister. Ik keek om me heen. Elke vierkante centimeter leek bedekt met vellen beschreven papier, verkreukeld perkament en stapels boeken, ook op de vloer. Elk velletje papier was beschreven en veel regels waren doorgeschrapt. Flemyng zag er anders uit en het duurde even voor ik besefte dat hij zijn bril niet ophad. Hij liep op zijn kop krabbend tussen de torenhoge stapels boeken door terwijl ik mijn jas uittrok en mijn sjaal afdeed. Op dat moment dacht ik dat hij ergens naar zocht, maar nu geloof ik dat hij uit verlegenheid mijn blik ontweek.

Ik was niet zo bang voor een vreemde man. 'Ik heb nog nooit eerder een dichter ontmoet', zei ik. 'Ik moet niet liegen, ik heb een keer een marskramer ontmoet, hij had een afschuwelijk pokdalig gezicht, en die liet me een ballade zien die hij op een smerig vod papier had geschreven. Telt dat ook?'

Flemyng hield een tel op met ijsberen en fronste even. Ik denk dat mijn geklets over marskramers en vodden papier hem niet zo beviel.

Hij zei: 'Ik heb wel balladen van marskramers verzámeld,

ja. Maar je zult ongetwijfeld weten dat mijn eigen poëzie iets heel anders is. Een ander soort vers, het heeft te maken met metrum, ritme, rijm, scansie en, natuurlijk, betekenis.'

'Ah, ja, natuurlijk', zei ik. Ik had geen flauw idee waar hij het over had.

'Geen goedkoop en smakeloos sentiment', zei hij. 'Dat niet.'

Ik weet niet waarom, maar ik voelde me een beetje beledigd – maar op een áárdige manier.

Hij gebaarde naar een fles op het buffet. 'Kan ik je iets te drinken aanbieden?' vroeg hij.

Zijn hand trilde en ik zag dat de wijnfles halfleeg was. Ik vroeg me af of hij al een slokje genomen had om zich moed in te drinken.

'Nee, dank u, meneer', zei ik, hoewel ik in werkelijkheid een moord had kunnen doen voor een drankje, ik had een kater van al die bordeaux en dat bier van de vorige avond.

Flemyng pakte wat papieren van een fauteuil en legde ze op tafel. 'Ga zitten, alsjeblieft', zei hij naar de stoel wijzend. Toen ik zat hurkte hij naast me neer en zei met een overredende stem alsof hij tegen een klein kind praatte.

'Goed, Bessy', zei hij. 'Die liedjes van jou. Moet ik geloven dat je die allemaal zelf verzonnen hebt?'

'Ja, meneer.'

'Uitstekend. Dat is geweldig. Dus dat zijn geen liedjes die je hebt opgepikt van mensen als die marskramer over wie je het had?'

'Nee, meneer. Ik kén wel zulk soort liedjes, die heb ik links en rechts horen zingen, zoals 'Anything for a Crust' of 'Sweet Jessie O' the Dell', die allemaal, natuurlijk, iedereen kent die wel. Maar ik verwar ze niet met mijn eigen liedjes.'

'Nou, dat is goed', zei hij. 'Ik ben je goede meesteres zeer dankbaar dat ze je naar me toe heeft gestuurd. Wat een geweldige dame is dat. Heel erg intelligent, vind ik, en aardig. En haar schoonheid behoeft natuurlijk geen commentaar.'

Ja, ja, slijmbal, dacht ik bij m'n eigen. Het lag op het puntje van mijn tong om iets te zeggen. Als je eens wist wat voor nare dingen ze in haar boek schrijft. Zoiets. Maar ik hield me *stumm*, zoals mijn meneer Levy altijd zei.

Flemyng glimlachte tegen me en stond vervolgens op om nog wat kolen op het vuur te gooien, waarna hij zich weer omdraaide. Hij had zijn handen op zijn rug en met de vonken en de rook die achter hem opstegen en de Vrome uitdrukking op zijn gezicht leek hij precies een Martelaar op de brandstapel. Ik schoot haast in de lach. Om me af te leiden stelde ik een vraag.

'Wat gaat u met mijn liedjes doen, meneer?'

Hij fronste. 'Ik weet het niet precies, Bessy', zei hij. 'Als ze enige kwaliteit hebben, dan is het belangrijk om ze eerst op te schrijven. Op die manier gaan ze niet verloren. Ik kan ze naar mijn uitgever sturen en zien wat hij ervan vindt. Maar helaas! Hij wil nu eerst een paar gedichten van me zien en ik moet het gedicht waaraan ik werk afmaken, dat is het belangrijkste.'

'Waar gaat het over, meneer? Als ik vragen mag.'

'Waar het over gaat? Over allerlei dingen, Bessy. Allerlei dingen. Op het eenvoudigste niveau gaat het over de spoken die naar verluidt in bepaalde gedeelten van Edinburgh huizen. Het verhaal gaat dat een paar honderd jaar geleden, toen de pest woedde, de regenten van de stad bepaalde gedeelten ommuurden en alle bewoners en het vee aan de ziekte lieten creperen. Later hakten ze de rottende lijken aan stukken en voerden ze af. En sindsdien horen en zien de mensen daar vreemde dingen. Schuifelende geluiden. Krakende zolderingen. Afgehakte ledematen. Afgehakte hoofden met angstaanjagende ogen. Spookverschijningen van kinderen met zweren op hun gezicht waar het pus uitdruipt. En misvormde spookdieren die rondkruipen.'

'O jee', zei ik. Ik had gedacht dat ie een gedicht schreef over een bloempje. Of over een zomerdag. Maar nu bezorgde hij me kippenvel en het werd al donker buiten.

'Denkt u... denkt u echt dat er spoken bestaan, meneer?'

'Hè?' zei hij. 'Nee, nee. Dat is allemaal bijgeloof. Maar ik gebruik het natuurlijk alleen maar als metafoor.' Hij keek op zijn horloge. 'In elk geval, *tempus fugit*, we moeten opschieten.'

Hij nam een luisterende houding aan, één hand in zijn zij en het hoofd een beetje naar voren, zijn ogen op de grond gericht. 'Begin maar als je klaar bent. Maar misschien níét het liedje dat je gisteravond zong.'

Ik schraapte mijn keel en probeerde niet aan misvormde spoken en zweren waar het pus uitdroop te denken. 'Dit is een lied', zei ik, 'over de tijd dat we naar Schotland kwamen, op de...'

Zonder zelfs maar op te kijken stak Flemyng zijn hand op om me te onderbreken. 'Alsjeblieft', zei hij. 'Geen ellenlange verklaringen. Een goed lied spreekt voor zichzelf.'

'O', zei ik. 'Ja, u hebt gelijk. Eh... wilt u de titel weten, meneer?'

'Goed dan', zei hij. 'Hoe heet het?'

'"Ailsa Craig"', zei ik tegen hem. 'Het heet "Ailsa Craig".'

Ik was trots op dit lied, want het ging voor een deel over mijn eigen verleden, maar in bedekte termen. Hier is het.

Allen die willen gaan varen, al over de schuimende zee
Komt nader en ik zal verhalen, wat ik daar onlangs dee'
Mijn naam is Mary Cleary, ik ben piepjong en schoon
Mijn land moest ik verlaten, mijn vaderlief ging dood

Mijn moeder omhelsde me innig, ze zei niet huilen m'n
  kind
Naar Schotland zullen wij varen, we zetten zeil gezwind

(refrein)
Ze zei: Schotland is zeldzaam en fijn
Schotland is een beeldschoon land
De Schotse steden die mogen er zijn
En Glasgow is de mooiste daarvan

We gingen al vroeg in de ochtend, dat is een klinkklaar feit
Maar toen ik land in zicht kreeg, wat had ik toen een spijt
Schotland bleek een rots in de zee, die uitstak boven 't water
Een grauwe doodskop van vuilgrijze steen, een rotte kies vol
  gaten
Geen steden of groene parken, slechts klippen en krijsende
  meeuwen
Het land dat was zo verlaten, ik kon van verdriet wel
  schreeuwen

(refrein)

Wat is er mijn kind, vroeg mijn moeder, je kij-hijkt heel
  niet blij
Ik zei haar waarom dat ik huilde, en toen vertelde ze mij:
Vrees niet, mijn kind, dat eiland, dat laten wij ja achter
Dat is Ailsa Craig, een Elfenrots, het is een soort van wach-
  ter
Want die oude rots die ligt op de helft, tussen ons' beide
  landen
Wij komen gauw in Broomielaw aan en schudden Schotse
  handen

*Nu zijn we in Glasgow gekomen, de woonwijken zijn er
  rein*
De huizen goed onderhouden, de huren matig en klein
*Op straat geen vuil te bekennen, van fabrieksrook geen
  greintje*
*We zijn de koning te rijk – je hebt me door, 'k maak maar
  een geintje*
Glasgow is geen paradijs, m'n moeder heb me voorgelogen
*En Ailsa Craig lijkt zo slecht nog niet, nu ik hier zit opge-
  sloten*

(refrein)

Toen ik de laatste noot gezongen had maakte ik een kniebuiging voor hem en wachtte op zijn reactie. Hij liet zijn waardering blijken door de toppen van zijn vingers tegen elkaar
te tikken, een paar keer, het leek een beetje op klappen, maar
het maakte geen geluid.

'Niet slecht', zei hij. 'Ik zal misschien hier en daar een regel
veranderen, maar over het geheel genomen is het een fraai
exemplaar in zijn soort.'

Ik wist niet of dit een compliment was of niet, maar ik
besloot het als zodanig op te vatten. 'Dank u, meneer', zei ik.
'Wilt u het opschrijven?'

'Ja, waarom ook niet', zei hij. 'Ik moet even...'

Hij keerde zich naar de tafel achter zich en tilde stapels
papieren op, tot hij een pen en inkt gevonden had en –
eindelijk – zijn bril, die hij op zijn gezicht zette.

'Goed dan', zei hij. 'Steek maar van wal, Bessy.'

In totaal zong ik die dag vier liedjes voor hem. Hij schreef
ze op en zette tekens bij de woorden, en toen ik hem vroeg

wat die betekenden, vertelde hij me dat ze de wijs aangaven, althans dat deden ze voor de mensen die die tekens konden lezen, voor mij was het abracadabra en ik kan nog steeds geen zestiende van een kruis onderscheiden.

Toen het tijd werd om te vertrekken liep ik met zeven-mijlslaarzen over de weg, want het was inmiddels donker en Flemyng had me de bibbers bezorgd met zijn verhalen over spoken. Het was een hele opluchting terug te zijn in de keuken van Kasteel Haivers. En toen ik eenmaal veilig en wel binnen was, voelde ik me heel tevreden over m'n eigen, dat een dichter mijn liedjes misschien naar zijn uitgever stuurde. Ik kon niet wachten om mevrouw d'r gezicht te zien, want ik wist dat zij graag een boek van haar *Observaties* wilde maken. Maar ik besloot te wachten en te kijken wat er gebeurde voordat ik het haar vertelde, voor het geval hij ze toch niet instuurde en ik voor gek stond.

Wat het geblaat van Janet de vorige avond betreft: ik wist heel goed dat er geen potten met goud in huis waren. Maar ik vroeg me wel af wat ze had willen suggereren over me-vrouw en Nora. Voorzover ik wist aanbad mevrouw het meisje haast. Maar ik had geen idee wat Nora misschien van mevrouw dacht. Misschien haatte ze haar wel. Ik be-dacht dat ik niet veel wist over MIJN RIVAAL. En toen her-innerde ik me wat er in *De observaties* stond over de spullen van Nora die mevrouw in een koffer op zolder had gestopt. Wat zou er in die koffer zitten? vroeg ik me af. Als mevrouw mij een dagboek liet bijhouden, dan zou ze dat toch ook met Nora hebben gedaan? Je wist niet wat ze daarin over me-vrouw had geschreven. Zelfs als ze haar ware gevoelens verborg, dan nog zou je tussen de regels door kunnen lezen. En ik wilde graag meer over haar weten, over die verdomd volmaakte dienstmeid.

Ik liet er geen gras over groeien. Diezelfde avond nog wachtte ik tot mevrouw en meneer James naar bed waren en glipte vervolgens op mijn teentjes mijn kamer uit naar de overloop beneden. Achter een klein deurtje aan het eind was een houten trap die naar de grote zolder leidde. Ik was er nog nooit geweest, daar was ook geen reden toe, en bovendien had ik een keer door de kier van de deur gekeken en, Jezus Mina, je kreeg er de kriebels van, zo donker en tochtig was het daar.

Nu opende ik het deurtje en kroop de trap op. Vijf treden en daarna een balustrade en daarboven een grote donkere ruimte als een grot. Toen ik op de zolder kwam sloeg de koude wind me in het gezicht, het was een vochtige, muffe kou die in je longen prikte. Ik zal niet zeggen dat ik me niet benauwd voelde. Maar ik bleef me voorhouden dat ik geen bange schijterd moest zijn en doorgaan.

Het leven op Kasteel Haivers leverde niet veel overschot op, er kwamen alleen dingen binnen die nodig waren, en een snelle zwaai met mijn kaars liet zien dat daar niet veel spullen opgeslagen waren. Wat oude eetstoelen in een hoek, een paar lege valiezen, een kapot vuurscherm, een muziekdoos met een gebarsten glazen deurtje, dat was het wel zo ongeveer. En toen zag ik waar ik naar zocht. Het stond apart van de rest tegen de muur en vlak bij de trap. Een met zeildoek beklede bediendenkoffer. Er stonden daar sowieso geen kostbare spullen, maar je kon zien dat deze koffer goedkoop en sjofel was in vergelijking met de rest.

Ik tilde het deksel op en keek erin. Het was moeilijk iets te onderscheiden bij het kaarslicht dat donkere schaduwen wierp. Het eerste wat ik in het oog kreeg was een paar rijglaarzen, goed gepoetst en nauwelijks gedragen, ongetwijfeld Nora's zondagse schoeisel. Ik pakte er een uit en hield de zool tegen de mijne. Niet veel verschil, hoewel ik moet toegeven dat haar voet misschien een tíkje kleiner was. Naast de laarzen lag een bijbel en een hele stapel godsdienstige traktaten. Nou, je had wel kunnen raden dat ze vroom was! Daarnaast een oude naaidoos, op het deksel stond een meisje in het wit geschilderd dat met een hoepel speelde. Daar weer naast lag een lappenpop met een muts op en een schort voor. Wat een grote baby moet het zijn geweest dat ze een pop had! Daarnaast lag een metalen haarspeld met drie bloemen erop geschilderd, iets als blauwe madeliefjes, en een flesje reukwater, wat na opening kamperfoelie bleek te zijn. Dieper gravend vond ik een knipmes met een benen handvat en helemaal op de bodem een klein stapeltje kleren, voor het merendeel ondergoed en kousen, versleten en gestopt, maar schoon. Het mes was goed en zou van pas kunnen komen, dus dat stopte ik in mijn zak. Onder de kleren vond ik een kam met een pluk donkere haren er nog aan. Haren van een dood meisje. Daar kreeg ik echt kippenvel van.

Met die godsdienstige traktaten en die pop zag ik haar al helemaal voor me. Juffrouwtje Volmaakt. Zo'n typetje dat altijd vrolijk als een vinkje is, wat er ook gebeurt. Als je tegen haar zegt: 'Ga eens een bos omhakken en draag het hout helemaal op je rug naar ik weet niet waar', dan zou ze nog dansen van vreugde ook. Als je zei: 'Nora, we denken dat je tyfus hebt', dan zou ze zeggen dat het haar hartsverlangen was om naar de hemel te gaan en de Heere te ontmoeten. Als je zei: 'Nora, je been moet worden afgezet en wat erger is, je hebt lepra', dan zou ze ongetwijfeld ook een opgewekt antwoord voor je klaar hebben.

Maar geen teken van een dagboek of zoiets. Dus ik werd niks wijzer over wat zij van mevrouw dacht.

Ik kon die nacht totaal niet slapen. Ik lag maar plannetjes te bedenken hoe ik wraak moest nemen op mevrouw, dat ze me misbruikt had. Haar laarzen zouden op mysterieuze wijze gaten in de zolen kunnen krijgen. De zoom van haar jurk zou onverwacht kunnen gaan rafelen. Een paar kleren van haar zouden ongewassen terug in de kast kunnen worden gelegd. De suikerpot zou per ongeluk met zout gevuld kunnen zijn. Een muis zou onder haar bed kunnen zijn doodgegaan. Kleine dingen waar ze mij de schuld niet van kon geven. Maar alles wat ik bedacht leek te mal en te laag-bij-de-gronds.

En toen verschafte mevrouw me de volgende ochtend zelf de middelen om wraak te nemen. Ze kwam me in de keuken opzoeken en ze zag eruit of ze slecht geslapen had.

'Bessy, lieverd', zei ze. 'Er zitten spinnenwebben in de hal tegen het plafond. Ik wil dat je ze wegveegt. Je zult een ladder moeten gebruiken.'

'Ja, madam', zei ik. 'Ik doe het meteen na het ontbijt.'

Ik dacht dat ze weer weg zou gaan, maar ze bleef met haar armen voor haar borst gevouwen door de keuken lopen. Misschien wilde ze me nog een andere opdracht geven. Ik wachtte, maar er kwam niets. Ze pakte een nootmuskaat-rasp, bekeek hem, en legde hem weer neer. En toen zei ze bijna terloops: 'Tussen haakjes, gisteravond hoorde ik... geluiden op zolder. Een gerucht. Ben jij... ben je toevallig op zolder geweest? Om een of andere reden?'

'Op zolder?' Ik schudde mijn hoofd. 'Nee, madam. Waarom zou ik de zolder op gaan?'

'Ik heb geen idee', zei ze. 'Maar ik weet zeker dat ik geluiden gehoord heb.' Ze keek me strak aan. 'Weet je zéker dat jij het niet was?'

'Hand op het hart, madam.' En als je dat zegt, dan betekent dat dat je in een handkar recht naar de hel gaat als je liegt, behalve natuurlijk als je de vingers van je andere hand op je rug gekruist houdt, elke idioot kent dat trucje.

Mevrouw fronste. 'Nou goed,' zei ze, 'ik zal je op je woord geloven. Maar heb jij dan gisteravond niks gehoord?'

'Nee, madam. Ik zal wel vast geslapen hebben. Wat denkt u dat het geweest is, madam? Was het een knagend geluid?' Ik zette grote ogen op. 'Zou het een rat geweest kunnen zijn?'

Ze huiverde. 'Nee', zei ze. 'Dat denk ik niet. De vloer boven mijn slaapkamer kraakte... alsof er iemand rondliep met zware schoenen. En ik ben ervan overtuigd dat ik iemand hoorde hoesten.'

'Dat moet wel een grote rat geweest zijn', zei ik. (Ik had duidelijk niet zo stil gedaan daarboven als ik had gedacht!) 'Wilt u dat ik voor u ga kijken, madam? Om u gerust te stellen?'

Ik liep al naar de deur, maar ze hield me schielijk tegen. 'Nee!' zei ze. 'Dat is niet nodig. Ik zal Hector wel een val laten zetten.'

'Zoals u wilt, madam.

Ik ging weer in de pap staan roeren en dacht na over de krakende vloer boven haar slaapkamer. Er schoot me iets te binnen wat Flemyng me de vorige avond had verteld, over het gedicht dat hij aan het schrijven was, de geesten van kinderen met etterende zweren en spookdieren en zo.

'U denkt toch niet, madam...? Nee, laat maar.'

'Wat?'

Ik zag meteen aan haar gezicht dat zij hetzelfde had gedacht. 'Nou... u gelooft toch niet in boze geesten, madam?'

'Natuurlijk niet!' zei ze, maar ze beet meteen daarna op haar lip en ze fronste, ze zag er heel erg benauwd uit.

Ze was bang voor spoken, besefte ik. En op dat moment kreeg ik een idee, een manier om wraak te nemen. Het was maar een kinderachtig geintje. Hoe had ik ooit de verschrikkelijke gevolgen kunnen voorzien van wat ik ging doen?

II

Zowel vreemd als verontrustend

Uittreksel uit Bessy's dagboek

Maandag 30 november
Het lijkt erop dat mevrouw de afgelopen paar nachten ge-
luiden op zolder heb gehoord ik hoop maar dat ze zich er
niet te veel zorgen over maakt. Iedereen bij zijn volle ver-
stand zal je vertellen dat er geen spoken bestaan hoewel
ik verhalen heb gehoord waar je neusharen recht van
overeind gaan staan. Natuurlijk zullen er mensen zijn
die zeggen dat mevrouw gelijk heb om bang te zijn want
per slot van rekening hangt er een bepaalde sfeer in Kas-
teel Haivers je zou het spookachtig kunnen noemen.
Maar dat is makkelijk te verklaren, dat komt alleen om-
dat het hier zo afgelegen is en de hemel laag lijkt te han-
gen en de wind 's nachts door de bomen fluit. Nou hoe
zit het in dat geval met de onverklaarbare gebeurtenis-
sen? Zeg waar heb je het in godsnaam over? Nou als je
me even de tijd gunt dan zal ik het je vertellen, ik heb het
over die keren dat je iets neerzette en dat het dan twee
seconden later als je ernaar ging zoeken schijnbaar uit
zichzelf van plaats veranderd was. Dat gebeurt DE HELE
TIJD op Kasteel Haivers zal ik je vertellen. Maar ook daar
is meestal een eenvoudige verklaring voor vaak kom je tot
de ontdekking dat iemand het voorwerp verplaatst had
toen je niet keek. Of het omgekeerde blijkt en je was verge-
ten waar je het had neergezet. Het zou heel verkeerd zijn
de conclusie te trekken dat er een kwade geest door het

huis waart die gekomen is om ons te plagen. Dat is hoe ik erover denk.

Dinsdag 1 december
Ik begin me af te vragen of mevrouw misschien geen gelijk heb wat de geluiden op zolder betreft want gisteravond hoorde ik geloof ik zelf iets. Net toen ik in slaap viel na in mijn dagboek te hebben geschreven hoorde ik volgens mij een paar keer kraken en schuifelen. Het klonk geloof ik wel een beetje alsof daarboven iemand rondliep maar waarschijnlijk is er een rationele verklaring zoals ik aan mevrouw vertelde. Er zijn een paar dakpannen losgeraakt en de wind waait naar binnen. Of het is gewoon ongedierte. Geen spookdieren of afgehakte ledematen. In ieder geval Hector ging vanmorgen naar boven met vallen en zo dus we zullen zien wat we vangen. Ik durf te wedden dat het een rat of een duif is. Het zou zelfs de kat kunnen zijn. Toen Hector weer naar beneden kwam moest ik lachen hij zei in alle ernst tegen me 'Ik hou van de natuur' en dat met een zak rattengif onder zijn arm en drie eekhoornstaarten in de band van zijn muts verwerkt.

Woensdag 2 december
Niks vreemds of verontrustends.

Donderdag 3 december
Vanmiddag ging Hector de vallen op zolder inspecteren. Ze zijn allemaal nog leeg. Maar het kan alleen maar een kwestie van tijd zijn. Behalve dat niks vreemds of verontrustends. Ik denk echt dat we ons druk hebben gemaakt om niks.

Zondag 6 december

*Na een paar rustige dagen lag ik gisteravond op bed toen
ik om ongeveer middernacht geluiden van de zolder hoorde
komen. Juist, zei ik tegen m'n eigen, ik ga nu voor eens en
voor altijd uitvinden wat dit voor iets is. En dus kleedde ik
me aan en sloop met een kaars de zolder op. Ik deed het
natuurlijk niet graag maar ik was ook vastbesloten erachter
te komen wat mevrouw zo van streek maakte. Ik doorzocht
de plek snel maar kon niks vinden en ik wilde net weer
naar beneden gaan toen ik iemand de trap op zag komen!
Jemineetje ik schrok me een rolberoerte. Godzijdank was
het mevrouw zelf maar (zij had ook geluiden gehoord en
was deze keer zo dapper geweest om op onderzoek uit te
gaan) maar ze maakte me zo aan het schrikken dat ik
gilde en mijn kaars liet vallen. Ik weet niet wie van ons
tweeën het meeste schrok ik of mevrouw want haar hand
trilde zo erg dat haar eigen kaars gevaar liep uit te gaan.
Ze vroeg me wat ik aan het doen was en ik vertelde haar
dat ik geluiden had gehoord en naar boven was gegaan om
poolshoogte te nemen net als zijzelf. Ik zei tegen haar dat
ik de zolder al had doorzocht maar niks gevonden. Om
zeker te zijn staken we mijn kaars weer aan met de hare
en keken nog eens rond maar er was niks ongewoons en
daarna keken we of we allebei hetzelfde hadden gehoord.
Mevrouw dacht dat ze iemand op en neer had horen lopen.
Ik zei dat ik die indruk ook had maar ook dat het leek of
er iemand huilde of jammerde. Toen ze dat hoorde greep
mevrouw zich vast aan mijn schouder en zo. Wie huilde
er? vroeg ze. En toen ik zei dat ik dat niet wist vroeg ze
Was het een vrouw? Na even nadenken zei ik dat het meer
als een vrouw dan als een man klonk. Vervolgens wilde ze
weten of het een jonge vrouw was en ik zei ja het klonk
meer als een jonge dan als een oude vrouw. Nou toen ze*

dat hoorde keek ze zo angstig dat ik bang werd voor haar. Haar ogen stonden haast op steeltjes. Toen fluisterde ze tegen me Was het een Iers meisje? en ik moest zeggen dat ik het niet wist omdat ik haar niet had horen praten maar dat het heel goed kon voorzover ik wist. Nou mevrouw greep met haar handen naar haar hoofd en keek zo raar dat ik zei dat we maar naar beneden moesten gaan en ik stopte haar terug in bed. Ik vind wel dat het heel dapper van haar was om naar zolder te gaan als ik een dame was zoals zij dan weet ik zeker dat ik het niet gedurfd zou hebben uit angst voor de enge dingen die ik daar had kunnen tegenkomen. Natuurlijk sliep meneer James overal doorheen, je kon een kanon bij zijn hoofd afvuren en hij zou nog niet wakker worden, het zijn alleen mevrouw en ik die last hebben van die nachtelijke schrik. Ik zei tegen mevrouw dat als ze weer geluiden hoorde ze gewoon de dekens over haar hoofd moest trekken en proberen te slapen en niet in haar nachtjapon door het huis dwalen, het zal nog haar dood worden.

Dinsdag 8 december
Zondagnacht lagen mevrouw en ik wakker en luisterden naar geluiden op zolder, maar geen van ons tweeën hoorde iets. Ik dacht dat het daarmee afgelopen zou zijn. Maar gisteravond gebeurde er iets waardoor ik weer de bibbers kreeg ik weet zeker dat er een rationele verklaring voor is alleen heb ik er nog niet achter kunnen komen hoe het zit. Wat er gebeurde was dit, ik ging als laatste naar bed en was de kamers langs gegaan om te zien of de vuurschermen op hun plaats stonden en de kaarsen en lampen allemaal uit waren. Toevallig brandde er nog een kaars op de wandtafel in de salon dus snoot ik die en verliet het vertrek. Een poosje later liep ik weer door de gang op weg naar mijn

kamertje toen ik een flakkerend licht onder de deur van de salon zag. *Dat is vreemd,* dacht ik bij m'n eigen. En toen ik naar binnen ging zag ik tot mijn grote verbazing – en niet geringe schrik – dezelfde kaars op de wandtafel even hel staan branden als daarvoor!

Het enige wat ik kan bedenken is dat ik de pit niet goed genoeg gesnoten had en dat de vlam zonder dat ik het merkte weer was opgelaaid hoe meer ik er nu over nadenk hoe meer ik ervan overtuigd ben dat het zo is gegaan.

Woensdag 9 december

Nu is er weer iets vreemds gebeurd. Vanmorgen toen mevrouw terug uit de kerk kwam riep ze me bij zich op haar kamer en toen ik naar binnen ging stond ze bij het bed. Ik zag meteen dat ze wanhopig was ze had een bleek gezicht en bezorgde ogen. *Ben jij in deze kamer geweest toen ik weg was?* vroeg ze en ik zei tegen haar *nee mevrouw ik was de hele tijd in de keuken toen ze weg was, de muren schrobben zoals ze me had opgedragen.* Vervolgens stapte mevrouw opzij en liet me een paar lichtgele handschoenen zien die op het bed lagen. *Heb jij die voor me klaargelegd?* vroeg ze. *Zeg de waarheid Bessy en ik beloof je met de hand op het hart dat ik niet kwaad op je zal worden.* Nou ik wou dat ik anders had kunnen zeggen maar ik moest haar vertellen met de hand op het hart dat ik die handschoenen niet had aangeraakt. We stonden daar allebei naar ze te staren, mevrouw als aan de grond genageld en bevend of ze elk moment uit de kamer kon rennen of gaan gillen. Na een paar seconden vermande ik me. Ik stapte heel nonchalant naar voren pakte de handschoenen op en legde ze terug in de handschoenenla. *Zo,* zei ik. *U hebt ze waarschijnlijk zelf klaargelegd madam en bent toen op het laatste moment van gedachten veranderd* (want ze had

202

*haar grijze handschoenen aangedaan voor de kerk). En
dat is waarschijnlijk ook wat er was gebeurd. Maar mevrouw schudde haar hoofd en draaide zich om en ging
naar beneden. Toen ik haar achterna ging zag ik dat ze
het erf stond aan te vegen (in haar goede jurk!) en pas na
een uur kon ik haar overreden terug in huis te komen, ze
was dol en ze beefde en ik moest haar bij het vuur in de
keuken zetten om weer warm te worden. Ze liet me beloven
dat ik voortaan alles wat niet normaal was aan haar zou
rapporteren, hoe klein en onbeduidend het ook mocht lijken
en ik stemde toe. Ook al durf ik te beweren dat ze zich
door haar fantasie mee laat slepen zoals meneer James
zegt.*

Zondag 13 december
*Vanmorgen echt iets heel raars. Ik was er niet zelf getuige
van dus ik kan het alleen uit de tweede hand vertellen. Het
schijnt dat mevrouw opnieuw een rusteloze nacht heb gehad ze werd ofwel gewekt door nieuwe geluiden of ze kan
niet slapen omdat ze zich ligt af te vragen of ze nu wel of
niet iets hoort. Maar goed. Kennelijk gaf ze het na een
paar uur op om te proberen te slapen en ging naar beneden
om de dag om ongeveer halfvijf te beginnen. Iedereen ikzelf
incluis lag natuurlijk nog op bed. Stel je de verbazing van
mevrouw voor toen ze in de salon tot de ontdekking kwam
dat de haard al was leeggehaald en weer gevuld en dat niet
alleen hij brandde! Een klein vuurtje brandde vrolijk op
het rooster. (Bijna alsof de kamer voor haar in gereedheid
was gebracht! – dat is wat ik zei toen mevrouw het me
vertelde nadat ik een paar uur later was opgestaan.) Op
het moment dat ik beneden kwam nam mevrouw me mee
naar de salon en wees naar de haard. En wat is jouw rationele verklaring daarvoor? vroeg ze. Ik moet toegeven dat*

ik die niet had. Mijn enige gedachte was dat meneer James
misschien het vuur had opgestookt en er meer kolen op had
geschept voor hij naar bed ging en dat die kolen op de een
of andere manier de hele nacht waren blijven branden.
Maar toen meneer James opstond zei hij dat hij dat niet
gedaan had. En toen mevrouw en ik een geschrokken blik
wisselden wapperde hij met zijn opgestoken handen en
maakte een angstaanjagend jammerend geluid. Waarna
hij in zichzelf lachend wegkuierde, die vrouwen toch. Me-
neer James gelooft niet in die lariekoek over spoken en hij
heb het te druk om erbij stil te staan hij zit tot aan zijn
nek in de plannen en voorbereidingen voor zijn fontein in
Snatter. Een paar dagen geleden nog maar was ik net zo
sceptisch als hij maar zelfs ik begin nu te twijfelen. Die
arme mevrouw is in alle staten ik denk dat het haardvuur
van vanochtend haar bang heb gemaakt. Ze zal me er niet
dankbaar voor wezen maar ondanks alle aanwijzingen
voor het tegendeel hoop ik nog steeds dat we een rationele
verklaring zullen vinden.

Donderdag 17 december
De laatste paar nachten zijn stil geweest mevrouw noch ik
hebben enige geluiden gehoord. Maar er zijn wel overdag
een paar rare dingen gebeurd. Het eerste is misschien alleen
maar te wijten aan mijn vergeetachtigheid. Ik zweer dat ik
me niet herinner dat ik de waterketel had opgezet toen ik
donderdagochtend beneden kwam, maar toen ik het vol-
gende moment keek was ie vol en stond ie vrolijk te stomen
alsof iemand wist wat ik moest doen en het voor me gedaan
had! Ik wilde mevrouw niet ongerust maken door het haar
te vertellen maar na enig nadenken besloot ik dat het beter
was om het wel te doen omdat ze me gevraagd had alles
wat ongewoon was te rapporteren. Ik benadrukte dat het

heel goed mogelijk was dat ik de ketel met mijn slaperige kop zelf had gevuld en opgezet zonder het te merken, want we doen vaak routinedingen op een werktuiglijke manier. Maar ze leek niet erg overtuigd door mijn verklaring. Eén ding moet niet vergeten worden. Zoals ik tegen mevrouw zei. Als het een spook is dat deze dingen doet dan is het een erg behulpzaam en attent spook, je zou haast kunnen zeggen een heel erg praktisch spook (tot dusver in ieder geval). Je zou haast denken dat ie wilde bedienen.

Nog een vreemde gebeurtenis. Mevrouw riep me vanmiddag bij zich op haar kamer, ze zat in haar stoel en toen ik binnenkwam wees ze op een paar schoenen op de grond. Mevrouw heb verschillende paren schoenen en ik herkende deze als een van de daagse schoenen die ze in en rond het huis draagt. Ze bleef naar ze wijzen terwijl ze me zonder een woord te zeggen aankeek. Er was zo te zien niks vreemds met die schoenen dus ik vroeg me af waarom ze mijn aandacht erop vestigde. Na een poosje sprak ze. Heb jij die gepoetst Bessy, in de afgelopen dagen? vroeg ze. Denk goed na, zei ze. Ik keek naar de schoenen. Ze waren heel erg mooi gepoetst, dat was zeker, ze glommen als een spiegel. Ik had me graag beroepen op zulk vakkundig poetswerk, maar ik kon het niet. Nee madam, zei ik. Neem de tijd, zei mevrouw. Misschien heb je ze gepoetst en ben je het vergeten. Nee, madam, zei ik weer. Ik zou het me toch zeker herinneren als ik ze zo mooi gepoetst had. Mevrouw leek op een vreemde manier tevredengesteld en toch tegelijk bevangen van paniek. En toen zei ze dat ik kon gaan. Ik maak me een beetje zorgen over haar. Er hing een zweem van een glimlach om haar lippen toen ik het vertrek verliet maar haar ogen gloeiden alsof ze koorts had. Ik hoop maar dat ze genoeg rust krijgt.

Dinsdag 22 december

Een paar dagen geleden vloog meneer James mevrouw bijna naar de strot omdat ze maar door bleef mekkeren over haar schoenen die op mysterieuze wijze gepoetst waren, alsof het spook het had gedaan. Hij schreeuwde tegen haar dat ze zich idioot gedroeg en dat hij er geen woord meer over wilde horen OF ANDERS *! En dus heb ze het er sindsdien in zijn bijzijn niet meer over gehad.*

Welnu, de afgelopen paar dagen is het erg rustig geweest en ik begon opnieuw te geloven dat we weer naar de normale gang van zaken op Kasteel Haivers terugkeerden toen er vandaag iets gebeurde wat me van gedachten deed veranderen. Het begon 's ochtends heel normaal ik deed mijn karweitjes zoals gewoonlijk en mevrouw was boven bezig met het linnengoed. Om ongeveer halfelf kwam ze naar de salon om door te gaan met haar naaiwerk en om ongeveer elf uur bracht ik haar wat thee, en toen ik het dienblad neerzette zag ik iets onder het bureau. Kijk, madam, zei ik. Er is daar iets onder gevallen. Ik tastte onder het bureau en haalde het voorwerp tevoorschijn het bleek een metalen haarspeld te zijn beschilderd met blauwe bloemen iets als madeliefjes. Hoe is dit hier gekomen? vroeg ik aan mevrouw. Nou ik heb nog nooit iemand zo schielijk wit zien wegtrekken. Wat is er toch aan de hand madam? vroeg ik. Is die haarspeld van u? En ik reikte hem aan. Ze deinsde kreunend terug en sloeg haar handen voor haar ogen. Neem het weg, ik wil het niet zien! kreet ze. Maar wat moet ik ermee? riep ik. Het kan me niet schelen, jammerde mevrouw. Zorg maar dat het wegkomt. Dus ik rende de kamer uit met de haarspeld en legde hem op een plek waar ik zeker wist dat mevrouw hem niet zou zien. Het is mij een raadsel hoe een haarspeld iemand zo overstuur kan maken maar het zijn mijn zaken niet. In ieder geval ver-

trouw ik erop dat mevrouw een goede reden heb want ze is
niet iemand die zich om niks druk maakt. We gaan geen
kalkoen of patrijs slachten voor Kerstmis want meneer James wil niet dat we er te veel aan doen. Maar gelukkig heb
een vos op de boerderij een vleugel van een gans afgebeten
en ze hebben hem geslacht en hij zal op de feestdis prijken,
ik hoop dat er wat overblijft voor mij.

Vrijdag 25 december
Het is eerste kerstdag en we hebben heel wat te stellen gehad want mevrouw is de oude niet. Ze at nauwelijks van
haar gans tijdens het diner. Het is geen vlees om koud op
te dienen omdat het zo vet is maar we zullen het er voorlopig mee moeten doen of anders aan de kat geven. Mevrouw rook lekker naar kamperfoelie, dat zal wel een kerst-
cadeau van meneer zijn. Morgen is het Sint-Stefanus, ik
ben hoopvol gestemd.

Zaterdag 26 december
Mevrouw heb me een boek gegeven over een dienstmeisje
dat ontvoerd wordt door haar meester omdat hij verkikkerd
op haar is, ik vind haar echt zwak, ze blijft maar brieven
schrijven aan iedereen over wat haar overkomen is wat
evenveel helpt als een daverende koppijn wat ze moet doen
is hem een flink pak slaag geven. Meneer James vertelde
me dat ze niet echt geloven in zomaar cadeautjes geven
maar dat hij na enige overweging toch besloten had me een
zakdoek te geven (een effen witte). Ik kan niet zeggen hoe
dankbaar ik ben voor zijn gulheid. Wat een nuttig cadeau!
Want iedereen heb altijd een snotlap nodig. Voortaan zal
ik iedere keer als ik mijn neus snuit aan hem denken.
Tot mijn verrassing kreeg ik ook een cadeautje van Hector
een zakje snoepjes met viooltjessmaak, hij zei dat hij zich

herinnerde dat ik ze at op de eerste dag dat hij me ontmoette op de Grote Weg en dus wist hij dat ik ervan hield.
Het was een vriendelijk gebaar en ik voelde me slecht dat ik
niets voor hem had. De laatste tijd gedraagt hij zich beter,
hij is nog maar jong wat kun je verwachten.

Later op de dag riep mevrouw me bij zich in de salon en
vroeg of ik de laatste tijd parfum op was gaan doen. Nee
madam, zei ik tegen haar. Want het is waar dat ik geen
parfums heb, alleen mijn natuurlijke geur! Mevrouw
kwam naar me toe en snoof aan mijn hals en pols maar
ze rook niks ze scheen erg in de war. Daarna ging ze door
de kamer ijsberen en de lucht opsnuiven. Ruik je het niet?
vroeg ze. Ik deed wat me gevraagd was en snoof maar ik
rook niks. Nee madam, zei ik. Wat ruikt u dan? Kamperfoelie, zei ze. Ik keek haar aan. Madam, zei ik. Heb meneer James u niet een flesje parfum met kamperfoeliegeur
gegeven met Kerstmis? Nee, zei ze. Hij heeft me geen parfum gegeven. Nou dat is vreemd, zei ik. Want ik dacht
gisteren te ruiken dat u kamperfoelieparfum op had gedaan, dat merkte ik, want normaal hebt u rozengeur. Ja,
zei ze, mijn rozenolie. Ik gebruik geen kamperfoelie. En
toen keek ze heel erg vreemd en zei, Maar ik ken wel iemand die het gebruikte.

Wie was dat madam? vroeg ik aan haar, maar ze schudde
alleen haar hoofd.

Laat me weten of je ooit kamperfoelie in huis ruikt, zei ze.
En roep me dan onmiddellijk. Daarna liep ze snuivend de
kamer uit als een jachthond. Ik noteer het hier zodat ik
niet vergeet het haar te zeggen wanneer ik weer kamperfoelie ruik.

Donderdag 31 december

*Na nog meer onverklaarbare geluiden gisteravond waagde
ik het mevrouw vanochtend een voorstel te doen. Mijn voorstel was dit. Dat we bij het krieken van de dag naar de
zolder zouden gaan en hem van boven tot onder doorzoeken. Om onszelf gerust te stellen dat daar niks is. 's Nachts
beeld je je van allerlei griezeligs in omdat het donker is.
Maar wie weet dat we bij daglicht misschien zelfs het nest
vinden van het ongedierte dat de oorzaak is van deze ver-
storing of anders het gat waar ze door naar binnen kruipen. Meneer James zou ons alleen maar met hoon overla-
den hij zegt dat hij geen geklets over spoken meer wil horen
en dus wachtten we tot hij vertrokken was en beklommen
de trap gewapend met twee lampen om donkere hoeken te
verlichten. Mevrouw begon aan het ene eind van de zolder
en ik aan het andere en we doorzochten de plek van onder
tot boven. Geen van tweeën ontdekten we iets ongewoons.
Ik vond wel een oude koffer bekleed met zeildoek die nadere
inspectie verdiende maar toen ik mevrouws aandacht daarop vestigde zei ze dat ik die met rust moest laten. Na ongeveer tien minuten kwamen we midden op de zolder onder
het dakraam te staan en konden elkaar bevestigen dat we
niks gevonden hadden.
Toen keek ik toevallig omhoog naar het dakraam en zag
dat iemand in het stof op het vensterglas had geschreven.
Kijk daar eens, zei ik tegen mevrouw. Iemand heb iets op
het raam geschreven. Allebei gingen we op onze tenen
staan om het beter te kunnen zien. Wat staat er? vroeg
mevrouw. Ik kan het niet lezen, zei ze. Ik tuurde ingespannen en las het hardop voor. Er staat iets van* HUM HUM
GENADIGE VROUWE. *Wacht even, ja nu zie ik het, er staat*
HELP ME GENADIGE VROUWE.
En toen viel mevrouw flauw haar knieën knikten en ze

stortte als een geknakte bloem op de vloer. Ik probeerde
haar bij kennis te brengen en schreeuwde om hulp maar er
kwam niemand en dus moest ik haar in mijn eentje de
trap af dragen en op bed leggen. Waar ze sindsdien niet
meer uitgekomen is.

DEEL DRIE

12

Ik krijg een nieuwe schok

En toen viel mevrouw flauw.

Dat schreef ik in mijn dagboek. Want ik dacht dat ze het waarschijnlijk later zou lezen, zoals ze altijd deed, en er waren bepaalde dingen die ik niet wilde dat ze wist.

Maar laat me eerst vertellen dat wat er die ochtend echt gebeurde heel wat erger was, zelfs nu ik er jaren later aan terugdenk krijg ik er nog kippenvel van. Als ik mijn ogen dichtdoe zie ik me weer op die zolder staan met haar naast me.

Daar staat ze. Blozend van de inspanning van onze zoekoperatie, met haar hoofd achterover tuurt ze omhoog. Een streng haar is losgeraakt, hij hangt opzij van haar gezicht naast het kuiltje in haar wang. Mijn haar hangt ook los – dat moet ook wel want ik liep recht in zo'n klotespinnenweb. Ik sprong haast uit mijn vel en was daarna wel tien minuten bezig mijn haar uit te schudden voor het geval die spin er nog in zat. Ik ben nog steeds een beetje buiten adem van die gebeurtenis. Mevrouw en ik hebben allebei onze lamp neergezet. De regen tiktakt tegen de ruit terwijl we op onze tenen gaan staan om beter naar het raam te kunnen kijken. Er is weinig licht en mevrouw leunt tegen me aan om beter te kunnen zien.

'Wat staat er?' vraagt ze. 'Ik kan het niet lezen.'

Ik doe net of ik het niet kan ontcijferen. 'Er staat iets als GENADIGE VROUWE', zeg ik. 'Wacht even. Ja, nu zie ik het. Er staat HELP ME GENADIGE VROUWE.'

Op dat moment hapt mevrouw naar adem, echt waar, en ze

klampt zich aan mijn arm vast, vlak boven de elleboog. 'Zo snuffelen lammeren aan de handen van de beul.' (Niemand zei dat, het was meer een gedachte die in me opkwam.) Klamp maar een eind weg, madam, dat denk ik ook, want ik neem aan dat ze de schrik te pakken heeft en steun bij me zoekt. Ikzelf sta nog steeds toneel te spelen van jewelste en doe net of ik naar het 'spookschrift' tuur. Dan beginnen de rochelgeluiden in haar keel. Eerst alleen maar een hoestje, haar keel schrapen. Maar dan begint ze te kokhalzen, net of ze een spin of een vlieg heeft ingeslikt en probeert naar buiten te werken. Ik kijk naar haar en de rillingen lopen over mijn rug als ik haar zie. Ze staart naar het dakraam, maar op haar gezicht staat niet de milde angst te lezen die ik had verwacht, het lijkt wel of ze bezeten is, of ze in een of andere vreselijke trance verkeert.

'Mevrouw?' zeg ik.

Haar mond gaat open en dicht maar er komt geen woord uit. Dan valt haar hoofd opzij, haar tong schiet naar buiten en begint spastisch te trekken, het kokhalzen klinkt nu of ze ieder moment kan gaan overgeven. Jezus Mina, ze heb de stuipen. Haar vingers klemmen om mijn arm maar ze lijkt zich niet langer bewust van mijn aanwezigheid. Haar schouders gaan naar achteren en naar voren terwijl het gegorgel steeds hoger en harder wordt tot ze gilt, tot ze uit alle macht gilt, mijn oren tuiten ervan. Het schuim staat op haar mond, haar ogen rollen in hun kassen en op het hoogtepunt van haar gil schieten haar ogen wijd open. Ze staart me recht aan, met open mond, haar wilde ogen ontmoeten mijn verbijsterde blik. En ze gilt nog steeds. Het geluid gaat door me heen, mijn hele lijf prikt, het lijkt wel of ze geëlektrificeerd is. Maar haar vingers krijg ik niet van mijn arm af, van z'n leven niet. Kon ik me maar uit haar greep bevrijden, dan zou ze misschien ophouden. Maar hoe? Ik overweeg haar een schop te geven, maar dat middel lijkt niet krachtig genoeg en dus (moge God me vergeven) stomp ik haar zo hard ik kan, een fikse hengst tegen haar kaak.

Haar hoofd slaat achterover, haar vingers verliezen hun greep, ze wankelt van me weg. Dan gaat ze door haar knieën en valt, ze valt als een geknakte bloem. Ze tuimelt opzij en er klinkt een doffe bons als haar hoofd op de grond komt. Stof rijst op naar de balken en om haar heen vlijen zich de zachte plooien van haar jurk op de vloer. Ik sta even als versteend, mijn vuist nog geheven. Mevrouw is op haar zij terechtgekomen, één arm uitgestrekt, de vingers gekromd. Bloed drupt van haar lippen, maar uit haar gezicht is alle kleur verdwenen. Ze heeft haar ogen dicht, haar mondhoeken zakken als van een dode. Ze ziet er volkomen levenloos uit.

Ik denk dat ik nu zwaar in de moeilijkheden zit.

Erger nog, ik zou mijn baan kunnen verliezen. Omdat ik haar gestompt heb of omdat ze erachter komen dat ik de oorzaak ben van het gespook.

Het ergste zou zijn als ze dood is en ik een moordenaar ben, op weg naar het Eeuwige Vuur.

Ik denk echt dat ik in paniek raakte. Ik herinner me dat ik haar optilde en naar beneden bracht, waar ik haar op bed legde. Daarna rende ik naar buiten voor hulp en kwam ik Hector in de buurt tegen (hij stond weipalen in de grond te slaan) die ik als de wiedeweerga naar Snatter stuurde om de dokter te halen. Dat alles realiseerde ik me pas later en niet op het moment zelf. In mijn paniek was ik me van niets bewust, tot ik weer terug was op haar kamer en haar daar zag liggen, haar levenloze lichaam en melkwitte gezicht sneden door mijn ziel.

Er hingen spinnenwebben aan haar kleren. Ik begon ze weg te borstelen maar bedacht toen maak het nou wie denkt er aan spinnenwebben als ze misschien niet meer leeft. Zou ik haar bij kunnen brengen en stel dat ik het niet kon en wat moest ik in hemelsnaam aan meneer James vertellen en o Jezus Mina ging ik nu echt naar de hel? En als ik eerlijk ben moet ik zeggen dat er nog een andere gedachte in mijn achterhoofd speelde, een die ik steeds wegduwde – wat moest ik beginnen zonder haar?

Druppels bloed waren uit haar mond en langs haar hals op de kussensloop gedruppeld, ze vormden een vuurrode vlek zo groot als een pruim. En nog steeds was ze niet uit haar trance gekomen. In de hoop haar warme adem op mijn wang te voelen bukte ik zodat mijn gezicht dicht bij het hare kwam, maar ik voelde niets. Ik kwam nog dichterbij tot haar lippen bijna de mijne raakten. Er kwam geen adem tussen ze door.

Dus het was waar – ik had haar vermoord!

Voor mijn geestesoog zag ik me al aan de galg bungelen en mijn moeder om het hardst juichen in de menigte.

En op datzelfde moment opende mevrouw ineens haar ogen en pakte mijn arm beet. Ik bestierf het zowat en slaakte een gil en wilde me losrukken, maar ze hield me stevig vast.

'Jij bent het', zei ze zachtjes en traag. 'Ik wist wel dat jij het was.'

O Jezus Mina, dacht ik. Ze heb me door.

'Vanaf het begin', zei ze, 'wist ik het.'

Tranen welden op in haar ogen en stroomden over haar wangen. Verteerd door angst en schuldgevoel dacht ik dat ik haar had teleurgesteld en dat ze het spijtig vond me te moeten ontslaan, maar ik merkte onbewust ook dat ze me vreemd aanstaarde. Het leek wel of ze verwachtte dat ik iets ging zeggen, misschien mijn excuses aanbieden of er met een leugen onderuit proberen te komen. Maar ik kon het niet. Ik kon het niet opbrengen.

'Vergeef me alstublieft, madam', zei ik.

'Vergeven?' Ze knipperde met haar ogen alsof ze van haar stuk was gebracht. 'Wat valt er te vergeven?'

Ik vatte dat op als een sarcastische opmerking, ze was misschien nog wel kwaaier op me dan ik had gedacht. Maar toen zei ze iets anders.

'Lieve kind, jíj moet míj vergeven.'

Ik keek haar aan. Er welden nog meer tranen op in haar ogen.

'Het was míjn fout', zei ze.

Waar had ze het in vredesnaam over?

'Ik had nooit moeten...' Nu begon ze te snikken en te kreunen. 'O, Nora, kind, het was allemaal mijn schuld. En nu ben je dood. Het spijt me, Nora. Het spijt me, kind.' Daarop werd ze overmand door verdriet en huilde in mijn armen.

Ik stond daar maar voorovergebogen haar te omhelzen. Het was een heel oncomfortabele positie, maar ik durfde en kon me niet bewegen. Ik streelde haar rug en schouders. Onder haar tafzijden jurk brandde ze van de koorts.

Wat had ik in godsnaam gedaan? Ze was gek geworden!

'Sst', zei ik tegen haar. 'Het is al goed, Arabella. Alles komt goed.'

Na een poosje raakte ze weer bewusteloos, en toen ik haar neerlegde, bleef ze niet stilliggen, maar spartelde als een vis op het droge. Ik slaagde er op de een of andere manier in haar uit te kleden, trok haar een schone nachtjapon aan en legde haar weer in bed. Ze was zo licht als een veertje. (Hoewel ik haar van de zolder naar beneden had gedragen, had ik in mijn grote paniek niet gemerkt hoe frêle ze was geworden.) Ik veegde het bloed en de tranen van haar gezicht en ging vervolgens in een lage rieten stoel zitten om bij haar te waken tot de dokter kwam, met elastieken benen en een tollend hoofd.

Natuurlijk had ik haar om te beginnen alleen maar flink schrik aan willen jagen. En waarom ook niet? vraag ik je. Ja, waarom niet? antwoord je dan. Nou, ik zal je vertellen waarom niet. Ze had me misleid en verraden en misbruik van me gemaakt en in mijn verleden gegraven, en bovendien had ze rottige dingen over me gezegd in dat kloteboek van haar, over hoe ik eruitzag en hoe ik haar achternaliep als het varken van Sint-Antonius en zo. Ik vond dat een beetje de schrik erin jagen hier en daar helemaal geen overdreven vergelding was. Het was maar een mop meer was het niet. En jongejonge was het niet om te gillen om haar zo zenuwachtig en opgewonden te zien! Elke keer als er met de deur geslagen werd sprong ze twee meter de lucht in. En als ik ooit ergens onverhoeds opdook waar ze me niet verwachtte, gilde ze en sloeg haar hand voor haar borst.

'O, Bessy!' zei ze dan. 'Was me dat schrikken! Voel mijn hart eens.'

Dan pakte ze mijn hand en drukte die op de plaats waar haar hart onder haar jurk bonkte. Nou, dat gebeurde een paar keer, ik moet zeggen dat ik er niet vies van was. En het was lachen dat ze zo vasthield aan het idee dat het spook Nora was. Dat buitte ik helemaal uit met die handschoenen en die haarspeld en die kamperfoelie en wat nog meer.

Maar ik was totaal niet voorbereid op haar reactie toen ze las wat er op het raam geschreven stond. Ik had 'Genadige Vrouwe' geschreven omdat in *De observaties* stond dat Nora haar zo noemde. Maar nu... stel dat mijn Arabella in haar waan bleef? Stel (God verhoede) dat ze doodging?

Ik bleef daar ik weet niet hoe lang zitten en m'n eigen vervloeken dat ik zo'n slecht mens was, het leek wel of ik alle levenslust verloren had. Ik probeerde het mezelf makkelijker te maken door te zeggen dat ik slecht was opgevoed en niet beter wist, dus het was niet echt mijn schuld ik kon het niet helpen wat ik gedaan had. Maar een stemmetje in me bleef maar tegenwerpingen maken. Het zei dingen als: 'Je had naar de kerk kunnen gaan toen je bij meneer Levy woonde, want hij had je laten gaan als je dat had gewild. Maar o nee, wat deed je in plaats daarvan op zondag? In je bed liggen rotten en daarna ijsco's eten in het park.' En het zei: 'Je had mevrouw kunnen vergeven en haar de andere wang toekeren, ze is per slot van rekening een dame.' En het zei: 'Slecht opgevoed of niet, je weet heus wel het verschil tussen goed en kwaad.'

Om m'n eigen te straffen besloot ik mijn duim tot aan de wortel toe af te kluiven. Ik begón er ook aan en had het misschien voor mekaar gekregen als het niet zo'n pijn had gedaan dus in plaats daarvan beet ik heel hard in het vel van mijn arm zodat je twee dagen later de tandafdrukken nog zag. Ik heb nooit veel opgehad met bidden, dus het is tekenend voor mijn wanhoop dat ik op mijn knieën ging liggen en mijn handen vouwde voor mevrouw. Ik smeekte almaar dat ze alsjeblieft weer beter zou worden. En daarna bad ik dat ik een beter mens zou worden en dat ik niet naar de hel zou gaan. En toen wist ik daar niks meer over te zeggen en bad dat de dokter voort zou maken en vlug komen. Het duurde eeuwen – maar eindelijk hoorde ik een ponykarretje de oprijlaan op ratelen.

Ik haastte me naar het bed en keek naar mevrouw. Ze zag nu vuurrood, ze baadde in het zweet en ze haalde met horten en stoten adem. Zelfs in die toestand scheen ze te weten dat ik haar kwaad had gedaan, want toen ik haar hand aanraakte kreunde ze en trok hem weg. Met een laatste blik op haar mooie gezicht verliet ik de kamer en rende naar de zolder.

Daar was het smerige zolderraam – en daarop stond in het stof geschreven waar ik eerder zo trots op was geweest.

HELP ME

GENADIGE VROUWE

Ik had zoveel redenen om die tekst uit te wissen, om te beginnen mijn eigen schaamte. God weet dat ik niet wilde dat mevrouw hem terugzag. Want kijk nou wat hij met haar gedaan had. En ik moet zeggen dat ik ook niet wilde dat meneer James hem vond. Ik had het gevoel dat áls hij zijn stalen blik erop richtte, het niet lang zou duren tot hij diezelfde blik op míj richtte.

Ik zocht naar een doek om mijn misdaad uit te wissen, maar vond er geen. Ik ging daarom maar op mijn tenen staan en veegde het vuile glas met mijn mouw schoon tot elk spoor van de tekst verdwenen was. Ik zou het zaakje zelfs hebben schoongelikt als het nodig was geweest.

Toen ik de zolder verliet hoorde ik beneden op de gang haastige voetstappen. En toen ik op de overloop kwam zag ik tot mijn schrik meneer naar boven komen met McGregor-Robertson op zijn hielen. Daarop (op meneer) was ik niet voorbereid. Ik keek met open mond naar ze terwijl ze samen op me afkwamen, twee mannen. Een donkere vlek van armen en benen en schouders en ellebogen en modderige laarzen en een dokterstas en jaspanden.

Meneer James trok een fronsend gezicht tegen me toen ze langs me stoven. 'Ik spreek jou later nog wel', zei hij. 'Ga nu maar naar beneden en wacht op me.'

'Meneer!' zei ik. 'Mevrouw...'

Maar voor ik verder kon gaan waren ze al in haar kamer verdwenen en hadden de deur in mijn gezicht dichtgegooid, een vleug verschaalde sigarenrook achterlatend.

Ik ging in de keuken zitten en staarde wanhopig in het vuur. Ik kon me er maar niet toe zetten aan het werk te gaan. Wat konden een paar kruimels en stofkorreltjes me schelen? Geen flapdrol. Ik vroeg me af of ik niet beter kon weglopen. Maar dat zou laf zijn. Dat kon ik niet doen, zeker niet omdat mevrouw dan misschien slecht over me zou gaan denken. Na een tijdje kreeg ik een idee. Ik zou er inderdaad stiekem vandoor gaan, maar niet zonder iets te zeggen. Wat ik zou doen was een briefje schrijven voor mevrouw, een volledige bekentenis en een spijtbetuiging. Op die manier zou ze weten dat ik verkeerd had gehandeld, maar dat ik het had opgebiecht en gezegd dat het me speet. En mettertijd zou ze misschien over haar hart strijken en me vergeven.

Ik voelde me alweer wat beter en pakte potlood en papier en begon te schrijven

Beste madam, U dacht dat er een spook in huis was nou dat was ik de hele tijd die het spoken deed, ik heb uw hand-schoenen op bed gelegd en die boodschap op het raam ge-schreven en alle andere dingen gedaan zoals lopen over de zolder dat was ik ook. Ik weet niet waarom ik het deed, maar ik dacht dat u niet meer van me hield. Maar dat is geen excuus en ik hoop dat u me wilt geloven als ik zeg dat het me ECHT SPIJT. *U zult wel begrijpen dat ik niet langer op Kasteel Haivers kan blijven. Ik hoop dat mijn vertrek u niet te veel ontrieft. U vindt vast wel iemand anders en wie het ook is die moet weten dat ze geluk heb gehad. Ik hoop dat de pijn die ik u bezorgd heb overgaat en dat u zich al beter voelt. Duizend excuses alstublieft* VERGEEF ME *ik ben niet echt* DUBBELHARTIG.
U zeer toegewijde dienstmeid
Bessy

P.S. Ik heb u ook in uw gezicht gestompt toen u de stuipen kreeg op zolder maar dat was alleen omdat ik u eruit wilde halen. Anders zou ik u nooit geslagen hebben. Ik wil dat u dat weet voor het geval u het zich herinnert en slecht van me denkt.

P.P.S. Ik heb ook in uw laden gezeten een tijdje terug en gelezen wat u over mij schreef in uw boek. Sommige dingen die u had geschreven waren schokkend om te lezen en ik was gekwetst maar terwijl ik hier over deze brief zit te piekeren bedenk ik wat een geweldige dame u moet zijn want al die tijd hebt u geweten wat ik vroeger was en u hebt het er nooit tegen mij over gehad of me anders behandeld (niet vanwege dat in ieder geval) en me niet ontslagen en niet veel mensen zouden dat gedaan hebben. Dus ik ben u dankbaar.

P.P.P.S. Moge het volgende meisje beter zijn dan ik was, ik hoop dat het goed gaat met uw boek, het is verschrikkelijk goed gedaan.

Toen ik de brief af had werd ik weer wat opgewekter, ik had tenminste gedaan wat ik behoorde te doen en bekend. Misschien was ik dan toch een goed mens. Het was zelfs een wonder dat ik niet het raam uit zweefde zo heilig voelde ik me. Op dat moment had ik zin de keukendeur te openen en weg te lopen, maar toen hoorde ik voetstappen naar beneden komen en meneer die riep.

'Bessy! Bessy!'

Op die manier, mijn hart klopte in mijn keel en klapperde met zijn vleugels tussen mijn oren. Voor mijn geestesoog zag ik mevrouw al in het wit opgebaard met gouden engelen om haar heen. Vervolgens kreeg ik een visioen van haar met allemaal wilde haren vol klitten en zij aan een ketting in een gesticht terwijl ze 'Nora! Nora!' riep. Vervolgens verscheen ze helemaal netjes aangekleed, maar met een streng gezicht, in de deuropening van het huis en wees (met een droef gezicht) in de richting van de Grote Weg. Daarna een laatste visioen, deze keer waren we weer bij de galg, waar mijn moeder in beeld kwam die kakelend lachte, met haar hoofd in haar nek, terwijl mijn lichaam heen en weer bungelde.

Al die visioenen duurden maar een paar seconden. Ik keek naar de keukendeur, ik kon zo naar buiten stappen en tussen de bomen verdwijnen zonder dat iemand het in de gaten had. Maar wat ik deed was even steun zoeken bij de keukentafel, waarna ik de brief in mijn schortzak stak en door de gang naar de hal liep om meneer onder ogen te komen. Allemaal heel erg nobel, ja, ja. Maar ik bestierf het zowat als je de waarheid weten wilt, of misschien wil je dat ook niet.

De twee heren stonden bij de deur van de werkkamer met gedempte stem te praten. Toen ik naderbij kwam gebaarde meneer James tegen me dat ik op enige afstand van hen moest blijven staan. Hij wisselde nog een paar gedempte woorden met de dokter en vervolgens gaven ze elkaar een hand. Meneer stapte in zijn werkkamer en deed, zonder me nog een blik waardig te keuren, de deur dicht. Ik wist niet wat ik daarvan moest denken, maar het zag er niet goed uit.

Op dat moment wendde de dokter zich tot mij. Het was onmogelijk iets op zijn gezicht te lezen, hij was sowieso al geen expressieve man, ik heb meer uitdrukking gezien op een lamsbout. Vandaag was geen uitzondering. Wat het erger maakte was dat ie je nooit recht aankeek. Hij keek altijd opzij en als ie al ooit zijn gezicht naar je toe keerde, dan was het op de manier van die neerbuigende types die hun ogen dichthouden alsof ze je niet in hun blikveld willen hebben.

'Meneer, kan ik iets doen? Hoe gaat het met haar, meneer? Moet ik naar haar toe?'

Zonder antwoord te geven zette McGregor-Robertson zijn tas bij de kapstok neer. Daarna haalde hij zijn handschoenen uit zijn zak en begon ze vinger voor vinger aan te trekken. Ik stond zwijgend toe te kijken en mijn lot af te wachten. Moest ik de doodgraver gaan halen? Of was mevrouw malende geworden?

Toen de handschoenen naar tevredenheid zaten wendde de dokter zich ernstig tot de trapleuning. 'Ja, je meesteres heeft een kleine zenuwinstorting gehad. Weet jij hoe dat gebeurd is?'

Mijn bekentenis was voor mevrouw bestemd en niet voor types zoals hij, dus ik kreeg maar een heel klein beetje schuldgevoel toen ik zei: 'Nee, meneer, dat weet ik niet. Maar wordt ze weer beter?'

'Dat hangt ervan af', zei hij. 'Ik vrees dat haar symptomen veel gecompliceerder zijn dan zomaar flauwvallen. Haar toestand is ernstig. Ze zou wel eens heel ziek kunnen zijn.'

Zijn woorden daalden als vuistslagen op me neer. Heel erg ziek. Gecompliceerder. Ernstig. Dat hangt ervan af. O, kon ik maar van plaats met haar ruilen! Ik zou het meteen doen, heus waar. Ik zou het vel van mijn gezicht hebben gestroopt met een bot schilmesje, als het haar hielp. Maar de dokter was nog niet uitgesproken. 'Ja, voorlopig', zei hij. 'Ze is niet helemaal bij. Ze heeft maar een paar woorden gesproken.'

'Wat zei ze?'

Hij schudde zijn hoofd. 'Dat kan ik niet herhalen, want het was allemaal betekenisloos.'

'En... en het bloed op haar mond, meneer? Is ze erg gewond?'

'Haar mond? O ja... ze zal wel met haar tanden door haar lip gevallen zijn. Nee, dat is een klein sneetje, niets om je zorgen over te maken. Waar ik me zorgen over maak is de koorts en de toestand van haar zenuwgestel. De komende dagen zijn van doorslaggevend belang. Ze moet verzorgd worden, iemand moet 's nachts bij haar waken, iemand moet de koorts temperen en me roepen als haar toestand verslechtert. Kun je dat, meisje? Of wil je dat ik een vrouw uit het dorp of van de boerderij stuur?'

Dat alles zei hij tegen de kapstok. Het hele gesprek had hij me niet één keer aangekeken. Of het verlegenheid was of neerbuigendheid viel moeilijk te zeggen, maar het maakte de indruk dat hij geen hoge pet van me ophad.

'Ik doe wat nodig is, meneer', zei ik. 'U hoeft niet iemand te sturen. Ik ben heel goed in staat voor mevrouw te zorgen.'

Hij keek me nu voor het eerst aan. 'Huil je, meisje?'

'Nee, meneer', zei ik. 'Helemaal niet. Wilt u me nu alstublieft vertellen wat ik moet doen om mevrouw beter te maken?'

Al die tijd geen kik van meneer James. De deur naar de werkkamer bleef stevig dicht. Toen ik de dokter had uitgelaten liep ik naar de keuken en begon de dingen bijeen te garen die ik nodig had. Ik trof Hector op het erf aan en gaf hem opdracht de beesten te voeren en nog wat karweitjes op te knappen en ging vervolgens naar boven. Voorlopig zette ik het idee van wegvluchten uit mijn hoofd – dat kon wel wachten tot mevrouw beter was. Ik nam me voor haar weer gezond te maken en pas daarna stiekem te vertrekken en mijn brief als verklaring achter te laten. Mijn enige hoop was dat ze beter zou worden. Ik zou me uitsloven om dat voor elkaar te krijgen.

Ze sliep een rusteloze slaap toen ik op haar kamer kwam. Jezus Mina ze was zo heet als een gepofte aardappel, dus ik legde een paar koude kompressen op haar voorhoofd en hals, zoals de dokter had gezegd, en ging vervolgens de haard aansteken. Toen die brandde sleepte ik de rieten stoel bij haar bed en begon de kompressen te verwisselen, in en uit het koude water en op mevrouw haar huid.

Zo ging ongeveer een uur voorbij. Het was heel donker geworden sinds ik was gaan zitten en ik had nog geen kaars aangestoken, het enige licht kwam van het vuur. Mevrouw kreunde van tijd tot tijd en haar oogleden knipperden. Ik moet wel heel erg verdiept zijn geweest in mijn taak want ik schrok op toen de kamerdeur openzwaaide en ik iemand over de drempel zag stappen. Meneer James. Hij deed de deur dicht maar kwam niet naar het bed.

'Vertel eens hoe het gaat met de patiënt', zei hij. Zijn ogen glommen in het licht van het vuur, de rest van zijn gezicht was in schaduwen gehuld.

Ik was bezig wat kompressen uit te wringen, blij dat ik iets te doen had. 'Weinig verandering, meneer. Ze heb nog steeds koorts.' Ik probeerde mijn stem zo normaal mogelijk te laten klinken, maar hij trilde, Goddank was het schemerig in de kamer en was mijn gezicht half in schaduwen gehuld.

'De dokter zegt dat deze instorting het gevolg is van zenuwen of iets dergelijks.'

'Ja, meneer.'

Meneer James kwam aan de voet van het bed staan. Hij keek naar de liggende vorm onder de dekens en vervolgens naar mij. Wat hij zag scheen hem niet te bevallen. 'Je haarknotje is losgeraakt', zei hij.

Hij had gelijk, het zat los. Ik had er niet meer aan gedacht sinds ik mijn haar op zolder had uitgeschud. Ik begon de losse strengen op te steken.

'Laat dat nu maar', zei hij. 'Eerst wil ik graag van je horen, in je eigen woorden, wat er vandaag is gebeurd.' Hij hield zijn hoofd schuin en met één hand in zijn zak bleef hij staan wachten.

'Nou, meneer', zei ik voorzichtig. 'Er valt niet veel over te vertellen. Ze stortte in, meneer, maar ik ben ervan overtuigd dat ze spoedig weer de oude zal zijn. De dokter heb me gezegd hoe ik voor haar moet zorgen en dat zal ik doen, meneer, alles, u hoeft geen vinger uit te steken. Ik ga haar beter maken, let maar op. En ik zal zo meteen ook avondeten voor u klaarmaken. Wilt u lamsvlees, meneer? Of er is ook haring. Vanochtend is een visvrouw langs geweest.'

Zijn mondhoeken krulden, maar het was een vreugdeloze glimlach, niet zozeer een grijns als wel een grimas, ieder moment kon hij uithalen. 'Wees zo goed me te vertellen,' zei hij, 'wat de oorzaak was van deze instorting.'

'Ik ben geen dokter, meneer.'

'Kom, kom, Bessy', zei hij. 'Daar heb je toch wel ideeën over? Ik denk haast van wel.'

'Ik, meneer? Helemaal geen ideeën, meneer, ik heb geen idee in mijn hoofd. Hand op het hart, meneer.' (Op dat moment had ik mijn handen in een kom koud water.)

Meneer James bukte zich om het vuur op te rakelen. Daarna hing hij de pook weer aan de haak en keek toe hoe hij even bleef slingeren. 'Natuurlijk', zei hij langs zijn neus weg, 'heeft dit naar ik veronderstel niets met spóken te maken.'

Nou, als ik ooit een uithaal heb gezien dan was dit het wel. Ik trok mijn meest onschuldige gezicht.

'Spoken, meneer?'

'Het zou ondenkbaar zijn', zei hij (gebarend met zijn handen alsof hij een toespraak hield), 'dat spoken of geesten of hoe je ze ook wilt noemen iets met deze instorting te maken hadden. Je zou heftig protesteren als iemand dat opperde.'

Nu zweeg hij en ik realiseerde me dat hij een of ander antwoord verwachtte. Maar op dat moment kreunde mevrouw en ging ze verliggen, zodat het kompres op haar hoofd eraf gleed. Ik legde het opzij en pakte een verse uit de waterkom, waarna ik even bezig was die op haar voorhoofd te leggen. Toen ik weer opkeek stond meneer James me verwachtingsvol aan te kijken.

'Wat was de vraag ook weer, meneer?'

Hij zuchtte en keek me doordringend aan. 'De afgelopen weken is mijn vrouw nogal geagiteerd geraakt. Ze schijnt te geloven dat het spookt in huis. Vandaag hebben we een zenuwinstorting van haar meegemaakt. En jij beweert dat haar instorting en al die onzin over spoken die ze zich in het hoofd heeft gehaald niets met elkaar te maken hebben.'

'Ja, dat denk ik, meneer.'

'Je hebt geen enkel idee waardoor mijn vrouw die zenuwinstorting kreeg.'

'Nee, meneer.'

'Dan neem ik aan dat je op dat moment niet bij haar was.'

'Was ik ook niet, meneer.'

'Spreek de waarheid, Bessy, God is je getuige.'

Ja, God was er getuige van dat ik me doodschaamde! Ik werd in een positie gemanoeuvreerd dat ik een hele bak met leugens moest vertellen, net nu ik met een schone lei had willen beginnen! Voor m'n eigen kon het me niet schelen, ik had mijn bekentenis voor mevrouw geschreven. Maar ik wilde niet dat zíj moeilijkheden kreeg met haar man en ik wist dat hij woedend zou worden als ik hem vertelde dat we op spokenjacht waren geweest op zolder.

'Meneer,' zei ik, 'ik zou niet weten wat u verder nog wilt horen.'

Even flikkerden zijn ogen in het licht van de haard terwijl hij me bleef opnemen. Toen liet hij schijnbaar het onderwerp rusten. Hij snoof en kneep in het puntje van zijn neus, wreef er verwoed aan, waarna hij zijn snotlap uit zijn zak haalde en er een paar keer luid in toeterde.

'Goed dan', zei hij, toen hij zijn trompet had weggestopt.

'Maar het zou me interesseren te weten of er de laatste tijd soortgelijke gebeurtenissen hebben plaatsgevonden. Andere aanvallen van duizeligheid, bijvoorbeeld.'

'Nee, meneer. Geen enkele.'

'Ik neem aan dat je vindt dat mevrouw in goede gezondheid is.'

'Jawel, meneer. Nou ja, tot vandaag vond ik dat.'

'Uitstekend', zei hij. 'Lam.'

'Wat zegt u, meneer?'

'Je vroeg toch wat ik wilde eten? Ik sprak zojuist mijn voorkeur uit.'

'O, lám!' zei ik. 'Ik dacht even dat u me beledigde.'

Ik denk niet dat hij me hoorde, hij keek met een sombere uitdrukking op zijn gezicht naar zijn vrouw. Hij zag er zowel bedroefd als een beetje geïrriteerd uit. Na een ogenblik draaide hij zich om en ging zonder een woord te zeggen de kamer uit.

Mevrouw vocht de hele avond en tot diep in de nacht tegen haar koorts. Eén keer maar verergerde haar toestand en ik had bijna de dokter erbij gehaald, maar het leek erop dat de koude kompressen de koorts verlaagden en haar minder rusteloos maakten. Meneer James stak opnieuw zijn neus om de deur voordat hij naar bed ging, maar toen hij zag dat zijn vrouw nog steeds bewusteloos was, ging hij weer weg. Het werd na middernacht. Het nieuwe jaar! Maar er viel voor ons niets te vieren. Om ongeveer één uur stak er een storm op die om het huis raasde. De ruiten rammelden en de rook sloeg neer in de schoorsteen zodat hij in wolken door de kamer vloog. Roetfeeën daalden op mij en op mevrouw neer, ik moest ze van haar lieflijke gezicht vegen. Ze was zo mooi! Maar niets scheen haar wakker te kunnen maken, ze sliep door alles heen als een baby.

Ik zei tegen mezelf dat ik 's morgens wat bouillon voor haar zou maken als ze beter genoeg was om het te drinken. Gelukkig maar dat het niet mijn moeder was die voor haar zorgde. Bridget zou er nooit over piekeren bouillon te maken en ze kookte niet als het niet per se hoefde. En Joe Dimpsey was geen haar beter, hij had altijd voor iedereen met een kwaaltje dezelfde goede raad: 'Een fles whisky en een keer flink van bil, dat ben je weer helemaal de oude', zei hij altijd.

Ik dacht niet dat ik mevrouw díé goede raad ging geven.

Op een bepaald moment ging ik naast haar op de sprei liggen en nam haar in mijn armen. Ik bedoelde het niet oneerbiedig, ik wilde haar alleen maar troosten. Eindelijk had ze iemand om voor haar te zorgen. Al was ik het maar – een slecht meisje dat met een schone lei wilde beginnen. Ik bleef maar excuses voor mezelf verzinnen dat ik zo slecht was. Normaal sta ik niet te lang bij de dingen stil, maar wederom kon ik het niet helpen dat ik ging malen over de manier waarop ik was grootgebracht. 'Als dit maar' en 'als dat maar.' Als mijn moeder maar een ander mens was geweest enzovoort. Terwijl ik daar naast mevrouw lag dacht ik terug aan vroeger toen Bridget en ik vaak in hetzelfde bed snurkten in Dublin. Dat wil zeggen, voordat Joe op het toneel verscheen, daarna kreeg ik een tijken matrasje op de grond. Hetzelfde matrasje waar ik op zat toen mijn moeder voor de eerste keer mijn gezicht beschilderde. En ik herinnerde me dat ze meteen toen ze met mij klaar was haar eigen gezicht beschilderde, waarna ze me de kamer uit en de trap af hielp. Op straat bleef ze even stilstaan om haar spiegelbeeld in het glas van een raam te bekijken en toen glimlachte ze tegen me.

'Wie ben ik?' vroeg ze.

Nee, ze had haar verstand niet verloren. Dat was iets wat ze me vaak vroeg en ze had me het antwoord goed ingeprent.

'Je bent mijn oudere zus', zei ik.

'Heel goed', zei Bridget.

Dat was een ijdel trekje van haar. Ze wilde niet dat de mensen dachten dat ze een kind had, dus moest ik altijd zeggen dat we zusjes waren en zo kende men ons overal waar we gingen.

Ze nam me mee naar een brede, drukke straat en zette me onder een lantaarnpaal naast een rij koetsen, waar verschillende koetsiers op de treeplank van hun voertuig zaten te slapen.

'Glimlachen', zei mijn moeder. 'En blijf glimlachen.'

Twee van haar kompanen stonden er al in vol ornaat, Kate en Eliza Rosa, die stonden onder een andere lantaarnpaal op iemand te wachten (dat dacht ik tenminste). Mijn moeder ging met ze praten en alle drie keken ze naar me. Eliza Rosa leek een beetje van streek toen ze me zag, om wat voor reden dan ook, maar Kate riep opgewekt: 'Als er iets slap wordt, kom je maar bij mij, dan leen ik je wel wat stijfsel!'

Ik begreep niets van wat ze zei of waarom ze daar zo bulderend om moest lachen, maar ik besloot dat het iets speciaals was dat te maken had met de fabricage van paraplu's. Eliza Rosa noch mijn moeder schenen het met haar advies eens te zijn, want Eliza gaf haar een douw en mijn moeder trok een lelijk gezicht en kwam weer bij me staan.

Toen een heer in avondkleding naar ons toe kwam, nam ik aan dat hij de eigenaar was van de paraplu winkel. Hij leek me zo'n joviaal type dat zo'n soort winkel drijft. Zijn wangen waren rood en de punten van zijn snor zaten in de was. Hij droeg een roos in zijn knoopsgat en een felgekleurde das. Mijn moeder liep een eindje met hem op. Ik kon niet horen waar ze het over hadden, maar er was geen twijfel aan dat het over mij ging, want allebei wierpen ze blikken in mijn richting en één of twee keer toen de man niet keek zette mijn moeder grote ogen tegen me op en ontblootte haar tanden als een bosaap, wat ik eerst heel vreemd vond tot ik me realiseerde dat ze wilde dat ik glimlachte.

Die man gaf haar iets en ze kwam naar me toe en hurkte naast me neer om me in mijn gezicht te kijken. 'Luister goed', zei ze. 'Ik wil dat je met deze meneer meegaat en doet wat ie vraagt en dat je beleefd tegen hem bent en welgemanierd. En als je het goed doet en je gedraagt je dan mag je met Joe en mij mee. Heb je me gehoord?'

Hoe kon ik haar niet horen als ze recht voor mijn snotterd zat?

Ik ging met de man mee zoals me gezegd was. We liepen de drukke straat uit. Elke keer als hij van opzij naar me keek zorgde ik ervoor dat ik glimlachte. Op een gegeven moment (ik zal het nooit vergeten) schraapte hij zijn keel en zei op een heel vitterige manier: 'Als je een inwoner van Afrika was dan zou je nu hoogstwaarschijnlijk getrouwd zijn met een donkerbruine inboorling met een botje door zijn neus.'

Aangezien ik nooit veel in gezelschap had verkeerd en niet precies wist hoe je het beste op zo'n opmerking kon reageren besloot ik niets te zeggen. Een volle minuut ging in stille overpeinzing voorbij. Uiteindelijk zei de man: 'Dat zou je wel leuk vinden, denk ik.'

'Wat, meneer? Wat bedoelt u?'

'Dat zou je wel wíllen, hè, dat je getrouwd was met een inboorling met een botje door zijn neus?'

Ik schudde mijn hoofd. 'O nee, meneer – ik denk dat ik dat helemaal niet zou willen.'

'Waarom glimlach je dan zo?'

'Ik weet het niet, meneer.'

Dat amuseerde hem kostelijk, want hij schoot in een daverende lach. Maar meteen daarop viel hij stil en keek me fronsend aan. 'Je bent misschien ook maar simpel', zei hij kortaf. Hij begon me beter op te nemen onder het lopen, hij onderzocht mijn gezicht op tekenen van idiotie.

'Om de dooie dood niet!' riep ik uit, maar ik bedacht dat ik beleefd moest blijven. 'Meneer, neem me niet kwalijk, maar ik ben niet simpel. Ik ben heel vlug van begrip. En ik doe precies wat me gezegd wordt.'

'Ik ben blij dat te horen', zei hij. 'Je grijnst nu tenminste niet meer als een idioot.'

Dat was inderdaad waar, want ik had inenen zin om te huilen. Al die maffe praat over bruine mannen en idioten. Ik wou maar dat mijn moeder me kwam halen om naar huis te gaan. Maar toen bedacht ik dat zij met Joe naar Schotland ging en dat ik met deze man moest meegaan en doen wat me gezegd was, anders zouden ze me achterlaten en kon ik uit de vuilnisbak eten en bij de kruidenier op de stoep slapen.

Na een poosje gelopen te hebben leidde de man me een steegje in naast een theater. Ik was nog nooit in het theater geweest. Een paar keer had ik kompanen van mijn moeder horen praten over dat ze een keer door de achterdeur naar binnen waren geglipt en een kijkje hadden genomen op het toneel, waar de beroemde John Drew zelf een voorstelling gaf. Ik denk dat ik me misschien verbeeldde dat die man ook een geheime ingang wist en me meenam om het einde van een voorstelling mee te maken voordat we aan het werk gingen. En dus ging ik heel bereidwillig met hem mee.

Ongeveer halverwege de steeg trok hij me in een duister portiek. Er was daar inderdaad een ingang, maar voor de deur zat een grendel en een zware ketting. Toen ik dat zag kreeg ik even een gevoel van teleurstelling dat we de voorstelling uiteindelijk toch niet te zien zouden krijgen, maar dat gevoel maakte algauw plaats voor paniek toen de man zich bukte en zijn tong in mijn oor stak. Ik worstelde om aan zijn greep te ontsnappen, maar ik kon nergens heen, hij dreef me achteruit in een hoek. Ik was me er vaag van bewust dat er dingen gebeurden, zijn hoed rolde over de grond, hij maakte haastig de knopen van zijn broek los, ik had een gevoel dat ik opgetild werd toen hij me tegen de muur drukte. Ik wist nog niet veel in die tijd, maar ik had genoeg gezien om te beseffen wat er stond te gebeuren en ik wist niet zeker of ik dat wel zo prettig vond. Het was in ieder geval niet wat mijn moeder wilde, dacht ik.

'Neemt u me niet kwalijk, meneer', zei ik. 'Maar hoe zit het met de paraplu's?'

Het was donker in het portiek en ik kon zijn gezicht niet goed zien, maar hij stokte. 'Paraplu's?' vroeg hij niet onvriendelijk. 'Hoe bedoel je?'

'Meneer, is dit wat ik moet doen?'

Hij aaide over mijn hoofd en zuchtte. 'Ja, kindje. En je doet het heel goed. Blijf maar stilstaan en... laat me...' Hij verschikte wat aan mijn ondergoed. 'Zo is het beter. Voel je je goed?'

Ik knikte en hoopte maar dat hij niet zag dat de tranen in mijn ogen stonden. Het was me heel duidelijk wat er ging gebeuren.

'Goed dan', zei hij. 'Als alles klopt volgens de voorschriften moet dit nu een beetje pijnlijk voor je zijn.'

Toen het zover was kon ik de gedachte aan die grote vieze paal van hem ergens dicht bij me niet verdragen, dus stelde ik me in plaats daarvan iets onschuldigs voor, zoals een paraplu (gezien de pijn die hij veroorzaakte had het ook net zo goed een paraplu kunnen zijn), een herenparaplu, zijdeachtig en opengevouwen, net zo een als ik in de parapluwinkel had kunnen maken als we daar ooit naartoe waren gegaan en als die winkel ooit had bestaan, iets wat – begon ik me nu eindelijk te realiseren – nooit het geval was geweest.

Ik was die week nog vijf keer maagd, elke keer met een andere man, en op zaterdag hadden we genoeg om onze passage naar Schotland te betalen. Eerst beweerde mijn moeder dat Joe op dezelfde boot met ons mee zou reizen. En toen de datum van ons vertrek dichterbij kwam zei ze dat hij vooruit was gegaan en dat we hem in Glasgow zouden ontmoeten. Op mijn aandringen om tijd en plaats te noemen, wist mijn moeder niks beters te verzinnen dan: 'Je zult wel zien.'

Ik denk dat ik op dat moment begon te vermoeden dat haar verhaal over de verzoening in de haven niet waar was. Maar ik hield mijn klep en probeerde er niet te veel over na te denken, in die tijd had ik het nooit onder woorden kunnen brengen, maar ik denk dat de implicaties te pijnlijk waren om zelfs maar onder ogen te zien.

Na Dublin leek Glasgow één groot lawaaierig gekkenhuis. Meteen na de landing zag ik al een volwassen vrouw op handen en voeten staan blaffen als een hond, een man die op een viool speelde die gemaakt was van een paardenschedel waar snaren op gespannen waren, en een jongen die een makreel rond zijn hoofd zwierde tot de glanzende darmen er als slingers uit vlogen. Boven ons hoofd, terwijl we op de dokken dromden, hingen zwarte rookwolken doorschoten met vlammen die de Kaken van de Hel leken maar die in werkelijkheid afkomstig waren van de ijzergieterij van Dixons aan de overkant van de rivier. En stond Joe Dimpsey, aanhankelijke Joe, ons op de kade op te wachten, een en al glimlach en hartelijk welkom? Mooi niet.

Mijn moeder huurde een kamer in een zijstraat van Stockwell Street, vlak bij de touwslagerij, en ging de eerste paar dagen op zoek naar Joe. Ze ging naar elke renbaan, elke kroeg, elk logement en elke danszaal, en toen ze hem nergens vond zette ze een advertentie in de *Herald* waarin ze een beloning uitloofde voor eenieder die inlichtingen kon verschaffen over zijn verblijfplaats. Maar er kwam geen bericht.

Na ongeveer een week, toen het geld opraakte, zette ze me aan het werk. Ze was half en half met pensioen. Jarenlang had ze zich uitgesloofd om eten en kleren voor me te kopen, en nu ik was ingewijd, was het mijn beurt om voor de dagelijkse inkomsten te zorgen, en zij hielp alleen mee als ze er zin in had.

Vanaf die dag leek het of al mijn gedachten en gevoelens opgesloten zaten in mijn borst, strak op elkaar gepakt zonder ruimte over te laten, zodat ik moeilijk kon ademhalen. Maar ik kende geen ander leven, dus bande ik elke twijfel uit en deed wat me gezegd werd. Bovendien was ik erg bang voor mijn moeder.

Mettertijd leerde ze me de fijnere kneepjes van het vak (je vergeeft het me wel als ik die hier niet nader omschrijf) en het duurde niet lang of ze had voor ons allebei een annonce versierd in een catalogus met een besloten circulatie die 'Sportieve Dames van Glasgow' heette. Daarin werd ik 'Rozenknop, een blonde, frisse, jonge Blom' genoemd (ze zal wel 'bloem' hebben bedoeld) die 'ondanks haar jeugdige jaren graag op de stille fluit speelt en alle toetsen goed weet te raken'. Mijn moeder beschreef zichzelf als een 'Pronte Helena van Troje wier Buitengewone Gaven hun weerga niet kennen in deze wereld of in het hiernamaals.'

Het duurde niet lang of wij waren even vaste prik op straat als de plaatselijke meisjes, van wie er trouwens veel oorspronkelijk ook overzee kwamen, dus er was wel een onderlinge band. Zaterdag en maandag waren goede avonden, want zondag was een 'droge' dag en dronk iedereen van beide partijen meer om dat te compenseren. Maar wij meisjes wedijverden met elkaar om de klandizie en tenzij je een daverende schoonheid was of een speciale 'dienst' bood, was het moeilijk je brood te verdienen. Vooral zoals mijn moeder dronk. Het duurde niet lang of we werden op straat gezet omdat we de huur niet betaalden en we kwamen in een souterrain op Gallowgate terecht. We hoefden het gelukkig met niemand te delen, maar het was er kil, winter en zomer, en je kleren beschimmelden als je ze maar effe neerlegde. De enige manier om het warm te krijgen, zei mijn moeder, was nog een neut nemen.

Na de verhuizing naar Gallowgate scheen ze Joe Dimpsey helemaal vergeten te zijn. Ze vond een nieuw groepje kompanen en legde het onvermijdelijk met een nieuwe stoet mannen aan. Het punt met mijn moeder was dat ze nooit gelukkig was als ze niet een man achter haar rokken aan had, maar ze kon niet zomaar een kerel nemen, hij moest altijd iets bijzonder hebben. Neem mijn zogenaamde vader, Kanjer McPartland. Het was zijn enorme jongeheer en zijn danstalent waar ze zo graag over opschepte. En Joe Dimpsey was natuurlijk een opvallend knappe man, maar wat ze vooral iedereen wilde laten weten was zijn zogenaamde wilde genialiteit en de mogelijkheid, hoe klein ook, dat hij die ooit eens op een universiteit zou gaan temmen. Ze zag altijd een droomtoekomst voor zich.

De eerste man met wie ze het aanlegde in Glasgow was een nachtportier van het Tontine Hotel. Niks speciaals, zou je zeggen, en dan heb je gelijk, maar die gozer was een Italiaan die Marco heette en die ze in het theater van Parrys had ontmoet. Marco de nachtportier had een gezicht als een zieke kameel. Ze noemden hem Macaroni, omdat de mensen stom waren en dat het enige Italiaanse woord was dat ze kenden. Marco was zo leugenachtig als wat, hij veranderde elke keer van verhaal. Nu eens kwam hij uit Rome, dan weer uit Verona. Soms beweerde hij dat hij in ballingschap was. Ballingschap dikke neus. Als ze hem uit zijn land hadden gesodemieterd, dan kan dat alleen geweest zijn omdat ze strontziek van hem werden, de leugenaar en de dief. Als hij een paar borrels op had vertelde hij dat hij van adellijke afkomst was, wat vaak vanwege zijn accent tot grote hilariteit leidde, vooral als hij zijn titel noemde. 'Ik ben een graf', zei hij dan en weinigen spraken hem tegen. Goddank had mijn moeder gauw genoeg van hem. Uiteindelijk zette ze hem op straat omdat hij de laatste druppel van haar neut had opgedronken toen ze sliep. Ze hield hem nog wel aan het lijntje, maar achter zijn rug had ze het uitvoerig over zijn minpunten en dan vertelde ze dat ze diep medelijden met hem had, hij was beklagenswaardig, voor haar een manier om zich boven anderen te stellen.

Daarna werkte ze nog een paar andere types af, de een al niet beter dan de ander. Mijn herinnering aan die tijd is wazig omdat ik, net als mijn moeder, algauw mijn toevlucht zocht in de drank om de moed erin te houden. In die begintijd, als ik van huis ging zonder een neut, dan kon ik net zo goed niet gaan want dan verdiende ik geen cent omdat ik niet tegen die mannen kon praten. Natuurlijk werd ik met het verstrijken van de tijd minder verlegen en aan het eind was ik even 'astrant' als alle andere meiden, maar tegen die tijd was ik al te ver heen om mijn ochtendneut, of alle andere die volgden, te laten staan.

En zo gingen twee of drie jaar voorbij. Ik kan niet zeggen dat ik gelukkig of ongelukkig was. Ik voelde weinig. Ik geloof wel dat ik diep in mijn hart wist dat het verkeerd was wat ik deed. Een man gaf me een keer twee shilling alleen maar om hem over mijn leven te vertellen. Hij was een Engelsman en lid van een of ander Genootschap en hij getroostte zich veel moeite me uit te leggen wat er fout was aan het leven dat ik leidde. Ik kon hem niet tegenspreken. Fascinerend vond ik wel dat hij je aansprak met 'gij', dat vond ik vreemd want dat had ik nog nooit gehoord. Voor nog een extra shilling vroeg hij me hem te laten zien waar ik sliep en ik dacht, daar hebben we het, hij zal zijn doedel wel tegen me aan drukken voordat we de deur door zijn. Maar na een blik op onze kamer geworpen te hebben ging hij ervandoor en het enige wat hij deed was me bij het weggaan een brochure in de hand drukken. Ik had geen idee waar die over ging, want toen kon ik nog niet lezen en bovendien gebruikte mijn moeder hem om de haard aan te steken toen ze thuiskwam. De waarheid was dat zij een beetje kon lezen en schrijven, omdat ze als klein meisje een paar jaar op school had gezeten, maar niks van wat ze had geleerd had ze aan mij doorgegeven. Het enige wat ze me had geleerd was een man aan zijn gerief laten komen.

Het was ongeveer in die tijd dat ik nachtmerries begon te krijgen. In plaats van twee of drie glaasjes dronk ik er een heleboel. Ik weet niet hoeveel. Alleen maar om te vergeten wat ik had gedaan. De verschrikkelijke dingen die ik had gedaan, die mijn moeder me liet doen, om 'ervoor te zorgen dat de mannen geïnteresseerd blijven'.

God zij dank voor mijn meneer Levy, want hij redde me. Arme meneer Levy! Vertrokken naar het Koninkrijk der Hemelen, of waar een joodse man ook heen gaat. Mijn hart brak toen hij doodging. En ik was doodsbang om terug te gaan naar mijn moeder. Ik weet nog dat ik op de ochtend nadat ik uit Crown House was gezet naar Gallowgate terugliep en haar zocht op de markt en in ons souterrain, maar ik vond haar uiteindelijk bij Dobbies, waar ze al aan de gin zat. Marco de nachtportier zat naast haar, voorover met zijn hoofd op tafel.

'Godallemachtig!' riep mijn moeder toen ze me in de menigte zag. 'Wat geeft die ouwe zak je te vreten? Je bent afgrijselijk dik in je gezicht!'

Vervolgens lachte ze zich slap. Ik was nog geen minuut thuis of er waren alweer zoveel dingen die me tegenstonden dat ik niet wist waar ik moest beginnen. Marco keek met wazige ogen naar me op.

'Ik ben verdomme een banneling, als je het weten wilt!' zei hij. 'Je bent het niet waard mijn voeten te kussen.' Daarna plofte hij weer neer.

Intussen zwaaide mijn moeder naar iemand achter me, bij de bar. 'Joehoe!' krijste ze. 'Kom eens hier kijken wie er is!'

Ik draaide me om en viel zowat flauw. Daar, tegen de muur geleund en diep in gesprek gewikkeld met een andere man (en zoals altijd zonder oog te hebben voor mijn moeder) stond niemand anders dan de brutale Joe Dimpsey zelf. Hij was magerder geworden in zijn gezicht en hij had een andere snor, maar er was geen twijfel aan.

'Godsamme JOE!!' krijste mijn moeder. Deze keer keek hij om, licht zwaaiend op zijn benen. Mijn moeder wees naar me. Joe grijnsde en tikte aan zijn hoed (ook nieuw) waarna hij zich weer omdraaide en doorging met het gesprek.

'Dat is Joe', zei mijn moeder opgetogen.

'Ja, dat zie ik', zei ik.

'Hij gaat gauw weer studeren op de universiteit, hij wordt dokter. Hij kan het net zo goed hier doen. Ze vinden hem allemaal briljant. Ze hebben hem allerlei vragen gesteld. Ze zeiden dat ze nog nooit zo'n intelligent iemand waren tegengekomen. Hij begint gauw, volgende week al, als ie z'n boeken gekocht heb. Hij is niet meer te houden. Het is net een tijger.'

Op dat moment begon Joe te wankelen, het zag ernaar uit dat hij bewusteloos ging neervallen, een tijger was daarbij niet het eerste waar je aan dacht. Ik wendde me weer tot mijn moeder.

'Dus waaraan hebben we de eer van dit bezoek te danken?'

vroeg ze. En toen vielen haar ogen voor het eerst op mijn bundeltje. 'Wat heb je daar?'

'Niks', zei ik. 'Alleen maar kleren.'

Ik ging zitten en trok mijn jas uit. Mijn gedachten sprongen van hot naar her. Ik zag dat alles nog hetzelfde was en altijd zo zou blijven. Wat had ik dan gedacht? Ik had nooit meer bij haar in de buurt moeten komen.

'Die zijn voor jou', zei ik. 'Meneer Levy heb ze voor mij gekocht, maar...'

'Hoe gaat het met die ouwe?'

'Heel goed', zei ik. 'Kan niet beter.'

'Het is een man van zijn woord', zei mijn moeder terwijl ze haar glas hief. 'Dat moet ik 'm nageven.'

Ik knikte. 'Ik was aan het vertellen: deze jurken passen me niet meer, dus ik dacht ik neem ze maar voor jou mee.'

'Echt waar?' vroeg mijn moeder. 'Dat is heel aardig van je.'

De uitdrukking op haar gezicht veranderde niks, maar ik kon zien dat deze onverwachte vrijgevigheid haar achterdochtig maakte, in het verleden had ik geleerd mijn schaarse bezittingen voor haar te verbergen.

Ik lachte. 'Maak het nou een beetje', zei ik. 'Ik geef ze niet aan jou, hoor. Nee, ik ga ze verkopen. Kan ik ze zolang boven in de kamer leggen terwijl ik een drankje neem?'

Mijn moeder haalde haar schouders op. 'Als je wilt.' Ze maakte een wuivend gebaar. 'Je zou ze ook hier onder de tafel kunnen leggen.'

Ik keek naar Marco. 'En ze laten jatten?' Ik schudde mijn hoofd. 'Ik zou ze sowieso vergeten. Ik wil het jou wel vertellen, ik heb een dag vrij en ik ben hier gekomen om me helemaal lazarus te zuipen.'

'Goed zo!' zei mijn moeder. 'Blij je voor de verandering eens een keer in goede vorm te zien.'

'Ik ga me helemaal lens zuipen', zei ik.

'Hoera!' zei mijn moeder.

'In de lorum! Me helemaal vol laten lopen!'

'Joepie!'

'Ik betaal!' zei ik.

'Dan doe ik mee', zei mijn moeder.

'Wacht effe, dan breng ik deze kleren naar boven', zei ik. 'Ik ben zo terug. Bestel maar vast een neut voor me.'

Bridget gaf me een luie knipoog. Ze was dronkener dan ik had gedacht.

Ik hees het bundeltje op mijn schouder en liep langzaam tussen de klanten door. Bij de deur bleef ik staan om naar mijn moeder te zwaaien, maar ze had het te druk met naar Joe te staren, als een verliefde koe. Ik stapte het café uit en op het moment dat mijn voet de grond raakte begon ik te rennen. Te laat realiseerde ik me dat ik mijn jas vergeten was. Nou, ik ging niet meer terug. Ik hield pas op met rennen toen ik voorbij Janefield was en goed en wel op weg naar Edinburgh en een jonge prins. Of, zoals later bleek, naar Kasteel Haivers en mevrouw.

Het was niet alleen het vooruitzicht om weer de straat op te moeten dat me een doodsschrik bezorgde. Er was nog iets anders, iets veel ergers, iets wat ik wist dat mijn moeder me zou overreden te doen. De 'speciale' service die ze had verzonnen en die ze me had gedwongen te doen voordat ik bij meneer Levy ging wonen.

Jezus Mina ik moest er niet aan denken.

Ik sprong van het bed om me te vermannen. Die beweging moest mevrouw hebben gestoord, want inenen opende ze haar ogen en keek me een beetje verbijsterd aan. Toen glimlachte ze zwakjes tegen me.

'Bessy', zei ze. 'Heb ik geslapen?'

'Nee, madam. U bent niet goed. U moet in bed blijven en rusten.'

'Niet goed? O ja, nu weet ik het weer.' Haar stem was schor, haast fluisterend.

Ik ging op bed zitten en nam met trillende handen de kompressen van haar voorhoofd en hals. De wind was gaan liggen en het daglicht begon door de kieren van de ramen te schijnen. Mevrouw zag zo bleek als haar kussensloop. Het leek wel of het licht haar huid bleekte. Toen ik me over haar heen boog keek ze me een beetje verrast aan.

'Maar... je bent van streek!' zei ze. 'Wat is er in hemelsnaam aan de hand?'

'Niets, madam. Ik ben alleen blij te zien dat u een beetje beter bent. Wilt u nog een keer mijn naam zeggen, madam?'

Ze keek verbaasd. 'Bedoel je... Bessy?'

'Ja, dat is het', zei ik. 'Dat klopt. Ik ben blij.'

Want hoewel ze nog bleek zag en zwak was, scheen het ergste van haar ziekte voorbij, wat het ook was. In ieder geval herkende ze me.

'Vertelt u eens wat u zich herinnert, madam', zei ik. 'We waren boven op zolder.'

Mevrouw fronste. 'Laat eens kijken', zei ze. 'We zagen wat er op het raam geschreven stond. Vier woorden.' Ze trok een pijnlijk gezicht voordat ze verder ging. 'Een kreet om hulp.'

'En toen?'

Ze dacht even na. 'Ik moet zijn flauwgevallen', zei ze. 'Dat is alles wat ik me herinner.'

'U herinnert zich niet dat u gevallen bent? Of wat er gebeurde vlak voordat u viel?'

'Nee. Ik zie de woorden die op het raam geschreven staan voor me en ik hoor dat jij ze opleest, maar dan wordt alles zwart, alsof er een licht is uitgedaan.' Ze greep mijn hand. 'Waarom?' vroeg ze. 'Is er iets gebeurd? Heb je iemand gezien? Of iets? Wat was het?'

'Nee, madam', zei ik. 'Niets van dat alles. Madam, u werd wakker en praatte tegen me. Kunt u zich dat herinneren?'

'Nee', zei ze schor. 'Wat zei ik?'

Ik overwoog haar de waarheid te vertellen, maar bedacht me. 'Niets. U zei alleen mijn naam en toen... viel u weer in slaap.'

'Het enige wat ik me herinner is die boodschap.' Ze keek me verwachtingsvol aan. 'Weet je, ik verwachtte al een hele tijd iets dergelijks. Dat heb ik je ook gezegd, niet?'

Ze wilde een of ander teken van aanmoediging, maar dat gaf ik niet. 'Madam,' zei ik, 'we moeten beslissen wat we aan meneer James vertellen. Wilt u dat hij weet dat we op spokenjacht waren op zolder?'

Haar ogen werden groot van schrik. 'Nee!' zei ze. 'Wat heb je hem verteld?'

'Helemaal niks', zei ik. 'Ik denk dat hij iets vermoedde over spoken en zo, maar ik denk dat ik hem op een dwaalspoor heb gebracht. Als we allebei hetzelfde verhaal vertellen en ons eraan houden zitten we goed. Ik heb al bedacht wat we kunnen zeggen. We zeggen dat u een brief aan het schrijven was op uw kamer en dat u te schielijk opstond en dat is het laatste wat u zich herinnert.'

Ze deed haar ogen dicht. Ze bleef zo lang zo liggen dat ik dacht dat ze weer in slaap was gevallen.

Toen gingen ineens haar ogen open. Ze keek me ingespannen aan. 'Ik voelde een aanwezigheid daarboven', zei ze. 'Het was zo koud. Voelde jij het niet?'

'Het is altijd koud op zolders', zei ik tegen haar. 'Behalve in de zomer.'

'Nee, er was daar iets, ik weet het zeker. Het kan maar een kwestie van tijd zijn voor er iets gebeurt – iets extremers. Een verschijning, bijvoorbeeld. Iemand probeert ons te bereiken, Bessy. Iemand heeft onze hulp nodig.'

Ze zette zulke grote ogen op en ze keek zo ernstig en bezorgd dat je ervan in de lach zou schieten als het niet zo treurig was en als je je dan niet zo schuldig zou hebben gevoeld. Ik knikte traag en deed net of ik nadacht over wat ze zei. 'Daar zou u wel eens gelijk in kunnen hebben. Maar het zou mij niet verbazen als wat er gisteren gebeurde het einde van alles was. Ik vermoed dat we dat spook niet meer terug zullen zien.'

Ze glimlachte wrang, zo zwak als ze was. 'Wat is dit... is dit weer je rationele verklaring?'

'Nee, madam', zei ik. 'Ik heb alleen sterk het gevoel.'

Ik moest haar gewoon van die gedachtegang afhelpen. Zo luchtig mogelijk vroeg ik: 'Bent u ooit op zolder geweest, madam? Voordat u al die geluiden begon te horen en zo?'

'Nee, niet echt', zei ze uiteindelijk. 'Ik kan me maar... één gelegenheid herinneren.'

Dat moest geweest zijn toen ze Nora's koffer daar neerzette. Zoveel wist ik wel van *De observaties*. Maar om die koffer ging het me niet. Ik begon om het bed heen te lopen en de dekens in te stoppen, terwijl dat niet nodig was.

'Keek u toen naar het dakraam, madam, toen u op zolder was?'

'Ik denk het niet', zei ze. (Omdat dit het antwoord was wat ik wilde horen, voelde ik een steek van opwinding.) 'Waarom vraag je dat?'

Ik haalde diep adem. Daar gaat ie. 'Heeft iemand u ooit in dit huis "Genadige Vrouwe" genoemd, madam?'

Ze hapte even naar adem en haar ogen werden groot. Je zou haast denken dat ik haar rok had opgetild om naar haar peterselie te kijken. Ze staarde me even aan terwijl ze hortend en stotend ademhaalde.

Toen zei ze: 'Ja, er is hier een meisje geweest dat me zo noemde. Een paar maanden voordat jij kwam.'

Mijn hart roffelde als de hoeven van een hellepaard. Maar ik moest doorgaan.

'En madam... heeft dat meisje misschien op een bepaald moment uw hulp nodig gehad?' vroeg ik. 'Zou het niet kunnen dat ze op een dag om een bepaalde reden op zolder was, misschien was ze een beetje bedroefd, ik weet het niet, en kan het dan niet... kan ze dat toen niet in een afwezige bui op het raam hebben geschreven?'

Mevrouw keek recht voor zich uit. Er kwam geen woord over haar lippen, maar haar ogen waren als vensters, ik zag duizenden gedachten door de kamers van haar geest vliegen.

'Is dat niet mogelijk?' vroeg ik. 'Heeft die meid misschien máánden geleden al die tekst geschreven, maar hebben we het pas op die dag gezien en alleen maar gedácht dat het de woorden van een spook waren?'

Het was niet zeker, misschien was het zelfs vergezocht – maar het was mogelijk.

'Maar weet je,' zei mevrouw, 'je begrijpt het niet. Dat meisje... ze is dood.'

'O jeetje', zei ik. (Wat een vertoning! Ik acteerde me uit de naad.) Het spijt me dat te moeten horen, madam. Hoe heette ze?'

Mevrouw likte over haar lippen. 'Nora', zei ze zwakjes. 'Nora Hughes.'

'O, nou, neem me niet kwalijk, madam, maar die Nora Hughes kan dan nú wel dood zijn, maar ik neem aan dat ze nog leefde toen ze voor u werkte.' Ik grijnsde tegen haar maar ze reageerde niet. 'Ziet u? Nog maar een paar maanden geleden was ze hier. Ze kan makkelijk naar de zolder zijn gegaan zonder dat u het wist en die malle boodschap op het raam hebben geschreven.'

Even bleef mevrouw nog in de verte staren. Toen ademde

246

ze huiverend in en weer uit. 'Ja', zei ze. 'Daar had ik niet aan gedacht. Maar je zou gelijk kunnen hebben. Het zou geschreven kunnen zijn voordat...'

Ik lachte. 'Ziet u wel, madam? We hebben een verklaring. Die boodschap is helemaal niet achtergelaten door iemand die dood is. Hij werd maanden geleden geschreven door een dienstmeid van vlees en bloed.' Ik zweeg even om haar de tijd te gunnen wat ik had gezegd volledig tot haar door te laten dringen. Vervolgens zei ik luchtig: 'Het ligt zo voor de hand, madam, dat ik me haast afvraag waarom we daar niet meteen aan hebben gedacht.'

Hoe had ik verwacht dat ze zou reageren? Ik denk dat ik me had verbeeld dat ze opgelucht zou zijn, zelfs blij, om te horen dat er een rationele verklaring voor alles was. Maar op dat moment keek ze opgelucht noch blij. Ze scheen zelfs teleurgesteld. Ik durf zelfs te zeggen dat ze sterk de indruk maakte van iemand die een dierbare verloren heeft.

'Wat is er, madam?'

Ze schrok op, alsof ze was vergeten dat ik er was. En toen keek ze me aan met een rare blik in haar ogen die ik niet precies kon duiden. Deels sluw, alsof ze dacht dat ze me op de een of andere manier te slim af was geweest, en deels wantrouwig, alsof ze vermoedde dat ik zou proberen haar in de toekomst te slim af te zijn. Dat was mijn indruk, want het duurde maar één of twee seconden en ik kan me vergist hebben. Daarna glimlachte ze en vermande zich.

'Niets!' zei ze met een kort lachje. 'Wat ben je toch slim, Bessy, dat je dat allemaal hebt bedacht! Ik denk echt dat je ons raadsel hebt opgelost. Is dat niet geweldig?'

Ik had graag nog jaren met haar door willen praten, maar ze maakte duidelijk dat ik moest gaan door me te vertellen dat ze ging slapen, waarna ze zich op haar zij draaide zodat er voor mij niets anders opzat dan de kamer uit te sluipen en zachtjes de deur dicht te doen.

Terug in de keuken stak ik mijn hand in mijn zak en mijn vingers sloten zich om mijn brief aan mevrouw. Ik nam hem eruit en bekeek hem. Er waren nog maar een paar uur voorbijgegaan sinds ik hem had geschreven, maar het voelde als dagen. Goddank was geen van de erge dingen die ik had gevreesd uitgekomen. Mevrouw was niet dood en ze was niet gek geworden. Ze herinnerde zich niet dat ik haar gestompt had. En als we ons allebei aan hetzelfde verhaal hielden over wat er was gebeurd, dan zou meneer James niks te weten komen.

Wat dom van me om me zo zorgen te maken. De waarheid onthullen (zei ik tegen mezelf) zou nu meer kwaad dan goed doen. De toestand van mevrouw was nog steeds delicaat. Ze had rust en stilte nodig. Als ze erachter kwam dat ik haar voor de gek had gehouden zou ze alleen maar overstuur worden en misschien weer ziek. Net nu ze aan het genezen was. Echt, als je er goed over nadacht, dan was er helemaal geen enkele reden om weg te lopen of iets te bekennen.

En waar zou ik dan wel naartoe kunnen?

Wat een opluchting dat ik haar die brief niet gegeven had!

En om er zeker van te zijn dat ze nooit te weten zou komen wat ik had gedaan vernietigde ik de brief. De haard in de keuken was nog niet aangemaakt, dus het kostte verscheidene lucifers en een heleboel blazen, ik denk dat het papier een beetje vochtig was geworden. Maar ik zette door, ik stak de ene lucifer na de andere aan, tot mijn bekentenis nog slechts een hoopje as op het haardrooster was.

13

Een reis, een theepartijtje en een geheimzinnig voorwerp

Het was de sombere tijd van het jaar, weet je wel, wanneer elke dag te kort lijkt, alsof de zon na nauwelijks over de vensterbank van de wereld te zijn gekropen weer in de duisternis moet verzinken. Ik brandde extra kaarsen bij het bed om mevrouw op te vrolijken en zocht naar spullen om de kamer te versieren en haar gedachten af te leiden van spoken. Er waren buiten geen bloemen te vinden, maar tijdens mijn vrije uurtjes doorzocht ik de heggen en vergaarde hulsttakjes en rozenbottels en altijdgroene planten die ik tot kleine boeketjes schikte voor de schoorsteenmantel. Elke avond verzon ik een paar raadseltjes die ik op papier schreef en haar 's morgens bij het ontbijt gaf zodat ze iets te doen had terwijl ik het huishouden deed. Ik schreef plichtsgetrouw in mijn dagboek dat ik haar aan het eind van de dag liet lezen, zodat ze precies kon nagaan wat ik had gedaan en wat er onder het werken door mijn hoofd was gegaan. (Ik denk dat ze te zwak was om aan haar *Observaties* te schrijven, want in die tijd merkte ik nooit iets van inkt aan haar vingers.) Om de tijd 's avonds te doden speelden we kaart. Meestal koos ze Liegen, een spel dat ik haar geleerd had, maar ik zei tegen haar dat het Dubbelen heette, want dat klonk netter. Soms las ik haar voor uit romans. Alleen passages die ik dacht dat ze leuk of vermakelijk zou vinden. En in plaats van op mijn eigen kamer te slapen ging ik in de stoel naast haar bed zitten dutten, voor het geval ze iets nodig had of midden in de nacht ziek zou worden en te zwak was om me te schellen. Kortom, ik deed al wat ik kon om haar het leven gemakkelijker en aangenamer te maken.

Op een ochtend wilde ze dat ik voorlas uit de bijbel. Ik opende hem op een willekeurige plaats, Jesaja 24. Het ging allemaal over de Heere die het land ledig maakte en omkeerde, vervloeking verwoesting verraad en iedereen die in een kuil werd gesmeten. Ja, dat zou haar goed doen om te horen. Maar niet heus! Ik besloot haar over Christus die de vierduizend voedt voor te lezen, want iedereen houdt wel van een wonder, ik was net op zoek naar die passage toen ik opkeek en zag dat ze een angstige uitdrukking op haar gezicht had. Ik sprong onmiddellijk op en knielde naast haar neer.

'Wat is er, madam?'

Ze nam mijn hand en kneep erin.

'O, Bessy', zei ze. 'Ik moet gewoon beter worden. Je moet me helpen. Wil je dat doen, Bessy? Wil je me helpen beter te worden?'

Ik wilde haar meer dan wat ook in mijn armen nemen en tegen me aan drukken. Toch deed ik dat niet. Ik wilde zeggen: 'Ik zou alles voor u doen, madam, alles.' Maar ik hield mijn aardappelklep dicht. Ik wist nu ook wel beter dan haar af te schrikken door uitbundig of opdringerig te doen, dat kon ze niet velen, zoals ik tot mijn schrik had ontdekt toen ik *De observaties* las. Ik had me misschien te veel door mijn emoties laten meeslepen. En omdat mevrouw een aardig iemand was, tolereerde ze dat wel een tijdje, maar ze zat er niet op te wachten dat een of ander hitje als een muffe scheet aan haar rokken bleef hangen. Had ze niet uiteindelijk *volkomen gelijk* dat ze me op een afstand hield?

Als je haar beter leerde kennen (zoals ik) zag je dat ze teer was als een vlinder, en net als een vlinder fladderde ze weg als iemand haar te na kwam. De enige manier om haar te vangen was doodstil blijven zitten en afwachten tot ze zich misschien uit zichzelf dichterbij waagde. En na een poosje (als je geluk had) ging ze misschien bevend op je duim zitten. Er was geen twijfel aan, ik moest mijn gemak houden en uitkijken dat ik haar niet afschrikte. Ik was niet gek! Deze keer zou ik voorzichtiger zijn.

Dus ik omhelsde haar niet of dat soort gekkigheid. Het enige wat ik zei was: 'Natuurlijk zal ik u helpen beter te worden, madam.' En daarbij liet ik het.

Tegenover meneer James hielden we het sprookje vol dat mevrouw te schielijk was opgestaan na het schrijven van een brief. De man was geen onnozelaar, maar hij scheen ons verhaal te slikken. Onnodig te zeggen dat er geen geluiden meer van zolder kwamen en dat er niks raars meer in huis gebeurde, geen sikkepit. Mevrouw knapte met de dag meer op, tot ze op een ochtend zoveel beter leek dat ze van mij uit bed mocht. Ze zat een uur in haar stoel uit het raam te staren en later (aangezien het haar geen kwaad scheen te hebben gedaan) maakten we een korte wandeling, arm in arm, door de moestuin.

Het was een knisperend koude dag, maar ik had ervoor gezorgd dat ze lekker warm was ingepakt met een jas en wanten. De moestuin was een troep, echt waar. Behalve de kool en de uien waren de herfstgroenten platgetrapt en ver- welkt of zwart geworden van de vorst. De netten om de bonen en erwten op te houden waren afgezakt en de grond was bedekt met slijmerige bruine bladeren die uit het bos waren aangewaaid. De paar overgebleven bloemkolen waren weggerot. 'Bloemkoolsoep', zei ik tegen mevrouw, en hoewel dat een heel flauw grapje was moest ze erom lachen. Ik kon de warmte van haar hand door de wanten heen voelen. Haar neus en wangen waren roze van de kou en ze blies wolkjes adem als stoom. Overal om ons heen was dood en vernietiging, maar zij scheen springlevend, en voor het eerst begon ik te geloven dat ze weer beter zou worden. De opluchting sloeg als een slok brandewijn door me heen.

Later nam ik tijdens het koken even de tijd om meneer James in zijn werkkamer op te zoeken en hem te laten weten dat het er eindelijk naar uitzag dat zijn vrouw weer beter werd. Toen ik binnenkwam stond hij achter zijn bureau in een klein boekje te bladeren. Hij keek op.

'Dat is goed nieuws', zei hij. 'Als het inderdaad waar is.'

'O, jazeker, meneer. Ik denk dat ze over ongeveer een week weer helemaal picobello is.'

Hij sloeg het boek dat hij in zijn hand hield met een klap dicht en legde het tussen ons in op zijn bureau, het leek wel een uitdaging. 'In dat geval', zei hij, 'zal ze – naar jouw mening – over tien dagen, dat wil zeggen volgende week donderdag, helemaal genezen zijn.'

'Ja, ik kan het niet precíes zeggen...'

'Ik vrees dat ik wil dat je precies bent, Bessy.' Hij sprak op scherpe toon, maar vervolgens zweeg hij en streek over zijn bakkebaarden, hij leek wat milder. 'Misschien is het goed als ik het even uitleg. We zijn uitgenodigd op een *Soiree* volgende week donderdagavond in Edinburgh. Een nogal belangrijke aangelegenheid waarbij de broer van onze dominee, meneer Pollock, als gastheer zal optreden. De drinkfontein die ik voor Snatter koop zal waarschijnlijk door zijn gieterij in Glasgow gemaakt worden en ik ben van plan er met hem over te spreken. Het is een ideale gelegenheid. En hij wil heel graag dat mijn vrouw me vergezelt. Ik dacht er toch al over haar een paar dagen mee te nemen, voor een verandering van omgeving. Het is niet goed voor haar dat ze van de wereld is afgesloten. Ik denk dat haar isolement hier heeft bijgedragen tot deze... deze zenuwinzinking, of wat het ook is. Dus ik ben van plan haar mee te nemen naar de stad. En als we daar zijn, zou het voor ons allebei goed uitkomen als we op donderdag naar die *Soiree* gaan. Als ik me niet vergis wil jij zeggen dat ze tegen die tijd inderdaad volledig hersteld is.'

'Nou meneer, ik dénk het wel, maar...'

'Dénken is niet genoeg, Bessy. Ik wil dat je zéker weet dat ze beter is.'

De manier waarop hij naar je staarde maakte dat je wilde wegkijken, maar ik hield stand.

'Meneer, als mevrouw volgende week donderdag niet beter is, raad ik aan dat zij thuisblijft en dat u alleen naar dat belangrijke diner gaat.'

Hij glimlachte gladjes. 'Ik vrees dat het niet zo simpel is, Bessy. Ze is mijn vrouw en dus is ze ook uitgenodigd en wordt ze verwacht. Ik heb het de komende dagen erg druk en ik wil dat je haar nauwlettend in de gaten houdt en ervoor zorgt dat ze voldoende hersteld is om me te vergezellen. Ik hoop dat je begrijpt wat ik bedoel.'

Ik wist het niet precies en dat vertelde ik hem ook.

'Ik bedoel... ik zal het je duidelijk maken.' Hij zette zijn vuisten op het bureau en leunde naar me toe. 'Je moet haar kalm en rustig houden en je moet elk idee uit haar hoofd praten dat het in dit huis spookt. Dat heeft haar van streek gemaakt. Je moet niet toestaan dat ze daarover praat en je moet je niet laten meeslepen door die... die wilde fantasieën en waanvoorstellingen van haar. Daar wordt het alleen maar erger van.'

Het lag op het puntje van mijn tong om te protesteren dat dat preciés was wat ik deed, maar in plaats daarvan ging ik haar onwillekeurig verdedigen.

'Het is waar dat ze geluiden heb gehoord, meneer. En er zijn inderdaad vreemde dingen gebeurd die niet te verklaren zijn. Als ik in haar schoenen stond zou ik hetzelfde denken, meneer.'

Hij trok een wenkbrauw op. 'Dus je hebt haar inderdaad aangemoedigd die onzin te geloven.'

'Integendeel, meneer. Ik heb uit alle macht geprobeerd haar op andere gedachten te brengen.'

'Goed dan.' Hij snoof. 'Frisse lucht, dat is wat ze nodig heeft. Neem haar morgen maar mee naar buiten.'

'Maar...'

Hij wuifde mijn bezwaren weg. 'Ik heb er zojuist met haar over gesproken en ze vindt het ook een goed idee', zei hij. 'Ga naar de kerk of naar Bathgate. Ga winkelen. Amuseer je. Ga naar het spoorwegstation en zet je horloges gelijk.'

'Maar meneer...'

'Dat is alles, Bessy.'

Hij pakte zijn boek, sloeg het open en begon te lezen.

Ga naar de kerk, ga winkelen, zet je horloges gelijk – zo mag ik het horen! Nou gaat ie van Jetje!

De volgende ochtend reed Biscuit Meek het rijtuig voor. Het was een tochtig oud karkas, nog van vóór de zondvloed. Misschien dat het ooit een chic geval was geweest, maar nu rammelde het aan alle kanten en de bekleding was tot op de draad versleten. Er zaten barsten in de ruiten en de vulling puilde uit de zittingen. Er zat zelfs een gat in de vloer waar je je been door kon steken, en als je onverwacht naar beneden keek werd je duizelig van de weg die onder je voeten door schoot.

Mevrouw scheen die details niet op te merken of abnormaal te vinden, ze stapte gewoon over het gat in de vloer heen en ging stilletjes in een hoekje met haar handen om haar tas uit het raampje zitten kijken. Ik ging tegenover haar zitten, om haar op te vangen als de paarden plotseling zouden stoppen (maar er was weinig kans op dat ze ook maar íéts deden, zo oud waren ze). In het begin probeerde ik een gesprek met haar aan te knopen over wat we in Bathgate gingen doen (ze had het over stof uitzoeken voor een jurk), maar aangezien ze alleen met een verstrooid 'ja' of 'nee' antwoordde, gaf ik het gauw op en ging zelf ook uit het raampje zitten kijken. Er was geen bal te zien, behalve koeien en schapen en hier en daar een kolenmijn. Dit was de eerste reis die mevrouw en ik samen ondernamen – ja, ik was sinds mijn aankomst op Kasteel Haivers niet verder dan Snatter gekomen. Onder andere omstandigheden zou ik van het tripje in het rijtuig met haar genoten hebben, maar nu was ik daar te bezorgd voor. Ik kon alleen maar hopen dat ze gezond genoeg was om naar buiten te gaan en dat het geen te zware belasting voor haar zenuwgestel zou worden.

Bathgate zag eruit of het nog in aanbouw was, want overal waar je keek zag je half afgemaakte gebouwen en mannen die funderingen groeven en met stenen en cement sjouwden. Biscuit Meek zette ons af bij een hotel in een van de hoofdstraten. Goeie genade, het leek er wel een jaarmarkt. Nauwelijks waren we uitgestapt of mevrouw had al een pot gele krokussen gekocht aan een bloemenstal, waarna ze er in looppas vandoor ging. Aangezien ik geen flauw idee had waar we waren, moest ik achter haar aan rennen. Vergeleken met de grote steden is Bathgate een gat, maar het was zo lang geleden dat ik in een stad van enige omvang was geweest, en we leidden zo'n stil leven op Kasteel Haivers, dat het me allemaal hectisch voorkwam. Het was haast niet te geloven dat ik vroeger door Glasgow zwierf, waar de straten twee keer zo breed en vijftig keer zo druk zijn, alsof het niks was! En nu bonsde mijn hart bij het zien van dat kleine hoopje mensen, rijtuigen, handkarren, koeien, varkens en paarden. Het leek wel of de voorbijgangers me opzettelijk voor de voeten liepen. Wat nog bijdroeg aan mijn verwarring was dat het begon te sneeuwen, ijskoude vlokken wervelden rond, je zou er nog blind van worden.

Het leek wel of mevrouw op wielen liep, zo rap ging ze voort, ze was opmerkelijk hersteld. Weldra hadden we de keurig aangelegde straten achter ons gelaten en waren in de smalle, bochtige steegjes van de oude stad verzeild geraakt, waar het veel somberder was. Kort daarop sloeg ze een hoek om en schoot een ouderwetse manufacturenzaak in. Onder-getekende volgde haar, en blij toe ook, want mijn bek was zo goed als bevroren.

Het was er gezellig en intiem in de winkel, en er stonden verscheidene mensen op hun beurt te wachten. Midden in de winkel stonden een stuk of vier, vijf dames met elkaar te praten en twee andere zaten op stoelen naast de toonbank. Ik ging achterin naast de haard staan en hield vanuit mijn ooghoeken mevrouw in de gaten. Met haar pot krokussen in de hand liep ze de schappen langs om de koopwaar te bekijken. De warmte van het kolenvuur en het gebabbel van de dames maakten algauw dat ik in een dagdroom verzonk. Ik keek toe hoe een man een rol kamgaren op de toonbank legde. Omkaderd door de etalage begon hij met een schaar de stof door te knippen, terwijl op de achtergrond plukken sneeuwvlokken uit de lucht dwarrelden, alsof de engeltjes zakken leegschudden. Achter me rinkelde de bel en de win-keldeur ging open en dicht om een klant binnen te laten. Een van de dames aan de toonbank talmde eeuwen met haar bestelling. Elke keer als je dacht dat ze klaar was, begon ze weer te zeuren. Ik keek om me heen om te zien of mevrouw niet ongeduldig werd. Ze stond niet meer bij de schappen, waar ik haar voor het laatst gezien had, dus keerde ik me weer naar de toonbank – maar daar was ze ook niet. Ik dacht aan het rinkelen van de bel en keek rond om te zien wie er binnengekomen was, maar er was helemaal niemand binnengekomen. Met een dof gevoel in mijn onderbuik realiseerde ik me dat het mevrouw was geweest die naar buiten was geglipt toen de deur open- en dichtging.

Ik stoof naar de ingang en liep naar buiten. Eerst zag ik alleen vreemden, maar toen herkende ik mevrouw. Ze had de capuchon van haar mantel opgezet en liep de heuvel op. Ik riep haar een paar keer, maar ze keek niet om. Toen sloeg ze een hoek om en verdween uit het gezicht.

Aangezien ik geen idee had waar we waren, had ik geen andere keus dan haar achterna te gaan, voortdurend uitglijdend over de glibberige grond. Toen ik de hoek omsloeg zag ik haar in de verte en ik riep haar opnieuw, maar ze gaf geen teken dat ze me gehoord had. Ze stak een pleintje over en begon nog sneller te lopen, een brede straat in. Ik stoof haar achterna. Zo te zien gingen we terug, naar de nieuwe stad. De sneeuw bleef met verblindende vlagen schuin uit de hemel vallen. Ik stond even stil om een paar sneeuwvlokken van mijn wimpers te vegen, en toen ik weer opkeek was mevrouw verdwenen. In paniek rende ik over de stoep, overal in portieken en etalages kijkend. Aan de overkant van de straat, achter een kerkhof, stond een oude, witgekalkte kerk. Er bewoog daar iets, zag ik. Ik keek over de kerkhofmuur en toen zag ik haar, een donkergrijze gestalte in een mantel die tussen de grafzerken snelde. Wat was ze in vredesnaam aan het doen?

Ik vond de poort en ging naar binnen. Het kerkhof was overwoekerd, smalle paadjes liepen tussen dicht opeenstaande grafzerken, die als mummeltanden alle kanten op staken. Het was moeilijk om me te oriënteren nu ik binnen was. Ik begon in de richting te lopen van de plaats waar ik dácht dat ik mevrouw voor het laatst gezien had, maar het spoor leidde een onverwachte kant op, dus keerde ik terug en koos een andere route. Het sneeuwde al minder en inenen hield het op. Onder het lopen tuurde ik links en rechts om de met klimop begroeide grafzerken heen, maar ik zag geen teken van mevrouw of van wie dan ook. Ik begon net mijn vertrouwen in deze tweede route te verliezen, toen ik een blik wierp op het aangrenzende voetpad en de pot met krokussen naast een van de graven op de grond zag liggen. Wat was hier de bedoeling van? Ik wurmde me tussen twee grafzerken door en kwam verfomfaaid aan de andere kant tevoorschijn. Maar mevrouw was nergens te bekennen.

Dit deel van het kerkhof zag er nieuwer uit dan de rest. Ik realiseerde me dat de pot met krokussen opzettelijk bij een van de graven was gezet en niet inderhaast neergegooid, zoals ik eerst had gedacht. De grafzerk waar hij bij stond was van wit marmer en de letters van de inscriptie waren fijn uitgesneden. Mijn blik werd naar de bovenkant van de zerk getrokken, wellicht omdat de naam die daar gegraveerd stond de laatste tijd in het middelpunt van mijn gedachten had gestaan.

Nora Hughes.

Wel allemachtig! Het leek wel of ik tegelijk haar naam gelezen en gedacht had. Ik kreeg een schok, maar was toch niet verbaasd. Ik realiseerde me op de een of andere manier dat ik zo vaak aan Nora had gedacht, dat het net leek of mijn eigen naam daar groot op de grafsteen stond. Nauwelijks had ik dát gedacht of iemand legde een hand op mijn schouder. Ik sprong zowat een meter de lucht in, maar het was mevrouw die naast me stond, met een troffel in haar hand waarmee ze naar de steen wees.

'Zie je?' zei ze. 'Hier ligt ze.'

Daarop knielde ze neer en begon een klein stukje grond aan de voet van het graf sneeuwvrij te maken.

'Dit hoekje is voor rooms-katholieken', zei ze. 'We hebben

geluk gehad dat we haar hier konden krijgen, anders had ik niet geweten waar we haar hadden moeten begraven. Er is ruimte te kort op dit kerkhof, maar James heeft het geregeld.'

Ze stak met de troffel in de bevroren grond. Ik vroeg me onwillekeurig af waar dat stuk gereedschap vandaan was gekomen. Had ze het stiekem meegebracht? Had ze het misschien in haar mouw verstopt of op een andere intieme plaats? Had ze dit van tevoren beraamd?

De grond was piemelstijf bevroren en die troffel maakte er weinig indruk op. Mevrouw keek me aan. 'Denk je dat het te koud is om dit hier te planten?'

'Ik weet het niet, madam', zei ik. 'Waar hebt u die troffel vandaan?'

Ze keek ernaar. 'Van de doodgraver gekregen', zei ze. 'Maar hij stond hem niet graag af. Hij vindt het veel te koud om iets te planten.'

'Misschien heb ie gelijk, madam. Waarom bent u uit de winkel weggelopen?'

Ze maakte een ongeduldig, afwerend geluid. 'Och, het duurde zo lang', zei ze. 'Met dat vreselijke mens. Ik was het wachten beu.'

'Maar u bent zonder iets te zeggen weggegaan, madam.'

Ze trok een wenkbrauw op. 'Nou ja, ik wist heus wel dat je me meteen achterna zou komen!' Ze stak de troffel ongeduldig in de grond. 'Wat een rotweer!'

Ze zag er zo zielig en gefrustreerd uit dat ik haar het weglopen vergaf.

'U kunt die bloemen voorlopig wel in de pot laten', zei ik. 'En dan als we terugkomen, als het warmer is, dan planten we de bollen.'

'Ja, dat lijkt me een goed idee', zei ze. Ze zuchtte teleurgesteld en keek naar het graf. 'Ik wilde zo graag vandaag iets planten.' Ze keek me weer aan, een beetje benauwd. 'Denk je dat Nora weet dat ik gekomen ben? Als ik die krokussen niet plant, bedoel ik. Als we die hier gewoon laten staan, bij de zerk, weet ze het dan?'

Het gebeurde niet vaak dat ze me om raad vroeg, ik denk dat het wel iets te maken gehad zal hebben met dat Nora en ik allebei Iers waren, en dus knikte ik.

'O ja', zei ik. 'Daar ben ik van overtuigd. Ik bedoel – Nora weet het vast wel daarboven in de hemel. Het is niet haar géést die het weet, want er bestaan geen geesten, wel? Het is de engel die ze geworden is. Waarom leggen mensen anders bloemen op graven? En dat doen ze de hele tijd.'

Dat scheen haar gerust te stellen. Ze hield zich een klein momentje bezig met het plaatsen van de pot aan de voet van het graf. Toen begon ze de sneeuw van de zerk te schrapen. Ik keek zwijgend toe.

Na een poosje waagde ik het haar te vragen: 'Was u hier bij de begrafenis, madam?'

'Nee', zei ze spijtig. 'James vond het beter als ik er maar niet bij was.'

Ze haalde haar zakdoek tevoorschijn en vouwde hem open. Om haar tranen eventueel af te vegen, dacht ik, maar toen gebruikte ze hem om de overgebleven sneeuw van de zerk te vegen.

'Je vraagt je iets af, Bessy', zei ze, zonder ook maar op te kijken of te stoppen met haar bezigheden. 'Wat is het?'

'Niets, madam', zei ik, maar toen won de nieuwsgierigheid het van me. 'Nou... alleen misschien wat er met Nora is gebeurd. Ik heb gehoord dat ze door een trein werd overreden op de spoorweg.'

Mevrouw knikte kort, alsof ze de beleefdheid opbracht om daar even over na te denken. Toen sprak ze.

'Niemand weet het helemaal zeker – hoe het is gebeurd', zei ze. 'Er was... ze vierden iets... er was een feest of zo in een van de boerenstulpjes. Het was zomer. Wij nemen altijd loonarbeiders aan in het voorjaar en de zomer, omdat er dan meer werk te doen is. De stulpjes waren vol, geloof ik, en het was een feestdag, de dag van de Vrije Tuinders Parade. Ik weet niet precies wat Nora in die stulp deed. Normaal gesproken ging ze niet met de boerenknechten om. Zoals je zelf wel weet is daar niet veel tijd of gelegenheid voor. Maar goed, die avond, zo vertelde men mij, was Nora, toen ze klaar was met haar werk, naar het feest gegaan. Op zeker moment, laat op de avond, verliet ze het huisje. Niemand heeft haar zien weggaan, ze moet ongemerkt naar buiten zijn geglipt. De boerenknechten hadden veel gedronken en dus zijn alle verhalen nogal vaag en onduidelijk. Ik denk niet dat Nora dronken was. Zo was ze niet. Hoe dan ook, ik was de volgende ochtend verbaasd toen ze niet op haar werk verscheen. En toen ik naar haar kamer ging om haar te zoeken, zag ik dat haar bed onbeslapen was.'

'O jeetje', zei ik.

'Ja', zei mevrouw. 'Dat dacht ik ook. Ik hoopte dat ze misschien in de loop van de dag zou opduiken, maar toen er tegen de avond nog geen levensteken van haar was, sloegen we alarm. De onmiddellijke omgeving werd uitgekamd, maar de eerste dagen vonden ze niets. En toen vond een groep rondtrekkende handwerkslieden haar... een deel van haar lichaam... langs de spoorweg.'

Ze klopte de sneeuw van haar zakdoek en stak hem terug in haar zak. We stonden allebei een poosje naar de grond voor onze voeten te staren. Ik dacht aan Nora die daar diep in een aarden bad begraven lag, aan stukken in een kist.

'Maar wat deed ze op de spoorweg, madam? Was ze de weg naar huis kwijtgeraakt of zo?'

Mevrouw hield haar hoofd schuin. 'Dat is wat algemeen aangenomen wordt, ja, dat ze in het donker de weg was kwijtgeraakt. Ik heb gehoord dat er in het hele land zulk soort ongevallen zijn. Elk jaar gebeurt het. Mensen raken per ongeluk op spoorlijnen verzeild en worden door treinen overreden. Het zijn typisch gebeurtenissen van deze moderne tijd. Het was een stom ongeluk. Een vreselijke schok voor ons allen.'

Ze hield zich goed, zag ik. Maar ik had het gevoel dat ze in haar hart zichzelf de schuld gaf voor wat er allemaal was gebeurd. Ik dacht aan die dag toen ze in elkaar stortte, wat ze toen gezegd had. 'Het is allemaal mijn fout.' Ze moest zich wel schuldig voelen – misschien omdat ze niet goed genoeg op Nora had gelet. Ik wou maar dat ze zich niet schuldig voelde!

Ik dacht dat mevrouw nog meer ging zeggen, maar ze bukte inenen en raapte de troffel op. 'We moeten dit hier terugbrengen', zei ze, en met een laatste blik op het graf van Nora liep ze het pad op naar de kerk.

Bij terugkeer in Kasteel Haivers kon ik meneer James mededelen dat alles bijzonder goed was verlopen. Natuurlijk repte ik er niet over dat mevrouw de manufacturenwinkel uit was gestiefeld, of dat ze het graf van haar overleden dienstmeid had bezocht. Nee, ik weidde alleen uit over de meer optimistische aspecten van ons dagje uit. Ik vertelde hem bijvoorbeeld dat mevrouw een paar epauletten had bekeken, maar dat ze besloten had die niet te kopen en in plaats daarvan wat boordsel had gekocht om een jasje mee af te zetten. Meneer James wilde graag weten wat het boordsel kostte – ik zei een paar penny's. Hij leek gerustgesteld, al bleef hij op zijn hoede. Daarna vertelde ik dat we op straat een dansende beer hadden gezien toen we in het koffiehuis zaten. 'Koffie!' riep hij uit. 'Goeie genade!!' En vervolgens wilde hij weten hoeveel dat kostte en of de zigeuners met de hoed waren rondgegaan voor de beer – ik vertelde hem dat ik dat niet wist omdat we maar even waren blijven kijken en toen naar het station waren gegaan om onze horloges gelijk te zetten.

'Aha!' zei meneer James duidelijk vergenoegd, het leek wel of horloges gelijkzetten voor hem een even groot festijn was als een lekkere maaltijd. 'Heel goed, Bessy', zei hij. 'Je hebt het heel goed gedaan.'

'Dank u, meneer.'

'Luister nu', zei hij. 'Om ons ervan te verzekeren dat mevrouw in staat zal zijn een reis naar Edinburgh, en alles wat daarbij komt kijken, aan te kunnen, houden we morgenmiddag om drie uur een theepartijtje. Ik heb Hector er al op uitgestuurd om de uitnodigingen te bezorgen. Reken in elk geval maar op dominee Pollock en meneer Flemyng, en op mijzelf natuurlijk, en mevrouw. Ze heeft een reisje naar de stad zonder veel problemen doorstaan – maar nu moeten we zien hoe ze zich houdt in gezelschap.'

Tegen Flemyng had mevrouw natuurlijk geen enkel bezwaar. Maar later hoorde ik haar toevallig tegen haar echtgenoot praten en toen ving ik op dat ze niet zo blij was met die andere uitnodiging voor het theepartijtje. Ze noemde een aantal bezwaren. De uitnodiging was te laat verstuurd en de dominee zou niet kunnen komen. Integendeel, zei meneer James, de man had al toegestemd. In dat geval, zei mevrouw, was het egoïstisch om de dominee af te houden van belangrijke parochiezaken, hij wilde zijn tijd vast niet verknoeien met theepartijtjes. Onzin, zei meneer James, hij kwam maar al te graag, hij was met geen paard tegen te houden. Na een korte stilte uitte mevrouw enige twijfel over het servies, dat volgens haar zijn beste dagen gehad had. Zou het niet veel beter zijn, stelde ze voor, om het uit te stellen tot ze een chiquer servies hadden aangeschaft? Kletskoek, antwoordde meneer James, er was niks mis met het servies.

Uiteindelijk, na een veel langere stilte, zuchtte mevrouw en gaf toe dat ze zich – misschien – nog niet helemaal fit genoeg voelde om gastvrouw te spelen en was het úítgesloten dat ze op haar kamer bleef en meneer James het theepartijtje zonder haar gaf?

'Poef!' zei meneer James. De omstandigheden lieten niet toe dat ik de rest van zijn antwoord afluisterde, maar de volgende dag kon ik constateren hoeveel succes ze had gehad met haar poging het theepartijtje te ontduiken: om vijf voor drie zat ze klaar op haar plaats in de salon. Ze zag wit en had een uitdrukkingsloos gezicht, voor mij was het volkomen duidelijk dat ze zich niet verheugde op de gebeurtenis van die middag, voor geen millimeter. Ik wou maar dat meneer James naar haar had geluisterd, want ik was bang dat ze weer een inzinking zou krijgen. Maar ze scheen zich erbij neer te hebben gelegd dat ze de komende uren haar rol moest vervullen.

Meneer Flemyng arriveerde als eerste, die kwam lopend van Thrashburn. Ik deed de deur voor hem open. Hij zei dat hij nog niets van zijn uitgever had gehoord, maar dat hij als cadeautje voor me een kopie in het net van een van mijn liedjes had gemaakt, compleet met muzieknoten. Hij was het alleen vergeten mee te brengen. Hij deed heel verontschuldigend, zei dat hij een stomme idioot was en hij stond erop om het thuis te gaan halen. Maar dat kon ik natuurlijk niet toestaan, want dan zou hij te laat op het theepartijtje komen, en dan konden ze denken dat het mijn schuld was. Ik zei daarom dat hij dat niet moest doen. Flemyng bleef echter aanstalten maken om weg te gaan en ik moest hem smeken en aan zijn mouw trekken om te voorkomen dat hij vertrok. Toen we zo bezig waren arriveerde dominee Pollock.

'Ah-haa!' deed ie. 'Daar zijn we dan. Ah-haa!'

Ik had hem niet horen aankomen en vroeg me af hoe dit mogelijk was, was hij misschien over het grind komen aanzweven? In ieder geval, aan de opgetogen uitdrukking op zijn gezicht te zien had hij de indruk gekregen dat hij ons betrapt had op een of andere stiekeme liaison.

'Dominee Pollock, goedemiddag', zei Flemyng met een knikje. Daarna wendde hij zich tot mij en zuchtte spijtig. 'Het lijkt erop dat de andere gasten arriveren, Bessy', zei hij. 'Misschien is er toch geen tijd meer om terug te gaan naar Thrashburn.'

'Ik denk het niet, meneer', zei ik. 'Maakt u zich geen zorgen, ik kan dat ding altijd nog bekijken.'

'Natuurlijk', zei Flemyng. 'Het was stom van me om het te vergeten.'

Dominee Pollock luisterde heel aandachtig naar die woordenwisseling, glimlachend en een end weg knikkend, de ouwe nieuwsgierige plurk. Ik besloot dat ik ze allebei het beste maar zo gauw mogelijk de salon in moest helpen. Maar dat ging niet omdat de dominee geen haast had. Hij maakte grapjes met Flemyng op de stoep, tot ik erop aandrong dat ze binnenkwamen, want het was koud buiten, waarna de dominee zich in de deuropening omdraaide en een poosje met grote bewondering naar het tuinpad en de bosjes ging staan kijken alsof ze een van de zeven wereldwonderen waren. Ik moest aardig wat manoeuvreren om me langs hem heen te wringen en de deur achter zijn rug dicht te doen. Eenmaal binnen volgde het gebruikelijke gevecht om hem van zijn jas en hoed te ontdoen. Ergens uit een zak haalde hij een van zijn traktaten en probeerde me die in mijn handen te drukken. Ik maakte bezwaar en gaf het hem terug. Uiteindelijk, na wat aansporingen van mijn kant, ging de naar paraffine geurende jas uit. Daarna ging de hoed af. En eindelijk kon ik tot mijn grote opluchting de twee mannen in de salon laten.

Mevrouw was alleen omdat meneer James zich nog niet verwaardigd had uit zijn werkkamer te komen. Ze kwam half overeind uit haar stoel om de gasten te begroeten. Ze zag er broos en een beetje zenuwachtig uit. Ik wilde blijven om me ervan te vergewissen dat haar niets overkwam, maar ze wierp me een paar waarschuwende blikken toe en zei ten slotte: 'Dat is alles, Bessy.' Dus ik had geen keus dan de salon uit te gaan en de deur achter me dicht te trekken.

Onderweg naar de keuken zag ik het traktaat van de dominee op de kapstok liggen. Hij moest het daar stiekem hebben neergelegd toen ik zijn jas ophing. Deze keer was het niet *Beste rooms-katholieke vriend* maar *De kwade gevolgen van de moderne dans*. Daar moest ik in de keuken hartelijk om lachen. Kennelijk schaadde dansen de gezondheid van iedereen die zich eraan overgaf. De wals moest het vooral ontgelden, omdat die onherroepelijk leidde tot de overtreding van het zevende gebod, en in het algemeen viel er niks gunstigs over dansen te zeggen omdat 'zelfs een stomme Afrikaan of een aap het kan leren.'

Ik mag een boon wezen als ik niet naar het haardvuur walste en het traktaat in de dansende vlammen wierp.

Toen ik met het dienblad naar de salon terugkeerde had meneer James zich net bij het gezelschap gevoegd en ze bespraken de voortgang van zijn plannen om een drinkfontein in het dorp te plaatsen. Persoonlijk denk ik niet dat het meneer James een rooie biet kon schelen of de dorpelingen zuiver en makkelijk te verkrijgen drinkwater hadden of niet, het was gewoon een manier om in de gunst van de mensen te komen. Vooral in die van Duncan Pollock, parlementslid, want die was eigenaar van de gieterij waar ze die fonteinen maakten. Meneer James had van hem een bedrijfscatalogus gekregen en die liet hij nu aan zijn gasten zien, zo trots als een pauw met twee piemels. Terwijl ik de tafel dekte voor de thee sloeg hij de catalogus open en gaf hem aan de dominee.

'Hier heb je hem', zei hij. 'Die daar. Misschien kent u hem wel, dominee, nummer drieëndertig. Hij heeft vier pilaren, zoals u wel kunt zien, en een overkapping.'

Dominee Pollock leunde achterover in zijn stoel en begon langzaam en zorgvuldig voor te lezen wat er op de bladzijde stond, op een manier die ieders aandacht afdwong.

'"Pagodevormige drinkfontein, twee meter negentig hoog. Aan twee zijden is ruimte gelaten voor inscripties." Ah-haa! "Terwijl aan de twee andere zijden de nuttige aanmaning staat: 'Houd de stoep droog'." Ah-haa! Heel goed, James, heel goed. Maar welke andere inscriptie ga je plaatsen, vraag ik me af. Iets gevats, ongetwijfeld. Ik weet al wat.' Hij sloeg een toon aan die even dreigend en naargeestig als luid was, ik nam aan dat het zijn kanselstem was. "Een ieder die van dit water drinkt, zal wederom dorsten!"'

Meneer James haalde adem en boog naar voren, op het punt iets te zeggen, maar de dominee maande met zijn vinger tot stilte: hij was nog niet klaar.

'"Maar zo wie gedronken zal hebben van het water dat Ik hem geven zal, dien zal in eeuwigheid niet dorsten, maar het water dat Ik hem zal geven, zal in hem worden een fontein van water springende tot in het eeuwig leven!"' Hij wendde zich glimlachend tot mevrouw en besloot met een hoofdknikje: 'Johannes, hoofdstuk 4, vers 13 en 14. Ah-haa! Het Nieuwe Testament, misschien, maar niet minder toepasselijk.'

Meneer James keek schuin omhoog alsof hij over het voorstel van de dominee nadacht, maar als je het mij vraagt vond hij het eerder pijnlijk. 'Ik vrees', zei hij, 'dat het te wijdlopig is, hoe geschikt en bewonderenswaardig de gedachte ook moge zijn.'

'O?' sprak de dominee. 'Wijdlopig?'

'Het zou niet eens op de plaquette passen', zei meneer James kortaf.

'Ah-haa!' zei de Geitenbok. 'Er wordt iets kernachtigs vereist. In dat geval kunnen we, laat ons zeggen, psalm 42 nemen.' Opnieuw klonk de naargeestige kanselstem. '"Gelijk een hert schreeuwt naar de waterstromen, alzo schreeuwt mijn ziel tot U, o God!"'

'Ja', zei meneer James. 'Dat is wat bondiger. Het is alleen jammer dat ik de inscriptie al besteld heb.'

'Juist, ja', sprak de dominee. 'En wat hebt u gekozen, als ik vragen mag?'

'Ja, vertel, lieverd', zei mevrouw. 'Hoe luidt je inscriptie?'

Tot op dat moment had ze gezwegen, met een benauwde uitdrukking op haar gezicht, en ik begon me al zorgen over haar te maken, maar nu ze haar echtgenoot aankeek zag ik een twinkeling in haar ogen.

Meneer James schraapte zijn keel. 'Die luidt simpelweg: "Geschonken door James Reid".'

De dominee trok afkeurend een wenkbrauw op. 'Zeer kernachtig, ja', zei hij en las verder in de catalogus, deze keer binnensmonds mompelend. Iedereen zweeg even. Maar meneer James voelde behoefte zich nader te verklaren en richtte het woord tot Flemyng.

'Voor elke letter moet betaald worden, begrijpt u? Ik had al een aanzienlijk bedrag voor de drinkfontein uitgetrokken, dus ik vond het beter om de inscriptie tot een minimum te beperken.'

'Natuurlijk', zei Flemyng. 'Daar hebt u groot gelijk in, meneer. Mag ik zo vrijpostig zijn te vragen hoeveel zo'n fraaie installatie kost?'

Meneer James pufte een wolk lucht tussen zijn lippen weg en schudde zijn hoofd. 'Dat kan wel vijftig of honderd pond kosten, afhankelijk van...'

'Volgens mij kost deze achttien pond', kwam de dominee met een slim lachje tussenbeide. 'Dat heb ik op de fabriek gehoord. Het is een van de simpelste modellen. De exacte prijs zou hierin moeten staan. Laat eens kijken...' Hij begon de catalogus door te bladeren.

Meneer James keek hem schuins aan en wendde zich weer tot Flemyng. 'Er zijn er bij met veel te veel versieringen naar mijn smaak. Al die modieuze Moorse ontwerpen met griffioenen en gekke beesten. Het is veel beter om een strakke lijn aan te houden met minder krullen.' Hij sprak op gezaghebbende toon, maar die werd ondermijnd door het feit dat hij op zijn nagels begon te bijten toen hij klaar was.

'O ja,' zei Flemyng, 'daar ben ik het helemaal mee eens. En waar gaat u de drinkfontein plaatsen, meneer?'

Meneer James scheen die vraag niet te horen, en te oordelen naar de manier waarop hij dominee Pollock schuins aankeek zou je zeggen dat hij de kerkdienaar liever had afgekloven dan zijn nagels.

Mevrouw nam zacht de hand van zijn mond weg. 'James, lieverd,' zei ze, 'Davy wil graag weten waar je de fontein gaat plaatsen.'

Maar net op dat moment slaakte de dominee een kreet. 'Daar heb je hem!' zei hij. 'De prijslijst!' Hij ging met zijn vinger over de bladzijde.

Mevrouw boog voorover en sprak hem aan. 'Zoudt u zo vriendelijk willen zijn, dominee, om mij het plaatje van de fontein te tonen? Ik heb het nog niet gezien.'

Dat was een list om hem van de prijslijst af te leiden en meneer James wierp haar een dankbare blik toe, maar de Geitenbok liet zich niet vermurwen.

'Jawel Arabella, zo meteen', zei hij zonder op te kijken. Er gleed even een lichte frons over haar gezicht en een kort moment kon je zien hoe groot de hekel was die ze aan hem had. 'Waar was ik gebleven?' ging hij verder. 'Nummer 33 – ja – die is, zoals ik al dacht, 18 pond en 10 shilling precies.' Hij leunde achterover in zijn stoel en keek het gezelschap stralend aan.

'Nou', zei Flemyng. 'Het is een koopje. Ik ben ervan overtuigd dat de inwoners van Snatter u heel dankbaar zullen zijn, meneer James, nu en voor altijd. Dat is heel gul van u. Chapeau, meneer. U bent een voorbeeld voor ons allen. En als u ooit een scheet wilt laten, dan vang ik die met liefde voor u op.'

In werkelijkheid zei hij dat laatste niet. Dat deed ik.

'Erg vriendelijk van je, Davy', zei mevrouw. 'Maar je hebt volkomen gelijk.' Ze wendde zich tot haar echtgenoot. 'Ik ben trots op je, James, dat je zo'n nuttige voorziening hebt geschonken, dat is heel attent. We kunnen een kleine openingsceremonie houden. Wat vind je daarvan?'

De Geitenbok liep gevaar te gaan mokken omdat zijn bekendmaking van de prijs niet bepaald het verstorende effect had gehad waarop hij gehoopt had. Mevrouw had dit in de gaten en deed een beroep op hem.

'Ik vroeg me af, dominee,' zei ze, 'of wij van uw goedgunstigheid gebruik zouden kunnen maken om een paar woorden ter ere van deze gelegenheid te zeggen. Ik weet dat u het druk hebt, maar ik denk niet dat een ceremonie compleet zou zijn zonder een inleidende toespraak van uw goedertierenheid.'

Met een uitgestreken gezicht, alsof ze het echt meende! Je moest wel bewondering voor haar hebben, ze was geweldig.

Onnodig te zeggen dat de Geitenbok niet immuun was voor die vleierij. 'Ach, nou ja,' zei hij, 'misschien dat ik wel iets in het kort kan zeggen.'

'Ik hoop het vurig', zei mevrouw. 'Ik heb natuurlijk uw pamflet over Willem van Oranje vele malen gelezen, maar ik heb het nooit horen uitspreken. Misschien wilt u ons bij het inwijden van de fontein de grote eer vergunnen het aan ons voor te lezen?'

'Dat is één mogelijkheid', zei meneer James haastig. 'Of anders zou de dominee iets kunnen schrijven wat meer bij de gelegenheid past.'

Precies op dat moment keek mevrouw op en ving mijn blik. Ik denk dat ik daar al een poosje naar ze had staan luisteren terwijl ik allang klaar was met het opdienen van de theespullen.

'Is de thee klaar, Bessy?' vroeg ze, en toen ik knikte zei ze opgewekt: 'Heel goed. Dank je.'

Ik maakte een kniebuiging en verliet het vertrek, onderweg even stilstaand om de kat naar buiten te jagen die door de openstaande deur naar binnen was geglipt. Terwijl ik wegging kwamen allen overeind om zich gezamenlijk aan de theetafel te zetten. Mevrouw had de dominee een arm gegeven en luisterde beleefd toe terwijl hij oreerde over zijn toespraakje. Meneer James, die zijn zelfvertrouwen weer terughad, nam intussen een autoritaire houding aan (één voet op een stoel en de armen in de zij) en vertelde dat er ruim zestig meter pijp gelegd zou moeten worden om de fontein van water te voorzien, een gegeven dat door Flemyng met zo'n verbazing en bewondering ontvangen werd dat je bij God zou denken dat het om een hoogstandje van technologie ging.

Om ongeveer vijf uur gingen de gasten weg, ze hadden kennelijk genoten van de thee. Alles bij elkaar genomen had mevrouw zich goed geweerd, beter dan haar echtgenoot, zou je zelfs kunnen zeggen. Ikzelf was erg opgelucht. Na een slecht begin had ze zich waardig en charmant gedragen, ze was bijna weer de oude. Niet alleen was ze moeiteloos diplomatiek geweest tegen de Ouwe Geitenbok, ze had ook min of meer haar man van een afgang gered. Als ze dat allemaal kon doen, dan moest ze toch wel beter zijn?

En toch gebeurde er vóór het einde van de week iets wat me deed twijfelen aan die conclusie. Het was een paar avonden voordat ze naar Edinburgh zouden vertrekken. Ik was op de gebruikelijke tijd naar bed gegaan en had een poosje in mijn dagboek zitten schrijven om het de volgende ochtend aan mevrouw te laten lezen. Maar toen ik de kaars uit had geblazen, kon ik niet slapen, misschien omdat de gedachte dat ik een aantal dagen van haar gescheiden zou zijn me parten speelde. Terwijl ik daar lag te woelen als een hond met vlooien werd ik me steeds meer bewust van de stilte in huis. Ik was niet bang, omdat ik wist dat mevrouw en meneer James op de verdieping beneden me in hun kamers waren, maar ik moest er wel aan denken dat ik over een paar dagen, als ze in Edinburgh waren, alleen zou zijn. Hoe stil zou het huis dan wel niet lijken?

Terwijl ik dat zo lag te bedenken en me misschien van tevoren al een tikje ongerust maakte, hoorde ik een gerucht op de overloop. Een ruisend, klapperend geluid, gevolgd door het zachte kraken van een vloerplank, waarna het even stil was en het ruisen weer begon – om vervolgens weg te sterven. Het klonk alsof er iemand stiekem over de overloop sloop. Meteen dacht ik aan indringers. Er viel in Kasteel Haivers weliswaar niet veel te halen, maar mevrouw had een paar juwelen die van haar moeder waren geweest, en die kleinoden bewaarde ze in een kistje op haar kamer. Voor mijn geestesoog zag ik al een insluiper die op mevrouw neerkeek terwijl ze sliep, en die gedachte maakte dat ik uit bed sprong. In mijn haast vergat ik een kaars mee te nemen en moest op de tast zo snel ik kon de trap af lopen.

Toen ik op de overloop kwam, zag ik dat de deur van

mevrouws kamer openstond en dat er licht brandde. Ik liep er op mijn tenen en met ingehouden adem naartoe, maar tot mijn opluchting zag ik dat de kamer leeg was. De dekens van het bed waren teruggeslagen, alsof mevrouw daar een poosje gelegen had en vervolgens was opgestaan. Ik concludeerde dat ze naar beneden, naar de keuken, was gegaan, misschien om iets te eten, en stapte weer de overloop op. Ik wilde net naar mijn eigen kamer teruggaan toen een vaag gerucht van boven mijn aandacht trok. Het was het geluid van een krakende plank.

Ik keek de gang door naar de grote zoldertrap en net op het moment dat ik me omdraaide kwam mevrouw in een plas licht de trap af. Eerst zag ik alleen haar fluwelen pantoffels en de zoom van haar nachtjapon. Ze nam de traptreden zorgvuldig en licht. Het bovenste deel van de muur van het trapportaal benam haar het zicht op de overloop, vandaar dat ze me niet gezien had, en dus dook ik weg achter de linnenpers. Ik denk dat ik niet de indruk wilde geven dat ik haar bespioneerde. In één hand hield ze een lamp en er zat iets onder haar arm geklemd. Een klein, donker, vierkant voorwerp dat ik niet goed kon onderscheiden.

Die dingen nam ik in me op voordat ze de overloop op stapte. Ik trok me terug in de schaduw en hield mijn adem in, dankbaar dat ze in haar ijver om stilletjes haar kamer te bereiken alleen naar de vloer voor haar voeten keek en me niet zag. Ze hield het voorwerp strak tegen haar zij en ik zag alleen iets bengelen voordat ze in haar kamer verdween en de deur sloot. Wat het ook was dat ze droeg, er zat een lichtrood lint omheen.

Wat kon dat geheimzinnige voorwerp zijn? Iets wat ze misschien mee naar Edinburgh wilde nemen? Of iets wat ze uit Nora's koffer op zolder had gehaald? En waarom had ze gewacht tot midden in de nacht om het te gaan halen?

14

Ontbrekende bladzijden

Natuurlijk zei ik tegen mezelf dat er hoogstwaarschijnlijk een volkomen normale verklaring was voor het feit dat mevrouw na het donker door het huis sloop. Maar waar ik me zorgen over maakte was dat het op de een of andere manier te maken had met haar recente inzinking. En net nu ze helemaal beter leek!

Toen ik de volgende ochtend haar kamer in ging, keek ik om me heen, maar er was geen teken van een geheimzinnig voorwerp te bespeuren. Geen enkel. De enige half fatsoenlijke plek in de kamer waar je iets kon verstoppen was het bureau waar ze haar *Observaties* bewaarde, en ik bedacht dat ze het daar wel in gestopt zou hebben, wat het ook was. De sleutel zat in het slot en ik kwam danig in de verleiding om vlug de la te doorzoeken. Ik vond die ochtend heel vaak een reden om haar kamer in te gaan, maar dan was ze er altijd, dus dat verijdelde mijn plannen. Toen ik weer een keer naar boven ging met kolen zat ze bij het vuur te stoppen en keek me wantrouwend aan, ik dacht dat ze ging zeggen wat nou weer, want ik was al sinds het krieken van de dag ik weet niet hoe vaak, wel honderdzevenenveertig keer, in en uit geweest.

Maar dat was het helemaal niet. Daar kwam ik algauw achter.

'Toen ik vanochtend op zolder was,' zei ze, 'zag ik toevallig dat iemand die boodschap van het raam had geveegd.'

'O?' zei ik. 'Wat deed u op zolder, madam?' Allemaal zo nonchalant als maar kon, om de een of andere reden jokte ze over het tijdstip dat ze naar boven was gegaan.

Ze wees naar iets aan het voeteneind van haar bed. Een koffer die ik tot dat moment niet had gezien. Natuurlijk had ze een koffer nodig als ze naar Edinburgh ging, en de koffers werden inderdaad op zolder bewaard. Dus misschien was ze echt vroeg die ochtend op zolder geweest. Maar dat ding was níét wat ze de vorige avond onder haar arm had. Pertinent niet.

'Ik ging dat daar halen,' zei ze, 'en ik zag dat het raam was schoongeveegd.'

'Jawel, madam', zei ik. 'Dat heb ik gedaan. Op de dag dat u uw inzinking kreeg.'

Ze klakte met haar tong. 'O, wat jammer', zei ze. 'Ik wilde de hand onderzoeken.'

'De hand, madam?'

'Het handschrift. Ik zou het misschien hebben herkend.'

God, wat was ik blij dat ik dat dakraam had schoongeveegd! Maar goed dat ik mijn handschrift had gecamoufleerd door alleen hoofdletters te schrijven, ik was niet helemaal achterlijk. Maar om eerlijk te zijn, toen ik die boodschap op het raam schreef had ik geeneens aan Nora's handschrift gedacht, want ik had geen idee hoe ze schreef, en bovendien, wie wist hoe een spook schreef en of het op dezelfde manier schreef als toen de persoon nog leefde?

Mevrouw keek me afwachtend aan.

'Het spijt me vreselijk, madam', loog ik. 'Ik dacht gewoon dat het weg moest. Is er nog iets anders van uw dienst?'

'Nee, dank je, Bessy. Maar mocht je nog meer van die handgeschreven teksten zien, of wat voor boodschap dan ook, zorg er dan voor dat je het níét uitveegt en kom me onmiddellijk halen.'

Ik keek haar stomverbaasd aan. We draaiden in kringetjes rond.

'Maar... madam... we waren het er toch over eens dat er niet meer teksten zijn omdat er geen spook is? Dat die boodschap hoogstwaarschijnlijk door dat meisje Nora was geschreven vóór ze doodging?'

Mevrouw knipperde een paar keer met haar ogen alsof ze zich iets te binnen probeerde te brengen. 'O ja', zei ze. 'Natuurlijk. Ik bedoelde alleen dat het meisje misschien nog ándere boodschappen op andere plaatsen heeft geschreven. Ik bedoelde dus toen ze nog leefde.'

Ik bedoelde dus mijn neus!

Ze glimlachte en nam een andere kous op om hem te bekijken, maar haar ogen waren glazig. 'Ik denk niet dat deze het nog waard is om te worden gestopt, vind je wel?' vroeg ze. 'Hij zit zo vol gaten. Nou ja, plicht roept.' En schouderophalend ging ze door met stoppen.

Dat incident joeg me de schrik goed op het lijf, want er was geen twijfel aan dat mevrouw een beetje raar deed. Ik wilde niet dat ze weer ziek werd. En dus besloot ik haar la te doorzoeken als ze goed en wel naar Edinburgh vertrokken waren.

De volgende dag vertrokken ze, zoals gepland. Meneer James had nog niet eerder in oostelijke richting met het spoor gereisd, maar hij wilde dat eens meemaken, dus namen ze de trein van Westerfaulds naar Bathgate, en vandaar verder naar Edinburgh. Het rijtuig was om elf uur besteld, maar Biscuit Meek kwam tien minuten te laat. Hector, moge de duivel hem halen, was nergens te bekennen, dus ik pakte de koffers en zeulde ze zelf naar buiten. Meneer James (die in de hal had staan rondspringen als een kip op hete kolen) stoof achter me aan en sprong zo energiek in het rijtuig dat het me verbaasde dat het niet om zijn oren heen in elkaar zakte. Biscuit zette zonder een woord te zeggen de valiezen in het rijtuig en klom vervolgens terug op de bok, hoewel 'klimmen' niet het juiste woord is. Als het mogelijk is om tegelijk te klimmen en te slampampen, dan is dat wat ie deed.

Ik wachtte op de stoep tot mevrouw kwam. Het was eindelijk opgehouden met regenen en de zon begon te schijnen, maar alles om ons heen was drijfnat. De traptreden, het grind, de hoge kale bomen, het mos, het druipend struikgewas, alles zag er nat en vettig uit. Het geluid van Biscuit die rochelde als een oude geiser deed pijn aan mijn oren, en het leek wel of zijn paarden al even geïrriteerd waren, want ze pisten en scheten dat de honden er geen brood van lusten, meer dan nodig was in ieder geval. Om de waarheid te zeggen was ik er niet zo best aan toe. Ik weet niet precies waarom. Misschien maakte ik me zorgen over mevrouw. En ook, als ik helemaal eerlijk ben, verheugde ik me er niet op twee dagen zonder haar te zitten.

Meneer James stond duidelijk te popelen om te gaan, want hij bleef maar opkijken naar de voordeur en wanhopige geluiden maken, en na een poosje, toen er nog geen teken van mevrouw te bespeuren was, stoof hij terug naar binnen. Ik hoorde hem iets naar boven roepen, en na een paar tellen kwam mevrouw eindelijk tevoorschijn, gekleed in een duifgrijze jurk onder een zwarte mantel. Ik kon meteen aan de manier waarop ze zenuwachtig op haar lip beet zien dat ze het moeilijk had. Ze kwam naar me toe en nam mijn handen in de hare. Het glacé van haar handschoenen voelde warm en droog aan.

'Bessy', zei ze. 'Heb jij de sleutel van mijn bureaula gezien?'

'Nee, madam.'

Ik keek haar recht in de ogen toen ik dat zei. Ze fronste en haar blik dwaalde weg. 'Maar ik kan hem nergens vinden', zei ze afwezig. 'Hij zal wel kwijt zijn.'

Meneer James stiefelde achter ons door naar buiten. 'Kom op! Kom op!' zei hij met een paar weidse armgebaren alsof hij ons allebei van de bordestrap wilde vegen, en ik was gedwongen vlug uit de weg te gaan. Hij greep mevrouw bij de arm en sleurde haar mee naar beneden, naar het rijtuig.

'Vaarwel', zei ik. 'Goede reis, madam.'

Meneer James werkte haar naar binnen, ging naast haar zitten en deed het portier dicht. Biscuit klapte met zijn zweep en trok aan de teugels. De paarden stapten over het grind. Ik zwaaide naar mevrouw, maar ik denk niet dat ze me kon zien, want haar echtgenoot zat in de weg.

Terwijl het rijtuig de oprijlaan af reed liet ik mijn hand in mijn schortzak glijden en sloot mijn vingers om het koude metaal van de sleutel die ik had weggesnaaid toen ze naar de wc was.

Ik bleef kijken tot het rijtuig uit het zicht verdwenen was, waarna ik naar binnen ging en de grendel voor de deur schoof. Het huis voelde heel anders nu er niemand thuis was, wil je wel geloven. Te groot, te koud, te donker en buiten het tikken van de staande klok zo stil als het graf. Het leek wel of de lucht zelf stilstond en afwachtte. Mijn voetstappen echoden door de gang en verschillende meubelstukken die ik vaak had afgestoft – de klok, de kapstok, het brieventafeltje – zagen er inenen vreemd uit. Ik realiseerde me dat het allemaal aan mijn verbeelding te wijten kon zijn, want ik was er niet aan gewend om meer dan een paar uur alleen gelaten te worden. Niettemin haastte ik me terug naar de keuken, die tenminste het voordeel had dat hij bekend was.

Voor het geval ze terug zouden komen om iets op te halen wat ze vergeten waren, gaf ik mevrouw en meneer een uur de tijd voordat ik me aan enige verboden activiteit overgaf.

278

Eerder die dag had ik alle kolenkitten verzameld en die maakte ik nu van binnen en van buiten schoon. Het was zwaar werk, maar het nam maar een halfuurtje in beslag. Ik was echter aan het eind zo zwart, dat het nog twintig minuten duurde om me te wassen en een schoon schort voor te doen. Daarna haastte ik me naar boven.

Arabella was haar kamer uit, maar ze had talloze sporen achtergelaten. Een onderjurk en een paar kousen op het Turks tapijt. De geur van rozen in de lucht vlak bij het bed. Een paar strengen haar op de kussensloop. En op de toilettafel een paar druppels water van toen ze zich die ochtend gewassen had.

Mijn voeten maakten geen geluid toen ik naar haar bureau stapte. De sleutel draaide soepel om in het slot en de la maakte een zuchtend geluid toen ik hem uitschoof.

Tot mijn verbazing lag *De observaties* voor me – wijd open. Bij een bladzijde met de kop 'Nora blijft uitmunten'. Die daas van een Nora weer! Weg met haar! Mevrouw moet over haar hebben zitten lezen. Ik had veel zin om het boek het raam uit te gooien. Maar je gelooft het of niet, als een tong die steeds weer voelt aan een rotte kies werd ik door het boek aangetrokken, ik wilde meer over mijn rivaal te weten komen en liet mijn oog over de bladzijde gaan.

UITTREKSEL VAN *De observaties*
(ZIE EERDERVERMELDE RESTRICTIES)

De gehoorzaamheidstesten gaan met gezwinde pas. Ja, die laatste uitdrukking is wellicht een onbedoelde woordspeling, want ik heb me de laatste tijd geconcentreerd op de ontwikkeling van het 'wandelexperiment' met Nora. De lezer zal zich herinneren dat zij in de eerste dagen van haar dienst voorwaarts liep als zij daartoe de opdracht had gekregen, tot zij een obstakel op haar weg vond, op welk punt ze zich omdraaide en doorging met lopen. Dat deed ze vanaf het begin ongevraagd. Ik had verwacht dat ze volledig tot stilstand zou komen als ze een obstakel ontmoette, en het was een aangename verrassing te zien dat ze even halt hield, om vervolgens een andere richting in te slaan, ongeveer zoals een opwindbaar stuk speelgoed. Deze verandering van richting, als ze een obstakel op haar weg vond, betekende echter dat haar bewegingen altijd beperkt bleven tot een klein gebied – de kamer waarin we ons op dat moment bevonden, of de achtertuin, als de omstandigheden het toelieten buiten te werken. Om de reikwijdte van het experiment te verruimen stelde ik haar vervolgens voor om niet van richting te veranderen als ze een obstakel ontmoette, maar eromheen te gaan, of erdoorheen (indien nodig), wat voor belemmering het ook was.

Wat volgde was bijzonder interessant. De eerste dag dat ik haar voor het huis zette en 'lopen' tegen haar zei, liep ze het grindpad op, omzeilde een boom, klauterde door het struikgewas en zou over de muur geklommen en de weg zijn overgestoken als ik haar niet had teruggeroepen – waarna ze naar beneden sprong en tam aan mijn zijde kwam staan. Ik beloonde haar met overdadige loftuitingen en nam haar de volgende dag mee naar een veld achter het huis, waar ik haar opnieuw opdracht gaf te lopen. Deze keer had ik haar in oostelijke richting opgesteld. Ze stak het veld over en toen ze aan de overkant bij een omheining kwam, klom ze eroverheen en vervolgde haar weg, tot ik haar terugriep. Dit experiment werd een aantal dagen herhaald, altijd met bevredigende resultaten, en elke keer stond ik haar toe verder te gaan. In plaats van met haar mee te lopen, heb ik een fluitje gekocht en haar getraind om op haar schreden terug te keren wanneer ze me drie keer hoort

fluiten. Ze beweert dat ze van dit experiment meer geniet
dan van enig ander dat we tot dusver hebben uitgevoerd,
vooral (zegt ze) omdat ze ziet dat het me bijzonder ple-
ziert. En ze heeft gelijk, het pleziert me inderdaad, wellicht
omdat het in wezen een volslagen doelloze taak is – en toch
doet ze het altijd zonder tegenspreken of klagen voor me.

Nog nooit had mevrouw enige belangstelling gehad om míj
voor haar te laten lopen, binnenshuis of buiten. Ik was
loeikwaad. Godallemachtig, wat ziedde ik! Ik pakte *De observaties* en smeet het boek op de grond. En daar, boven op
alle dagboeken van de dienstmeiden, zag ik een ander boek
in de la, dit keer dichtgebonden met een lichtrood lint.

Ik nam het uit de la, het was maar een goedkoop kasboek,
net zo een als mevrouw mij gegeven had. Het lint eromheen
liet meteen los toen ik aan de strik trok. Ik sloeg de kaft open.
Binnenin had iemand in blokletters geschreven: NORA
HUGHES. Het boekje stond vol met gedateerde aantekeningen in hetzelfde handschrift. Het was Nora's dagboek. Dus
daar had je het, het geheimzinnige voorwerp. De woorden
van de Gezegende Heilige.

Opeens realiseerde ik me wat mevrouw op zolder had
gedaan. Ze bewaarde alle dagboeken van de dienstmeiden
hier in deze la, waarschijnlijk ook dit van Nora, dat ze mee
naar boven moest hebben genomen om het handschrift te
vergelijken met dat op het dakraam – waarna ze tot de
ontdekking kwam dat de boodschap op de ruit verdwenen
was.

Ik sloeg de bladzijden om en las een paar aantekeningen,
alleen maar om te zien hoe Nora schreef. Ze spelde vrij goed
en, ja, ze wist waar je een punt of een komma moet zetten
(iets wat ikzelf ook graag wil, maar ondanks het feit dat ik
sinds die tijd vooruitgegaan ben, weet ik nog steeds niet altijd

precies waar die keuteltjes thuishoren). Haar letters waren keurig nette kriebeltjes, maar ondanks de verzorgde presentatie zag ik niet in waarom Nora's geschrift beter was dan het mijne. Het was niet levendig, er was niets wat je belangstelling trok. Laat ik zeggen dat ze gewoon opschreef wat ze deed in en rondom het huis. Soms schreef ze over de experimenten, wat ze moest doen, hoeveel herhalingen, enzovoort. En soms (ongetwijfeld op instructie van mevrouw) vertelde ze wat ze dacht en wat er door haar hoofd ging. Alle aantekeningen leken min of meer op elkaar. Het boek was ongeveer voor een kwart volgeschreven. Ik las een stuk of tien bladzijden en bladerde toen door naar het einde, om te lezen wat ze het laatst geschreven had. Ik kan me de exacte bewoordingen niet meer herinneren, maar dit is het ongeveer:

Na het werk zonder te stoppen gelopen voor mevrouw. Geen obstakels ontmoet, behalve een paar omheiningen waar ik overheen klom. Oostelijke richting aangehouden, op aanwijzing van mevrouw. Het was mooi weer en de wandeling gaf me gelegenheid na te denken. Ik merk dat ik de laatste tijd erg door mijn gedachten in beslag genomen word en ik liep te dagdromen, tot ik niet ver van het pad iets verschrikkelijks zag – een ekster verscheurde een klein diertje, een vogeltje dacht ik, dat nog leefde. Het angstaanjagende, oorverdovende geschreeuw en gekrijs van het stervende wezentje was martelend. Ik wilde een eind maken aan de brute moordpartij, maar ik durfde het niet – en natuurlijk moest ik zonder te stoppen doorlopen wilde ik mevrouws instructies opvolgen. Ik bedacht dat zelfs als de ekster werd weggejaagd, het diertje toch zou sterven aan zijn dodelijke verwondingen. Ik wist ook dat ik de moed niet had om het te doden. Het gevolg is dat ik er nooit achter kwam wat voor diertje het was – misschien een muis, of een pasgeboren konijntje, of een of ander nestvogel-tje. Ik wendde mijn ogen af en schreide een paar tranen, tot ik het fluitje van mevrouw hoorde, waarna ik mijn ogen droogde en terugkeerde naar Kasteel Haivers – ik nam een iets langere route om het tragische doodstafereel te vermijden.

Mevrouw zegt dat, met Gods genade en als het weer het toelaat, een andere wandeling ondernomen zal worden, alleen moet ik dan vanaf de overstap in onze bovenste wei noordwaarts lopen, een richting die we tot nog toe niet opgegaan zijn. Mevrouw zinspeelde erop dat ze deze keer misschien niet zal fluiten om me terug te roepen, maar dat ik door moet lopen tot mijn geweten me zegt te stoppen. Ze legde het niet uit, maar ik denk dat ze wil zien tot hoever ik haar gehoorzaam. Ze moet inmiddels weten dat er natuurlijk niets is wat ik niet voor haar zou doen en dat geen afstand te groot voor me zou zijn, zelfs al liep ik de zolen van mijn schoenen.

Misschien ben ik te gevoelig de laatste tijd, maar ik heb besloten dat ik eksters haat. Het zijn de allerergste vogels, erger nog dan kraaien.

Hiermee eindigde de laatste aantekening, een hoop gezever over vogels en kleine beestjes. Maar haar opmerkingen over het lopen intrigeerden en irriteerden me. '*...zonder te stoppen gelopen voor mevrouw*' en '*...een andere wandeling ondernomen zal worden, alleen moet ik dan... noordwaarts lopen*', enzovoort.

Die loopopdracht. Je zou denken dat het iets speciaals was waar alleen bepaalde mensen goed genoeg voor waren. Mijn hart bonkte, het was een steek van jaloezie. Dat mevrouw onafhankelijk was van mij, dat ik geen controle had over haar gedachten en gevoelens, dat ze in feite meer van een ander meisje kon hóúden dan van mij, haar een betere dienstmeid vinden of haar speciale experimenten toevertrouwen – dat waren allemaal bronnen van grote ergernis. Wat me het meeste kwaad maakte was dat ik er niks tegen kon doen, Jezus de Pezus wat haatte ik die Nora. En ik kende haar niet eens! Ik was strontmisselijk van haar verdomde volmaaktheid. Wat had zij dat ik niet had wat maakte dat mevrouw zo op haar gesteld was? Ze was per slot van rekening maar een stapeltje rottende botten.

Ik wilde net het boek dichtslaan en terug in de la schuiven toen ik een paar dunne papiersnippers in het bindwerk zag, en toen ik de scheuren in de rug nader onderzocht, merkte ik dat er verscheidene bladzijden uit waren gehaald. Niet eruit gescheurd, want dan zouden rafeltjes zijn achtergebleven en die zou ik meteen gezien hebben. Nee, vlak bij het bindwerk, heel opzettelijk en met iets heel scherps.

Gezien de data en wat er in de rest van het boek beschreven stond leek het me een goede gok dat die ontbrekende bladzijden een verslag bevatten van Nora's laatste dagen op Kasteel Haivers, misschien inclusief de wandeling in noordelijke richting die ze in haar laatste aantekening vermeldde. Maar waarom zou ze dingen hebben opgeschreven en vervolgens eruit gesneden? Had ze besloten haar handel en wandel voor mevrouw verborgen te houden? Misschien was ze op haar wandeling bij een gevecht betrokken geraakt. Of had ze een stiekeme vrijer met wie ze het deed? Ik zal je vertellen dat ik erg opgelucht was nu ik iets ontdekt had wat misschien eens een keer afbreuk zou doen aan Nora. Haar af laten gaan, de miezerige muis. Nou, als zij een wandeling kon doen voor mevrouw, dan kon ik het toch zéker. Niet dat ik het nou aan Arabella kon vertéllen, want dan zou ik verraden dat ik had lopen rondneuzen, haar laden doorzoeken en zo. Maar ik was heel nieuwsgierig om in de voetstappen te treden van MIJN RIVAAL!

Ik zette de sokken erin om mijn werk af te maken en tegen halfvier was ik onderweg naar het bovenste veld, met een jas aan en een hoedje op. Die jas had ik van mevrouw gekregen, het was een afdankertje van haar, gemaakt van grijs kamgaren. Over dat hoedje was ik niet zo tevreden, dat had ik in de garderobe gevonden, het was een ouderwets luifelhoedje van het soort dat oma's droegen, maar het hield mijn oren warm – hoewel ik het een paar maanden eerder nog niet op mijn hoofd zou hebben gezet al had je me hónderd pond betaald.

Op het hoogste punt van het veld was een muur met een overstap van leisteen. Daar klom ik op en bleef even op de bovenste tree stilstaan. Achter me in een ondiep dal lag het bos met Kasteel Haivers. Ik wilde net verder gaan toen ik opschrok van het nauwelijks hoorbare, maar onmiskenbare slaan van een deur. Het omahoedje beperkte mijn zicht, zodat ik mijn hele hoofd moest draaien in de richting van het geluid, dat ergens links van het bos kwam, waar de boerenstulpjes stonden. Tot mijn verbazing zag ik dat ik daar vlak langs gekomen was, want ik keek van boven op ze neer als waren het poppenhuisjes. Een pluimpje rook kwam uit een van de schoorsteentjes. Toen werd mijn aandacht getrokken door iets wat bewoog en zag ik een miniatuur-Hector van de stulpjes weg stiefelen in de richting van de bomen, misschien ging ie naar het huis, nou, dan was ie te laat, de stinkerd, want er was niemand thuis, hij had er vanmorgen moeten zijn om te helpen met de koffers, dat had ie moeten doen. Ik overwoog om te fluiten en naar hem te zwaaien, maar toen dacht ik aan mijn malle hoedje en veranderde van gedachten, ik zou het voor de rest van mijn leven moeten horen.

Voor me strekte zich een nieuw grasveld uit, dat heuvelafwaarts liep. Daarachter was het land vlak, maar de horizon in de verte was niet te zien vanwege de mist. Ik sprong naar beneden en liep door. Achter me verdween Kasteel Haivers achter de heuveltop. Daar ging ik, dicht bij de heggen blijvend, tot ik bij een smal pad kwam waar het weiland scheen op te houden. Recht voor me lag het land braak, met hier en daar hoge kolenbergen. Het spoor dat ik volgde liep verder over het braakland en dus liep ik door, want ik wist dat als ik de Grote Weg maar in mijn rug hield, ik ongeveer naar het noorden ging.

Het braakland waar ik doorheen liep was naargeestig, vol kuilen en gaten. Een paar kale bomen, doorbuigend in de heersende wind, staken zwart en stakerig af tegen de winterse hemel. Ik vond ze lijken op reuzen die met opgeheven armen wegvluchten voor een groot gevaar. Er zong geen vogeltje en er groeide niks lieflijks, het was alles dorre varens, mos en onkruid wat de klok sloeg. Het werd kouder toen het begon te schemeren. De mist rolde over de grond als rookwolken en er hing een brandlucht. Ik gaf het op om te proberen mijn rok schoon te houden, want op sommige plaatsen was het pad pure modder en derrie. Mijn gezicht was ongevoelig van de kou en mijn ogen traanden.

Maar, Jezus, het was maar wandelen! Iedereéén kon wandelen. En ik wist vrijwel zeker dat ik het net zo goed kon als Juffrouwtje Volmaakt. En in slechtere omstandigheden bovendien! Want zij deed het toch maar mooi in de zomer, terwijl het nu zo koud was dat je kont haast van je lijf vroor. Ik vroeg me af of ze inderdaad dit pad hier had gevolgd, of daar die platgebrande plek was overgestoken, of naar die hoge fabrieksschoorsteen had staan staren die in het noordoosten te zien was en waarvan de zwarte rook zich vermengde met de mist en de wolken. Wat dacht ze toen ze voortliep met haar neus in de wind? Ik betwijfel of ze het leuk zal hebben gevonden om haar rokken vuil te maken. Waarschijnlijk liep ze te zinnen op manieren om zich verder bij Arabella in te likken, de daas. En ze was wel zo Heilig dat het me niet verbaasd zou hebben als ze onderweg had gebeden. Of er iets gebeurd was op die wandeling dat ze geheim had willen houden – nou, wat dat betreft stond ik voor een raadsel, want er was hier niets om over naar huis te schrijven. Nergens waar je dronken kon worden of een potje gaan matten. En dit was zeker geen vrijerslaantje, helemaal niet de plek waar je naartoe zou gaan om lichaamssappen met iemand uit te wisselen.

Ik was zo in gedachten verzonken over Nora dat ik de grond voor mijn voeten niet goed in de gaten hield, en die helde inenen steil naar beneden. Ik deed een stap in de lucht, verloor mijn evenwicht en viel een helling af. Ik slaagde er maar net in te voorkomen dat ik verder gleed door me aan een graspol vast te houden.

Ik wist niet hoe ik het had en bleef even liggen om op adem te komen. Mijn enkel deed zeer, maar het was niet ernstig. Tijdens mijn val had ik me omgedraaid en nu keek ik in de richting waaruit ik gekomen was. Mijn eerste gedachte was dat ik in een of andere verzonken omheining was terecht-gekomen, want op het moment dat ik viel had ik aan de overkant een andere met gras begroeide helling gezien, en ik had over die terreinhindernissen horen vertellen en dat mensen daar per ongeluk in vielen, tot groot vermaak van hun metgezellen. Maar toen ik omkeek zag ik dat ik ongelijk had. Want beneden in de greppel, gevormd door de twee hellingen (en zich naar beide kanten uitstrekkend tot ze verdwenen in de mist) lagen houten bielzen en glimmende ijzeren rails.

Ik wilde net opstaan toen ik een zwak fluisterend geluid vlak bij me hoorde. De lucht leek te zinderen toen het fluis-teren aanzwol tot een geraas en er inenen een gil weerklonk toen een grote zwarte trein uit de mist opdoemde en voor me langs reed in een pandemonium van vuur en stoom en rook, met gehuil en belgeklingel, en de talloze verlichte ramen die zo vlak voor mijn neus voorbij schoten dat ik ze met mijn hand had kunnen aanraken. Jezus Mina.

Ik moest het grootste deel van de terugweg rennen om vóór donker terug te kunnen zijn. En de hele weg dacht ik aan Nora en de spoorlijn. Ik moest onwillekeurig denken aan Janet Murray en alle toespelingen die ze die avond had gemaakt toen ik naar Het Hoekhuis ging, van dat mevrouw betrokken was geweest bij de dood van Nora. Maar ik probeerde geen overhaaste conclusies te trekken. Het was in ieder geval niet onmógelijk dat Nora door een trein was aangereden terwijl ze in opdracht van mevrouw wandelde. Maar het was wel onwaarschijnlijk. In *De observaties* stond wel dat Nora heel trouw en gehoorzaam was en zo, maar ik betwijfelde of ze zo gehoorzaam was dat ze voor een rijdende trein liep alleen maar omdat mevrouw haar had opgedragen door te lopen zonder te stoppen, dat was niet zozeer plichtsgetrouw als wel doodgewoon maf. Natuurlijk had het een ongeluk kunnen zijn, per slot van rekening was ik zelf ook bijna de spoorweg op gestruikeld. Maar zij zal dan naar beneden zijn gevallen precies op het moment dat er een trein voorbijkwam. Of ze moet haar hoofd gestoten hebben en bewusteloos zijn geraakt. Anders had ze gewoon op kunnen staan en haar weg vervolgen.

Of had Janet op iets ergers gezinspeeld? Het ergste wat ik kon bedenken was dat mevrouw Nora naar die troosteloze plek was gevolgd en haar onder een trein had geduwd. Maar dat was gewoon belachelijk. Mevrouw had grote waardering voor Nora. (Waarom weet ik niet, maar het was zo.) Het was gewoon onmogelijk dat ze haar kwaad had gedaan.

288

Daar kwam nog bij... Wel even reëel zijn, zeg! Ik wist niet eens of ik wel op de goede weg was. Er waren immers spoorlijnen bij de vleet in het hele land waar Nora helemaal in haar eentje per ongeluk op terechtgekomen kon zijn. Meneer James had zelfs een kaart aan de muur van zijn werkkamer hangen waarop, als ik me goed herinner, alle plaatselijke spoorlijnen stonden.

Begrijp me niet verkeerd. Ik maakte me niet al te veel zorgen dat mevrouw schuld droeg, helemaal niet. Maar ik dacht gewoon dat ik eens op die kaart moest gaan kijken, al was het maar om te bewijzen dat Janet het bij het verkeerde eind had.

Toen ik terugkwam was het huis koud als het graf. Ik ging recht naar de werkkamer waar ik een aantal kaarsen aanstak en bij het licht daarvan kikkerde ik een beetje op. Met de lamp in de hand tuurde ik vervolgens naar de kaarten aan de muur. De meeste waren van het Britse Rijk, maar ik zag algauw dat er een bij was van deze streek. Hij was kleiner dan de andere en in een lijst van donker gevernist hout gevat. Ik nam hem van de haak en zette hem tussen de kaarsen op het bureau, waarna ik vooroverleunde om hem te bekijken.

Daar lag Snatter op de kruising van wegen, een kluitje huizen aan weerskanten van de Grote Weg. Ik vond Kasteel Haivers in de buurt, aangegeven naast een bosje piepkleine dennenboompjes. Aan de andere kant van het bos waren de boerenstulpjes aangegeven met vier kleine rechthoekjes. Ten westen daarvan lag de boerderij van Flemyng, en de Thrash Burn, de beek met al zijn zijstromen die zich als haarvaatjes over de kaart verspreidden. En zeker hoor, daar was een spoorweg, een zwart-wit geblokte lijn die door het land naar Bathgate kronkelde. Maar een eindje verder naar het oosten kwam ook zo'n lijn aanzetten, die eindigde in dezelfde stad. En naar het zuiden en westen liepen nog meer lijnen, dunner dan de andere twee, maar met rails getekend, ik nam aan dat het zijlijnen waren die naar kolenmijnen of fabrieken liepen.

Nou, dat wisten we dan. Overal spoorlijnen, dat was een ding dat zeker was, en Nora had haar noodlot op elk daarvan tegemoet kunnen lopen. Ik moet toegeven dat ik een beetje opgelucht was. Ik wilde net de kaart weer terughangen aan de muur toen iets me deed opkijken. Misschien had ik buiten iets gezien of gehoord, ik weet het niet. Maar daar achter het raam van de werkkamer, afgrijselijk vertekend door condens en duisternis, bevond zich de onmiskenbare vorm van een gezicht, dicht bij het raam en me recht aankijkend.

Dit gebeurde allemaal in een paar seconden. Ik geloof echt dat ik gilde en opsprong, waarbij ik een kaars omstootte, die onmiddellijk uitging. Mijn eerste impuls was om me te verbergen. Hoe ik aan de andere kant van het bureau kwam, weet ik niet, ik kan er wel overheen gesprongen zijn, want ik viel zowat de kamer uit. Toen ik eenmaal op de gang stond voelde ik me veiliger, want het enige raam daar was mat geëtst en daar kon je onmogelijk doorheen kijken. In het donker vond ik op de tast de weg naar de voordeur. Allebei de grendels zaten er nog op en ik wist dat de keukendeur ook goed dicht zat, want die had ik achter me op slot en grendel gedaan toen ik binnenkwam. Ik deed een paar passen terug en bleef staan, trillend en hijgend, elke vezel in me gespannen.

Eerst hoorde ik niets. De lamp in de werkkamer wierp een zwak schijnsel in de gang en terwijl mijn ogen aan het donker gewend raakten gluurde ik om me heen naar een mogelijk wapen, maar het enige wat ik kon onderscheiden was een oude plu onder de kapstok. Toen herinnerde ik me het mes van Nora dat ik in mijn zak had. Ik had het al die tijd bij me gedragen, vanaf het moment dat ik het in haar koffer gevonden had.

Ik haalde het tevoorschijn, knipte het open en stak het voor me uit, mijn oren, mijn ogen en mijn hoofd gespannen van de angst. Na een ogenblik hoorde ik grind knarsen, iemand naderde van de zijkant van het huis. De voetstappen kwamen bij het bordes en beklommen de trap. Toen werd het stil. Ik wachtte tot er iets gebeurde, tot de deurklink werd omgedraaid, of dat er bonkend werd aangeklopt. Maar er verschenen alleen een paar glinsterende ogen voor de sleuf van de brievenbus. Iemand keek me recht aan! Ik deinsde terug in de schaduw. En toen sprak de indringer mijn naam.

'Bessy? Waar ben je? Bessy? Ik ben het.'

Jezus Mina, Hector! Ik had hem wel een pak slaag kunnen geven. Gezien de paniek die bezit van me had genomen zal het me vergeven zijn dat ik mijn manieren vergat en een explosie van scheldwoorden als kanonvuur naar de brievenbus zond, ik zal het ergste maar overslaan en tot mijn slotopmerking komen. 'Stuk vreten, wat ben je in vredesnaam aan het doen, door de ramen naar binnen gluren!'

'Hé, wacht eens effe', zei Hector van de andere kant van de deur, hij klonk heel beledigd. 'Ik gluurde niet naar binnen, helemaal niet, helemaal niet!'

Ik zei dat ik dat betwijfelde en noemde een onzedige handeling waar hij zich volgens mij aan schuldig had gemaakt toen hij door het raam loerde. Hector protesteerde uitvoerig tegen die beschuldiging. Aan de manier waarop hij zijn woorden zorgvuldig uitsprak meende ik te kunnen horen dat hij in de lorum was. Ik beval hem terstond te vertrekken.

'Luister nou', zei hij. 'Ik zag licht in de kamer branden en ik keek naar binnen – dat is waar – maar ik zweer je dat ik net op het raam wilde tikken toen je me zag en toen sprong je op en begon als een idioot te gillen. Ik kwam alleen maar vragen of je met me wilde dansen. We houden een *Ceilidh*.'

Ik was geschrokken, maar ik had toch weinig zin om me met Hector in de boerenstulpjes te vertonen, want ik kon de gedachte niet verdragen dat Muriel en de anderen zouden denken dat hij en ik iets met elkaar hadden of zo, en ik vermoedde dat Hector alles in het werk zou stellen om die indruk te wekken, hoewel er niks van waar was.

'Ik ben een erg goede danser', zei hij en bij wijze van verdere aansporing wendde hij zijn hoofd van de deur af en boerde.

'Erg aardig van je dat je me vraagt', zei ik. 'Maar, nee, dank je wel.'

'Ach, kom op', zei hij. 'Maak je geen zorgen. We blijven allemaal met onze poten van je af, hoor.'

Ik zei dat hij goed kletsen had en dat hij wist hoe hij een meisje moest versieren, maar dat ik te moe was om te dansen. Vervolgens hurkte ik bij de brievenbus neer.

'Moet je horen, kun jij je dat meisje herinneren dat hier werkte, Nora heette ze?'

Zijn gezicht verscheen voor de sleuf, hij zat zo vol drank dat het uit zijn ogen liep, ze glansden als kwikzilver. Ik viel haast flauw van zijn kegel.

Hij zei met diepe stem: 'Wil je dat ik binnenkom om je gezelschap te houden?'

'Nee!' zei ik. Daar ging z'n koppie van hangen. Zonder nog iets te zeggen stond ie abrupt op en strompelde de trap af. Ik keek hem na. 'Wacht!' riep ik en hij draaide zich wankelend om. 'Op welke spoorlijn is Nora verongelukt?' vroeg ik.

Hij wees ergens over het dak van het huis. 'Die daar.'

'Voorbij het bovenste veld?'

'Die, ja', zei hij.

'O', zei ik ontmoedigd. 'Eh... was ze doof of blind of zo?'

'Wat?' zei hij. 'Nee. Er was niks mis met 'r.'

'Wat is er dan met haar gebeurd?'

Hector haalde zijn schouders op. 'Ze deed jouw werk. Toen liep ze op een avond voor een trein.' Hij zweeg even en zei toen: 'Bam!' Hij sloeg zijn handen tegen elkaar en wreef ze over elkaar tot Nora alleen nog maar kruimels was die hij van zijn vingers schudde. 'Als je het niet erg vindt, ik heb al heel wat tijd verknoeid waarin ik had kunnen drinken.' Hij maakte een kleine buiging. 'Vaarwel schijtlaars', zei hij.

Daarna strompelde hij over het grind weg en was verdwenen.

Ik kwam overeind en liep in gedachten verzonken door de gang. Dus ze was inderdaad op die spoorlijn verongelukt. Maar dat betekende nog niet dat het mevrouw haar schuld was omdat ze haar met een loopopdracht had weggestuurd. Dat stomme kind had elk moment voor een trein kunnen lopen. Had Hector immers niet gezegd dat het op 'een avond' was gebeurd? En nu ik erover nadacht, had mevrouw niet gezegd dat het na afloop van een feest was gebeurd? Als dat het geval was (en dat was het zeker, want mevrouw was geen leugenaar), dan volgde daaruit dat Nora niet bezig was met een experiment ten tijde van haar dood, en dat mevrouw er dus niks mee te maken had.

Bovendien schoot me inenen te binnen (natuurlijk!) dat Nora levend van haar wandelexperiment moest zijn teruggekeerd – hoe had ze het anders in haar dagboek kunnen opschrijven en later de bladzijden eruit snijden? Ik bedacht wel dat het misschien niet Nora zelf was geweest die dat had gedaan, maar dat idee verwierp ik bijna meteen weer toen ik eraan dacht, want voorzover ik kon zien was er geen enkele reden waarom iemand haar dagboek zou willen vernielen.

Maar wat had Nora geschreven dat ze wilde verbergen?

Daar had ik graag achter willen komen, zeker weten, vooral als het haar in een kwaad daglicht stelde.

Ik zwierf een poosje van de ene kamer naar de andere en ging toen naar boven, ik wou maar dat de schaduwen die door mijn lamp werden geworpen niet zo heftig bewogen. Het leek wel een ijshuis in de kamer van mevrouw, want nadat ik gelucht had, was ik vergeten het raam dicht te doen. Ik trok het dicht en zag toen dat *De observaties* nog steeds op de plek lag waar ik het op de grond had gegooid.

Ik kreeg een idee. En dat idee was als volgt. Ik had niet gecontroleerd wat mevrouw de laatste tijd over míj had geschreven. Ik opende het boek om er even in te kijken en was zwaar teleurgesteld toen ik zag dat ze sinds de terugkeer van haar echtgenoot niet één woord aan me had gewijd. De aantekeningen eindigden met de opmerkingen die me eerder zo van streek hadden gemaakt, dat ze zich afstandelijker tegenover mij wilde opstellen. Ik bladerde verder en vond alleen maar lege bladzijden. Dat wil zeggen, tot de laatste, waar ik de volgende regels aantrof, in grote hanenpoten neergekrabbeld:

ZIJ IS HET
IK WEET DAT ZIJ HET IS
ZE IS TERUGGEKOMEN
MOGE GOD ME VERGEVEN VOOR WAT IK HEB GEDAAN

Toen ik dat zag ging ik haast dood, het leek wel of die woorden in bloed geschreven waren. Maar bij nader inzien bleek dat mevrouw bruine inkt had gebruikt in plaats van haar gewone paarse inkt (althans, ik hoopte dat dat het geval was). Evengoed stonden mijn nekharen recht overeind. Jezus Mina! Zo te zien hoefde er niet aan getwijfeld te worden dat mevrouw dat op een bepaald moment over Nora had geschreven (hoewel onmogelijk te zeggen viel wanneer precies).

Daar ging ze weer, ze vroeg weer om vergiffenis. Hoe meer ik erover nadacht, hoe waarschijnlijker het me leek dat ze het slachtoffer was geworden van hetzelfde misverstand dat mij (korte tijd) parten had gespeeld, met andere woorden, ze dacht dat Nora verongelukt was terwijl ze haar instructies uitvoerde. Dat verklaarde toch waarom ze het zichzelf verweet en zich zo schuldig voelde? En waarom ze op het kerkhof klonk alsof ze zichzelf (en mij) ervan wilde overtuigen dat de dood van Nora een ongeluk was geweest?

Kon ik haar maar overtuigen van het tegendeel. Arme lieve mevrouw! Ze was zo'n engel.

Ik schoof het boek terug in het bureau waar ik het gevonden had, opengeslagen bij de bladzijde over Nora. Opeens voelde ik me hondsmoe. Het kon geen kwaad, dacht ik, om even op het bed te gaan liggen. Ik trok mijn jas uit, zette mijn hoedje af en legde ze op een stoel. Daarna trok ik mijn laarzen uit en kroop tussen de lakens. Ik deed het niet uit gebrek aan respect, ik wilde alleen een beetje warm worden en uitrusten. De lamp scheen in mijn ogen en dus doofde ik de vlam.

Ik was alleen maar van plan geweest een minuutje te gaan liggen en daarna naar mijn eigen kamer te gaan, maar ik moet in slaap gevallen zijn, want het volgende moment was het een hele tijd later en werd ik wakker (of tenminste ik dácht dat ik wakker werd), ervan overtuigd dat iemand over me heen gebogen stond. Er klonk een vreemd zoemend geluid in mijn hoofd en mijn tanden voelden alsof ze in mijn kaken trilden. Ik had mijn ogen nog niet open en toch wist ik dat er iemand was, iemand die vlak naast mijn bed stond. En zonder ook maar te kijken wist ik dat die persoon mijn moeder was. Ik zag haar zo voor me, ze stond daar met een lantaarn in haar hand met een enorme grijns op haar smoel op me neer te kijken, en ik wist dat ze gekomen was om me te grazen te nemen, om me te vermoorden.

En inenen drong het tot me door – natuurlijk, het was maar een droom! Wat een opluchting! Om mijn moeder weg te laten gaan hoefde ik alleen maar wakker te worden en recht in haar gezicht te kijken en dan zou ze verdwijnen.

En dat deed ik (althans, dat is wat ik dácht dat ik deed). Ik overtuigde me ervan dat ik wakker was en keek haar aan. Maar toen ik mijn ogen opende was het niet mijn moeder die over me heen gebogen stond, maar een meisje, een meisje dat ik nog nooit eerder had gezien, en toch wist ik meteen dat het Nora was. Ze had een nachtjapon aan, haar haar hing los op haar schouders. Zíj was het die de lantaarn vasthield, en zíj loerde van boven op me neer. Ik schrok zo dat ik verbaasd was dat mijn hart niet uit mijn ribbenkast sprong. Het meest opvallende aan haar waren haar ogen, haar wild starende ogen. Ze was krankzinnig, dat zag je zo. En hoewel ik toch dacht dat ik wakker was, *kon ik haar niet laten verdwijnen*. Ik staarde haar aan en bleef maar staren, maar ze keek gewoon terug met die afschuwelijke uitdrukking op haar gezicht. Ik was ervan overtuigd dat ze me wilde vermoorden en dat, als het een mes was geweest wat ze in haar handen hield in plaats van een lantaarn, ze het recht in mijn hart zou hebben gestoten.

Angst hield me aan het matras gekluisterd. Ik weet niet hoe lang ik daar lag terwijl het koude zweet me uitbrak. Minuten misschien, of misschien alleen maar een paar seconden. Wat ik wel weet is dat ik, na eeuwen leek het wel, erin slaagde mijn hand te bewegen en de dekens over mijn hoofd te trekken. Nora scheen het niet te merken, ze bleef me maar aanstaren zoals voorheen. Ik slaagde erin de dekens helemaal over mijn hoofd te schuiven zonder haar aandacht te trekken. Gek, maar ik had het gevoel dat dat me zou beschermen tegen het spook naast mijn bed. Want ik geloofde echt dat het een spook was. Ze was er en ze was er niet. Ze zag me en tegelijk zag ze me niet. Zij en ik waren in dezelfde ruimte en toch had ik het gevoel dat we op de een of andere manier door de tijd gescheiden waren. Ik was daar nu, en zij was daar in het verleden.

En als dat zo was, wie dacht ze dan dat daar beneden haar in het bed lag? Keek ze naar mij met die moordende uitdrukking op haar gezicht? Of was het mevrouw?

DEEL VIER

15

Een verschijning

Uiteindelijk raakte ik in een soort coma, had ik het gevoel, en werd een poosje later wakker – waarna ik besefte dat het al ochtend was. Heel beverig stak ik mijn hoofd onder de dekens uit. De kamer was leeg. Ik glipte uit bed en ging op mijn knieën zitten om de plek te onderzoeken waar Nora gestaan had. Geen afdruk, geen vlekje, de vezels van het kleedje waren glad en onberoerd alsof er nooit iemand over gelopen had. Niets wees erop dat er iemand geweest was, hoewel spoken voorzover ik weet geen sporen achterlaten. Maar was het een spook of was het een droom? Ik had geen flauw idee.

Met het vorderen van de dag, terwijl ik aan het werk ging, probeerde ik de gebeurtenis te vergeten, maar het huis voelde akelig spookachtig aan, en dus ging ik 's middags naar buiten om de moestuin te wieden. Terwijl ik bezig was met schoffelen en bladeren bijeenharken bleef ik Nora voor me zien die over het bed van mevrouw gebogen stond. Wilde ze haar vermoorden? Maar waarom wilde ze wraak nemen op mevrouw? Wat had mevrouw haar gedaan? Opnieuw dacht ik aan de spoorweg. Ik stelde me mevrouw voor die Nora van achteren besloop, haar handen uitgestrekt, klaar om te duwen – maar nee. Dat was allemaal te maf. Ik geloofde niet, ik kon niet geloven, dat mevrouw Nora kwaad zou doen. Om ongeveer drie uur besloot ik naar binnen te gaan en me te warmen. Omdat ik weinig geslapen had was ik een beetje duf, dat kun je wel zeggen, ik was me er nauwelijks van bewust dat ik de ene voet voor de andere zette. Ik had wel gewoon dwars door de achterdeur gelopen kunnen zijn zo weinig merkte ik ervan dat ik de grendel omhoog had gedaan en naar binnen was gestapt. Pas toen ik de keuken betrad kwam ik met een ruk weer bij mijn positieven omdat ik onverwacht iemand in het vertrek zag staan.

Een vrouw in een donkere jas kwam op me toe gesneld. Jezus Mina ik kreeg zowat een hartaanval. Maar het was mevrouw. Mevrouw! Een dag eerder terug! Ze pakte mijn hand, ze leek te opgewonden om te zien hoe erg ik geschrokken was. Haar ogen glansden.

'Kom eens kijken!' zei ze en begon me naar de tafel te trekken.

Ik probeerde me te herinneren of ik de la van haar bureau op slot had gedaan en alles weer op zijn plaats had gelegd. Was haar bed opgemaakt? En wat had ik met die verdomde sleutel gedaan? En waarom waren ze eerder teruggekomen? Intussen had mevrouw een doosje opengemaakt dat op tafel stond en er een aantal kaarten in zwarte en grijze tinten uitgehaald.

'Kijk, Bessy, kijk!' zei ze. 'Wat vind je ervan?'

Ze legde een aantal beeltenissen van haar en meneer James op tafel. Op één foto stonden ze voor een rustiek decor van bomen met een potvaren aan hun voeten, wat de indruk gaf dat ze even waren gestopt op een open plek in het bos. Meneer James leunde met zijn elleboog op een schutting en staarde in de verte, terwijl mevrouw in een vreemde, onnatuurlijke pose beide handen op zijn schouders had gelegd, alsof ze hem nodig had voor steun. Op de voorgrond stond een klein hondje op zijn achterpootjes, heel kwiek alsof hij een sprongetje maakte. Maar als je beter keek zag je dat het arme mormel was opgezet. Op een andere kaart zat meneer James op een stoel met zijn hoed op, één grote voet uitgestrekt en een lange zweep tussen zijn benen bengelend.

Dan was er een portret van mevrouw die alleen bij een tafel stond met een vaas bloemen erop. Ze hield een strohoed in haar hand, en het was allemaal zo kunstig gedaan, dat je zou zweren dat het zomer was en dat ze net uit de tuin was gekomen.

Op de overige portretten had het paar zich in buitenissige kostuums gehuld. Daar had je bijvoorbeeld meneer James in piratenkostuum met een hoed scheef op zijn hoofd en een sabel in zijn hand. En daar had je mevrouw, nauwelijks herkenbaar als een donkere oosterse prinses, gehuld in een kleed met een ceintuur om haar middel en een waterkruik op haar heup. En op het laatste portret stonden ze samen. Meneer James zag er erg vorstelijk uit, hij stond achter een lessenaar met een kleed erover, zijn kleren afgezet met bont en behangen met gouden kettingen, terwijl mevrouw aan zijn voeten gehurkt zat, uitgedost als een ouderwetse dienstmeid met een schort en een stofmuts, haar mouwen opgerold en haar hoofd gebogen terwijl ze haar meester een beker wijn aanbiedt.

Ik denk dat die laatste foto het meeste indruk op me maakte, misschien omdat het zo vreemd was mevrouw als dienstmeid te zien.

'We zijn bij Henderson in Princes Street geweest', zei mevrouw. 'Hij heeft het heel goed gedaan, vind je niet? Heb jij ooit je beeltenis laten nemen, Bessy?'

'Nee, madam', zei ik. (Niet helemaal waar, want ik was één of twee keer in wat je 'klassieke poses' kunt noemen gefotografeerd – althans zo noemde die man ze.)

'De volgende keer dat ik naar Edinburgh ga', zei mevrouw, 'moet je met me meekomen en dan gaan we terug naar die zaak. Ik wil graag dat hij je in je werkkleren fotografeert. Dat zou een mooi portret zijn.'

Ze legde de foto's nogmaals uit op tafel en wees me op

details hier en daar. Het bleek dat ze een gele crème op haar gezicht had moeten smeren om er donker uit te zien voor het oosters portret. De wijnbeker was niet echt, maar van beschilderd karton. En de met bont afgezette kleren zagen er dan wel indrukwekkend uit, maar ze stonken naar kamfer.

Terwijl ze zo doorbabbelde verzonk ik in gedachten. Ik wist vrij zeker dat ik *De observaties* en het dagboek van Nora terug in haar bureau had gelegd, maar wist ik nog of de sleutel in het slot stak? Nee, dat wist ik niet. Ik wilde niet net doen of ik hem tijdens haar afwezigheid had gevonden, want dan zou ze zich zorgen kunnen maken dat ik in haar la gekeken had, en dat wilde ik zeker niet.

'Wilt u me excuseren, madam', zei ik, popelend om eerder naar haar kamer te gaan dan zij. 'Dan breng ik uw koffers naar boven.'

Ik haastte me naar de hal, in de verwachting twee valiezen aan te treffen, maar er was er maar één, het valies dat mevrouw had meegenomen. Ik wierp een blik in de werkkamer, maar die was leeg. In de rest van het huis was het zo stil dat je een spin een scheet had kunnen horen laten. Ik ging terug naar de keuken. Mevrouw zat nog aan tafel de beeltenissen te bewonderen. Ik keek haar even aan.

Toen zei ik: 'Heb meneer James zelf zijn koffer naar boven gebracht, madam?'

'Hè?' zei ze. 'O, nee, ik ben alleen teruggekomen.'

Ze zat over de foto's gebogen. Ik kon haar gezicht niet zien.

'Waarom, madam? Wat is er gebeurd?'

'Er is niets gebeurd', zei ze. 'Waarom moet er iets gebeurd zijn? Ik ben gewoon eerder teruggekomen.' Ze keek op, en toen ze me zag lachte ze. 'O, Bessy', zei ze. 'Ik had schoon genoeg van de stad toen dat vreselijke diner eenmaal voorbij was, dank je zeer. En James had me echt niet meer nodig.'

Ze keek me vlak aan. Ik wist niet of ik haar nu geloven

moest of niet. Maar voor ik kans kreeg mijn mond open te doen zei ze tegen me: 'Vertel eens, Bessy, wat is er tijdens mijn afwezigheid gebeurd?'

Eerst verscheen Nora en vervolgens mijn moeder voor mijn geestesoog. Ik knipperde met mijn ogen tot ze weggingen. Toen dacht ik aan de valpartij op de helling die ik had gemaakt, de trein die voorbij snelde, een paar centimeter voor mijn gezicht.

Ik zei: 'Het is erg stil geweest, madam.'

'Juist, ja', zei mevrouw. Misschien was het de toon waarop ze het zei, of de manier waarop ze naar me keek, ik weet het niet, maar ik was ervan overtuigd dat ze wist dat ik onwaarheid sprak. Ze zei: 'En je was niet bang om hier de hele nacht alleen te zijn?'

'Nee, madam.'

'Heb je iemand gezien?'

'Nee, madam', zei ik. 'En alstublieft, alstublíéft, maakt u zich geen zorgen. Zoals we al eerder zeiden, er is hier geen spook en er is er nooit een geweest!'

Mevrouw keek me vreemd aan en stiet vervolgens een kort lachje uit. 'Ik bedoelde alleen: heb je Hector of een andere boerenknecht gezien.'

'O', zei ik. 'Neemt u me niet kwalijk, madam. Nee, ik... Nee. Nou ja, ik heb Hector eventjes gezien, dat is alles.'

En toen ging ik ervandoor om haar koffer naar boven te brengen.

Het kleine koperen sleuteltje stak in haar bureaula en de la zat op slot. Ik trok de sleutel eruit en smeet hem onder het bed, net op tijd, want op dat moment kwam mevrouw naar binnen gestormd en begon uit te pakken. Ik bleef even bij haar staan, demonstratief mijn wenkbrauwen fronsend en links en rechts naar de vloer kijkend terwijl ik driftig met mijn tong klakte.

'Is het hier niet vreselijk stoffig, madam?' vroeg ik.

Vervolgens rende ik naar beneden en kwam terug met een bezem. Ik begon de vloer te vegen. Een paar tellen later – wat een toeval! – ontdekte ik de sleutel van haar bureau onder het bed.

'Kijkt u nou toch eens hier, madam!' zei ik terwijl ik hem verbaasd ophield. 'Dat is de sleutel die u kwijt was! U moet hem per ongeluk onder het bed hebben geschopt.'

Ik was blij dat ze hem gretig greep en in haar zak stopte. Wat keek ze vergenoegd toen ze zich omdraaide! Nu kon ze haar la openen en haar aantekeningen of *Observaties* maken wanneer ze maar wilde. Ik hoopte maar dat ze het deed, want ik wist dat het haar blij maakte.

Die avond nuttigden we de maaltijd samen in de keuken, net als vroeger. Onder het eten vertelde ze me meer over de reis naar Edinburgh, over het hotel waar het in de kamer naar gas stonk, een bezoek aan een Sprookjesfontein die aangedreven werd door Elektriciteit, en het saaie diner dat ze tot het eind toe moest uitzitten en aanzien hoe haar echtgenoot de harige kringspier van Duncan Pollock, parlementslid, likte (maar zij drukte zich netter uit).

Op een bepaald moment kneep ze in mijn hand. 'Lieve Bessy', zei ze. 'Ik weet dat ik de laatste tijd niet meer zoveel aandacht voor je heb, maar daar komt verandering in. James moet naar Glasgow als die fontein eenmaal is geïnstalleerd, misschien wel voor veertien dagen. Vorig jaar om deze tijd was hij een hele maand weg! Dus we zullen gauw tijd in overvloed samen hebben.'

'Jawel, madam.'

'En ik zal van nu af aan eerlijker tegen je zijn', zei ze. 'Weet je, er is iets wat ik je niet verteld heb. Het is een geheim, Bessy. Niemand weet ervan. Maar het was verkeerd van me om het voor je verborgen te houden.'

Gek, wat er allemaal door je hoofd gaat op momenten als dit. Het mijne was een beetje leeg geworden. Ik keek naar haar huid en merkte op hoe gaaf die was. En dat zelfs de haartjes op haar slaap op een volmaakte manier leken te groeien. Hoe kon iemand die er zo lieflijk uitzag iets verkeerds doen?

Mevrouw stond op en liep een paar passen door de keuken. Na een ogenblik aarzelen zei ze: 'Ik ben een boek aan het schrijven. Een boek over huispersoneel. Geen roman, maar een theoretisch boek over trouw en gehoorzaamheid enzovoort. Ik neem aan dat je wel zoiets vermoedde, vanwege bepaalde dingen die ik je in het verleden gevraagd heb te doen.'

Op dat punt zweeg ze even, alsof ze commentaar van mij verwachtte. Maar ik wist niet wat ik moest zeggen, dus knikte ik maar. Ze ging verder.

'Dat boek, nu, is een geheim. Zelfs mijn echtgenoot weet er niets van. Als hij wist dat ik dit boek schreef – of wat voor boek dan ook – zou hij me plagen en dat zou het bederven. Ik kan het niet beter uitleggen dan zo. Dus hij weet er niets van. En ik heb een groot risico genomen door het je te vertellen, want nu weet je iets wat je tegen me kunt gebruiken, als je dat zou willen.'

Weer zweeg ze even en keek me onderzoekend aan.

Ik zei: 'Is dat alles, madam?'

'Hoe bedoel je?'

'Is dat het enige geheim? Dat u een boek schrijft?'

Ze lachte kort. 'Nou... ja. Is dat niet genoeg?'

'Nee, madam. Ik bedoel: ja, madam. Ik dacht alleen dat u me nog een geheim ging vertellen, dat is alles.'

In werkelijkheid wist ik niet echt wat ik bedoelde. Ik bazelde maar wat, als een volslagen idioot.

Mevrouw kwam weer naast me zitten. 'Is het niet geweldig, Bessy?' vroeg ze. 'Wij tweetjes weer samen en met het vooruitzicht dat we meer tijd voor onszelf hebben? Ik kan je niet vertellen hoezeer ik me erop verheugd heb.'

Wat ze zei klonk blij. Maar er school een grote droefheid achter haar ogen. O, wat verlangde ik ernaar om er alles uit te flappen. Om haar te vertellen dat ik haar *Observaties* had gelezen en dat ik precies dezelfde wandeling had gedaan als waar ze Nora op uit had gestuurd. En dat ze helemaal ongelijk had door zichzelf de schuld te geven voor de dood van dat stomme meisje. Maar natuurlijk kon ik haar daar niks over vertellen, want ik was bang dat ze dan te weten zou komen dat ik in haar spullen geneusd had. Twee keer had ik het nu gedaan, slechterik die ik was. Ik moest ermee ophouden. Ik zwoer een eed. Niet meer neuzen. En ik nam me voor die dag extra veel in mijn kleine boekje te schrijven (grotendeels verzinsels, natuurlijk), in de hoop dat het haar behaagde.

Die nacht was het, net als de dag die eraan voorafging, helder en koud. Mijn hoofd suisde van de gedachten, maar ik moet uiteindelijk in slaap gevallen zijn, want op een bepaald moment werd ik wakker en zag door het raam een heldere maanschijf onder een diamanten ster hangen, allebei leken ze wel van binnenuit verlicht te worden zoals ze daar aan de hemel geprikt waren, als oorbellen op zwart fluweel. Hun gezamenlijke licht was zo fel dat ik eerst dacht dat ik daarvan wakker geworden was – maar toen werd de stilte verbroken door een snerpende gil, een vreemde, woordloze kreet van angst die door het hele huis daverde.

Ik zat meteen rechtop. De gil leek uit mevrouw haar kamer te komen. Hij stierf weg, maar ik dacht dat er vlak daarvoor ook een geklonken moest hebben, want het geluid leek bekend, als een echo. De stilte die volgde was al even verontrustend. Ik zat daar een ogenblik als verlamd, mijn hart ruw bonkend in mijn borst. Toen sprong ik op en zonder iets aan te trekken en op blote voeten stormde ik naar beneden om te zien of mevrouw niets mankeerde.

Ik kwam net op de overloop toen haar kamerdeur openvloog en ze in haar nachtjapon op me toe kwam gerend. Haar haar was los en in de war, het leek uit te staan rond haar gezicht, dat bleek en vertrokken was. Ze greep me vast en wees naar haar kamer, haar ogen groot van schrik. Ze beefde zo erg dat ze niet kon praten.

'Wat is er?' fluisterde ik. 'Wat is er aan de hand?'

'Zzz! – Zzz! – Zzz!' deed mevrouw, en ik dacht eerst dat ze 'Ssst!' wilde zeggen, maar toen ze door bleef gaan realiseerde ik me dat ze stotterde.

'Zzz! – Zzz! – Ze is er! Ze is er!'

Ik voelde mijn oksels prikken en herinnerde me de figuur van een paar nachten tevoren die over het bed gebogen stond met die vreselijke uitdrukking op haar gezicht. Had mevrouw misschien dezelfde droom gehad als ik? Of was het echt een verschijning? Deze keer twijfelde ik er niet aan dat ik klaarwakker was. Deze keer zou ik er met zekerheid achter komen wat het werkelijk was.

Mevrouw klampte zich aan mijn nachtjapon vast, maar in weerwil van haar pogingen om me terug te trekken rukte ik me los en rende haar kamer in.

Ik had verwacht dat het binnen helemaal donker zou zijn, maar tot mijn verbazing brandde er een kaars bij het bed en waren de gordijnen opengetrokken om het maanlicht binnen te laten. Ik keek meteen naar de plek waar Nora voor mij was 'verschenen', maar ik zag niets. En de hele kamer rondkijken leverde niets op. Er was niemand.

Mevrouw was achter me aan gekomen en stond nu in de

deuropening, nog steeds bevend. Ik pakte de kaars en zocht achter de gordijnen en in de linnenkast en onder het bed. Niets, niets, niemand. Ik stond op.

'Er is hier niemand, madam', zei ik. 'Niets om u zorgen over te maken.'

Haar ogen waren groot en glazig. 'Weet je het zeker, Bessy?'

'U droomde maar wat, mevrouw.'

Ze haalde diep adem. 'O, maar moet je weten', zei ze. 'Ik sliep niet.'

Ik was net bezig de kaars weg te zetten, maar toen ik dát hoorde wendde ik me weer naar haar toe. Ze liep naar het bed en ging erop zitten. Op de beddensprei lag een boek. Ze pakte het en liet het me zien.

'Ik lag te lezen', zei ze. 'De maan scheen zo helder, ook al is het afnemende maan – heb je dat gemerkt? – en ik had de gordijnen opengetrokken om meer licht binnen te laten. Ik kon niet slapen, moet je weten. Ik moet een uur of zo gelezen hebben. En toen ineens, terwijl ik de bladzijde omsloeg, wist ik zeker dat iemand me aan stond te kijken. Ik had een overweldigend gevoel dat ik in de gaten werd gehouden. Het was geen prettig gevoel. Heel benauwend, in feite. Ik keek op...'

Nu keek ze naar de hoek van de kamer, naar een plek vlak bij de linnenkast. Ik volgde haar blik. Er was niets, net als tevoren. Maar toch huiverde ik.

'Ik keek op... en daar was ze!'

Mevrouw stokte en liet haar blik op één punt rusten, alsof ze nog steeds zag wat ze eerder had gezien. In het maanlicht leek haar gezicht alleen uit schaduwen en holten te bestaan. Starende ogen, open mond, de donkere gaten van haar neus, haar ingevallen wangen.

'Wie, madam?' vroeg ik. 'Wie was het?'

Ze keerde zich naar me toe. 'Je moet niet boos worden, hoor, Bessy,' zei ze, 'maar ik zag haar net zo duidelijk als ik jou nu zie. Het was Nora Hughes. Precies zoals ze eruitzag toen ze nog leefde.'

De kamer leek te kantelen. Er stond een oud krukje met een stoffen zitting naast me en ik ging erop zitten. Mevrouw begon haar haren te schikken terwijl ze me bleef aankijken. Na een poosje kon ik weer praten en ik probeerde zo luchtig en onverstoorbaar mogelijk te klinken.

'Nou, ik denk toch dat het maar een droom was, madam', zei ik. 'Maar wat... wat deed ze?'

'Eerst niets', zei mevrouw. 'Ze stond daar maar naar me te kijken.'

'Was ze kwaad?'

'Nee... niet kwaad. Ze keek eerder bedroefd dan kwaad. Vreselijk bedroefd.'

'Haar lantaarn. Hield ze die zo opgeheven?' Ik tilde mijn arm op in hetzelfde dreigende gebaar als van Nora de avond tevoren.

Mevrouw fronste. 'Lantaarn?' zei ze. 'Ze had geen lantaarn.'

Dat bracht me van mijn stuk, want ik had verwacht dat haar droom tot in details dezelfde zou zijn als de mijne.

'Weet u het zeker?'

'Heel zeker', zei ze. 'Want ze deed zo.' Mevrouw hield op met kammen en stak haar hand in een smekend gebaar naar me uit. In die pose bleef ze een paar seconden zitten en liet toen haar hand weer zakken. 'En ze had niets in haar handen, begrijp je?' Dat herinner ik me heel duidelijk.'

Elk detail in tegenspraak met wat ik verwachtte.

'Eh... had ze een nachtjapon aan?' vroeg ik ten slotte.

'Nee. Ze droeg een bonte jurk, geplooid. Ik denk dat het misschien de jurk was die ze droeg... toen ze doodging.'

De kaars sputterde. Mevrouw keek in de vlam.

'Kwam ze op een bepaald moment dichter bij het bed?' vroeg ik.

Mevrouw schudde haar hoofd. 'Nee, ze maakte alleen dat ene gebaar. En toen... ik denk dat ik mijn handen voor mijn gezicht sloeg, want toen ik weer keek was ze weg.'

'Gilde u toen?'

'Heb ik gegild?' Mevrouw bracht haar hand naar haar keel. Haar vingers trilden. 'Ik weet dat ik bang was, maar ik dacht dat ik geen geluid kon uitbrengen. Ik had zo'n verstikkend gevoel, begrijp je? Ik kon geen adem halen. Je hebt me gezien, op de overloop. Ik kon niks zeggen.'

'Maar ik hoorde een gil. Het dak vloog bijna van het huis. Waarom dacht u dat ik naar u toe kwam gerend?'

'Ik weet het niet', zei mevrouw. 'Misschien was het Nóra die gilde. Denk je niet? Misschien wilde zíj dat je kwam.' Ze glimlachte tegen me. Haar ogen schitterden. Het was een blik die ik herkende, een glimp van de oude zenuwkoorts.

'Ik denk echt dat u gegild hebt, madam, maar u wist het gewoon niet, omdat u diep in slaap was. U gilde in uw droom.'

Mevrouw stond abrupt op. Ze keek me scherp aan. 'Maar ik heb je net verteld dat ik wakker was!'

'Madam', zei ik terwijl ik opstond. 'Kijk om u heen. Er is hier niemand. Er wás hier niemand. U móét het gedroomd hebben. We hebben allemaal wel van dat soort dromen zo nu en dan. Ik heb er ook zo een gehad, gisteravond nog.'

Mevrouw was geagiteerd door de kamer gaan ijsberen, maar nu keerde ze zich naar me toe. 'Echt waar? Wat gebeurde er?'

'Niets, madam. Ik droomde alleen maar. Net als u. U moet onder het lezen in slaap gevallen zijn.'

'Nee', zei ze beslist. 'Ik was klaarwakker.'

Het was hopeloos, er was geen redeneren aan. Ik voelde de moed in mijn schoenen zinken.

'Luister', zei ik. 'We hebben ons hoofd vol van die onzin over spoken. En dat is het alleen maar, madam. Onzin. We verbeelden ons dingen omdat...' Ik beet op mijn lip en hield mijn adem in, maar ik kon de woorden die volgden niet meer tegenhouden. Ze vlogen gewoon uit mijn mond, als knopen uit een overvolle pot. 'Ik was het, madam, de hele tijd. Het was geen spook. Ik maakte die geluiden op zolder en ik heb handschoenen op uw bed gelegd en ik heb uw schoenen gepoetst en alle andere dingen die zijn gebeurd. Zelfs die tekst op het raam, die heb ik geschreven. Ik was het. Ik ging op mijn tenen staan om hem te schrijven. Hoort u me? Er is nooit een spook geweest. En dus hebt u er vanavond ook geen gezien.'

Toen ik eenmaal begonnen was ging het makkelijk. En met de woorden die eruit vlogen kwam de opluchting. Mevrouw was als verlamd, ze stond me met open mond aan te staren, haar armen langs haar zij. Alleen haar vingers bewogen, zachtjes kneedde ze met haar hand, een beweging die ik een keer een zeedier in een getijdemeertje had zien maken.

'U moet me geloven', zei ik. 'Ik weet niet waarom ik het deed, madam. Ik dacht gewoon dat u me niet meer mocht en ik... ik wilde aandacht van u. En u moet wel weten dat ik het kennelijk goed heb gedaan, want ik werd er zelf bang van. Maar er is geen spook, madam. Ik ben het spook. En nu kunt u me ontslaan, als u wilt. Maar koester geen wrok tegen mij. Ik zou u nooit van m'n leven kwaad doen en ik zal mezelf nooit vergeven wat ik heb gedaan. Maar nu moet het op- houden.'

Heel langzaam klemde mevrouw haar vingers om haar neus alsof ze een duik in het water ging nemen. Zo bleef ze even staan. Ze dacht na, met gefronste wenkbrauwen, haar ogen nog steeds op me gericht, met duistere blik. Ze probeerde me te doorgronden. Het was moeilijk te zeggen wat er door haar heen ging. En toen liet ze ineens haar neus los en lachte luid.

'Ik begrijp waar je heen wilt', zei ze. 'Ik geloofde je bijna, héél even. Je bent een heel lief, slim meisje, maar ik vrees dat je voorwendseltje – hoe inventief het ook is – niet werkt.'

'Madam, ik...'

Ze stak haar hand op om me tot zwijgen te brengen. 'Bessy, ik weet wat ik heb gezien. Ze was er! Ze stond daar, net zo duidelijk als ik jou nu zie. Ik sliep níét. Je zegt dat jij al die dingen hebt gedaan, op het raam schrijven en de handschoenen en zo. Maar wil je beweren dat je Nora hebt opgegraven en haar kleren hebt aangetrokken en hier naar binnen bent geslopen om aan me te verschijnen?'

'Nee, madam, natuurlijk niet. Ik...'

'Natuurlijk niet. Omdat jij het niet wás. Het was Nora zelf. En het is altijd Nora gewéést.'

Ze keek me op een lieve, lankmoedige manier aan, ik had zin haar een hijs te geven.

'Natuurlijk', zei ze. 'Ik waardeer het dat je niet wilt dat ik bang ben. Maar je hoeft geen verhaaltjes te verzinnen. Ik ben niet bang meer.'

'Nee? Bent u dat niet meer?'

'Nee', zei ze. 'Ik heb eens nagedacht. Er is niets om je ongerust over te maken. Het was die uitdrukking op haar gezicht, weet je. Ik besef nu wat ik al die tijd al had moeten inzien. Ze wil ons geen kwaad doen. Natuurlijk niet – ze is Nora. Ze zou nog geen vlieg kwaad doen. Kom eens hier, Bessy, kijk.'

Ze zette me zo neer dat we allebei in de spiegel te zien waren. Ik zag mevrouw, haar gladde haar, de kalme, solide rondingen van haar wang en kaak, ze zag er deugdelijk en volkomen rustig uit. En toen zag ik mijn eigen gezicht, wit weggetrokken, de lippen strak, de ogen schitterend en gespannen, het haar in de war.

'Zie je?' zei mevrouw. 'Jij bent degene die van slag is, Bessy.'

Inderdaad, ze had gelijk. Ik zag er echt volkomen paniekerig uit.

En toen hapte ik naar adem, want in de spiegel zag ik een gestalte in een donkere mantel in de deuropening staan. Mevrouw liet mijn hand los en draaide zich om.

'Wat doe jij hier?' vroeg ze bits. 'Stiekem door het huis sluipen als een inbreker! Je hebt ons aan het schrikken gemaakt.'

Meneer James (want die was het) trok de sjaal naar beneden die de onderhelft van zijn gezicht bedekte. Hij keek ons nijdig aan en liet vervolgens zijn blik door de kamer dwalen alsof hij daar iemand anders verwachtte. Toen hij merkte dat we de enige aanwezigen waren scheen hij zich een beetje te ontspannen. Hij wendde niet één moment zijn blik van mevrouw af terwijl hij sprak, ook niet als hij het tegen mij had.

'Er was geen rijtuig en ik moest van het station komen lopen', zei hij. 'Ik naderde het huis te voet en liep zo stil mogelijk naar boven om jullie niet te storen. Ik zie nu dat mijn voorzorgsmaatregelen overbodig waren. Jullie waren al wakker. Maar ik vraag me af wat jullie tweeën bekokstoven, kaarsen branden op dit uur van de nacht. Bessy, je bent niet op je kamer. Ik neem aan dat je daar een verklaring voor hebt.'

'Jawel, meneer', zei ik, wanhopig naar een verklaring zoekend om mevrouw in bescherming te nemen, maar het enige wat ik kon bedenken was: 'Ik had een nachtmerrie, meneer.' En meteen toen ik het had gezegd wist ik dat ik een fout had gemaakt.

'Juist, ja. Een nachtmerrie. En als gevolg van die nacht-merrie kwam je uit bed en liep je in je slaap de trap af om mevrouw te wekken. Een vreemde nachtmerrie, moet ik zeggen.'

'Nee, meneer', zei ik. 'Wat er gebeurde was, ik was bang en kwam naar beneden om te kijken of alles in orde was met mevrouw. Dat is alles.'

'Interessant verhaal', zei hij. 'Dat kun jij ongetwijfeld be-vestigen, Arabella?'

Al die tijd had hij zijn ogen niet van haar afgewend en ze had zijn blik vast beantwoord. Ze glimlachte.

'Ik vrees van niet', zei ze. 'Kijk, Bessy doet een lieve poging om ons niet ongerust te maken. Maar de waarheid is, James, dat er vannacht iemand in mijn kamer is geweest.'

Meneer James hapte naar adem. 'Iemand', zei hij. Hij keek met snelle blik de kamer rond, waarna hij zich weer tot mevrouw wendde. 'Wil je zo goed zijn me te vertellen wat je bedoelt, liefste.'

Mevrouw spreidde haar handen. 'Ik ben geen deskundige', zei ze. 'Het enige wat ik kan zeggen is dat Nora hier vannacht is geweest.'

'Nora', herhaalde meneer James traag. Misschien herin-nerde hij zich niet wie ze was. Mevrouw zal het zo begrepen hebben, want ze keek nijdig.

'De dienstmeid', zei ze tegen hem. 'Die we hadden vóór Morag.'

'Ik weet heel goed wie je bedoelt', zei meneer James. 'Ik ben nog bezig deze informatie tot me door te laten dringen.'

'Zij was het, onmiskenbaar', ging mevrouw verder. 'Ik keek op van mijn boek en daar stond ze, ginds.' Ze wees naar de plek. 'Ik keek haar een ogenblik aan. Ze maakte een sme-kend gebaar, zo, en toen verdween ze. Ik denk dat ze terug-gekomen is, James. Ze heeft geen rust en ze is teruggekomen.' Ze vouwde haar handen en wachtte kalm zijn antwoord af.

Meneer James knikte. 'Merkwaardig', zei hij. 'Werkelijk verbazend. Ik wil er alles over horen. Maar misschien kan het tot morgen wachten. Het is laat en mijn voeten doen zeer en ik ben moe. Arabella, liefste, je moet gaan rusten.' Hij wierp een blik in mijn richting. 'Bessy, je kunt gaan.'

Je kunt gaan. Ik wou dat ik geld had gekregen voor elke keer dat iemand dat tegen me zei, dan had ik mijn moeder op een schip naar Australië kunnen zetten.

Maar ik moest doen wat me gezegd was. Ik liet mevrouw niet graag alleen, maar ze kroop plichtsgetrouw tussen de lakens en blies haar kaars uit, dus ik had geen andere keus dan de kamer te verlaten. Ik hoopte maar dat ze het goed maakte. Arme schat! Ik moest er niet aan denken dat ze daar de hele nacht alleen lag en dat ze misschien weer bang zou worden. Ik zou honderd kilometer over gloeiend hete kolen gelopen hebben alleen maar om voor haar te zorgen.

16

Ik krijg de schrik

Meneer James moest wel bij het krieken van de dag zijn opgestaan. Toen ik mevrouw haar waswater bracht, was hij al in haar kamer en sprak met diepe stem tegen haar. Ik klopte op de deur en riep zoals gewoonlijk: 'Goedemorgen, madam!' Maar toen ik naar binnen wilde gaan, sprong hij naar de deur om me te onderscheppen, moge de duivel hem halen. Ik had al met angst en beven naar dit moment uitgezien, want ik wist dat de kans groot was dat hij woedend was over dat hele spokengedoe.

'Goedemorgen, Bessy', zei hij, zo kil dat je neus ervan bevroor.

Hij nam de lampetkan van me over en zette hem op de grond, waarna hij een brief uit zijn vestzak viste die hij me in de hand drukte.

'Ga zo snel mogelijk naar Snatter', zei hij. 'En bezorg die brief.'

Ik verstijfde toen ik zag dat de geadresseerde McGregor-Robertson was. Ik probeerde langs hem heen de kamer in te kijken. 'De dokter, meneer? Is mevrouw onwel?'

'Nee, hoor', zei hij. 'Ik vind alleen dat hij even naar haar moet komen kijken. Je kunt niet voorzichtig genoeg zijn. Onze reis naar Edinburgh is misschien te zwaar voor haar geweest.'

'Echt waar, meneer? Wat is er met haar aan de hand? Wat is er vannacht gebeurd?'

'Er is niets gebéúrd, Bessy', zei hij. 'Ik wil alleen dat je de dokter gaat halen.'

En toen kwam de stem van mevrouw van achter de deur. 'Het gaat goed met me, hoor, Bessy', zei ze. 'Maak je maar geen zorgen. Doe wat je meester je zegt, en dan zullen we hopelijk weer kunnen overgaan tot de orde van de dag.' Ze klonk moe en prikkelbaar, maar erger was het niet.

'Uitstekend, madam', riep ik.

Meneer James glimlachte geforceerd tegen me, waarna hij de deur dichtdeed en ik naar beneden rende, het huis uit en helemaal naar Snatter.

De dokter was toevallig niet thuis, dus ik liet de brief achter bij het meisje met het hamgezicht dat de deur opendeed, het was geen licht, maar ik denk wel dat ik haar aan het verstand heb kunnen brengen dat ze de brief aan hem moest geven zodra hij terugkwam. Daarna haastte ik me terug naar Kasteel Haivers.

Ik liep net de gang door om naar boven te gaan toen ik in de werkkamer keek en zag dat meneer James aan zijn bureau zat te schrijven. Ik merkte op dat hij het papier met zijn handen bedekte, alsof hij niet wilde dat ik zag wat hij deed (hoewel je de ogen van een tijgerkat nodig zou hebben gehad om vanaf de drempel te lezen wat hij schreef).

Ik talmde in de deuropening. 'Is er nog iets van uw dienst, meneer?'

'Nee. Dat is alles.'

'Dan ga ik mevrouw haar ontbijt brengen', zei ik.

'Dat is niet nodig', antwoordde hij. 'Ze slaapt en mag niet gestoord worden.'

'Maar, meneer, moet ze niet een kop thee drinken en wat eten?'

'Ja, dat moet ze', zei meneer James. 'En dat is de reden waarom ik, toen je weg was, haar zelf iets gebracht heb. Het zal je misschien verbazen, Bessy, maar toen ik nog student was kwam het voor dat ik zonder enige hulp een kop thee zette. Het mag dan een gecompliceerde en veeleisende procedure zijn, maar ik merkte dat het me nog steeds vloeiend afging.'

En toen ik een paar ogenblikken later in de keuken terugkwam vond ik inderdaad duidelijke tekenen van theezetten en vloeien.

De dokter kwam binnen het uur en de twee mannen overlegden enige tijd in de werkkamer voordat ze naar mevrouw gingen kijken. Ik sloop achter ze aan en ging aan de deur staan luisteren, maar ik hoorde niks behalve hun mompelende stemmen zo nu en dan. Ik was op de terugweg naar de keuken toen ik zag dat meneer James de deur van zijn werkkamer open had gelaten. Daar op zijn bureau lag het vel papier waarop hij had zitten schrijven. Normaal kon het me geen hanenkam schelen wat hij schreef, maar nu was ik nieuwsgierig geworden omdat hij geprobeerd had de bladzijde te bedekken. Misschien had hij iets over mevrouw geschreven, of over wat er in Edinburgh was gebeurd waardoor ze eerder naar huis was gekomen. En dus liep ik op mijn teentjes de kamer in.

Het bleek dat meneer James een brief schreef aan Duncan Pollock, parlementslid, waar weinig belangwekkends in stond, maar ik las hem toch voor de zekerheid. Hij begon met een dankwoord aan het weledele parlementslid en hij zei dat hij en mevrouw zich kostelijk hadden vermaakt in de Assembly Rooms. Daarna bazelde hij nog zowat een halve eeuw door over die klotefontein van hem en nodigde Pollock uit voor de openingsceremonie. Hij verontschuldigde zich dat hij het parlementslid en zijn vrouw niet had vergezeld op een of andere geplande wandeling, maar, legde hij uit, mevrouw had zware hoofdpijn gekregen. Hij voelde zich nu verplicht (zo zei hij) om zich in te zetten voor de kiezers. Hij besloot met de hoop uit te spreken dat de kosten geen on-overkomelijke hinderpaal zouden vormen en hij informeerde hoeveel Pollock zelf ten tijde van zijn verkiezing had besteed.

Allemaal heel onschuldig. Ik vroeg me af waarom hij die brief voor me had willen verbergen toen hij hem aan het schrijven was. Misschien was hij niet bepaald trots op de slijmerige toon die hij had aangeslagen.

Ik wilde net de brief op het bureau terugleggen toen ik voetstappen op de trap hoorde. Het scheen dat meneer James en de dokter haastig naar beneden kwamen gelopen. Ja, ze waren al bijna op de gang. Ik raakte inenen in paniek en kroop achter een van de verschoten velours gordijnen, in de hoop dat meneer James de dokter meteen zou uitlaten en vervolgens terugkeren naar zijn vrouw. Maar tot mijn ontsteltenis hoorde ik de twee mannen de werkkamer binnenkomen en de deur stevig achter zich dichtdoen.

Ik hoorde de diepe bromstem van meneer James. 'Ga je gang', zei hij.

Er volgde gekraak van een stoel toen iemand erop ging zitten, waarna schrapende, tikkende en wrijvende geluiden te horen waren die ik in het begin niet goed kon thuisbrengen, maar na het aanstrijken van een lucifer wist ik dat er pijpen werden gestopt. Na enig puffen en lurken aan stelen en nieuw stoelgekraak begon meneer James te spreken, deze keer wat duidelijker.

'Welnu', zei hij. 'Wat denk je ervan?'

Ik schrok, grotendeels omdat dat de eerste échte vraag was die ik hem ooit had horen stellen. Misschien deerde het hem niet onzeker te lijken tegenover een andere man, die (per slot van rekening) zijn vriend was en bovendien een dokter.

Ik merkte dat als ik mijn hoofd tegen het raamkozijn

drukte, ik door een kiertje tussen de muur en het gordijn kon kijken. De twee mannen zaten tegenover elkaar naast de haard, ik kon allebei hun gezichten zien, maar meneer James meer en profil. De dokter leunde achterover en keek naar de zoldering terwijl hij rookte en nadacht over de vraag van meneer James.

'Dat incident in Edinburgh', zei hij ten slotte. 'Wanneer gebeurde dat, zei je? Gisteren?'

'Ja', zei meneer James. 'We waren van plan geweest langer in de stad te blijven, en terwijl ik met die kerel, die Knox, zat te praten, verdween ze gewoon uit het hotel en toen ik thuiskwam vond ik haar hier. Op grond van wat er in het Registratiebureau gebeurde zou ik er waarschijnlijk toch wel op hebben gestaan naar huis terug te keren.'

'Dus het was pas gisteren dat ze zich zo vreemd gedroeg', zei McGregor-Robertson. 'En toch weigert ze er nu over te praten of het op enigerlei manier te erkennen?'

Meneer James knikte. De twee mannen zwegen even en paften aan hun pijpen, onnodig te zeggen dat ik een en al oor was.

Uiteindelijk zei meneer James: 'Je hebt gezien, Douglas, dat ze net deed of ze me niet hoorde toen ik het voorval oprakelde.'

'Ja... of ze schudde haar hoofd en lachte alsof jíj het was die last had van wanen! Maar misschien herinnert ze het zich echt niet, James. Misschien is dat een onderdeel van het probleem.'

'Ik weet het nog zo net niet. Ik denk dat ze het zich wel degelijk herinnert. Ze doet alleen net of het nooit gebeurd is, uit schaamte of omdat ze het pijnlijk vindt. Ze ziet zichzelf ongetwijfeld niet graag als iemand die de controle over zichzelf verliest of die zich abnormaal gedraagt.'

'Die vragen die ze aan de meisjes stelde – ben je er nog

achter gekomen wat daar de bedoeling van was?'

Meneer James schudde zijn hoofd. 'Nee', zei hij. 'Ik weet niet eens zeker of Knox het wel wist. En als hij het wist, dan zweeg hij erover. Het enige wat we weten is dat het intieme vragen waren.'

'Dus', zei de dokter. 'Aan de ene kant hebben we een reeks gebeurtenissen in Edinburgh, die jijzelf en andere betrouwbare en fatsoenlijke mensen, zoals die Knox, kunnen staven, waarbij Arabella zich onmiskenbaar bizar gedroeg, op een uiterst onverklaarbare en voor haar omgeving verontrustende wijze.'

'Jazeker.'

'Gebeurtenissen die ze zich nu ofwel niet herinnert, of die ze niet wil erkennen. En aan de andere kant hebben we de verschijning van dat zogenaamde spook in haar kamer, iets wat ze zich niet alleen herinnert en wat ze erkent, maar waarvan ze ook nog absoluut overtuigd is dat het reëel is, ook al tart het elke rationele verklaring.'

'Het spook in de gedaante van Nora Hughes.'

'Ja', zei de dokter. Er volgde een stilte en toen zei hij: 'Dat meisje, verdomme – God, ik wilde maar dat we over háár niets meer vernamen.'

Dat was zo'n vreemde en onverwachte opmerking dat ik even volkomen uit het veld geslagen was. Waar hadden ze het in vredesnaam nu weer over? Ik hoopte maar dat de een of de ander meer zou loslaten. Maar tot mijn ergernis fronste meneer James zijn wenkbrauwen en ging over zijn kin zitten wrijven terwijl de dokter een lucifer aanstreek en de volgende ogenblikken besteedde aan het produceren van een rookwolk.

Uiteindelijk sprak hij. 'Er zijn drie mogelijkheden die we dienen te overwegen, volgens mij. Ten eerste, de minst waarschijnlijke, dat het spook reëel is.'

Meneer James snoof. 'Onzin', zei hij. 'Dat is volgens mij niet eens een mogelijkheid.'

De dokter stak afwerend zijn hand op. 'Ik ben het met je eens, James, maar we moeten alle mogelijkheden afwegen om uit te sluiten wat in dit geval niet van toepassing is. We twijfelen dus allebei – we twijfelen sterk – aan het bestaan van een spook.'

'Correct.'

'Mogelijkheid nummer twee is dat Arabella droomde.'

'Ja', zei meneer James.

Ze verzonken allebei weer in gepeins terwijl ze rookten.

Na een ogenblik sprak de dokter weer. 'Ze leek er heel erg van overtuigd dat ze de hele tijd wakker was. Toen ik een andere mogelijkheid opperde, raakte ze zeer verhit, vind je ook niet?'

Meneer James knikte. 'Ja', zei hij. 'Ze was er honderd procent van overtuigd.'

'Geloof je haar?'

'Ik denk het wel', zei meneer James. Hij knikte weer (nogal droef, vond ik).

'Dus we zijn bereid de mogelijkheid open te laten', zei de dokter, 'dat Arabella wakker was toen ze die nachtelijke verschijning zag. Daarmee komen we op de derde en laatste mogelijkheid en die is...?' Hij trok een wenkbrauw op.

Meneer James staarde hem onbewogen aan en zei: 'Arabella heeft haar verstand verloren.'

De dokter knipperde verrast met zijn ogen. 'Je trekt een beetje een overhaaste conclusie, James. Ik bedoelde alleen te zeggen dat Arabella, als derde en laatste mogelijkheid, zich dat spook heeft verbeeld, en wel met zoveel succes dat ze ervan overtuigd raakte dat het reëel was.'

'Ja', zei meneer James. Vervolgens zei hij, nogal bedeesd: 'Betekent dat dan niet dat ze haar verstand verloren heeft?'

'O, ongetwijfeld!' riep de dokter (op een nogal ongepast vrolijke manier, vond ik, maar hij had zich laten meeslepen door zijn eigen slimheid). 'De vraag is, hoe ernstig is deze aandoening? Is het een tijdelijke verstandsverbijstering? Of is het een permanent geval van krankzinnigheid? Ik heb er boeken en artikelen over. Er beweegt iets in het brein, een bloedstuwing wellicht, en iemand verandert totaal. Ze zien hun eigen hand voor hun gezicht en weten niet hoe ze die moeten noemen. Ze slaan liederlijke taal uit en worden gewelddadig, terwijl ze voorheen bedeesd waren. Of ze zien beelden die niemand anders kan zien. Hagedissen, padden, of zogenaamde onaardse geesten. Soms duurt het maar een paar dagen. Soms duurt het een heel leven.'

Meneer James zat er verslagen bij, hij zag asgrauw. Zijn hele lijf was strak gespannen. Ik dacht op een bepaald moment dat hij de kop van zijn pijp aan gruzelementen zou knijpen.

'Ik kan het nauwelijks geloven', zei hij ten slotte. 'Maar waarom is dit nu gebeurd?'

De dokter stak zijn onderlip naar voren. 'Dat vervelende gedoe met Nora, dat was verleden jaar zomer, niet? Misschien is het een vertraagde reactie. Maar hoe dat te rijmen valt met wat er met die meisjes op het Registratiebureau gebeurde, dat weet ik niet precies. Misschien is het alleen maar toeval.' Hij zweeg en trok aan zijn pijp.

Opnieuw barstte ik van nieuwsgierigheid. Welk Registratiebureau? Welke meisjes? En wat bedoelde hij met 'dat vervelende gedoe met Nora'? Waarom zat de dokter erover in dat de dienstmeid van zijn vriend onder een trein was gelopen?

McGregor-Robertson strekte zijn benen en zuchtte. 'Of dit een tijdelijke fase is, of iets van langere duur, dat zullen we eenvoudig moeten afwachten.'

Meneer James keek hem aandachtig en bezorgd aan. Na een ogenblik zei hij: 'Je wilt dus niet beweren dat we de stap moeten nemen van... van een gesticht?' (Het leek wel of hij het woord niet over zijn lippen kon krijgen.)

De dokter schudde zijn hoofd. 'Niet meteen, nee. Dat zou tamelijk prematuur zijn. Het is heel goed mogelijk dat Arabella morgen wakker wordt en zich alles weer herinnert en vrij is van hallucinaties.'

'Die mogelijkheid bestaat', zei meneer James. 'Je hebt gelijk, natuurlijk.'

Hij had al die tijd rechtop gezeten, maar nu liet hij zich opgelucht in zijn zetel zakken. En geen wonder, verdorie! Ik was zelf zo benauwd geworden bij de gedachte aan mevrouw in een gesticht dat ik het versleten groene velours had beetgepakt en een stukje ervan tussen mijn vingers had fijngewreven.

'Bovendien', zei de dokter, 'zijn de principes die in dergelijke inrichtingen worden toegepast heel eenvoudig. Afzondering, rust, zo weinig mogelijk prikkels. We kunnen die in de komende dagen of weken ook hier naar believen toepassen, en dan zien we wel hoe de zaken uitpakken. Er zijn ook een aantal therapieën die we kunnen uitproberen.'

Hij stond op en keek op zijn zakhorloge. 'Ik moet eens gaan kijken hoe het staat met de oude Sammy Sommen in Smoller', zei hij. 'Er groeit iets op zijn hoofd, naar het schijnt. Of het een stel horens is of een puist moet nog worden vastgesteld. Als ik met hem klaar ben, zal ik die boeken halen waarover ik repte en ze meebrengen. Dan kunnen we ze samen bekijken, nietwaar? Misschien kunnen die ons iets vertellen over hoe we verder moeten.'

'Uitstekend!' zei meneer James, die haastig was opgestaan. Tot mijn grote consternatie trok hij aan het schelkoord. In de verte klonk getinkel in de keuken. Het was een heel ijl geluid, gevolgd door een grote ijle stilte. Ik trok me terug in de schaduw en verloor het zicht op de twee mannen door de gordijnkier.

Meneer James dempte zijn stem. 'Ik moet zeggen, Douglas, dat ik je erg dankbaar zou zijn als je niets hierover vertelde aan onze vriend op de pastorie. Ik hoop op de steun van zijn broer wanneer ik me verkiesbaar stel. Ik vrees dat het mijn zaak geen goed zal doen als hij hiervan op de hoogte raakt. De oude bok steekt altijd overal zijn neus in, en hoe minder er gezegd wordt over je-weet-wel, hoe beter het is. We willen geen oude koeien uit de sloot halen.'

'Wees maar niet bang', zei de dokter. 'Daar had ik zelf al aan gedacht.'

Wat een vreemde manier om over je vrouw te praten, dacht ik. 'Je-weet-wel.' Of bedoelde hij Nora? Maar ik had niet lang meer de tijd om hierover na te denken, want tot mijn afgrijzen ging de bel voor de tweede keer. Opnieuw klonk een zwak getinkel in de verte.

'Tss! Die verdraaide meid!' zei meneer James. 'Waar blijft ze?'

Ik stelde me al voor dat ik van achter het gordijn stapte – tadaa! – en mijn aanwezigheid kenbaar maakte. Ik zag het zo levendig voor me dat ik bijna dacht dat ik het gedaan had. Gelukkig had meneer James geen geduld. Ik hoorde hem de deur van zijn werkkamer openen, misschien om naar buiten te kijken of ik eraan kwam.

'God weet waar ze is', zei hij na een ogenblik. 'Ik zal je zelf wel uitlaten, als je dat niet erg vindt, Douglas.'

'Nee, helemaal niet', zei McGregor-Robertson. 'Maar tussen haakjes, wat vond je van de sterrenwacht van Short?'

'Ik vond er niet zoveel aan', zei meneer James. 'Ik denk dat de waarde daarvan overschat wordt.'

Ik hoorde ze de gang doorlopen en een paar laatste woorden wisselen. Daarna vertrok de dokter, met de belofte later terug te komen. Ik hield mijn adem in en wachtte af wat meneer James zou gaan doen. Eerst was er alleen stilte en ik vermoedde dat hij vlak bij de voordeur was blijven staan om zijn gedachten op een rijtje te zetten. En toen hoorde ik tot mijn opluchting zijn voetstappen de gang door komen en de trap op gaan. Weldra kon ik uit mijn schuilplaats komen en schielijk naar de keuken teruglopen, dankbaar dat ik niet was ontdekt, want als dat wel zo was geweest, dan had dit het einde van mijn tijd op Kasteel Haivers en met mevrouw kunnen betekenen.

En ik had het gevoel dat ze me nu meer dan ooit nodig had.

Mevrouw had zich vreemd gedragen in Edinburgh, dat was wel duidelijk. Het had iets te maken met meisjes en een Registratiebureau. Maar wat had ze precies gedaan? En had het iets te maken met haar *Observaties*? Ik was heel nieuwsgierig. En wat betreft die opmerkingen over Nora: was er inderdaad een verband tussen haar dood en het gedrag van mevrouw? Ik dacht het wel, vanwege de wandeling. Maar ik zag niet in hoe meneer James en de dokter daarvan op de hoogte konden zijn, want mevrouw hield haar experimenten geheim. Ik had gehoopt dat ik iets bruikbaars te weten zou komen, maar alles bij elkaar genomen was ik niks wijzer geworden van wat die twee heren gezegd hadden.

Mijn instructies waren dat ik mevrouw niet mocht storen, dus ik zag haar de hele ochtend niet. De dokter kwam om ongeveer elf uur terug met een leren tas vol boeken. Meneer James zei tegen me dat ik een pot koffie moest zetten, waarna de twee mannen in de werkkamer gingen zitten lezen en roken. Ik had gehoopt een paar minuutjes alleen met mevrouw te kunnen doorbrengen toen ik haar rond het middaguur iets te eten bracht, maar het mocht niet zo zijn. Ik sloop zachtjes als een kat naar boven, maar nauwelijks had ik aangeklopt toen McGregor-Robertson in de deuropening verscheen en me het dienblad uit handen nam. Hij bedankte me en deed met zijn voet de deur dicht. Ik kreeg mevrouw niet eens te zien.

De heren aten een koude maaltijd in de werkkamer. Toen ze klaar waren ging meneer James naar buiten om met de boerenknechten te praten, en even later kwam hij terug. Ik werd om ongeveer halftwee gescheld. Toen ik de gang op liep kwam meneer James me vanuit zijn werkkamer tegemoet.

'Bessy', zei hij. 'Ik wil dat je voor me naar Bathgate gaat.'

'Wablief, meneer?'

Als ik verbaasd klonk, dan was dat omdat dit een hoogst ongebruikelijk verzoek was, want voorheen was ik nooit gevraagd in mijn eentje verder te gaan dan Snatter. Maar meneer James besefte dat misschien niet, want hij zei het of het de gewoonste zaak van de wereld was.

'Ja, ik heb een paar dingen van de apotheek nodig', zei hij. 'Biscuit Meek zal je wel met het rijtuig brengen. Hij moet naar de stad en hij neemt je mee terug als je klaar bent. Hier is een lijst met de dingen die ik nodig heb.' Hij hield een opgevouwen papier in zijn hand, maar gaf het me nog niet. 'Luister goed, Bessy', zei hij. 'Het belangrijkste is dat ik je verbied met wie dan ook te spreken over wat er de laatste tijd met mevrouw is gebeurd. Als iemand je ernaar vraagt, moet je zeggen dat ze in goede gezondheid is, maar de laatste tijd te lijden heeft van hoofdpijn en het advies heeft gekregen te rusten.'

'Jawel, meneer.'

'Praat er met niemand over, niet met Biscuit Meek, noch met enig ander persoon. Ik neem aan dat je wel eens eerder bij de apotheek bent geweest.'

'Nee, meneer.'

'Je bent nog niet eerder bij de apotheek geweest', zei hij. 'Je verbaast me. Nou, goed. In dat geval neem ik aan dat de bedienden aldaar je niet kennen.'

'Nee, meneer, ik betwijfel of ze me kennen. Ik ben maar één keer in Bathgate geweest.'

'Des te beter. Welnu, voorzover ik weet hebben wij een rekening bij de apotheek, maar laat alsjeblieft de spullen niet op naam van Kasteel Haivers zetten en laat ook niet weten voor wie ze zijn.'

Hij klopte fronsend op zijn zak. Vervolgens stapte hij terug de werkkamer in en hoorde ik hem aan de dokter vragen of hij geld bij zich had. Na een ogenblik verscheen hij weer met een handvol munten, die hij me samen met de lijst over-handigde.

'Zorg ervoor dat Biscuit Meek je níét naar de apotheek vergezelt', zei hij. 'Laat hem je afzetten bij het hotel, en vandaar ga je lopend en alleen naar de winkel – het is vlak om de hoek. Als hij nieuwsgierig wordt over waar je naartoe gaat of wat je moet kopen, wat ik ernstig betwijfel, dan zeg je maar tegen hem dat mevrouw dringend behoefte heeft aan wat... wat...' Hij maakte een gebaar met zijn hand, onbe-kwaam om te verzinnen wat mevrouw dringend uit Bathgate nodig zou hebben.

'Wat boordsel en zijdedraad?' stelde ik voor.

'Boordsel en zijdedraad', zei hij. 'Uitstekend idee. En als je terugkomt met je pakjes, zorg er dan voor dat alles goed ingepakt wordt zodat niet te zien is wat het is.'

'Dat zal ik doen, meneer.'

'Ik neem aan dat je verder geen vragen hebt.'

'Nee, meneer.'

'Ga dan maar. Biscuit wacht geduldig op je bij de stallen.'

Biscuit bevond zich inderdaad buiten bij de stallen, maar het zag er niet naar uit dat hij op me wachtte, geduldig of niet, hij was er de man niet naar om naar het pijpen van mensen als ik te dansen. O nee! Hij zag me toen ik de hoek van het huis om kwam, maar hij keek niet op of om en liet ook anderszins niet merken dat hij me gezien had, maar bleef sjorren aan het tuig van het paard, waarna hij zonder een woord te zeggen op de bok klom. Daarna bleef hij strak naar het paard kijken. Toen ik hem goedemiddag wenste, keek hij me ongeïnteresseerd aan – alsof ik een blok hout was dat hij even overwoog mee naar huis te nemen voor de haard, en zich vervolgens toch maar bedacht. Daarna wendde hij zich af en hernam zijn aanschouwing van het paard.

Geloof me maar, ik zat nog liever op het zondaarsbankje dan de smalle bok van een rijtuig te moeten delen met Biscuit Meek, maar ik had geen keus, als ik meneer James niet ongehoorzaam wilde zijn, en dus klom ik naar boven en ging naast hem zitten. Tijdens de reis naar Bathgate deed ik wel één of twee pogingen om een gesprek met hem aan te knopen, maar het enige wat er uit zijn mond kwam was vloeibaar en werd met regelmatige tussenpozen afgevuurd, waarna het glinsterend op de weg bleef liggen. Ik gaf het na een poosje op en ging de lijst bekijken die meneer James me gegeven had. Kamfer, azijn, sennablad en laudanum waren welbekend, maar sommige spullen op de lijst waren nieuw voor me, zoals ammoniakgom, wormpoeder, ipecacuanha, rochellezout, zwavelbloem, die woorden spelden niet veel goeds voor me. Die spullen waren kennelijk voor mevrouw bestemd. Het enige wat ik kon zeggen was dat ze haar maar beter geen kwaad konden doen.

Dat maakte me boos, de hele weg tot Bathgate, tot aan de koetsplaats achter het hotel. Daar stopte Biscuit en steeg met een soepele beweging af. Hij wees driftig naar de grond en sprak twee woorden: het eerste was 'vier' en het tweede was 'uur', waarmee hij wilde zeggen hoe laat ik precies werd verwacht op de plek die hij aanwees. Ik stapte af en slenterde de straat op, waar ik hem nog net aan de overkant een herberg in zag duiken. Of hij daar iets voor meneer James moest doen of niet, daar had ik geen flauw idee van, maar het kon me geen barst schelen wat Biscuit Meek deed.

De apotheker zelf was de enige in de winkel. Ik had goed in mijn oren geknoopt wat meneer James zei, dat ik discreet moest zijn, dus ik zei zo min mogelijk en overhandigde gewoon de lijst. Gelukkig had de man totaal geen belangstelling voor me en maakte de bestelling klaar zonder nauwelijks een woord te zeggen of een blik op me te werpen. Een dram van dit, een onsje van dat, hij tapte poeder en goot vloeistof uit grote flessen in kleine flacons. En toen wikkelde hij op mijn verzoek alles apart in en maakte er ten slotte één groot pak van. Alles bij elkaar duurde het maar ongeveer tien minuten om de bestelling compleet te maken.

Na het verlaten van de winkel ging ik terug naar het hotel, maar er was geen teken van Biscuit te bespeuren en ik had nog een uur te gaan voor het vier uur was. Er hingen wat jongens rond die knikkerden en blikken op me wierpen. Als ik op de bok van de wagen wachtte zou ik zeker niet lang met rust gelaten worden, dus besloot ik een wandeling te maken. Ik verliet het terrein en liep naar de winkelstraten waar mevrouw me de vorige keer mee naartoe had genomen.

Ik was van plan etalages te gaan kijken, maar toen zag ik de klokkentoren hoog boven de schoorstenen uitsteken en dat deed me denken aan het kerkhof. Op kerkhoven rondhangen voor mijn plezier, dat was nooit iets voor mij geweest, maar hoe meer ik erover nadacht, hoe meer ik het de moeite waard vond om Nora's graf te bezoeken en een woordje met haar te wisselen. Noem het maar bijgeloof. Maar mevrouw en ik hadden allebei iets gezien in Kasteel Haivers, en als het inderdaad een spook was (en geen droombeeld of een product van onze verbeelding), dan was het misschien de moeite waard om eens met Juffrouwtje Volmaakt te gaan praten. Ik ging bij wijze van spreken een klacht indienen bij de direct betrokkene, ik zou wel eens even bezwaar aantekenen op het hoofdkwartier zelf.

Na dat besloten te hebben, hoefde ik alleen maar de weg naar de kerk te vinden. De klokkentoren was hier en daar tussen de daken te zien en door daarop af te gaan vond ik de juiste straat. Voor de kerk stonden een paar marktkraampjes en het krioelde er van de mensen en karren en sjezen. Ik ging de kerkpoort door en de trap op. De laatste keer dat ik er was geweest, sneeuwde het en concentreerde ik me op mevrouw, die ik achtervolgde, zodat ik niet veel aandacht aan de omgeving had besteed. Nu was de sneeuw allang weg en was ik helemaal in mijn uppie. Zonder die koude korst zag de begraafplaats er heel anders uit. Het was een treurig, vochtig oord, met smerige, modderige paden, de zerken onder het korstmos en veelal kapot, en alles werd verstikt door het klimop.

Ik koos een pad en vond mijn weg over het zompig terrein naar de verste hoek die voor de rooms-katholieken was bestemd. Verder weg van de straat werd het stil. Er waren die dag geen bezoekers. Geen levende ziel roerde zich, geen vogeltje zong en ratten waren de enige wezens die je je voorstelde in het kreupelhout.

Ik zag algauw Nora's grafzerk, het witte marmer stak af tegen de andere graven. Tot mijn schrik en niet geringe verontrusting zag ik dat de krokussen die mevrouw bij het graf had gezet waren omgegooid, door een kwade hand leek het wel. De pot was aan scherven en de aarde (die de kleur had van geronnen bloed, zag ik) lag verspreid. De knollen en de bloemblaadjes waren in de grond getrapt. Er viel niet achter te komen wie of wat hiervoor verantwoordelijk was. Belhamels konden zonder enige reden de pot hebben omgeschopt, zoals ze zo vaak doen. Of het kon een vos geweest zijn, ik had wel soortgelijke schade van vossen in moestuinen gezien. Het kon ook heel goed door de wind gekomen zijn, of iemand had het per ongeluk gedaan. Maar ik kreeg kippenvel van die zinloze vernieling in deze omgeving. Ik keek angstig om me heen, maar alleen de grafzerken keken terug.

De krokussen waren niet meer te redden, dus ruimde ik de boel maar een beetje op, ik raapte de scherven bij elkaar en legde ze netjes op het pad, waarna ik de donkerrode aarde in het gras schopte. Daarna ging ik voor het graf staan en richtte mijn gedachten op de grond. Het was moeilijk voor te stellen wat daaronder lag. De kist was al maanden geleden begraven, en ik nam aan dat die nog vrij intact was, maar ik speculeerde liever niet over de staat van Nora's lichaam. Ik probeerde me haar levend en wel voor te stellen, helemaal in het wit gekleed, met gesloten ogen en gevouwen handen.

'Laat mevrouw alsjeblieft met rust', smeekte ik. 'Je hoort niet in deze wereld. Het spijt me als ik je gestoord heb of uit je evenwicht gebracht, maar je moet nu gaan en mevrouw alleen laten. Het is haar schuld niet dat je dood bent.'

Deze en soortgelijke smeekbeden zond ik het graf in, ik herhaalde ze steeds weer. Ik stelde me voor dat mijn woorden door de grond heen boorden en in Nora's oren stroomden als zeewater in een schelp. Mijn kinderlijke bijgeloof lijkt misschien vergezocht of zelfs half maf, maar ik was wanhopig. Ik had mijn eigen amandelen getrokken als dat mevrouw had geholpen. En als er een spook was, dan wilde ik het te ruste leggen. Ik stond daar God weet hoe lang, tot het begon te schemeren en mijn voeten ongevoelig waren geworden van de kou. Ik nam mijn pakje en haastte me naar de poort.

Wat een verschrikking, want wie stond daar bij de ingang zijn pamfletten uit te delen? De Ouwe Geitenbok. De marktkraampjes hadden veel publiek getrokken en daar had hij gebruik van gemaakt. Zijn tactiek was dat hij nonchalant naar mensen toe liep alsof hij ze ging begroeten, om dan op het laatste moment een traktaat in hun handen te stoppen en weer weg te lopen. Bij de meeste mensen scheen dat te werken. Sommigen bedankten hem en staken het traktaat in hun zak, terwijl anderen er een verbijsterde blik op wierpen om vervolgens verder te lopen.

Ik wilde liever niet dat hij me zag of aansprak, dus zocht ik naar een vluchtroute. Maar de omheining was te hoog om eroverheen te klimmen en de hoofdpoort leek de enige uitgang. Ik zou ofwel terug de begraafplaats op moeten gaan en wachten, in de hoop dat hij wegging, of ik zou ongezien langs de oude hotemetoot moeten zien te glippen. Aangezien het al begon te schemeren had ik niet veel zin mijn verblijf tussen de grafzerken te verlengen. Ik haalde diep adem, drukte mijn pakje tegen mijn borst en liep naar de trap voor de poort terwijl ik al die tijd Pollock goed in de gaten hield. Op dat moment was hij bezig twee bouwvakkers in stoffige plunje te benaderen die voor een van de marktkraampjes stonden te praten. Ze keken schuins naar de dominee, en toen hij hun een pamflet wilde overhandigen vloekte een van hen luid en liep weg.

De mensen staarden naar ze. De tweede man riep: 'Ksst, ksst! Ga weg met die traktaten van je! We kunnen wel zonder! Er staat niks in wat we willen weten!' Hij maakte een overdreven wegwuivend gebaar en voegde zich bij zijn vriend.

Pollock probeerde zijn waardigheid te bewaren terwijl iedereen getuige was geweest van zijn afgang. Hij draaide zich om, een gemaakte glimlach op zijn bakkes, en het eerste waar zijn blik op viel was mijn persoontje terwijl ik me door de kerkpoort uit de voeten probeerde te maken. Als een drenkeling op een vlot stortte hij zich op me, met opgeheven hand dook hij de straat over. Er was geen ontsnappen aan. Hij hield een paar passen voor me halt, haalde zijn broek op en bekeek me met dat zelfvoldane lachje van hem.

'Ah-haa!' deed ie. 'Biddy, zo heet je toch?'

'Bessy, meneer', zei ik met opeengeklemde kaken.

'Ah-haa!' Zijn ogen dwaalden achter me naar het kerkhof, waarna hij een van zijn lepe blikken op me wierp. 'Wat kunnen wij hier in Bathgate voor je betekenen?' vroeg hij. 'En op het kerkhof ook nog. Ik neem aan dat je niet bent komen lijken pikken. Ah-haa!'

'Nee, meneer', zei ik. 'Ik moest een boodschap doen voor mevrouw en... nou ja... Ik dacht, ik neem een korte route, maar... weet u... er is geen uitgang aan de andere kant, dus ik... ja... ik moest weer terugkomen.'

Ik ergerde me aan wat ik tegen hem zei, want ik vond dat ik hem geen verklaring schuldig was. Maar meneer James had me laten beloven het geheim te houden, en niet alleen dat, ik had hem ook nog uitdrukkelijk aan de dokter horen vragen om níet over mevrouw met de dominee te spreken.

Intussen had de Ouwe Geitenbok een lange nieuwsgierige blik op het pakje in mijn handen geworpen, het was duidelijk dat hij erachter wilde komen wat erin zat.

'Ah-haa!' zei hij. 'En hoe gaat het met je beste mevrouw?'

'Erg goed, meneer, heel erg goed.'

'Blij dat te horen. Ah-haa! Ik vond haar een beetje bleek de laatste keer dat ik haar zag. Er is toch niets met haar aan de hand?'

'Nee, meneer, ze maakt het heel goed.'

'En de heer des huizes? Hij koopt een openbare drinkfontein van mijn broer, is het niet? Ik vraag me af of je weet hoe dat project van hem loopt.'

'Ik vrees dat ik er niets van af weet, meneer.'

'O? Nou, misschien bespreken ze die problemen ook niet met jou. James is een capabele kerel, ik ben ervan overtuigd dat alles vlekkeloos verloopt. Je meester heeft het heel goed gedaan, Bessy, zonder hulp van iemand anders – behalve, als ik het goed begrepen heb, een aanzienlijke erfenis in contanten en verscheidene landgoederen die een oom hem jaren geleden heeft nagelaten. Ah-haa! Maar daar weet jij alles van, neem ik aan.'

Hij keek me aandachtig aan met zijn kille oogjes. Ik zei niets en dus ging hij verder.

'En het laatste goede nieuws is natuurlijk dat James gevraagd is zich verkiesbaar te stellen, nietwaar? Voor het parlement? Wat vind je daarvan, Bessy? Denk je dat meneer een goede parlementariër zou zijn, nou?' Opnieuw keek hij me leep aan.

'Ik weet niets van politiek, meneer. En als u me nu wilt excuseren, ik moet gaan. Ik word om vier terug naar huis gebracht.'

'Ach, ja', zei hij terwijl hij nogmaals met zijn hoofd schuin naar het pakje in mijn hand keek. Hij zag eruit als een kip die een graantje ging pikken. 'Je hebt heel wat aankopen daar. Ah-haa! Ik hoop dat je pakje niet te zwaar is voor je?'

'Nee, meneer.'

'Het is erg onhandig te dragen.' Hij hoopte duidelijk aan me te kunnen ontlokken wat erin zat.

'Gaat wel, meneer.'

Hij fronste theatraal zijn wenkbrauwen en stak zijn vinger naar me op. 'Ik hoop maar dat je niet al je loon aan frutseltjes hebt uitgegeven', zei hij. 'Haarspelden en hoedenlinten en dergelijke. Of heb je misschien iets voor mevrouw gekocht?'

Hij was duidelijk niet van plan het op te geven, en ik wist

dat hij mijn verhaal over boordsel en zijdedraad niet zou geloven, daarvoor was het pakje te groot.

'Het is niets bijzonders, meneer', zei ik. 'Alleen wat stoffen en knopen.'

'Stoffen en knopen, hè?' Hij schudde zijn hoofd en blies zijn adem door zijn neus uit. 'Zijde en satijn, ongetwijfeld. Eens zien...' Hij haalde zijn pamfletten tevoorschijn en nam er een. 'Zo', zei hij terwijl het me overhandigde. Het traktaat was getiteld *Geen gezicht* en behelsde een aanval op mensen die zichzelf te lang in de spiegel bekeken. 'Ben jij tot ijdelheid geneigd, Bessy? Ik denk het wel. Nou, dan zul je hier wel iets aan hebben.'

Ik wilde het hem teruggeven, maar hij nam het niet aan, niks d'rvan.

'Nee, nee', zei hij. 'Hou maar. Hoe is het je vergaan met de vorige publicaties die ik je heb gegeven?'

'O', zei ik. 'Ik heb nog geen tijd gehad om ze te lezen.' (Een leugen. Ik had ze ofwel weggegooid, of verwensingen in de marge geschreven en ze tóén weggegooid.)

Hij bekeek me aandachtig. 'Kún je eigenlijk wel lezen?' vroeg hij, meer aan zichzelf dan aan mij. 'Ik begin te vermoeden dat je het misschien niet kunt.'

'Ik kan heel goed lezen, meneer', zei ik rood aanlopend. 'Als u het nu niet erg vindt...'

Maar hij hield me weer tegen, deze keer door een hand op mijn arm te leggen.

'Wacht eens even', zei hij. 'Het zal je misschien verbazen, Bessy, maar ik zie veel in je. Ah-haa! Jij bent heel anders dan andere meisjes van jouw leeftijd en geloof. Ik zal je wat vertellen. Als je wilt kan ik deze teksten voor je toelichten en dan kun je me elke vraag stellen die je wilt. Ik wil ook graag meer weten over je leven voordat je op Kasteel Haivers kwam. Ik weet dat je huishoudster bent geweest.'

Ik opende mijn mond om te protesteren, maar hij onderbrak me.

'Nee, nee!' zei hij met opgeheven handen. 'Zeg nog niks.'

Alsof ik verdomme iets ging zeggen!

'We moeten ermee wachten tot je op de pastorie komt', zei hij. 'Welke dag komt je het beste uit?'

'Ik denk niet dat ik kan komen, meneer.'

'Je had tijd om Flemyng op Thrashburn een bezoek te brengen, als ik me niet vergis. Klopt dat?'

'Ja, meneer', zei ik en voelde me op een onverklaarbare manier beschaamd.

'Nou dan', zei hij. 'Als je op bezoek kunt gaan bij Flemyng, dan kun je toch zeker een bezoek brengen aan mij, vooral als het gaat om een toelichting bij traktaten.'

'Ik zou vrij moeten vragen', zei ik. 'En ik weet niet wanneer ik dat krijg. We hebben het op dit moment erg druk.'

'Laat ik dit met je afspreken', zei hij. 'Ik ben altijd op donderdagmiddag thuis om bezoek te ontvangen. Laten we het daarop houden. Je kunt een donderdagmiddag vrijaf vragen. Je hoeft niet eens te zeggen dat je bij mij op bezoek gaat. Bij nader inzien is het misschien beter dat we het aan niemand vertellen. Voor het geval je van gedachten verandert.'

'Van gedachten veranderen waarover?'

Hij keek verbaasd. 'Nou... over van geloof veranderen', zei hij. 'Ah-haa!'

Hij keek me stralend aan. Ik was even sprakeloos en zei toen: 'Goedemiddag, meneer, ik moet nu gaan.'

Ik maakte een nauwelijks merkbare kniebuiging en liep weg. Toen ik aan het eind van de straat omkeek was hij weer bezig zijn pamfletten uit te delen. Zodra ik de hoek om was pakte ik *Geen gezicht* en schoof het bij iemand onder de deur door.

Op Kasteel Haivers zaten meneer James en McGregor-Robertson in een wolk van pijprook in de werkkamer. Meneer James nam het pakje met medicijnen van me aan en zei dat de dokter bleef eten, maar dat ik pas om halfacht het diner moest opdienen, omdat ze hun lectuur uit wilden lezen en vervolgens een eindje gaan wandelen.

'We moeten de benen strekken', zei hij. 'We zitten hier al de hele dag binnen.'

'Uitstekend, meneer', zei ik. 'En mevrouw?'

'Zij moet binnen blijven', zei hij.

'Nee, meneer, ik bedoel, hoe moet het met haar eten? Eet ze met u mee, hierbeneden?'

Hij wisselde een veelbetekenende blik met McGregor-Robertson. Ik zag nu voor het eerst dat het oog van de dokter traande en dat de huid eromheen verkleurd was.

'Eh, nee', zei meneer en schraapte toen zijn keel. 'Bessy, het is erg belangrijk dat mijn vrouw een tijdje rust houdt.' Hij gebaarde naar de boeken die verspreid door de kamer lagen. 'Alles wat we erover lezen bevestigt dat. Jammer genoeg beseft mevrouw zelf het nog niet. Vanmiddag toen je weg was, moet je weten, heeft ze verscheidene pogingen gedaan om naar beneden te komen. Op een bepaald moment raakte ze danig van streek.'

Hij keek naar de dokter of die zijn woorden wilde bevestigen, maar McGregor-Robertson was weer verdiept in zijn boek, een geconcentreerde, onbewogen uitdrukking op zijn gezicht.

Meneer James wendde zich weer tot mij. 'Uiteindelijk', zei hij, 'waren we voor haar eigen bestwil gedwongen de deur van haar kamer op slot te doen, om ervoor te zorgen dat ze niet weer opnieuw uitbrak.'

Ik moet geschokt hebben gekeken, want hij legde zijn hand op mijn schouder.

'Maak je geen zorgen', zei hij. 'Het is maar voor korte tijd. Ze heeft rust nodig.'

'Maar, meneer, ze zal het niet leuk vinden om zo opgesloten te zitten. Dat maakt het alleen maar erger voor haar.'

'Nee, Bessy', zei hij hoofdschuddend. 'Geloof me, het zal haar beter maken. Ze is ook al veel rustiger sinds we de deur op slot hebben gedaan. Nu wil ik dat je me belooft dat je haar er niet uit zult laten. Ze zal proberen je te overreden, maar je moet flink zijn.'

Ik was er helemaal niet gelukkig mee, maar ik moest het toch beloven, omdat ik de schijn diende te wekken dat ik hem gehoorzaamde. Anders zou hij het in zijn hoofd kunnen halen me te ontslaan. En bovendien: misschien hadden ze gelijk. Misschien had ze inderdaad rust nodig. Want zo te zien had ze de dokter een blauw oog geslagen.

Net goed, ik zou waarschijnlijk hetzelfde hebben gedaan als hij míj had proberen op te sluiten.

De voorbereidingen voor het diner hielden me pakweg een uur in de keuken bezig, maar ik spitste mijn oren voor wanneer ze het huis zouden verlaten om te gaan wandelen. Uiteindelijk werd ik beloond met het geluid van de voordeur die dichtviel. Het was donker buiten en ik wist dat ze niet ver van huis zouden gaan. Zonder nog langer te wachten rende ik naar boven en legde mijn oor tegen de deur van mevrouws kamer. Het enige wat ik hoorde was het kloppen van mijn eigen hart. Ergens in de kamer brandde een lamp, want toen ik bukte zag ik een sprankje licht door het sleutelgat schijnen. Ik zette mijn mond tegen de kier tussen de deur en het kozijn.

'Madam? Bent u daar, madam?'

Even was er niets dan stilte. Toen hoorde ik de veren van het bed kraken en zachte voetstappen naar de deur komen.

Een schaduw gleed over het sleutelgat en een dunne koude tocht, veroorzaakt door haar ruisende rokken, gleed over mijn gezicht.

'Ik ben het, madam', zei ik zacht. 'Gaat het goed met u?'

Er volgde een stilzwijgen waarin ik haar iets meende te horen mompelen. Vervolgens schrok ik toen ze ineens vlak achter de deur begon te praten.

'Hij zit op slot, Bessy', zei ze. 'Je kunt er niet in als je de sleutel niet hebt.'

'Ik weet het, madam. Maar het is maar voor korte tijd, geloof ik, zodat u goed kunt uitrusten. Rust u uit? Hebt u iets nodig?' Maar hoe ik haar dat dan moest geven, daar had ik geen flauw idee van. Ik denk dat ik haar alleen maar probeerde gerust te stellen.

'Och, ik weet het niet', zei ze mat. Er volgde een korte stilte. Ik keek met samengeknepen ogen door het sleutelgat, maar zag nu alleen nog maar schaduwen, dus nam ik aan dat ze vlak achter de deur stond. Na een ogenblik zei ze ontmoedigd: 'Ik verdien niets. Ik ben een slecht mens.'

'Onzin, madam', zei ik. 'Zeg dat niet.'

'Een slecht mens, Bessy, en ik heb schuld.'

'O, nee, madam, helemaal niet.'

Er kwam geen antwoord uit de kamer, alleen een holle lach.

'U wordt weer beter, madam', zei ik tegen haar. En toen zei ik, heel ferm: 'Weet u dat ik vandaag ben wezen wandelen?'

'Hè?' vroeg ze verstrooid.

'Wandelen, madam. Ik heb een wandeling gemaakt door de velden, naar het noorden. Ik liep gewoon maar een eind weg, moet u weten, en toen viel ik onverwacht van een helling. En u raadt nooit waar ik bijna op terechtkwam, madam.'

Er kwam geen antwoord van achter de deur, alleen een ruisend geluid.

'Madam?'

'Sorry... wat zei je?'

'Ik zei: u raadt nooit waar ik bijna op terechtkwam.'

'Ik denk er liever niet aan', zei mevrouw op erg zonderlinge toon.

'U zult het niet geloven, maar het was een spoorweg.'

Ik wachtte op een reactie, maar er volgde slechts stilte.

'De spoorweg, madam. Ten noorden van hier. Ik viel er bijna bovenop, helemaal per ongeluk. Ik zal u zeggen dat het gemakkelijk gaat. Ik had geluk dat er geen trein aankwam. Nou, als je zou vallen wanneer er een trein aankwam, dan weet ik niet wat er gebeurde. Maar het zou niemand zijn schuld zijn. Helemaal niemand zijn schuld, alleen je eigen schuld. Gewoon een ongeluk.'

Ik hield op met praten, niet omdat er geen antwoord kwam, maar omdat ze in zichzelf was gaan mompelen. Ik legde mijn oor tegen de deur om beter te horen.

'Wat zei u, madam?'

Onmiddellijk hield het mompelen op. Ze riep: 'Ga door! Wat zei je over die spoorweg?'

'Nou, madam, zoals ik al zei, het zou niemand zijn schuld zijn als je van die helling afviel en onder een trein kwam. Er zou daar een afrastering moeten komen, het is de schuld van de spoorwegmensen...'

Maar ik ging niet verder, want opnieuw begon mevrouw in zichzelf te mompelen (deze keer was het bijna fluisteren). Ik legde mijn oor tegen de deur. Het murmelen van haar stem was duidelijk hoorbaar, hoewel het moeilijk te verstaan was wat ze zei. Op een bepaald moment meende ik mijn eigen naam te horen, waarna het mompelen verder ging. Ze fluisterde, zweeg, fluisterde, zweeg weer. Het was net of je één kant van een conversatie hoorde, of ze tegen iemand anders in de kamer praatte, een persoon die zij alleen kon horen.

Toen dat tot me doordrong voelde ik het zweet tussen mijn

schouderbladen kriebelen. Het was ijskoud op de overloop, maar ik huiverde om meer dan de kou. Met angst en beven voor wat ik te zien zou kunnen krijgen knielde ik stil neer en keek door het sleutelgat. Opnieuw zag ik het schijnsel van de lamp en de omtrekken van een meubelstuk, wat betekende dat mevrouw van de deur was weggelopen. Ik tuurde naar links en naar rechts, maar kon niet zien waar ze in de kamer stond. Maar het mompelen ging met tussenpozen door, zo te horen van heel dichtbij.

'Wie is daar, madam?' riep ik. 'Wie is daar bij u?'

Meteen hield het fluisteren op. Er klonk een haastig ruisend geluid en toen gleed er weer een schaduw voor het sleutelgat. Weer een dunne koude tocht die een stofwolkje recht in mijn oog blies, dat begon te tranen. Ik knipperde met mijn oog en trok mijn hoofd terug om de tranen weg te vegen.

'Wat zei je daar, Bessy?'

'Waarom praat u, madam? Wie is daar bij u?'

Ik hoorde een lach. 'Jij bent degene die praat, Bessy', zei ze. 'Vertel eens, heb je jezelf bezeerd toen je naar beneden viel?'

'Eh... nee, madam, niet echt.'

'Nou, dat is een opluchting', zei ze. 'Ik zou niet graag willen dat je je bezeerde. Maar ik begrijp niet waarom je er zo'n drukte over maakt. Je struikelde en viel en je hebt een spoorweg gezien. Daar hoef je niet over te jeremiëren. Je verbaast me. Gewoonlijk zijn je verhalen wat onderhoudender, Bessy, of ze hebben meer pointe.'

Dat was niet de reactie die ik had verwacht. Het leek erop dat ze het verband nog niet had gelegd tussen de wandeling die ik haar beschreef en de wandeling waar ze Nora op uit had gestuurd. Ik probeerde het opnieuw.

'Madam?' zei ik. 'Weet u welk pad ik bedoel? Over de velden naar het noorden?'

344

Op dat punt meende ik te horen dat ze zich van de deur verwijderde en er volgde een licht gekraak, de springveren van het matras, nam ik aan. Ik dacht dat ze op het bed was gaan zitten. Ik keek door het sleutelgat. Eerst zag ik alleen schimmige meubels, net zoals eerder, verlicht door de lamp. Toen verscheen er plotseling, als uit het niets, een oog dat naar me terugstaarde – een wild en wreed oog dat recht in mijn ziel leek te staren.

Ik gilde en sprong weg van de deur. Ik viel zowat op mijn gat en belandde aan de andere kant van de overloop, mijn hoofd sloeg tegen de muur. Op hetzelfde ogenblik hoorde ik de voordeur openvliegen. Een ijskoude windvlaag woei de trap op en blies de kaars uit, waardoor ik opnieuw een gil slaakte. Er klonk een donderend geraas in de hal en voetstappen kwamen naar boven gestampt. Schaduwen vlogen heen en weer over het plafond, waarna meneer James en de dokter boven aan de trap verschenen, lantaarn in de hand. Ze stokten toen ze me languit op de overloop zagen liggen.

'Wat is er in godsnaam aan de hand?' riep meneer James.

Bij wijze van antwoord wees ik op de slaapkamerdeur. Zelfs in mijn shocktoestand was ik nieuwsgierig genoeg om te merken dat meneer James wederom zo van slag was geraakt dat hij de vragende vorm had gebruikt en dat mijn hand verschrikkelijk trilde, als van een oude vrouw.

'Meneer!' riep ik. 'Ik denk dat er iemand bij mevrouw op de kamer is!'

'Wat?' riep hij. 'Wie?' En: 'Hoe kan dat?'

Zoveel vragen! Maar ik had geen antwoord want ik was te bang om te zeggen wat ik dacht. Ik schudde alleen maar mijn hoofd en beefde. Met een nijdige kreet van ergernis beende hij naar de deur en haalde de sleutel uit zijn zak. De dokter hielp me overeind en volgde hem. Een paar tellen later wierp meneer James de deur open en de twee mannen stormden naar binnen. Ik kwam schoorvoetend achter ze aan, ik durfde nauwelijks de ene voet voor de andere te zetten.

In de kamer leek alles vredig, op meneer James en de dokter na, die allebei in het midden stonden te hijgen en fronsend om zich heen keken. Mevrouw zat op bed, met een sjaal om haar schouders gedrapeerd en wat naaiwerk op schoot. Ze was opgehouden met haar bezigheid en keek de twee mannen lichtelijk verbaasd aan. Buiten haar en ons was er niemand in het vertrek.

'Heren', zei ze. 'Wat is het probleem?'

17

Onheilspellend nieuws

Meneer James en de dokter doorzochten vliegensvlug de kamer, maar ze vonden niets. Intussen zat mevrouw rechtop op bed, zo te zien verbijsterd over die koortsachtige mannelijke inbreuk op haar domein. Terwijl zij alles overhoop haalden probeerde ik haar aandacht te trekken, maar ze weigerde koppig mijn blik te beantwoorden. Tot meneer James tegen me zei dat ik naar beneden moest gaan om voor het eten te zorgen. Toen, zonder dat de mannen het zagen (ze stonden met de rug naar haar toe), knipoogde ze tegen me en legde stiekem een vinger op haar lippen, een samenzweerderig teken waar ik een beetje van in de war raakte.

Vlak voordat ik het eten opdiende bezochten de twee heren me in de keuken. Ze deden de deur dicht en overstelpten me met vragen. Wie won de Derby in '46? Wat is de hoofdstad van Spanje? Als zes mannen drie uur nodig hebben om een sleuf te graven... Maar niet heus. Ze wilden weten waarom ik dacht dat er iemand bij mevrouw op de kamer was. Waarom was ik gaan gillen en waarom was ik gevallen? En wat deed ik überhaupt bij haar deur? Ik zei dat ik naar boven was gegaan om te zien of alles goed met haar was. En toen vertelde ik ze van het fluisteren dat ik had gehoord. En over het oog dat verscheen. Maar ik had net zo goed tegen de muur kunnen praten. Ze geloofden er niks van. Dat fluisteren was gewoon mevrouw die in zichzelf praatte, zeiden ze. En het was háár oog dat voor het sleutelgat was verschenen. Dat, of ik had het me verbeeld omdat het zo donker was.

Ik protesteerde. 'Maar ik heb gehoord dat ze van de deur wegliep en op het bed ging zitten.'

'Dan kwam ze weer terug', zei de dokter. 'Zonder dat je het merkte. Of misschien liep ze maar een eindje van de deur vandaan. Ze zal gewoon hebben gebukt en naar je gekeken.'

Allebei keken ze me somber aan. Ik wist wat ik gezien had. Maar ik wilde niet brutaal tegen ze doen, want het was duidelijk dat ze mij de schuld gaven van de opschudding.

'Het spijt me, meneer', zei ik. 'Ik moet me vergist hebben.' Vergist, m'n neus!

Meneer James knikte. 'Al goed, Bessy', zei hij. 'Maar je moet van nu af aan voorzichtig zijn. Dit zijn precies het soort zaken waar mevrouw door van streek raakt. Als zij denkt dat jij die verschijning kunt zien, dan verleen je alleen maar geloofwaardigheid aan haar hallucinaties. Het is het beste als je voorlopig maar zo min mogelijk contact met haar hebt. Breng het dienblad met eten maar naar de werkkamer als je ermee klaar bent. Dan brengt een van ons het wel naar boven.'

Ik dacht dat ik doodging, zo overstuur was ik dat ik van mevrouw gescheiden werd. Maar ik had geen keus. Ik maakte eten voor haar klaar, maar het was haar echtgenoot die het dienblad naar boven bracht. De twee mannen schrokten wat eten naar binnen en trokken zich vervolgens in de werkkamer terug, maar daar bleven ze niet lang, want toen ik in de eetkamer afruimde, zag ik dat ze naar boven gingen met alle pakjes die ik van de apotheker had meegebracht. Ze gingen mevrouw haar medicijnen geven. De gedachte dat ze opgesloten zat en verdoofd werd als een Chinees voelde als een mes dat in mijn lever werd gestoken, en ik keek zo angstig en intens naar de twee mannen dat ik de helft van de etensresten op het tafelkleed kieperde in plaats van op een bord.

Ik was nog bezig de rotzooi op te ruimen toen ze naar beneden kwamen. Ze bleven een poosje in de hal staan praten, waarna de dokter wegging met de woorden dat hij de volgende ochtend terug zou komen. Ik hoorde de voordeur dichtgaan en meneer James die de grendels ervoor schoof. Nu was het moment, als ik de moed had om het te doen. Ik liet de schoteldoek vallen en stoof de hal in, net op het moment dat hij zijn werkkamer wilde binnengaan.

'Meneer?' zei ik.

Hij keek me met één opgetrokken wenkbrauw aan. Jezus Mina, mijn hart klopte in mijn keel. Maar ik dwong mezelf verder te gaan.

'Meneer, ik maak me zorgen om mevrouw. Dat opsluiten van haar en gedwongen medicijnen toedienen... Ik denk niet dat het zal helpen, meneer. Het lijkt me een beetje... extreem.'

Hij keek me aan. 'Een beetje extreem', zei hij. 'Jij denkt dat het een beetje extreem is.'

'Eh... ja, meneer, dat denk ik.'

Er glom iets in zijn ogen toen hij me weer aankeek. Plotseling ontstak hij in kille woede. 'Ik ben erg blij dat je dat onder mijn aandacht hebt gebracht, Bessy', zei hij. Maar hij deed alleen maar sarcastisch. 'Jij vindt het extreem. Nou, meisje, dan zal ik jou wel eens iets extrééms vertellen.'

O jee. Hij noemde me 'meisje'. Dat was een slecht teken.

'Je wilt het vast horen', zei hij, nijdig naar me kijkend.

Ik wist het niet zeker, maar ik knikte toch.

'Dat dacht ik al. Ik zal je een klein verhaaltje vertellen, Bessy, over ons reisje naar Edinburgh.'

Ondanks mijn bange vermoedens was ik blij dat hij dat zei, omdat ik dan iets te weten zou komen over dat gedoe in het Registratiebureau.

'Eergistermiddag verliep alles zonder enig noemenswaardig incident', zei hij. 'We bezochten een paar bezienswaardigheden, de parken, het nationaal monument enzovoort. Maar we gingen niet naar boven, want de entree is peperduur. Mevrouw scheen in goede vorm, zij het dat ze een beetje verstrooid was, en we raakten elkaar even kwijt in de drukte in Princes Street. Het ene moment liep ze nog naast me en het volgende was ze weg. Toen ik haar weer vond stond ze voor de ingang van een Registratiebureau voor huisbedienden, naar later bleek. Naar het scheen stond ze op het punt het gebouw in te gaan. Ik vroeg haar wat ze deed en ze zei dat ze van plan was geweest naar binnen te gaan om de weg terug naar ons hotel te vragen, waar ze van plan was te wachten op mijn terugkeer. Dat leek me een aannemelijke verklaring en ik dacht er verder niet meer over na. De *Soiree* in de Assembly Rooms verliep goed. Maar gisterochtend, toen ik wakker werd, was Arabella nergens in het hotel te bekennen. Ik wachtte twee uur. Om ongeveer elf uur werd ik in de foyer geroepen, waar ik begroet werd door mevrouw die erg beschaamd keek en onder de hoede was van een politieman en nog een heer, een zekere meneer Knox. Terwijl de politieman mijn vrouw naar haar kamer bracht namen deze meneer Knox en ik plaats in de foyer en toen vertelde hij me wat mijn vrouw had gedaan.'

Tot zover leek het een gewoon verhaal, maar nu begon ik me toch het een en ander af te vragen. Waarom de politie?

'Het schijnt dat mevrouw zich omstreeks negen uur bij het Registratiebureau voor huispersoneel in Princes Street had vervoegd, hetzelfde gebouw waar ik haar de dag tevoren had aangetroffen. Meneer Knox deelde me mede dat hij de eigenaar was. Kennelijk had mijn vrouw zich bij zijn receptioniste aangemeld onder een valse naam. Ze noemde zich mevrouw Black en zei dat ze uit Corstorphine was gekomen om eens naar de meisjes te kijken, met het oog op het engageren van een bediende.'

Ik zal wel verschrikt hebben gekeken, want meneer James zei: 'Maak je niet ongerust, Bessy. Mevrouw wil je niet vervangen, dat schijnt niet haar bedoeling te zijn geweest, zoals zo dadelijk blijken zal. Nu had de assistente van meneer Knox kennelijk gezien dat ze een doos bij zich had, maar daar stond ze verder niet bij stil, omdat ze dacht dat ze was wezen winkelen. Mevrouw vulde een formulier in en werd vervolgens in een kamer gelaten waar een aantal meisjes zat te wachten om door hun eventuele mevrouwen gekeurd te worden. Ze pikte er twee of drie uit en ging vervolgens naar een gespreksruimte waar de kandidaten een voor een naartoe gestuurd werden. Die eerste meisjes bevielen haar niet. De assistente beval een paar andere aan die eveneens naar haar toe werden gestuurd voor een gesprek. Opnieuw was er geen geschikte bij. Uiteindelijk had ze een gesprek met bijna alle meisjes, de een na de ander.' Hij zuchtte. 'Misschien, als ze allemaal verlegen of stil waren geweest, dat niets hiervan aan het licht zou zijn gekomen. Maar het toeval wilde dat een van de meisjes wat brutaler was. Toen dat meisje terugkwam van het gesprek, ging ze rechtstreeks naar de receptie om een klacht in te dienen. Ze beweerde dat mevrouw haar vragen had gesteld – vragen die niets te maken hadden met haar geschiktheid als huisbediende. Kennelijk had ze het meisje ook gevraagd...'

Op dat punt beet hij op zijn lip en sloeg zijn ogen neer voor hij verder ging.

'Ze vroeg haar om... kennelijk zat in de doos die ze bij zich had een glazen kamerpot en toen vroeg ze... ze wilde dat het meisje... zich erin ontlastte.'

Ik keek hem zwijgend aan. Ik geloof dat hij bloosde. Hij ging verder.

'Aanvankelijk werd de klacht van het meisje niet serieus genomen en ze zou verzocht zijn het pand te verlaten als ze niet voet bij stuk had gehouden, waarna een ander meisje zich meldde met het verhaal dat ook zij onbehoorlijke vragen te beantwoorden had gekregen. En toen kwamen alle meisjes met wie mevrouw een gesprek had gevoerd de een na de ander met dezelfde bekentenis. Allemaal zeiden ze dat er onbehoorlijke vragen waren gesteld en dat mevrouw een of twee van hen had verzocht de kamerpot te gebruiken, wat ze, dat spreekt vanzelf, hadden geweigerd. Op dat punt werd meneer Knox van zijn kantoor gehaald. Na een kort onderzoek verzocht hij mijn vrouw te vertrekken. Ze weigerde. De assistente werd erbij geroepen. Er ontstond een handgemeen. De glazen pot viel aan scherven. Een of twee meisjes bemoeiden zich ermee. Het werd een groot krakeel en toen rende iemand naar buiten en hield een voorbijkomende politieagent aan.

Hij lachte kort en bitter, waarna hij over zijn gezicht wreef en verder ging. 'Er werd geen aanklacht ingediend, maar de politieagent raadde me wel aan in de toekomst wat beter op mijn vrouw te letten.'

De kille glans was weer terug in zijn ogen en hij keek me aan.

'Dát, Bessy, is pas extreem. Extreem gedrag. Dat extreme maatregelen vergt. Ik denk dat je het wel met me eens zult zijn.'

Natuurlijk mocht hij niks weten van *De observaties.* Ik had er heel wat om willen verwedden dat mevrouw alleen maar een experiment deed voor haar boek. Het was een tikje maf, dat wel, om dienstmeiden te vragen hun bolussen in glazen potten te deponeren, maar daar zou ze toch wel een goede reden voor hebben gehad? Ik had hem het liefst verteld wat ik dacht, maar ik had mevrouw beloofd dat ik haar boek geheim zou houden, dus hield ik mijn klep dicht.

'Geloof me', zei hij. 'Deze extreme behandeling, zoals jij

het noemt, is heel gerechtvaardigd.' En hij trok even een heel vastberaden gezicht voor hij verder ging.

'Toen ik afscheid had genomen van meneer Knox,' zei hij, 'ging ik naar de kamer van mijn vrouw, waar ik tot de ontdekking kwam dat ze haar koffer had gepakt en uit het hotel was geglipt. Ik twijfelde er niet aan dat ze naar huis was teruggekeerd, te beschaamd om me onder ogen te komen. Ik had nog één of twee afspraken in de stad en na afloop daarvan nam ik de laatste trein. En wat vond ik toen ik thuiskwam? Wéér een krankzinnig tafereel.'

'Meneer, u moet weten, wat er gebeurde was...'

'Stil, Bessy', zei hij. 'Genoeg. Welnu, heeft mevrouw... wat ik bedoel is... volgens meneer Knox beweerde ze dat ze het karakter van de meisjes wilde doorgronden aan de hand van hun stoelgang. Vertel me de waarheid, Bessy – heeft ze ook zoiets buitenissigs gedaan toen ze jou in dienst nam?'

Ik was blij dat ik niet hoefde te liegen. 'Nee, meneer. Absoluut niet. Dat heeft ze toen niet en ook later nooit gedaan.'

Meneer James scheen even opgelucht. Maar zijn gezicht betrok weer.

'Ik snap nog steeds niet goed waar ze mee bezig was', zei hij. 'Stel je voor dat het gebeurd was als ik met Duncan Pollock was geweest! Of als het algemeen bekend werd!' Hij keek zo sip dat ik onwillekeurig medelijden met hem kreeg.

'Kan ik iets doen, meneer?'

Hij schudde traag zijn hoofd, waarna hij een paar stappen in de richting van de werkkamer deed, om onmiddellijk weer terug te keren. 'Bij nader inzien', zei hij, 'denk ik dat ik wel een verzetje kan gebruiken. Het is al een hele tijd geleden dat je me de annonces hebt voorgelezen. Ik heb een krant meegenomen van het hotel.'

'O, jawel, meneer. Natuurlijk. Ik ruim even de tafel af.'

Toen ik een paar minuten later terugkwam zat hij in de werkkamer achter zijn bureau een nieuwe brief te schrijven. Hij deed geen poging deze voor me te verbergen. Hij knikte alleen maar tegen me en maakte een gebaar dat ik moest gaan zitten. De krant lag al op het stoeltje waar ik gewoonlijk op zat, vlak bij de lamp op zijn bureau. Ik nam plaats, me afvragend of mevrouw boven al sliep en wat voor akelig drankje de dokter haar gegeven had. Maar elke gedachte aan mevrouw verdween zodra ik de krant had opengevouwen en de voorpagina zag. Mijn aandacht werd onmiddellijk getrokken door de eerste annonce in de linkerkolom, niet alleen vanwege de prominente positie, maar ook omdat die langer was dan de andere. Waar mijn oog op viel was de eerste zin. WEGGELOPEN van huis op woensdag 2 september j.l., DAISY O'TOOLE, ook bekend als ROZENKNOP of DOPPIE.

Wat vreemd om jezelf in een krant te zien staan. DAISY, ROZENKNOP of DOPPIE. Ik slaakte bijna een kreet bij het zien van die bekende namen, zo schrok ik. Ik keek op, bang dat meneer James het misschien gemerkt zou hebben. Gelukkig wist hij van niks, hij zat over zijn correspondentie gebogen. Na me ervan overtuigd te hebben dat hij niks had gemerkt van wat hij beter niet kon weten, begon ik het bericht opnieuw te lezen, maar voor ik een paar woorden verder was ondertekende hij zijn brief en legde hem opzij. Hij leunde achterover en knikte tegen me.

'Prima, Bessy', zei hij. 'Je kunt beginnen.'

En dus, uit alle macht mijn kalmte bewarend, begon ik hardop te lezen. Niet de eerste annonce op de pagina, maar de volgende, ik geloof dat het over een vermiste bril ging. Normaal zou meneer James dergelijke annonces vermakelijk hebben gevonden, maar nu luisterde hij zonder ook maar even te glimlachen, en binnen tien minuten had hij er genoeg van en stuurde me weg. Ik vroeg of ik de krant tot morgen mocht lenen en nam hem mee naar boven. Daar, met bloedend hart, spreidde ik hem uit op bed en las voor het eerst de annonce van begin tot eind. De dagen daarna herlas ik hem zo vaak dat ik hem hier woordelijk kan herhalen.

WEGGELOPEN van huis op woensdag 2 september j.l., DAISY O'TOOLE, ook bekend als ROZENKNOP of DOPPIE. Ze is Iers, tussen de 14 en de 16 jaar oud, en ze heeft bruin haar, een bleke gelaatskleur en een rond gezicht. Haar ogen zijn blauw of groen of grijs, en misschien lijkt ze niet helemaal goed bij haar hoofd, maar dat is gewoon zoals ze is. Ze is koppig en niet te vertrouwen. Ze droeg de laatste keer dat ze gezien is een gele satijnen jurk die haar te klein is, blauwe linten, geen jas. Eenieder die inlichtingen kan verschaffen over haar huidige verblijfplaats, waarschijnlijk in de buurt van SNATTER, zou een grote dienst bewijzen aan haar toegewijde zuster, BRIDGET O'TOOLE, te bereiken op het adres Saracen Lane nr. 3, Glasgow, zo spoedig mogelijk.

Dat die annonce door mijn moeder was opgesteld, dat leed geen twijfel. Zelfs als ze haar naam er niet onder had gezet, had ik het wel geweten vanwege de gok over mijn leeftijd en mijn uiterlijk en vanwege de bewoordingen. Of dit de eerste advertentie was die ze had geplaatst, of dat het de laatste was in een reeks, dat wist ik niet, maar toen ik hem zag, ging mijn bloed stollen. Hoe had ze me in vredesnaam in Snatter kunnen opsporen?

Mijn eerste impuls was om met stille trom te vertrekken. Zo ver mogelijk weggaan, voor het geval ze mijn spoor tot Kasteel Haivers had gevolgd. Werktuiglijk begon ik mijn schaarse spullen bijeen te garen ter voorbereiding op mijn vertrek. Maar het toeval wilde dat een van de jurken die mevrouw me gegeven had aan de muur hing, en toen ik die eraf probeerde te halen merkte ik dat de voering vast was komen te zitten aan het haakje. Hoe meer ik probeerde hem los te wurmen hoe meer hij in de knoop raakte. Ik trok links en rechts aan de stof, bijna huilend van ergernis. En zodoende begon ik aan mevrouw te denken die onder me in haar kamer opgesloten zat, tot haar oren onder de medicijnen en niemand om voor haar te zorgen, behalve ik. En net zoals die haak zich aan mijn jurk had vastgeklampt en niet wilde loslaten, zo klampte mijn hart zich ook aan mevrouw vast. Op dat moment realiseerde ik me dat ik haar gewoon niet in de steek kon laten.

Het lijkt misschien overdreven zoals ik reageerde op de mogelijkheid dat mijn moeder me vond, maar ik onderschatte haar boosaardigheid niet.

Op dit punt – hoewel ik het node doe – ben ik gedwongen te bekennen wat ik tot nu toe vermeden heb. Maar misschien kan ik beter wat verder in het verleden teruggaan als ik over die gebeurtenissen wil vertellen. Het is niet iets waar ik lang bij stil wil blijven staan. Maar ik moet het nu kwijt, het heeft geen zin hier maar met mijn vingernagels in mijn keel en wang te gaan zitten klauwen, wat ik het afgelopen uur heb gedaan, zo benauwd ben ik voor wat ik nu ga opschrijven.

Er was eens een vrouw die haar geld verdiende op de manier waarop vele vrouwen vóór haar dat hadden gedaan, namelijk door mannen hun zin te geven. Deze vrouw – laten we haar Bridget noemen – vond dat niet verkeerd. Ze hield van een aangenaam leventje. Laten we eerlijk zijn, ze was lui en ze keek neer op mensen die hun brood verdienden in de fabriek of als bediende. Het grootste deel van haar werk deed ze liggend, en als ze het staande deed, was het des te sneller voorbij, dus (zoals ze zei) ze werd er nooit slechter van. Waar ze het meeste van genoot was een flinke bralpartij, van het soort die je alleen krijgt als je flink drinkt. Dus ze was in het algemeen niet nuchter en ook niet aardig. Of laten we zeggen dat ze op een selectieve manier aardig was. Het kwam wel voor dat ze tot tranen toe bewogen was door iets wat ze schattig vond, zoals een nest jonge katjes of een lammetje dat dartelde in de wei. En ze beweerde vaak dat verscheidene mannen haar hart gebroken hadden. Daaruit volgt dat ze niet geheel en al harteloos kon zijn. Maar ze had iets kils in haar karakter. Ze kende geen medelijden, en afhankelijk van haar stemming en hoeveel ze gedronken had kon ze zelfs wreed zijn.

Ziedaar Bridget.

Het is niet bekend hoe ze zich voelde toen ze een kind baarde, maar verwacht kan worden dat ze die baby – een dochtertje – als weinig meer beschouwde dan een last. Het babytje – laten we het Daisy noemen – groeide op tot een klein meisje en toen ze ouder werd kwam het Bridget van pas te laten weten dat Daisy haar zusje was in plaats van haar dochtertje, want dan leek ze zelf veel jonger, en daaraan hechtte Bridget veel waarde. En aangezien ze vaak verhuisden, van de ene stad naar de andere, was die schijn gemakkelijk op te houden.

Na enkele jaren vestigden ze zich in Dublin. Bridget was inmiddels dol op een man. Laten we hem Joe noemen, en een grotere losbol heeft er nooit bestaan. Toen Joe het land uit vluchtte, wilde Bridget hem achterna, maar ze had niet genoeg geld om de boottocht voor haarzelf en de kleine Daisy te betalen. Dus deed ze wat veel mensen misschien onvoorstelbaar vinden. Ze verkocht de onschuld van het jonge meisje. Er waren genoeg mannen die vielen op jonge meisjes en binnen korte tijd had Bridget genoeg geld met Daisy verdiend om Joe naar de andere oever van de zee te volgen.

Maar toen ze in Glasgow kwamen was er jammer genoeg geen teken van Joe te bespeuren. Bridget ging naar hem op zoek en intussen verdienden zij en Daisy hun geld als tevoren, waarbij Bridget zo weinig mogelijk deed en Daisy deed wat haar opgedragen werd. Wat Daisy betreft, die wist niet beter. Ze was nog maar een kind. Ze kende geen ander leven en dacht dat het in alle gezinnen zo toeging. En het mag misschien vreemd lijken, maar ze hield van die vrouw, haar moeder, en wilde niets liever dan dat Bridget ook van haar hield. (Arm schaap, ze zag niet in dat dat nooit zou gebeuren.)

Op een avond, toen Daisy ongeveer twaalf jaar oud was, nam Bridget een man mee naar hun woning. Ze liet hem plaatsnemen bij het vuur, gaf hem een drankje en tutte een beetje met hem. Vervolgens nam ze Daisy mee naar de andere kamer om eens stilletjes met haar te praten. Bridget liep zenuwachtig rond terwijl ze haar hals depte met een gardeniageurtje. Die man, zei ze, wilde niet het gebruikelijke recept. Hij wilde iets anders en hij was bereid er meer dan het dubbele voor te betalen. Ja, als zij en Daisy deden wat hij zei, dan zouden ze de rest van de week niet meer hoeven te werken.

Daisy was verbaasd. Wat was dat andere? Bridget keek haar veelbetekenend aan – sloom en overdreven, want ze was boven haar theewater. 'Hij weet niet dat we zussen zijn', zei ze waggelend. (Dat sprookje dat ze zussen waren was zo vaak verteld, dat het leek of Bridget het zelf geloofde.) Daisy begreep het nog steeds niet. Dus knipoogde Bridget en zei: 'Hij denkt dat we vriendínnen zijn.'

Maar nog steeds kon Daisy haar niet volgen. Geïrriteerd pakte Bridget een stoel. 'Hij gaat hier zitten en kijkt toe', zei ze.

'Toekijken naar wat?' vroeg Daisy.

Bridget verloor haar geduld. 'Ga jij nu maar op bed liggen', zei ze. 'En doe mij na en kijk of je het lekker vindt.'

En toen Daisy begon te protesteren – want ze realiseerde zich plotseling wat haar moeder bedoelde – dreigde Bridget haar doormidden te snijden.

Ik trek een sluier over de rest van die avond.

Ik heb zojuist de laatste paar bladzijden overgelezen en ik realiseer me dat ik de gebeurtenissen heb opgeschreven alsof het een sprookje was, iets wat met iemand anders gebeurde.

Maar ik ben nog niet helemaal klaar. Laat ik zeggen dat het nieuws als een lopend vuurtje de ronde deed. Menig heerschap te Glasgow die zijn ogen niet in zijn zak had was bereid diep in de beurs te tasten voor zo'n nieuwtje. De kleine tweeakter die Daisy en Bridget die eerste avond opvoerden werd in de komende weken vaak herhaald. Het lichte schuldgevoel dat Bridget voelde (bij het wakker worden de volgende ochtend, na die eerste nacht) verdween zodra ze haar eerste drankje op had. En na een paar weken overwoog ze zelfs een annonce in de catalogus te zetten om haar nieuwe dienst aan te prijzen. Ze stond op het punt dat te doen toen er nog een beter aanbod kwam in de vorm van een joodse heer. Dat was meneer Levy, die een wekelijks bedrag wilde betalen als Daisy bij hem kwam wonen.

Neem me niet kwalijk dat ik dit allemaal vertel, want het lijkt misschien niet in mijn verhaal te passen. Maar alles heeft zijn plaats, zoals hoop ik spoedig duidelijk zal worden.

Tot op de dag van vandaag word ik misselijk van gardeniageur.

Maar genoeg. Ik stond er destijds al niet graag bij stil en ik heb er sindsdien nog nauwelijks aan gedacht. Dat deed ik pas weer toen ik dit verslag ging schrijven.

Waar was ik gebleven? In mijn kamer op Kasteel Haivers, waar ik die jurk van de haak probeerde te krijgen. Nou, uiteindelijk liet ik hem maar hangen en legde de andere spullen die ik bijeen had gegaard weer terug. Daarna las ik de annonce opnieuw, naarstig op zoek naar iets wat me kon geruststellen. Ik besloot dat er een paar dingen in mijn voordeel waren. Om te beginnen kende iedereen me hier in de omgeving als Bessy en niet als Daisy, Rozenknop, of Doppie. De genoemde gele jurk had ik na mijn aankomst niet meer gedragen. Bovendien moesten er honderden Ierse meisje zoals ik met bruin haar en een bleke gelaatskleur en blauwe of groene of grijze ogen 'in de buurt van Snatter' zijn, allemaal werkzaam als dienstmeid of op de rapenvelden of over het land zwervend op zoek naar een betrekking. De beschrijving van mijn moeder was zo vaag dat niemand aan mij zou denken. Haar slechte geheugen en gebrek aan belangstelling voor iets anders dan haarzelf zou voor de verandering wel eens in mijn voordeel kunnen werken.

De krant was al een paar dagen oud. Tot dusver was ik nog niet gevonden. Het was heel goed mogelijk (zei ik tegen mezelf) dat niemand aandacht schonk aan de oproep van Bridget. Enzovoort, enzovoort, op die manier overtuigde ik mezelf. Daarna stopte ik de krant onder mijn bed. Ik keerde terug naar de keuken om de afwas te doen. Als mijn moeder me ging opsporen, dan kon ik weinig doen om haar tegen te houden. Voorlopig pakte ik het probleem aan op de enige manier die ik kon, door het uit mijn hoofd te zetten.

De komende dagen had ik te veel aan mijn kop om ook nog over mijn moeder te lopen piekeren.

18

Een verrassende openbaring

Mijn God, die McGregor-Robertson moest zich wel ongelooflijk verveeld hebben op het platteland, zal ik je vertellen,
zó stortte hij zich op het geval van mevrouw. Hij was een
regelrechte fanaat als het ging om haar gezondheid en het
leek wel of hij elke dag weer met een nieuwe remedie kwam.
Haar dieet was niet goed, zei hij. Geen vlees meer. Dan weer
was graan het probleem. Dan weer aardappelen. Toen thee!
Uiteindelijk, na een week van nu eens dit en dan weer dat,
zette hij haar op een dieet van noten, zaden en melk en
wilde niet hóren van iets anders. Wat het eten betreft kon het
mevrouw niks schelen, volgens mij, maar dat ze geen thee
mocht drinken! Je had haar gezicht moeten zien!

De belangstelling van de dokter voor haar eten werd alleen
overtroffen door zijn fascinatie voor wat er aan het andere
end uitkwam. Aangezien mevrouw niet van haar kamer
mocht, ging ze niet meer naar buiten om 'een roos te plukken'. Zodoende werd haar po een soort kristallen bol voor
McGregor-Robertson: vaak zag ik hem als een waarzegger in
die pot turen en vervolgens aantekeningen maken in een
schrift.

De boeken van de dokter schreven afzondering, stilte en
rust voor, dat was de beste behandeling voor een patiënt als
mevrouw. Na elke maaltijd moest ze twee uur gaan liggen.
Hij verhoogde de dosis van haar slaapmiddelen. En voortaan
was alles wat haar geest kon afleiden taboe op haar kamer.
Eerst namen ze haar naaiwerk af en een paar dagen later
haar pen en inkt en ten slotte haar romans en andere boeken

(maar niet, natuurlijk, *De observaties*, dat zoals altijd in haar bureau verborgen lag).

Goeie genade, maar ondanks het feit dat alles uit haar buurt werd gehouden wat haar kon afleiden ging ze steeds verder achteruit! Ze raakte erg van streek toen ze haar pen en inkt niet kon vinden (die waren weggesnaaid toen ze sliep) en ze huilde alsof haar hart brak toen ze een paar dagen later haar romans afvoerden.

Zij en ik mochten niet alleen samen zijn, en mij werd ook verboden bij haar deur rond te hangen voor het geval we een ongewenste herhaling zouden krijgen van wat er de laatste keer was gebeurd. Ik mocht alleen de kamer in voor noodzakelijke huishoudelijke karweitjes of om de dokter of meneer James te helpen. Telkens als ik naar binnen ging was een van die twee aanwezig, soms ook allebei. Ik wierp achter hun rug geruststellende blikken op mevrouw en glimlachte tegen haar, maar ik kon niet zeggen of dat enige indruk op haar maakte. Eén of twee keer keek ze verwachtingsvol naar me toen ik de kamer binnenkwam. Ik denk dat ze Nora zocht en omdat ik de oude kleren van het meisje droeg, denk ik dat ze Nora even zag. Maar zodra ze zich realiseerde dat ik het maar was trok ze weer een lang gezicht.

De derde week was mevrouw lusteloos en bleek geworden. Op dat punt besloot McGregor-Robertson (zijn blauwe oog was inmiddels weggetrokken) dat we klysma's (ook wel enema's genoemd) moesten zetten. Dagenlang liet hij me verschillende mengsels maken van melk, bloem, wei, laudanum, kamillethee en lijnzaad, die hij allemaal in haar darmen spoot. En allemaal zonder resultaat. Ze verslechterde zo mogelijk nog meer. Maar de dokter liet zich niet uit het veld slaan. Het bleek dat hij van plan was een artikel te schrijven over zijn bevindingen (ik geloof dat hij graag iets wilde bewijzen aan zijn neef, die hoofd was van een inrichting). Hij bleef mevrouw maar purgeren en zei tegen meneer James dat hij steeds dichter bij de genezing kwam. Ze leed aan een vorm van melancholie, zei hij tegen meneer James. Of was het manie? Hij wist het niet precies.

Geen wonder dat ze aan melancholie leed, Jezus Mina, opgesloten in haar kamer zonder iets om handen en geen bezoek en het enige wat er elke dag gebeurde een straal koude smurrie die in je achterste wordt gespoten. Ik maakte me zorgen dat als ze gedwongen werd alleen met zichzelf bezig te blijven, ze zich nog méér bezig zou houden met haar schuldgevoel ten opzichte van Nora, en ik vermoedde dat dat haar toestand alleen maar zou verergeren. In ieder geval, als deze behandeling nog veel langer werd voortgezet, dan vreesde ik dat ze eraan zou gaan. Ik wilde wanhopig graag onder vier ogen met haar praten, om me ervan te verzekeren dat haar niets mankeerde. Als ik maar de moed had om haar te vertellen dat ik Nora's dagboek en *De observaties* gelezen had, dan zou ik haar er op de een of andere manier van kunnen overtuigen dat ze niet verantwoordelijk was voor de dood van het meisje.

Toegang krijgen tot haar kamer was even makkelijk als in bed pissen, want de sleutel lag meestal op de richel boven de deur. Ik moest alleen mijn kans afwachten. In die tijd ging meneer James zoals gebruikelijk het huis in en uit, hij moest zijn landgoed beheren en bovendien waren ze bezig in Snatter de leidingen te leggen voor de drinkfontein en hij wilde een oogje in het zeil houden. Normaal zou ik haar kamer in hebben kunnen gaan tijdens zijn afwezigheid, maar McGregor-Robertson was praktisch bij ons ingetrokken en hij sliep dan wel in zijn eigen huis, maar hij liep altijd te neuzen als meneer James er niet was. Ik overwoog stiekem midden in de nacht naar binnen te gaan om naar mevrouw te kijken, maar de kamer van haar man was recht ertegenover en uiteindelijk besloot ik dat het te riskant was. Als hij wakker werd en me hoorde stond ik op straat. De enige oplossing was af te wachten tot beide heren afwezig waren.

Gelukkig deed zich eerder een gelegenheid voor dan ik had gedacht. Op een middag was ik toevallig water aan het putten toen ik Hector door de poort zag komen. Meneer James en zijn voorman, Alisdair, stonden bij de stallen. Hector rende naar ze toe en sprak een paar woorden, ik kon niet horen wat hij zei, maar wat het ook was, het resultaat was dat meneer James een kreet van opwinding slaakte. Hij sprak even met zijn mannen en kwam toen over het erf aangelopen.

'Hij is er, Bessy!' riep hij. 'Mijn fontein!'

Hij verdween in huis en kwam even later weer naar buiten. McGregor-Robertson strompelde achter hem aan, onderwijl zijn jas aantrekkend. De dokter struinde het erf over naar de stallen, terwijl meneer James me in het voorbijgaan aansprak.

'We gaan de fontein inspecteren. Ik neem aan dat jij de zaken hier wel kunt regelen.'

'Jawel, meneer', zei ik.

Hij keek me met samengeknepen ogen aan. 'Maar zorg ervoor dat je mevrouw niet stoort of van streek maakt.'

'Nee, meneer.'

'En níét in de buurt van haar kamer komen.'

Ik gaf geen antwoord, maar maakte een kniebuiging, dus ik loog niet echt. Maar meneer James scheen het niet te merken, hij stoof McGregor-Robertson al achterna.

Ik sjouwde mijn emmers de keuken in en zodra ik de paarden weg hoorde rijden haastte ik me naar boven en legde mijn oor tegen de deur van mevrouws kamer. Binnen was alles stil. Misschien deed ze een dutje. Ze zat heel vaak te doezelen de laatste tijd, want de drankjes die de dokter haar gaf maakten haar slaperig.

Ik pakte de sleutel van de richel, deed de deur van het slot en stapte naar binnen.

Mevrouw zat in een oorfauteuil voor het raam naar buiten te kijken. Bij het geluid van de deur keerde ze zich naar me toe. Je moest haar zien! Haar huid was mat en haar ogen waren gelig en bloeddoorlopen, ze was uitgeput, de arme schat. Niettemin deed ze kalm en ze was niet verbaasd me te zien.

'Ik dacht wel dat jij het was', zei ze. 'Ik hoorde paarden. Waar zijn ze naartoe?'

'Naar Snatter, madam. De fontein is aangekomen. Ze zijn hem gaan bekijken.'

Ze glimlachte flauwtjes. 'Mijn beste James', zei ze. 'Hij denkt dat hij er stemmen mee kan winnen. Nou... misschien is dat ook zo.'

Ik zag dat haar lippen droog waren en vervelden. Ineens wou ik dat ik haar een kop thee had gebracht. Maar er was geen tijd te verliezen. Ik wist niet precies hoe lang de heren weg zouden blijven. Misschien wel eeuwen, of misschien bekeken ze de fontein alleen maar vluchtig en kwamen dan weer spoorslags terug.

Mevrouw gaf een teken dat ik tegenover haar moest komen zitten en ik gehoorzaamde.

'Madam', zei ik. 'Ik moet met u praten. Over Nora.'

Ze keek lusteloos. 'Ik weet het', zei ze. 'Maar we hebben niet veel tijd. Ik denk dat het beter is als je mij eerst aan het woord laat. Ik heb je een aantal dingen te vertellen.'

Ik was helemaal perplex van dat antwoord, ik zat daar als een ingezakte pudding. Mevrouw begon te praten terwijl ze buiten naar de lucht keek, alsof de gebeurtenissen die ze beschreef tussen de wolken plaatsvonden.

'Je weet al dat Nora hier verscheidene maanden heeft ge-werkt en dat ik erg tevreden over haar was. Welnu, toen ze verdween, zeiden sommige mensen dat ze was weggelopen. Ik kon het niet geloven, Bessy. Ik wist dat ze zoiets nooit zou doen. Ze was een braaf, trouw meisje, net als jij. Toen vonden ze haar lijk op de spoorweg en deed een nieuw verhaal de ronde. Ze zeiden dat ze te veel gedronken had op een feest in een van de boerenstulpjes en dat ze toen in het donker de weg was kwijtgeraakt en op de spoorweg onder een trein was gelopen. Het klopt dat verscheidene mensen haar het stulpje hadden zien verlaten op de avond dat ze verdween, en ken-nelijk was dat de laatste keer dat ze gezien is. Dat is wat ie-dereen zégt.'

Op dat punt kon ik me niet langer inhouden.

'Maar dat is wat er gebeurd moet zijn!' zei ik. 'Ze was dronken en het was donker! Het was haar eigen schuld. Begrijpt u? Úw wandeling had er niets mee te maken. Dat is wat ik u laatst probeerde te vertellen.'

Ze keek me fronsend aan. 'Waar heb je het in godsnaam over?'

'De wandeling, madam! De wandeling die Nora van u moest doen! Weet u, ik moet u iets vertellen. Ik heb uw *Observaties* gelezen. Ik weet dat ik dat niet had moeten doen en het spijt me dat ik het gedaan heb. Maar daar gaat het nu niet om, want het was uw schuld niet! Het is precies zoals iedereen zei: ze was dronken en het was nacht. Dus u hoeft zich helemaal niet schuldig te voelen over die stomme wan-deling.'

Mevrouw kneep haar ogen dicht en wreef over haar voor-hoofd.

'Bessy', zei ze. 'Ik weet niet waar je het over hebt. Wat heb je van mij gelezen? En over welke stomme wandeling heb je het?'

Ik opende mijn mond om iets te zeggen, maar ze stak haar hand op en onderbrak me.

'Wacht even', zei ze. 'Ik ben nog niet klaar. Zie je, al die theorieën over Nora zijn sowieso onjuist, omdat, zoals ik je ging vertellen...' Nu wierp ze een blik op de deur en keek me vervolgens kalm aan. 'Nora is helemaal niet dood.'

'Hè?'

Ze had haar stem gedempt, maar ik hoorde haar wel. Ik kon alleen mijn oren niet geloven.

'Nora leeft', zei ze.

Ik keek haar aan. Ze had haar ogen nog steeds op me gericht, maar er blonk nu een vonk van plezier in omdat ze haar geheim had verklapt.

'Ik weet dat het moeilijk te geloven is', zei ze. 'Maar het is waar. Weet je, het blijkt dat ze al die tijd in leven is geweest. Maar ze zit in vreselijke, vréselijke moeilijkheden. En wij moeten haar helpen, Bessy. Ik hoop dat we op je kunnen rekenen. Wil jij me helpen Nora te helpen?'

Ik was zo van mijn stuk door wat ze gezegd had dat ik het gedeelte na de onthulling niet had gehoord.

'U bedoelt dat Nora niet dood is?'

'Nee!' zei mevrouw met glanzende ogen. 'Ze is even levend als jij of ik!'

'Maar...' Ik keek haar verbijsterd aan. 'Als ze niet dood is, wie ligt er dan op het kerkhof in Bathgate?'

Mevrouw trok haar mondhoeken naar beneden. 'Wie zal het zeggen?' zei ze. 'Een ander meisje. Maar Nora zeker niet.'

'U bent het graf wezen bezoeken', zei ik. 'U nam bloemen mee, krokussen. U deed alsof ze dood was.'

Ze trok een rimpel in haar voorhoofd en knikte. 'Dat zal een afleidingsmanoeuvre geweest zijn', zei ze.

Ik keek haar niet-begrijpend aan.

Ze maakte een handgebaar. 'Een list. Niemand mag weten

dat ze nog leeft, begrijp je? Ze houdt zich schuil. Bessy, er zijn mensen die haar achtervolgen, gevaarlijke mensen, en ze deinzen voor niets terug om haar te pakken te krijgen. Ze houden het huis in de gaten. Zelfs jij en ik zijn niet veilig.'

Ik huiverde en keek naar de deur. Ze joeg me doodsschrik aan. Het was weliswaar overdag, maar ik besefte ineens heel intens dat we alleen in huis waren. De stilte als we geen van tweeën wat zeiden was griezelig. Je had een vlo kunnen horen piepen.

'Maar wie zijn die mensen?' vroeg ik. 'Wat willen ze van Nora?'

Mevrouw zuchtte. 'Het is verschrikkelijk, Bessy', zei ze. 'Ik weet niet of ik je dat moet vertellen.'

'O, alstublieft, madam!' zei ik. 'U moet het mij vertellen als u wilt dat ik u help.'

Ze keek me even doordringend aan.

'Oké, goed dan', zei ze. 'Maar je moet begrijpen dat alles wat ik zeg geheim moet blijven. Je mag er tegen niemand een woord over zeggen. En je mag nooit, maar dan ook nooit, laten merken dat Nora nog leeft. Dat is essentieel. Je zou haar doodvonnis tekenen.'

Ik knikte en legde mijn hand op mijn hart. 'Ik zweer het, madam, geen woord.'

Mevrouw glimlachte. 'Brave meid. Nora zei dat we je wel konden vertrouwen.'

Ik keek haar stomverbaasd aan. 'Hebt u met haar gespróken?'

'O ja.' Mevrouw keek me leep aan. 'Maar jij moet toch weten dat ik haar gezien heb, Bessy? Je hebt me toch met haar horen praten, of niet?'

Mijn hoofd tolde. 'Ik weet het niet, madam', zei ik. 'Wanneer was dat?'

'Nou, laatst. Weet je dat niet meer? Toen je aan de deur

stond te luisteren. Je hoorde me met iemand praten. Dat was Nora', zei mevrouw triomfantelijk. 'Ik dacht dat je het wel geraden had, maar kennelijk niet. Ze was hier, moet je weten.'

Ik dacht aan de plotselinge verschijning van dat oog voor het sleutelgat en keek om me heen of ik iets zag van een geheime doorgang – maar ik zag niks.

'Ik begrijp het niet', zei ik. 'Toen meneer James binnenkwam, was er niemand.'

Mevrouw lachte. 'Nora heeft me verscheidene keren bezocht de afgelopen dagen en ze heeft dat gedaan zonder dat iemand het merkte. Ze komt en ze gaat. Maar meer kan ik niet zeggen. Ze is heel slim, Bessy. Dat moet ze wel zijn als ze uit handen van die mensen wil blijven. Weet je...' Ze dempte haar stem weer. 'Ik heb je toch verteld wat een geweldige dienstmeid ze is? Wat een lief en gehoorzaam iemand?'

Het leek wel of ik mijn spraakvermogen kwijt was en dus knikte ik maar.

'Nou, die mensen – die vreselijke mensen – het zijn trouwens een man en een vrouw. Zij is de baas, die vrouw. Hij is gewoon haar beul – maar laat je niet bedotten, hij is even kwaadaardig als zijn bazin en hij is bovendien een meester in vermommingen. Je moet begrijpen dat ze een Registratiebureau hebben voor huispersoneel en het is heel erg in hun belang erachter te komen wat het is dat een meisje trouw en gehoorzaam maakt. Nou, op de een of andere manier zijn ze erachter gekomen hoe geweldig Nora is. En weet je wat ze met haar willen doen?'

'Nee', zei ik zwakjes.

'Het is een heel snood plan, Bessy. Ze willen haar aan stukken snijden! Ze willen haar opensnijden en delen van haar hersenen en ingewanden gebruiken voor een experiment om erachter te komen waardoor iemand een volmaakte dienstmeid wordt! Is dat niet afgrijselijk?' Ze keek me met ogen zo groot als schoteltjes aan.

Ik zou niet kunnen zeggen op welk punt ik begon te twijfelen aan wat ze zei. In ieder geval is zeker dat ze al een kiem van twijfel zaaide met haar mededeling dat Nora bij haar was geweest, want ik wist dat er niets gevonden was toen de kamer werd doorzocht (en recentelijk was ik me zelfs begonnen af te vragen of het oog voor het sleutelgat niet inderdaad van mevrouw zelf was geweest). En toen ze het had over een 'meester in vermommingen' gingen er ook een paar alarmbellen rinkelen, want dat klonk me vaag bekend in de oren als iets uit een verhaaltje. Maar toen ze bij het snode plan kwam en het had over de delen van hersenen en ingewanden en dat Nora aan stukken gesneden zou worden voor een experiment door mensen die een Registratiebureau hadden – ja, toen begon ik echt bang te worden. Weet je, ik wílde graag geloven wat mevrouw zei. Dolgraag. Maar ik besefte steeds meer dat ze onzin uitkraamde. Goeie God, het was krankjorum! Dat was het enige goeie woord ervoor.

Het was allemaal zo erg dat ik compleet verstijfde. Ik zat daar maar, vol afgrijzen en bezorgd, met mijn hand voor mijn mond. Arme mevrouw! Mijn arme mevrouw! Ze was kierewiet geworden. Ze was echt gek! En ik had niets gedaan om het tegen te houden. Ja, ik had het misschien zelfs veroorzaakt! Ik voelde paniek in me opkomen en tegelijk zonk de moed me in de schoenen. Ik dacht dat ik flauw zou vallen. Maar mevrouw scheen niet te merken dat er iets mis was.

'Nora kwam me om hulp vragen, moet je weten', zei ze. 'Maar eerst wist ik niet dat zij het was. De tekens die ze achterliet waren niet specifiek genoeg. Maar toen – weet je nog, Bessy? – die boodschap op het zolderraam?'

Of ik het nog wist! Ik wou dat het zelfs maar nooit in me

ópgekomen was! Het had me alleen maar meer moeilijkheden opgeleverd! Arabella keek me vragend aan en ik merkte dat ik mijn hoofd op en neer bewoog in iets wat leek op een knik.

'Ik moet toegeven', zei ze, 'dat ik op dat moment een beetje in de war was. Ik dacht dat het haar géést was, moet je weten, die terug was gekomen om rond te spoken. In het begin verscheen ze alleen maar voor me en maakte dat smekende gebaar. Twee of drie keer kwam ze op die manier bij me, hoewel ik je dat na de eerste keer niet meer heb verteld. Ik kon zien dat ze me iets probeerde te vertellen. Haar lippen bewogen, maar er kwam geen geluid uit haar mond. En toen op een dag slaagde ze erin iets te zeggen.'

'Wat zei ze?'

'Die eerste keer?' Mevrouw dacht even na. 'Ze zei: "Help me, genadige vrouwe".'

'Juist', zei ik en de woorden smaakten naar as in mijn mond.

'In ons eerste gesprek', ging ze verder, 'vroeg ik haar waarom ze gekomen was. Ze vertelde me dat ze helemaal geen geest was, maar dat ze nog leefde. Ze was Nora, precies zoals ze altijd was geweest. En sindsdien heeft ze me alles verteld over de moeilijkhedén die ze heeft met die mensen. En ik heb haar mijn bescherming aangeboden, voorzover ik daartoe in staat ben.'

'Dus', zei ik en probeerde zo luchtig mogelijk te klinken, 'waar is ze nu, madam?' Ik keek om me heen in de kamer. 'Is ze hier?'

'Doe niet zo mal, Bessy', zei mevrouw. 'Ze was hier gisteravond. Toen vertelde ze me dat we jou in ons geheimpje moeten betrekken, omdat jij ons kunt helpen. Zoals je weet zit ik voorlopig opgesloten in deze kamer en kan dus niet weg om een oogje in het zeil te houden. We hebben iemand nodig in de buitenwereld, want als die vreselijke mensen hier aan de deur komen, moeten ze worden afgeschrikt en weggestuurd. Je moet voor ze uitkijken, Bessy. Heb je al iemand naar ons zien loeren?'

Ik schudde bedroefd mijn hoofd.

Ze keek verbaasd. 'Echt niet?' zei ze. 'Ik heb die vrouw zelf verscheidene keren gezien, ze stond daar in het struikgewas naar het huis te loeren. Kijk uit voor haar! Ze gebruiken valse namen. Nu noemt ze zich mevrouw Gilfillan en haar beul is McDonald.'

Ik wist toen nog niet zoveel over krankzinnigheid, maar mijn ongeschoolde verstand zei me dat de wanen wel heel erg ver gingen als de gefantaseerde figuren namen hadden, en nog wel valse.

Ik zei: 'Hebt u iets hiervan aan meneer James verteld?'

Ze deed schamper over het idee alleen al. 'Goede hemel, nee!' Ze boog zich naar me toe, haar gezicht vlak bij het mijne. 'We weten het nog niet helemaal zeker', zei ze zachtjes. 'Maar we achten het mogelijk dat James aan hun kant staat. McGregor-Robertson ook. Maar dat zullen we moeten afwachten. Ik houd een oogje op James en de dokter en die vrouw in de tuin. Maak je geen zorgen. Ik heb ze allemaal in de gaten.'

Ze blikte wild om zich heen alsof ze het wou demonstreren – en voor het eerst merkte ik hoezeer ze eruitzag als iemand die haar verstand verloren had. Nu ik haar van zo dichtbij zag drong tot me door dat er geen twijfel aan was. Het was háár starende, bloeddoorlopen oog geweest dat voor het sleutelgat was verschenen. Op dat moment greep ze me bij de pols, ik kreeg zowat een hartaanval.

'Ze denken dat ze míj in de gaten houden', zei ze. 'Maar ze weten niet dat ze zelf worden geobserveerd!'

Er schoot me iets te binnen. 'Heeft dit iets te maken met de reden dat u naar het Registratiebureau in Edinburgh ging, madam? Was u op zoek naar die mevrouw Gilfillan?'

Mevrouw keek even met gefronste wenkbrauwen in het niets. 'Registratiebureau in Edinburgh?' zei ze en schudde haar hoofd. 'Daar herinner ik me niets van.'

'U had gesprekken met meisjes, madam. U vroeg ze... dingen...'

Ze dacht na. 'Ik stel me zo voor dat als het op een Registratiebureau was, het verband hield met mijn onderzoek. Ik schrijf een boek, moet je weten, een boek over dienstmeiden en hoe je het beste uit ze kunt halen.'

'Ja, madam', zei ik. 'Daar hebt u me al over verteld.'

'O ja?' Ze keek verbaasd. 'Ik vergeet ook alles de laatste tijd.'

'*De observaties*, madam. Zoals ik al zei, die heb ik gelezen. Voor een deel, tenminste.'

'Nu begin je alweer over die *Obligaties*. Wat bedoel je eigenlijk?'

'Uw boek, madam. Het heet *De observaties*, niet? Ja, ik heb in uw la gekeken en een deel ervan gelezen.'

Ze keek me nietszeggend aan. '*De observaties*? Heb ik het zo genoemd? Ik moet zeggen, ik ben er zo lang geleden aan begonnen dat ik me de titel nauwelijks herinner. Was het niet zoiets als *Aantekeningen over de huisbedienden*? *Observaties*, zeg je? Belangrijk is dat die Gilfillan denkt dat ze mijn onderzoek in handen kan krijgen, maar ze heeft het mis. Ik kan op dit moment niets schrijven, omdat James en de dokter pen en inkt van me hebben afgenomen, waarschijnlijk om me meer rust te gunnen. Maar Nora vermoedt – en ik ben geneigd haar te geloven – dat ze niet willen dat ik haar briefjes schrijf. Ze hebben niet door dat ze komt en gaat zoals het haar goeddunkt.'

En zo waren we weer terug bij Nora. Ik had zo opgezien

tegen mijn bekentenis dat ik *De observaties* had gelezen, in mijn hoofd was de kwestie zo groot geworden als China, en nu werd er nauwelijks aandacht aan besteed!

'Verwacht u... verwacht u Nora vandaag, madam? Ik zou haar graag willen ontmoeten.'

'Ja', zei ze. 'Je moet gauw kennis met haar maken. Misschien dat ze vandaag komt, ik weet het niet zeker. Ze moet voorzichtig zijn, weet je, om Gilfillan en McDonald uit de weg te gaan. Als ze in de buurt op de loer liggen, dan zal ze zich schuil moeten houden.'

'Natuurlijk', zei ik. 'Hoe zien ze eruit, madam?'

'Tja... Ik heb McDonald niet gezien, maar in ieder geval verandert hij naar believen van gedaante. Het is bekend dat hij zich in het verleden heeft vermomd als zeekapitein, schoorsteenveger en bisschop. Mevrouw Gilfillan is onopvallend, ze heeft bruin haar en is van middelbare leeftijd. Ik heb haar nog geen uur geleden gezien, ze stond daarginds te loeren, blootshoofds, van achter die berk, ze droeg een bruine jurk en bijpassende cape – ongetwijfeld om niet op te vallen in haar omgeving.'

Ze leunde achterover en streek haar rok glad. Ik geloof niet dat ik ooit in mijn leven zoveel verdriet heb gehad om iemand. Arme schat! Daar zat ze, ik kon mijn hand uitsteken en haar aanraken. En tegelijk leek ze buiten mijn bereik te zijn geraakt, alsof ze in een andere wereld was.

'Weet u absoluut zeker, madam, dat dit allemaal waar is? Zou het niet kunnen dat u... tja... dat u zich vergist met betrekking tot mevrouw Gilfillan?'

'O nee', zei ze. 'Ik vrees dat het maar al te waar is, Bessy. Je wilt misschien liever niet geloven dat er zulke slechte mensen in de wereld zijn, maar ze zijn er wel.' Ze moet gezien hebben dat ik van uitdrukking veranderde, want ze voegde eraan toe: 'Maar maak je geen zorgen, kind. Jij loopt geen gevaar. Nora en ik werken aan een plan om ons voorgoed van McDonald en mevrouw Gilfillan te ontdoen.'

'Hoe zou u dat moeten aanpakken, madam?'

Ze glimlachte samenzweerderig tegen me. 'Wacht maar af', zei ze. 'Maar ik vertrouw er vast op dat we slagen.'

Ik zou willen dat ik er zoveel vertrouwen in had. Tot mijn ontsteltenis merkte ik dat ik op het punt stond in tranen uit te barsten. Maar ze mocht me niet zien huilen! Ze zou zich afvragen wat er aan de hand was. Ik sprong op.

'Ik hoor paarden, madam!' zei ik. 'Dat zullen meneer James en de dokter zijn die terugkomen uit Snatter.' Met afgewend gezicht rende ik naar de deur. Uit mijn ooghoeken zag ik haar verbaasd uit het raam kijken. Ik nam de gelegenheid te baat om mijn wangen aan mijn schort af te vegen.

'Paarden?' zei ze. 'Ik heb niets gehoord. Denk je dat ze de hoeven hebben omzwachteld om ons te verrassen?'

'Nee, madam!' zei ik wanhopig, want het leek wel of alles wat ik zei of deed haar nog gekker maakte dan ze al was! 'Ik hoorde gewoon hoefgetrappel. Ik moet nu gaan. Maar maakt u zich geen zorgen, madam, ik regel alles.'

'Daar ben ik van overtuigd, Bessy', zei ze. 'Als je een onbekende ziet of er komt iemand aan de deur, laat het me dan weten.'

Ergens diep in haar ogen meende ik een glimp van de oude mevrouw op te vangen, de oude mevrouw die in de war was. Het was alsof er een klein spoortje van haarzelf was achtergebleven, aanwezig maar machteloos, naar buiten starend van achter haar gezicht.

Ze keerde zich weer naar het raam en tuurde naar buiten, op zoek naar God weet wat, vreemdelingen die in de bosjes rondslopen, of tekenen van de terugkeer van haar echtgenoot op omzwachtelde hoeven. Ze zag er zo frêle uit dat het wel leek of ze verdronk in de oorfauteuil. Ik glipte de kamer uit en wierp nog een laatste blik op haar, angstig en verdrietig alsof dat de laatste keer was dat ik haar zag. Tot het allerlaatst aan toe, tot het moment dat de deur zich tussen ons sloot, hield ik mijn ogen op haar gericht.

Mijn mevrouw. Mijn arme, lieve mevrouw!

Een halfuur later keerden meneer James en de dokter terug. Ik was die hele tijd op mijn kamer gebleven, ineengedoken lag ik op mijn bed, vol verdriet, benauwenis, schuldgevoel en woede. Verdriet omdat het ernaar uitzag dat ik mevrouw voorgoed verloren had en die gedachte was niet te verdragen. Benauwenis omdat ik niet wist wat ik moest doen. En schuldgevoel en woede omdat ik mezelf verwijten maakte. Het was per slot van rekening uit wraak voor wat ze in haar boek had geschreven dat ik met spoken was begonnen. En het leek erop dat mijn zogenaamde spook haar op weg naar de krankzinnigheid had geholpen. Bovendien had ik niet in de gaten gehad hoe erg ze achteruit was gegaan sinds de dag dat ze die zogenaamde verschijning in haar kamer had gezien. Ik had weliswaar nauwelijks contact met haar gehad de afgelopen weken, sinds de dokter erbij was gehaald, maar in mijn ogen was dat geen excuus.

Natuurlijk wist ik inmiddels wel dat er geen verschijning was. Het zat allemaal in haar hoofd. En de Nora die ik ongeveer in dezelfde tijd had gezien was alleen maar een droom, veroorzaakt door mijn gedachten over spoken. Ik had ook helemaal ongelijk gehad met die wandeling. Mevrouw voelde zich er helemaal niet schuldig over, ze legde het verband niet eens tussen Nora's verscheiden en dat experiment. Maar mevrouw geloofde ook niet langer dat Nora dood was.

Ik had echt een soep gemaakt van het hele zooitje. Van ganser harte wenste ik dat ik terug kon gaan naar mijn komst op kasteel Haivers en helemaal opnieuw beginnen. Kon dat maar! Ik zou me van het begin af aan anders hebben gedragen. Ten eerste zou ik niet in de haard zijn gaan poken om een blik te werpen in dat verbrande boek, dat maar van Morag bleek te zijn geweest maar dat me achterdochtig had gemaakt. Ik zou nooit in het bureau van mevrouw zijn gaan neuzen en haar *Observaties* hebben gelezen. En ik zou zeker niet zo stom wraak hebben genomen met dat spoken.

Ik zou zoveel dingen niet gedaan hebben. Maar het was te laat. Mevrouw was te ver heen, ik was niet meer bij machte haar te helpen. En bovendien was ik bang om de zaken erger te maken. Iemand anders moest de verantwoordelijkheid maar nemen. Iemand die beter geschoold was en die wijzer was dan ik en meer gezond verstand had.

Dat was de reden dat ik, toen ik meneer James en de dokter hoorde terugkomen, naar de werkkamer ging en ze alles vertelde, vanaf het begin en zonder iets weg te laten.

Ik hoef geen verslag van minuut tot minuut te geven van de gebeurtenissen in die kamer. Het volstaat te zeggen dat ik alles vertelde wat ik zonet van mevrouw gehoord had en ik gaf hun mijn mening – dat ze gek geworden was en dat het allemaal mijn schuld was. Ik bekende dat ik voor haar gespookt had en zei dat ik het gedaan had om wat ik in haar boek gelezen had. Ik vertelde ze precies wat ik dacht. Dat ze vanwege haar verdriet om Nora, én mijn bemoeienis en geplaag, in de war was geraakt, en dat ze haar eigen experimenten door elkaar haalde met dat waanidee over de denkbeeldige mevrouw Gilfillan. En toen ze wilden weten wat *De observaties* waren, legde ik het uit.

Ik moet het de heren nageven, ze hoorden me aan zonder mijn getuigenis (want zo voelde het) noemenswaardig te onderbreken. Er volgden geen uitroepen, ze wezen niets meteen van de hand, ze waren niet verontwaardigd, ze vielen niet uit en ze staken ook niet vertwijfeld hun handen in de lucht. Meneer James beet wel veel op zijn nagels terwijl ik praatte en bij een paar onthullingen van mij keek hij erg verbaasd, maar de dokter liet, typisch, het minst merken, je had zijn bakkebaarden in brand kunnen steken en hij zou niet met zijn ogen hebben geknipperd. Toen ik klaar was wisselden ze een blik. De dokter richtte zijn aandacht weer op zijn pijpenkop. Meneer James kwam overeind. Hij liep naar de haard, draaide zich om en keek me recht aan.

'Dat is me het verhaal wel, hè, Bessy', zei hij. 'Ik weet niet hoeveel ik ervan moet geloven, we zullen het eerst eens moeten onderzoeken. Je geeft in elk geval de indruk dat je eerlijk bent, vooral omdat sommige dingen, als ze waar zijn, aanleiding kunnen geven tot je onmiddellijke ontslag. Om precies te zijn, ik kan me niet voorstellen waarom je in godsnaam zou bekennen dat je gespookt hebt als dat niet ook echt waar is.' Hij keek onthutst naar de dokter, alsof hij van hem een interruptie verwachtte, maar McGregor-Robertson bleef onverstoorbaar met neergeslagen ogen aan zijn pijp lurken, dus wendde meneer James zich maar weer tot mij. 'Wat het overige betreft – dat verhaal over snode intriges en een boze dame en geheime experimenten en boeken die mijn vrouw zou schrijven als ik niet thuis ben – op het gevaar af me te bezondigen aan een understatement zou ik willen zeggen dat het allemaal een tíkje vergezocht klinkt.'

'Geloof me, meneer', zei ik, 'het is allemaal waar. Ik wou dat het niet waar was, maar dat is het wel.'

Hij knikte. 'Misschien wil je ons nu even alleen laten, Bessy. Ik zou graag de dokter onder vier ogen willen spreken. Ga niet te ver weg, we hebben je misschien straks nog nodig.'

Ik maakte een kniebuiging en stapte naar buiten. Zodra de deur dicht was begonnen ze met gedempte stem te praten, maar ik speelde geen luistervinkje meer zoals vroeger. Ik liep de hal op en neer, ging met mijn hand over meubels, de kapstok, het brieventafeltje, de trapleuning, de dingen die ik zo vaak had afgestoft. Ik liet mijn hand erover glijden alsof ik afscheid van ze nam. Verscheidene minuten lang werd er nu eens zacht, dan weer harder in de werkkamer gepraat. Toen vloog ineens de deur open en stapten de twee heren naar buiten.

Meneer James kwam naar me toe en zei zacht met een blik naar boven: 'Dat boek waar je het over had, vertel eens waar het ligt.'

Ik aarzelde, ik dacht aan mevrouw. Ik had haar geheim zo lang bewaard! Maar vervolgens dacht ik aan de krankzinnige glinstering in haar ogen en al het geleuter dat ze had uitge-kraamd.

'Het ligt in haar bureau, meneer', zei ik. 'Maar ze heeft de la op slot gedaan en de sleutel heeft ze meestal in haar zak.'

Hij had zich al omgedraaid en was naar de trap gelopen, met de dokter op zijn hielen. Ik wachtte even en toen – omdat het me niet verboden was – ging ik ze achterna. Op de trap hoorde ik ze de kamer van mevrouw binnengaan. Er klonk een gedempte woordenwisseling, ik kon niet goed verstaan wat ze zeiden, waarna er een gekletter van metaal volgde, de haardijzers die door elkaar werden gegooid, leek het wel. Net toen ik boven aan de trap kwam hoorde ik mevrouw naar adem happen en uitroepen: 'Nee!'

Er klonk een gil, gevolgd door het geluid van een scher-mutseling en iets wat op de grond viel. Daarna het herhaalde slaan van metaal op hout. Iemand gilde weer, harder deze keer. Ik haastte me de kamer in en zag meneer James over het bureau gebogen staan, de pook als breekijzer in zijn handen, en de dokter die mevrouw op de grond in bedwang hield. Ze schopte en sloeg terwijl hij haar vasthield. Toen ze mij zag kwam er een wilde, angstig smekende blik in haar ogen. Ze was als een hulpeloos beest dat door een roofdier was gevangen.

'Hou hem tegen, Bessy! Hou hem tegen! Ze spelen onder een hoedje met Gilfillan!! Ze pakken me mijn ontdekkingen af!!'

'Al goed, madam', zei ik tegen haar. 'Ze zijn gekomen om u te helpen. Maakt u zich geen zorgen.'

Maar ze gilde alleen maar en schopte harder.

Op dat moment kwam er van het bureau een kreunend, krakend geluid, gevolgd door een klap toen het hout spleet. Meneer James struikelde achteruit. Een afgebroken stuk van het bureau viel op de grond.

Hij begon de inhoud eruit te halen. Het eerste wat hij te pakken kreeg was *De observaties* en vervolgens, de een na de ander, haalde hij de dagboeken van de meiden eruit. Het moeten er alles bij elkaar tientallen geweest zijn, want ze lagen overal op het bureaublad verspreid. Stapels dagboeken van talrijke dienstmeiden.

Mevrouw verslapte en begon zachtjes te huilen. De dokter, die merkte dat ze geen weerstand meer bood, kwam overeind en voegde zich bij meneer James aan het bureau. Terwijl mevrouw op de grond bleef liggen huilen pakte hij *De observaties* en begon hardop van de eerste bladzijde voor te lezen.

'*Indien wij een relaas hadden over de aard, de gewoonten en de vorming van de klasse der huisbedienden in mijn tijd, alsmede details over specifieke gevallen dienaangaande, dan zou dat een hoogst waardevolle geschiedschrijving zijn.*'

Hij wierp een blik op mevrouw en ging door met lezen, maar niet langer hardop.

Ik hurkte naast haar neer en wilde over haar hoofd aaien, maar haar gezicht vertrok en ze keek me achterdochtig aan. 'Doe niet net of je mijn vriendin bent', zei ze met tranen in haar ogen.

'Maar ik ben wel uw vriendin, madam', zei ik. 'Uw beste vriendin.'

Ze keek me een ogenblik schuins aan en besloot toen kennelijk me te vertrouwen, want ze keek me in de ogen en dempte haar stem tot ze haast fluisterde. 'Hoe is het met Nora?' vroeg ze schor. 'Is ze buiten gevaar?'

Ik deed mijn mond open om iets te zeggen, maar ik wist niet precies wat. Meneer James bespaarde me echter de moeite. Hij draaide zich om van het bureau en sprak ruw tegen zijn vrouw.

'Arabella! Je weet heus wel dat Nora dóód is!'

Mevrouw keek verslagen bij die woorden. Haar ogen werden groot van schrik en ze bracht haar hand naar haar keel. 'Dood?' vroeg ze. 'Echt dood? Echt waar dood?'

'Ja', zei hij. 'Om Gods wil, dat moet je je toch herinneren. Ze is op de spoorweg verongelukt.'

Ze hield haar hoofd schuin. 'De spoorweg? Ja, ja. Ik herinner het me nu.' Ze wendde zich tot mij. 'Maar het kleintje dan?' vroeg ze. 'Hoe is het met haar kleintje?'

Ik keek haar zwijgend aan. 'Hè?' vroeg ik en wilde eraan toevoegen: 'Welk kleintje?' Maar toen stortten de twee heren zich op ons en ik kon niets meer zeggen omdat meneer James me overeind sleurde terwijl de dokter voor mevrouw neerknielde en haar voor mij afschermde. Meneer James duwde me naar de deur.

'Kom, Bessy', zei hij. 'We zijn allemaal een beetje overspannen en mevrouw is niet zichzelf, zoals je wel weet. Ze spreekt wartaal. Ik denk dat het een goed idee is als je ons alleen met haar laat. We moeten met haar praten om erachter te komen of het waar is wat je beweert. Ik wil dat je vlug naar Snatter gaat en iets voor me haalt... ehm...'

'Bier', zei McGregor-Robertson terwijl hij met koele blik opkeek van zijn positie op de grond. 'Laat haar in godsnaam wat bier halen, want ik kan vanavond wel een glas gebruiken na alles wat er gebeurd is.'

Meneer James keek opgelucht. 'Ja, bier!' zei hij. 'Ik lust zelf ook wel een slokje!' Hij klopte op zijn zakken. 'Eh... Douglas, heb jij wat los geld bij je?' De dokter tastte in zijn zak en overhandigde hem wat geld, dat meneer James in mijn hand stopte terwijl hij me de overloop op duwde. Daar keek hij me ernstig aan. 'Geen woord hierover, tegen niemand, hè?' zei hij.

'Nee, meneer.'

'Het is niet de bedoeling dat je dronken wordt, maar ik wil je hier ook het komende uur of zo niet zien. Neem een drankje en doe er lang mee. De dokter en ik zullen kijken of we een verstandig woord uit mevrouw krijgen. Wat jou betreft...' Hij keek me streng aan. 'Ik heb nog niet besloten wat ik met je zal doen. Ik zal er een nachtje over slapen. Zolang ik nog geen besluit genomen heb kun je bij me in dienst blijven, Bessy – maar ik waarschuw je.'

Hij ging weer de kamer in en deed de deur met een klap achter zich dicht. Daarna hoorde ik de sleutel in het slot omdraaien.

19

Ik verlies de moed

Bij Janet zat er niemand op de gaanderij, maar het luik was open. Er hing een geur van verbrand vet in de lucht. Ik tuurde de gelagkamer in en zag tot mijn schrik dat Hector daar met zijn voeten op tafel zat. Janet stond bij de kachel, ik dacht dat ze aan het koken was voor een gast op een van de kamers boven. Geen van tweeën zag me, wat maar beter was ook, want ik had inenen geen zin meer om met iemand te praten. Ik stapte achter de deur en verschool me in een donker hoekje, waar het rook naar stof en gemorst bier, oud hout en pis en schimmel. Ik zag steeds het kapotte bureau voor me, *De observaties* open en bloot en mevrouw die op de vloer van haar kamer lag en volslagen hulpeloos naar me keek met die trouwhartige blik in haar ogen. Ze vertrouwde me nog steeds, terwijl ik haar een streek had geleverd en meer dan eens!

Ik drukte me nog verder in de hoek, de planken van de muur zaten vol splinters en waren gespleten en ik leunde er met mijn rug tegenaan. De punt van een spijker prikte in mijn vel en ik haalde mijn schouder er expres langs, ik trok een scheur in mijn rok en liep een schram op. Op dat moment stapten twee mannen naar binnen, mijnwerkers uit het dorp zo te zien. Ik verstijfde, klaar om een smoesje te verzinnen waarom ik achter die deur stond, maar ze liepen recht naar het luik en gingen met de rug naar me toe staan. Janet vulde hun flessen en keerde terug naar de kachel, haar blik dwaalde geen enkele keer in mijn richting en de twee mannen verlieten de gaanderij zonder me te zien. Misschien is dat mijn lot, dacht ik. Voor eeuwig in een koud, smerig hoekje staan, onzichtbaar voor de mensen die komen en gaan, lege flessen tegen mijn borst drukken en mijn rug openhalen aan een roestige spijker. Godallemachtig, ik verdíénde niet beter.

Op dat moment draaide Janet zich om en zette een bord met vlees en aardappelen voor Hector neer. 'Breng je dat even naar boven?' vroeg ze.

Hector, die zijn nagels met een mesje had zitten schoonmaken, leek diep beledigd door dat verzoek. Hij bekeek het bord vanuit de hoogte en kwam vervolgens lángzaam overeind. Hij rekte zich en geeuwde. Hij krabde op zijn kop, hij bekeek een gat in zijn vest, hij plukte eraan, hij stak zijn vinger erdoorheen. Ten slotte, alsof het iets bijkomstigs was, nam hij het bord en droeg het naar boven, onderwijl een liedje fluitend.

Ik was niet in de stemming voor Hector, dus dit was mijn kans om iets te drinken te krijgen. Ik stapte naar het luik, in de veronderstelling dat Janet me wel zou zien, maar ze wendde zich af, het leek of ik echt onzichtbaar was geworden. Ik moest kuchen om mijn aanwezigheid kenbaar te maken en toen draaide ze zich snel om.

'O, goeie genade!' zei ze. 'Ik had je niet aan horen komen.'

Ze mocht niet weten dat ik daar al bijna twintig minuten stond! Ik dronk het glas leeg dat ze voor me inschonk terwijl ze de flessen vulde. Ik bestelde er nog een.

'Ik heb jou een tijd niet gezien', zei ze. 'Ze houden je daar wel bezig, hè?'

'Ja, dat denk ik wel.'

Ze nam me op. 'Wat is er met je, schat? Je kijkt zo sip. Behandelen ze je niet goed? Hebben ze je nog niet uitbetaald?'

'Er is niks met me', zei ik kortaf en betaalde haar. Janet

liep terug naar de kachel en begon die schoon te maken. Ik overwoog te vertrekken, maar toen schoot me iets te binnen.

'Weet je nog de laatste keer dat ik hier was?' zei ik. 'Toen had je het over die Nora.'

'O ja', zei Janet die nu belangstellend keek.

Op dat moment kwam Hector met het bord vol vlees en piepers naar beneden gestiefeld. Hij begon te grinniken toen hij me zag en ik kreeg een hartverzakking. Hij gaf het bord terug aan Janet.

'Dit is allemaal goed en wel', zei hij. 'Maar hoe zit het met de jus?'

Janet klakte met haar tong. 'Jus?' zei ze. 'Godallemachtig!'

Ze ging kletterend met potten in de weer op de kachel en deed een beetje water bij de braadresten in de koekenpan. Hector stak zijn handen in zijn zakken en slenterde naar me toe. Hij leunde door het luik en gaf me een vette knipoog. Ik had zin om zijn kop van zijn schouders te rukken. Hij was nog maar een jongen en een plaaggeest, maar om de een of andere reden haatte ik hem op dat moment meer dan wat ook in de wereld.

'Vertel eens, Bessy', zei hij. 'Waarom loop je me achterna?'

'Ik loop je niet achterna', zei ik. Maar nu moet je goed opletten, ik deed net of ik bang was. 'Maar er zit mij wel iets achterna!' zei ik in paniek. 'Het is wit en het... het volgt me overal!'

Hector keek bezorgd en tuurde achter me in de duisternis. 'Wat is het?' vroeg hij.

'Mijn kont', antwoordde ik.

Het was een oude mop die we op Gallowgate vertelden. Ik hoefde er die avond niet om te lachen, ik ontleende alleen een wrang genoegen aan het gezicht van Hector toen hij doorhad dat ik hem voor de gek hield.

Op dat moment verscheen Janet achter hem met het bord. 'Jus', zei ze.

Hector zei dat het erg geestig was en verdween vervolgens met het eten naar boven. Het was nog steeds te vroeg om terug te keren naar Kasteel Haivers, dus ik vroeg Janet om nog meer bier. Ze vulde mijn glas. 'En wat wilde je weten over Nora?' vroeg ze.

Goeie vraag. Ik dacht even na en zei toen: 'Heb jij haar ooit met een kind gezien?'

'Een kínd?' Janet schudde haar hoofd. 'Ze kwam wel eens hier en ik zag haar ook in het dorp. Maar ik heb haar nooit met een kleine gezien.'

Hector gleed van de trapleuning af met een fles in zijn hand.

Janet wendde zich tot hem. 'Heb jij die Nora Hughes ooit met een kleine gezien?' vroeg ze.

Hij schudde zijn hoofd en gooide haar de fles toe, die ze gelukkig opving. 'Nog meer bier', zei hij.

Janet rolde met haar ogen. 'Krijg ik dan geen minuut rust?'

Terwijl ze de fles ging vullen nam Hector haar plaats in bij het luik. Hij vouwde plechtig zijn armen voor zijn borst en bekeek me hoofdschuddend van top tot teen.

'Wit en het volgt je overal. Goeie mop.' En toen keek hij me strak in de ogen. 'Gaat het wel met je, Bessy?'

Ik wilde hem net zijn vet geven toen Janet terugkwam en hem de fles overhandigde. 'Breng dat even voor me naar boven, wil je?' zei ze. 'Ik ben afgepeigerd. De bel heb de hele dag niet stilgestaan.'

Hector rende naar boven, onderwijl naar me roepend: 'Ga nog niet weg!'

Ik keek Janet aan. 'Wanneer is die hier komen werken?'

'Hij werkt hier niet', zei ze. 'Hij hangt maar wat rond. Dus wat is dat allemaal voor gedoe met die Nora?'

'Ja, ik weet het niet', zei ik. 'Was jij hier toen ze doodging? Je zei er de vorige keer iets over, dat ik het aan mevrouw moest vragen wat er was gebeurd.'

'Heb ik dat gezegd?' Ze lachte en schudde haar hoofd. 'Ik zal wel dronken geweest zijn.'

Ik haalde mijn schouders op. 'Nou ja... ze zegt dat het een ongeluk was.'

'Ja, dat zeggen ze. Het was de dag van de Vrije Tuinders Parade, dat was het. Ze hielden een braspartij in een van de boerenstulpjes, alle boerenknechten en -meiden waren er en de loonarbeiders ook. Kennelijk had Nora te veel gedronken en is ze in het donker verdwaald en onder een trein gelopen. Dat is wat ze zeggen.'

'Maar wat denk jíj dan?'

Ze dacht even na en schudde toen haar hoofd. 'Och, ik weet het niet, schat. Ik denk gewoon dat die mevrouw Reid van jou een rare snijboon is. Meisjes opsluiten in muurkasten en God weet wat nog meer, ze afbeulen als slaven. Het zou me gewoon niet verbazen als ze dat meisje ertoe gedréven had.'

'Je bedoelt dat ze zelfmoord pleegde?'

Janet zette grote ogen op en trok haar mondhoeken naar beneden. 'Misschien', zei ze.

Lariekoek!

'Nee, mevrouw niet', zei ik. 'Die zou nog geen vlieg kwaad doen.'

Hector kwam de trap af gesjeesd, deze keer met vuil bestek en het bord, dat helemaal vrij was van vlees en jus. Kletterdebeng! Hij kwakte het zaakje op tafel. 'Die klant van je wil weten of je ook wat kaas hebt.'

Janets mond viel open. Ze keek me verbijsterd aan. 'Kaas!' zei ze. 'Nou weer kaas!'

Ze beende naar een kast en nam er een bord uit met iets

groens en harigs dat ze aan Hector gaf. 'Hier heb je kaas', zei ze.

Hij ging ermee naar boven. Janet kwam terug naar het luik. Ik vroeg: 'In de tijd dat Nora verongelukte, heb je toen iets gemerkt?'

'Hoe bedoel je?'

'Gewoon... zag ze er anders uit? Was ze... dikker?'

Janet fronste. 'Dikker? Nee, ze was niet dikker', zei ze. 'Ze was eerder een beetje magerder geworden.'

'En je weet zeker dat je haar nooit met een kind hebt gezien?'

'Nee, nooit niet', zei Janet.

Bij het geluid van Hector die naar beneden kwam gestampt draaide Janet zich opnieuw om en wierp hem een nijdige blik toe alsof ze wilde zeggen: 'Waag het nog eens met een verzoek van die veeleisende gast te komen!' Hij kwam met veel geraas de trap af en slenterde naar de tafel. Hij ging zitten, pakte zijn mes en ging weer verder met zijn nagels schoonmaken. Een ogenblik verstreek. Hij keek op en zag dat Janet hem nog steeds aanstaarde.

'Wat?' vroeg hij.

En toen begon boven de bel te rinkelen.

Janet schudde haar vuist tegen de zolderbalken. 'Nou is het genoeg!' zei ze. 'Ik ga wel kijken wat er nou weer is!' En ze stiefelde het vertrek door en de trap op, met een gezicht als een donderwolk.

Het was stil toen ze weg was. Hector keek over de tafel naar me en trok zijn wenkbrauwen op. 'Nou zijn we lekker met z'n tweetjes, hè, Bessy?' zei hij.

Wat dacht hij wel dat hij was. Een prins? Ik keek hem schuins aan en haatte hem. Maar ik haatte mezelf meer. Er kwam iets in me op, iets als blinde woede. 'Kom dan', zei ik.

Hij knipperde verbaasd met zijn ogen. 'Hè?'

388

'Kom maar', zei ik. 'Terwijl zij boven is gaan wij naar achteren.' En zonder nog een woord te zeggen pakte ik mijn flessen en stapte naar buiten.

De lucht was vochtig, maar het was zacht. Mijn gezicht was star, maar ik voelde me er veilig achter. Hier en daar zag ik lichtjes branden achter ramen, in een paar huisjes op een steenworp afstand achter een heg. Huisjes waar mensen zich thuis voelden. Ze zeiden me niks. Mensen die ik niet kende en om wie ik niks gaf. Nu ik eraan denk: ik gaf niks om hen en niks om mezelf of om wat dan ook.

De donkerste plek was achter de gaanderij en dus ging ik daar naartoe. Al die glasscherven die onder mijn voeten kraakten – ik ging tegen de muur staan en zette mijn flessen op de grond. Aan de achterkant van de herberg piepte een deur en Hector kwam de hoek om. Hij liep op de tast langs de muur, hij haalde gejaagd en opgewonden adem. Ik denk dat hij zijn geluk niet opkon.

'Bessy?' zei hij.

Ik pakte hem bij zijn arm en trok hem in de schaduw.

En nu zeg ik niets meer. Niet alleen uit fatsoen, maar omdat ik me zo schaam voor alles wat ik gedaan heb in mijn leven.

Jeetje, wat vreemd toch dat na al die jaren zo'n gebeurtenis de macht heeft om je van streek te maken als je erover vertelt. Maar het is niet anders, ik maak geen excuses voor wat ik heb gedaan, ik zeg alleen dat ik denk dat ik alle respect voor mezelf verloren had. In ieder geval is het niet iets om nu nog over te gaan zitten tobben! Ik moet doorgaan met mijn verhaal. De heer die mij gevraagd heeft het op te schrijven verwacht al die uitweidingen misschien niet, want het is per slot van rekening mevrouw om wie het gaat.

Laat me een eindje verder in de tijd gaan, toen ik weer op

Kasteel Haivers terug was. Meneer James had me opdracht gegeven pas laat terug te keren, maar ik kon nergens heen, dus ik sloop ongezien mijn kamer in, met het plan om me daar schuil te houden tot ik tevoorschijn kon komen zonder dat hij de stuipen kreeg. Ondertussen nam ik de gelegenheid te baat om me wat op te frissen, en terwijl ik me waste en fatsoeneerde hoorde ik op de verdiepingen beneden me een zekere mate van activiteit, deuren die open- en dichtgingen, voetstappen op de trap, dat soort dingen. Waarschijnlijk (dacht ik) waren meneer James en de dokter nog met mevrouw bezig.

Ik wilde haar dolgraag zien, dus toen er bíjna genoeg tijd was verstreken, ging ik naar beneden en meldde me bij haar kamer om te horen wat meneer James van me verwachtte. Ik klopte aan – en tot mijn stomme verbazing werd de deur opengedaan door niemand minder dan Zure Zus. Daar stond ze als een gevangenbewaarder op de drempel met d'r dikke poten, een vette grijns op d'r smoel en d'r armen in d'r zij.

'Wat is hier aan de hand?' vroeg ik.

'Je mag er niet in', zei ze. 'Meneer James keurt het af. Hij zei tegen me dat ik je búíten moest houden.' En ze gaf me weer een akelige grijns.

Allemachtig! *Afkeuren*, ja. Ik had zin om haar gezicht eens af te keuren, met mijn vuist. Dat die troel toegang kreeg tot mevrouw en ik niet! Maar of dat betekende dat ik ontslagen was wist ik niet.

Ik probeerde langs haar heen de kamer in te kijken. 'Hoe gaat het met mevrouw?'

Muriel haalde haar schouders op. 'Ze ligt diep te slapen.'

'En waar is de meester?'

'Hoe moet ik dat weten?' zei ze onverschillig.

Om te voorkomen dat ik haar tot moes sloeg keerde ik me

om en ging naar beneden. Er klonken stemmen in de werk-kamer en dus ging ik naar de keuken en zette het bier van Janet op een dienblad samen met twee glazen. Ik wou maar dat ik die flessen nooit onder ogen had gekregen, want bij het zien alleen al van die dingen draaide mijn maag om als ik terugdacht aan wat ik Hector had laten doen. Maar ik zette het van me af en ging terug naar de hal. De deur van de werkkamer stond half open en ik zag meneer James onder-uitgezakt in een stoel zitten, met zijn hoofd in zijn hand, terwijl de dokter bij de haard aantekeningen stond te maken. *De observaties* en alle dagboeken van de dienstmeiden lagen in stapels op het tafeltje achter hem. Ik was nauwelijks door de deur of de dokter stortte zich op het dienblad en begon bier in te schenken. Hij overhandigde meneer James een glas, die het werktuiglijk aannam, zonder zelfs maar op te kijken.

Ik maakte een kniebuiging. 'Meneer', zei ik. 'Neemt u me niet kwalijk, maar wordt mevrouw weer beter?'

Meneer James keek me niet aan, maar de dokter meldde zich. Hij keek me aan en wapperde met zijn oogleden. 'Ze is nu gekalmeerd, Bessy', zei hij. 'Ik heb haar iets gegeven dat ze kan slapen. Daarvóór hebben we haar ondervraagd en we hebben vastgesteld dat ze inderdaad, zoals jij zei, aan diverse waanvoorstellingen lijdt. Het is hoogst intrigerend, ik ben nog nooit echt zoiets tegengekomen.' Hij opende zijn ogen weer wijd en bladerde door zijn notitieboekje. 'Ze meent dat een vrouw haar bespioneert en dat je meester en ik er op de een of andere manier bij betrokken zijn en dat dat meisje Nora...'

Plotseling begon meneer James luid zijn keel te schrapen. McGregor-Robertson zweeg.

'Ze dacht inderdaad dat Nora nog leefde', zei ik snel. 'In het begin. Maar toen u haar vertelde dat Nora dood was, begon ze over een baby. Daar had ze het nog nooit eerder over gehad. Ze had het nooit over een baby. Maar ik denk dat er iets mis is, meneer. Ze heeft wanen, meneer, maar ik denk dat wat ze toen boven zei reëel is. Er is iets gebeurd met die Nora.'

Meneer James ging verzitten in zijn stoel. Zijn blik dwaalde weg van mij naar het haardvuur.

De dokter sloeg zijn notitieboekje met een klap dicht. 'Goeie hemel!' zei hij. 'Ik zou maar geen aandacht schenken aan wat mevrouw in dit stadium zegt. Het is heel goed mogelijk dat ze over baby's praat. Haar geest heeft te lijden van allerlei waanvoorstellingen!'

'Bessy', zei meneer James ernstig maar vermoeid. Ik keerde me naar hem toe en hij keek me waarschuwend aan. 'Vergeet niet dat jouw positie hier uiterst delicaat is. Ik heb nog steeds niet besloten wat ik met je doe – maar geloof me als ik zeg dat je betrekking hier aan een zijden draadje hangt.' Hij zuchtte. 'Als het niet zo moeilijk was een vervangster voor je te vinden, zou ik je waarschijnlijk al de deur hebben gewezen.'

Ik maakte een diepe kniebuiging. 'Jawel, meneer. Daar ben ik me van bewust, meneer. Maar ik ben bereid alles te doen om te kunnen blijven en te helpen mevrouw beter te maken. Wat er ook voor nodig is, meneer. Want ik vind dat het mijn schuld is, meneer, en ik wil...'

'Stil maar, stil maar', zei meneer James terwijl hij een wegwuivend gebaar maakte. 'Dat heb je allemaal al gezegd. Maar hoewel er geen twijfel is dat je verkeerd gehandeld hebt, zou ik mezelf niet zo vreselijk de schuld geven als ik jou was. Je hebt haar natuurlijk een streek geleverd met dat spoken, daar is geen twijfel aan. Maar ik wil benadrukken dat mevrouw zeer waarschijnlijk toch wel ziek geworden zou zijn. Die poetsen die je haar bakte zijn eerlijk gezegd niet zó belangrijk in deze kwestie. We zijn er bijna zeker van dat ze toch wel enigerlei waanvoorstelling zou hebben gekregen, ongeacht jouw handelingen. Is het niet zo, dokter?'

'Jazeker', zei McGregor-Robertson. 'Je hoeft je niet zo verantwoordelijk te voelen.' Zijn ogen waren geloken terwijl hij me aankeek, zijn lippen staken vooruit. Ik begreep dat hij een poging deed tot glimlachen. Het was net omkrullend spek in een pan.

Ik was het niet eens met wat ze zeiden, maar ik wilde ze niet tegenspreken, want ik was uit de gunst. En dus hield ik mijn kaken op elkaar en sloeg mijn ogen neer terwijl meneer James verder ging.

'Kijk, Arabella kan alles wat wij zeggen of doen in haar huidige staat gemakkelijk verkeerd begrijpen, zodanig dat het past in haar wanen.' Hij zweeg even. 'Kijk me aan, Bessy.'

Ik keek op en beantwoordde zijn blik. Hij had wallen onder zijn ogen, het leken wel blauwe plekken, die had ik nog niet eerder gezien.

'Voorlopig', zei hij, 'heb ik Muriel opdracht gegeven voor mevrouw te zorgen. Muriel is minder... beïnvloedbaar en ze leeft niet zo met mijn vrouw mee als jij. De dokter vindt dat beter voor haar gezondheid. Als ze aan te veel emotie wordt blootgesteld, kan dat haar toestand verergeren. Voorlopig kun je je taak voortzetten, maar die houdt op bij de deur van mevrouws kamer. Muriel zal in al haar intieme behoeften voorzien, onder toezicht van de dokter. In ruil daarvoor zul je misschien een paar taken van Muriel moeten overnemen. Praat er eens over met Jessie, misschien heeft ze je nodig, misschien ook niet. Maar wat jijzelf betreft – ik geef je een proeftijd, Bessy. Je zult nauwlettend in de gaten worden gehouden en als je niet aan mijn verwachtingen voldoet, of je gaat nog één keer over de schreef, dan word je op staande voet ontslagen. Begrijp je me goed?'

Ik kon het niet langer verdragen dat hij zo naar me keek. Ik sloeg mijn ogen neer. Er zat een brok in mijn keel, een keiharde brok die omhoogkwam. Ik slikte hem terug.

'U zou me moeten ontslaan, meneer', zei ik.

Hij snoof. 'Misschien doe ik dat ook wel', zei hij en gebaarde naar de deur.

Dat was het teken dat ik kon vertrekken, en dat deed ik als een geboren lakei, achteruitlopend, tegen dingen stotend en langs dingen schurend, het is een hele kunst om op die manier een kamer uit te gaan, maar ik zou het desnoods op mijn wenkbrauwen gedaan hebben, zo'n spijt had ik en zo dankbaar was ik.

De dagen daarna klopte mijn hart in mijn keel telkens als de bel ging of als ik meneer James zag. Ik voelde me op de rand van de afgrond staan, als een ei dat elk moment van de tafel kan rollen. Ik verwachtte echt ontslagen te worden en vond dat niet meer dan verdiend. Hector ging ik koste wat kost uit de weg, want hem onder ogen komen herinnerde me er alleen maar aan wat een door en door verdorven iemand ik was. Hij kwam een keer voor het keukenraam staan en keek me met koeienogen aan, ongetwijfeld hopend op een nieuw uitstapje naar Lullenland, maar ik bespatte hem met water en de volgende keer dat hij zijn gezicht liet zien gooide ik een dienblad naar zijn kop en smeet de deur dicht zodat hij er met zijn vingers tussenkwam, hij had geluk dat het niet zijn nootmuskaten waren. Daarna liet hij me met rust.

De arme lieve mevrouw ging niet meer verder achteruit, volgens de dokter. Goddank was het over met de melk en de zaden en de klysma's, daar maakte hij een eind aan. Nu kon ze weer normaal eten. Ze kreeg haar boeken terug op haar kamer, evenals pen en inkt en schrijfpapier, en McGregor-Robertson maakte een slag van driehonderdzestig graden door te verklaren dat haar geest beziggehouden moest worden – want dan bleef er minder ruimte over voor opeenho-pingen en woekeringen van slechte gedachten en hallucina-ties.

Een paar keer toen ik zijn vrijgezellenmaaltijd naar de werkkamer bracht zat hij daar aantekeningen te maken. Haar geval interesseerde hem zeer en hij was begonnen aan een nieuw medisch artikel. Het vorderde niet erg, be-kende hij. Het probleem was dat mevrouw dacht dat hij deelnam aan de samenzwering tegen haar en weigerde op zijn vragen te antwoorden.

'Heeft ze nog iets over de baby gezegd?' vroeg ik hem een keer.

Hij schudde zijn hoofd. 'Zeer zeker niet!' zei hij. 'Let op mijn woorden – toen ze het daarover had, toen ijlde ze.'

Ik vroeg me af wat hij en meneer James te verbergen hadden. Mijn eerste gedachte, dat Nora een kind gekregen had, of in verwachting was, leek te worden weersproken door wat Janet me verteld had, maar zeker wist ik het niet. Ten eerste worden niet alle vrouwen dik de eerste maanden, mijn moeder is een voorbeeld. Ik was het enige kind dat ze vol-dragen had, maar er waren eerder ongelukjes gebeurd, en die duurden nooit langer dan een paar maanden, en als ze kwamen, dan waren het niet precies roetproppen, zoals zij altijd lachend zei, maar ze leken er wel op. Maar in ieder geval, Bridget was weer eens een uitzondering geweest en magerder geworden in plaats van dikker, van de misselijk-heid. Dus Nora had in verwachting kunnen zijn én magerder kunnen zijn geworden, als ze maar een paar maanden heen was.

Mevrouw zou me kunnen vertellen wat er allemaal achter zat, als ik maar even met haar alleen kon zijn. Echter. Jezus, ik dacht niet dat Zure Zus een goede verpleegster was, maar ze zou wel een goede gevangenbewaarster geweest zijn, want ze liet niemand door. Ik klopte vaak op mevrouws kamerdeur in de hoop een glimp van haar op te vangen of haar bemoedigend toe te spreken, maar helaas! Muriel blokkeerde altijd de doorgang. Je wist nooit zeker of ze wel een boodschap doorgaf, en ze was even breedheupig en onverzettelijk als die koeien van haar. Ze sliep op de kamer en ging alleen weg voor een bezoek aan de plee, en zelfs dan deed ze de deur op slot en nam de sleutel mee. Een of twee keer toen ze buiten was, vrolijk fluitend op de troon, overwoog ik naar boven te stormen en door het sleutelgat tegen mevrouw te praten. Maar ik wist niet zeker of ik wel door een dichte deur verstandig met haar van gedachten kon wisselen. En als ik gesnapt werd kon het betekenen dat ik mijn boeltje moest pakken. Ik besloot het risico niet te nemen en te wachten tot zich een goede gelegenheid voordeed.

Het bleek dat ik niet hoefde te helpen bij het melken. Jessie zei dat ze geen hulp nodig had. Haar tante – een voormalig melkmeisje – was op bezoek gekomen en was kennelijk graag bereid zonder betaling Muriels taak over te nemen. Het was wel duidelijk dat Jessie liever met iemand samenwerkte die het klappen van de zweep kende. En wie kon het haar kwalijk nemen? Ik vertelde meneer James hoe het zat, voor het geval hij dacht dat ik de kantjes eraf liep, maar ik denk dat het hem niet kon schelen wie het werk deed zolang hij maar niks extra's hoefde te betalen.

Dag na dag lagen de boeken die ze in mevrouw haar bureau hadden gevonden, ook het dagboek van Nora, op de tafel in de werkkamer, binnen handbereik van meneer James en de dokter. Jezus Mina, als iemand *De observaties* zou openmaken en lezen wat ze over mijn verleden had geschreven, over meneer Levy en zo, dan was ik nergens meer, dan was het over en uit met de proeftijd. Maar tot dusver, met uitzondering van de eerste dag, toen ze een paar van die boeken hadden doorgebladerd, hadden de heren weinig of geen belangstelling getoond voor wat mevrouw geschreven had. Meneer James scheen te denken dat het voor een deel aan *De observaties* lag dat mevrouw overspannen was geraakt. 'Krabbeltjes', noemde hij ze, en ik hoorde hem tegen de dokter zeggen dat het het beste voor mevrouw zou zijn als ze nooit meer in dat boek schreef.

Het toeval wilde dat op een ochtend, toen ik de kolenkitten vulde, de werkkamer leeg was en ik zag dat *De observaties* en de dagboeken van tafel verdwenen waren en nergens meer te zien waren. En toen ik in de keuken terugkwam en uit het raam keek zag ik rook in de moestuin omhoog kringelen.

De observaties en de dagboeken waren weg. Brand in de moestuin. Ik kon niet anders dan concluderen dat die twee feiten met elkaar te maken hadden. Dus stopte ik waar ik mee bezig was en stoof naar buiten. En ja hoor, daar bij de bouwvallige serre vond ik een vrolijk brandend kampvuurtje. Iemand had met dode takken van een appelboom een vuurtje gestookt en daar *De observaties* en de dagboeken bovenop gelegd. Een paar van de boeken waren al tot as vergaan, maar *De observaties* waren zo te zien als door een wonder het laatst op het vuur gegooid. Er lekten nog maar een paar vlammen aan. Ik pakte een stok en trok het boek uit het vuur. De voor- en achterkant was verkoold, maar de meeste bladzijden binnenin waren nog intact.

Ik pookte met mijn stok tussen de sintels in de hoop Nora's dagboek te vinden, maar ik vrees dat het verbrand was. Dat was een klap, want ik zou graag haar laatste aantekeningen nog eens overgelezen hebben. Nu ik mevrouw over een baby had horen praten, zou ik haar woorden met heel andere ogen lezen. Als ik me goed herinner was ze uiterst gevoelig voor het lot van pasgeboren diertjes. En ik meende me ook te herinneren dat ze zei dat ze de laatste tijd erg door haar gedachten in beslag genomen werd. Vroeger kende ik een paar meisjes die 'hun enkel hadden verzwikt' (dat zeiden we als een meisje in verwachting was) en sommigen van hen waren dan erg in gedachten verzonken. De een krijg 't en de ander niet, zoals mijn moeder altijd zei.

Nu Nora's dagboek weg was, begon ik opnieuw te piekeren over die ontbrekende bladzijden. Misschien waren ze vernietigd – verbrand of verscheurd – en kwam ik er nooit achter wat erin stond. Maar iets in me zei dat ze nog intact waren en ergens lagen. Als Nora zelf die bladzijden eruit had gehaald, waar zou ze ze dan verstopt hebben? vroeg ik me af. Haar domein was identiek aan het mijne – de keuken, de bijkeuken, het washuis, het slaapkamertje op zolder.

Ik stopte *De observaties* onder mijn schort en kachelde terug naar huis. Gelukkig kwam ik niemand tegen. Boven verborg ik het boek onder mijn matras, en later die ochtend doorzocht ik elke plek die ik kon bedenken op zoek naar die ontbrekende bladzijden. Maar ik vond niets, behalve drie knopen, een halve stuiver en een dooie muis.

Toen herinnerde ik me de koffer van Nora. Ik had er al eerder in geneusd, maar ik bedacht dat ik gemakkelijk een paar oude velletjes papier over het hoofd kon hebben gezien.

Het was een fluitje van een cent om ongezien de zolder op te komen. Meneer James had dan wel gezegd dat hij me in de gaten zou houden, maar in werkelijkheid had hij het veel te druk met de installatie van zijn fontein om me van minuut tot minuut in het oog te houden. En McGregor-Robertson zwierf niet zoveel meer door het huis nu hij geen klysma's meer kon zetten. Op die bewuste dag werd de dokter pas laat in de middag verwacht en meneer James was na het ontbijt naar het dorp gegaan.

Dit is wat ik deed. Rond het middaguur leverde ik een dienblad af bij de kamer van mevrouw en wachtte tot ik zeker wist dat Muriel zat te bikken. Daarna pakte ik een lamp en glipte naar de zolder, stil als een aal in een ton darmen, want (God verhoede!) ik wilde niet dat mevrouw me hoorde en op verkeerde gedachten kwam – niet weer!

De laatste keer dat ik naar boven was gegaan had ik de boodschap van het dakraam gewist. Nu vermeed ik het zelfs maar omhoog te kijken, want als ik dat kleine raampje zag, kreeg ik zelfmoordneigingen. Ik hield mijn hoofd gebogen en mijn gedachten bij die koffer. Om te beginnen gooide ik hem leeg en keek in alle hoeken en gaten, maar voorzover ik kon zien was er geen valse bodem en zat er niets verborgen achter de papieren voering. Daarna onderzocht ik alle spullen van Nora. Ik sloeg de dunne blaadjes van haar bijbel om en leegde haar naaidoos. Ik trok de pop de muts van het hoofd en voelde onder haar rokken. Nu ik eraan dacht, was die pop wel van Nora? Of had ze hem misschien gekocht voor een baby? Hoe dan ook, er zaten geen zichtbare vellen papier in verstopt. En dus begon ik de traktaten door te kijken, een stuk of tien in totaal, bij sommige stond iets in de marge geschreven, geen scheldwoorden, zoals je zou verwachten, maar korte commentaren en vragen over de gedrukte tekst. Jezus, die Nora was een heilige, zeg! Ik gooide die kleretraktaten een voor een de lucht in om te zien of er misschien een papiertje uitviel, maar ik had net zo goed kunnen proberen een duif te melken. Het laatste wat ik deed (heel zachtjes) was de koffer optillen en eronder kijken, maar ik vond niets. Die bladzijden waren ofwel goed verborgen, of iemand had ze voorgoed laten verdwijnen.

Het was inmiddels begin maart. Ik herinner me dat die week de helft van de boerenknechten de griep kreeg. Het werd smerig weer en we keerden terug naar hartje winter. Twee dagen lang regende en hagelde het, van dat weer dat niemand naar buiten gaat als het niet hoeft. Toen, de tweede dag 's middags, hield het op met regenen en werd het steenkoud. Desondanks trok meneer James zijn jas aan en ging naar Snatter. De volgende dag was de openingsceremonie van de drinkfontein en hij wilde graag zien in hoeverre het laatste stadium van de werkzaamheden vertraging had opgelopen door het weer. Hij was van plan, vertelde hij me, bij de dokter thuis te dineren, dus hij zou pas laat thuis zijn.

Mevrouw was de afgelopen dagen erg rustig geweest, maar een uur of zo nadat de regen was opgehouden werd ze onrustig en Muriel vertelde me dat ze haar iets gegeven had om te kalmeren. Tegen de tijd dat ik hun avondeten naar boven bracht – een lichte maaltijd van eieren en toast – was Arabella diep in slaap. Ik hoefde voor de heren geen eten klaar te maken, maar ik was doodmoe, dus toen ik het dienblad weer bij Muriel had opgehaald, ging ik op mijn kont in de keuken zitten om mijn dagboek bij te werken, voor het geval ik ooit de kans kreeg het aan mevrouw te laten zien.

Ik zat daar pakweg vijf minuten toen ik op het raam hoorde tikken. Regen, dacht ik en keek niet eens op. Het bleef even stil en toen werd er weer getikt, deze keer harder, alsof er een verse en hardere regenvlaag tegenaan sloeg. Ook deze keer keek ik niet op van mijn papier. Een minuutje later schrok ik echter van een luid geratel tegen het raam, en deze keer keek ik wel op, in de veronderstelling dat de regen was overgegaan in hagel. En op het moment dat ik keek werd er een handvol modder en grind tegen de ruit gegooid, wat hetzelfde geluid maakte.

Het was Hector die een spelletje met me speelde. Dat is wat ik één seconde dacht. Ik legde mijn dagboek opzij en haastte me naar het raam. Maar toen herinnerde ik me dat Hector de griep had gekregen en het bed moest houden nadat hij als een levensgrote ledenpop was flauwgevallen in de koeienstal. Misschien was het helderziendheid, maar ineens bedacht ik dat er iets niet pluis was met de manier waarop het zand en het grind tegen het raam waren gegooid. Mijn hart begon te bonzen – want uit bijgeloof of een teveel aan verbeelding dacht ik plotseling dat Nora de schuldige kon zijn.

Het licht van het haardvuur en de lamp werd weerspiegeld in het vensterglas, dus het was moeilijk om naar buiten te kijken. Ik opende de achterdeur en stapte het erf op. De kat rende achter me langs naar buiten en verdween met een krijs in het donker. Door het raam zag ik de stoel waar ik zojuist nog op had gezeten en ik besefte dat iedereen me van buiten kon zien. De gedachte alleen al gaf me kippenvel. Ik tuurde om me heen in het donker. Eerst kon ik alleen de pomp onderscheiden en daarachter de donkere vormen van bomen die met hun takken in de wind zwaaiden. En toen zag ik haar. Een gestalte die uit de duisternis opdoemde, haar bleke handen met de handschoenen naar me uitgestoken, snel op me afkomend, als een figuur uit een nachtmerrie. Ik herkende haar meteen en ik wou bij God maar dat ik haar niet kende. Ik zag haar en wenste dat ik haar nooit gezien had. Terwijl ze naderde greep de wind de sluier van haar hoed en woei hem omhoog, hij rimpelde en klapperde als een lange, dunne vlag.

Ze legde een vinger op haar lippen en stapte de lichtkring in die uit het raam viel. Ze fluisterde: 'Ik ben het, je lieve moeder. Je hoeft niet bang te zijn.'

Ik moet een paar passen achteruit zijn gedeinsd, want ik stootte met mijn enkel tegen iets hards, waarna ik struikelde en met een smak op de koude stenen trap terechtkwam.

Bridget (want zij was het!) grinnikte zachtjes. 'Oeps!' fluisterde ze. 'Kijk uit waar je loopt, lieffie.'

Ik had het gevoel dat alle lucht uit me geperst werd. Ik kon geen vin meer verroeren, terwijl zij weer een paar passen dichterbij kwam. Ze droeg donkere kleren, een jasje over haar jurk, de hoed met de sluier. Ze bukte. Ze pakte me bij mijn armen vast. Ik rook haar geur, diezelfde oude gardeniageur. Ze hielp me overeind, maar zodra ik op mijn benen stond deinsde ik van haar weg, terug de trap op.

'Wat moet je?' vroeg ik.

'Wat ik moet?' fluisterde ze en glimlachte vervolgens. 'Ik moet niks, lieffie. Ik wilde je alleen zien, ik wilde zien of het goed met je gaat. Je hebt me wel schrik aangejaagd, zeg, door zomaar inenen te verdwijnen.'

Ze was zenuwachtig, dat zag ik aan de manier waarop ze haar vingers en duim over elkaar wreef. Ze keek langs me heen in de keuken, waarna ze omhoogkeek naar het huis. 'Vind je niet dat we beter naar binnen kunnen gaan?' zei ze met een zacht, vleierig stemmetje. 'Misschien hoort iemand ons als we hier buiten op de stoep blijven kletsen.'

'Kletsen' was wel het laatste wat ik met haar wilde en ik ergerde me aan haar vrijpostigheid. Ik denk dat ze wel voelde dat ik er geen zin in had, want ze lachte kort. 'Ik ben toch geen herenbezoek, wel?'

Daar zei ik niks op. Maar ik moest deels toegeven dat ze gelijk had. Elk geluid op het erf was aan die kant van het huis boven te horen. God verhoede dat Muriel naar beneden kwam en zich ermee bemoeide. En als mevrouw wakker werd, dan wilde ik niet dat ze een vreemde stem hoorde die haar misschien weer kierewiet maakte. Als ik Bridget mee de keuken in nam, dan kon tenminste niemand ons horen. Dus met enige tegenzin liet ik haar binnen.

Bij het licht van de lamp kon ik haar duidelijker zien. De zoom van haar jurk was nat en modderig. Ze zag er verzopen uit. Ik vroeg me af hoe ver ze gelopen had die avond, hoe lang ze buiten had staan wachten. Ze droeg geen crinoline, haar enige concessie, waarschijnlijk, aan het platteland. De vingers van haar handschoenen waren vuil van de modder die ze tegen het raam had gegooid. Ze spelde haar sluier op haar hoed en keek met een glazige glimlach om zich heen. Ik had het gevoel dat ze de spot wilde drijven met haar omgeving, maar dat ze op haar tong beet.

'Is dit de keuken, lieffie?' vroeg ze. 'Waar je werkt?'

'Wat moet je?'

Ze keek me gekwetst aan. 'Nou, nou', zei ze. 'Je hoeft niet zo te doen. Alle moeite die ik heb gedaan om je te vinden! Mijn eigen dochter! Mijn bloedeigen dochter!'

Wat vreemd om haar te horen zeggen dat ik haar kind was terwijl ze dat in het verleden zo vaak had ontkend! Ik lachte haar bijna in haar gezicht uit. Maar wat deed ze? Ze trok mijn stoel dichter bij het vuur en ging erop zitten, ze knoopte haar jas los en spreidde haar rokken om ze te drogen! Ik had haar wel een pak rammel kunnen geven.

'Hoe heb je me in hemelsnaam gevonden?' vroeg ik.

'Nou!' zei ze. 'Dat zal ik je vertellen, dat was niet makkelijk. Ik moet wel tien advertenties hebben gezet. Heb je er daar geen een van gezien? Ik kwam wéken bij die krant over de vloer.' Ze keek om zich heen alsof ze wilde zien of ik geen krant had liggen.

Ik zei geen woord, ik gunde haar niet eens een knikje met mijn hoofd.

'Wat is er met je gebéúrd, lieffie?' vroeg ze. 'Het ene moment was je er nog en het andere was je weggelopen. Ik dacht dat je wel terug zou komen. Dat zei je in ieder geval. Ik zei tegen Joe, ik zeg, die komt zo wel terug, dat zul je zien. Maar drie uur later nog geen taal of teken. En toen gingen er dagen voorbij, geen woord. Ik maakte me doodongerust.'

Ze keek me gepijnigd aan als om haar bewering te staven en ging vervolgens weer met grote belangstelling naar alle spullen in de keuken zitten kijken. Ik keek haar verdoofd van de schok aan, het bloed bonsde nog in mijn aderen.

'Dat was verschrikkelijk jammer van die ouwe Levy', zei ze na een poosje. Ze klakte met haar tong. 'En hij heb je geen cent nagelaten? Ellendige ouwe zak.'

Ik reageerde niet. Ze hield me nauwlettend in de gaten. Ze had ongetwijfeld zijn hele testament nageplozen zodra hij dood was. Ze wist waarschijnlijk dat ik niks gekregen had, maar wilde het toch controleren. Ik besloot van onderwerp te veranderen.

'Dus wie heb je advertentie in de krant gelezen?'

Ze lachte kakelend. 'Nou, dat raad je nooit', zei ze. 'Dat was een ouwe Blueskin. Stel je voor! Hij schreef me een brief. Geachte mevrouw O'Toole, enzovoort. Met veel belangstelling heb ik uw annonce gelezen, bla, bla, bla, bla! Ik deed het haast in mijn broek toen ik zijn naam onder de brief zag staan. Hoogachtend, Dominee Archibald nog iets.'

'Pollock', zei ik en spuugde de naam er haast uit.

'Dat is 'm! Ken je hem?'

Ik schudde mijn hoofd.

'Nou, dat is ook eigenaardig. Hij schijnt jou erg goed te kennen. Héél erg goed. Hij heb me alles over je verteld, dat deed ie, hoe je dat werk had gekregen en zo, hoe je ervan genoot, hoe tevreden mevrouw Reid over je was.'

'Hij is een bemoeial', zei ik tegen haar. 'Een ouwe geitenbok van een bemoeial.'

Je zult het niet geloven, maar ze zat aan het brood op tafel te plukken, ze brak er stukken af die ze onder het praten in haar mond stopte.

'Dus hij schrijft me, hij zegt dat hij die beloning niet hoeft, het is voor hem voldoende te weten dat hij een medemens heb geholpen.'

'O ja?' zei ik. 'Wat nog meer?'

'Nou, hij zei dat er iemand was die aan mijn signalement

beantwoordde en dat ze in een huis werkte dat Kasteel Hai-vers heette, waar hij vlakbij woonde, maar dat ie niet zeker wist of het hetzelfde meisje was, want dát meisje had een ándere naam dan die ik in de krant noemde. Nou, ik dacht meteen bij m'n eigen, dat zou die meid van mijn kunnen zijn die een andere naam heb aangenomen. Mijn kleine meid!' Ze glimlachte sentimenteel tegen me en zo.

Ik had zin om haar in het vuur te douwen. En ik was ertoe in staat, ik weet niet waarom ik het niet deed.

'Toen stelde ie een hoop nieuwsgierige vragen', zei ze. 'Van wie je was en wat je vader deed en zo.'

Ik keek haar verschrikt aan. 'Heb je hem teruggeschreven?'

'Tuurlijk niet!' zei ze en stak weer een korst brood in haar mond. 'Wat denk je wel niet van me? In ieder geval, hij was de enige die reageerde, dus ik kwam maar hiernaartoe om te zien of jij het was. En nou heb ik je lekker gevonden! Ga toch zitten, lieffie. Maak je je zorgen dat meneer Reid terug-komt?'

Het ontging me niet dat ze wist dat meneer James niet thuis was. Dat betekende dat ze al een hele tijd buiten had staan wachten, al van voor het donker werd.

'Je zult zien dat het makkelijker praten is', zei ik, 'als je eerst je mond leegeet.'

Ze keek me aan terwijl ze met open mond kauwde. 'Hè?' zei ze. 'Waar heb je het nou weer over?'

Mevrouw had mij tafelmanieren bijgebracht en het had me niet hoeven te verbazen dat mijn moeder daar waarschijnlijk niet in geïnteresseerd was. Bovendien was dat wel de minste van mijn zorgen.

'Maar goed', zei ik. 'Wat moet je?'

'Dat blíjf je maar vragen!' zei ze, haar stem bereikte nu voor het eerst die hoge schrille toon die ik me zo goed herinnerde. 'Ik zei toch dat ik niks van je moet!' Ze zweeg even en glimlachte toen flauwtjes. 'Hoewel, er is één ding, lieffie...'

'O ja', zei ik.

'Ja, je kunt me nou wel zo aankijken,' zei ze, 'maar het is iets wat ik je moet vertellen en je zult me dankbaar zijn als je het hoort.' Ze zweeg en keek om zich heen terwijl ze met haar lippen smakte. 'Heb je hier soms wat te drinken, lieffe?' zei ze. 'Ik heb zo allemachtig dorst.'

Ik wees op de melkkan. 'Daar staat melk.'

Ze stak vol afgrijzen haar handen op, ik had net zo goed kunnen voorstellen dat ze een kwispedoor leegslurpte.

'Melk!' zei ze. 'Drink jíj dat?'

Ik haalde ongeduldig mijn schouders op. 'Luister, als je me iets te vertellen hebt, kom er dan maar mee voor de dag.'

'Walgelijk!' zei ze. Dat sloeg op de melkkan. Ze klopte op haar boezem. 'Nou, ik heb hier iets voor je', zei ze verlekkerd. 'Iets wat je zal interesseren.'

Ik keek haar zonder iets te zeggen aan. Ze sloeg haar ogen naar me op en ging vervolgens met haar hand in de hals van haar jurk, ze friemelde wat, ze fatsoeneerde haar kleding weer en toverde een opgevouwen papiertje tevoorschijn dat zo verkreukeld en beduimeld en vochtig was dat het zacht en glanzend was geworden en meer op een stuk stof leek dan op papier, maar papier was het. Ze legde het op haar schoot om de ergste kreukels glad te strijken en overhandigde het me toen. Ik nam het niet aan, maar in het licht van het haard-vuur zag ik dat het bladmuziek was, er stond een ballade op. Bovenaan prijkte de titel van het lied: 'Ailsa Craig', en daarnaast 'Door David Flemyng'.

Ik graaide het papier uit haar handen en bekeek het. Maar nergens stond mijn naam. Bridget keek me aandachtig aan.

'Zie je?' zei ze. 'Ze staan dat op elke straathoek te zingen, van Gallowgate tot Byres Road. Nou niet meer zo erg, maar een paar weken geleden was het een rage.' Ze wees naar

Flemyngs naam. 'Die man, wie het ook is, heb jouw lied gestolen! Het lied van mijn kleine meid! Ik kon mijn oren niet geloven toen ik het voor het eerst hoorde. Tuurlijk herkende ik het meteen toen ik het op straat hoorde, want je maakte me vroeger gek toen je dat de hele tijd zong. Ik zeg tegen Joe – we waren bij de Trongate zal ik je vertellen – ik zeg tegen hem, dat is het lied van onze Daisy wat ze verzonnen heb! En ik ging naar die ouwe lul toe die het zong en ik pakte hem het blad af om naar je naam te zoeken.' Bridget kletste zich op haar dij en trok een verbijsterd gezicht om me te tonen hoe geshockeerd ze was.

'Nou! Geen naam erop, verdomme, alleen van die klootzak daar! Dus ik vraag aan die ouwe, waar is ze? Ik zeg tegen hem: Waar is Daisy? Wat heb je met haar gedaan? Bleek dat ie er niks van af wist. Hij verkocht die liedjes alleen maar. Je moet naar de uitgever gaan als je iets weten wilt. Meneer Lochhead is de uitgever, zei die ouwe lul. Dus dat deed ik, ik ging helemaal naar zijn kantoor in Jamaica Street. Maar toen wilde die ouwe dief van een Lochhead me ook niks vertellen! Hij zei gewoon dat ie niet wist wie je was en hij zwoer bij God dat jij het niet geschreven kon hebben! Gelukkig voor mij zei die dat die meneer dinges in de buurt van Snatter woonde. En toen wist ik dat jij hier ergens rond moest hangen, dat die vent jouw liedje gehoord had en zo. Ik heb zelfs zijn naam in een paar van die advertenties gezet, maar hij heb me nooit geschreven en dat verbaast me niks, want ik denk dat ie niet gesnapt wil worden. Hij zal je wel geketst hebben en toen je liedje gestolen. Hij heb waarschijnlijk een fortuin aan je verdiend.'

Ze leunde achterover in haar stoel, een beetje buiten adem van haar tirade, en keek me aan, duidelijk zeer ingenomen met zichzelf. Ik wist wat ze nu wilde. Het was overduidelijk, het was een kwestie van geld. Maar ik had belangrijker dingen aan mijn hoofd dan geld en of mijn naam onder een lied stond. Ik nam niet eens de moeite de rest van haar insinuaties te ontkennen.

'Hij mag het geld hebben voor mijn part', zei ik. 'Dat kan me geen flikker schelen.'

'O!' zei mijn moeder. 'Nou, ik dacht dat het je wel zou interesseren, meer niet.'

Ze haalde onverschillig haar schouders op en legde het muziekblad op tafel. Daarna keek ze opnieuw om zich heen terwijl ze in haar nek krabde. Ik was verbaasd dat ze het onderwerp zo makkelijk liet rusten. Ze keek me stralend aan.

'Waar slaap je?' vroeg ze. 'Heb je boven een zolderkamertje voor je eigen?'

Mijn verbazing sloeg onmiddellijk om in paniek. 'Je kunt hier niet blijven logeren, hoor! Dat mag niet. Ze komen erachter!'

Ze grinnikte. 'Ik ben niet van plan om te blijven, hoor', zei ze. 'Ik heb zelf een kamer, dank je wel.'

Ook dat verbaasde me. Het was niet eens in me opgekomen dat ze al eerder was gearriveerd en logies had gevonden.

'Waar?' vroeg ik voorzichtig.

Ze schudde haar hoofd. 'Jezus Mina', zei ze. 'Die vrouw had nóóit een herberg moeten beginnen.'

'Welke vrouw?'

'Ik heb nog nóóit iemand ontmoet die zo ongeschikt is om klanten te bedienen. En die herberg van haar is een gribus.'

'Welke herberg? Hoe heet ie?'

'Het Hoekhuis', zei Bridget. 'Maar, godallemachtig, je kunt niet eens om een schepje jus vragen zonder dat ze je kop eraf bijt.'

Het Hoekhuis! De herberg van Janet. De gedachte dat Janet en mijn moeder elkaar kenden was al erg genoeg, maar er was nog iets anders wat me dwarszat. Even kon ik er niet opkomen, maar toen wist ik het weer.

Jus. Kaas. Hector die de trap op en af rende. Ik keek Bridget onthutst aan.

'Hoe lang zit je daar al?'

Ze keek naar het plafond. 'Niet lang', zei ze vaag. 'Een week of zo.'

'Een wéék?'

'Ik ben met vakantie!' zei ze geïrriteerd. Onverwacht greep ze mijn rok beet en begon verontschuldigend te doen. 'Luister, lieffie, het spijt me. Ik wilde al een paar dagen geleden naar je toe komen en met je praten. Maar toen werd het slecht weer en durfde ik nauwelijks een voet buiten de deur te zetten, tot vanmiddag aan toe. En toen kwam en ging die meneer van je en daar was je, in de keuken. Het was een te mooie kans om te laten lopen. Ik wilde alleen maar zien of het goed met je ging. Maar luister nou eens effe. Ik weet niet waarom je dit doet.'

'Wat doen?'

'Dit! Kippen voeren en de trap op en af rennen als een slaaf en naar mevrouw d'r kamer – varkensstallen uitmesten, krijg nou toch wat!'

Ik draaide me om en keek uit het raam. Buiten was alles zwart. Het was veertien dagen geleden dat ik de varkensstal had uitgemest. Er begon me iets te dagen.

'Jij bent hier geweest', zei ik. 'Jij hebt me bespioneerd.'

'Niet spionéren', zei ze. 'Alleen maar kíjken. Ik wilde je zien. En ik moest mijn tijd afwachten, lieffie, een manier zien te vinden om met je te praten, als er niemand was. Ik weet niet wat jij ze verteld hebt, weet je. Maar waar ben je mee bezig, lieffie? Ronddraven als een lakei terwijl die lelijkerd met d'r dikke kont daarboven niks zit te doen. Wordt ze daarvoor betaald? En die mevrouw van je met d'r grote ogen. Mevrouw Reid, heet ze niet zo? Wat is er met háár aan de hand? Het enige wat ze doet is uit het raam staren en boekies lezen.'

'Heb jij daar in de bosjes gestaan?'

'Misschien', zei ze terughoudend. 'Niet alleen in de bosjes, hoor. Er zijn daar een paar plekken vanwaar je het huis goed kunt bekijken. Je kent me wel.' Ze knipoogde. 'Zo zie je me, zo zie je me niet.'

Met een schok drong het tot me door, het leek wel of mijn ingewanden door een vuist werden omvat. Ik kon nauwelijks ademhalen.

'Godallemachtig', zei ik. 'Jij bent Gilfillan!'

Mijn moeder krulde haar lip. 'Ik ben wat?'

Ik kon niet antwoorden, ik probeerde tegelijk te lachen en adem te halen. Dus mevrouw had inderdaad iemand gezien die naar het huis loerde. Het was toch geen waandenkbeeld. *Het was mijn moeder!*

Ze grijnsde tegen me, ze wilde weten wat de grap was. 'Wat?' vroeg ze. 'Wat is er?'

'Laat maar', zei ik en de lach bestierf me op de lippen. Even had ik gedacht dat mevrouw misschien toch niet malende was, maar het punt was dat zelfs als die mevrouw Gilfillan verklaard kon worden door de aanwezigheid van mijn moeder, er te veel andere aspecten aan haar gedrag waren die krankzinnig waren – de onzin die ze uitkraamde over Nora die in haar kamer verscheen, het aan stukken snijden van hersens, de beul, enzovoort. Maar dat laatste bracht me op een idee.

'Waar is Joe?' vroeg ik.

De glimlach bevroor op het gezicht van mijn moeder. 'Joe, lieffie?' vroeg ze. 'Joe Dimpsey?'

'Is hij niet met je meegekomen?'

'O, hij kon niet komen', zei ze. 'Hij had het te druk. Ja, dat had ie. Te druk.'

Er was iets raars met haar antwoord, maar voor ik nog wat kon zeggen klapte ze in haar handen en sprong overeind.

'Ik sterf van de dorst', zei ze. 'Wat denk je, zullen we ergens wat gaan drinken, met z'n tweetjes, om het te vieren? Dan vertel ik je de hele reutemeteut.'

Ik had geen zin om wat te gaan drinken, maar er schoot me op dat moment iets te binnen. 'Je hebt toch niet aan Janet Murray of aan wie dan ook verteld dat je... ik bedoel... je hebt ze toch niet verteld wie je bent?'

Bridget trok een wenkbrauw op en keek me aan met een blik waar de honden geen brood van lusten.

'Dat ik je móéder ben?' vroeg ze. 'Nee, lieffie.'

'Of... of mijn zus?'

Ze trok een gezicht. 'Ik heb niks aan niemand niet verteld', zei ze. 'Denk je dat ik achterlijk ben?'

'Ja.'

Ze was niet achterlijk. Ze had alleen een kwaadaardig trekje. Maar ik wilde haar jennen.

'Als je het weten wilt', zei ze, de stem opzettend die ze gebruikte als ze deftiger wilde klinken. 'Ik ben een weduwe. Mevrouw Kirk. Mevrouw Kirk heb nog nooit van jou gehoord. Ze is naar het platteland gekomen voor een paar weekjes frisse lucht. Ze kijkt wat rond. Misschien wil ze zich hier wel vestigen. Misschien ook niet.'

'Maar niet heus', zei ik, want de schrik sloeg me om het hart voor wat ze zei.

Een glimlach gleed traag over het gezicht van Bridget. 'Mevrouwtje Kirk weet het nog niet', zei ze zangerig. 'Ze heb nog geen besluitje kunnen nemen.'

Ze liep de keuken rond en bekeek alles – de klok, de weegschaal, de grote soepterrien – alsof ze hun waarde taxeerde. Er lag een broodmes op tafel. De aanvechting om het te pakken en in haar rug te steken, recht tussen haar schouderbladen, was overweldigend. Mijn vingers gingen naar het handvat toe en sloten zich eromheen. Ik pakte het mes en rukte vervolgens een la open om het daarin te smijten. Daarna gooide ik de la weer dicht.

Bridget stond stil bij de deur die toegang gaf tot de rest van het huis. Ze bleef er even naar kijken en keek me toen weer een tikje sentimenteel aan.

'Wat heb je ze over jezelf verteld, lieffie?' vroeg ze voorzichtig. 'Had je geen referenties nodig om dit baantje te krijgen?'

Ik schudde mijn hoofd. 'Ze denken dat ik eerder huishoudster ben geweest. Ik had geen referenties nodig.' Ik zweeg even en zei toen zwakjes: 'Het bevalt me hier, weet je.'

Mijn moeder knipperde met haar ogen en keek gekwetst. 'Dat zie ik, ja', zei ze.

Ze liep nog eens de keuken door, ik had het gevoel dat ze ergens heen wilde. Ze kwam naar me toe met een uitdrukking op haar gezicht die iets weg had van bezorgdheid.

'Moet je je handen eens zien', zei ze.

Ze pakte mijn vingers en wreef erover. Ik liet het toe, ik ging niet weg.

'Je eindigt nog als wasvrouw', zei ze. 'Luister, ik heb nog wat geld over van wat Levy me gaf. Ik blijf hier niet echt, ben je mal. Waarom zou ik hier blijven? Ik heb mooie nieuwe kamers in Glasgow, in King Street. Weet je nog, King Street? Twee schitterende kamers heb ik genomen, helemaal gemeubileerd, zal ik je vertellen.'

'Leuk voor je', zei ik.

Ze hield haar hoofd scheef en keek me aan, een beetje melancholiek. 'Mijn kleine meid, helemaal groot geworden.' Toen begonnen haar ogen te twinkelen. 'Jezus, je bent nog ongesteld ook en alles. Goeie genade!'

Ik bloosde hevig en vroeg me af hoe ze dat wist alleen maar

412

door naar me te kijken (want het was waar). Maar toen zei ze: 'Want je wilt me toch niet vertellen dat je die doeken voor haar hierboven uitwast en te drogen hangt?'

Ik schudde beschaamd mijn hoofd. Om mijn gezicht te verbergen draaide ik me om en begon in het vuur te poken. Mijn moeder zuchtte. Uit mijn ooghoeken zag ik haar weer naar de klok kijken.

'Sjieke kamers in King Street', zei ze. 'Jij zou ze erg leuk vinden, dat weet ik zeker.'

Bang voor waar die conversatie toe zou leiden begon ik verwoed kolen op het vuur te scheppen. 'Vindt Joe ze leuk?' vroeg ik.

Ze zei een poosje niets, vanwege het lawaai van de kolen. Toen ik de kit terugzette zei ze: 'Dat wou ik je vertellen.'

Ik keek haar aan.

Ze glimlachte tegen me, een beetje beschaamd. 'Wat ik zonet zei, lieffie, dat was niet helemaal waar. Nou, moet je horen, het zit zo. Joe is weg. Hij is naar Amerika. Naar New York. Hij is een paar weken geleden vertrokken.'

'Amerika?!'

'Ja!' zei ze, mijn verbazing voor bezorgdheid aanziend. 'Is het niet vreselijk? Met die verschrikkelijke oorlog die er woedt en alles. Hij raakt misschien wel gewond.'

Ik wist met vrij grote zekerheid dat de oorlog niet in New York woedde en vertelde haar dat ook.

Mijn moeder keek verbaasd. 'Echt?' zei ze. 'Ik dacht dat New York in Amerika lag.'

'Is ook zo.'

'Nou dan!' zei ze.

Als zij het niet was geweest, en om nog een paar andere redenen, had ik het vermakelijk kunnen vinden, maar ze slaagde er altijd weer in op mijn zenuwen te werken.

'Wat doet ie eigenlijk in New York?' vroeg ik.

'O, nou, moet je weten, hij moest op korte termijn vertrekken. De politie zat achter hem aan. Allemaal een vergissing, natuurlijk. Hij had het niet gedaan. Maar goed, hij had geluk dat ze hem tipten en ze kwamen te laat. Hij komt terug als het allemaal wat geluwd is. Maar tot die tijd ben ik...'

Plotseling en totaal onverwacht trilde haar lip en begon ze te huilen. Ik had de neiging achteruit van haar weg te deinzen, maar dan zou ik in het vuur gestapt zijn. Dus deed ik een stap opzij. Ze haalde een snotlap uit haar mouw en depte haar ogen. Ik klopte haar op de schouder, meer kon ik niet over mijn hart verkrijgen. Ze huilde nog een paar minuten door. Ten slotte snoot ze een paar keer haar neus en droogde haar wangen.

'Luister, lieffie', zei ze. 'Denk je dat je nog met me mee terug naar huis gaat? Wij tweetjes samen. Net als in de goeie ouwe tijd?'

Over welke goeie ouwe tijd ze het had, daar had ik geen flauw idee van. Maar eindelijk wist ik wat ze wilde. Ze was uiteindelijk toch niet uit op geld. Mij wilde ze. Ze wilde mij terug. Ze was nergens zonder Joe, zonder dat ze iemand had. Ze wilde gezelschap. O, ze zal misschien wel wat geld over hebben gehad, maar als dat opraakte, had ze me in tijd van een scheet weer de straat op gestuurd. Ik zou weer een neut gaan nemen telkens als ik de deur uitging, om de nacht aan te kunnen. En vandaar zou het maar een klein stapje terug zijn naar andere dingen, dingen waaraan ik niet eens wilde denken.

Ik moet er vreselijk benauwd hebben uitgezien, want ze haalde meteen haar schouders op en deed luchtig. 'Het was maar een idee', zei ze terwijl ze haar sluier losspeldde. 'Voor wanneer je het hier moe wordt. Of als ze je ontslaan.'

Haar toon was luchtig... maar wilde ze iets zeggen met die laatste opmerking? Ik was me er maar al te goed van bewust dat mijn lot nu in haar handen lag. Een paar woordjes maar, in het juiste oor gefluisterd, en ik zou voor meneer James te kijk staan als een oplichter en dan kon ik schandelijk de aftocht blazen.

Glimlachend hield ze haar sluier op. 'Ga je nog mee wat drinken?' vroeg ze.

Ik schudde mijn hoofd.

'Zoals je wilt', zei ze. Ze liet de sluier voor haar gezicht vallen. Even dacht ik dat ze me ging omhelzen, maar ze kneep me alleen maar in mijn arm. 'Nou, je houdt het maar te goed', zei ze.

Ik wist nauwelijks wat ik deed, maar ik slaagde erin haar naar buiten te werken. Ik keek haar na over het erf en zelfs toen ze verzwolgen was door de nacht verwachtte ik nog elk moment dat ze uit het donker naar me terug zou komen rennen. Dus deed ik gauw de deur op slot en grendel. Daarna ging ik op de grond bij het vuur zitten, deze keer met de lamp uit zodat niemand me van buiten kon zien, en daar zat ik, zo gevoelloos en week en wezenloos als een kaarsstompje, haast te bang om te denken.

Al die tijd had ik mezelf veilig gewaand. Zelfs toen ik die advertentie in de krant zag dacht ik nog dat ze me nooit zou vinden. Maar nu besefte ik dat waar ik ook heen ging, ze me altijd zou opsporen. Joe kwam niet meer terug en ik denk dat ze dat wel wist. Ze zou me nooit met rust laten. Het was maar een kwestie van tijd eer ze ervoor zou zorgen dat ik ontslagen werd. En waar moest ik dan naartoe, zonder referenties en zonder geld? Ze zou me alleen maar weer achterna komen, en zelfs als ik een andere betrekking vond, dan zou ze die nog voor me bederven door te vertellen wie ik was.

Natuurlijk kon mevrouw dat alles niets schelen. Mijn lieve

mevrouw! Zij vond het niet erg wat ik geweest was. Die arme mevrouw, die me niet had ontslagen, zelfs toen ze alles over me te weten was gekomen! Maar meneer James was uit ander hout gesneden. Hij wilde geen geroddel dat zijn verkiezingscampagne zou kunnen schaden. Het punt was dat het woord van zijn vrouw niets waard was, zelfs als ze niet half gek was, het maakte niks uit of zij me wilde of niet.

Maar ze zou voor me zijn opgekomen, dat wist ik zeker. Dat wil zeggen, als ze bij haar volle verstand was geweest. Maar natuurlijk was ze niet bij haar volle verstand. En er was een grote kans dat ze nooit, nooit meer beter zou worden.

En wiens schuld was dat?

Terwijl ik in de dovende sintels bleef staren zag ik steeds een visioen voor me, zoiets als een beeld van de toekomst. Daar lig ik, op Gallowgate, dronken in een smerige goot terwijl een of andere bruut met vuile kleren en grote laarzen op me staat te stampen. En terwijl hij me schopt zodat ik op mijn rug rol, mijn gezicht net zichtbaar achter mijn verwarde haardos, zie je dat ik glimlach. Ik glimlach. Omdat ik weet dat die behandeling niet meer is dan ik verdien.

DEEL VIJF

20

Ik word gevangengezet

Ik ging die nacht helemaal niet meer naar bed, ik bleef in de keuken bij het haardvuur zitten tot de dag aanbrak, koud en grijs en potdicht van de mist. Tegen die tijd had ik een besluit genomen over wat ik zou gaan doen. Eerst nam ik pen en papier en schreef een briefje aan mijn moeder in Het Hoekhuis. Ik vertelde haar dat ik over haar voorstel had nagedacht en er wel wat voor voelde. Ik zou met haar terug-gaan naar Glasgow en ons oude leven daar hervatten. Ik zei dat ik vóór vertrek nog een paar dingen te doen had, maar ik sprak met haar af om drie uur in de Spoorweg Taveerne, vanwaar we makkelijk kaartjes konden kopen en aan het eind van de middag een trein nemen.

Daarna schreef ik aan meneer James. Die brief was moei-lijker. In de donkerste uren van de nacht had ik zitten pie-keren of ik een maand opzegtermijn in acht moest nemen, want ik wist dat het zo hoorde en ik wilde hem of mevrouw niet teleurstellen. Maar nu ik het besluit genomen had te vertrekken, wilde ik zo spoedig mogelijk weg. Ik had het gevoel dat ik mijn lot tegemoet snelde, en hoe smeriger en vuiger het was en hoe vlugger ik het deed, des te beter. Bovendien had mijn moeder het geduld van een vlo. Als ik een maand wachtte, zou ze rusteloos worden. Beter nu gaan dan dat ze overal haar mond voorbij praatte. Ik voelde me strontmisselijk dat ik meneer James in de steek liet, maar ik wist dat dat het beste was. Hij zou wel gauw een vervang-ster voor me vinden. En, Jezus, wie het ook was, ze zou het niet slechter kunnen doen dan ik had gedaan.

De brief aan meneer James werd uiteindelijk heel stijf en formeel.

Geachte meneer Reid, Vergeef me, maar door omstandig-
heden gedwongen moet ik Kasteel Haivers onmiddellijk ver-
laten. Iets uit mijn verleden heeft me ingehaald en het is
beter dat ik nu ga voordat uw goede naam of die van me-
vrouw bezoedeld wordt. Het spijt me voor het ongemak dat
ik veroorzaak, maar ik heb geen andere keus. Ik heb met
veel plezier voor mevrouw gewerkt, ik kan u niet zeggen
hoeveel, het was een eer en een genoegen om haar te die-
nen.
Ik hoop met heel mijn hart dat ze herstelt van haar ziekte.
Hoogachtend,
Bessy Buckley

P.S. Zorgt u alstublieft goed voor haar, zie erop toe dat ze
alles krijgt wat ze nodig heeft en dat ze het naar haar zin
heeft, en u weet dat frisse lucht haar geen kwaad doet.

Natuurlijk was ik niet in de positie om dat soort dingen te zeggen, maar het deed er niet meer toe. Mijn betrekking stond niet meer op het spel, en tegen de tijd dat hij het gelezen had, was ik al ver weg.

De onthulling van de drinkfontein vond die middag plaats, op de Kruising. De boerenknechten kwamen allemaal en ook de dokter, de dominee en waarschijnlijk de helft van het dorp. Ik had gehoord dat de ceremonie om één uur begon. Na de toespraken en zo gingen de genodigden naar de eet-zaal op de eerste verdieping van Herberg de Zwaan, die meneer James voor dat doel had afgehuurd. Hij had gezegd dat ik de onthulling kon bijwonen als ik wilde, maar dat aanbod had ik afgeslagen. Ik wist dat er de hele middag niemand zelfs maar in de buurt van het huis zou zijn en ik zou nooit meer zo'n kans krijgen om afscheid te nemen van mevrouw. Natuurlijk bleef Zure Zus achter, en ik zou een list moeten verzinnen om haar om de tuin te leiden, maar daar maakte ik me niet te veel zorgen over. Als alles faalde zou ik haar de waarheid vertellen. Zelfs zíj zou me niet een paar minuutjes alleen met mevrouw misgunnen om afscheid te nemen.

Normaal zou ik Hector naar het dorp hebben gestuurd met het briefje voor mijn moeder, maar ik ontweek hem en dus hing ik bij het hek rond tot de postbode kwam en liet hem het bezorgen. De brief aan meneer James zat in mijn schortzak, ik was van plan hem in zijn werkkamer achter te laten voor wanneer hij die avond terugkwam. Naast het verrichten van de gebruikelijke karweitjes rende ik de hele ochtend als een dolle achter meneer James aan – een knoop aan zijn jas zetten, een kwijtgeraakte manchetknoop zoeken, opnieuw een overhemd strijken dat op de een of andere manier aan de hanger weer verkreukeld was, een eivlek van zijn vest sponzen. Hij was zelf in paniek omdat het van de ene op de andere dag weer kouder was geworden en het water voor de fontein was bevroren. De halve ochtend bracht hij op de Kruising door om de mannen aan te sporen de pijpen te ontdooien. Vervolgens moest hij vliegensvlug terug naar huis om zich te verkleden voor de ontvangst van de genodigden in Herberg de Zwaan. Hij rende door het huis, trap op, trap af, van werkkamer naar slaapkamer en weer terug. Het was een chaos in huis. En toen, tegen de middag, was hij weg, een stilte achterlatend die normaal welkom geweest zou zijn, maar die me nu alleen liet met mijn gedachten.

Ik maakte de keuken glimmend schoon. Daarna ging ik naar boven en pakte al mijn spulletjes in een bundeltje, alleen Nora's jurken hing ik aan de muur, want die waren niet van mij en ik wilde niet beschuldigd worden van diefstal. Voordat ik het huis verliet (wat vreemd om dat zo te zeggen, alsof het een happy end was met een huwelijk, terwijl niets minder waar kon zijn!) – laten we dan maar zeggen voordat ik *wegging* trok ik de kleren aan die ik droeg bij mijn komst, de gele satijnen jurk met kant en strikken. Ooit was dat mijn lievelingsjurk geweest, maar nu vond ik hem kitscherig en hij zat helemaal niet lekker. Mijn oude korset stopte ik in de bundel, dat had ik al in geen eeuwen gedragen, tenminste niet sinds de middag dat ik hier aankwam. Misschien dat ik er weer aan gewend zou raken als ik terug was in Glasgow, maar voorlopig had ik ruimte nodig om adem te halen.

Wat overbleef was *De observaties*. Ik wilde het niet achterlaten voor het geval meneer James het vernietigde. Misschien dat mevrouw ooit weer beter werd, en dan kon ik het naar haar toesturen. Voorlopig wikkelde ik het boek daarom in een oude krant en stopte het samen met mijn kleren in de bundel. Vervolgens maakte ik mijn kamer van boven tot onder schoon. Als ik weg was konden ze tenminste niet zeggen dat ik een slons was.

Als laatste ging ik naar beneden en legde mijn brief op het bureau van meneer James en om halfeen precies klopte ik op de deur van mevrouws kamer. Alleen maar vier tikjes met mijn knokkels, maar hoe betekenisvol leken die niet, want ik wist dat ik nooit, nooit meer aan die deur zou kloppen. De sleutel werd in het slot omgedraaid. De deur zwaaide open. Daar stond Z.Z., lui kauwend, één hand in de zak van haar rok en in de andere een appel. Zoals gewoonlijk had ze haar voet achter de deur gezet, alsof ik zou proberen langs haar heen de kamer binnen te dringen. Eerst zei ze niets. De laatste tijd, al vanaf het moment dat ze toezicht moest houden op mevrouw, keek ze me op een bepaalde manier aan. Met een blik die zowel geamuseerd als medelijdend was. Zo keek ze me nu ook weer aan, de trut, haar ogen gleden over mijn jurk. Ze moest die blik wel in de spiegel hebben geoefend, het was heel irritant.

Ik was van plan geweest er niet omheen te draaien en haar te vertellen dat ik vertrok en te vragen of ik een paar minuutjes alleen kon zijn met mevrouw. Maar net toen ik dat wilde gaan zeggen, verscheen mevrouw zelf achter Muriel. Ik herinner me nog tot op dit moment dat ze heel beheerst en bij haar volle verstand leek. Ze had haar haar piekfijn gedaan en ze droeg een donkerblauwe jurk. Ze keek even wie er aan de deur was en liep toen weer weg, zonder een geluid te maken en zonder een teken te geven dat ze me herkend had.

Plotseling kon ik het niet meer over mijn hart verkrijgen tegen Muriel te zeggen dat ik vertrok, alleen maar bij wijze van list om in de kamer te komen. Mevrouw zou me ongetwijfeld horen en het leek me verkeerd dat Z.Z. dat als eerste te weten kwam. Mevrouw was dan misschien wel een beetje de kluts kwijt, maar ze verdiende nog steeds respect. Ik besloot dat zij als eerste te horen zou krijgen wat mijn plannen waren.

Wat ik hier beschreven heb – Muriel aan de deur, mevrouw die verscheen en weer verdween, ik die van gedachten veranderde – kost aardig wat tijd, zoals je ziet, maar in werkelijkheid gebeurde het in een paar seconden. En wat volgde gebeurde ook snel. Zo razendsnel dat het al praktisch voorbij was voor ik me realiseerde dat het was begonnen.

'En?' vroeg Muriel, haar lippen druipend van het appelsap. 'Wat moet je nu weer?'

'Heb je soms kolen nodig?' vroeg ik om tijd te winnen (na mijn eerste strategie te hebben opgegeven, moest ik nog een nieuwe verzinnen).

Maar het geval wilde dat ik geen nieuwe strategie hoefde te verzinnen, want zonder enige waarschuwing schoot mevrouw de kamer uit, mij opzij duwend zodat ik omviel. In mijn val sleurde ik Muriel mee en belandde boven op haar, mijn voorhoofd sloeg tegen haar kin. Ze slaakte een gilletje terwijl een luchtstroom (afkomstig van de deur die achter ons dichtsloeg) mijn rokken opblies. De appel rolde weg over de vloer. Er klonk het onmiskenbare geluid van een sleutel die in het slot wordt omgedraaid en daarna voetstappen die haastig de trap af liepen.

Een seconde lang keken Muriel en ik elkaar verbijsterd – en van nogal dichtbij – in de ogen. Ik rolde van haar af, we krabbelden overeind en probeerden de deur te openen. Maar het was te laat. We zaten opgesloten. En daar moesten we de rest van de middag blijven – terwijl er in Snatter, zonder dat wij het wisten, een tumult ontstond.

De gebeurtenissen in het dorp zal ik zo meteen vertellen. Maar voorlopig zat ik alleen met Z.Z. in de slaapkamer van mevrouw opgesloten. Muriel trapte een paar keer tegen de deur en keek me vervolgens aan met een blik alsof ze mij ook zo'n afstraffing wilde geven.

'Het is allemaal jouw fout', zei ze. 'Als ik de schuld maar niet krijg.'

Als dit een ander soort verhaal was, dan zou samen opgesloten zitten wel eens een louterende ervaring geweest kunnen zijn, aan het eind waarvan we onze meningsverschillen zouden vergeten en arm in arm uit de slaapkamer tevoorschijn komen, vrolijk grinnikend over al die keren in het verleden dat we elkaar geërgerd hadden, terwijl we al die tijd voorbestemd waren de beste vriendinnen te zijn. Maar dit is niet de *Bathgate Monthly Visitor* en dit is niet zo'n soort verhaal, hoewel het ook gewoon kan zijn dat Muriel noch ik zo'n soort iemand was. In ieder geval, nadat ze tegen me was uitgevaren liep ze naar het raam, schoof het omhoog en schreeuwde uit alle macht: 'Help! Help!'

Elk geluid werd gedempt door de mist. Haar kreten echoden terug in de kamer alsof ze tegen een bakstenen muur had staan schreeuwen in plaats van over het open land.

'Help! Hierheen! He-e-elp!'

Koude mist sijpelde de kamer in. De mist was zo dik dat je de overkant van het erf niet kon zien. Na nog een paar keer schreeuwen zweeg Muriel en samen luisterden we of er antwoord kwam. Maar er kwam niets, alleen een stomme hond blafte in de verte. Muriel begon weer te schreeuwen en ik ging me met het vuur bezighouden, zodat ik even kon nadenken.

Had mevrouw deze ontsnapping ruim van tevoren beraamd, of had ze gewoon haar kans gegrepen? Ze moet hebben gewacht tot Z.Z. met mij praatte en vervolgens achter de deur zijn geslopen en stilletjes de sleutel uit het slot hebben gehaald. Het was een risico, want Muriel had haar kunnen horen, of een van ons tweeën had haar kunnen beetpakken toen ze de kamer uitging. Maar ze had twee dingen in haar voordeel: het eerste was het verrassingselement en het andere was pure wanhoop. Die douw die ze me gaf waardoor ik omviel – ze was op dat moment zo sterk als zes kerels, zal ik je vertellen, wat merkwaardig was, als je haar frêle gestalte in aanmerking nam.

Ik voelde me nogal tekortgedaan dat ze het nodig had gevonden míj gevangen te zetten, want daarmee scheerde ze me over een kam met Muriel, de boerentrien, en dat kon ik niet waarderen. Mevrouw moest toch inmiddels wel weten dat ik aan háár kant stond. Even voelde ik me uitgelaten bij de gedachte dat ze op vrije voeten was. Hiep, hiep, hoera! Ze was uitgebroken!

Maar in minder dan geen tijd begon ik me weer zorgen te maken. Waar kon ze naartoe in dit weer? En in haar geestestoestand? Waar moest ze van leven zonder geld en zonder echtgenoot? Ze zou omkomen van de kou, of een ongeluk krijgen. Iemand zou kunnen merken dat ze dakloos was en misbruik van haar maken. De gedachte alleen al deed me huiveren. Op dat moment realiseerde ik me dat ze slimmer was dan ik dacht, want hoezeer ik ook aan haar kant stond, ik had haar, voor haar eigen veiligheid, nooit laten weglopen. Dus ze had er toch goed aan gedaan me gevangen te zetten.

Z.Z. had zich van het raam afgekeerd en richtte haar aandacht op mij. 'Ja, kijk maar bezorgd', zei ze. 'Maar niemand kan míj verwijten dat ze ervandoor ging.'

Het haardvuur brandde inmiddels vrolijk, dus ik kwam overeind en ging in de leunstoel zitten. Muriel keerde weer terug naar het raam en riep nog een paar keer, maar er was duidelijk niemand binnen gehoorsafstand. Ze schoof het raam naar beneden en kwam haar handen warmen bij de haard.

'Ik hoop maar dat mevrouw niets overkomt', zei ik.

Muriel leek niet erg geïnteresseerd in mevrouw of hoe het haar verging. 'Niemand kan mij de schuld geven', zei ze weer. 'Het was mijn fout niet.'

'Denk je dat ze zal proberen terug te gaan naar Wimbledon?'

'Waar?'

'Wimbledon. Daar komt ze vandaan. Dat is een dorp in Engeland.'

'O, is dat zo?' zei Muriel met haar ogen rollend om me te laten zien hoeveel Wimbledon en Engeland, dát soort dingen, haar konden schelen. 'Voor mijn part gaat ze varen met een bootje van bordpapier.'

Bij het woordje 'varen' moest ik ineens aan mijn moeder denken. Het leek nu niet meer waarschijnlijk dat ik om drie uur bij de Spoorweg Taveerne zou zijn, en als ik niet kwam opdagen, zou Bridget wel eens naar Kasteel Haivers kunnen gaan lopen om te zien wat er met me was. Maar nee. Het waarschijnlijkst was dat ze tot 's avonds laat bleef zitten hijsen, tot ze boven haar theewater was. Ze zou me helemaal vergeten, tot ze de volgende ochtend ergens met koppijn wakker werd. Misschien zou ze me dan pas komen zoeken. Maar tegen die tijd, dacht ik, was meneer James weer terug en zouden we vrijgelaten worden. En toen herinnerde ik me de brief op zijn bureau. Ik was van plan geweest zonder plichtplegingen te vertrekken, zonder dat ik hem onder ogen hoefde te komen. Maar ook dat leek nu hoogstonwaarschijnlijk.

'Wat een gedoe!' zei Muriel. 'Ik zal je zeggen, als ik maar niet in de problemen kom met meneer Reid.'

Ik werd kotsmisselijk van haar gezeur over dat onderwerp. 'Wat is er?' vroeg ik. 'Ben je bang voor hem?'

Ze keek minachtend. 'Nee, hoor', zei ze. 'Ik kan je in één woord zeggen wat ik van die vent denk.'

'Zeg het maar', zei ik.

'Hij is een vrek.'

Dat waren vier woorden. Daar had ik haar op kunnen wijzen, maar ik deed het niet. In plaats daarvan vroeg ik: 'En wat denk je dan van mevrouw?'

Muriel deed smalend. 'In één woord? Halvegare.'

God helpe me, ik moest me inhouden om niet op te springen en haar af te rossen. Maar het zou onverstandig zijn om te gaan vechten met de deur op slot en God weet hoe lang we nog moesten wachten voor we eruit kwamen. In plaats daarvan besloot ik maar door te gaan met dit spelletje om de tijd te doden. En ik bedacht ook dat dit misschien een manier was om meer over Nora te weten te komen. Het zou heel goed kunnen dat Z.Z. erbij was geweest die avond toen Nora doodging. Maar ik wilde haar niet laten merken dat ik met name nieuwsgierig was naar Nora, dus ik vroeg haar eerst naar een paar andere mensen.

'En ik?' vroeg ik. 'Hoe zou je mij in één woord beschrijven?'

Muriel keek de andere kant op. 'Iers', zei ze. Ze had net zo goed 'halvegare' kunnen zeggen, want 'Iers' klonk als een even grote belediging uit haar mond. Maar het kon me geen luizenbol schelen wat ze van me dacht.

'En Hector?' vroeg ik.

'L.H.', zei Muriel en toen ik het niet begreep legde ze uit: 'Losse Handjes.' Ze keek me veelbetekenend aan en ik bloosde tot over mijn oren. Een pijnlijk moment lang dacht ik dat ze het wist van die avond en me plaagde, misschien had hij het op de hele boerderij rondverteld. Maar toen realiseerde ik me dat ze het natuurlijk over haar eigen ervaringen met Hector had. Hij probeerde het kennelijk bij iedereen, zelfs zo'n ouwe dikzak als zij. Toch wou ik dat ik het niet gevraagd had over hem. Ik ging gauw door.

'En Janet van Het Hoekhuis?'

Muriel dacht even na en zei toen: 'Nieuwsgierig. Wil altijd weten of je je loon hebt gekregen of een vrije dag, terwijl het haar zaken niet zijn.'

Nog een paar meer en ik zou vragen naar Nora. 'McGregor-Robertson?'

'Snob', zei Muriel zonder aarzelen.

'Dominee Pollock?'

Ze rolde weer met haar ogen. 'L.H.'

Interessant, want ik zou 'bemoeial' hebben gezegd, maar ik wilde niet gaan steggelen.

'Nora Hughes?'

Muriel haalde haar schouders op en keek duister. 'Iers', zei ze.

Ik schudde mijn hoofd. 'Dat heb je al over mij gezegd. Zeg iets anders.'

Ze zweeg even en zei toen: 'Hemelen.' Ik wilde net nog meer over haar vragen toen ze ineens opstond en naar de andere kant van de kamer liep. 'Voor zo'n bed zou ik wel wat overhebben', zei ze en kroop pardoes tussen de lakens, waarna ze de dekens over haar hoofd trok.

'Muriel', zei ik. 'Waar was jij de avond dat Nora overleed?'

Maar er kwam geen antwoord. Ze gromde wat en binnen een paar tellen ademde ze diep en liet mij alleen bij het haardvuur met mijn gedachten.

Nou, wat een verspilling van tijd. Ze had me haast niks verteld. En toch was er íéts in wat ze gezegd had dat me dwarszat, maar ik kon er niet achter komen wat. Misschien moest ik verder vragen als ze wakker werd. Wanneer dat mocht gebeuren. Hoe lang zouden we opgesloten blijven zitten in deze kamer? En waar was mevrouw naartoe?

Lieve Arabella. Om de een of andere reden stelde ik me haar voor in een voortsnellende trein, op weg naar een ander en beter oord. Ze was alleen in de coupé en ze staarde uit het raam naar het voorbijglijdende landschap van groene velden en bomen. En toen merkte ik tot mijn grote verbazing dat ik de deur van de coupé openschoof en tegenover haar ging zitten. Godallemachtig, ik droomde het maar! Mevrouw glimlachte tegen me en nam mijn hand. We keken allebei uit het raampje en ik zag dat het een eigenaardige trein was, want hij had het land verlaten en ging nu over zee! Zonlicht spatte van de groene golven. Ailsa Craig dreef voorbij als een rotte kies.

'We gaan terug naar huis', zei ik tegen mevrouw. 'We gaan over het water.'

Ze fronste terwijl ze uit het raampje keek. 'Niet naar mijn huis, Bessy', zei ze terwijl ze haar haar gladstreek. Een handvol liet los en ik zag dat het geen echt haar was maar zeewier in platte groene linten. Ze trok nog een pluk uit en nog een, bloederige plekken op haar schedel achterlatend, het vel hing erbij, ze plukte zich kaal en ik kon haar niet tegenhouden, zo waarlijk helpe mij God...

Plotseling schrok ik wakker en keek zwetend om me heen. Muriel lag nog te dutten en het was stil in huis. Ik ging naar de deur en voelde eraan, maar hij zat nog op slot. Er zat niets anders op dan te wachten. Ik keerde terug naar mijn stoel. Daar liet ik mijn hoofd rusten en sloot mijn ogen en deze keer sliep ik zonder te dromen.

Een poosje later werd ik wakker van voetstappen op de trap. Ik keek op mijn horloge en zag tot mijn verbijstering dat er bijna twee uur waren verstreken. Muriel lag vast te slapen. Ik ging vlug naar haar toe en gaf haar een por.

'Er komt iemand aan.'

Ze kreunde en keek me lodderig aan. De voetstappen kwamen dreunend tot stilstand voor de slaapkamer en er werd aan de deur gerammeld. Muriel rekte zich uit en geeuwde. 'Schiet op!' zei ik en ging naast het haardvuur staan. Ik wist dat het niet mevrouw kon zijn die alleen terugkwam, daarvoor waren de voetstappen te zwaar. En de stemmen die ik buiten hoorde mompelen waren mannenstemmen. Misschien hadden ze haar gevonden en mee teruggenomen. Er klonk een kreet, alsof iemand een ontdekking had gedaan en een ogenblik later gleed de sleutel in het slot.

Dat was het teken voor Muriel, die als door een wesp gestoken het bed uit klauterde. En geen moment te vroeg. De deur vloog open en meneer James kwam boos en verstoord naar binnen. Hij zag rood en hij hijgde alsof hij hard gelopen had. Achter hem op de overloop ving ik een glimp op van Hector, helemaal opgewonden.

Muriel en ik hielden onze klep dicht, we bogen ons hoofd

en wachtten af. Meneer James scheen nog meer overstuur te raken toen hij ons daar beschaamd zag staan.

Hij gebaarde kortaf naar Hector dat hij terug moest gaan. 'Wacht daar!' commandeerde hij. 'Boven aan de trap. En laat niemand door!'

Terwijl Hector uit het zicht verdween begon meneer James door de kamer te lopen terwijl hij mij en Muriel bleef aankijken. Hij trok de gordijnen opzij en keek erachter alsof hij verwachtte dat iemand zich daar schuilhield. Vervolgens knielde hij neer en keek onder het bed. Ten slotte stond hij op en sprak koeltjes tegen ons.

'Waar is mijn vrouw?'

Muriel maakte een kniebuiging. Ze kon het niet weten, maar het kussen had vouwen in haar wang gemaakt.

'Meneer', zei ze. 'Het spijt me vreselijk, meneer, maar ze rende langs ons heen, meneer. We konden haar niet tegenhouden en ze sloot ons op. We konden niks doen, meneer. Ze duwde Bessy naar binnen en deed de deur voor ons op slot, meneer!'

Dat scheen meneer James nog verder van streek te maken. Zijn ogen werden glazig alsof hij in het oneindige keek en wat ie daar zag was niet prettig.

'Wanneer was dat?' vroeg hij.

Muriel keek me in paniek aan. Ik denk dat ze nog een beetje slaapdronken was en geen notie had van de tijd. Ik deed een stap naar voren.

'Om ongeveer halfeen, meneer', zei ik. 'Zo'n twee uur geleden.'

Hij liet zijn schouders afhangen en bleef verslagen staan. Zijn blik viel op het bed. Muriel had het niet opgemaakt. Meneer James fronste en stak zijn hand tussen de dekens. Zijn gezicht klaarde op toen hij ons aankeek.

'Nog warm', zei hij. 'Dus zo lang kan ze niet weg zijn.'

431

Hij keek rond, plotseling hoopvol, alsof we haar ergens verstopt hadden. Muriel sloeg haar ogen neer en beet op haar lip, haar gezicht brandend rood.

'Meneer', zei ze. 'Het was niet mevrouw die in bed lag, meneer.'

Hij draaide zich met een ruk naar haar toe. 'Wat bedoel je in vredesnaam?'

Muriel keek me nu nijdig aan, haar ogen vol wrok. Ik dacht aan de brief beneden in de werkkamer en dat ik wegging. Het maakte niet uit wat ik hem vertelde.

'Terwijl we wachtten,' zei ik, 'ben ik in het bed gaan liggen, meneer, en in slaap gevallen.'

Hij trok schielijk zijn hand tussen de lakens terug en keek me dreigend aan. Ik keek niet naar Muriel, maar ik voelde haar ogen op me.

'Het spijt me, meneer', zei ik.

Hij slaakte een diepe zucht en schudde verbijsterd het hoofd. Ik wachtte tot hij me op staande voet ging ontslaan, maar toen leken zijn gedachten af te dwalen. Hij scheen me helemaal vergeten en werd in beslag genomen door andere, ernstiger gedachten. Hij kreeg een afgetobd gezicht. Hij nam zijn hoofd in zijn handen en trok aan zijn haar. Hij kreunde.

'Meneer, ik hoop dat u het niet erg vindt dat ik het vraag', zei ik. 'Maar wat is er gebeurd? Hebt u mevrouw gevonden? Is ze naar het dorp gegaan? Heeft iemand haar gezien?'

Hij keek me met dode ogen aan alsof hij me nog nooit gezien had. En in plaats van te antwoorden maakte hij rechtsomkeert en liep de kamer uit. Ik hoorde dat hij naar zijn eigen kamer liep. De deur ging dicht en er viel een stilte.

Muriel en ik keken elkaar aan.

'Waarvoor zei je dat?' vroeg ze. 'Nou ben je d'r bij.'

'Het maakt niet uit. Ik ga toch weg.'

'O ja?'

Op dat moment kraakte een van de vloerplanken op de overloop en stak Hector zijn neus om de deur. Hij keek niet naar Muriel, alleen naar mij.

'Je raadt nooit wat er is gebeurd!' zei hij.

21

Pandemonium

Nou, ik was niet aanwezig bij de meeste gebeurtenissen die ik nu ga vertellen, maar de tongen ratelden naderhand als castagnetten en het verhaal is in de loop der jaren meermaals verteld. Er hebben artikelen gestaan in twee kranten en sinds die tijd heb ik met een aantal mensen gesproken die erbij betrokken waren of die hadden gezien wat er was gebeurd. Aan de hand daarvan en met een beetje fantasie heb ik het volgende verslag samengesteld.

Om dan maar helemaal bij het begin te beginnen. Naar het schijnt legde mevrouw, na Muriel en mij in haar slaapkamer te hebben opgesloten, de sleutel van de deur op de linnenkast, waar hij later door meneer James en Hector werd gevonden. Ze had hem makkelijk in haar zak kunnen steken of weg kunnen gooien, maar ik geloof graag dat ze niet wilde dat wij te lang opgesloten bleven, dus legde ze het middel om ons te bevrijden zichtbaar neer zodat het makkelijk gevonden kon worden.

Daarna rende ze naar beneden (dat heeft zowel Muriel als ik gehoord) en ging naar de keuken, waar ze de oude jas gevonden moet hebben die ze mij gegeven had, plus dat ouderwetse hoedje dat ik soms droeg als het koud was. In de jaren daarna, als mensen vertelden dat ze haar die dag gezien hadden, beschreven ze altijd die oude jas en dat omahoedje. Waarom koos ze die kledingstukken en niet die van haarzelf? Nou, dat zal ik je vertellen. Ik denk dat ze zich wilde vermommen. Met een afgedragen jas en verkreukeld hoedje zou niemand haar herkennen, en dat kwam haar van pas.

In die vodden gekleed verliet ze het huis en liep door de mist naar het dorp. De meeste mensen stonden inmiddels samengedromd bij de Kruising, voor de openingsceremonie van de drinkfontein. In ieder geval werd mevrouw voor het eerst rond één uur gesignaleerd een eindje verder op de weg, vlak voor Herberg de Zwaan, wat een grotere herberg was, waar dus meer gasten verbleven.

Een koetsier die op de treeplank van zijn rijtuig zat zag een vrouw met een ouderwets hoedje bij de deur van de gelag-kamer. Ze scheen niet erg veel zin te hebben om naar binnen te gaan. Hij zag haar achteruit stappen, links en rechts de straat doorkijken en vervolgens een klein jochie aanspreken dat haastig in haar richting liep. Ze praatte tegen het jochie, ze vroeg hem kennelijk iets, maar hij schudde zijn hoofd en liep zonder te stoppen door. Vervolgens benaderde de vrouw de koetsier zelf. Hij zei dat ze haar hoofd nu eens de ene, dan weer de andere kant op draaide en dat ze de flappen van haar hoedje gebruikte om haar gezicht te verbergen. Ze maakte een zenuwachtige indruk en vroeg of hij bij Herberg de Zwaan naar binnen wilde gaan, maar voor hij erachter kon komen waarom, kwam er een klant naar hem toe die haast had en de koetsier moest het vrachtje aannemen. Hij maakte zijn excuses tegen de vrouw met het hoedje en zei tegen haar dat ze iemand anders moest zoeken om haar te helpen. Het laatste wat hij van haar zag was dat ze een beetje verloren op straat voor de herberg stond.

Enige tijd later, na er waarschijnlijk niet in te zijn geslaagd iemand anders te vinden die voor haar de herberg in wilde gaan, stapte mevrouw zelf de gelagkamer binnen en bena-derde de eigenaar, die niemand minder was dan AP Hen-derson, die zak van een kruidenier die kort tevoren zijn zaak had uitgebreid en de Zwaan had overgenomen. Als je hem moet geloven voelde mevrouw zich niet op haar gemak in de gelagkamer. Ze bleef niet lang en hield de hele tijd haar gezicht verborgen. Naar het scheen keek ze naar de trap die naar de eerste verdieping leidde. Ze vroeg hem of er een mevrouw Gilfillan bij hem logeerde. Toen hij zei dat dat niet het geval was, gaf ze een signalement van de dame die ze op het oog had, maar geen van de gasten beantwoordde aan die beschrijving en dat vertelde hij haar. Daarop bedankte ze hem en vertrok. Henderson dacht verder niet meer over het incident na, omdat hij het druk had met de voorbereidingen voor het diner dat die avond gehouden zou worden ter ere van de onthulling van de drinkfontein.

Daarna duurde het een paar minuten voor mevrouw weer gesignaleerd werd, deze keer aan de andere kant van het dorp. Daar was Janet Murray bezig Het Hoekhuis schoon te maken, in de hoop dat de mensen die niet behoorden tot de stuk of tien genodigden voor het diner in Herberg de Zwaan de onthulling bij haar zouden komen vieren. Naar verluidt was ze bezig een glas schoon te wrijven toen ze opkeek en een vrouw in de deuropening zag staan. Aanvankelijk herkende Janet haar niet vanwege haar kleding, maar ze kende mevrouw goed genoeg, ze had haar in de loop der jaren vaak in de omtrek gezien en ze besefte algauw wie ze aan de deur had. Maar Janet, die het niet zo op de adel begrepen had, nodigde haar niet uit om binnen te komen. Bovendien scheen mevrouw nogal geagiteerd. Ze wisselde geen beleefdheden uit, maar vroeg rechtstreeks of er een mevrouw Gilfillan bij haar logeerde.

Toen Janet liet weten dat ze die naam niet kende, gaf mevrouw een signalement dat Janet als twee druppels water vond lijken op de enige gast die ze had, de veeleisende mevrouw Kirk, een Ierse weduwe (haha!) die sinds een paar weken in Het Hoekhuis logeerde. Mevrouw Kirk vertrok diezelfde middag nog uit Snatter, zei Janet tegen mevrouw.

436

Maar op het moment was ze niet in de herberg. Voorzover Janet wist was ze net als iedereen op de Kruising om naar de drinkfontein te kijken. Janet uitte haar verbazing over het feit dat mevrouw Reid er zelf niet bij was, aangezien het toch een initiatief van haar echtgenoot was. Maar naar het schijnt negeerde mevrouw die opmerking en vroeg of mevrouw Kirk vergezeld ging van een man die McDonald heette. Janet kende die persoon niet en zei dat. Daarop vertrok mevrouw, zonder nauwelijks een bedankje voor Janet, die later zei dat het typisch was voor dat soort mensen, ze zagen je nog niet stáán, of woorden van gelijke strekking.

Intussen was de ceremonie bij de fontein al een eind op weg. Ondanks de kou en de mist had zich een hele menigte bij de Kruising verzameld, voor het merendeel inwoners van Snatter en Smoller, maar aangezien dit de doorgaande weg naar Edinburgh was, waren ook een paar vreemdelingen en voorbijgangers gestopt om te zien wat er gaande was. De fontein was gehuld in groen zeildoek. Ernaast stond een klein podium met de verschillende hoogwaardigheidsbekleders: meneer James, dominee Pollock en zijn broer, meneer Duncan Pollock *(parlementslid)*, mevrouw Duncan Pollock, meneer Calvert, de technicus van de gieterij, en andere geëerde genodigden. Omdat het podium maar klein was, stonden ze allemaal dicht op elkaar, 'zo dicht als een billentikker op een bil', zei een toeschouwer.

Meneer James was onmiddellijk met de ceremonie begonnen door een bel te luiden om ieders aandacht te vragen. Vervolgens haalde hij een enorme bundel papieren tevoorschijn waarop hij zijn toespraak had geschreven, zoals hij (nogal bedeesd) zei. Dat vond men een goede grap die met veel gelach werd ontvangen, tot het publiek besefte dat het ernst was – op die bundel papieren stond inderdaad een ellenlange toespraak. Misschien wilde meneer James zijn parlementaire vaardigheden oefenen. In ieder geval, die toespraak van hem duurde maar en duurde maar. Sommige mensen liepen weg en er waren er nog meer weggelopen als een paar omstanders met horloges de tijd van zijn speech niet waren gaan opnemen. Het gevolg was dat er haastig weddenschappen werden gesloten, wat de stemming aanmerkelijk verbeterde en ervoor zorgde dat iedereen aan zijn lippen hing, zowel degenen die een weddenschap hadden gesloten, als degenen die gewoon nieuwsgierig waren om te zien wie won.

Toen de onverklaarbare rusteloosheid van de menigte omsloeg in gebiologeerde aandacht – zo leek het – groeide het zelfvertrouwen van meneer James. Hij dreef de spot met de oude waterputten in het dorp door te zeggen dat het water daarvan twee voordelen had: ten eerste, het spaarde thee uit (want het was lichtbruin) en ten tweede, het zat zo vol gedierte dat het eten en drinken tegelijk was. Het waren bekende grappen, maar ze werden niettemin beleefd onthaald. Gesterkt ging hij door. Hij had grote plannen met Snatter, zei hij. Deze fontein was nog maar het begin. Het volgende project was gas in leidingen, zei hij, voor de straatverlichting en misschien zelfs voor gaslampen in alle huizen. Opnieuw klonk er gelach uit de menigte en een of andere grapjas zei: 'Ja, en voor ijsmachines', wat veel hilariteit ontlokte. Onverstoord ging meneer James door. Hij bedankte de geëerde genodigden uitvoerig, met name meneer Duncan Pollock (lid). En zo ging het door. Alsmaar door.

Toen de grens van een halfuur gepasseerd was bleek bijna iedereen de duur van de toespraak te kort te hebben ingeschat en waren de meeste weddenschappen verloren. Slechts twee mannen bleven nog over: Biscuit Meek en Willie Aitken, de oude tolman. Willie had ingezet op 35 minuten en Biscuit op 46. Van Biscuit kon je zeggen dat hij zijn meester het beste kende, maar het bleek dat de toespraak iets langer dan 37 minuten duurde, waardoor Willie er dichter bij zat en dus winnaar werd. Omdat Willie geliefd was en Biscuit totaal niet, wekte de uitslag een groot gejuich onder het publiek. Toen meneer James zijn toespraak afsloot en naar de achterkant van het podium stapte, gingen hoeden de lucht in en begon iedereen te juichen en hoera te roepen. Meneer James, die dit ten onrechte beschouwde als opgetogen bijval voor zijn toespraak, keek hoogst vergenoegd.

Daarna, met nog maar een paar kleine technische mankementjes die uitstel veroorzaakten, werd het doek van de fontein gehaald en klonk er gefluit en kreten van 'Oooh!' en 'Aaah!' die niet allemaal spottend waren. Meneer James nodigde de geëerde gasten uit het water te proeven, en men zei dat het koud maar heerlijk was, en terwijl de hotemetoten met waterbekers en kranen in de weer gingen namen velen onder het publiek de gelegenheid te baat om hun schulden te vereffenen. Er brak hier en daar een ruzie uit en kleine jongetjes renden heen en weer met geld en flessen die ze in Herberg de Zwaan hadden laten vullen. Algauw klonk het belletje weer om iedereen tot de orde te roepen, want nu was het de beurt aan dominee Archibald Pollock om de mensen toe te spreken.

De dominee sprak voor de vuist weg – hij stak eerst allebei zijn handen op om te laten zien dat hij geen papier met aantekeningen had, waarna hij twee vingers in zijn vestzak stak om des te beter over het podium op en neer te kunnen struinen. Hij begon met meneer James te feliciteren met zijn excellente toespraak en zei dat zijn eigen bijdrage daarbij vergeleken een niemendalletje was. Met een uiterst bescheiden glimlach bekende dominee Pollock dat hij geen Dickens was. Hij zou het kort houden, zei hij, hij zou niet pauzeren om zijn hemdsmouwen op te rollen, noch zou hij zijn verhitte voorhoofd met een zakdoek deppen en hij zou ook niet uitgeput van het podium wankelen. Terwijl hij die opmerkingen maakte keek hij de menigte doordringend aan. Hij keek niet naar links en niet naar rechts, en zeker niet achter hem naar de vorige spreker, maar men had algemeen het gevoel dat zijn opmerkingen min of meer op meneer James sloegen.

De dominee richtte vervolgens zijn ogen op de drinkfontein, met een trek van goedmoedige waardering op zijn gezicht. Het geheel deed hem denken, zei hij, aan Willem van Oranje.

Meneer James, die tot op dat moment met neergeslagen ogen had gezeten, keek naar het schijnt verrast op. Ja, ja, zei de dominee. Willem de Derde die, dat besefte men niet genoeg, niet alleen een goed soldaat en politicus was, maar ook een bedreven hovenier die veel hield van uitbundige waterwerken en, jawel, fonteinen zoals deze. Dominee Pollock bekende dat hij niet het genoegen had gesmaakt de beroemde tuinen van de koning op Het Loo te bewonderen, maar dat hij bij twee gelegenheden Hampton Court had bezocht en daar vele geweldige fonteinen had gezien, de meeste wellicht wat uitbundiger dan deze – maar ja (zei hij), meneer Reid stond plaatselijk bekend om zijn uitmuntende financiële kundigheid.

Hier zweeg de dominee even om de menigte glimlachend aan te kijken. Achter hem fronste meneer James zijn wenkbrauwen en keek van links naar rechts alsof hij iets smerigs rook. De dominee liep naar voren op het podium en vertrouwde de menigte luid fluisterend toe dat meneer Reid, hoewel het niet algemeen bekend was, in de voetsporen van zijn broer, de heer Duncan Pollock, wilde treden door een politieke carrière te beginnen. Sommigen, zei hij, zouden misschien denken dat liefdadige activiteiten, zoals drinkfonteinen ter beschikking stellen aan het publiek, een middel waren om stemmen te kopen. De dominee schudde zijn hoofd en stak zijn vinger op. Hij hoorde daar niet bij. En om dat te bewijzen maakte hij een zwierig buiginkje voor meneer James en wenste hem alle goeds toe. Tot besluit sprak hij zijn vurige hoop uit dat meneer Reid ooit even succesvol en populair zou worden als zijn mentor, meneer Duncan Pollock. De dominee liep terug naar achteren op het podium, vanwaar hij minzaam met een handgebaar het applaus in ontvangst nam.

Meneer James maakte stram een buiginkje en bedankte de dominee voor zijn vriendelijke woorden. Vervolgens nodigde hij de inwoners van Snatter uit op ordelijke wijze naar de fontein te komen en het water te proeven. Er brak bijna een rel uit toen de mensen naar voren drongen. Meneer James gaf zijn voorman, Alasdair, opdracht de menigte in bedwang te houden, terwijl hij zich ontfermde over Duncan Pollock en zijn vrouw en hen in veiligheid bracht aan de overkant van de Kruising, weg van het algemeen rumoer.

Het was ongeveer op dat tijdstip dat ze mevrouw hadden zien praten met dominee Pollock. Daarvóór, tijdens zijn toespraak, beweerden één of twee mensen, hadden ze een vrouw aan de rand van de menigte zien staan die de dominee met een zekere kille intensheid van tussen de flappen van haar hoedje aankeek. Ze zeggen dat ze in zichzelf mompelde en één man hoorde haar een vloek slaken en zag dat ze haar vuist naar het podium hief, maar dat gedrag was niet zó vreemd, gezien de gemoederen die hoog waren opgelopen. In ieder geval hoorde niemand haar kreet in het algemeen tumult.

Het schijnt dat ze er zorgvuldig voor had gewaakt dat iemand die haar kende haar zag, want geen van haar kennissen herinnert zich haar tijdens de ceremonie te hebben opgemerkt. Dat wil zeggen, behalve dominee Pollock. Hij stond inmiddels alleen naast het podium en keek stralend met een trotse, zelfingenomen glimlach naar de menigte die van de fontein dronk, haast (zoals iemand opmerkte) alsof hij het water zelf had geproduceerd.

Naar eigen zeggen herkende dominee Pollock mevrouw Reid aanvankelijk niet. Bedenk wel dat ze sinds zijn laatste bezoek nog magerder was geworden en dat ze sjofele kleren droeg die hij niet met haar associeerde. Bovendien verwachtte hij haar daar niet, omdat hij (net als alle anderen) gehoord had dat ze hoofdpijn had en de opening niet bij zou wonen. Haar aanwezigheid verraste hem dan ook. Hij beweert dat ze 'zo zacht als een muis die van de kaas knabbelt' tegen hem sprak, zodat hij zich naar haar toe moest buigen om te horen wat ze zei. Hij begreep, na een ogenblik, dat ze hem iets wilde laten zien en hem verzocht haar te volgen. Enigszins verbaasd maar nietsvermoedend voldeed de dominee aan haar verzoek, in de veronderstelling dat ze hem een cadeautje wilde laten zien dat ze stiekem voor haar man gekocht had ter ere van deze belangrijke dag.

Tot zijn verbazing ging mevrouw hem voor naar een steegje opzij van de winkel van AP Henderson. Daar werden ze gesignaleerd door een zekere mevrouw Annie Bell, een mijnwerkersvrouw, die uit het raam op de eerste verdieping van haar huis hing. Dat raam keek niet alleen uit over de steeg, maar ook over de Kruising, en vandaar keek mevrouw Bell, die recentelijk uit de omgeving van Leadhills naar Snatter was verhuisd, naar de onthulling van de fontein, want het was koud en ze was 'snotterig'. Ze zei dat de mevrouw met het hoedje de dominee meenam naar het plaatsje van de kruidenier, vlak onder haar raam, en dat ze daar halt hielden, kennelijk om te praten. Het plaatsje lag voller dan gewoonlijk, omdat het als tijdelijke opslagplaats was gebruikt door de arbeiders die de fontein hadden gebouwd, en het lag vol met pijpen, natuursteen en andere materialen.

Tot op dat moment was mevrouw volgens de dominee heel charmant, haast bezorgd geweest. Maar op het plaatsje, waar niemand hen zag, werd ze kwaad en begon hem te ondervragen over een vrouw van wie hij nog nooit gehoord had. Desgevraagd kon hij zich later de naam van de vrouw niet meer herinneren, maar dacht dat het iets was als Whelan, Finnegan of Gilligan. Mevrouw kafferde hem uit en zei dat hij een leugenaar was en voegde hem zelfs toe dat hij zijn ambtsgewaad onwaardig was! Het werd de dominee algauw duidelijk dat ze gestoord was. Hij besloot zich van haar gezelschap te verwijderen en haar echtgenoot, de arme man, te waarschuwen. Hij zei tegen haar dat zijn aanwezigheid vereist was bij de fontein en keerde zich om, met de bedoeling snel terug te gaan naar de Kruising.

Op dat moment verloor mevrouw Bell haar belangstelling. Ze had het tafereel beneden met milde nieuwsgierigheid gevolgd, want het ging duidelijk om een ruzie, maar nu zag het ernaar uit dat het paar het terrein ging verlaten. Toen ze zich echter afwendde van het raam hoorde ze een luide klap. Ze keek naar buiten en zag de dominee op de grond geknield liggen, bloedend uit zijn hoofd. De vrouw stond over hem heen gebogen met een spade in haar hand, die ze van tussen de gereedschappen moet hebben gepakt die tegen de muur stonden. Mevrouw Bell herinnerde zich dat het bloed helderrood afstak tegen de huid van de dominee.

Ze was zo geshockeerd dat ze enige tijd als aan de grond genageld bleef staan. Zo zag ze wat er de volgende paar seconden gebeurde. De vrouw hief de spade op en liet nog meer klappen neerdalen op hoofd en schouders van de dominee. Hij viel voorover op handen en voeten en probeerde weg te kruipen, onderwijl om hulp roepend, maar

443

met een dun stemmetje dat niet ver te horen was. De vrouw volgde hem, ze sloeg hem met de spade, ze schreeuwde en uitte verschrikkelijke scheldwoorden tegen hem (mevrouw Bell zei niet welke, alleen dat ze begonnen met een 'k').

Dominee Pollock zelf herinnert zich niet veel meer van de gebeurtenissen na de klap op zijn hoofd. Hij heeft een vage herinnering aan nog meer klappen terwijl hij op handen en voeten door het grind kruipt, maar hij weet niet meer wat ze tegen hem zei.

Gelukkig kwam Annie Bell snel tot haar positieven en gilde om hulp. Toen ze haar hoorde, keek de vrouw met het hoedje, de spade nog in de hand, abrupt omhoog. Voor het eerst was haar gezicht te zien. Mevrouw Bell, die nieuw was in deze streek, herkende haar niet. Maar ze zou nooit de blik vergeten die de vrouw haar toewierp. Het was, zo zei ze, 'een kille doodsblik'. Ze vreesde voor haar eigen hachje en gilde weer. De vrouw leek haar onderzoekend aan te kijken, alsof ze wilde vaststellen wie ze was. En toen verloor ze kennelijk haar belangstelling. Ze liet de spade op de grond vallen en stak het plaatsje over, weg van het steegje.

Tegen die tijd had het gegil van mevrouw Bell de aandacht getrokken en verscheidene mensen kwamen van de bijeenkomst bij de fontein naar haar toe. Toen ze voetstappen in het steegje hoorde, tilde de vrouw haar rokken op en rende weg. Mevrouw Bell wees de mensen die te hulp waren geschoten waar ze heen was gegaan en een paar mannen en jongens zetten de achtervolging in. Maar ze keerden kort daarop terug. Het scheen dat de vrouw die dominee Pollock had aangevallen verdwenen was in de mist – of tenminste in het bos dat achter de loge van de Vrije Tuinders lag.

De dominee werd naar de fontein gedragen, waar zijn hoofd werd schoongemaakt en waar de dokter zijn verwondingen onderzocht en verbond. In dat stadium was dominee

Pollock nog niet in staat iets te zeggen. Hij was in shock en kon alleen zijn mond open- en dichtdoen als een vis, daarbij gorgelende keelgeluiden makend. Om die reden kon hij zijn aanvaller niet identificeren, en hoewel hij almaar naar meneer James bleef wijzen, begreep niemand wat hij bedoelde, omdat meneer James de hele middag voor iedereen zichtbaar aanwezig was geweest en hij onmogelijk de dader kon zijn.

Mevrouw Bell, de mijnwerkersvrouw, werd mee naar de Kruising genomen. Ze beschreef wat ze uit haar raam had gezien, maar op dat punt hechtte niemand veel geloof aan haar verhaal. Ze was per slot van rekening een nieuwkomer, en het was moeilijk te geloven dat een vrouw zoveel geweld kon gebruiken. In ieder geval legde niemand het verband tussen de sjofel geklede vrouw met het hoedje en mevrouw Arabella Reid (zelfs meneer James niet, die er op dat moment nog vast van overtuigd was dat zijn vrouw veilig opgesloten zat in haar kamer op Kasteel Haivers).

Er werd druk gespeculeerd onder de menigte: wie had dat kunnen doen en waarom? In het openbaar toonde iedereen zich geschokt dat zoiets had kunnen gebeuren. Maar de dominee (die een joviale kerel léék) had in feite in de loop der jaren menigeen tegen de haren ingestreken, zodat er meerderen waren die hem graag een flinke trap hadden willen verkopen. Binnenskamers uitten sommigen hun verbazing – niet zozeer over het feit dát iemand hem had aangevallen, als wel over het feit dat niet iemand het al veel eerder en vaker had gedaan.

Intussen, waar was Bridget (ofwel mevrouw Kirk, zoals Janet Murray dacht dat ze heette)? Janet had Arabella verteld dat mevrouw Kirk samen met de anderen naar de onthulling van de fontein was gaan kijken. En inderdaad was ze bij het begin van de ceremonie aanwezig geweest, maar ze was een

445

van degenen voor wie de openingstoespraak niet te harden was geweest. Terwijl meneer James verder oreerde en er weddenschappen werden afgesloten, overlegden een paar mensen in de buurt van Bridget stilletjes met elkaar en besloten alvast naar de gelagkamer van Herberg de Zwaan te gaan. De stoelen moesten opgewarmd worden, zeiden ze. Het bier moest worden voorgeproefd! Bridget ging ongevraagd mee en daar, in afzondering met haar nieuwe vrienden (voor het merendeel rapalje), bracht ze de rest van de middag door. Ze had de rekening van Janet Murray al betaald, en ze was wel zo slim zich een verdere tocht door de kou te besparen door twee penny's aan een jongetje te geven als hij haar tas in Het Hoekhuis ophaalde.

AP Henderson liep de hele middag de gelagkamer in en uit, maar hij had zijn aandacht bij de voorbereidingen van het diner in de keuken en de eetzaal op de eerste verdieping. Hij zag het groepje wel in een hoekje zitten, en de Ierse vrouw die bij hen was, maar hij bracht haar niet in verband met de vrouw naar wie hij eerder die dag gevraagd was.

Om ongeveer twee uur werd het gezelschap in de gelagkamer opgeschrikt door een wever uit het dorp met een frettengezicht die naar binnen kwam gestormd om een pot brandewijn te bestellen voor medicinale doeleinden. Hij zei dat dominee Pollock z'n schedel was ingeslagen door een bende katholieken. (Dat was de beste gok tot dan toe, want niemand wilde mevrouw Bell geloven, en er was nog steeds geen schuldige aangehouden.)

De klanten van Herberg de Zwaan snelden naar buiten. Sommige mensen – mogelijk katholieken – verdwenen in de mist, uit angst voor weerwraak. Anderen liepen met het weverke mee om te zien waar al die drukte om te doen was. Bridget (die ongetwijfeld haar klep dichthield over haar geloof waar ze van was afgevallen) ging met ze mee. De menigte op de Kruising was aangegroeid sinds het nieuwtje de ronde deed, want een kloppartij is altijd veel aantrekkelijker dan een paar snobs die toespraakjes houden. De mensen achterin keken reikhalzend om te zien wat er gaande was en Bridget werd algauw opgeslokt door de menigte.

Te midden van de drukte stond een groepje heren (onder anderen Duncan Pollock, McGregor-Robertson, meneer Flemyng en meneer James) over de dominee gebogen en hield de menigte op afstand. De dominee zat tegen het voetstuk van de fontein geleund. Hij zag er broos en weerloos uit. Zijn hoofd was in een noodverband gewikkeld. Iemand had een deken over hem heen gelegd. De brandewijn werd aan de dokter gegeven, die neerhurkte en de kan aan de lippen van de dominee zette.

Na een paar slokken begon dominee Pollock te proesten en te kuchen. 'Oef! Pff!' zei hij, de eerste min of meer samenhangende geluiden die hij uitbracht.

McGregor-Robertson boog zich dichter naar hem toe. 'Wie heeft het gedaan, Archie? Wie was het?'

De dominee sloeg traag zijn ogen op. Hij keek langs de dokter heen en scheen verbaasd de menigte en de andere heren te zien. Zodra hij meneer James zag, schrok hij en huiverde. Sommigen zeiden dat hij bang en radeloos was, anderen dat hij ontsteld was, terwijl er ook waren die dachten dat hij er, in weerwil van zijn verwondingen, een show van maakte en er enig genoegen aan beleefde de hoofdrol in het drama te spelen.

'O hemeltje', zei hij. 'Ik... ik... ik weet niet... O!'

Al die tijd keek hij naar meneer James. Vervolgens deed hij zijn ogen dicht en slaakte weer een huiverende zucht, alsof het hem allemaal te veel werd. 'Ah-haa!' deed ie. 'Oh-hoo!'

De dokter legde bemoedigend een hand op zijn schouder.

'Je wordt weer helemaal de oude, Archie', zei hij. 'Je bent

gewond, maar het geneest wel. Vertel nu, wie heeft dit gedaan? Hoe zagen ze eruit?'

De ogen van de dominee schoten open en opnieuw vestigde hij zijn blik op meneer James, die zich een beetje ongemakkelijk begon te voelen. Dominee Pollock hapte naar adem en slikte. Zijn mond ging open en dicht. Toen likte hij over zijn lippen en fluisterde: 'Het was... het was...'

De menigte drong naar voren om te luisteren. Hij stak zijn arm op en wees naar de groep heren. Zijn vinger beefde dramatisch heen en weer, maar na een poosje werd duidelijk dat hij naar meneer James wees. En toen sprak hij, luid en duidelijk. Als hij op het toneel had gestaan, zou hij tot in de stalles verstaanbaar zijn geweest.

'Ik ben aangevallen door... door Arabella Reid!'

22

Een onverwacht verlies

Zoals ik al zei, het meeste hoorde ik later pas, of leidde ik af uit de vele verhalen. Die dag kregen we op de overloop van Hector een absoluut minimum aan informatie over het gebeurde, een paar woorden maar, verpakt in een zin waarmee hij tegelijk iets anders uitdrukte wat hem bezighield.

'Mevrouw Reid heb de dominee met een schop op zijn kop geslagen en is toen weggelopen wil je met me gaan wandelen op je vrije dag Bessy?'

'Hè?' vroeg Muriel. 'Met een schop?'

Maar voordat ik de tijd kreeg het eerste wat Hector had gezegd tot me door te laten dringen kwam meneer James weer zijn kamer uit en schoot langs me heen, de panden van zijn jas wapperend achter hem aan.

'Kom mee, Hector', zei hij. Hij scheen maar een paar ogenblikken nodig te hebben gehad om zich te herstellen. Hector sukkelde achter hem aan. Ik stond daar even in een soort verstandsverbijstering en kachelde toen ook achter ze aan.

'Meneer, meneer! Gaat u mevrouw zoeken?'

'Natuurlijk!' zei hij kwaad, zonder om te kijken.

Ik haalde diep adem. 'Kan ik met u mee, meneer? Kan ik helpen?'

Hij bleef boven aan de trap staan, één hand op de leuning, en keek me aan. Ik zag dat hij zijn boord had afgedaan en zijn glimmende schoenen had verruild voor oude stappers. Hij lachte spottend tegen me.

'Een zeer genereus aanbod', zei hij. 'Maar ik was in de

veronderstelling dat je terug naar bed ging om verder te dutten.'

'Nee, meneer', zei ik. 'Ik wil helpen.'

Hij stak zijn kin naar voren. 'Iemand zal hier moeten blijven', zei hij streng. 'Voor het geval ze terugkomt. En ik wil jou later nog spreken.'

Er klonk een stem achter me. 'Ik blijf wel hier, meneer.'

Ik keek om en zag dat Muriel naar voren was gestapt. Ze wilde me niet aankijken en ging verder. 'Ik vind het niet erg om te wachten, meneer. Als Bessy mee wil gaan.'

Meneer James zuchtte. 'Goed dan', zei hij en liep verder de trap af. Hij had belangrijker dingen aan zijn hoofd dan gedoe met dienstmeiden, zal ik je vertellen.

Ik wilde Muriel bedanken, maar daar wilde ze niks van weten, ze liep langs me heen en zei: 'Niet doen!' Hoogstwaarschijnlijk zou zij me nooit bedanken voor het feit dat ik haar uit de penarie had gered, maar ze had me vlug een wederdienst bewezen en daarmee was de kous wat haar betreft af.

Meneer James en Hector liepen al de voordeur uit. Ik sjeesde naar beneden, passeerde Muriel en rende de keuken in naar de achterdeur. Toen pas ontdekte ik dat mijn jas weg was. Ik zal wel een kreet van ergernis hebben geslaakt, want Muriel kwam naar de keuken en vroeg wat er aan de hand was. Toen ik het haar vertelde, pakte ze zonder er verder woorden aan vuil te maken haar jas van de haak en gooide hem naar me toe. Vervolgens (geschrokken, denk ik, van haar eigen gulheid) ging ze naar de plee, een uitdrukking van lamaarwaáien op haar smoel, haar bakkes aan één kant opgetrokken alsof iemand haar wang had vastgenaaid.

Hector en meneer James waren in de richting van de stallen gelopen, dus ik ging in mijn eentje het pad op. Als ik er flink de sokken in zette, dan was ik misschien eerder in

Snatter dan zij. De grond zat vol kuilen en gaten en was bevroren, dus ik kon niet te hard lopen, bang dat ik zou struikelen en op mijn gat vallen. Maar ik liep zo hard ik kon, mijn adem als rookwolkjes voor mijn gezicht uit puffend, waarna ze in mijn kielzog wegschoten en oplosten in de mist.

Ik kon met de beste wil van de wereld niet begrijpen wat er gebeurd was. Ik wist dat mevrouw de dominee niet erg mocht, maar het was ongelooflijk dat ze hem met een schop had bewerkt, zelfs in haar huidige staat. Het enige wat ik kon bedenken was dat ze misschien had willen vluchten en dat hij haar had tegengehouden, waardoor ze hem aanviel om te ontsnappen.

Net toen ik aan de rand van het dorp kwam doemde er achter me een paard uit de mist op en galoppeerde me voorbij. Het was meneer James, met Hector achterop. Terwijl ze voortsnelden naar de Kruising draaide Hector zich om en wierp me een kushandje toe. Ik negeerde hem demonstratief en haastte me voort. Een paar minuten later kwam ik bij de fontein aan. Het was er druk, de mensen stonden in groepjes bij elkaar. Meneer James was net afgestegen. Hij liet Hector het paard vastbinden en ging met Alasdair praten, die op het podium stond en mensen in groepjes verdeelde die moesten gaan zoeken. Het was nog een paar uur voor donker, maar een aantal dorpelingen was thuis al lampen gaan halen. Iemand deelde brood uit en AP Henderson, die ouwe vrek, had zijn kans schoon gezien en een tap op een tafel geïnstalleerd om bier te verkopen aan de dorstigen. Van de Ouwe Geitenbok geen spoor. Waarschijnlijk was hij toen al naar huis gebracht om te rusten. Ik zag dat meneer James en de dokter met een vrouw stonden te praten die ik niet kende, een petieterig vrouwtje met een blauwe sjaal.

Flemyng stond ergens achteraan. Ik ving zijn blik op en gaf

hem uit pure baldadigheid een vette knipoog. Hij keek geschrokken en voegde zich bij meneer James en de dokter, net
doend of hij in beslag genomen werd door hun gesprek.
Krijg de klere.

Ik had gehoopt mijn moeder op een of andere manier een
boodschap te kunnen sturen, maar het zag ernaar uit dat ze
elk moment met de zoektocht konden beginnen. Vlak voor
me stond een jongetje van een jaar of zeven. Hij had een
potlood in zijn hand en rende zomaar een beetje rond, zoals
kleine jongetjes doen, waarbij hij soms zijn potlood op mensen richtte alsof het een musket was, en andere keren liep hij
met een jennend stemmetje in zichzelf te praten, alsof hij in
zijn eentje een hele compagnie soldaten was.

Ik riep hem en liet hem een kwart penny zien die ik uit
mijn zak had gehaald. 'Weet je waar de Spoorweg Taveerne
is?' vroeg ik.

Hij knikte zonder zijn ogen van het muntje af te nemen. Ik
zei dat hij de kwart penny kreeg – en nog een erbij – als hij
naar de Spoorweg Taveerne ging en een boodschap afleverde
bij een zeker mevrouw Kirk. Vervolgens nam ik het potlood
van hem over en schreef daarmee een boodschap op de
zakdoek die meneer James me met Kerstmis gegeven had.
Het was lastig schrijven op de stof en mijn moeder was niet
zo'n kei in lezen, dus ik hield het kort.

Ben opgehouden. We kunnen morgen gaan. Grt. Daisy.

Wat vreemd om mijn eigen naam te schrijven, de eerste keer
in maanden. Maar ik had hem gebruikt en ik veronderstelde
dat ik er weer opnieuw aan zou moeten wennen. Ik stopte de
snotlap in de zak van het jongetje en gaf hem het potlood en
de kwart penny, met de woorden dat hij de andere kwart
penny zou krijgen als hij de boodschap had afgeleverd en

weer bij me terugkwam. Hij ging er als een haas vandoor en na voor alle zekerheid gecontroleerd te hebben of hij de weg naar het station had genomen liep ik naar de fontein om te vernemen wat ik moest doen.

Ik had nog geen twee stappen gedaan toen ik werd aangesproken door niemand minder dan Hector. Hij kwam dansend op me af, zijn hoofd naar links en rechts knikkend als een pony met de kolder in de kop. Over zijn schouder zag ik meneer James nog steeds op het podium staan praten met het kleine vrouwtje met de blauwe sjaal.

'Kijk eens aan', zei Hector. 'Als het ons nuffig juffie niet is.'

'Ga weg', zei ik terwijl ik langs hem heen probeerde te dringen. 'Of ik vil je levend.'

Hector pakte me bij mijn schouder vast en hield me op armslengte. Hij keek beledigd.

'Wat is er toch met je?' vroeg hij. 'Kom op nou! Ik heb je al een keer gehad, hoor. Het ene moment heb je zo de kriebels aan je dinges dat ie staat te smakken en het volgende wil je met rust gelaten worden.'

(En je kunt ervan verzekerd zijn dat hij niet 'dinges' zei.)

Hij kneep me in mijn zij en probeerde zijn arm om me heen te slaan. Maar ik rukte me los en ging tegenover hem staan.

'Oké, hooibaal', zei ik onverschillig. 'Maar je zult ervoor moeten betalen.'

'Pardon?' zei Hector.

'En het kost vijf shilling.'

Zijn hoed vloog bijna van zijn hoofd van verbazing.

'Víjf shilling!'

'Klopt', zei ik. En terwijl hij daar nog over nadacht wees ik met mijn duim naar het podium. 'Wie is dat vrouwtje met wie meneer James praat?'

'Hè?' Hij keek met openhangende mond naar het podium.

453

'O, dat is mevrouw Bell', zei hij. 'Ze is degene die gezien heb dat mevrouw Reid de dominee sloeg. Neem je me in de maling?'

'Dat kost het', zei ik. 'Van nu af aan. Denk er maar over na. Begin maar vast te sparen. Het is betalen of anders ga je maar rukken.'

En daarmee liet ik hem staan, beduusd op zijn kop krabbend keek hij me na.

Ik werd ingedeeld bij de laatste groep voor de zoektocht, en goddank werd Hector bij een andere groep ingedeeld. We waren met z'n twaalven ongeveer en we moesten in een gesloten rij om het bos heen lopen, te beginnen bij de loge van de Vrije Tuinders en vandaar oostwaarts, daarna zuidwaarts, enzovoort, met de wijzers van de klok mee door de velden en om het bos heen, tot we weer in het dorp terug waren. Ze dachten dat mevrouw zich ergens in het bos had schuilgehouden, maar dat ze er door het lawaai van de mensen die zich krakend een weg door het kreupelhout baanden misschien als een vogel uit was gejaagd. We namen wat lampen en toortsen mee tegen de mist. Alasdair zei dat we op gelijke afstand, op armslengte ongeveer, van elkaar moesten lopen. De groep bestond voornamelijk uit wevers en een paar vrouwen en nog wat stofmutsen zoals ik. De enigen die ik herkende waren de twee mijnwerkers die ik in Het Hoekhuis had gezien, maar aangezien die mij nooit in de smiezen hadden gekregen toen ik me achter de deur verstopte hield ik mijn klep maar.

De twee vrouwen aan weerszijden van me woonden vlak bij de Kruising in Snatter, en godallemachtig wat konden die snateren. Ze vertelden me maar al te graag alles wat ik die dag gemist had. Ik was erg nieuwsgierig naar wat mevrouw Bell uit haar raam had gezien. Ze zeiden dat ze mevrouw tegen de dominee had horen uitvaren. Dat onderdeel interesseerde me het meest. Uitvaren tegen hem over wat? wilde ik weten, maar hoewel het allebei even grote kletskousen waren konden ze me dat niet vertellen. Ze waren erg onder de indruk toen ze hoorden dat ik op Kasteel Haivers werkte, maar ik wilde niet dat ze te veel vragen stelden, dus zei ik maar dat ik een boerenmeid was en mevrouw Reid nooit gezien had, behalve van een afstand. Ze moesten eens weten!

Na een poosje viel het gesprek dood en liepen we in oplettende zwijgzaamheid door het veld. Op plaatsen waar de mist wat dunner was werd hier en daar een lampje zichtbaar, flikkerend in de mist tussen de bomen waar andere groepen het terrein aan het uitkammen waren. Af en toe hoorden we iemand roepen of lachen. En één keer sloeg mijn hart een slag over toen er een schim voor ons langs schoot, maar het was maar een hert, met roffelende hoeven en een dansend wit achterwerk stoof het weg tot het verzwolgen werd door de mist. Ik vroeg me af wat er gebeurd zou zijn als het mevrouw was geweest. Zou iemand haar achterna zijn gegaan en haar tegen de grond hebben gegooid? Ik vond het een eng idee dat ze werd opgejaagd als een wild dier. Maar ik wilde ook niet dat ze doodvroor onder een bosje. Ik stelde me voor dat ze ergens ineengedoken zat, of misschien voor haar achtervolgers uit vluchtte, met verschrikte ogen van de ene boom naar de andere springend. Ik moest haast kotsen bij de gedachte dat ze zo in angst zat.

Het duurde ongeveer anderhalf uur om rond het bos te lopen. Tegen de tijd dat we terug waren op de Kruising in Snatter begon het al te schemeren. Een groot kampvuur was aangestoken langs de weg en iemand had lantaarns aan de fontein gehangen. Een paar groepen waren al terug van hun zoektocht en hielden even pauze voordat ze ergens anders weer verder gingen. Sommige mensen gingen naar huis, ik denk niet dat ze nog terugkwamen. Het was per slot van rekening te koud om over het land te dwalen. Degenen die bleven hadden zich verzameld om het kampvuur.

Een paar oude vrouwen schonken thee uit een grote pot die ze in een van de huizen hadden gehaald. Ik had geen dorst, maar ik nam een beker om mijn handen te warmen. Daarna liep ik naar het vuur. Alasdair stond een eindje verderop bij de fontein met Hector en Biscuit Meek te praten. Meneer James was eerst nergens te bekennen, maar toen ik om me heen keek zag ik zijn paard uit de mist opdoemen, hij kwam uit de richting van het bos. Hij ging in looppas naar zijn mannen om met ze te praten. Hij had waarschijnlijk van de ene groep naar de andere gereden om te zien of iemand iets gevonden had.

Op dat moment schrok ik me haast dood, want er werd een armvol hout naast me op het vuur gegooid. Ik keek opzij en zag dat het vrouwtje met de blauwe sjaal, die ik eerder met meneer James had zien praten, het gedaan had. Jezus, ze was zo klein, als er een duif op haar schouder zat zou hij een graantje uit haar gat kunnen pikken.

'Mevrouw Bell?' zei ik.

Ze keek me glimlachend aan. Ze had een plomp gezicht, als een kadetje, met donkere kraaloogjes.

Ik zei: 'Dat was mijn mevrouw die u eerder met de dominee hebt gezien.'

'O jeetje', zei ze en keek me aan of ze medelijden met me had. Ik kreeg zin om mevrouw te verdedigen.

'Normaal doet ze nog geen vlieg kwaad', legde ik uit. 'Als ze in haar normale doen is. Alleen was ze de laatste tijd niet goed, haar zenuwen.'

Mevrouw Bell knikte en klopte me op de arm.

Aangemoedigd ging ik door. 'Iemand zei dat ze tegen de

456

dominee schreeuwde. Hebt u gehoord wat ze zei?'

Mevrouw Bell fronste. 'Eh, ja', zei ze. 'Voor ze hem sloeg wilde ze weten waar iemand was. Een vrouw. *Waar is ze?* vroeg ze steeds. *Waar is ze?*'

Bedoelde mevrouw daar Nora mee? vroeg ik me af. Of de denkbeeldige mevrouw Gilfillan? En betekende dat dan dat ze de dominee per abuis had aangezien voor de beul McDonald, of hoe hij ook heette, de zogenaamde meester in vermommingen?

Mevrouw Bell ging door. 'En toen waarschuwde ze hem dat hij met zijn handen van iemand af moest blijven. *Je krijgt haar niet*, zei ze steeds. *Je krijgt haar niet.* Ze was volslagen in de war, de arme ziel.'

'Wat zei ze nog meer?'

'Voor het merendeel schold ze hem uit. Was ze een driftkop, die mevrouw van je?'

'Niet echt.'

'Ze zei dat iets helemaal zijn schuld was. Hij had het nooit moeten doen, zei ze. Ze was niet goed bij d'r hoofd, kind. Op dat punt werd het allemaal een beetje warrig. En al zijn pamfletjes waren uit zijn zak gevallen en lagen overal verspreid op de grond. Zo te zien probeerde hij ze op te rapen.'

Hij met zijn klotetraktaten. Je moest wel gek zijn om je daardoor te laten bedotten. Ik dacht aan Nora en de vele traktaten in haar koffer. Ik zag haar voor me, heel keurig en netjes zat ze in haar kamer die traktaten bij kaarslicht te lezen. En toen herinnerde ik me in een flits de dag dat ik de Ouwe Geitenbok in Bathgate tegen het lijf was gelopen en dat hij me toen bij hem thuis had uitgenodigd. Voor – wat hij noemde – toelichting bij de traktaten? Die ouwe sluwe vos, hij hield mij niet voor het lapje. Maar Nora misschien wel. Al die aantekeningen in de marge van haar traktaten – dat was toch allemaal toelichting?

Opeens was ik ervan overtuigd dat ze die traktaten van Pollock gekregen moest hebben en dat ze bij hem op bezoek was geweest – meer dan eens, gezien het aantal traktaten in haar koffer. En vervolgens dacht ik terug aan wat Muriel gezegd had over de 'Losse Handjes' van de dominee. Het was zo'n akelig stuk vreten dat mijn maag omdraaide bij de gedachte alleen al. Maar het was waar, hij zag er goed uit voor zijn leeftijd. En dat soort kletsmajoors kunnen heel overtuigend zijn. Als hij met Nora alleen in een kamer was geweest, en dat verscheidene keren in de loop van een paar weken, wat kon er dan wel niet gebeurd zijn? Het arme kind. Misschien was ze wel zo stom geweest om verliefd op hem te worden.

Ik was er plotseling van overtuigd dat ik het geheim kende van Nora's dood. Alles viel nu op zijn plaats: waarom mevrouw dominee Pollock aangevallen had, zelfs waarom ze gek geworden was.

Ik keek om me heen om te zien of meneer James er nog was. Ik wilde hem meteen vertellen wat ik had bedacht, want als de waarheid bekend werd, dan werd mevrouw misschien weer beter. Tot mijn opluchting zag ik dat hij nog steeds met Alasdair bij de fontein stond te praten.

Ik wilde net naar hem toe gaan om het hem te vertellen toen er een man in werkkleren, met een jasje aan maar zonder overjas, uit de richting van Glasgow door de hoofdstraat kwam aangerend. Hij hield zijn pet in zijn hand, misschien omdat die anders onder het lopen zou zijn afgevallen. Een paar mensen keken naar hem toen hij voorbijkwam, maar niemand schonk aanvankelijk veel aandacht aan hem, omdat ze nieuws over mevrouw uit het bos verwachtten.

Toen hij meneer James zag begon hij te schreeuwen. 'Meneer Reid! Meneer Reid! Ze hebben haar gevonden!'

En toen keek iedereen naar hem terwijl hij naar het groepje mannen bij de fontein rende. Daar zei hij nog een paar woorden en wees over de daken van het dorp, niet in de richting vanwaar hij gekomen was, maar meer naar het noordwesten.

Mevrouw Bell legde haar hand op mijn arm. 'Wat zegt ie?' vroeg ze.

'Sst!' zei ik tegen haar. 'Ik kan het niet horen.'

Maar er was iets mis. Meneer James stond stokstijf, zijn gezicht trok wit weg en hij zag er verslagen uit terwijl hij naar de man luisterde. Ik zag dat Alasdair een hand op zijn schouder legde alsof hij hem wilde bemoedigen. Toen renden plotseling een paar mannen uit de groep keihard de dorpsstraat in. Een andere sprong op een kar en greep de teugels. De dokter sprong op zijn sjees. Paniek brak uit. De mensen begonnen te rennen, de meesten in dezelfde richting, de Grote Weg op. Een paar anderen gingen in de richting van het station. Meneer James stond te midden van het tumult, als een standbeeld. Pas toen McGregor-Robertson zich uit zijn sjees boog en iets tegen hem zei leek hij door een wilsinspanning in actie te komen. Hij sprong naast de dokter op de bok en de sjees snelde weg naar het station.

Ik schreeuwde tegen een van de mannen die voorbij renden: 'Wat is er gebeurd? Waar is ze?'

De man hield zijn pas in en keek om. 'Ze hebben haar lijk op de spoorweg gevonden! Ze is door een trein aangereden!'

God helpe me, ik geloof dat ik luid in de lach schoot. Maar het was een kort lachje, dat kwam door de schok. Dat weet ik nu, want ik heb het sindsdien een paar keer zien gebeuren. De lach bestierf op mijn lippen en nog steeds kon ik zijn woorden niet bevatten. Ze galmden na in mijn hoofd, maar ze hadden geen betekenis. Trein. Spoorweg. Lichaam. Vooral dat laatste bracht me in de war. Meneer Levy die in elkaar gedoken op het Turks tapijt ligt, koud en stil. Dát was een lijk. Of Nora die voor eeuwig in de kist ligt. Lijk.

Het was geen woord dat ik met mevrouw in verband kon brengen.

Heilige Maria, Moeder van God, red me.

De man keek me schuins aan, hij had mijn lach geïnterpreteerd als ongevoeligheid. 'Dat is niet om te lachen', zei hij en wendde zich af. 'Die vrouw is dood.'

En toen begon hij weer te rennen en snelde van ons weg, tot de mist en de duisternis hem omsloten.

Terwijl ik hier nu dit verslag zit te schrijven probeer ik me te herinneren wat ik dacht in de seconden en minuten die volgden. Maar er waren geen gedachten. Alleen afwezigheid van gedachten en een gekkenhuis om me heen. Iedereen ging in grote vaart ergens heen. Degenen die paarden hadden sprongen erop en reden naar de spoorweg, via de stationsweg, of via de hoofdstraat. De mensen zonder paarden renden dezelfde kant uit en een paar hadden het eerste het beste voertuig dat beschikbaar was gepakt, en overal waar je keek reden karren en sjezen afgeladen met mensen.

De bewegende figuren werden wazig. Ik dacht dat ik flauw zou vallen en merkte toen dat mevrouw Bell me overeind hield. Dat was mijn enige geluk, dat zij naast me stond. Zij was niet beledigd geweest door mijn lachsalvo, want ze had door dat het van de schok kwam. Ze ondersteunde me. Ik probeerde me te concentreren op haar greep. Ik had het idee dat ik me minder duizelig zou voelen als ik me concentreerde op een fysiek gevoel. Ik concentreerde me zo intens dat de rest van me leek te verdwijnen. Het enige wat er over was, was deze lichamelijke band rondom mijn elleboog, waar mevrouw Bell haar hand hield. De rest van mijn lichaam was verdwenen. Ik was me ervan bewust dat ze die lichamelijke band naar de overkant van de straat bracht, naar Herberg de Zwaan. Van de binnenplaats kwam een dogkar aangereden, de voerman was AP Klootzak zelf. Mevrouw Bell zei iets tegen hem en hees vervolgens de lichamelijke band op de kar, waarna ze zelf ook instapte.

Zodra de dogkar zich met een schok in beweging zette, duikelde ik terug in mijn lichaam, want het hotsen en botsen ging via mijn stuitje en mijn ruggengraat naar mijn schedel, en deed mijn tanden klapperen. Ik dacht dat de kar door zijn veren was gezakt, maar dat was het niet echt, het kwam gewoon door de afwezigheid van gedachten, denk ik, waardoor ik alles veel intenser scheen te ervaren. Op de stationsweg meerderden we vaart en werd het gehots nog erger, ik slingerde rond als een lakei zijn jongeheer, tot elk stukje van mijn lichaam beefde en trilde. Ik kon mijn beenderen zowat voelen loslaten van mijn vlees. Het vlees viel van mijn lijf als koude zijden linten. Ik werd uit elkaar geschud, ik loste op, ik smolt in feite, mijn mond vulde zich met speeksel. Ik verdampte, ik blies mijn adem in hijgende wolkjes uit alsof ik hardgelopen had. Maar toch zat ik, voorzover je van zitten kunt spreken, in die kar die hotsend en botsend over de bevroren modder reed. De lucht geurde naar rook en roet. Koude, rafelige mistgordijnen zwierden ons tegemoet terwijl Henderson de paarden aanvuurde, hij liet de zweep knallen, hij spoorde ze aan met kreten, en toen we de helling van het spoorwegviaduct naderden leek het alsof we recht op de poorten van de hel af ratelden.

Op het viaduct toomde Henderson de paarden in, want er stond een lange rij voertuigen te wachten om af te slaan. De weg liep verder naar het noorden. Rechts beneden lag het station. Links was een onverharde weg die ongeveer drie kilometer parallel liep aan de spoorweg en uitkwam bij een ander viaduct – en vandaar, als je zuidwaarts keerde en door de velden verder ging, kwam je uiteindelijk bij Kasteel Haivers. Over die weg reden alle voertuigen en wij volgden. Eenmaal de bocht door gingen de paarden weer harder lopen en zo reden we voort, rennende mensen passerend die te voet waren gegaan. Naast ons lag de spoorweg, af en toe zag je de rails glimmen, dichtbij genoeg om aan te raken. Soms ook helde de bodem sterk als de spoorlijn door een uitgraving ging.

Een eindje verderop stonden een paar karren en sjezen in het gras naast de weg. Paarden waren aan bomen gebonden en een groepje mensen stond aan de rand van een diepe uitgraving, terwijl anderen nog uit hun voertuigen stapten om zich haastig bij hen te voegen. Even later kwamen wij aan. Henderson liet de paarden halt houden. Ik hielp mevrouw Bell uitstappen en haastte me naar het groepje mensen.

Van de rand van de helling kon je naar beneden naar de spoorweg kijken. Vier mannen in werkkleding stonden naast de rails. Ze keken niet erg blij. Naast hen op de grond lag iets wat bedekt was met lege aardappelzakken. Een paar meter verderop langs de rails lag iets soortgelijks, ook bedekt met zakken. Sammy Sommen stond aan de kant, hij telde de met zakken bedekte dingen en wees ze een voor een aan. Een, twee, deed ie. Een, twee.

Meneer James en de dokter kachelden de grashelling af en beneden gekomen liepen ze naar de mannen. Er werden een paar woorden gewisseld. Mevrouw Bell kwam naast me staan en gaf me een arm, maar voordat ik wist wat ik deed had ik me losgerukt en was naar beneden geklauterd.

Net op het moment dat ik beneden kwam tilde een van de arbeiders een hoekje van de zak op. Meneer James boog zich er met een doodongerust gezicht overheen en keek wat eronder lag. Een ogenblik later sloeg zijn ongerustheid om in verbazing en hoorde ik hem zeggen: 'Dat is haar niet. Dat is mijn vrouw niet.'

De opluchting golfde door me heen, het was net een slok gin op een nuchtere maag. Ik deed een stap dichterbij om zelf te kijken, om me ervan te overtuigen, en zag dat meneer James helemaal gelijk had. Want de persoon die daar dood naast de spoorweg lag was niet mevrouw. Het was Bridget. Het was mijn moeder.

Ze lag op haar rug, met gesloten ogen. Ze zag er klein uit, als een kind. Zo te zien had ze geen schrammetje. Haar haar, haar gezicht, het weinige dat ik kon zien van haar kleren – alles was gaaf. Het was net of ze elk moment haar ogen kon openen en haar armen strekken en gaan praten. Maar er klopte iets niet helemaal. In het begin kon ik er niet achter komen wat het was. De dokter hurkte neer om beter naar haar te kunnen kijken, terwijl meneer James zich afwendde. Achter hem lag die andere stapel zakken. Die waren zonder meer gebruikt om iets toe te dekken. Twee lijken! Zou het andere lijk mevrouw zijn? Sammy Sommen telde nog steeds. Een, twee. Een, twee. Even begreep ik niet goed wat ik zag. Waarom lieten ze meneer James dat ándere lijk niet zien? En toen, met een misselijkmakende schok, realiseerde ik me mijn vergissing en wist ik waarom mijn moeder zo klein leek. Daar lag niet een tweede lijk onder die andere zakken. Helemaal geen tweede lijk.

Ik sloeg dubbel en kotste en bleef maar kotsen, tot ik alleen nog lucht kotste. En terwijl ik daar op mijn knieën in het zand tussen de stenen naast de spoorlijn zat hoorde ik de mannenstemmen als vanuit de verte.

'We waren op weg naar huis', zei een van de arbeiders. 'En toen zagen we haar hier liggen. En toen... vonden we de rest van haar, ginder.'

Ik keek op en zag dat hij naar de andere stapel zakken wees.

'Recht doormidden gesneden', zei de dokter. 'Goede hemel.'

'Ja. Ze liep waarschijnlijk langs de spoorweg, net als wij. Maar zij zal de trein niet hebben zien aankomen vanwege de mist. En ze was dronken. Ze stinkt naar drank.'

'Ze kan van dat viaduct daarginds zijn gevallen', zei de dokter. 'Of door de trein zijn meegesleurd die haar aanreed. Dat komt wel voor.'

Er werd nog meer gezegd, maar ik herinner me er niets van, want meneer James had me gezien en kwam naar me toe. 'Bessy, Bessy', zei hij niet onvriendelijk. 'Wat doe jij in hemelsnaam hier beneden?'

Ik keek naar hem en vervolgens achter hem naar het ding dat onder de zakken lag. Daarna dwaalde mijn blik naar de menigte boven op de grashelling die naar beneden keek. Mijn hoofd stond op barsten. Meneer James wachtte tot ik iets ging zeggen, maar ik kon niets zeggen uit angst dat ik uit elkaar zou klappen. Het zweet gutste van me af. Ik wilde op hem toe springen en hem levenloos slaan met mijn vuisten. Dat was de oplossing, bij God! Een flink robbertje matten in het gras! Dat was wat ik moest doen. Waarom had ik daar niet eerder aan gedacht? Ik deed het nog haast ook, ik had mijn vuisten al gebald, maar op het laatste moment veranderde ik van gedachten. Beweging, dat was wat ik nodig had, besefte ik ineens. Beweging en afstand. En zonder er verder bij na te denken ging ik ervandoor, ik rende zo hard als mijn benen me dragen konden, langs de spoorlijn, terwijl iemand me nariep. 'Bessy', galmde het in mijn oren.

Mijn vlucht was doelloos. Om eerlijk te zijn had ik geen flauw idee waar ik heen ging. Ik bleef maar langs de spoorlijn rennen. Het was goed om te rennen, ondanks dat mijn hoofd omliep. Ik kwam in een aardig ritme. Ik was de rennende meid, reken maar. Na een poos, het kunnen een paar minuten geweest zijn, het kunnen er veel geweest zijn, kwam ik bij een station. Er moest een trein aankomen, want er stonden mensen te wachten op het perron die toekeken hoe ik langs de lijn rende. Daar stonden ze, wachtend op een trein, en wat kwam eraan gepuft? Een meisje. Ik vond dat om een of andere reden geweldig grappig. Al die mensen die naar me stonden te staren, sommigen HOOGST afkeurend, dat zag je aan hun smoel. Moet je dat meisje zien dat daar loopt. Ze bevindt zich wederrechtelijk op het terrein van de spoorwegen en gedraagt zich onbehoorlijk! Ik was zo schuldig als wat, maar het kon me geen moer schelen. Ik klauterde gewoon op een van de perrons en staarde terug, tot ze allemaal de andere kant op keken. En toen stond ik daar als een levensgrote idioot, niet wetend wat ik in godsnaam moest aanvangen. Als er een trein was gekomen, was ik er waarschijnlijk in gestapt, maar er kwam zo gauw geen trein en ik had geen geduld, ik moest nodig weer in beweging komen. Dus na ongeveer vijf seconden begon ik weer te rennen.

Ik ging het station uit naar de grote weg. Er kwam een man de heuvel af naar het kaartjesloket. Hij opende zijn mond of hij iets tegen me ging schreeuwen, maar hij geeuwde alleen maar en bleef vervolgens onder het lopen geeuwen, het was de grootste geeuw die ik ooit gezien had. Hij geeuwde nog steeds toen hij me passeerde. Wat vreemd dat je zo tevreden kunt geeuwen! Ik dacht niet dat ik dat ooit nog eens zou doen.

Op de weg keek ik om me heen, maar ik had geen flauw idee waar ik was. Rechts van me zag ik een rij grote huizen met houten tuinpoorten en ligusterhagen en daarachter een veld met kassen, dus rende ik daar naartoe en dook door een gat in de heg en daarna bleef ik over het land rennen. Het was open moerasland, zonder bomen, en in de verte waren alleen hoge schoorstenen te zien en gedrongen bergen kolengruis. Op een gegeven moment waadde ik door een stinkend zwart stuk moeras dat de schoenen van mijn voeten zoog en me tot aan mijn sleutelbeen doorweekte. Op blote voeten rennen deed zeer, maar ik bleef doorgaan. Na een tijdje kwam ik op hoger terrein en het moeras veranderde in heide, met donkere aarde en kniehoge roestbruine heideplanten, het leken wel golven waar je doorheen waadde en mijn benen werden zwaar. Ik ging op een bosje bomen af dat ik vanuit de verte had gezien, maar toen ik daar aankwam, merkte ik dat het niet een bosrand was, maar een rijtje bomen. Aan de andere kant liep een smalle, onverharde weg, dus ik veranderde van richting en volgde die. Voort ging het, nu eens over kleine bruggetjes die op boomstronken rustten, dan weer langs de ruïnes van oude werkplaatsen, met hopen bakstenen en kale balken als ribbenkasten. Het begon te schemeren toen ik bij een dorp kwam. Het laatste wat ik wilde was iemand tegenkomen, dus ik ging van de weg af verder het veld in, tot ik bij een plek kwam die helemaal omheind was. Ik keek door een gat in de schutting en zag een paar bouwvallige schuren en een boerenstulpje van graniet. Daarnaast stond een of andere tank en ik zag de ingang van een tunnel, maar er was geen levende ziel te bekennen. Het was een kolenmijn, gesloten voor de nacht, maar dat besefte ik op dat moment niet.

Inmiddels was het bijna donker geworden. Ik vond een gat in de schutting waar ik doorheen kon kruipen en ging het terrein op, met de bedoeling in een van de schuren te slapen. Maar het bleek dat het stulpje zelf niet op slot zat. Ik ging naar binnen, er was maar één kamer, het zal wel het kantoor geweest zijn, hoewel er niet veel in stond, alleen een oud bureau en een stoel en er was een zwartgeblakerde haard. Geen gordijn, geen lapje stof, geen kussen, maar het was er tenminste een fractie warmer dan buiten en het was er droog. Ik wikkelde mijn sjaal en Muriels jas om me heen en ging in een hoekje met mijn rug tegen de muur zitten, mijn armen om mijn knieën en bibberend, want ik had gezweet en het zweet was koud geworden nu ik niet meer in beweging was. Tot op dat moment had ik nog nergens over nagedacht. Ik had alleen gerend en gelopen, me voortgehaast, vol van verdriet en ellende. Nu ik erover nadacht, merkte ik dat ik me vreemd en naar voelde. Ik rilde over mijn hele lijf en had een barstende koppijn. Ik had al sinds de vorige dag geen hap meer door mijn keel gehad. Ik denk dat ik van de wereld raakte. Op een bepaald moment zat ik te dagdromen over hoe ik het stulpje zou uitmesten en gordijnen en een tafel en een stoel en een matrasje aanschaffen, ik zou hier kunnen wonen in plaats van teruggaan naar Glasgow. De enige manier waarop dat zou kunnen, besloot ik, was als niemand wist dat ik hier was. Ik zou 's nachts eten moeten gaan halen. En toen bedacht ik dat ik, als ik kon huilen, misschien dat smartelijke gevoel dat ik had kwijt kon raken. Maar de tranen wilden niet komen. Ik zei hardop 'Mijn mammie', om te zien wat er gebeurde, maar er gebeurde niets. En dus zei ik het weer: 'Mijn mammie.' Maar nog steeds huilde ik niet. En toen zei ik het gewoon steeds maar achter elkaar: 'Mijn mammie, mijn mammie, mijn mammie, mijn mammie.' En vervolgens veranderde dat in 'Mammie, mammie, mammie.'

En toen kwamen de tranen. Als een onwillige kurk waren ze in mijn keel blijven steken, maar toen ze er onverwacht en met grote kracht uitfloepten, verrasten ze me. Ik huilde als in een delirium en viel toen als voor dood in een diepe slaap.

23

Treurnis

Laat me verder gaan. Toen ik me weer bewust werd van mijn omgeving scheen er een zilverig licht in het stulpje. Het moet kort na zonsopgang geweest zijn. Hoeveel tijd er verstreken was of wat ik in dat huisje buiten de bewoonde wereld deed, daarvan had ik geen idee, maar toen ik mijn ogen opendeed lag er een ruwe, smoezelige hand op mijn schouder. Ik keek op en zag een man in werkkleding van boven op me neerkijken. Zijn gezicht was verweerd en gegroefd en hij droeg een wilde, ongekamde baard die hem het uiterlijk gaf van een verschrikte uil. Achter hem stonden verscheidene andere mannen, jonger dan hij, maar gekleed in dezelfde wijde broeken en losse jasjes. Sommige hadden een pet op. Ze stonden op elkaar gedrongen in de deuropening van het stulpje. Allemaal staarden ze naar me en vielen haast over elkaar heen om beter te kunnen zien. In mijn ijltoestand dacht ik dat ze me kwaad wilden doen. Ik slaakte een kreet en probeerde overeind te krabbelen, maar mijn lichaam was te zwaar, het leek wel of ik deel van de vloer was geworden. Ik zonk terug. Baardmans zei iets wat ik niet verstond. En toen sloot een cirkel van duisternis me in en nam me wederom tot zich.

Het volgende moment was ik me vaag bewust van verschillende dingen die met me gebeurden. Handen die me optilden en aan mijn kleren trokken. Ik kreunde en worstelde, maar ik werd niet aangerand, het was gewoon dat ze me rechtop probeerden te houden. Toen voelde ik de wereld onder me wegvallen en sterk kantelen terwijl ik werd opgetild. 'Daarheen jij!' riep een man, en omdat ik dacht dat hij het tegen mij had, probeerde ik bij kennis te komen en mijn benen te bewegen, maar de handen die me vasthielden grepen me alleen maar steviger beet. 'Pak haar beet, Charlie!' zei de stem. 'Kijk uit voor die arm! Zo ja! Oppassen nu!' Mijn enkels werden beetgepakt, mijn rug gerecht, mijn hoofd werd op een kussen van ribstof gelegd dat naar tabak en zeep rook (later realiseerde ik me dat het waarschijnlijk de borstkas van een man met een vest aan was). Ik hoorde gehijg en geblaas en gekuch. 'Oké, daar gaan we dan!' zei de man. En toen zette alles zich in beweging. Ik keek naar beneden en zag de aarde onder me doorstromen als een rivier, met modder besmeurde vloerplanken maakten plaats voor aangestampte aarde en na een poosje een pad vol kuilen en gaten. Het leek wel of ik klem zat in een snel voortbewegende machine die me in zijn greep hield. Ik wist niet waar hij heen ging, maar ik had het gevoel dat het een oude machine was, want hoe verder we gingen, hoe meer hij begon te piepen en te hijgen als een oud paard dat rijp is voor de slacht, en soms spuugde hij in het gras en zei zo nu en dan iets in zichzelf, tot mijn verbazing grinnikte hij om iets wat een ander onderdeel had gezegd.

Na een tijdje suste de deinende beweging me in slaap, en het volgende wat ik gewaarwerd was dat ik met een klein bonsje werd neergelegd. Ik lag op een bed in een alkoof en vlak bij me werd druk afscheid genomen, fluisterende en gedempte stemmen en een hoop laarzen die naar buiten schuifelden, het had wel een kerk kunnen zijn die uitging. Een deur viel dicht. Het werd stil. Vrouwenhanden legden een deken over me heen en gaven me melk te drinken. En toen trokken ze de gordijnen dicht tegen het licht. Ik sloot mijn ogen en voelde me afgegrendeld van de wereld alsof ik voorgoed in een graf was gelegd.

Dus wil je wel geloven dat ik ongeveer vier dagen en nachten in die alkoof bleef? Jezus Mina, ik had geen greintje kracht meer in mijn ledematen, ik had er evenveel controle over als over gesmolten lood. Ik viel voortdurend in slaap en was me soms bewust van beweging en gedempte stemmen in de kamer achter het gordijn. Bijwijlen hoorde ik een kind huilen. Andere keren drongen etensgeuren tot mijn kleine grafstede door. De vrouw die me melk had gegeven bracht me zo nu en dan wat eten, meestal pap en soep, en ze voerde me kleine hapjes met een lepel. Ik kwam er algauw achter dat ze een mijnwerkersvrouw was en dat haar echtgenoot de man met het uilengezicht was die ik als eerste in het boeren-stulpje had gezien. Elke dag als hij thuiskwam van de mijn kwam hij even naar me kijken, zijn bakkebaarden nog nat van het wassen. Hij heette Chick en zijn vrouw heette Helen, zo hoorde ik ze elkaar in de kamer ernaast noemen. (Wat ik in het begin niet doorhad was dat het huisje maar twee kamers telde en dat het bed waarin ik lag hun eigen bed was, dat ze aan mij hadden afgestaan terwijl ze zelf in de andere kamer op een tijken matrasje sliepen.)

Helen en Chick waren niet de drukste praters van de we-reld, maar soms – ik vermoedde dat het 's avonds was – hoorde ik ze tegen elkaar over mij fluisteren. Een keer hoorde ik hem aan haar vragen: 'Heeft ze al iets gezegd?' Helen antwoordde niet, maar ze moet haar hoofd geschud hebben, want ik had geen boe of bah gezegd sinds mijn aankomst. Een andere keer vroeg zij aan hem: 'Denk je dat ze niet wijs is?' En hij antwoordde: 'Misschien.'

Wat was er toch met me dat mensen me altijd voor een idioot versleten?

De gordijnen hielden het licht grotendeels tegen, dus ik wist nauwelijks welk deel van de dag het was. Maar op een keer werd ik wakker en zag de gordijnen uit elkaar gaan, en in de spleet verscheen eerst één blond ongekamd koppie en daarna een ander. Twee kleine meisjes keken me aan, het ene ongeveer drie jaar oud en het andere misschien zes. Dat moesten de kinderen van Helen en Chick zijn, veronderstelde ik. Ze keken me zwijgend aan met sombere gezichten en ogen zo rond als schoteltjes, tot hun moeder het merkte en ze wegjoeg.

Op de vierde dag, toen Helen me pap bracht, had ik net genoeg kracht om dankjewel te fluisteren en ze liet van schrik haast de kom vallen. 'Oef!' zei ze. 'Meid! Je hebt in geen dagen een woord gezegd. We dachten dat je doofstom was!'

Bij het stemgeluid van hun moeder kwamen de twee kinderen de kamer in gestiefeld. Ze doken achter haar rokken en keken me achterdochtig aan, met gefronste wenkbrauwen. Helen nam mijn hand.

'Arm kind', zei ze. 'Je was helemaal uitgehongerd en uitgeput. Maar je ziet er nu beter uit. Wil je een boodschap aan iemand sturen?'

Even wilde ik haar alles vertellen, maar ik besefte algauw dat ik daarvoor de kracht niet had. En dus schudde ik alleen maar mijn hoofd.

Ze kneep in mijn hand. 'Goed dan', zei ze. 'Eet die pap maar op en slaap nog een poosje.' Ze liet de kom bij me staan en dirigeerde de meisjes de kamer uit.

De volgende ochtend was ik zover verbeterd dat ik rechtop kon zitten. En de ochtend daarna stapte ik uit bed, hoewel mijn benen trilden alsof iemand me een klap op mijn kop had verkocht.

Het was de eerste echt mooie dag van het jaar en Helen zette een stoel bij de voordeur waar ik gewikkeld in een deken op ging zitten en mijn gezicht liet warmen door de zon. Ze had mijn kousen zo goed en zo kwaad als het ging gestopt en het vuil van mijn kleren en van Muriels jas geborsteld. Ze had me zelfs haar andere paar schoenen gegeven. Dat waren haar zondagse schoenen, gemaakt van lakleer en nauwelijks gedragen. Ik wist inmiddels dat de rij huisjes waar het hunne er een van was deel uitmaakte van Stoneydyke, een mijnwerkersdorp zo'n vijftien kilometer ten noordoosten van Snatter. Helen noch Chick drong aan op meer informatie over mezelf. Ik stelde het steeds maar uit te vertellen hoe ik daar gekomen was en zei tegen mezelf: 'Vanmiddag vertel ik het. Vanavond. Morgen. Als ik me sterker voel.' Maar uiteindelijk kon ik het toch op de een of andere manier niet aan om te vertellen wat er gebeurd was, dus zei ik maar dat ik op weg naar Edinburgh verdwaald was en in het mijnstulpje was gaan schuilen. Ze schenen genoegen te nemen met die verklaring. Maar ik zou willen dat ze niet zo zwijgzaam waren, want ik had sinds mijn komst geen nieuws meer over Snatter gehoord.

Om ongeveer elf uur die ochtend kwam Helen bij de voordeur naast me zitten en ik hielp haar met aardappelen schillen voor het avondeten. Dit leek me een goede gelegenheid om uit te vinden hoeveel ze wist. Ik begon heel omzichtig.

'Ik kwam laatst door een plaats', zei ik, 'waar een grote menigte was, de mensen stonden allemaal om een fontein, zal ik je vertellen, en een man hield een toespraak.'

'O, ja', zei Helen zonder op te kijken van haar aardappelen.

Ik probeerde het opnieuw. 'Weet jij misschien hoe die plaats heet? Het was aan de Grote Weg. Er was een herberg, De Zwaan heette die volgens mij. En een andere, Het Hoekhuis.'

'Snatter', zei Helen.

'Ja, dat is het', zei ik. 'Een man hield een toespraak toen ik daar langskwam. Een dominee.'

Helen trok een zuur gezicht. 'Die werd aangevallen', zei ze.

Ik trok een verbaasd gezicht. 'Aangevallen?'

Ze knikte, maar het was om ziedend van te worden, ze ging gewoon door met schillen.

'Eh... hoe kwam dat?' vroeg ik.

Ze haalde haar schouders op. 'Een vrouw viel hem aan. Daarna rende ze weg. Een Engelse dame, geloof ik. Knettergek. Sloeg hem met een schop.'

'O... O jeetje', zei ik. 'Hebben ze... Hebben ze haar te pakken gekregen?'

'Weet ik niet', zei ze. 'Ik denk het niet. Maar ze vonden wel iemand. Diezelfde dag nog viel er een arme ziel van een viaduct en werd overreden door een trein. Ierse vrouw. Tragisch. Ze willen de leuningen verhogen.' Opeens keek ze me bezorgd aan. 'Gaat het wel, liefje? Je wordt inenen weer zo bleek. Moet je niet gaan liggen?'

'Nee, ik voel me best, dank je.' Na een poosje zei ik: 'Dus het was... het was zeker een ongeluk, die vrouw op de spoorlijn? Niet?'

'O, ja', zei Helen. 'Ze zeiden dat ze de hele dag in De Zwaan en de Spoorweg Taveerne had gezeten. Daarna wankelde ze naar buiten. Het kan zijn dat ze nodig moest, hoor. En het mistte. Ze is waarschijnlijk gestruikeld.' Ze zweeg even en zei toen: 'Heb je het gehad?'

Even dacht ik dat ze het over mijn leven in het algemeen had. Hoe wist ze dat ik er zo slecht voor stond? Maar toen ik opkeek besefte ik dat ze alleen maar de aardappelen bedoelde. Ze maakte een gebaar dat ze ze van me wilde overnemen.

'Nee', zei ik. 'Laat mij ze maar allemaal schillen. Je hebt zoveel voor me gedaan. En eh... ik moest vanmiddag maar eens gaan.'

Ze keek me schuins aan. 'Vind je dat wel verstandig?'

'Ik moet wel. Jullie hebben je bed nodig. En ik voel me al veel beter.'

Om eerlijk te zijn had ik de kracht van een natte vlieg. Maar zelfs een natte vlieg kruipt naar de jam – en zo was het met mij ook: ik werd naar Kasteel Haivers en mevrouw toe getrokken.

Ik zal kort zijn over mijn vertrek uit Stoneydyke. Het volstaat te zeggen dat ik Helen niet alleen bedankte en haar beloofde haar schoenen terug te brengen zodra ik de mijne weer had, maar dat ik ook in stilte zwoer haar en Chick de dienst die ze me bewezen hadden terug te betalen. Maar die kloteschoenen waren zo stug dat ze net zo goed van ijzer hadden kunnen zijn. Toen ik anderhalve kilometer gelopen had waren mijn voeten aan flarden. En ik was ook uitgeput. Ik betwijfel of ik ook maar in de buurt van Kasteel Haivers was, maar godzijdank werd ik door een voddenman meegenomen en kon dus een poosje uitrusten op zijn kar. Hij zette me af in Smoller, vanwaar ik de laatste twee kilometer te voet ging, via Cowburnhill, omdat ik echt geen zin had mijn gezicht in Snatter te laten zien – wie weet liep ik die Ouwe Geitenbok wel tegen het lijf als zijn kop weer beter was. En ik stond niet voor mezelf in als ik hem zag.

De zon ging onder toen ik bij de zijpoort van het huis kwam. Het voelde vreemd om zo terug te keren, net of ik even boodschappen was wezen doen of zo. Het zag er verlaten uit, geen enkele schoorsteen rookte. Er bewoog niets in de moestuin. Het vuur waaruit ik *De observaties* had gered was nu een koude hoop as en verkoolde resten. Toen ik het erf naderde rook ik een scherpe geur van verrotting, alsof iets dun had gepoept en vervolgens was doodgegaan. Ik vreesde het ergste voor de beesten en ging gauw naar hun hokken. Maar tot mijn verbazing was zowel de varkensstal als de kippenren leeg. Geen varkens, geen kippen. En geen teken van de kat.

Ik keek naar het huis. De laatste zonnestralen verlichtten de ramen. Ze waren van een verblindend goud, maar het zag er niet mooi uit, op de een of andere manier bleek en onheilspellend. Op dat moment pikte er iets aan mijn scheen, ik sprong zowat een meter de lucht in, maar het was een verdwaalde kip die er nogal verfomfaaid uitzag. Ik joeg haar weg en ging naar het huis. Eerst was ik van plan eromheen te lopen en door alle ramen naar binnen te kijken om te zien of er iemand was, maar toen veranderde ik van gedachten, ik zei tegen mezelf dat ik iemand aan het schrikken kon maken als ik door de ramen gluurde. Maar in werkelijkheid denk ik dat het was omdat ík bang was voor wat ik te zien zou krijgen.

Het beste was, zo besloot ik, om naar binnen te gaan en uit te vinden wat er aan de hand was. De achterdeur stond open. Ik stak mijn hoofd om de deur en zag dat er niemand in de keuken was, dus ging ik naar binnen en deed de deur achter me dicht, want het was koud nu de zon onderging. Het eerste wat ik deed was Helens schoenen uittrekken. Daarna stroopte ik mijn kousen af en blies over de blaren op mijn voeten. Toen begon ik rond te kijken om te zien of er iets veranderd was sinds de laatste keer dat ik hier was. Welnu, de haard was uit en koud. Een druppel melk in een beker was zuur geworden. Het brood was al uitgedroogd voordat ik vertrok en was inmiddels groen uitgeslagen van de schimmel. En er kwam een verschaalde stank uit de gootsteen. Ik stond doodstil en luisterde, maar er klonk geen geluid in huis. De gang naar de hal was leeg en stil, stofdeeltjes hingen haast beweginloos in de laatste zonnestralen. Ik liep er stil doorheen, waardoor ze gingen dansen en wervelen. Na de koude stenen vloer van de keuken voelden de houten planken warmer aan onder mijn voeten. Onder de brievenbus lag een klein stapeltje brieven. Betekende dat dat er niemand was? Ik bedacht dat meneer James misschien ergens op zoek was naar mevrouw. En toen zag ik mijn oude jas en het omahoedje aan de trapstijl hangen. Precies wat mevrouw aanhad op de dag dat ze verdween. Dus ze was weer thuisgekomen.

Mijn hart klopte in mijn keel en ik ging een kijkje nemen in de salon. Daar stond de stoel waarin ze altijd zat. Ik stelde me voor dat ze daar nu weer zat en glimlachend opkeek van haar naaiwerk als ik binnenkwam. 'Bessy!' zou ze dan kunnen zeggen. 'Waar ben je geweest?' Of: 'Bessy! Waar denk je aan?'

Maar ze was er niet. En het kussen dat gewoonlijk op haar stoel lag, lag aan de andere kant van de kamer op de grond alsof het daar uit woede was neergesmeten. Ernaast lag een omgevallen kaars. Er waren ook ruitjes kapot van de haard. Ik bedacht dat als het huis een paar dagen verlaten was geweest, er misschien een inbreker – of inbrekers – via de achterdeur waren binnengekomen. Misschien waren ze nog in huis.

Nauwelijks had ik dat gedacht of ik hoorde iets. Het klonk heel erg als het kraken van een stoel en het kwam uit de werkkamer. Mijn adem stokte in mijn keel. Ik liep de gang op, mijn blote benen trilden. Ik probeerde geen geluid te maken, maar de vloerplanken plakten en met elke stap liet de huid van mijn voet met een hoorbaar scheurend geluid los. De werkkamerdeur stond half open. Ik drukte ertegenaan. Hij zwaaide langzaam en geruisloos open. Daar aan de muur hing de kaart van de omgeving die ik had geraadpleegd om te zien waar de spoorwegen liepen. En daar op het bureau lag mijn brief aan meneer James – geopend en wel naast een lege fles whisky. En daar, languit op zijn rug op de sofa, met één arm over zijn gezicht, lag de man zelf. Hij had geen schoenen aan. De kousen aan zijn voeten waren vuil en zijn kleren verfomfaaid. Naast hem op de grond stond een glas whisky en nog een fles, deze was bijna vol. Het was er een troep, met vuile borden en glazen op de grond en overal neergeworpen kleren.

Hij zuchtte terwijl ik naar hem keek en trok zijn arm van zijn gezicht. Maar hij deed zijn ogen nog niet open, hij bleef nog even naar binnen, naar zijn gedachten kijken. Dat kunnen geen aangename gedachten geweest zijn, want hij had een pijnlijke uitdrukking op zijn gezicht. Zijn hand tastte blindelings naar het whiskyglas, maar vond het niet. Toen opende hij zijn ogen. Ik stond recht in zijn blikveld.

'O, Bessy, kom toch binnen', zei hij, en dat raakte me in het hart, want het was duidelijk dat hij zich diep ellendig voelde, maar toch probeerde uitnodigend te klinken. Hij glimlachte zwakjes tegen me toen ik binnenkwam.

'Meneer?' zei ik. 'Is alles goed met u? Waar is mevrouw?'

Hij haalde diep adem alsof hij me ging antwoorden, maar er bleef iets in zijn keel steken en hij kreeg een geweldige hoestbui. Jezus Mina, wat hoestte die man. Hij ging rechtop zitten en nam een paar teugen whisky, wat scheen te helpen. Intussen gebaarde hij naar een stoel bij de haard. Ik ging zitten en wachtte. Uiteindelijk hield hij op met hoesten. Hij haalde zijn trillende vingers van zijn mond en steunde zijn elleboog op zijn knie.

'Zoals je ziet,' zei hij, 'ben ik wel eens in een betere conditie geweest. Wat mevrouw betreft...' Hij tuitte zijn lippen. 'Het is niemands schuld – behalve die van mezelf misschien.' Hij nam zijn hoofd in zijn handen en hoestte nog een keer.

Zijn woorden alarmeerden me. 'Wat is er, meneer? Wat is er gebeurd? Hebt u haar gevonden?'

'Ja', zei hij. 'We hebben haar gevonden. Om precies te zijn was ze hier. Ze moet teruggegaan zijn naar huis nadat...' De pijnlijke uitdrukking gleed weer over zijn gezicht. Hij keek me aan. 'Ze heeft dominee Pollock geslagen, wist je dat?'

'Jawel, meneer. Ik was hier toen u terugkwam met Hector.

En toen heb ik haar helpen zoeken, ginder in het bos.'

'Ach, ja', zei hij. 'Dat is waar ook. Nou, ze moet naar huis zijn gegaan na wat er... gebeurde... met de dominee. Intussen meenden ze haar lijk te hebben gevonden op de spoorweg, maar dat was niet zo, het was een andere vrouw, een vreemde.' Hij keek me aan en zijn gezicht klaarde op. 'Ah... je was erbij. Nu weet ik het weer.'

'Jawel, meneer.'

'Hoe het ook zij, Arabella is op een bepaald moment hiernaartoe gekomen. Ik weet niet hoe lang ze er al was, maar ze was terug naar haar kamer gegaan. Niemand heeft haar zien komen. Muriel vond haar boven, toen ze later, om een uur of zes, ging kijken. Ze lag op bed.'

Hij hield op met praten en leek een ogenblik af te dwalen. Ik had een godsakelig gevoel in mijn onderbuik.

'Dood, meneer?' fluisterde ik.

Hij keek me verbaasd aan. 'Nee, niet dood. Ze zat kalmpjes in een boek te bladeren. Ze maakt het goed, Bessy. Ik bedoel, in ieder geval leeft ze nog. Maar we moesten...' Hij zweeg even en bracht zijn hand naar zijn hoofd. 'Ze is in een gesticht geplaatst.'

Die woorden sneden door me heen als een mes. Ik bleef maar naar hem staren. Het leek wel of ik niet meer weg kon kijken. Niet meer met mijn ogen kon knipperen. Niet meer bewegen of iets zeggen.

Hij zei: 'Het schijnt dat dominee Pollock contact heeft opgenomen met de officier van justitie en... Welnu, om kort te gaan, de neef van McGregor-Robertson was zo vriendelijk haar onderdak te bieden in zijn inrichting. Ik vind eerlijk gezegd dat ik al eerder stappen had moeten nemen. Maar ik bleef maar hopen dat we haar hier konden genezen. Daarin heb ik me vergist.'

Mijn mevrouw! Mijn arme mevrouw – in een gesticht!

'Ik heb me vergist, zoals ik me in zoveel dingen vergist heb.' Hij keek me vlak aan. 'Ik heb mevrouw verwaarloosd, Bessy. Toen ik er had moeten zijn voor haar, was ik er niet, ik was op pad – God weet waar naartoe.' Hij stiet een holle lach uit die vrijwel onmiddellijk overging in een nieuwe hoestbui.

Mijn mevrouw in een gesticht – tussen de gekken!

Zijn hoest verminderde. 'Arabella had de politiek in moeten gaan', zei hij. 'Zij kan veel beter met mensen omgaan dan ik. Zij was altijd degene die mensen voor zich innam, die warme gevoelens opriep. Mijn belangstelling voor mensen is altijd... geforceerd geweest. Onoprecht.' Hij staarde droef naar de vloer. 'We hadden in Glasgow moeten gaan wonen', zei hij. 'Daar zou ze veel beter haar draai hebben gevonden. Maar ik had mijn zinnen op die zetel in het parlement gezet, begrijp je, en ik vond het beter om hier te wonen, in het kiesdistrict zelf.' Hij keek me aan. Zijn ogen waren waterig, ze stonden boos en bitter. Maar hij was kwaad op zichzelf, niet op mij.

Hij zei: 'Ik hoef je nauwelijks te vertellen dat het vrijwel zeker is dat de kans dat ik gevraagd word om mij verkiesbaar te stellen in rook is opgegaan. Daar zorgt dominee Pollock wel voor.' Zijn lip krulde. 'Nog nooit is iemand met zo'n zware hoofdwond zo ingenomen geweest met zichzelf.' Hier stokte hij, hij scheen weer te beseffen dat ik er was en dat ik maar een dienstmeid was. 'Ik weet niet of je hierin geïnteresseerd bent, Bessy. Vergeef me.'

'Gaat u verder, meneer.'

Hij dacht even na. 'Mensen willen graag geassocieerd worden met succes. Maar zodra de ellende om de hoek komt kijken, ben je je vrienden en kennissen kwijt. Ik heb geen woord gehoord van Duncan Pollock, *parlementslid*.' (Dat was voor het eerst dat ik hem dat woord zo spottend hoorde gebruiken). 'Niet één woord, terwijl hij toch op de hoogte moet zijn van mijn situatie. Hij vluchtte terug naar Edinburgh zodra hij met goed fatsoen zijn broer achter kon laten, God waarschijnlijk op zijn knieën dankend dat hij zich niet nog meer met ons had ingelaten. Ik geloof dat hij heel erg op Arabella gesteld was geraakt – om er vervolgens achter te komen dat ze niet goed wijs was. Hij zal zich wel voor gek gezet hebben gevoeld. Wat de anderen betreft...' Hij maakte een hulpeloos gebaar waaruit ik begreep dat de mensen niet bepaald hadden staan dringen om hun steun of medeleven te betuigen.

'Had u geen bediende in huis, meneer?'

Dat was geen moeilijke vraag, maar hij keek me nietszeggend aan en wreef over zijn kin.

'Om voor u te zorgen, meneer, bedoel ik. Wat is er met de boerenknechten gebeurd?'

'O', zei hij. 'Die zijn er wel. Muriel of Hector komt een paar keer per dag om me eten te geven, als ik wil. Ik heb niet zo'n trek de laatste dagen.' Hij keek naar de vuile borden op de grond en vervolgens naar de whiskyfles. 'Muriels zus, Jessie, dreigt het landgoed te verlaten en Alasdair met haar mee te nemen. Ze houdt niet van schandalen. Ze wil niet geassocieerd worden met mensen als de Reids.' Hij stiet een kort, sardonisch lachje uit, en ik realiseerde me voor het eerst dat hij behoorlijk dronken was. 'Ik dacht dat je weg was, Bessy', zei hij. 'Ik heb je brief gelezen.' En vervolgens, alsof het hem nu pas te binnen schoot: 'Je hebt me niet verteld waar je geweest bent.'

'Ik... ik ben ziek geweest, meneer, en mensen hebben me voor een paar dagen in huis genomen. Wist u dat de beesten weg zijn, meneer?'

'Beesten? O ja!' zei hij. 'Dat varken en wat was er nog meer.'

'Kippen. En de kat.'

'Ja, die hebben ze meegenomen naar de boerderij. Ik begrijp toch al niet waarom ze hier waren. Een varken houd je niet zo dicht bij huis. Dat heb ik Arabella ik weet niet hoe vaak verteld.'

'Ik denk dat mevrouw ze graag hier wilde hebben, meneer, zodat ze kon zien hoe de meiden ze voerden en de stallen schoonmaakten. Het was niet precies een experiment, ze mocht ons graag buiten aan het werk zien. Dat was allemaal onderdeel van haar *Observaties*.'

'Ja', zei hij somber. 'Haar *Observaties*.' Hij trok aan zijn lip terwijl hij me aankeek. 'Ik neem aan dat je erg op mevrouw gesteld bent, Bessy.'

'Zeker, meneer.'

Hij leunde achterover en werd weer afwezig, treurig staarde hij zijn gedachten na alsof het bootjes waren die de zee op voeren. Toen leek er iets in hem te verkruimelen. Na een ogenblik zei hij met schorre, gebroken stem: 'Ik had haar wens moeten inwilligen.'

Ik wachtte even maar hij verklaarde zich niet nader. 'Wat was dat, meneer?'

Hij zuchtte. 'Arabella is erg op je gesteld', zei hij en ik dacht dat hij van onderwerp was veranderd. 'Dat moet je weten, Bessy. Dat moet je begrijpen. Maar ik vrees dat ze nooit over het geval van dat andere meisje heen zal komen.' Hij keek me recht aan en de woede en de bitterheid keerden terug in zijn ogen. 'Dat heeft haar echt gek gemaakt. De dood van Nora.' Hij knarsetandde. 'En dat was mijn schuld.'

Ik keek hem aan. 'Úw schuld, meneer?'

Maar hij was opnieuw stilgevallen. Ik wachtte. Toen zei ik: 'Ik weet dat Nora zichzelf in moeilijkheden had gebracht, meneer.'

Hij keek me fronsend aan, zijn ogen geloken. Was hij in de war? Of op zijn hoede?

'Meneer, ik bedoel dat ze een kind verwachtte toen ze doodging.'

Hij liet zijn hoofd achterover hangen, zonder de uitdrukking op zijn gezicht te veranderen. 'Ik neem aan dat je me wel wilt vertellen waar je dat gehoord hebt.'

'O, ik heb het niet gehoord, meneer. Ik heb het bedacht. Op grond van wat mevrouw zei en op grond van uw reacties, meneer, de uwe en die van de dokter. En op grond van wat Nora schreef in haar dagboek.'

Meneer James had me aandachtig zitten bekijken terwijl ik sprak. Nu haalde hij zwaar en bevend adem, het was half een zucht en half een geeuw. Het was niet dat hij zich verveelde, hij was alleen maar doodmoe. Ik vroeg me af wanneer hij voor het laatst geslapen had. De wallen onder zijn ogen waren donkergrijs. Zijn jasje en zijn overhemd waren langs zijn hals omhooggekropen, waardoor hij er in elkaar gedoken en weerloos uitzag. Hij fluisterde haast toen hij sprak.

'Nora kwam naar haar toe om hulp, moet je weten. Het meisje wist niet wat ze moest doen. Ze kon niet naar... haar vader. Dat was uitgesloten. Dus deed ze een beroep op mijn vrouw.' Hij zweeg even. 'Ik geloof dat Arabella in het begin nogal geshockeerd was. Ze had gedacht dat het meisje volmaakt was, onbedorven. Onbederfbaar. Maar het bleek dat ze verleid was. Ik denk dat Nora niet helemaal vrijwillig meewerkte aan wat er gebeurde.'

'Dat geloof ik ook niet, meneer', zei ik. Maar hij scheen me niet te horen.

Hij ging haast werktuiglijk door. 'En toen kwam Arabella bij mij met het nieuws. Ze had een plannetje bedacht. Ze wilde dat wij het kind zouden adopteren zodat zij en Nora het hier konden opvoeden. Ze was er heel enthousiast over.' Hij lachte bitter. 'Natuurlijk zei ik tegen haar dat er geen sprake van kon zijn. Ik kon geen enkel potentieel schandaal riskeren. Wat Arabella voorstelde, dat was... dat was krankzinnig. Dus ik zei tegen haar dat ze het meisje moest ontslaan en daarmee uit.' Hij tuurde in de verte. Er volgde een lang stilzwijgen, waarna hij zei: 'Ik geloof dat allebei hun harten braken.'

'Dominee Pollock... die weigerde haar dus te helpen, meneer?'

Meneer James schrok op en keek me verbijsterd aan. 'Hoe weet jij voor de drommel dat hij het was?'

'Gewoon een gok, meneer. Nora had al die traktaten, moet u weten. En ik heb gehoord dat hij wel vaker avances maakte bij meisjes. Ik weet dat mevrouw in de war was, meneer, maar ik denk dat ze ook voor een deel heel goed wist wat ze deed. Ze gaf hem de schuld voor wat er met Nora was gebeurd.'

Hij zat me nog steeds verbaasd aan te kijken. Ik had al die dingen al een tijdje vermoed, maar nu het bevestigd was, leek het ineens of mijn hoofd barstte, zo razend was ik.

'Dus hij liet haar in de steek, hè?' zei ik. 'Het arme meisje. Hij liet haar stikken!'

Meneer sloeg zijn ogen naar het plafond en beet op zijn onderlip en klauwde met zijn vingers in zijn wang alsof hij zichzelf wilde verwonden.

'Nee', zei hij na een poosje. 'Dat zou gemakkelijk zijn, hè? Dan was hij de schurk.'

'Ik begrijp het niet, meneer.'

'Hij weet het niet.'

'Wat?'

'Dominee Pollock weet van niets. Niemand heeft het hem verteld.'

'Hij weet het niet...?'

'Dat het meisje in verwachting was toen ze stierf. Nora heeft het hem nooit verteld, ze wilde niets meer met hem te maken hebben toen het was gebeurd. Ik denk dat ze een beetje bang voor hem was. En hijzelf denkt dat hij de dans is ontsprongen, dat hij het met haar gedaan heeft en dat ze toen, gottegot, een paar maanden later onder een trein liep. Boe-hoe!' Hij kuchte en het zag ernaar uit dat hij weer een hoestbui zou gaan krijgen, maar het ging over en hij vertelde verder. 'En niemand anders heeft het hem verteld, begrijp je. McGregor-Robertson weet alles omdat hij de lijkschouwing heeft verricht en zag dat het meisje zwanger was. Maar hij was het met me eens dat het geen zin had het aan Pollock te vertellen.'

'En mevrouw?'

'Nee. Ik verbood haar er met Pollock over te praten. Ik wilde hem niet van streek maken. Ik wilde niet dat hij ons asso-cieerde met iets negatiefs. Ik wilde bij hem in de gunst komen en hem niet beschuldigen. Bovendien, wat had ze tegen hem kunnen zeggen? Hoe had ze het zelfs maar ter sprake kunnen brengen? Hij zweeg en zuchtte, waarna hij verder ging. 'Arabella haatte me omdat ik het in de doofpot stopte. Ze vond dat hij onder ogen moest zien wat hij had gedaan, dat hij een deel van de schuld op zich moest nemen. Ze haatte hem toch al en ze haatte het dat ze gedwongen werd zijn bezoeken aan ons huis te dulden. Maar Pollock wist natuurlijk van niets. Hij dacht gewoon dat Nora verongelukt was.'

'Maar dat ze overreden werd door een trein – dat was toch een ongeluk, niet, meneer?'

Hij zei een tijdje niets en staarde alleen maar in de lege haard alsof het een afgrond was. Eindelijk sprak hij. 'Ze heeft een briefje achtergelaten. Voor mijn vrouw. Ze nam afscheid en zei dat Arabella zich niet schuldig moest voelen.' Hij richtte zijn hoofd op en keek me haast verontwaardigd aan. 'Weet je, tot op het laatste moment dacht dat meisje aan anderen.' Hij nam een flinke slok van de fles.

'Zou ik het briefje mogen lezen, meneer?'

Hij schudde zijn hoofd. 'Ik stond erop dat Arabella het vernietigde', zei hij. 'De officiële lezing was dat Nora per ongeluk op de spoorlijn terechtgekomen was en zo is het gebleven. De enigen die de waarheid kennen over wat er is gebeurd zijn ikzelf, McGregor-Robertson, Arabella – en nu jij. Als je me dit een paar dagen geleden had gevraagd, zou ik alles hebben ontkend en je waarschijnlijk hebben ontslagen. Ik zou me zorgen hebben gemaakt dat je ging roddelen en dat de dominee het ter ore zou komen. Maar nu...' Hij gebaarde naar de rotzooi om hem heen, de whiskyfles. 'Het is over. En dominee Pollock kan me niets meer schelen. Ik zou hem zelfs graag eigenhandig met een schop op zijn hersens slaan.'

We bleven nog even zwijgend zitten, meneer James staarde in de verte, hij beet op zijn nagels, hoewel er niks meer te bijten over was en zijn vingertoppen bloederig en rauw waren.

Opeens stokte hij en nam zijn hand van zijn mond. 'Welke dag is het vandaag, Bessy?'

'Ik weet het niet, meneer. Dinsdag, misschien. Of woensdag?'

'Ah, goed', zei hij. 'Geen zaterdag, dus. Ik moet Arabella op zaterdag bezoeken. Ze zeiden dat ik voorlopig niet te vaak moet komen, niet meer dan eens per week. Ze zijn bezorgd dat mijn aanwezigheid haar van streek kan maken.' De manier waarop hij het zei leek het wel of hij dat vermakelijk vond, maar het was volkomen duidelijk dat hij eronder leed. Hij keek me hoopvol aan. 'Wil jij haar bezoeken, Bessy? Ik zal je geld geven voor een rijtuig. Ik heb geld zat – hier, kijk maar.'

Hij tastte in zijn zak en haalde er handenvol munten uit.

Ze stroomden over zijn schoot en over de sofa. Hij graaide ze bijeen en stak ze me toe. De munten vielen tussen zijn vingers door. Ik bukte en begon ze voor hem op te rapen. Meneer James begon te jammeren en toen ik opkeek zag ik dat hij zich met zijn gezicht naar beneden op de sofa had geworpen.

'O, Arabella! Wat heb ik gedaan?' riep hij. En toen begon hij te snikken. Zijn schouders schokten. Ik liet de munten liggen en knielde naast hem neer, ik legde een hand op zijn arm om hem te troosten. Hij huilde zo hard dat ik dacht dat het wel een poosje zou duren.

DEEL ZES

24

Een nieuwe bezigheid

Ik sliep die nacht in mijn oude kamer op Kasteel Haivers. Ik liet meneer James in zijn werkkamer achter, en daar was hij nog steeds toen ik de volgende ochtend wakker werd. Misschien had hij een beetje geslapen op de harde sofa. Dat wil zeggen, als hij überhaupt had geslapen. Ik weet dat ik niet veel rust had gekregen. Het eerste wat ik deed was hem pap voor ontbijt brengen, die hij wegspoelde met whisky. Hij scheen een beetje vrolijker dan de avond tevoren. Hij dacht erover het landgoed te verkopen, zei hij. Meneer Rankin, de buurman die was komen dineren, had al belangstelling getoond om het meeste land te kopen en er kolen te delven. Meneer James had nog niet besloten of hij het huis en de grond zou houden. Misschien verkocht hij alles wel en verhuisde naar de stad, zei hij. Hij overwoog zelfs zijn beroep als jurist weer op te vatten.

'Maar jij mag hier blijven, hoor, Bessy', zei hij. 'Tot de verkoop rond is. Die dingen kunnen maanden duren.'

Dank u, meneer. Dat is erg aardig van u. Maar misschien ga ik terug naar Glasgow en beproef daar mijn geluk.'

Of ergens anders naartoe. Eerlijk gezegd wist ik totaal niet wat ik ging doen. Maar één ding wist ik zeker en dat was dat ik niet op Kasteel Haivers wilde blijven zonder mevrouw. Maar voor ik wat dan ook deed was ik van plan haar te bezoeken. Ik wilde haar een paar dingen vragen – dat wil zeggen als ik een verstandig woord uit haar kon krijgen. Klaarblijkelijk was ze er niet erg gelukkig mee geweest dat ze in een gesticht werd gestopt. Meneer James en McGregor-

Robertson hadden haar er in een rijtuig naartoe gebracht. Volgens meneer James was ze tijdens de reis heel tevreden geweest, een beetje opgewonden zelfs, maar dat kwam omdat de dokter gelogen had en haar had verteld dat ze bij Nora op bezoek ging. Maar toen ze in het gesticht kwamen besefte ze dat ze voor de gek gehouden was. Meneer James en de dokter moesten stiekem weggaan.

Het was heel verdrietig, zei meneer James. Zijn hart brak dat hij haar achter moest laten.

Volgens het hoofd van het gesticht, de neef van McGregor-Robertson, was ze vervolgens ten prooi geweest aan heftige gemoedswisselingen. In het begin was ze radeloos en boos geweest en had zelfs geprobeerd over de muur te klimmen en te ontsnappen. Maar net de laatste dag of zo was ze gekalmeerd en leek haast op haar gemak in haar nieuwe omgeving.

Het was ongeveer dertig kilometer naar het gesticht. Het was een privé-kliniek die in de richting van Glasgow lag, maar een eind ten zuiden van de Grote Weg, aan de rand van een dorp dat ik Foulburn zal noemen, verscheidene kilometers ten zuidoosten van de stad. Er was geen spoorwegstation in de buurt, dus meneer James bood me zijn rijtuig aan, en toen ik het aanbod afsloeg (omdat ik geen zin had met Biscuit Meek mee te rijden) bood hij aan een rijtuig te betalen dat vanaf Herberg de Zwaan vertrok. Dat aanbod accepteerde ik alleen omdat ik me nog steeds zwak voelde en mijn voeten te beurs waren om ver te lopen. Daarnaast bood hij me goede referenties aan, mocht ik die nodig hebben. Ik hoefde hem maar te schrijven, zei hij, en hij zou ze per kerende post sturen. En hij betaalde me mijn loon, met nog de helft erbij, omdat ik het extraatje verdiende, zei hij, vanwege mijn moed en trouw. Hij zei dat ik daarvan ook logies kon betalen in Foulburn, want ik zou hem een groot plezier doen als ik zijn vrouw bezocht op een tijdstip dat hij niet mocht komen.

Hij zwaaide me zelf uit. Ik geloof dat het pas de tweede keer was dat ik door de voordeur naar buiten ging. Het was nog vroeg in de ochtend. De dauw lag op de daken en de hemel kleurde roze. Meneer James stond op kousenvoeten in de hal, zijn ogen tot spleetjes geknepen tegen het daglicht, zijn armen om zijn schouders geslagen, zijn manchetten los, zijn vest scheef dichtgeknoopt, zijn haar in de war – als er iemand rijp leek voor het gesticht, dan was hij het wel.

Hij overhandigde me een brief. 'Wees zo goed dit aan Arabella te geven. Zeg tegen haar dat ik zaterdag kom. Zeg dat ze zich geen zorgen hoeft te maken.'

Ik stopte de brief in mijn bundel, die al die tijd op mijn kamer gelegen had, gepakt en wel. 'Doe ik, meneer.'

'Vaarwel, Bessy', zei hij. 'Ik hoop dat je niet te slecht over ons zult denken.'

'Nee, meneer, dat doe ik niet.'

Hij haalde zijn armen even van zijn schouders om me een hand te geven. Het was de eerste keer dat ik een heer een hand gaf, en om de een of andere reden maakte me dat diep aan het blozen. Nu moet ik erom lachen, als ik bedenk wat ik verder allemaal met mannen in mijn korte leven gedaan heb.

'Vaarwel, meneer', zei ik. En toen hobbelde ik helemaal naar Snatter, zonder één keer om te kijken.

Halverwege de ochtend had de zon de roze wolken weggebrand en een heldere, blauwe hemel achtergelaten. Nog maar een week geleden was het hartje winter geweest, en nu leek het wel een zomerdag, te warm zelfs voor mijn jas, die ik van de trapstijl had gehaald. Het huurrijtuig reed door dorpen en overal waar ik uit het raampje keek stonden de mensen te genieten van de zon. Iedereen zag er geweldig uit. In plaats van zich met de kraag van hun jas omhoog voort te haasten, bleven de mensen staan om een praatje te maken. Alle mannen waren in hun hemdsmouwen. Ik zag een man met een kruiwagen die ijsco's verkocht. Ik zag een jongetje met ontbloot bovenlijf een hoepel recht een bakkerswinkel in sturen, en de vrouw achter de toonbank voer niet tegen hem uit, ze glimlachte alleen maar.

Op de Grote Weg was het goed rijden en de koets maakte aardig vaart, maar toen we eenmaal een zijweg waren ingeslagen, vertraagden we onze pas en uiteindelijk deden we er bijna twee uur over om in Foulburn te komen. Het gesticht stond buiten het dorp, opzij van de doorgaande weg en aan een landweggetje omzoomd met hoge bomen dat tegen een helling op slingerde. Na een paar minuten stopte het rijtuig bij een ijzeren hek tussen stenen pilaren. Ik trok het raampje naar beneden en keek naar buiten. Achter het hek zag ik taxusbomen en sparren, een grasveld, een korte oprijlaan en daarachter het hoofdgebouw. Ik kreeg een rare schok toen ik het zag, want ik had iets groots en duisters en afschrikwekkends verwacht, net als het gesticht in Glasgow dat vanuit de bovenste verdieping van meneer Levy's huis te zien was en er heel somber uitzag. Maar dit leek op een buitenhuis, meer zoiets als Kasteel Haivers, hoewel veel groter.

Een oude man opende het hek en gebaarde dat we het terrein op konden komen. Hij was in hemdsmouwen en droeg een oud slap hoedje, en ik vond hem er meer als een tuinman uitzien dan als een oppasser van een gesticht. Ik hoorde het hek achter ons dichtvallen en het ratelen van de ketting waarmee het op slot werd gedaan. Het rijtuig stopte bij de bordestrap. Ik haalde de brief die meneer James me gegeven had uit mijn bundel en stak hem in mijn zak. Ik liet de bundel op de zitting liggen en zei tegen de koetsier dat hij moest wachten, en terwijl hij het rijtuig keerde keek ik omhoog naar het gebouw.

Het was van rode zandsteen, twee verdiepingen hoog, met een veranda aan de voorkant en aan beide zijden witte pilaren. Een brede trap met lage treden leidde naar de voordeur. Het zag er heel sympathiek uit en ik kreeg de indruk dat het terrein zich aan de zijkant en achterkant veel verder uitstrekte dan eerst te zien was geweest. Ik had tralies voor de ramen verwacht, maar die waren er niet. De ramen waren hoog en breed, van het soort dat veel licht doorlaat. Ik had verwacht gekken te zien rondschuifelen als spoken en mannen die aan hun piemel liepen te trekken en vuige taal uitsloegen. Maar er was nergens zo iemand te bekennen, alleen een stuk of vijf kerels die cricket speelden op het grasveld en ongeveer hetzelfde aantal vrouwen in daagse kleren die toekeken. Ik nam aan dat het de oppassers waren die op dat moment geen dienst hadden.

Terwijl ik dat allemaal in me stond op te nemen, verscheen er een gedrongen vrouw in de open voordeur die de trap afliep om me te begroeten. Ze droeg een donkere wollen jurk en had een schort voor. Ik vond haar eruitzien als een soort huishoudster. We wensten elkaar goedemorgen en ik vertelde haar dat ik gekomen was om mevrouw Arabella Reid te bezoeken, waarna ze meteen zei: 'Natuurlijk.' (Maar wat er zo natuurlijk aan was, dat weet ik niet.) En vervolgens: 'Ik ben mevrouw Robertson. Volgt u mij maar.' Ze keerde zich om en ging me voor het huis in.

Mijn God, ik had nog nooit zo'n voornaam paleis gezien. De hal was ongeveer zo groot als een balzaal, met een geboende vloer en in het midden een trap. Aan beide zijden bevonden zich brede deuren en achter de trap was een kleinere deur die toegang gaf tot de keuken. Tot mijn verba-

493

zing ging de gedrongen vrouw me voor naar een salon aan de rechterkant, waar aan het eind een dienstmeid bezig was een vaas met narcissen te schikken. Ik had verwacht dat ik op een soort patiëntenafdeling zou worden gelaten en ik realiseerde me dat ik verzuimd had mezelf bekend te maken. Ik had een satijnen jurk aan en ik bedacht dat mevrouw Robertson me voor een dame moest hebben aangezien omdat ik in een rijtuig arriveerde. Ik bleef op de drempel staan aarzelen, me afvragend wat ik moest doen. Was het nu te laat om er iets over te zeggen? Maar misschien was de huishoudster alleen maar de salon in gegaan om iets tegen de dienstmeid te zeggen, want ze ging naar haar toe en fluisterde haar iets in het oor. De meid draaide zich om.

En toen ze dat deed sprong mijn hart bijna uit zijn ribbenkast, want ik zag meteen dat het helemaal geen dienstmeid was, maar mevrouw! Ze glimlachte en liep naar me toe. Jezus Mina! Ik had haar niet eens herkend. Ze droeg een korte marineblauwe jurk tot net boven haar enkels, een crèmekleurig schort, dikke kousen en stevige schoenen. Haar haar had ze anders gedaan en ze had een klein kapje op haar achterhoofd gespeld.

'Bessy!' Ze spreidde haar armen en ik liet me woordeloos omhelzen en vlijde me tegen haar aan. 'Kijk toch eens!' zei mevrouw terwijl ze over mijn haren streek. 'Je ziet er afgemat uit. Heb je het heel moeilijk gehad?'

'Nee, madam.' Ik had zin om te huilen, maar ik wilde haar niet van streek maken. Om maar iets te zeggen vroeg ik: 'Hebben ze nu een dienstmeid van u gemaakt of zo?'

Ze deed een stap achteruit en wiegde van links naar rechts alsof ze wilde dat ik haar bewonderde. 'Hoe zie ik eruit?' vroeg ze en lachte. 'Heel modieus, niet? Ik heb er nog een, een roze.'

Ik moet geshockeerd hebben gekeken, want ze lachte weer

en nam mijn hand. 'Nee, nee, Bessy', zei ze. 'Het idee hier is dat iedereen meehelpt. Vanochtend heb ik beneden stof afgenomen en opgeruimd en de bloemen geschikt. Gisteren heb ik bedden opgemaakt.' Ze keek achterom en riep naar de gedrongen vrouw die bezig was de gordijnen te schikken: 'Mevrouw Robertson, is het geoorloofd om met Bessy in de tuin te gaan wandelen?'

De vrouw keek naar ons. 'Gaat uw gang, mevrouw Reid', zei ze. 'We zijn hier toch klaar. Blijft uw gast lunchen?'

Mevrouw keek me vragend aan. Ik aarzelde, ik dacht nog steeds dat ze me voor een dame aanzagen. Alles was een schok voor me. Mevrouw in haar nieuwe kleren. Wandelen in de tuin. Lunchen. Allemachtig!

'O, je moet blijven!' zei mevrouw. En vervolgens op ge-dempte toon: 'Het eten is smakeloos maar niet vies.' Ze wendde zich weer tot de gedrongen vrouw en riep: 'Mevrouw Robertson, dit is Bessy, mijn lieve, trouwe meid over wie ik u vertelde.'

De vrouw glimlachte en keek me aan. 'Wilt u blijven voor de lunch, juffrouw?' vroeg ze. 'Juffrouw' noemde ze me. Terwijl ze wist dat ik een dienstmeid was!

Mevrouw kneep in mijn hand en noemde mijn naam. Ik realiseerde me dat ik erbij stond als een papzak, met wijd open mond.

'O, ja, graag', zei ik.

'Goed dan. Ik zal het aan de keuken doorgeven', zei de vrouw en ging weer verder met gordijnen schikken. Me-vrouw gaf me een hand en nam me door de hal mee naar het bordes. Daar stond ze stil en keek me teder aan.

'Ik wist wel dat je me zou komen bezoeken', zei ze. 'Ik heb op je gewacht, Bessy.'

Haar ogen glansden helderder dan ooit tevoren, het groen in haar ogen was zo puur in het zonlicht dat je er bijna van schrok. Jongejonge, wat was ze een plaatje!

En toen dacht ik aan de brief. Ik haalde hem uit mijn zak en gaf hem aan haar. 'Van meneer James.'

Zonder er zelfs maar een blik op te werpen stak ze hem in haar schortzak. 'Arme James', zei ze en keek met een zucht naar het groepje cricketspelers op het grasveld. Ze kneep haar ogen samen. Na een ogenblik zei ze: 'Weet je, Bessy, dat dit de meest fascinerende plek is waar ik ooit in mijn leven ben geweest?'

Ik volgde haar blik, me afvragend wat er zo fascinerend aan was. Het enige wat ik zag waren mannen met een bat en een bal en groepjes vrouwen die in het gras naar ze zaten te kijken en zo nu en dan applaudisseerden voor een goede catch.

'Zijn dat de oppassers, madam?' vroeg ik.

Ze keek me aan. 'Oppassers?' vroeg ze. 'Goeie genade, nee! En in ieder geval noemen wij ze niet zo. Wij zeggen "begeleiders". Mevrouw Robertson, de dame met wie je net hebt kennisgemaakt, is een begeleidster. Om precies te zijn is zij de hoofdbegeleidster, de directrice. Die dames en heren daar...' Ze wees naar de cricketers. 'Dat zijn patiënten.'

En toen zag ik dat de vrouwen allemaal dezelfde jurk droegen als mevrouw, in verschillende kleuren. Dus dat waren patiënten! Sommige zagen er heel gewoon uit. Een paar van hen waren weliswaar aan de magere kant en sommige anderen zagen tamelijk bleek, maar voor het merendeel zagen ze eruit als jij en ik.

Mevrouw glimlachte tegen me. 'Laten we gaan wandelen, Bessy', zei ze.

We liepen de bordestrap af en slenterden over de oprijlaan in de richting van het groepje mensen op het grasveld. Ik was bang dat we naar ze toe zouden gaan, en God verhoede dat ik met ze moest praten, maar we passeerden ze op een afstand.

Een paar dames glimlachten en knikten tegen haar en ze beantwoordde hun groet. Een of twee van de mannen namen hun hoed af. We verlieten de oprijlaan en gingen een rozentuin in aan de zijkant van het huis. Mevrouw leidde me over het grindpad tussen de rozenstruiken door, die gesnoeid waren en klaar om in de lente uit te botten. We konden de cricketers nog zien, maar ze waren buiten gehoorsafstand.

Nu we alleen waren konden we vrijer praten, had ik het gevoel. 'Hoe gaat het met u, mevrouw?' vroeg ik. 'Wordt u goed behandeld?'

'O ja, hoor', zei ze. 'Ik moet je zeggen, Bessy, dat het hier helemaal niet is zoals ik in het begin dacht. Ik geef toe dat ik nogal overstuur was toen ik besefte dat James me hierheen had gebracht. Ik had moeten weten dat er iets mis was toen McGregor-Robertson tegen me zei dat hij me naar Nora bracht. Natuurlijk wist ik dat het een trucje was om mij het rijtuig in te krijgen. Maar ik was nieuwsgierig en wilde weten wat ze van plan waren. Dus ik ging met ze mee. En toen we hier aankwamen was ik in het begin niet zo achterdochtig. Ik praatte met iemand, een erg aardige heer, dokter Lawrence, de neef van McGregor-Robertson, zoals ik later vernam – hij is hoofd van deze inrichting, moet je weten. Ik praatte met hem en toen ik omkeek waren James en McGregor-Robertson vertrokken. En vervolgens werd ik naar mijn kamer gebracht, en ineens besefte ik wat er aan de hand was. Maar sindsdien ben ik tot de slotsom gekomen dat het helemaal zo slecht nog niet is om hier een poosje te blijven.'

We waren in het midden van de rozentuin aangekomen, waar het pad uitwaaierde, er stond een bankje voor een zonnewijzer. Mevrouw ging zitten en ik nam naast haar plaats. Recht voor ons, aan het eind van het pad, lag het grasveld met de cricketers. Dit was een beschutte plek. Het liep al tegen de middag. Ergens waaide een kookgeur vandaan en ik had het gevoel dat het nog warmer geworden was, zo'n zomerdag in maart had ik nog nooit meegemaakt.

Mevrouw liet haar hoofd achterover hangen, deed haar ogen dicht en warmde haar gezicht in de zon. 'Zie je die man daar met die cricketbat?' vroeg ze vertrouwelijk, zonder haar ogen te openen.

Ik keek het pad af en zag een kort, dikkig heertje, gladgeschoren, met dunne lippen en sluik donker haar. Hij hield zijn knieën tegen elkaar gedrukt en zwaaide zwierig zijn bat heen en weer, op een krijgslustige manier, terwijl een lange man van hem wegliep.

'Ja', zei ik.

Hij denkt dat hij Napoleon Bonaparte is', zei mevrouw zacht. Ze opende haar ogen en keek naar het groepje op het grasveld. 'Zie je die man die van hem wegloopt?'

'Ja', zei ik.

'Hij denkt dat hij de Heer is', zei mevrouw. Ze keek me met grote ogen aan. 'Niet de landheer, begrijp me goed. Ik bedoel: hij denkt dat hij Jezus Christus onze Heer en Verlosser is. Is dat niet merkwaardig?'

Ik keek opnieuw naar de lange man. Hij zag er als een heel gewone kerel uit, misschien een tikje aan de pezige kant. Ik had nauwelijks tijd om dat tot me door te laten dringen, want mevrouw zei weer iets tegen me, zonder haar lippen te bewegen.

'Die mevrouw daar,' zei ze, 'ik wil niet wijzen, maar ze draagt een grijze jurk en ze zit bij het groepje van vier vrouwen onder die dennenboom.'

'O ja', zei ik.

'Zij gelooft dat er kleine mensjes op haar schouders wonen. Gistermiddag liep iemand per ongeluk tegen haar aan. Je had de drukte moeten zien die ze maakte. Al die kleine mensjes waren op de grond gevallen, moet je weten. We moesten haar helpen ze op te rapen! Natuurlijk was er niets, maar we deden net alsof voor de arme schat. We zetten ze terug op haar schouders. Ze huilde. Dat zijn de interessantste patiënten, Bessy, degenen die bizarre dingen geloven. De meesten van hen, de lieverds, zijn alleen maar wat neerslachtig, of ze hebben vreemde angsten voor dingen die helemaal niet beangstigend zijn, zoals hoeken, bijvoorbeeld. Er is daar een man die bang is voor hoeken.'

Ik keek naar mevrouw. Ze leek enthousiast, haast opgetogen. Ik deed mijn best zo nonchalant mogelijk te klinken en vroeg: 'En hebt u Nora nog gezien sinds u hier bent?'

'O, nee', zei ze. 'Nora is weg.'

Ze keek over haar schouder om zich ervan te vergewissen dat er niemand in de buurt was. De oude man die het hek had geopend knipte een heg aan de andere kant van de rozentuin, maar hij was te ver weg om ons te kunnen horen.

'Daar wilde ik het met je over hebben', zei mevrouw. Ze nam mijn handen in de hare. 'Ik ben zo blij dat je gekomen bent, Bessy! Luister, Nora en ik... nou, je weet toch dat we van plan waren ons te ontdoen van mevrouw Gilfillan en haar beul, zodat Nora vrij kon zijn?'

Ik wist niet wat ik anders moest, dus ik knikte maar.

Mevrouw schudde haar hoofd en rolde met haar ogen. 'Ik moet je een paar rare dingen vertellen, Bessy', zei ze. 'Ten eerste moet je weten dat ik die vrouw zelf ontmoet heb. Je gelooft het niet, maar ik heb die Gilfillan ontmoet! Ik herkende haar meteen toen ik haar zag. Het was echt puur geluk. Ik had haar overal gezocht – hoewel dat moeilijk te verwezenlijken was, omdat ikzelf reden had om me schuil te houden. Het geval wil dat ik op de stationsweg was en dat ik daar in een tuin van achter een heg stond te kijken of de kust veilig was, en toen kwam ze daar ineens aan, ze liep de straat op, uit de Spoorweg Taveerne! Dezelfde vrouw die ik op

Kasteel Haivers had zien gluren, die ons al die tijd in de gaten had gehouden. Zij was het, in hoogsteigen persoon!'

Ik voelde me misselijk van angst, ik was half wanhopig over wat mevrouw zou kunnen gaan zeggen en half zat ik in de rats over wat ze misschien ging onthullen.

'Wat gebeurde er?' vroeg ik.

'Nou', zei mevrouw. 'Ik kon die kans niet laten lopen. Dus ik kwam achter de heg vandaan en liep haar vlug achterna. Ze was bij de taveerne de hoek om geslagen en ik haalde haar net in toen ze achter een stapel vaten vandaan kwam. Ik stelde mezelf voor en begon een gesprek over koetjes en kalfjes, ik had het over het slechte weer. In het begin leek ze achterdochtig, maar toen we een poosje gepraat hadden scheen ze wat te ontdooien. Ik vroeg haar met me mee te gaan, ik zei dat ik haar iets interessants wilde laten zien. En onderweg hadden we een heel geanimeerd gesprek. We gingen niet ver, tot aan het viaduct maar, en daar vestigde ik haar aandacht op een lage balustrade. Ik wil er niet te veel over kwijt, het volstaat te zeggen dat ik haar met een lichte druk overhaalde haar positie te heroverwegen.'

Ze glimlachte raadselachtig tegen me. Ik dacht aan het doormidden gesneden lichaam van mijn moeder naast de spoorlijn, nog geen kilometer van het viaduct. Het was dus waar. Wat ik had vermoed was waar!

Mevrouw kneep in mijn handen. 'Maar Bessy, weet je wat echt ongelooflijk is? Dat moet ik je nog vertellen. Je zult het niet geloven.'

'Wat?' vroeg ik zwakjes.

'Zie je, het was uiteindelijk niet Nóra op wie die vrouw uit was.'

'Nee?'

Mevrouw schudde haar hoofd. 'Nee, lieverd', zei ze. 'Jij was het! Ze wilde jóú meenemen naar Glasgow. Ja, ze deed zelfs alsof ze nog nooit van Nora gehoord had! Maar toen ik jouw naam noemde en zei wat een geweldige meid je was, toen raakte ze heel geanimeerd. En toen kregen we een meningsverschil. Wat een vreselijke vrouw! Het was echt een monster! En toen... nou ja, ik heb wel genoeg gezegd. Ik heb haar zover gekregen dat ze je voortaan met rust laat. Wees maar niet bang, lieverd, ze zal je niet meer lastigvallen.'

Ze aaide over mijn wang en keek me in de ogen. 'Lieve Bessy', zei ze. 'Waar denk je aan?'

Ik schudde mijn hoofd en knipperde mijn tranen weg. 'Niets, madam', zei ik. 'Niets.'

Ze glimlachte. 'Weet je, lieverd, wat jouw betreft ben ik tot een conclusie gekomen, en Nora is het met me eens. Ik heb haar geraadpleegd en ze zei dat ik helemaal gelijk had.'

'Welke... welke conclusie, madam?'

'Dat je echt de meest trouwhartige, oprechte vriendin bent die iemand zich maar wensen kan. Ik heb zo'n geluk gehad dat ik jou gevonden heb.'

En toen richtte ze haar aandacht weer op het cricketspel. Er werd even pauze gehouden. Napoleon voer uit tegen een ander lid van zijn team. Intussen maakte Jezus een radslag, onder applaus van de dames. Ze zagen er allemaal wazig voor me uit.

Na een poosje begon mevrouw weer te spreken. 'Dit is een hoogst intrigerend oord, vind je ook niet?' vroeg ze. 'Ik heb er met dokter Lawrence over gesproken en hij is het met me eens. Ik weet niet hoe lang ik hier zal blijven, Bessy, maar ik ben van plan mijn tijd zolang ik hier ben nuttig te besteden. Al dat werk dat ik gedaan heb over dienstmeiden en gehoorzaamheid! Nu ik in de buitenwereld ben zie ik dat er veel interessantere onderwerpen zijn. De geesteszieken! Dat is pas iets van onze tijd! Dat wordt mijn nieuwe bezigheid. Ze hebben me pen en papier gegeven. Ik maak het voorlopig nog niet bekend, maar tussen ons gezegd en gezwegen: ik ben aan een nieuw boek begonnen.'

Ze keek me aan. 'Je zult me moeten helpen met het verzinnen van een titel', zei ze. 'Hoe noemde je dat andere boek van me ook weer?'

'*De observaties*, madam.'

Ze leunde glimlachend achterover. 'Dat is juist', zei ze. '*De observaties*. Ik hoop dat je het niet erg vindt dat ik het zeg, Bessy, maar dat is geen erg goede titel, wel? Nee, we zullen deze keer iets beters moeten verzinnen.'

Ik wou eigenlijk een nieuw hoofdstuk beginnen om alles te vertellen wat er sindsdien is gebeurd, maar ik hou niet van afscheid nemen en vanaf dit punt zou het alleen maar afscheid nemen zijn wat ik vertelde. Dus ik zal het kort en aardig houden.

Ik was van plan een poosje in Foulburn te blijven, zodat ik mevrouw nog een aantal keren kon bezoeken. Die middag nam ik een kamer in de dorpsherberg en keerde later naar het gesticht terug voor de thee. Het was vreemd om te zien hoe goed alles geregeld was, met vier patiënten aan elke tafel en de vrouwelijke patiënten die scones en sneeën beboterd brood uitdeelden. Ik maakte zelfs kennis met Jezus en Napoleon. Jezus was wel aardig, maar Napoleon bleef me met een uitgestreken gezicht aankijken. En de man die bang was voor hoeken kromp in elkaar bij het zien van de schuin doormidden gesneden sneetjes brood.

's Avonds keerde ik naar de herberg terug, en toen ik mijn bundeltje uitpakte zag ik *De observaties* tussen mijn kleren liggen. Ik was helemaal vergeten dat ik het daarin had gestopt, het leek een heel leven geleden. Ik vroeg me af of dokter Lawrence er bezwaar tegen zou hebben als ik het boek aan mevrouw teruggaf. Het zag er niet al te fraai uit en er kwam een brandlucht vanaf. Ik sloeg het open en zag dat de vlammen de binnenkant van de kaft hadden aangetast. Een hoekje van het zwart-witte label met de tekst EX ~ BIBLIO-THECA ~ KASTEEL ~ HAIVERS was weggeschroeid en de dame en de meid hadden hun voeten met de muiltjes verloren.

En toen zag ik dat er iets achter het label uitstak. Een velletje papier. Ik trok het eruit en zag dat het meerdere velletjes waren, opgevouwen. Het was een briefje. Ik opende het en herkende onmiddellijk de keurige blokletters van Nora. De velletjes waren allemaal aan één kant ongelijk, alsof ze af waren gesneden. Hier waren eindelijk de ontbrekende pagina's.

Het was om precies te zijn de brief die Nora aan mevrouw had geschreven en die ze van meneer James had moeten vernietigen. Nora moet de vellen zelf uit haar dagboek hebben gesneden omdat ze geen blocnote had. En mevrouw had haar echtgenoot niet gehoorzaamd, maar de brief achter het label in haar boek verborgen.

Het was een persoonlijke brief, dus ik zal er niet uitvoerig uit citeren. Het volstaat te zeggen dat het belangrijkste doel was mevrouw van alle blaam te zuiveren. In de laatste alinea schreef Nora:

Mijn genadige vrouwe, ik weet hoe moeilijk het voor u was om mij te ontslaan, maar ik weet ook dat het niet echt uw besluit was. Wanhoop niet, alstublieft! Wij hebben een fijne tijd samen gehad, nietwaar? Mijn leven is van nu af aan niet meer de moeite waard, gezien de gebeurtenis die heeft plaatsgevonden. Slechts ellende wacht mij als ik verder ga. Het spijt me dat ik u dit aandoe, maar wees niet bedroefd. Bid in plaats daarvan voor mij, want wie anders zal het doen, mijn lieve mevrouw? Doe me een plezier en

wees gelukkig. Ik begin aan een groots nieuw avontuur.
Vrees niet, u en ik zullen elkaar ooit weer ontmoeten.
Ik bid dat God zich over mijn ziel ontferme. Amen.

Die Nora was wel een beetje een heilige, zeg.

Maar uiteindelijk denk ik dat ik haar wel mocht. Ze leek meer op mij dan ik ooit wilde toegeven. En die arme mevrouw! Ik moest er niet aan denken, het verdriet en de ontzetting die ze doorgemaakt moet hebben toen ze dit briefje vond. God geloof me, ze mocht dan wel niet altijd goed bij haar hoofd zijn, één ding was zeker, ze hield van ons allemaal. Van ons, de meisjes die als kaf over het water worden geblazen. Wij strijken nu eens hier neer, dan weer daar. We zijn op doortocht. En als we voorgoed van deze aarde verdwijnen, laten we weinig of geen sporen na, niets wat vertelt waar we geweest zijn. Maar mevrouw had dat laatste briefje van Nora bewaard en ervoor gezorgd dat ze een grafsteen had. Maar bovenal had ze ons in haar hart gesloten.

Ik vouwde de velletjes op en schoof ze terug onder het label. Het was iets explosiefs, dat briefje, dat boek. Ik maakte me zorgen dat het mevrouw te zeer van streek kon maken. Ik wist niet of ik er goed aan deed het haar te geven. En dus besloot ik, voordat ik Foulburn verliet, *De observaties* aan dokter Lawrence te geven, dan moest hij maar besluiten wat ermee gedaan moest worden.

De volgende ochtend, toen ik op bezoek ging bij mevrouw, kwam ik toevallig langs de winkel van Foulburn. Het was zo'n winkel met annonces in de etalage en ik zag er een waarop stond: 'MET SPOED keukenmeid gevraagd'. Dat trok vanzelfsprekend mijn aandacht, aangezien ik al liep te denken dat ik vroeg of laat de kuierlatten zou moeten nemen en werk zoeken. Maar toen ik het briefje nader bekeek werd mijn nieuwsgierigheid nog meer gewekt door het feit dat de betrekking werd aangeboden door niets of niemand minder dan het gesticht! Dat was nog eens een onverwacht buitenkansje! De dagen daarna dacht ik over de kwestie na en sprak erover met mevrouw. Hoe zou zij het vinden als ik die betrekking aannam? Nou, ze vond het een geweldig idee! Want dan konden we elkaar elke dag zien zolang zij in het gesticht zat. Ik was bang dat het tegen me zou pleiten dat ik een van de patiënten kende, maar dat bleek helemaal niets uit te maken. Ik moest solliciteren bij mevrouw Robertson en ze smeekte me haast op haar knieën de betrekking aan te nemen. Ik realiseerde me al snel dat het moeilijk is om personeel te vinden voor dat soort instellingen, hoe goed de omstandigheden in het gesticht ook zijn. Gekken, daar houden de mensen niet zo van. Maar om eerlijk te zijn, ik vind het opbeurend en bevredigend werk – en je kunt zo nu en dan nog lachen ook.

Diezelfde week begon ik in de keuken en werd binnen een paar maanden bevorderd tot begeleidster, een positie die ik nu al meer dan drie jaar bekleed. Het was dokter Lawrence zelf die me vroeg deze geschiedenis van mevrouw te schrijven en hoe we elkaar leerden kennen en zo, want hij vond het een interessant en nuttig document voor hem en zijn collega's, omdat ze nog steeds geïntrigeerd zijn door haar geval. Ik begon het eerste hoofdstuk te schrijven kort nadat ik hier kwam, maar ik heb weinig vrije tijd en het heeft me al die jaren gekost het te voltooien. Ik denk wel dat mijn stijl verbeterd is met de jaren, maar ik ben me ervan bewust dat ik nog steeds fouten maak, want als ik niet goed oplet, heb ik de neiging te schrijven zoals ik praat.

Mevrouw is al die tijd hier gebleven en wordt met de dag meer geboeid door haar medepatiënten. Ze is altijd aan het observeren, observeren, observeren, en ze stelt vragen, net zoals ze met mij deed toen ik haar dienstmeid was en zij haar *Observaties* schreef. Nu gaat haar levenswerk over krankzinnigheid. Ik vroeg haar vorige week wanneer het af zal zijn. Ze keek me aan en zei: 'Bessy, het is nauwelijks begonnen.'

Wat *De observaties* betreft kan ik zeggen dat het manuscript in mijn bezit is en dat het leuk is om te lezen. Ik ben al enige tijd bezig een geschikte uitgever te vinden. Tot nog toe geen succes, maar dat kan alleen maar een kwestie van tijd zijn, want in de afgelopen jaren is er veel belangstelling voor getoond. Ik kan zelfs zeggen dat *De observaties*, met uitzondering van een paar afwijzingen in het begin, overal waar het heen is gestuurd veel waardering heeft geoogst.

Bijvoorbeeld, toen de heer R. van de chique uitgeverij William R. & Zn. mijn introductiebrief ontving, verzocht hij onmíddellijk het boek in te mogen zien en meteen de volgende week – hoewel hij had besloten dat de inhoud 'niet helemaal' naar zijn smaak was – gaf hij me zonder aarzelen de raad het naar iemand anders te sturen – en bewijst zo'n prompte en hulpvaardige reactie niet dat het werk zijn verdiensten heeft? Dat staat als een paal boven water.

Sterk aangemoedigd stuurde ik het naar de heer W. van Harold W. & Co. Daar kwam een heel andere reactie op. Die meneer W. hield het manuscript zo lang in zijn bezit dat ik ervan overtuigd raakte dat hij van plan was het te stelen en buiten mij om onder een andere titel met groot succes uit te brengen. Maar uiteindelijk, na vele maanden en verscheidene brieven waarin ik om antwoord vroeg, retourneerde hij het manuscript met de woorden dat het weliswaar 'heel goed gedaan' was, maar dat zijn firma dat jaar geen boeken uitgaf, wat mij een vreemde manier leek om een uitgeverij te runnen, en dat schreef ik hem ook. Aangezien zijn gebrek aan enthousiasme alleen maar te wijten was aan de eigenaardige omstandigheden in zijn bedrijf (en uiteindelijk moeten ze

mijn advies ter harte hebben genomen, want ik weet zeker
dat ze dat jaar verscheidene boeken hebben uitgegeven!),
was ik niet in het minst ontmoedigd en stuurde het manuscript onverwijld door naar de heer G. van G., B. & T.

Korte tijd later schreef hij terug, *absoluut opgetogen*. Hij zei
dat hij nog nooit eerder zoiets was tegengekomen. Dat kwam
als een verrassing, want ik had hem het jaar daarvoor het
manuscript al gestuurd onder de oorspronkelijke titel 'Opmerkingen over aard en gewoonten van de huisbedienden in
mijn tijd' door 'Een Dame'. Maar bij die gelegenheid had hij
het ongelezen teruggestuurd, met een kort briefje waarop
alleen stond: 'Nooit ofte nimmer'.

Maar de nieuwe titel moet hem bevallen hebben, want deze
keer stuurde hij een vriendelijke babbelbrief waarin hij de
'satirische stijl' van het manuscript prees en naar de ware
identiteit van die 'mysterieuze Arabella R.' informeerde.
Men komt kennelijk zelden zo'n origineel en sprankelend
boek tegen in deze bedrijfstak die, zoals hij stelde, 'uitsluitend uit straatslijpers en zwendelaars' bestaat. Meneer G.
klaagde bijvoorbeeld uitvoerig over een man met wie hij
zojuist had geluncht, een andere uitgever, naar het scheen
een akelige kerel die in het verleden een boek van meneer G.
had gestolen. Meneer G. was er erg bitter over en zijn verwijten aan deze man werden op een bepaald moment uiterst
grof. Maar tegen het eind van de brief, ongeveer op de ne-
gende bladzijde, scheen hij weer iets van zijn oude goede
humeur terug te hebben gevonden. Hij verontschuldigde
zich voor de vlek (een of andere idioot op kantoor had een
glas wijn omgestoten) en nodigde me uit met hem te gaan
lunchen, hij zei dat hij nieuwsgierig was geworden naar het
volledige verhaal achter dit 'hoogst onderhoudende' manuscript en hij noemde me een 'geweldige kerel'. Om helemaal
eerlijk te zijn maakte ik uit zijn reactie op dat hij het manu-

script misschien niet tot het eind toe had uitgelezen. Ten eerste denk ik dat hij dacht dat ik Arabella was en dat hij haar boek helemaal verkeerd begrepen had (dat zijn twee dingen). Niet alleen dat (hier is nog een derde), maar hij scheen ook te denken dat wij een man waren die *net deed of hij een vrouw was*!

Ik antwoordde meteen en verzekerde hem dat *De observaties* een belangrijk wetenschappelijk en heel serieus werk was, én dat het door een dame was geschreven, en dat het me een genoegen was hem te ontmoeten om over de publicatie te praten. Maar hij schijnt zich aan iets wat ik zei gestoord te hebben, want ik heb sindsdien niets meer van hem vernomen. Misschien werkt hij niet meer bij G., B. & T. (Hij had het inderdaad over jaloezie onder collega's die maakte dat hij van zins was zijn ontslag in te dienen.)

Dat zijn maar een paar voorbeelden van de geweldige ontvangst die *De observaties* ten deel is gevallen, en als we moeten afgaan op de reacties, wil het halve land het manuscript gepubliceerd zien! Maar wees gewaarschuwd dat mij eerst toestemming moet worden gevraagd, en dan zal ik zien wat ik kan doen.

Wat voor nieuws is er nog meer? Meneer James bezocht mevrouw in die eerste maanden heel vaak, maar met het verstrijken van de tijd kwam hij steeds minder, en het afgelopen jaar is hij helemaal niet geweest. Voorzover ik weet woont hij nu in Manchester en is een Hotemetoot bij de rechtbanken daar.

Ik heb meneer Levy z'n laatste daad nog steeds. Jammer genoeg is ie mettertijd uitgedroogd, en vorig jaar is er een klein ongelukje mee gebeurd, hij is nu nog maar een snufje stof in het fluwelen zakje. Maar ik hou hem toch, om me aan die lieve man te herinneren.

Over obstipatie gesproken, het schijnt dat Davy Flemyng 'geblokkeerd' is, want er is nog geen teken van zijn Meesterwerk, en ik meen dat hij naar Corstorphine is verhuisd, op zoek naar zijn muze.

Wat verder nog? Nou, het zal u interesseren te weten dat dominee Pollock passagier was op het stoomschip London, dat in het jaar '66 op weg naar Australië in de Golf van Biskaje verging. Hij was een van de vele zielen die verdronken, een verschrikkelijke dood zeggen ze, ze werden door de golven verzwolgen terwijl ze 'Rock of Ages' zongen. De Golf van Biskaje ligt ten noorden van Spanje. Dat herinnert me eraan dat Spanje me altijd een heerlijk land heeft geleken, hoewel ik er natuurlijk nooit ben geweest.

Hiep, hiep, hoera voor Spanje!

Hiep, hiep, hoera voor mevrouw!

Ze is erg populair hier en nog steeds als een roos zo mooi. We hebben vaak volksdansen in het gesticht en zij heeft nooit gebrek aan een partner. Dansen en lichaamsbeweging en omgang met mensen hebben een geweldige therapeutische werking, dat is wat dokter Lawrence zegt, en ik ben het met hem eens, want ik geloof dat mevrouw hier gelukkiger is dan ze ooit op Kasteel Haivers geweest is.

Heren, vergeeft u me alstublieft de vele tekortkomingen in dit document. Voornamelijk doel ik op de passages waar ik te veel uitweid over mijn eigen aandeel in de zaak. Vergeeft u me ook alstublieft de vloeken, of bijna-vloeken, die ik heb opgeschreven, en de vuige of onwelvoeglijke taal. Dat is alleen omdat mij gevraagd was het verhaal 'onopgesmukt' op te schrijven. Men heeft mij verzekerd dat, ongeacht wat ik hier onthul, er geen actie zal worden ondernomen tegen wie dan ook, en ik vertrouw erop dat dokter Lawrence zijn belofte nakomt. Hij heeft me de kluis laten zien waarin het manuscript bewaard wordt. Hij is een goede, eerlijke man en hij wil alleen het geval van mevrouw onderzoeken, in de hoop dat hij haar daarmee beter kan helpen.

Maar nu gaan we. Het wordt hoog tijd dat ik hier een punt achter zet. Ik weet niet of er lering uit dit geschrift te trekken valt, behalve misschien dat geluk op de gekste plekken te vinden is, zelfs tussen deze arme zielen bij wie om wat voor reden dan ook een schroefje los is komen te zitten. Nu ik klaar ben wil dokter Lawrence weten wat ik zelf denk van wat ik geschreven heb. Het enige wat ik kan zeggen is dat het vreemd zal zijn om het niet meer te doen. Ik zal misschien een ander verhaal moeten bedenken om de paar uur te vullen tussen de tijd dat ik ophoud met werken en het moment dat ik mijn hoofd te ruste leg. Maar deze keer zal het, in plaats van gewoon vertellen wat er gebeurd is, een verhaal worden dat ik zelf verzin, want zo'n beetje alles wat ik ooit gekend of gedaan of gezien of gehoord heb in mijn leven staat in dit verslag, en er valt verder niets meer te vertellen.

Dus daar gaan we. Vaarwel. *Au revoir.* Of, zoals ze zeggen waar ik vandaan kom: wel thuis.

Dankwoord

Dank aan Noeleen Collins, Sheila Dundee, Kate en George Mulvagh, Lucy Mulvagh en Tom Shankland. Dank aan Anna Andresen en Ali Reid. Dank aan Vivien Green, Stephen Mulrine en Rose Tremain.

Ik ben ook veel dank verschuldigd aan Hannah Griffiths en alle medewerkers van Faber and Faber, Emma Parry, Jon Riley, Molly Stern, Euan Thorneycroft, Jonny Geller en alle medewerkers van Curtis Brown.

Van alle geraadpleegde werken verdienen de volgende onmisbare publicaties vermelding: *The Diaries of Hannah Cullwick, Victorian Maidservant*, bezorgd door Liz Stanley, Virago 1984; *Farm Servants and Labour in Lowland Scotland 1770-1914*, onder redactie van T.M. Devine, John Donald Publishers Ltd. 1984; *Shadow's Midnight Scenes and Social Photographs*, Glasgow 1858, heruitgegeven door UGP, 1976; 'Some Observations of the Change of Manners in My Own Time, 1700-1790' door Elizabeth Mure, in: *Scottish Diaries and Memoirs*, onder redactie van J.G. Fyfe, Stirling 1942; *Armadale Past and Present* door R. Hyde-Brown, F. Johnstone and Co. 1906; *Slanguage* door Bernard Share, Gill and Macmillan Ltd. 2003.